MINETTE WALTERS

Anglaise, Minette Walters a été élevée à Salisbury. Au terme de ses études de français à l'université de Durham, elle travaille pour un magazine féminin dont elle devient rédactrice en chef, puis écrit dans divers journaux. Après avoir interrompu pendant sept ans son activité professionnelle pour se consacrer à l'éducation de ses deux fils, elle se lance dans l'écriture et choisit d'inscrire son premier livre dans la plus pure tradition du roman noir britannique : *Chambre froide* (1993) est immédiatement salué par la critique. *Cuisine sanglante* (1994), lauréat du Edgar Allan Poe Award aux États-Unis, et *La muselière* (1995), qui obtient le Gold Dagger Award, connaissent un très large succès. Dans son œuvre, qui se poursuit notamment avec *Lame de fond* (1999), *Ni chaud ni froid* (2000), *Un serpent dans l'ombre* (2001), *Intime pulsion* (2002) et *Le sang du renard* (2004), Minette Walters fait reposer l'énigme sur un réseau enchevêtré de relations humaines, tout en levant le rideau sur les multiples facettes de la société anglaise. Projetant ainsi une lumière contrastée et insolite sur ses contemporains, elle apporte une contribution magistrale au genre du roman policier.

LUMIÈRE NOIRE

DU MÊME AUTEUR
CHEZ POCKET

CHAMBRE FROIDE
CUISINE SANGLANTE
LA MUSELIÈRE
RÉSONANCES...
LAME DE FOND
NI CHAUD NI FROID
UN SERPENT DANS L'OMBRE
INTIME PULSION

MINETTE WALTERS

LUMIÈRE NOIRE

STOCK

Titre original :
THE DARK ROOM

Traduit de l'anglais par PHILIPPE BONNET

ISBN 2-266-13767-0

Pour Colleen
&
en mémoire de mon père.

« Si nous oublions, c'est parce que nous le devons et non parce que nous le voulons. »

Absence
Matthew ARNOLD (1822-1888)

« La notion de faux moi a été avancée par R. D. Laing à la suite des théories de Jean-Paul Sartre. Le faux moi est une image créée artificiellement et reflétant ce que nous aimerions être, tandis que le vrai moi demeure caché et inaccessible. »

Killing for Company
Brian MASTERS

1994

MAI

D	L	M	M	J	V	S
1	2	3	4	5	6	7
8	9	10	11	12	13	14
15	16	17	18	19	20	21
22	23	24	25	26	27	28
29	30	31				

JUIN

D	L	M	M	J	V	S
			1	2	3	4
5	6	7	8	9	10	11
12	13	14	15	16	17	18
19	20	21	22	23	24	25
26	27	28	29	30		

PROLOGUE

Les traits de son petit visage anguleux plissés en une expression boudeuse, la fillette de douze ans se redressa et chercha sa culotte parmi les feuilles jonchant le sol de la forêt. C'était un fait, s'envoyer en l'air avec Bobby Franklyn n'avait rien d'exaltant. Elle enfila ses chaussures et lui décocha un violent coup de pied.

« Lève-toi, Bobby ! C'est à ton tour de chercher ce maudit cabot ! »

Il roula sur lui-même, se retrouva sur le dos.

« Dans une minute, murmura-t-il d'une voix ensommeillée.

– Non, tout de suite ! Maman va m'écorcher vive si Rex rentre encore avant moi à la maison. Elle n'est pas idiote, tu sais. »

La fillette se dressa et appuya le talon de sa chaussure sur la cuisse nue du garçon, tournant légèrement la pointe dans le désir enfantin de lui faire mal.

« Allons debout !

– Ça va, j'ai compris. »

Il s'exécuta d'un air maussade tout en rajustant son pantalon.

« J'en ai ras le bol de ce cirque. S'il faut passer tout son temps à courir après ce clebs, ça ne vaut vraiment pas la peine ! »

Elle s'écarta.

« Si ça ne vaut pas la peine, ce n'est pas de la faute de

Rex. » Elle avait les larmes aux yeux, de colère et d'humiliation. « J'aurais dû écouter maman. Comme elle dit, il n'y a qu'un homme, un vrai, pour faire ça bien.

– Ouais, répliqua-t-il en remontant sa fermeture Éclair, eh ben, ce serait sûrement moins rasoir si tu ressemblais un peu plus à Julia Roberts. Et d'abord, qu'est-ce qu'elle en sait, ta vieille ? Depuis le temps qu'on ne lui a pas filé un coup de brosse. »

Son attirance pour les filles ne dépassait guère le pur instinct et de les entendre dénigrer sa virilité avait le don de le mettre en rage. Il éprouvait alors une envie irrésistible de gifler leur sale petite gueule ironique.

La fillette s'éloigna de quelques pas.

« Je te déteste, Bobby ! Oui, je te déteste ! Et laisse-moi te dire une chose. » Elle donna une tape sur sa montre. « Trois minutes. C'est tout ce que t'arrives à tenir. Trois malheureuses minutes. T'appelles ça prendre son pied ? »

Elle lui jeta un regard de défi par-dessus son épaule, mais quelque chose dans le visage du garçon l'avertit d'un danger et elle se mit à détaler, en proie à une peur soudaine.

« Rex ! Re-ex ! Si tu me touches, il te tuera ! » hurla-t-elle, des sanglots dans la voix, son corps maigre fonçant entre les arbres.

Mais, pour l'instant, le seul susceptible de commettre un tel acte était Bobby. Il paraissait fou de rage. Il s'élança derrière elle, la fit tomber et s'efforça, le souffle haletant, d'éviter ses ruades.

« Salope ! gronda-t-il. Espèce de salope ! »

Aiguillonnée par la peur, elle se mit à ramper à quatre pattes tout en continuant à appeler son chien, lorsqu'elle glissa soudain, dans un jaillissement d'humus, le long d'un vaste fossé recouvert de feuilles. Elle atterrit sur ses pieds et se releva à quelques mètres de l'endroit où se tenait le berger allemand, qui grognait, le poil hérissé.

« Je n'ai qu'un mot à dire pour qu'il te saute dessus et te mette en pièces. Et je m'en fiche, je ne l'arrêterai pas ! »

Elle vit avec satisfaction que Bobby était devenu livide.

« Tu n'es qu'une mauviette ! » lança-t-elle.

Puis elle comprit tout à coup que les grognements de Rex

ne s'adressaient pas à Bobby mais à elle et que la soudaine pâleur de son petit ami était due non à la posture menaçante de l'animal, mais à la chose horrible devant laquelle il semblait monter la garde. Un bref instant, elle entrevit une forme vaguement humaine, à demi enterrée, d'aspect repoussant. Alors, prise de panique, elle remonta en hâte le talus, la poitrine secouée de sanglots, les yeux remplis d'épouvante.

1

Plongée dans des rêves délicieux, elle se cramponnait de toutes ses forces au sommeil. Par la suite, on lui expliqua que ce n'étaient pas des rêves, mais la réalité dont elle percevait des bribes chaque fois qu'elle revenait à elle au cours de cette longue période d'inconscience, mais cela lui sembla difficile à accepter. La réalité était trop déprimante pour engendrer des visions aussi idylliques. Son réveil fut pénible. On l'adossa contre des oreillers, de sorte qu'il lui arrivait d'apercevoir son image dans le miroir de la coiffeuse. *Une image à peine reconnaissable*, celle d'une figure de cire au crâne rasé, un œil couvert d'un pansement ; sa première pensée fut de la planter là en la laissant se débrouiller avec ses problèmes. *À l'évidence, ce n'était pas elle*. Un homme corpulent, aux cheveux et à la barbe coupés court, se pencha et lui apprit qu'elle avait été victime d'un accident de voiture. Mais il ne lui dit ni où ni quand. Juste qu'elle avait eu de la chance. De cela, elle s'en souvenait. Le reste, elle l'avait totalement oublié. Elle gardait l'impression que le temps avait passé, que des gens lui avaient parlé, mais elle avait préféré rester assoupie, bercée par ses rêves.

Soudain, elle reprit conscience. Elle voyait. Entendait. Et le son de voix féminines, suaves, chaudes, caressantes, la mit en confiance. Elle leur répondit, mentalement et non tout haut, car elle continuait à s'accrocher à sa léthargie comme à une bouée de sauvetage.

« Êtes-vous avec nous aujourd'hui ? » questionnèrent les infirmières en approchant leur visage du sien.

Je l'ai toujours été.

« Votre mère est venue vous voir. »

Je n'ai pas de mère. Seulement une belle-mère.

« Allons, mon petit, vous avez les yeux ouverts. Nous savons que vous nous entendez. Quand vous déciderez-vous enfin à nous répondre ? »

Quand je serai prête... Quand je serai prête... Quand j'aurai envie de me rappeler.

ACCIDENT DE LA ROUTE

Signalé aux alentours de 21 h 45, le 13.06.94. Agents Gregg et Hardy arrivés sur place à 22 h 04.

Lieu : Ancien aérodrome de Stoney Bassett, Hante.

Un seul véhicule concerné : cabriolet Rover noir à boîte automatique, immatriculé JIN 1X, totalement hors d'usage.

Conducteur : Miss Jane Imogen Nicola Kingsley.

Inconsciente et nécessitant des soins urgents.

Permis de conduire indiquant comme date de naissance : 26.09.59 et comme domicile : 12, Glenavon Gardens, Richmond, Surrey.

LA FILLE D'UN MAGNAT DE L'IMMOBILIER VICTIME D'UNE MYSTÉRIEUSE COLLISION

On a appris hier soir qu'à la suite d'un accident de voiture survenu dans des circonstances qui restent à éclaircir, Miss Jane Kingsley, 34 ans, photographe de mode et fille unique du milliardaire Adam Kingsley, 66 ans, P-DG de la société Properties Holdings, a été retrouvée évanouie sur un terrain d'aviation désaffecté à Stoney Bassett, à 25 kilomètres de Salisbury. Mr Andrew Wilson, 23 ans, et son amie Miss Jenny Ragg, 19 ans, qui passaient par là vers 21 h 45, sont aussitôt allés chercher du secours.

« La voiture n'était plus qu'un horrible tas de ferraille, raconte Mr Wilson. Miss Kingsley a eu une chance inouïe. Elle se serait trouvée à l'intérieur du véhicule au moment où il s'est écrasé contre le pilier en béton qu'elle aurait été broyée sous l'effet du choc. Je suis content que nous ayons pu l'aider. »

Selon la police, le fait qu'elle ait échappé à la mort tient du miracle. La voiture, une Rover à boîte automatique, a heurté de plein fouet un épais montant en béton, vestige d'un hangar. Il est vraisemblable que Miss Kingsley a été éjectée quelques secondes avant la collision.

« Il ne reste en tout et pour tout que ce mur sur le terrain d'aviation, déclare l'agent de police Gavin Hardy, et nous avons du mal à comprendre comment elle a pu rentrer dedans. Elle était seule à bord et nous n'avons relevé aucun indice permettant de conclure à la présence d'un second véhicule. »

La belle-mère de Jane Kingsley, Mrs Betty Kingsley, a été terriblement secouée par la nouvelle, qui survient quelques jours à peine après l'annulation soudaine du mariage de sa bru. Contactée ce matin à Hellingdon Hall, où elle vit depuis quinze ans avec Mr Kingsley, elle affirmait entre deux sanglots qu'elle tiendrait le fiancé de Jane, Leo Wallader, 35 ans, pour personnellement responsable s'il arrivait quelque chose à celle-ci. « Il s'est si mal conduit avec elle. »

La police a reconnu dans la matinée que Miss Kingsley avait bu avant l'accident. Selon un responsable, « elle avait un taux élevé d'alcool dans le sang ». À l'hôpital Odstock où elle a été transportée, Miss Kingsley n'a toujours pas repris connaissance.

Wessex Post, 14 juin

2

Elle s'éveilla une nuit, la gorge nouée par l'angoisse. Elle ouvrit les yeux et se força à scruter les ténèbres. Elle se trouvait dans une chambre noire – *la sienne ?* –, mais elle n'était pas seule. Quelqu'un – *ou quelque chose ?* – rôdait dans les ombres épaisses au-delà de son champ de vision.

QUOI ?

Peur... peur... PEUR...

Elle se redressa d'un seul coup, le dos trempé de sueur, et se mit à hurler à pleins poumons.

De la lumière illumina la pièce. La délivrance prit la forme d'une créature à la poitrine moelleuse, aux bras robustes et à la voix douce.

« Là, là, Jane. Tout va bien. Calmez-vous. Vous avez fait un cauchemar. »

Mais elle savait que c'était faux. *Sa terreur était bien réelle. Il y avait quelque chose dans l'obscurité.*

« Je m'appelle Jinx, articula-t-elle. Je suis photographe et ce n'est pas ma chambre. » Elle appuya son crâne rasé contre l'uniforme blanc au tissu empesé et connut le goût amer de la défaite. C'en était fini de ses rêves apaisants. « Où suis-je ? Qui êtes-vous ? Qu'est-ce que je fais ici ?

– Vous êtes à la clinique des Rossignols, à Salisbury, répondit l'infirmière et je suis nurse Gordon. Vous avez eu un accident de voiture, mais vous êtes hors de danger. À présent, tâchez de vous rendormir. »

Elle céda à la pression des mains qui la poussaient fermement sous les draps.

« Vous n'allez pas éteindre ? supplia-t-elle. Je n'y vois rien dans le noir. »

RAPPORT EN VUE DE L'OUVERTURE ÉVENTUELLE D'UNE INFORMATION CONTRE MISS J. KINGSLEY

Date : 22 juin 1994
Établi par : Sergent Geoff Halliwell

Miss Kingsley a été éjectée juste avant que son véhicule heurte un pilier en béton situé au coin de l'aérodrome. Elle a été retrouvée inconsciente le lundi 13 juin à 21 h 45 par Mr Andrew Wilson et Miss Jenny Ragg. Le choc a occasionné à Miss Kingsley une grave commotion et des contusions aux bras et au visage. Elle est restée inconsciente trois jours. Lorsqu'elle a repris connaissance, elle semblait avoir perdu tout repère. Elle n'a aucun souvenir de l'accident et se dit incapable d'expliquer ce qu'elle faisait sur le terrain d'aviation. Une prise de sang effectuée à 0 h 23 le 14.06.94 a révélé un taux d'alcoolémie de 150 mg/100 ml. En fouillant la voiture le lendemain, on a retrouvé deux bouteilles de vin vides sur le plancher.

Les agents Gregg et Hardy ont eu un bref entretien avec Miss Kingsley peu de temps après son réveil. Elle avait l'esprit tellement confus qu'elle n'a rien pu leur dire, si ce n'est qu'elle croyait apparemment qu'on était le samedi 4 juin (soit 9 jours avant l'accident) et qu'elle avait quitté Londres pour se rendre dans le Hampshire. Depuis cet entretien (il y a cinq jours), elle reste prostrée et se montre peu communicative. Sur les conseils des médecins, elle ne reçoit plus personne. Ces derniers ont diagnostiqué une amnésie post-traumatique provoquée par une commotion cérébrale. D'après ses parents, elle aurait passé chez eux la semaine du 4 au 10 juin (Miss Kingsley n'en a aucun souvenir) avant de rentrer à Richmond le soir du vendredi 10, à la suite d'un coup de téléphone. Ils affirment qu'elle était de très bonne humeur et attendait avec impatience le 2 juillet, date de son mariage. Elle ne s'est pas présentée à son travail le lundi 13 juin, alors qu'elle y était attendue. Elle dirige un atelier de photographie à Pimlico. Ses employés ont déclaré que son absence imprévue les avait beaucoup inquiétés et qu'ils avaient laissé plusieurs messages sur son répondeur le 13 sans avoir aucune réponse.

En interrogeant le colonel Clancey et sa femme, ses voisins à Glenavon Gardens, la police de Richmond a appris qu'elle avait fait une tentative de suicide le dimanche 12 juin. Le garage des Clancey jouxte celui de Miss Kingsley. Ayant entendu tourner un moteur de voiture alors que la porte du garage était fermée, le colonel s'était rendu chez sa voisine pour savoir ce qui se passait. Il avait trouvé le garage plein de vapeurs d'essence et Miss Kingsley à moitié endormie au volant. Il l'avait traînée dehors et ranimée. Il n'avait pas prévenu la police parce que Miss Kingsley l'avait prié de ne rien dire. Lui et sa femme sont extrêmement ennuyés à l'idée que Miss Kingsley ait voulu « remettre ça ».

Le colonel et sa femme ainsi que Mr et Mrs Adam Kingsley ont cité le nom de Mr Leo Wallader, qui, il y a peu de temps encore, était fiancé à Miss Kingsley. Il aurait quitté Glenavon Gardens le 10 juin après avoir annoncé à Miss Kingsley qu'il ne voulait plus se marier avec elle et avait l'intention d'épouser la meilleure amie de celle-ci, Miss Meg Harris. Pour l'instant, nous n'avons pu interroger ni l'un ni l'autre. Selon Sir Anthony Wallader (le père), ils seraient en voyage en France et reviendraient dans le courant du mois de juillet.

Compte tenu du certificat de contrôle délivré récemment, qui écarte l'hypothèse d'un mauvais fonctionnement du véhicule, et du fait que la possibilité de heurter ce pilier par inadvertance est quasiment nulle, il semble évident que Miss Kingsley est rentrée dedans volontairement. Jusqu'à ce qu'elle ait suffisamment repris ses esprits pour fournir une explication sur les événements ayant précédé l'accident, Gregg et Hardy sont tentés de retenir l'hypothèse d'une seconde tentative de suicide, survenue alors qu'elle avait bu dans sa voiture. Le père, Mr Adam Kingsley, s'est engagé à régler les frais des services d'urgence. Depuis, Miss Kingsley a été transférée à la clinique des Rossignols, dans le service du docteur Alan Protheroe. L'avocat de Mr Kingsley insiste pour savoir si nous allons engager des poursuites à l'encontre de Miss Kingsley. Étant donné que son père est prêt à payer la totalité de la note, qu'elle se trouve encore dans un état d'instabilité psychologique et qu'elle avait choisi un lieu totalement désert, je serais d'avis d'en rester là.

3

Mercredi 22 juin, clinique des Rossignols, Salisbury, Wiltshire, 8 h 30

Que la réalité était terne ! Même les rayons du soleil qui pénétraient par les fenêtres avaient moins d'éclat que dans son rêve. Peut-être le pansement qui lui couvrait l'œil droit était-il en partie responsable de ce phénomène, mais elle en doutait. Jusqu'à son cerveau qui lui paraissait lourd, épais et si engourdi qu'elle se sentait terriblement déprimée. Le gros ours de médecin entra tandis qu'elle picorait son petit déjeuner et lui répéta qu'elle avait eu un accident de voiture, avant de l'avertir que la police souhaitait lui parler. Elle haussa les épaules.

« Je ne risque pas de m'en aller ! »

Elle aurait ajouté qu'elle détestait les flics s'il avait pris le temps de l'écouter, mais il s'éclipsa avant qu'elle ait réussi à former sa phrase.

Elle ne se rappelait pas avoir déjà été interrogée par la police à l'hôpital Odstock et se défendit poliment de connaître les deux fonctionnaires en uniforme qui pénétrèrent dans sa chambre. Elle leur expliqua qu'elle n'avait aucun souvenir de l'accident, ni de quoi que ce soit d'autre depuis le moment où elle avait quitté son domicile et son fiancé à Londres le matin précédent. Les deux agents, de grands gaillards aux cheveux roussâtres, au teint rubicond et à l'air flegmatique, présentaient un curieux air de famille et trahissaient leur embarras en tournant à l'unisson leur képi entre leurs doigts. Elle les surnomma Twideuledume et Twideuledie et se mit à rire sous cape parce qu'ils étaient tellement plus réjouissants que sa tête endolorie, son pansement sur l'œil et ses bras couverts de bleus. Ils lui demandèrent où elle allait et elle leur répondit qu'elle devait passer quelques jours chez ses parents à Hellingdon Hall.

« Pour aider ma belle-mère à s'occuper des préparatifs de mariage, précisa-t-elle. Je me marie le 2 juillet. »

Ce n'est pas sans un certain plaisir qu'elle s'entendit prononcer ces mots, tandis que la voix du cynisme murmurait en elle-même : *Si tu crois que Leo voudra d'une épouse borgne et chauve !*

Ils la remercièrent et disparurent.

Deux heures plus tard, assise à son chevet, sa belle-mère lui annonçait en fondant en larmes que le mariage était dans le lac, qu'on était le mercredi 22 juin, que Leo l'avait plaquée pour Meg douze jours plus tôt et que, quatre jours après, elle avait tout bonnement jeté sa voiture contre un pilier en béton dans le but manifeste de se donner la mort.

Jinx considéra ses mains affreusement meurtries.

« Ce n'est pas hier que j'ai dit au revoir à Leo ?

– Ma pauvre petite, tu as passé trois jours dans le coma et ensuite tu avais l'air complètement hébété. Tu es restée jusqu'à vendredi à l'hôpital, où je suis allée te voir, mais tu ne t'en es même pas aperçue. Je suis venue ici à deux reprises, tu m'as regardée, mais tu n'as pas desserré les dents. C'est bien la première fois que tu me reconnais. Papa s'est fait un sang d'encre. » Le tremblement de ses lèvres avait quelque chose de pathétique. « Nous avons eu si peur de te perdre !

– Je me rendais chez vous. C'est pour ça que je suis ici. Toi et moi, nous allons revoir ensemble les préparatifs du mariage. » *Si elle le disait avec suffisamment de lenteur et de clarté, Betty serait bien forcée de la croire. Mais non, Betty n'était qu'une idiote. Elle l'avait toujours été.* « La semaine du 4 juin. C'est fixé depuis des mois… »

Des larmes coulèrent le long des joues rebondies de

Mrs Kingsley, formant des ruisselets rosâtres dans l'épaisse couche de poudre.

« Bien sûr, ma chérie. Et tu es venue, il y a quinze jours, passer la semaine avec papa et moi. Tu as fait tout ce que tu avais prévu, puis tu es rentrée chez toi, pour trouver Leo en train de faire ses valises. Tu ne t'en souviens pas ? Il est parti vivre avec Meg. Oh, Jinx, crois-moi, je l'aurais étranglé ! » Elle se tordit les mains. « Je te l'avais bien dit que c'était loin d'être un gentleman, mais tu ne voulais rien savoir. D'ailleurs, ton père s'est montré aussi têtu. "C'est un Wallader, Elizabeth..." »

Elle continua à jacasser, son énorme poitrine se soulevant de façon tragique dans sa robe de laine beaucoup trop étroite.

Que presque trois semaines se soient écoulées sans qu'elle se souvienne d'un seul jour lui parut tellement inconcevable que Jinx se mit à examiner le décor autour d'elle : les œillets rouges et les lis blancs dans un vase sur la table de nuit. Les portes-fenêtres donnant sur une terrasse dallée et, plus loin, un jardin soigneusement entretenu. La télévision dans un coin. Les fauteuils en cuir de chaque côté d'une table basse – en noyer, décida-t-elle, tout comme la coiffeuse. La salle de bains à gauche. La porte du couloir à droite. *Où Adam l'avait-il expédiée cette fois-ci ?* Dans un établissement de luxe, de toute évidence. La clinique des Rossignols, avait dit l'infirmière. À Salisbury. *Mais pourquoi à Salisbury alors qu'elle habitait Londres ?*

Les jérémiades de Betty interrompirent le cours de ses réflexions. « Je regrette que cela t'ait autant bouleversée. Si tu savais à quel point papa était furieux, ma chérie. Il a pris ça comme un affront personnel. Pas un instant il n'aurait imaginé que quiconque pourrait faire faire à son petit ange une chose aussi... » – elle chercha ses mots – « ... idiote. »

Son petit ange ? *Mais de quoi Betty parlait-elle ? Jamais elle n'avait été le petit ange d'Adam. Sa marionnette, peut-être, sûrement pas son petit ange.* Elle se sentit soudain extrêmement lasse. « Je n'y comprends rien.

– Tu t'es enivrée et tu as tenté de te suicider, ma pauvre enfant. Ta voiture a été complètement anéantie. »

Mrs Kingsley tira de son sac à main une photo de journal et la posa sur les genoux de sa belle-fille. « Tiens, voilà le résultat. C'est vraiment un miracle que tu sois encore en vie. » Elle indiqua du doigt la date marquée en haut à droite de la coupure. « Le 14 juin, le lendemain de l'accident. Et aujourd'hui » – elle sortit un autre journal – « là, tu vois, nous sommes le 22, une semaine plus tard. »

Jinx examina avec curiosité la photographie. La masse de métal tordu, illuminée par les projecteurs de la police, avait tout d'une œuvre surréaliste. L'effet était saisissant, car le châssis écrasé contre le pilier et l'angle oblique utilisé par le photographe concouraient à donner l'impression d'une sorte de gantelet de métal brillant brandissant un glaive. C'était un excellent cliché et elle se demanda qui l'avait pris.

« Ce n'est pas ma voiture. »

Sa belle-mère lui caressa gentiment la main.

« Leo ne se mariera pas avec toi, Jinx. Nous avons été obligés, papa et moi, d'écrire à tous les invités pour les prévenir que la cérémonie n'aurait pas lieu. Il a décidé d'épouser Meg. »

Jinx regarda une larme tomber du menton poudré sur sa propre main.

« Meg ? fit-elle en écho. Tu veux dire Meg *Harris* ? »

Pourquoi Leo voudrait-il épouser Meg ? Meg n'est qu'une putain. Oui, espèce de putain... espèce de putain... ESPÈCE DE PUTAIN ! Une intuition horrible lui traversa l'esprit – *mais quoi ?* – et elle plaqua sa main sur ses lèvres en sentant un liquide amer lui monter dans la gorge.

« Depuis que tu la connais, elle n'a pas cessé de profiter de toi, et maintenant elle te prend ton fiancé. Tu lui as trop fait confiance, ma chérie. Moi, je ne l'ai jamais aimée. »

Jinx regarda de nouveau sa belle-mère. C'était faux. Betty avait toujours adoré Meg, en grande partie à cause de l'extrême tolérance que celle-ci manifestait à son égard. Pour Meg, peu importait que Betty Kingsley fût sobre ou non. « Elle au moins pense que j'ai des choses à dire », tel était l'éternel refrain de sa belle-mère chaque fois qu'elle avait du vent dans les voiles et que plus personne ne voulait l'écouter. Le plus drôle, c'est que Meg ne pouvait pas supporter plus de quelques heures la créature guindée qui lui servait de mère. « Nous devrions faire l'échange, disait-elle souvent. Betty, elle, ne passe pas son temps à jouer les martyrs. »

« Quand la décision a-t-elle été prise ? finit par demander Jinx. Après l'accident ?

– Non, ma chérie. Avant. Tu es rentrée à Londres il y a deux semaines. Leo t'avait téléphoné le vendredi après-midi. Quel affreux Judas ! Il t'avait appelée tous les jours en jurant qu'il t'aimait et voilà que, le soir, il t'annonce la nouvelle. Je présume que, par-dessus le marché, il n'a pas dû prendre de gants. » Elle se tamponna une nouvelle fois les yeux. « Puis, le dimanche, c'est ton voisin le colonel Clancey qui te sort de ton garage avant que tu aies réussi à t'asphyxier, sans même penser à nous donner un coup de fil pour nous dire que ça n'allait pas. » Elle avala péniblement sa salive. « Il est vrai que tu paraissais tellement détendue quand tu as appelé le samedi pour dire à papa que le mariage était annulé qu'il ne nous est pas venu à l'idée que tu pourrais faire une chose aussi bête. »

Peut-être avait-elle menti... Elle mentait toujours... C'était chez elle une seconde nature... Elle examina de nouveau la photo découpée dans le journal et distingua, parmi les débris, le JIN de la plaque minéralogique personnalisée que son père lui avait offerte pour ses vingt et un ans. J.I.N. Kingsley. *Jane Imogen Nicola – les prénoms de sa mère –, les prénoms qu'elle détestait le plus au monde.* Force lui était de reconnaître que c'était bien sa voiture. *Tu t'es enivrée... Le colonel Clancey t'a sortie de son garage...* « Il n'y a pas le gaz dans le garage, dit Jinx, s'arc-boutant à cette réalité tangible. Pas plus dans le mien que dans un autre. »

Mrs Kingsley renifla bruyamment.

« Tu avais fermé les portes et mis le moteur en marche. Si le colonel n'avait pas entendu le vacarme, tu serais morte ce dimanche-là. » Elle reprit la main de la malade, ses gros doigts chauds quêtant le réconfort qu'ils essayaient précisément de communiquer. « Tu lui as promis de ne pas recommencer et, maintenant, il regrette de ne pas avoir averti quelqu'un. Je t'en prie, ne m'en veux pas ! » Comme elle fondait encore en larmes, Jinx ne put s'empêcher de s'interroger sur la sincérité d'un tel chagrin. Betty avait toujours réservé son affection à ses deux fils, affichant une totale indifférence à l'égard de la fille, trop indépendante à son goût, de la première femme d'Adam. « Il fallait qu'on te le dise et le docteur Protheroe a estimé qu'il valait mieux que ce soit moi. Ce pauvre papa est consterné. Tu lui as brisé le cœur. "Pourquoi a-t-elle fait ça ?" me demande-t-il sans cesse. »

Mais Jinx aurait été bien en peine de répondre. *Car elle savait que Betty mentait. Personne n'aurait pu la pousser au suicide, Leo moins que quiconque.* Elle préféra réfléchir aux absurdités de la vie. Comme d'appeler son père Adam quand cela faisait vingt-sept ans que son épouse l'appelait papa. Pour Dieu sait quelle raison, cela ne lui avait jamais semblé important. Elle observa, derrière la tête de sa belle-mère, son propre reflet dans le miroir de la coiffeuse et se demanda soudain pourquoi tant de choses qui n'avaient pourtant rien d'anodin la laissaient aussi insensible.

Un jeune homme entra sans frapper, une grande perche aux cheveux roux lui tombant sur les épaules et à la peau criblée d'acné. « Salut ! » fit-il. Il se dirigea d'un pas nonchalant vers les portes-fenêtres dont il tripota nerveusement les poignées, avant de s'affaler dans un des fauteuils.

« Vous carburez à quoi ?

– Je l'ignore.

– Héro, crack, coke, amphétamines ? »

Elle le regarda sans comprendre.

« Est-ce que je me trouve dans un centre pour drogués ? »

Il eut un froncement de sourcils.

« Vous ne le savez pas ? »

Elle fit signe que non.

« Vous êtes à la clinique des Rossignols. Pour quatre cents livres par jour, on vous remet la tête bien droit sur les épaules. »

Oh, mais sa colère était GIGANTESQUE. Elle tourbillonnait autour d'elle, tel un immense rapace avide de livrer bataille.

« Et qui dirige cet endroit ? demanda-t-elle posément.

– Le docteur Protheroe.
– Le barbu ?
– Ouais. »
Il se leva tout à coup.
« Ça vous dirait d'aller vous balader ? Si je ne bouge pas, je vais devenir timbré.
– Non, merci.
– Bon. » Il s'arrêta près de la porte. « Une fois, j'ai trouvé un renard dans un piège. Il avait une telle trouille qu'il se mordait la patte pour essayer de se libérer. Il avait le même regard que vous.
– Vous l'avez relâché ?
– Il n'a pas voulu. Il avait encore plus peur de moi que du piège.
– Et alors ?
– Je l'ai regardé mourir. »

Un moment après, le docteur Protheroe revint. Il approcha un fauteuil.
« Vous souvenez-vous de m'avoir déjà parlé ? lui demanda-t-il en s'asseyant.
– Une fois. Vous m'avez même dit que j'avais eu de la chance.
– En fait, nous avons parlé plusieurs fois. Voilà quelques jours que vous avez repris conscience, mais vous ne sembliez pas très bavarde. » Il lui sourit d'un air encourageant. « Par exemple, vous rappelez-vous m'avoir parlé hier ? »
Combien y avait-il d'hier durant lesquels elle avait fonctionné sans avoir conscience de ce qu'elle faisait ? « Hélas, non. Vous êtes psychiatre ? »
Il secoua la tête.
« Alors quoi ?
– Médecin. »
Dans la glace, la figure de cire fit une moue polie. *Il mentait.* « Ai-je le droit de fumer ? » Il acquiesça et elle tira une cigarette d'un des paquets apportés par Betty, puis l'alluma tant bien que mal, à cause de son œil bandé. « Puis-je vous poser une question ?
– Je vous en prie.

– N'aurait-il pas été plus courtois de m'avertir, avant que je parle aux policiers, que l'accident avait eu lieu il y a déjà un certain temps ? » Il avait un visage agréable, songea-t-elle, légèrement marqué par la fatigue, mais chaleureux et décontracté. Tout comme sa veste de sport, qui avait connu des jours meilleurs, et son pantalon de serge dont l'ourlet pendouillait à force d'avoir été accroché par le talon. En d'autres circonstances, c'était le genre d'homme dont elle aurait aimé se faire un ami, ne serait-ce qu'en raison du peu d'importance qu'il semblait accorder aux conventions. Mais il lui faisait peur et elle se réfugia dans une attitude compassée.

« Vu les circonstances, répondit-il en balançant son stylo entre ses doigts, il m'a semblé préférable de vous laisser dire ce que vous pensiez être la vérité.

– Quelles circonstances ?

– Au moment de l'accident, vous aviez pratiquement deux fois la dose légale d'alcool dans le sang. La police se tâte pour savoir si elle ne va pas engager des poursuites contre vous, mais il se pourrait, depuis ce matin, qu'elle laisse tomber l'affaire. Elle semble avoir moins confiance dans le jugement des médecins et plus dans les patients eux-mêmes. J'ai cru bien faire en plaidant votre cause auprès des agents Gregg et Hardy. »

Le reflet de Jinx lui sourit dans le miroir. « C'est très aimable à vous. » *Elle n'avait jamais été ivre de sa vie ; elle avait trop souvent vu Betty traverser la maison en titubant pour vouloir l'imiter.* « Pourriez-vous me passer le cendrier ? » *Tu t'es enivrée et tu as tenté de te suicider…* « Merci. » Elle le posa sur le lit devant elle. « Que m'est-il arrivé exactement, docteur Protheroe ? »

Il se pencha, les mains serrées entre ses genoux. « En bref, vous êtes tombée d'une voiture roulant à environ 60 km/h et vous avez reçu un coup à assommer un bœuf, puis, sur la lancée, vous vous êtes écorché le cuir chevelu, les bras et un œil, comme vous l'avez certainement constaté. Le premier miracle, c'est tout bonnement que vous soyez là, le deuxième que vous n'ayez rien de cassé et le troisième qu'il n'y paraîtra plus quand vous ressortirez de cette clinique. Une fois que vos cheveux auront repoussé par-dessus les points de suture qu'on a dû vous faire, il sera impossible de savoir que vous avez eu un accident. Néanmoins, cela vous a valu une jolie commotion, dont l'amnésie post-traumatique n'est qu'une des manifestations. Bien que consciente, vous avez passé ces cinq derniers jours dans un état d'extrême confusion, qui pourrait persister par intermittence pendant encore quelque temps. Dites-vous que votre cerveau est comme un ordinateur. Si les impressions dûment enregistrées ont de grandes chances de revenir, celles qui ne l'ont pas été en raison de son dysfonctionnement risquent d'avoir disparu à jamais. Ainsi, alors même que vous étiez lucide, vous n'arrivez pas à vous souvenir de votre transfert de l'hôpital Odstock à ici, pas plus que de votre premier entretien avec la police. »

Elle porta son regard vers les jardins qui s'étendaient au-delà des fenêtres.

« Une amnésie pré-traumatique est-elle également normale ? Je n'ai aucun souvenir de l'accident ni de ce qui l'a provoqué.

– Ne vous laissez pas abuser par le terme "post". Il s'agit simplement d'une amnésie résultant d'un traumatisme. S'agissant du fait que vous ne vous souvenez pas de ce qui s'est passé avant l'accident, on parle en général d'amnésie rétrograde. C'est un phénomène assez fréquent, qui dépend, semble-t-il, de la gravité de la lésion cérébrale. On utilise couramment l'expression perte de mémoire, continua-t-il, quand il faudrait parler de perte *temporaire*. Les événements qui ont précédé l'accident vous reviendront petit à petit, même si vous devez mettre un certain temps à identifier la place qu'ils occupent, car ils ne vous apparaîtront peut-être pas dans l'ordre chronologique. Il est également possible, bien que beaucoup plus improbable, que vous vous souveniez de choses qui n'ont jamais existé, dans la mesure où votre mémoire aura emmagasiné tout un stock de scénarios portant sur des événements futurs et où vous aurez l'impression que ces scénarios se sont effectivement accomplis. L'essentiel est de ne pas vous inquiéter. Votre cerveau, de même que le reste de votre corps, a subi un choc et a besoin de temps pour se rétablir. Voilà pour votre amnésie.

– Je comprends. Est-ce que cela signifie que je pourrai rentrer bientôt ?

– Chez vos parents ?

– Non. À Londres.

– Y a-t-il quelqu'un pour veiller sur vous ? »

Elle faillit dire Leo avant de se souvenir que, d'après sa belle-mère, il n'était plus là. *Allons donc*, fit à nouveau la voix du cynisme, *Leo veiller sur toi ? Laisse-moi rire !* Elle s'abstint de répondre et continua à regarder par la fenêtre. Cela l'irritait qu'il ait pris ce ton familier comme s'ils étaient de vieilles connaissances, alors que tout ce qu'elle savait de lui se limitait à quelques considérations paternelles sur un mal qui l'affectait au plus profond d'elle-même. Tout comme l'irritait son apparente certitude qu'elle se prêtait volontiers à cette conversation, quand en réalité tout ce qu'elle ressentait était une violente colère.

« Votre père souhaite vivement que vous restiez ici, dans la mesure où il pense que vous bénéficierez de soins appropriés. Cependant, vous êtes parfaitement libre et, si vous estimez être mieux à Londres, nous nous arrangerons pour envisager un transfert étant entendu que, comme vous vous en doutez, votre état nécessite encore des soins. À court terme, en tout cas. »

Le reflet dans la glace l'observa avec attention.

« Est-ce Adam qui vous paie ? »

Il acquiesça.

« C'est une clinique privée.

– Pas un hôpital ?

– Non. Nous sommes spécialisés dans les problèmes de désintoxication. Mais nous dispensons aussi des traitements de convalescence.

– Je ne suis pas intoxiquée. » *Tu t'es enivrée.*

« Personne ne prétend le contraire. »

Elle aspira une bouffée de sa cigarette.

« Alors pourquoi mon père paie-t-il quatre cents livres par jour pour que je sois ici ? demanda-t-elle d'une voix neutre. Je me remettrais aussi bien dans une maison de repos et pour beaucoup moins cher. »

Il scruta son interlocutrice, assise dans son lit avec la dignité d'un bouddha éborgné.

« Qui vous a dit que cela coûtait quatre cents livres par jour ?

– Ma belle-mère, mentit-elle. Je connais trop bien mon père, de sorte que, naturellement, c'est la première question que j'ai posée.

– Il m'a prévenu que vous ne preniez rien pour argent comptant. »

Le reflet esquissa un sourire.

« J'ai assurément horreur qu'on me raconte des bobards, murmura-t-elle. Ma belle-mère prétend que j'ai tenté de me suicider. » Elle guetta, en vain, une réaction. « Je n'en crois rien. En revanche, je crois Adam tout à fait capable de payer un psychiatre pour me remettre les idées en place si lui en était persuadé. Quelle sorte de thérapie vous a-t-il demandé de me faire ?

– Personne ne vous raconte de bobards, Jinx. Votre père est seulement soucieux de vous procurer un environnement qui vous permette de vous rétablir à votre rythme et en toute liberté. Nous disposons, bien sûr, de psychiatres, avec lesquels ceux qui le souhaitent peuvent entreprendre une thérapie, mais je ne suis rien d'autre que ce que je vous ai dit, un médecin. Mon rôle est en grande partie administratif, ce qui ne m'empêche pas de suivre le rétablissement des patients. Votre présence ici n'a rien de sinistre. »

Était-ce vrai ? Cela paraissait bizarre. Même la figure dans le miroir trouvait la ficelle un peu grosse.

« Adam vous a-t-il dit que j'étais radicalement hostile aux psychiatres et à la psychiatrie ?

– Oui.

– Pour quelle raison pense-t-il que j'ai essayé de me suicider ?

– Parce que c'est la conclusion à laquelle en est arrivée la police à la suite de l'enquête.

– Alors elle se trompe ! répliqua-t-elle avec force. Jamais je n'aurais fait ça.

– D'accord, fit Protheroe d'un ton conciliant. Si vous le dites. »

Elle ferma les yeux.

« Pourquoi aurais-je soudain voulu me suicider alors que je n'en ai jamais éprouvé le désir ? »

Il ne répondit pas.

« S'il vous plaît, lança-t-elle d'une voix rude, j'aimerais savoir ce qu'on raconte sur moi.

– À vrai dire, et compte tenu du fait que la théorie de la police s'appuie sur un grand nombre d'indices matériels, le raisonnement semble être que la rupture de vos fiançailles vous avait bouleversée. Votre dernier souvenir est d'avoir dit au revoir à Leo avant de quitter Londres, il y a un peu plus de quinze jours, pour vous rendre chez vos parents à Hellingdon Hall. Vous ne vous le rappelez sans doute pas, mais vous l'avez répété à plusieurs reprises – à la police comme à mes confrères de l'hôpital Odstock – et ils en ont conclu, peut-être à tort, que vous teniez à rester sur un souvenir agréable, afin d'effacer celui de la soirée, une semaine plus tard, où Leo vous a annoncé qu'il vous quittait pour votre amie Meg Harris. »

Elle médita un long moment là-dessus.

« Ainsi, ils estiment que la cause de mon amnésie n'est pas entièrement physique. Qu'elle résulte en partie d'un désir de sauver la face. Ne pouvant supporter l'idée d'être rejetée par Leo, je me serais efforcée d'escamoter sa trahison, puis j'en aurais fait autant avec ma propre faiblesse, en l'occurrence mon incapacité à envisager la vie sans lui. »

Son choix des mots était fascinant.

« C'est, en substance, ce que l'on a dit à votre père.

– Très bien » – elle paraissait au bord des larmes –, « mais si j'étais désespérée par l'abandon de Leo au point de faire l'impasse sur l'ensemble de l'épisode, pourquoi ne le suis-je pas maintenant que j'ai appris de quoi il retourne ?

– Je l'ignore. Intéressant, n'est-ce pas ? Comment expliquez-vous cela ? »

Elle détourna la tête.

« Toute cette histoire de mariage me posait beaucoup trop de problèmes. À présent, je me sens seulement soulagée de ne pas devoir en passer par là. Je répondrais que je n'étais nullement désespérée.

– Je suis tout prêt à vous croire. Alors, parlons-en. Dites-moi, qui a eu l'idée du mariage, vous ou Leo ?

– Mon père, mais si vous me demandez qui voulait se marier, c'est Leo. Il m'a sorti ça tout à trac il y a environ deux mois et j'ai accepté parce que je croyais alors que c'est ce que je désirais.

– Et vous avez changé d'avis ?

– Oui.

– En avez-vous parlé à quelqu'un ?

– Je ne pense pas. »

Elle sentit son scepticisme aussi sûrement que s'il le lui avait posé dans la main. *Seigneur, quelle abominable situation !*

« Sauf que Leo le savait forcément, s'empressa-t-elle d'ajouter. A-t-il dit que j'avais souffert de son départ ? »

Le docteur Protheroe secoua la tête.

« Je l'ignore. »

Elle considéra le téléphone sur la table de nuit.

« Je connais le numéro de Meg par cœur. Nous pouvons appeler là-bas et lui poser la question. » *En avait-elle vraiment le désir ? Leo avouerait-il jamais que c'était elle qui ne voulait pas l'épouser ?*

« Il est impossible à joindre pour l'instant. La police a essayé. Il passe quelques semaines à l'étranger. »

Impossible à joindre. Elle en était sûre. *Comment ?* Elle se lécha nerveusement les lèvres.

« Et Meg ?

– Elle l'accompagne. Ils sont en France, paraît-il. »

Il la vit se tordre les mains sur ses genoux et se demanda quels sentiments complexes avaient pu amener Leo et Meg à la trahir.

« Vous venez de me dire que vous aviez changé d'avis, reprit-il. Qu'est-il arrivé ? Avez-vous pris cette décision subitement ou s'est-elle imposée petit à petit ? »

Elle fit un effort pour se souvenir.

« J'ai fini par comprendre que, s'il voulait m'épouser, c'est uniquement parce que je suis la fille d'Adam Kingsley, lequel n'a rien d'un crève-la-faim. » *Vraiment ? N'était-ce pas plutôt Russell qui l'avait épousée pour l'argent ?* Elle soupesa en silence ses paroles. « Tel donne les verges dont il sera battu, laissa-t-elle tomber.

– Pourquoi dites-vous ça ?

– Parce que vous allez me demander si les parents de Meg Harris sont riches. »

Il resta muet.

« Eh bien, non. Son père est un pasteur de village et touche un salaire de misère. » Elle écrasa son mégot dans le cendrier tout en plaquant un sourire sur ses lèvres. « Il faut croire que Leo a enfin trouvé le grand amour.

– Vous en voulez à Meg ? Votre belle-mère m'a dit que vous la connaissiez depuis longtemps.

– Nous étions à Oxford ensemble. Non, en réalité, je ne lui en veux pas, sans doute parce que j'ai encore bien du mal à croire à tout cela. Du reste, je n'ai que la version de Betty.

– Et vous ne la croyez pas ?

– Pas souvent, mais n'y voyez pas le signe d'un complexe d'Électre. C'est la seule mère que j'ai jamais connue et je l'aime beaucoup. »

Il leva un sourcil amusé.

« Qu'avez-vous fait à Oxford ? Des études classiques ? »

Elle acquiesça.

« Ce qui représentait une totale perte de temps pour quelqu'un s'intéressant uniquement à la photographie. Je suis capable de faire des mots croisés et de donner l'étymologie d'à peu près n'importe quel terme, mais, à part cela, mon éducation n'a été qu'un gaspillage pur et simple.

– À ce point-là ? » Il se gratta la barbe d'un air songeur. « Est-ce une manière de vous défendre contre l'idée qu'on puisse vous prendre pour une privilégiée ?

– Seulement une habitude, rétorqua-t-elle d'un ton de dédain. Mon père a pour mes capacités une admiration sans bornes.

– Je vois. »

Elle en doutait. La fierté d'Adam concernant sa fille frisait la pathologie, ce qui expliquait qu'il n'y eût guère d'affection à revendre entre les habitants de Hellingdon Hall. Qu'est-ce que savait ce médecin ? Avait-il rencontré

Adam ? Avait-il deviné la tyrannie que celui-ci imposait à sa famille ?

« Après tout, déclara-t-elle brusquement, pourquoi ne vous faciliterais-je pas la tâche ? Je connais le topo par cœur. Quel âge aviez-vous à la mort de votre mère ? Deux ans. Quel âge aviez-vous quand votre père s'est remarié ? Sept ans. Votre belle-mère était-elle jalouse de vous ? Je n'en sais rien, j'étais trop jeune pour m'en apercevoir. Étiez-vous jalouse d'elle ? Je l'ignore, j'étais trop jeune pour avoir l'expérience de la chose. Avez-vous des frères et sœurs ? Deux demi-frères, Miles et Fergus. Est-ce que vous leur en voulez ? Et est-ce qu'ils vous en veulent ? Non. Quel âge ont-ils ? Vingt-six et vingt-quatre ans. Sont-ils mariés ? Non, ils vivent toujours à la maison. Aimez-vous votre père ? Oui. Vous aime-t-il ? Oui. »

Le rire de Protheroe, un de ces rires tonitruants qui forcent à sourire, résonna dans la pièce.

« Grands dieux ! Et qu'est-ce que vous prévoyez après ça ? De passer un psychiatre à la moulinette ? J'étais venu m'assurer que vous aviez tout ce qu'il vous faut, Jinx. J'aimerais que votre séjour ici soit le plus agréable possible. »

Elle alluma une nouvelle cigarette. *Il ne savait strictement rien.* « Pour ça, je suis tranquille. Adam ne se fendrait pas de quatre cents livres par jour sans avoir pris ses renseignements.

– C'est vous qui décidez, pas votre père. »

Elle lui jeta un regard oblique.

« À votre place, je ne me ferais pas trop d'illusions, répondit-elle d'une voix posée. Adam n'a pas gagné ses millions en restant à se tourner les pouces jusqu'à ce que les autres aient donné leur avis. C'est un maître de la manipulation. »

Protheroe eut un haussement d'épaules.

« En tout cas, il semble avoir vos intérêts à cœur. »

Elle expédia un rond de fumée vers le plafond.

« Prouvez-moi qu'il a un cœur, docteur Protheroe, et je vous croirai peut-être. »

4

Mercredi 22 juin, 53, Lansing Road, Salisbury, 20 h 05

Le jeune homme ne semblait nullement pressé de se lever. Allongé sur les draps froissés, les jambes écartées, la mine repue et satisfaite, il observait la femme occupée à boutonner son corsage devant la glace. Tout en s'habillant, elle le fixait d'un regard circonspect. Il avait beau avoir l'air aimable et distingué, avec des formules de politesse plein la bouche, elle savait très bien à quoi s'en tenir, de sorte qu'elle était verte de peur. En fait de types bizarres, elle avait à peu près tout vu – ou du moins le croyait-elle –, mais celui-là appartenait à une catégorie à part. Celui-là était fou.

« Maintenant, il est temps que tu partes, dit-elle en tâchant de cacher sa nervosité. J'ai un autre client dans une minute.

– C'est vrai ? Eh bien, dis-lui de s'en aller. Je te paierai le double.

– Je ne peux pas, mon chou. C'est un habitué.

– Tu mens, rétorqua-t-il d'un ton paresseux.

– Je te jure que non, mon chou. » Elle esquissa un sourire sans conviction. « Écoute, c'était formidable. Ça faisait une éternité que je n'avais pas pris mon pied avec un client. Tu ne me crois pas, hein ? Une pro comme moi, et c'est toi qui as réussi ce prodige ! » Elle approcha du miroir son visage aux traits marqués et commença à se maquiller les yeux. « Mais la vie est dure et j'ai besoin de gagner ma croûte comme tout le monde. Si je l'envoie balader, il risque de ne plus venir » – elle gloussa de façon pitoyable – « à tous points de vue. Tu vois ce que je veux dire ? Alors sois gentil, mon chou, laisse-moi avec lui. Il ne t'arrive pas à la cheville, c'est certain, mais il paie régulièrement et il paie bien. D'accord ?

– Tu as vraiment pris ton pied ?

– Et comment, mon chou.

– Sale putain ! s'écria-t-il en bondissant du lit avec la rapidité de l'éclair et en lui entourant le cou de son bras. Il faudrait au moins un bulldozer pour que tu sentes quelque chose ! » Il resserra son étreinte. « J'ai horreur des putains qui mentent. Avoue que tu mens, espèce de sale putain ! »

Depuis le temps qu'elle faisait ce métier, elle avait compris qu'il ne sert à rien de dire la vérité à un cinglé. Elle s'empara de son pénis et se remit à l'exciter, tout en se disant que, si elle en réchappait cette fois-ci, elle aurait vraiment de la veine. Le seul vrai plaisir qu'il avait paru éprouver avait été de la frapper en pleine figure, et elle savait qu'il allait recommencer.

Comme il lui agrippait les cheveux et la tirait d'un coup sec vers le lit, elle songea un instant à la terrible ironie de tout cela. Elle avait tellement l'habitude de se faire des petits vieux mal fichus qu'en ouvrant sa porte et en apercevant l'Adonis dont elle avait entendu la voix au téléphone, elle en était restée comme deux ronds de flan. Une stupide putain, voilà ce qu'elle était !

Clinique des Rossignols, Salisbury, 20 h 20

À côté du lit de Jinx, le téléphone se mit à sonner et cet appel opiniâtre d'un monde qu'elle ne se sentait pas encore le courage d'affronter lui mit les nerfs à vif. Elle fut tentée de l'ignorer, puis se dit qu'on essayait peut-être de la joindre sur une ligne intérieure. *Si elle ne répondait pas*, lui souffla la voix de la paranoïa, *quelqu'un tracerait une croix sur une fiche et son équilibre mental s'en trouverait mis en question.* Elle décrocha et posa le combiné sur l'oreiller, tout contre son oreille.

« Jinx Kingsley, fit-elle d'une voix méfiante.

– Dieu soit loué ! s'exclama une voix d'homme. J'ai eu un mal de chien à te trouver. C'est Josh Hennessey. J'ai fini par m'adresser à ta belle-mère, qui m'a donné ce numéro. Il paraît que tu vas bien, mais que tu as des trous de mémoire.

– Josh Hennessey ? répéta-t-elle, surprise. De Harris et Hennessey ? Je t'entends comme si tu étais à côté. D'où appelles-tu ? »

Il y eut un rire semblable à un grondement à l'autre bout du fil.

« En personne. Sauf que Harris a quitté le navire pour le moment et qu'il ne reste que Hennessey. Elle a foutu le camp en France en me laissant la boîte sur les bras. Je suis dans une cabine à Piccadilly. » Il s'interrompit et elle distingua dans le lointain le bruit de la circulation. « Encore heureux qu'il te reste assez de mémoire pour te souvenir des copains. On est quelques-uns à s'être fait un sacré mouron. » Il marqua une nouvelle pause. « On est vraiment navrés de ce qui t'arrive, Jinx. Ta belle-doche affirme que ça va de mieux en mieux. »

Elle ne put s'empêcher de sourire. C'était typique de Josh. Toujours on, jamais je.

« Je n'en suis pas aussi sûre. Je me sens comme un vieux débris. Je suppose que tu es au courant pour Leo et Meg ? »

Il ne répondit pas.

« Inutile de faire semblant. En réalité, je suis heureuse que Leo ait trouvé quelqu'un qui lui convienne. » *Disait-elle la vérité ?* « Grand bien leur fasse !

– Si ça peut te consoler, ça m'étonnerait que ça dure. Tu connais Meg et ses toquades. Elle va revenir avec un Français à sa remorque et Leo se fera balancer comme les autres. C'est une garce de traîtresse, Jinx. Je l'ai toujours dit. »

Espèce d'hypocrite, tu ne jures que par elle !

« Elle n'a pas changé du tout au tout parce que Leo la préfère à moi, répliqua-t-elle. Si je ne lui en veux pas, pourquoi lui en voudrais-tu ? »

Il se racla la gorge.

« Comment es-ce que tu t'en sors après... enfin, tu vois ce que je veux dire ?

– Ma tentative de suicide ? Très bien, je ne m'en souviens même pas. »

Il y eut un court silence.

« Bon, écoute, si je te téléphone, c'est parce que voilà une semaine que je m'escrime à avoir Meg via son répondeur et que j'en suis toujours au même point. Elle avait juré ses grands dieux qu'elle écouterait chaque jour ses messages et, si elle l'a fait, elle n'a pas daigné me rappeler, de sorte que je commence à ne plus savoir où donner de la tête avec tout le boulot qui s'accumule. J'ai passé un coup de fil à son frère et à quelques-uns de ses amis au cas où ils sauraient où Leo et elle sont allés, mais ils n'étaient pas plus au courant que moi. Tu es mon dernier espoir, Jinx. As-tu une idée de la manière dont je pourrais la contacter ? Crois-moi, je ne t'embêterais pas avec ça si je n'étais pas dans la panade. J'ai une saloperie de contrat qui nécessite sa signature et que je dois expédier par fax de toute urgence. » Il poussa un grognement rageur : « Je me sens d'humeur à la réduire en chair à pâtée. Et Leo avec. »

Jinx appuya sur la veine, juste au-dessus de son œil, où le sang battait et roulait comme une rivière en crue. Tandis que Josh lui parlait, une image étrangement floue avait tout à coup surgi dans son esprit, aussi frustrante qu'un négatif noir et illisible. Elle s'efforça de la retenir, mais, tel un noyé, la vision s'enfonça dans les ténèbres, à son grand désappointement.

« S'ils sont en France, ils se trouvent probablement dans la maison de Leo en Bretagne mais, hélas, j'ai oublié le numéro de téléphone et il n'a sûrement pas de fax.

– Peu importe. Tu connais l'adresse ? »

Elle fit un effort de mémoire.

« Il me semble. Les Hirondelles, rue Saint-Jacques, La Trinité-sur-Mer.

– Tu es formidable, Jinx. Rappelle-moi de t'emmener dîner un de ces soirs. »

Elle émit un rire grêle.

« Le rendez-vous est noté. À supposer que je sois capable de me rappeler de te le rappeler. » Elle s'interrompit. « Tu voulais vraiment les coordonnées de Meg ? »

Il esquiva la question.

« Je pourrais passer te voir ce week-end, suggéra-t-il. À moins que tu sois en hibernation ?

– C'est à peu près ça, répondit-elle sans savoir de quoi elle avait envie. Je végète.

– Alors, oui ou non ? »

La veine près de son œil se mit à palpiter cruellement.

« D'accord. Je serais ravie de te voir », mentit-elle.

Pendant un quart d'heure, la paranoïa l'engloutit. Dix fois elle avança la main vers le téléphone sur la table de nuit et dix fois elle la retira. Ses nerfs semblaient l'avoir lâchée avec sa mémoire. Elle avait affreusement peur qu'on épie la conversation. Qu'aurait-elle pu dire qui n'ait pas l'air insensé ? À neuf heures, tandis qu'un générique défilait à la télévision, elle se décida enfin, baissa le son, empoigna le combiné et forma un numéro.

« Allô ? fit une voix énergique qui démentait ses quatre-vingt-trois ans.

– Colonel Clancey ?

– Oui.

– C'est Jinx Kingsley. Je me demandais… êtes-vous occupé ou puis-je vous parler un instant ?

– Je vous en prie, ma chère enfant. Comment allez-vous ?

– Bien. Et vous ?

– Contrarié, aboya-t-il. Très contrarié, pour dire les choses. Je me sens responsable, Jinx. Et Daphne aussi. Nous aurions dû faire davantage. Attendez une minute que je ferme la porte. On ne s'entend pas avec cette maudite télévision. Les inepties habituelles, naturellement, mais Daphne aime ça. » Le récepteur cogna contre la table du hall, puis il y eut un claquement de porte et le jappement lointain de Goebbels, le brave fox-terrier. « Vous êtes toujours là ? » fit-il au bout d'un moment.

Elle fut prise d'un brusque élan de gratitude qui lui mit les larmes aux yeux. Il se donnait des airs tellement plus féroces que son drôle de petit chien qu'il avait toujours été pour elle le colonel Goebbels et l'animal, Clancey.

« Oui. Je suis bien contente de vous entendre. » Elle

s'interrompit, hésitant sur ce qu'elle devait dire. « Comment va Goebbels ? » Elle se demanda pourquoi ils lui avaient donné ce nom. *L'avait-elle su et oublié, ou s'était-elle contentée d'accepter la chose comme elle avait accepté toutes leurs autres excentricités ?*

« Plein de puces, comme toujours. Daphne lui a fait prendre un bain. On dirait un pull en mohair. Stupide créature ! »

Elle n'aurait su dire s'il parlait du chien ou de son épouse. « Je me fais du souci pour mes plantes, déclara-t-elle, cherchant un terrain neutre et se souvenant que les Clancey possédaient un double de la clé. Est-ce que cela vous ennuierait beaucoup d'aller les arroser, vous ou votre femme ?

– On y va tous les jours, Jinx. Pensions que c'est ce que vous souhaitiez. Plantes en forme, ménage fait. Tout est en ordre pour votre retour.

– Merci. C'est très gentil.

– C'est bien le moins, vu les circonstances. »

Il y eut un silence gêné, pendant lequel elle réfléchit à ce qu'elle pourrait dire d'autre.

« Je vais vous donner mon téléphone. Je suis à la clinique des Rossignols, à Salisbury. » Elle scruta le cadran. « Je ne connais pas l'indicatif, mais le numéro est 22 04 20. Au cas où.

– Noté, fit-il. Alors, vous allez bien ? Bravo. On s'occupe de vous comme il faut ?

– Oui.

– Ma foi, vous avez une voix plutôt enjouée. »

Nouveau silence gêné. Ils se remirent à parler en même temps.

« Eh bien, il ne me reste plus qu'à vous souhaiter…

– Colonel…

– Oui ?

– Attendez ! » Elle se mit à débiter à toute allure : « Ma belle-mère m'a dit que vous m'aviez sortie du garage. Est-ce vrai ? Elle prétend que j'avais mis le moteur de la voiture en marche et que vous m'avez trouvée avant que j'aie eu le temps… euh… d'en finir. »

Son ton se fit encore plus bourru.

« Vous ne vous en souvenez donc pas ?

– Non. » Elle avala péniblement sa salive. « Je suis désolée. Je ne me souviens de rien, du moins depuis que je suis partie voir mes parents il y a deux semaines. Leo n'est réellement plus là ? Je ne sais pas à qui m'adresser... Je suis terriblement confuse de vous causer de l'embarras, mais j'ai besoin d'être sûre. On n'arrête pas de me raconter... des choses... insensées. Que je souffre d'amnésie... et aussi que je me suis enivrée et que j'ai voulu me suicider. Alors que... jamais je n'ai... oh, mon Dieu... »

Elle pressa une main sur sa bouche pour réprimer ses sanglots. *Raccroche donc, espèce d'idiote !*

« Allons, allons, lança-t-il d'une voix cordiale, inutile de vous excuser. Si vous saviez combien de grands gaillards m'ont pleuré sur l'épaule ! Des réponses claires, hein, c'est ce que vous voulez ? Votre belle-mère est sûrement la meilleure des femmes, mais si elle ressemble un tant soit peu à Daphne, elle aura fait un micmac. Non pas que je sois très au courant, remarqua-t-il. Pas pour habitude de fourrer mon nez dans les affaires d'autrui, vous le savez.

– Absolument. La discrétion même ! » Curieusement, elle ne pouvait pas s'empêcher d'adopter le même style télégraphique en lui parlant. Comme tout le monde, peut-être.

« Leo est parti il y a une semaine. Le soir de votre retour du Hampshire. À mon avis, et sans vouloir vous offenser, vous n'avez rien perdu. Je n'ai jamais beaucoup aimé ses manières. Vous étiez trop bien pour lui. Le plus drôle, c'est que je vous ai parlé le samedi et que vous n'avez pas bronché. "Colonel, ce salaud m'a laissée tomber, m'avez-vous dit, et la seule chose qui m'enquiquine dans l'histoire, c'est qu'il l'a fait avant moi." » Le souvenir le fit glousser de rire. « Et voilà que le dimanche, vous étiez dans votre garage, avec le moteur qui tournait à pleins gaz. C'est Goebbels qui s'est douté de quelque chose. Il s'est planté devant la porte en aboyant de toutes ses forces. » Le colonel marqua un temps d'arrêt, pendant lequel elle l'imagina effilant sa moustache et relevant les épaules. « Bref, je vous ai évacuée dare-dare pour que vous puissiez respirer de l'air frais. Mais j'aurais dû faire davantage. Appeler un médecin, prévenir un ami. À la vérité, tout cela m'a beaucoup tracassé.

– J'en suis désolée. Ai-je dit quelque chose, fourni une explication ? » Elle serra involontairement le combiné. « Je ne peux pas arriver à croire... enfin, vous comprenez. Pas à cause de Leo...

– Je suis bien d'accord. Personnellement, j'ai cru qu'il s'agissait d'un accident. Que la porte du garage s'était refermée toute seule pendant que vous mettiez la voiture en marche. Ce n'est pas comme si vous aviez branché un tuyau au pot d'échappement, pas vrai ? Ensuite, vous étiez pas mal groggy, évidemment. Sauf que vous ne deviez pas être là-dedans depuis bien longtemps car vous vous êtes relevée en cinq sec et mise à plaisanter et à dire à Daphne de ne pas s'en faire. Vous avez même passé un coup de fil à des amis chez qui vous aviez prévu d'aller. Daphne insistait pour appeler un médecin, mais vous avez refusé en disant : "Je me sens très bien, Mrs Clancey, et si je ne pars pas tout de suite, je vais être en retard." Avec ça, j'ai cru que vous alliez étouffer ce pauvre Goebbels tellement vous le serriez dans vos bras. » Il éclata d'un rire graveleux. « Je vous entends encore : "La prochaine fois, je prendrai un chien plutôt qu'un mari, c'est nettement plus utile !" »

Elle se tapota la joue.

« Alors pourquoi Betty pense-t-elle que j'ai tenté de me suicider ? interrogea-t-elle d'une voix étonnamment calme.

– Suivant l'idée, ma chère petite, qu'une hirondelle ne fait pas le printemps, mais deux, sûrement. Je crois bien que c'est notre faute. Des policiers sont venus nous voir la semaine passée. Ils nous ont dit que vous étiez rentrée dans un mur. Que ça avait tout l'air d'une tentative de suicide. Ils nous ont demandé si vous aviez déjà commis des actes semblables. Sur ce, Daphne leur a raconté l'histoire du garage, que vous lui aviez promis d'être plus prudente à l'avenir, puis elle leur a parlé de la façon abominable dont Leo s'était conduit avec vous, si bien qu'ils n'ont pas été longs à tirer leurs conclusions. Pauvre vieille sotte ! s'exclama-t-il d'un ton affectueux. Totalement gaga, même si, je dois le reconnaître, elle se fait un sang d'encre pour vous. J'ai essayé de colmater la brèche en affirmant que ce n'était pas votre style, mais j'aurais craché en l'air que cela aurait été pareil. » Il se racla la gorge. « À la vérité, plus je vous écoute et moins je suis enclin à croire à toutes ces sornettes. Vous n'êtes pas à mon sens du genre à jeter l'éponge facilement ! »

Elle fut un instant sans pouvoir réagir.

« Merci, dit-elle enfin. C'est aussi mon avis. Voulez-vous faire mes amitiés à Mrs Clancey et à Goebbels ?

– Je n'y manquerai pas. Vous rentrez bientôt, j'espère ?

– Je ne demande pas mieux, mais je suis couverte de pansements de la tête aux pieds. Vous me verriez, colonel, je ressemble à Boris Karloff dans *La Momie.* »

Il rit à nouveau.

« Vous n'avez pas perdu votre sens de l'humour, à ce que je vois. Grâce aux visites, sans doute.

– Non, répondit-elle avec franchise, grâce à vous. Merci de m'avoir retirée de ma voiture. Je vous téléphonerai dès qu'on voudra bien me rendre à la vie civile et que je saurai l'heure de mon arrivée.

– Nous vous attendons, ma chère petite. Et jusque-là, bon courage et ne mollissez pas, hein ?

– Non. Au revoir, colonel. »

Elle coupa la communication, mais garda quelques instants le combiné contre elle comme pour maintenir le lien avec son interlocuteur, consciente du caractère éphémère du bien-être que lui avait procuré leur conversation. Tel un flot impétueux, l'angoisse menaçait déjà ce fragile rempart, quand elle songea que, parmi tous les gens qu'elle connaissait, le seul auquel elle avait eu la force de parler était un homme qu'elle n'aurait même pas osé appeler par son prénom. *Avait-elle éprouvé la même solitude la semaine précédente ? Avait-elle réellement… ? Dans ce cas, que le ciel lui vienne en aide !*

« Votre frère est là, Miss Kingsley, déclara une infirmière noire en ouvrant la porte en grand. Je lui ai donné dix minutes. Les visites s'achèvent à 21 heures, d'après le règlement, mais comme il s'agit de votre frère et qu'il a fait tout le trajet depuis Fordingbridge… à condition qu'on ne vous entende pas. » Elle remarqua soudain la pâleur de Jinx et émit un claquement de langue inquiet.

« Eh bien, que se passe-t-il, ma jolie ? On dirait que vous avez vu un spectre !

– Ce n'est rien.

– Bon, fit l'autre, soulagée. Et surtout pas trop de bruit ou je risque de perdre ma place. »

Miles, son charme juvénile lui sortant par tous les pores, saisit la main de l'infirmière et la gratifia d'un grand sourire.

« Je vous suis très reconnaissant, Amy. Merci. »

Le teint sombre de son interlocutrice s'empourpra.

« Je vous en prie. Je ferais bien de retourner au bureau. »

Elle retira sa main avec un regret évident et ferma la porte derrière elle.

« Bon sang, elle croit peut-être que c'est arrivé ! s'exclama-t-il en se laissant tomber dans un fauteuil. » Il regarda Jinx. « Maman m'a prévenu que tu étais de retour au royaume des vivants et j'ai pensé faire un saut pour m'en assurer. Tu as une tronche pas possible, mais je suppose que je ne t'apprends rien. »

Elle prit une cigarette.

« Je m'en voudrais de te décevoir, Miles.

– Paraît que tu as tout oublié depuis le 4. C'est vrai ça ? »

Elle ne répondit pas.

« Donc c'est oui. » Il se mit soudain à ricaner. « Tu ne te souviens même pas de la semaine que tu as passée à la maison ? »

Elle le considéra avec froideur tout en cherchant à tâtons son briquet.

« Tu en as profité pour m'emprunter deux cents sacs, Jinxy, et j'en ai besoin.

– Va te faire voir, Miles ! »

Il arbora un large sourire.

« Tu m'as l'air plutôt en forme. C'est quoi cette histoire d'amnésie ? Un truc pour éviter une embrouille avec papa ?

– À quel sujet ?

– Au sujet de ce que tu as fait et que tu n'aurais pas dû.

– Je ne vois pas de quoi tu veux parler. »

Il haussa les épaules d'un air indifférent.

« Alors pourquoi as-tu essayé de te ficher en l'air ? Cette semaine, le paternel a été encore plus infect que d'habitude. Tu aurais tout de même pu y penser, avant de t'amuser à tes conneries. »

Elle l'ignora et alluma sa cigarette.

« Tu vas te décider à me parler ou est-ce que j'ai perdu mon temps en venant ici ?

– Je doute que tu aies perdu ton temps, répondit-elle d'un ton égal, car j'imagine que j'étais en queue de la liste. » Elle le dévisagea, vit une lueur d'amusement briller dans ses yeux et comprit qu'elle avait deviné juste. « Tu dois être complètement fou. Papa ne plaisantait pas en disant qu'il te flanquerait à la porte la prochaine fois. Pourquoi diable fais-tu ça ?

– Tu crois tout savoir, hein ?

– S'agissant de toi, Miles, oui. »

Il sourit de nouveau.

« Très bien. Parce que ça me plaît ! Allons, Jinxy, pour deux malheureuses parties de poker dans une chambre d'hôtel, il n'y a pas de quoi fouetter un chat. Et de toute façon, qui irait le dire à papa, hein ? Sûrement pas toi, ni moi non plus. » Il se remit à ricaner. « D'ailleurs, j'ai assuré le coup » – il donna une tape sur sa poche de veste –, « alors pas de sermons, d'accord ? Je n'ai aucune envie de me retrouver avec une nouvelle ardoise. Le vieux crocodile m'a assez répété qu'il n'allongerait plus un sou. »

Il semblait particulièrement excité et elle se demanda combien il avait gagné. Elle changea de sujet.

« Comment va Fergus ? questionna-t-elle.

– Il est comme moi, il en a plein le dos. Il y a deux jours, papa a réussi à le faire chialer. Tu sais ce que je crois ? Que le morveux va finir par se rebiffer au moment où le paternel s'y attendra le moins et que la raclée, ce sera pour ton cher Adam. » Il se mit à tripoter les revers de sa veste, à les frotter et les lisser. « Qu'est-ce qui t'a prise ? Maintenant papa te déteste, et nous et tout le monde. À commencer par cette pauvre maman. »

Jinx appuya la tête contre l'oreiller.

« Tu connais la solution aussi bien que moi.

– Oh, ça va, épargne-moi tes leçons de morale ! On croirait que tu as quarante-quatre ans, pas trente-quatre. » Il prit une voix de fausset. « Tu es assez grand pour te débrouiller tout seul, Miles. Tu ne t'imagines pas que ta mère va te payer des Porsche toute ta vie ? Il est grand temps que tu déménages, que tu prennes un appartement, que tu fondes une famille.

– Je ne comprends pas pourquoi tu ne veux pas.

– Parce que papa refuse de casquer, voilà pourquoi. Tu connais le topo. Ou bien c'est la vie à la maison, avec le confort et papa sur le dos, ou bien c'est l'indépendance et le régime de la vache enragée.

– Bienvenue parmi les adultes ! lança-t-elle d'un ton caustique. Qu'est-ce que tu crois que nous faisons tous ? »

Il éleva de nouveau la voix, mais cette fois sous l'effet de la colère.

« On voit bien que tu n'as jamais été dans la mélasse. Tu n'as même pas eu à lever le petit doigt que tu t'es tout de suite retrouvée avec le fric de Russell. Alors inutile de prendre ces grands airs. "Bienvenue parmi les adultes, Miles." Tiens, tu m'écœures ! »

Elle se sentait exténuée. Pourquoi l'infirmière ne revenait-elle pas ? Elle écrasa sa cigarette et se tourna vers lui.

« Cela vaudrait pourtant mieux que de te laisser traiter comme un chien par Adam. Quand t'a-t-il frappé pour la dernière fois ? »

Il avait une attitude bizarre, pensa-t-elle. Il était comme un drogué qui attend sa dose et se tortille, incapable de rester en place, les yeux agrandis, les doigts fébriles. *Oh non, mon Dieu, pas la drogue… pas la drogue…* Mais comme elle allait s'endormir, elle en eut la conviction, car s'il y avait bien une chose que Miles savait faire, c'était ne rien se refuser. À défaut du reste, son père lui avait appris ça.

Hôpital Odstock, Salisbury, 22 heures

L'interne au service des urgences venait tout juste de terminer ses études et rien dans sa formation ne l'avait préparé à un tel spectacle. Il s'efforça de sourire à la femme étendue dans l'alcôve. C'est encore pire qu'*Elephant Man* ! songea-t-il avant de s'avancer à hauteur de l'infirmière à la main de laquelle s'agrippait la malheureuse. Elle avait le visage tellement enflé qu'il en avait perdu toute expression humaine. Elle avait déclaré s'appeler Mrs Hale.

« Vous avez fait la guerre, fit-il remarquer de manière absurde.

– Mon mari… il m'a battue… », croassa-t-elle, incapable de remuer les lèvres.

Il examina son cou, où des empreintes de doigts étaient clairement visibles.

« C'est seulement à la figure que vous avez reçu des coups ? »

Elle fit signe que non et, avec une gêne pathétique, souleva sa jupe, dévoilant une culotte tachée de sang.

« Il m'a… » – des larmes coulèrent de ses paupières boursouflées – « déchiré l'intérieur. »

Trois heures plus tard, une femme policier à la mine compatissante tentait de la convaincre de faire une déposition avant son transport en salle de chirurgie pour une opération du rectum.

« Mrs Hale, nous savons que ce n'est pas votre mari qui vous a fait ça. Nous nous sommes renseignés : il se trouve actuellement à Winchester, où il purge une peine de dix mois pour complicité de recel. Nous savons aussi que vous vous livrez au racolage, de sorte qu'il y a de fortes chances pour que le coupable soit un de vos clients. Peu nous importe la manière dont vous gagnez votre argent. La seule chose qui nous intéresse, c'est d'empêcher ce saligaud de recommencer avec d'autres malheureuses. Êtes-vous prête à nous aider ? »

La femme secoua la tête.

« La prochaine fois, il pourrait tuer. Vous voulez avoir ça sur la conscience ? Tout ce qu'il nous faut, c'est son signalement. »

Elle eut un petit rire étouffé.

« Laissez tomber !

– Vous avez une fracture de la mâchoire, des contusions à la gorge et au larynx, une luxation du poignet et une hémorragie interne provoquée par l'introduction d'une brosse à cheveux dans votre anus, rétorqua avec rudesse la femme policier. Vous avez de la chance d'être en vie. Sa prochaine victime ne s'en tirera peut-être pas à si bon compte.

– Exact ! Et ce sera sûrement votre foutue dévouée servante pour peu que je ne la boucle pas. Il a juré de revenir. » Elle ferma les yeux. « L'hôpital n'aurait pas dû vous appeler ; je ne leur en ai rien dit et je ne déposerai pas plainte.

– Au moins, réfléchissez.

– Inutile. Vous n'arriverez pas à le coincer devant un tribunal et je ne tiens pas à avoir la pétoche jusqu'à la fin de mes jours.

– Pourquoi ne pourrait-on pas le coincer ? »

Elle émit un nouveau petit rire.

« Parce que ce sera ma parole contre la sienne, mon chou, et parce que je suis une vieille morue toute bouffie et lui un petit milord. »

Jeudi 23 juin, clinique des Rossignols, Salisbury, 3 h 30

Comme il le faisait chaque nuit vers cette heure-là, le gardien émergea de la porte d'entrée de la clinique et marcha d'un pas nonchalant jusqu'à un banc au milieu de la pelouse éclairée par la lune. C'était un petit plaisir qu'il s'accordait pour couper la durée de son service, quelques minutes paisibles à fumer une cigarette loin du caquetage incessant des infirmières. Il essuya le banc avec un grand mouchoir, puis s'assit en poussant un soupir de satisfaction. Il fouilla dans sa poche de veste à la recherche de ses cigarettes et eut la nette impression d'une présence derrière lui. Étonné, il se retourna, se leva pesamment et alla inspecter la rangée d'arbres en bordure de l'allée. Il n'y avait personne, mais il ne pouvait s'empêcher de se sentir observé.

En homme flegmatique, il mit cette bizarrerie sur le compte du fromage qu'il avait pris au dîner. Comme le lui répétait sans cesse sa femme : « Manger trop de fromage ne fait de bien à personne. » Il ne fut pas long à fumer sa cigarette cette nuit-là.

Jane Kingsley flottait dans une eau noire, les yeux grands ouverts tournés vers les taches claires qui marbraient la surface au-dessus d'elle. Elle aurait voulu nager, mais ce n'était qu'un souhait et elle se sentait trop lasse pour le mettre à exécution. Une main monstrueuse la retenait, l'entraînant dans les profondeurs, lentement, doucement, avec obstination, et elle ouvrit la bouche pour laisser entrer la mort...

Tout à coup, elle se réveilla dans un sursaut frénétique, le cœur battant, le dos baigné de sueur. *Elle était en train de se noyer... Mon Dieu, au secours !* Un rayon de lune filtrait par un interstice entre les rideaux, traçant un chemin lumineux à travers la pièce. Où était-elle ? Elle n'avait jamais vu cette chambre. Affolée, elle scruta les masses d'ombre les unes après les autres, jusqu'à ce qu'elle aperçoive à côté d'elle le bouquet de lis d'une blancheur éclatante contre le sombre des œillets. La mémoire lui revint. *Jane était sa mère... elle était Jinx... Jane était sa mère... elle était Jinx...*

Les doigts tremblants, elle alluma la lampe de chevet et contempla les objets qui lui étaient devenus familiers : la porte de la salle de bains, la télévision dans le coin, le miroir contre le mur, les fauteuils, les fleurs, mais il lui fallut un bon moment pour reprendre sa respiration. Elle s'enfonça à nouveau sous les draps, les membres aussi raides, les yeux aussi exorbités qu'une poupée de porcelaine, et tâcha de chasser la peur qui l'étreignait. En vain, car elle ne parvenait pas à mettre un nom sur son effroi.

À trois kilomètres de là, dans un lit d'hôpital, une frayeur identique à la sienne se lisait sur la face martyrisée d'une prostituée qui venait de souper avec le diable.

PANIQUE CHEZ LES INVESTISSEURS ?

Si d'aucuns doutaient encore que les valeurs en bourse, même les plus solides, peuvent baisser aussi bien que grimper, ils en ont eu la preuve hier, quand les actions de Properties Holdings, importante société immobilière, ont momentanément chuté à la suite d'une rumeur annonçant la démission prochaine de son fondateur et actuel P-DG, Adam Kingsley, 66 ans. Au regard des graves difficultés qu'a connues le marché de l'immobilier au cours de ces cinq dernières années, la firme représente un rare exemple de réussite.

C'est apparemment une interview accordée par Kingsley mardi soir à la BBC qui est à l'origine de cette rumeur. Interrogé sur l'accident de voiture dont a été victime sa fille Jane, il aurait déclaré : « Chacun de nous connaît des passages où il se demande à quoi rime tout ça. » Peu après, celui qu'on surnomme « le grand requin blanc » depuis le rachat il y a huit ans de la Charford Gordon Associates a vivement attaqué la BBC, qu'il accuse d'avoir dénaturé ses propos.

Habitué à conserver un enregistrement des interviews qu'il donne à la presse, il vient de publier le texte de celle de mardi soir. D'après ce document, il aurait continué en disant : « Mais il ne s'agit pas d'un de ces moments-là », phrase qui aurait été coupée lors de l'émission. La Commission de contrôle de l'audiovisuel a ouvert une enquête.

Quoi qu'il en soit, cet épisode rocambolesque aura tout de même mis en évidence la peur qui hante les milieux boursiers quant à l'avenir de Properties Holdings. Comme nous l'a confié un agent de change : « Adam Kingsley est un jongleur virtuose. Personne ne sait jamais le nombre de balles qu'il a lancées en l'air. Et pour parler franchement, je me demande bien qui pourra toutes les rattraper quand il aura quitté la scène. »

Daily Telegraph, 23 juin

5

Jeudi 23 juin, commissariat de Canning Road, Salisbury, 9 heures

« Un petit milord, répéta le sergent d'un air sceptique le lendemain matin. Vous croyez vraiment que ça peut servir ?

– Oui, assura la femme policier, catégorique. Il est sans doute beaucoup plus jeune qu'elle et d'un certain niveau social, sinon pourquoi aurait-elle employé cette comparaison ? Manifestement, elle pense qu'il ferait bien meilleure impression devant un tribunal.

– Ce n'est pas lourd.

– Je sais. Mais j'ai pensé qu'en consultant le fichier, je pourrais peut-être dégotter autre chose. Il y a de fortes chances pour qu'il n'en soit pas à son coup d'essai. Si elles étaient deux dans le même cas » – elle eut un haussement d'épaules –, « peut-être auraient-elles assez confiance pour accepter de parler et de nous fournir une description. Vous devriez la voir, chef. »

Il acquiesça. Il avait lu le rapport.

« D'accord, Blake, mais en dehors de vos heures de service, parce que je ne me vois pas expliquer au patron que vous délaissez vos autres tâches pour vous occuper d'une plainte qui n'existe pas. » Il lui adressa un clin d'œil. « Bon, allez-y et voyons ce que vous pouvez tirer de tout ça. J'ai épinglé le mari de Peggy je ne sais combien de fois et jamais elle ne m'en a voulu. C'est une brave fille. »

Clinique des Rossignols, Salisbury, 10 h 30

Jinx avait été abandonnée dans un fauteuil près de la fenêtre.

« Il est temps de mettre le pied par terre, chérie », lui avait lancé d'une voix suave une infirmière terrifiante arborant la coiffure de Margaret Thatcher et le nez de Joseph Staline. « Vous avez besoin d'exercer tous ces muscles. »

Jinx avait grimacé un sourire et promis de marcher un peu, puis, une fois le dragon parti, s'était absorbée dans la contemplation du jardin. Son visiteur de la veille, le rouquin obsédé par son renard, lui avait fait signe d'un banc, mais elle avait regardé ailleurs et il avait renoncé à ses essais de communication. Une aile du bâtiment dépassait de l'extrémité de la terrasse et, à son architecture classique, elle supposa qu'il s'agissait d'une demeure construite il y a deux siècles pour quelque riche famille. Qu'était devenue cette famille ? se demanda-t-elle. S'était-elle tout simplement éteinte, comme celle qui avait jadis bâti et habité Hellingdon Hall ?

« Bonjour, Jinx, fit doucement une voix par la porte du couloir ouverte. Peux-tu supporter une visite ou dois-je repartir en m'excusant ? »

Surprise, elle tressaillit violemment.

La peur… la peur… LA PEUR ! Mais qu'y avait-il donc de si effrayant ?

Elle reconnut le son de la voix et se détourna de la fenêtre.

« Bon sang, Simon, s'exclama-t-elle furieuse, tu m'as collé une de ces frousses ! Pourquoi voudrais-je que tu repartes ? » Elle porta une main à son cœur. « Je ne peux plus respirer. Ça bat à toute allure. Ne me refais jamais ça.

– Il vaudrait mieux que j'appelle quelqu'un.

– Non. » Elle lui fit signe d'entrer et aspira à longs traits. « Ça va. » Renversée dans le fauteuil, elle attendit quelques instants, haletante. « Je ne sais pas pourquoi, mais j'ai les nerfs à fleur de peau en ce moment. Je n'arrête pas d'imaginer… non, aucune importance. Comment vas-tu ? »

Simon Harris restait sur le seuil, examinant le couloir d'un air hésitant.

« Laisse-moi prévenir quelqu'un. Cela vaudra mieux. Tu n'as vraiment pas l'air dans ton assiette. »

Il avait un visage mince et ascétique de prêtre, ce qu'il était, et ressemblait aussi peu à sa sœur que le jour à la nuit. Meg aurait dit : « Zut alors, c'est ton problème, ma vieille, tant pis si tu claques, je n'y serai pour rien ! » Son frère, lui, se contentait de jeter des regards inquiets à travers ses lunettes, à la fois plein de bonne volonté et incapable de faire un geste.

« Assieds-toi, Simon », dit-elle d'un ton las. *Elle avait envie de crier.* « Je vais bien. Pourquoi aurais-je refusé de te voir ? »

Il quitta à regret le pas de la porte et se dirigea vers le second fauteuil.

« Parce qu'il m'est soudain venu à l'esprit en traversant le couloir que j'avais sciemment négligé de prendre en compte l'embarras que risquait de représenter cette visite. »

As-tu besoin d'être toujours aussi ampoulé, Simon ? « Pour toi ou pour moi ?

– Pour toi, répondit-il. En ce qui me concerne, je suis plus furieux qu'autre chose. Je n'arrive toujours pas à croire que ma sœur ait pu voler le fiancé de sa meilleure amie.

– Eh bien, pour ma part, je ne suis ni furieuse ni embarrassée, seulement fatiguée et plutôt mal fichue. » Elle considéra d'un œil réprobateur son faux col et sa soutane. « De plus, maugréa-t-elle, je n'ai jamais aimé les uniformes. Tu aurais pu mettre un jean et un T-shirt comme tout le monde. Je passe déjà pour une suicidaire, avoir la visite d'un curé va m'ôter le peu de crédit qu'il me reste. »

Il sourit, rassuré par les efforts de son interlocutrice pour faire de l'esprit.

« Je n'avais pas le choix. Je dois être à la cathédrale dans deux heures et je savais que, si j'allais te voir, je n'aurais plus le temps de me changer.

– Qui t'a dit que j'étais ici ?

– Josh Hennessey, répondit-il en serrant ses genoux de ses doigts osseux. J'ai réussi à joindre Betty il y a quelque jours, mais je lui avais à peine dit qui j'étais qu'elle m'a raccroché au nez. Harris est *nomen non gratis* pour le moment à Hellingdon Hall, conclut-il d'un ton piteux, et j'avoue que cela ne me surprend guère.

– Alors comment Josh a-t-il réussi à l'amadouer ? Elle sait parfaitement qu'il est l'associé de Meg, pas le mien. »

Simon fit la moue.

« Il a reçu le même accueil, jusqu'au moment où il a compris que le courage n'est rien sans la ruse. Il s'est fait passer pour Dean Jarrett et lui a raconté qu'il avait besoin de te parler au sujet d'une question urgente. »

Dean était l'assistant de Jinx au studio et il jouait à fond de son homosexualité parce que cela l'amusait.

Elle se massa le front dans l'espoir de chasser son mal de tête. « Elle devait être soûle comme une bourrique pour tomber dans le panneau. Josh n'a pas du tout la même voix que Dean.

– Elle était certainement *in vino*, mais ne sois pas trop sévère avec elle. D'après Josh, elle se faisait beaucoup de souci pour toi. »

Jinx fut prise d'une brusque irritation. *Pourquoi n'aurait-elle pas été sévère avec cette gourde ? De quel droit lui demandait-on de taire son mépris ?* « Ne parle jamais plus comme ça de ta belle-mère », lui avait ordonné son père lorsque, à l'âge de dix ans, elle avait fait remarquer avec une candeur mêlée d'anxiété que Betty était assez bête pour croire que la lune tournait autour du soleil et que l'Amérique avait une frontière avec le Viêt-nam, ce qui expliquait qu'il y ait la guerre. « La seule chose qui l'intéresse, c'est de se vernir les ongles et de courir les magasins », avait-elle ajouté, sévère.

En l'occurrence, elle se contenta de dire : « Elle a été très gentille, hier matin », avant de prendre une cigarette dans le paquet posé sur le bras du fauteuil et de l'allumer. « Alors Josh a pu contacter Meg ? Il doit être drôlement embêté qu'elle l'ait laissé le bec dans l'eau. »

Simon secoua la tête.

« Non, pas à ma connaissance, mais je ne lui ai pas reparlé depuis hier. »

Elle scruta son visiteur à travers la fumée de sa cigarette et comprit qu'il avait menti en affirmant ne pas être embarrassé. Il paraissait au contraire extrêmement mal à l'aise – aussi pâle et épuisé qu'elle –, ses longs doigts plissant et lissant la serge noire de sa soutane, son regard l'évitant le plus possible. Elle sentit croître son irritation.

« De Leo, je m'en contrefiche, lâcha-t-elle d'un ton abrupt. À vrai dire, je commençais à en avoir soupé. » Des larmes brillèrent au bord de ses paupières. « La seule chose qui me chagrine, c'est que l'on croie que j'ai voulu me tuer à cause de lui. » Elle se força à rire. « Je n'envie pas Meg. Sois tranquille. Pour peu qu'il se persuade que je ne supportais pas l'idée de le perdre, il va devenir absolument infect. »

Oh, idiote, idiote ! Personne ne croira que la coupe n'ait pas été amère.

Simon poussa un soupir.

« Papa et maman sont consternés. Ils étaient déjà embêtés avant ton accident, alors maintenant... » Il resta un instant silencieux. « Je ne sais pas quoi te dire, Jinx, sinon que je n'en ai jamais autant voulu à ma sœur. Ce n'est certainement pas un ange, mais qui aurait imaginé qu'elle ferait une chose comme ça ?

– Comme quoi ? » Elle tira nerveusement une bouffée de sa cigarette. « Tout ce qu'on m'a raconté, c'est que Leo souhaitait épouser Meg et qu'ils étaient partis pour la France. Mais Meg souhaite-t-elle l'épouser ? Ce serait vraiment une première. Elle n'a jamais voulu se marier avec qui que ce soit.

– Tu ne te souviens vraiment de rien ?

– Non, répondit-elle avec une mine sinistre. Je me suis couverte de ridicule en racontant à qui voulait bien l'entendre que je me mariais le 2 juillet. » Les larmes menacèrent de nouveau. « Enfin, c'est sans importance. Parle-moi plutôt de ce qui s'est passé dans le monde depuis dix jours. On continue de s'entre-tuer en Bosnie ? La reine est toujours sur le trône ? »

Il négligea ces questions pour répondre à celle qu'elle brûlait de poser.

« Meg a appelé papa et maman samedi. Elle leur a annoncé qu'elle avait depuis un certain temps une liaison avec ton fiancé, qu'il désirait l'épouser et qu'ils partaient pour la France en attendant que les choses se soient tassées parce que cela leur paraissait plus délicat.» Le mot «délicat» lui arracha une grimace. «Naturellement, papa et elle se sont disputés. Il l'a traitée de créature dépravée et elle de pharisien. Résultat, ils se sont raccroché au nez. Maman a piqué une crise épouvantable; elle s'est mise à crier après ce pauvre papa en disant que c'était sa faute avec sa manie de la sermonner, après quoi elle m'a téléphoné. Je lui ai déclaré que, si Leo avait pu t'abandonner de manière aussi désinvolte, c'était probablement un butor et qu'il n'hésiterait pas à en faire autant avec Meg. Après quoi elle a rappelé Meg pour lui dire qu'elle ne la laisserait aller nulle part avant d'avoir vu Leo. Meg lui a répondu qu'elle n'avait pas besoin de s'inquiéter et qu'elle le lui amènerait dès leur retour. Et les choses en sont restées là, jusqu'à ce que nous apprenions ta tentative de suicide par les journaux.»

Elle tiqua au mot suicide, mais ne releva pas.

«Ce n'est pas un butor, Simon. À ton âge, on n'emploie pas des mots pareils. C'est le dernier des enfoirés, oui!

– Je suis prêtre, Jinx.

– Et moi une fille de milliardaire élevée dans une école privée.» Elle passa une main sur son crâne rasé. «Écoute, tout ça m'est complètement égal. Ils peuvent bien baiser autant qu'ils veulent, ce n'est pas mon affaire.» Sa voix se mit à trembler. «Il n'y a pas de quoi en faire tout un plat. Mais je n'ai pas envie de perdre Meg. C'est ma meilleure amie.»

Il se sentit honteux devant tant d'indulgence et s'empressa, à son habitude, de condamner sa sœur. Meg aurait-elle fait preuve de la même compréhension, se demanda-t-il, si on lui avait volé son fiancé?

«Cela te soulagerait si je te disais que je ne crois pas que tu aies tenté de te tuer? C'est cela qui te tracasse? Ce que racontent les gens?»

Jinx tira de sa poche la coupure de journal que lui avait apportée Betty et y jeta un coup d'œil.

«À part que cela ne ressemble pas à un accident, prononça-t-elle avec lenteur en lui montrant la photo, il paraît que c'est un miracle si j'en ai réchappé.

– Les miracles existent, tu sais. »

Non, pas dans mon univers !

« Apparemment, j'avais bu lorsque ça s'est produit.

– C'est important ?

– Oui, répondit-elle d'un ton ferme. Du moins pour moi.

– À cause des problèmes de Betty ?

– En partie. » Elle marqua un temps d'arrêt. « Mais surtout vis-à-vis de moi-même. Que j'aie eu besoin de boire pour me tuer, je me refuse à le croire. Je suis très orgueilleuse, vois-tu, et il m'est impossible d'imaginer que j'aurais pu donner à quiconque, et surtout à Leo, la satisfaction de savoir que j'étais aussi bouleversée.

– Je te crois. »

Ses yeux s'emplirent à nouveau de larmes, qu'elle essuya avec sa paume.

« Ne fais pas attention. Je suis fatiguée, énervée et je ne rêve que de rentrer à Londres. » Elle prit une profonde inspiration afin de recouvrer sa maîtrise. « Sois gentil. Dis à Meg que je suis contente pour elle et que je ne lui en veux pas. Et à tes parents, que je n'ai nullement l'intention de briser une vieille amitié parce que ce salopard de Leo s'est mis en tête de changer de partenaire en cours de route. Franchement, Simon, ça m'est bien égal. »

Il acquiesça.

« Je n'y manquerai pas, promit-il. C'est très généreux à toi. »

Elle entendit retentir en elle des cris de frustration.

« Je ne le dirais pas si ce n'était pas vrai, répondit-elle d'un ton circonspect. La générosité n'a rien à voir là-dedans. »

Il se pencha pour contempler le sol.

« On croit connaître quelqu'un, jusqu'à ce que survienne un événement de ce genre. Elle n'a pas exprimé l'ombre d'un remords ; elle s'est contentée d'énoncer les faits et il n'y avait plus qu'à fourrer ça dans sa poche avec son mouchoir par-dessus. Du coup, ça a déclenché une terrible rancœur chez les parents. Maman accuse papa d'avoir forcé Meg à bouffer de la religion pendant des années, tandis qu'il lui reproche sa frigidité. » Il poussa un soupir. « Il est encore plus peiné que maman, à mon avis parce qu'il a toujours eu beaucoup de sympathie pour toi. Il n'arrive pas à comprendre comment Meg a pu vouloir te faire du mal.

– Je ne pense pas qu'elle ait cherché à faire du mal à quiconque, répliqua-t-elle mollement. Tu la connais. *Carpe diem* et peu importe demain. Elle a toujours été ainsi. » Elle se frictionna le crâne, là où la douleur était le plus aiguë. *Pourquoi le souvenir de Russell lui revenait-il sans cesse ?* « Ton père doit être dans tous ses états pour s'en prendre ainsi à ta mère. » *... Russell et Meg... Meg et Leo...*

« Ce ne sont que des paroles en l'air, il ne pense pas ce qu'il dit, pas plus que maman en ce qui concerne la religion.

– Mais ils ont tous les deux raison, en un sens, vois-tu. » Soudain, la fatigue la prit. « Meg ne s'est jamais sentie très à l'aise dans le rôle de fille de pasteur et elle est beaucoup trop émancipée pour ta mère. » Ses paupières se fermèrent et des images se mirent à tourbillonner devant ses yeux. « Et tu n'es pas moins responsable. »

Russell mourant... elle était aussi sa maîtresse... tu t'es enivrée et tu as tenté de te suicider...

Sa voix lui parvint, à travers d'immenses espaces.

« Pourquoi ?

– Faute de pouvoir rivaliser avec un saint, elle a choisi de se faire pécheresse... »

Elle fut brutalement tirée de son sommeil et aperçut Alan Protheroe. Il était penché sur elle et, pendant un instant, elle crut qu'il s'agissait de Simon, avant de se rendre compte avec soulagement de son erreur. Elle promena autour d'elle un regard hébété.

« J'étais en train de fumer une cigarette. »

Il indiqua le mégot dans le cendrier.

« Je l'ai éteinte.

– Je parlais avec quelqu'un.

– Je sais. Le père Simon Harris. Je lui ai signifié son congé. Je craignais qu'il ne vous importune.

– Il ne se serait pas permis, répondit-elle avec un demi-sourire. C'est un prêtre anglican.

– Et le frère de Meg, précisa-t-il en s'installant dans l'autre fauteuil. Vous l'aimez bien, Jinx ? »

Elle sentit la transpiration lui tremper de nouveau le dos. « C'est un affreux raseur, comme son père et sa mère, et c'est sa faute si sa sœur est une traînée. »

Elle regarda cet homme grand et imposant, si plein d'attention pour elle, et elle eut soudain une incroyable envie de le toucher. Elle aurait voulu se blottir contre lui, trouver refuge dans ses bras robustes, tel un enfant en quête de protection. Au lieu de cela, elle se recula sur son siège, les mains serrées contre sa poitrine.

« Je ne sais pas pourquoi je dis ça.

– Parce que vous êtes plus en colère contre elle que vous ne le pensez.

– Simon est venu s'excuser.

– De la conduite de sa sœur ?

– Je suppose. » Elle se tut.

« Est-il plus vieux ou plus jeune ?

– Plus jeune, d'un an.

– Est-ce qu'elle lui ressemble ?

– Pas vraiment. Elle est très belle.

– Vous avez beaucoup d'affection pour elle ?

– Oui. »

Il hocha la tête.

« Vous étiez en train de rêver. Cela n'avait pas l'air très agréable. Souhaitez-vous m'en parler ? »

Elle ne répondit pas. *En était-elle seulement capable ?* Dix ans après, la blessure n'était pas encore refermée et elle évitait d'instinct tout ce qui aurait pu la rouvrir. Cependant, elle avait tellement besoin de convaincre quelqu'un – n'importe qui – de son indifférence à l'égard de Leo. *Vous avez beaucoup d'affection pour elle ? Oui, oui, OUI. Mais pourquoi était-ce si douloureux à dire ?*

« Je rêvais d'un homme que j'ai connu, prononça-t-elle soudain. Il a été battu à mort il y a de cela dix ans et c'est moi qui l'ai découvert. Il possédait une galerie de peinture à Chelsea. La police a pensé qu'il avait surpris des voleurs, car l'endroit avait été mis à sac et plusieurs tableaux dérobés. Nous devions dîner ensemble, mais il n'est pas venu, aussi je suis allée à la galerie. Il y avait du sang partout. Je l'ai trouvé tout au fond, dans la réserve, et c'est à peine si je l'ai reconnu... » Sa voix trembla, elle porta ses doigts à ses lèvres. « Il vivait encore, sauf qu'il n'arrivait plus à s'exprimer parce qu'il avait la mâchoire fracassée. Il a essayé avec les yeux, mais... je... ne comprenais pas ce qu'il voulait me dire. » L'espace d'un instant, elle revécut cette scène effroyable, sa surprise, son dégoût, son impuissance devant le masque sanguinolent qui avait été jadis le visage de Russell. « Il n'y avait rien que je puisse faire sinon appeler une ambulance et rester là à le regarder... Je l'ai regardé mourir. » Elle s'interrompit. *Russell était-il tombé dans un piège, lui aussi ?*

Protheroe ne la pressa pas de continuer. Il l'avait laissée raconter son histoire à son rythme, conscient qu'il ne s'agissait pas là d'un récit bien rodé déjà répété cent fois.

« Comme je n'arrêtais pas d'avoir des cauchemars, Adam m'a expédiée chez un hypnothérapeute. Mais ç'a été encore pire. Ce type n'était qu'un charlatan. Il prétendait qu'en me confrontant aux éléments les plus pénibles du drame, il m'aiderait à les surmonter et à les mettre en perspective, et il n'a réussi, en fait, qu'à accroître ma culpabilité. » Elle s'interrompit encore, l'air absorbé, comme si elle revisitait pour la première fois un grenier fermé depuis longtemps.

Protheroe était bien plus intéressé par ce qu'elle n'avait pas mentionné. Il connaissait déjà tous les détails de l'histoire. Adam Kingsley les lui avait donnés au téléphone et ils figuraient également dans les notes rédigées par le psychiatre. Ainsi, pourquoi n'avait-elle pas dit que Russell Landy et elle étaient mariés ? Et qu'à la suite du meurtre de son mari, elle avait fait une fausse couche au quatrième mois de grossesse ? Pourquoi affirmait-elle s'être rendue chez un hypnothérapeute, alors qu'en réalité elle avait été transportée à l'hôpital dans un état d'inanition presque complet, pesant moins de quarante-cinq kilos et en proie à une grave dépression ? Il se passa une main sur la joue et réfléchit à ce dernier point. Elle avait laissé entendre que le thérapeute en question était un homme, or les notes qui se trouvaient dans son bureau avaient été écrites par une femme.

Il attendit encore quelques instants, puis la tira doucement de la contemplation dont elle ne semblait pas vouloir émerger.

« Est-ce que le psychiatre de l'hôpital Queen Mary's vous a aidée davantage ?

– Vous voulez dire le second, Stephanie Fellowes ?

– Oui. »

Elle parut mal à l'aise et décroisa les bras pour prendre l'inévitable cigarette.

« Quand me laissera-t-on sortir ? » demanda-t-elle soudain en allumant la cigarette avec son briquet et en observant Protheroe à travers la fumée.

« Le plus tôt sera le mieux. Nous pouvons commencer tout de suite. Je vous prêterai mon bras solide et nous finirons bien par trouver un banc loin de la foule en folie. »

Elle esquissa un sourire.

« Non, merci. J'attendrai de pouvoir le faire toute seule. » Elle désigna d'un signe de tête la porte de la salle de bains. « Je suis déjà allée aux toilettes deux ou trois fois en rampant et je compte continuer à m'entraîner. Je ne tiens pas à ce que vous vous moquiez de moi.

– Pourquoi donc me moquerais-je de vous ? »

Elle eut un haussement d'épaules.

« Peut-être pas en ma présence, mais je suis sûre que vous pourriez en faire une excellente anecdote à raconter à votre club de golf. » Elle prit une voix grave. « Hé, les gars, est-ce que je vous ai parlé de mon hystérique préférée qui a balancé sa voiture dans un mur, en a réchappé par miracle et s'étale de tout son long chaque fois qu'elle essaie de se lever ?

– Attribuez-vous toujours de noirs desseins aux gens qui s'intéressent à vous ?

– C'était sûrement l'opinion de Stephanie Fellowes. » *Mais je n'avais aucune confiance en elle !* Elle souffla des ronds de fumée. « Voyez-vous, je n'ai aucune envie de jouer les cobayes. Je préfère encore vivre avec mes peurs, mes angoisses et mes obsessions plutôt que de laisser des incapables me piétiner la cervelle avec leurs gros sabots. » Elle sourit, d'un sourire sans hostilité. « Je présume qu'elle ou mon père vous a dit que j'étais déprimée au point de ne plus me nourrir ? » Elle le regarda attentivement et il acquiesça. « Qui, Stephanie Fellowes ou Adam ? Je serais curieuse de le savoir. »

Il répondit sans l'ombre d'une hésitation.

« Les deux. Stephanie Fellowes m'a adressé une copie des notes qu'elle avait prises à l'époque. Votre père m'en a parlé lors de votre admission ici.

– Vous l'avez rencontré ?

– Non. Nous avons discuté au téléphone. »

Elle hocha la tête.

« C'est ainsi qu'il traite ses affaires. La technologie, et en particulier ce fax si impersonnel, a été inventée pour Adam. Il sait que l'on se laisse plus facilement impressionner par quelqu'un que l'on ne voit pas. Si j'étais vous, je m'en tiendrais à ça.

– Pour quelle raison ?

– Aucune en particulier...

– Il s'est montré très aimable et paraissait fort inquiet à votre sujet. »

Elle eut un vague sourire et il se demanda si elle était consciente de ce que ce sourire avait de provocateur. Il ne pouvait s'empêcher de trouver le personnage fascinant. Elle avait entrepris de le monter contre son père de façon extrêmement subtile, en procédant par sous-entendus plutôt qu'en invoquant les faits, en s'attirant sa sympathie plutôt qu'en sollicitant son jugement. Il y avait quelque chose d'infiniment séduisant dans ce mélange d'intelligence incisive et de faiblesse physique. Surtout pour lui, mais cela elle ne pouvait pas le savoir.

« Inquiet au point de ne même pas venir me voir, fit-elle remarquer.

– Téléphonez-lui et demandez-lui pourquoi », suggéra-t-il. Elle secoua la tête.

« Adam et moi ne nous posons jamais de questions personnelles, docteur Protheroe.

– Et pourtant, vous l'appelez Adam. Je pensais que vous entreteniez une relation d'égale à égal. »

Visiblement, elle n'avait pas l'intention d'en discuter.

« Nous parlions de ma pseudo-dépression nerveuse,

enchaîna-t-elle de façon abrupte. Pseudo étant le terme essentiel.»

Il se résigna à abandonner le sujet.

«Vous vouliez savoir si c'est votre père ou Stephanie Fellowes qui m'a dit que vous étiez déprimée au point de ne plus vous sustenter, lui rappela-t-il, et je vous ai répondu : les deux. Voulez-vous que nous reprenions à partir de là ?

– En réalité, les choses se sont passées à l'inverse. C'est parce que je ne mangeais plus que j'ai eu cette dépression. Aussi, lorsqu'on m'a mise à l'hôpital et que j'ai recommencé à m'alimenter, je me suis sentie beaucoup mieux.»

Il était plus plausible d'attribuer cette amélioration aux antidépresseurs, mais Protheroe ne tenait pas à engager une polémique sur ce point.

«Savez-vous pourquoi vous ne vous nourrissiez plus ?

– Oui.»

Il attendit.

«Allez-vous me le dire ?

– Peut-être. Si vous me dites ce que Stephanie Fellowes a écrit dans ses notes.»

Il n'y avait que la vérité qui puisse la satisfaire, songea-t-il, encore que rien ne garantît qu'elle le croie sur parole. «Ces notes se trouvent dans mon bureau. Sans vous les citer mot à mot, je peux vous les résumer en gros. Vous avez été hospitalisée avec une dépression réactive grave, à la suite du meurtre de votre mari et de la perte de votre enfant. Les symptômes, en particulier l'absence d'appétit et les insomnies persistantes, présentaient un caractère extrême. Le docteur Fellowes a rapidement été convaincue que votre malnutrition n'était pas due à un manque d'appétit mais à un refus de vous alimenter, ce qui l'a amenée à diagnostiquer un état suicidaire. Votre traitement a consisté en un mélange de médicaments et de psychothérapie et, tout en reconnaissant votre profonde opposition à la psychothérapie, elle déclare que votre condition s'est nettement améliorée au bout de trois ou quatre semaines. Si je ne me trompe, vous avez quitté l'hôpital dans un état satisfaisant deux semaines plus tard. En dépit de votre refus catégorique de revenir en consultation externe, le docteur Fellowes vous considère comme un de ses succès. Du moins en était-il ainsi jusqu'à ce que je lui réclame votre dossier.»

Jinx fronça les sourcils.

«Jamais il ne m'était venu à l'idée qu'elle pensait que je le faisais exprès.» Elle tira une bouffée de sa cigarette d'un air songeur. «Voilà pourquoi vous êtes tous persuadés que j'ai voulu me suicider. *Pardus maculas non deponit.* Le léopard ne se sépare pas de ses taches», traduisit-elle d'un ton négligent tout en observant par la fenêtre un homme qui traversait la pelouse. Cheveux blonds, pull vert, pantalon en velours marron. Pendant une fraction de seconde, elle crut qu'il s'agissait de Leo et son cœur battit la chamade.

«Si ce n'est pas pour cette raison que vous ne mangiez plus, alors pourquoi ?»

Elle attendit un moment avant de répondre.

«Parce que l'escroc que j'ai vu en premier a voulu se servir de l'hypnose pour me délivrer de mes cauchemars et m'a changée en épave psychotique.» Elle eut un haussement d'épaules et écrasa sa cigarette. «Après tout, ce n'est pas si terrible, un cauchemar. La plupart du temps on ne se souvient même pas des détails et le soulagement au réveil efface la peur.» Elle se mit à effleurer du bout des doigts le bras du fauteuil, ce qu'elle n'arrêterait pas de faire pendant les minutes suivantes. «Le fait est que je ne dormais pas beaucoup, mais à part ça, je ne m'en tirais pas trop mal compte tenu de ce qui s'était passé. C'est ici qu'intervient mon père.» Elle secoua la tête. «Il faut dire qu'il avait toujours détesté Russell, en partie parce que nous nous étions mariés sans l'en avertir, mais surtout parce que Russell avait vingt ans de plus que moi et qu'il avait été mon prof à Oxford. Du reste, il ne l'appelait que "le pédophile tordu".» Elle médita un instant là-dessus. «Quoi qu'il en soit, une semaine environ après ma fausse couche, Adam a soudain été pris d'une crise de conscience – du moins, j'imagine – et a payé une somme astronomique à ce thérapeute pour qu'il me fasse oublier mon double deuil.» Elle prit une nouvelle cigarette. «Si je n'avais pas été aussi abattue, j'aurais probablement compris que c'était un charlatan, mais il est difficile de raisonner dans ce genre de situation. L'immersion, savez-vous ce que c'est ? » demanda-t-elle en approchant son briquet.

La question le prit au dépourvu.

« En psychiatrie ? Ma foi, c'est une méthode radicale pour soigner la peur. On s'arrange pour placer le patient face à ce qui l'effraie, sans l'avertir ni lui laisser d'échappatoire. C'est assez risqué et pas toujours efficace, mais quand cela marche, les résultats sont spectaculaires. On l'utilise dans le traitement des phobies.

– Est-ce que vous l'utilisez ici ?

– Non.

– Et l'hypnose ? »

Il secoua la tête.

« Alors de quoi vous servez-vous, docteur Protheroe ?

– De rien. » Il sourit devant son expression incrédule. « Pas de tours de passe-passe ni de raccourcis. Nous nous efforçons de redonner confiance au patient et la plupart de ceux qui entrent ici ont déjà à moitié gagné la partie, dans la mesure où ils sont résolus à se défaire de leurs angoisses, quelle qu'en soit la nature.

– Un de vos patients est venu me voir hier. Il voulait savoir si je prenais de l'héroïne ou de la cocaïne, donc je présume qu'il s'agit d'un drogué. Il ne m'a pas paru avoir gagné même le dixième de la partie.

– Comment était-il ?

– Grand, maigre avec de longs cheveux roux. »

Cela eut l'air d'enchanter Protheroe.

« Matthew Cornell. Eh bien, c'est un net progrès. Il commence enfin à découvrir qu'il n'existe pas que la poudre, l'acide ou les amphétamines.

– Est-ce pour cela qu'il a fait irruption dans ma chambre sans y être invité, parce que vous incitez vos patients à faire connaissance ?

– Je fais entièrement confiance à la nature humaine, répondit-il sans une once de malice. La curiosité finit en général par l'emporter. Vous êtes notre plus récente pensionnaire et donc un sujet digne d'intérêt. Je suis content que Matthew ait trouvé le courage d'enfeindre la consigne.

– Quelle consigne ?

– Il y a un grand écriteau sur votre porte avec l'inscription “Ne pas déranger”.

– Je ne savais pas.

– Vous auriez dû regarder.

– Dans ce cas, pourquoi Simon Harris a-t-il passé outre ? »

Il eut un haussement d'épaules.

« En êtes-vous sûre ?

– Il est entré.

– Sans y être invité ?

– Il m'a demandé si je préférais qu'il s'en aille et je n'ai pas eu le courage de lui dire oui alors qu'il avait fait tout ce chemin.

– Pourquoi pas ? »

Parce qu'on ne m'a jamais appris à dire allez vous faire foutre ! « Je ne veux pas suivre de psychanalyse, docteur Protheroe. Ni de thérapie de groupe. Je n'irai pas. Ni même jouer à des petits jeux.

– Personne ne vous y oblige.

– Je connais la chanson.

– Je me le demande.

– Vous m'interrogiez sur cet hypnothérapeute, dit-elle, ignorant cette dernière réplique. Il m'a soignée pour une phobie que je n'avais pas. En réalité, je me sentais coupable d'avoir laissé mourir Russell. Il était couvert de sang et il avait le visage en bouillie. » Elle pressa une main sur son œil bandé, qui avait commencé à lui faire mal. « Il a voulu que je l'embrasse, mais je n'en ai pas eu la force, continua-t-elle d'une voix égale, presque mécanique. Puis j'ai perdu le bébé et ça a été encore du sang. » Elle marqua une pause. « J'avais seulement besoin d'un peu de répit. »

Il attendit tandis qu'elle restait silencieuse, caressant le bras du fauteuil et tirant des bouffées de sa cigarette.

« Qu'a fait le thérapeute ? » finit-il par demander.

Elle le regarda, surprise, comme si elle pensait qu'il avait deviné.

« Il m'a collé un steak cru sur la figure pendant que je dormais sous hypnose et puis il m'a réveillée subitement. Cela puait le sang et la chair morte, et j'ai cru que Russell était sorti de sa tombe pour avoir son baiser. J'ai mis un bout de temps avant de pouvoir avaler une bouchée sans en être malade.

– Bon Dieu ! s'exclama-t-il avec une indignation sincère. Qui est donc ce type ? »

Elle le dévisagea un instant, le regard vide d'expression.

« J'ai oublié son nom.

– Où se trouve son cabinet ? »

Mais elle l'avait oublié également.

« Quelque part dans Londres.

– Bon, ça ne fait rien.

– Vous ne me croyez pas ?

– Je n'ai aucune raison de ne pas vous croire.

– Comment me souviendrais-je d'une chose aussi horrible, si elle n'avait pas existé ? »

Il ne répondit pas.

« Vous croyez que je l'ai inventée ! lança-t-elle d'un ton accusateur. Mais pourquoi aurais-je inventé une histoire pareille ? »

Peut-être parce que personne n'avait jamais été arrêté pour le meurtre de Russell Landy, songea-t-il, et parce que son sentiment de culpabilité semblait fondé sur bien plus que sa répugnance, au demeurant parfaitement naturelle, à embrasser la face mutilée de son mari agonisant.

DÉCOUVERTE DE DEUX CADAVRES DANS ARDINGLY WOODS

Les restes d'un homme et d'une femme ont été découverts hier à Ardingly Woods dans le Hampshire. Bien que la cause de la mort ne soit pas encore connue, la police n'exclut pas un acte criminel. « Nous nous efforçons pour l'instant d'identifier les corps, affirme un responsable. Le décès semble remonter à dix ou douze jours, mais aucune personne disparue répondant à leur description ne nous a été signalée. »

L'homme, blond, de constitution moyenne, mesure 1,82 mètre, et est âgé de 30 à 40 ans. Il portait au moment du drame un pantalon en coton de couleur fauve, une chemise à carreaux et un pull à côtes vert foncé. La femme, mince, brune, cheveux courts, mesure 1,65 mètre et serait également âgée d'une trentaine d'années. Elle était vêtue d'un jean bleu et d'un T-shirt bleu marine.

La police ne cache pas sa perplexité quant à la manière dont les corps sont arrivés là. « À notre connaissance, aucune voiture n'a été abandonnée dans les parages, déclare le même responsable, et les bois sont éloignés de toute ligne d'autobus. Il est probable que quelqu'un les a conduits jusqu'à cet endroit et nous prions instamment les automobilistes susceptibles d'avoir transporté à leur bord un couple ressemblant aux victimes de bien vouloir nous contacter. Il est possible qu'ils soient venus en stop d'une autre région. »

La police n'écarte pas l'hypothèse d'un double suicide, malgré l'absence de papiers et d'objets personnels. « C'est très bizarre. On aurait pu s'attendre à trouver au moins un portefeuille ou un sac à main. » Des équipes continuent de fouiller la forêt, à la recherche d'autres indices.

Mrs Mary Hughes, 73 ans, qui a découvert les corps en compagnie de sa chienne Pepita, se remet chez elle d'une légère défaillance cardiaque. Elle a couru jusqu'au téléphone le plus proche, situé à un kilomètre et demi, afin de prévenir la police et attribue son malaise au choc et à la fatigue. « J'aurais dû marcher, dit-elle. C'était idiot : je ne suis plus toute jeune et ils ne risquaient pas de se sauver. Mais que voulez-vous, on ne se refait pas à mon âge. »

Wessex Post, 24 juin

6

Vendredi 24 juin, presbytère de Littleton Mary, Wiltshire, 11 heures

De la fenêtre de son bureau, le révérend Charles Harris vit la Rolls Royce blanche, immatriculée KIN 6, pénétrer par la grille du presbytère et s'arrêter devant la porte d'entrée. À elle seule, la plaque minéralogique en disait suffisamment long. Une vis à tête jaune habilement fixée au milieu du 6 donnait à celui-ci l'aspect d'un G, si bien que le mot KING se détachait en toutes lettres à chaque extrémité du véhicule, déjà particulièrement voyant. Pour la énième fois, il se demanda comment Jinx avait fait pour ne pas ressembler à une famille aussi vulgaire et, pour la énième fois également, il se reprocha son manque de charité.

Il blêmit tandis que le chauffeur ouvrait la porte arrière pour laisser descendre Betty Kingsley. Passe encore s'il s'était agi d'Adam, mais Betty, c'était une autre affaire, surtout, comme cela ne se voyait que trop clairement en l'occurrence, lorsqu'elle avait picolé ferme dès le matin. Avec un soupir, il sortit du bureau pour prévenir sa femme.

« Caroline, nous avons une visite. Betty Kingsley vient d'arriver. »

Caroline Harris apparut dans l'embrasure de la porte de la cuisine, un air d'appréhension sur son visage mince.

« Je ne veux pas la rencontrer, dit-elle. C'est au-dessus de mes forces, Charles. Cela a déjà été assez pénible de l'avoir au téléphone. Elle va encore se mettre à crier.

– J'ai bien peur que nous n'ayons pas le choix.

– Et pourquoi ? répliqua-t-elle, les nerfs à fleur de peau. Il n'y a aucune loi qui nous oblige à la recevoir. On ne peut tout de même pas nous accuser parce que ce Leo a préféré notre fille. » La sonnette retentit. « Inutile de répondre, souffla-t-elle. Ce n'est pas une harengère qui va me donner des leçons chez moi ! »

Mais Charles Harris était un homme de la vieille école aux manières surannées. Il secoua la tête en un signe de légère réprobation et traversa le couloir pour ouvrir.

« Bonjour, Betty », prononça-t-il d'une voix affable.

Elle empestait le gin et son rouge à lèvres avait coulé à un coin de sa bouche. Il fut frappé par la profonde tristesse qui se dégageait de ce visage usé enduit de maquillage et de ce corps empâté sanglé dans une robe de gamine. Vieillir est toujours une épreuve redoutable et, la boisson lui ayant ôté le peu de cervelle qu'elle possédait, elle n'avait plus grand-chose d'attrayant.

Elle passa devant lui et fonça d'un air belliqueux vers Caroline, heurtant au passage une petite table en noyer où reposait un vase de fleurs dont l'eau gicla sur la surface cirée.

« C'est la faute de votre garce de fille si Jinx a tenté de se tuer, pas la mienne ni celle de son père ! vociféra-t-elle en pointant un doigt vers l'autre femme. Jamais elle n'aurait fait ça à cause de nous. Bon sang, vous m'avez fichu en pétard, Madame-je-vaux-mieux-que-tout-le-monde. Vous croyez pouvoir raconter n'importe quoi sur moi et les miens alors que, s'il y a bien quelqu'un à blâmer, c'est votre Meg chérie ! »

Caroline lança un regard suppliant à son mari. Un regard qui semblait dire : tu l'as voulu, alors débrouille-toi, mais il eut un haussement d'épaules misérable et la laissa se jeter seule dans la bataille.

« Je ne vois pas l'utilité d'aborder à nouveau ce sujet, répondit-elle d'une voix trop haut perchée. Il y a déjà eu assez de linge sale de déballé comme ça.

– Ouais, Meg avait bien raison de dire que vous n'étiez

qu'une sale bigote qui préfère s'enfouir la tête dans le sable plutôt que de regarder les choses en face ! » Elle se cramponna à la petit table et feignit de prendre un ton distingué. « Oh, vraiment, je ne vois pas l'utilité d'aborder à nouveau ce sujet. » Elle aspira une goulée d'air. « Sapristi, parce que vous ne l'abordez peut-être pas quand ça vous chante ! "Voyons, Betty, ne vous en prenez pas à Meg des conséquences de vos propres carences. Jinx a besoin d'une mère à qui se confier." » Elle abattit son poing sur la tablette et le vase oscilla dangereusement. « Nom d'un chien, une mère, elle en a une : moi !

– Mais probablement pas celle qu'elle désire, répondit Caroline d'une voix glaciale. Vous avez été très agressive au téléphone, Betty. Vous nous avez traités d'assassins avant même de savoir si votre fille était morte ou pas. Qu'espériez-vous ? Que je vous donne raison ? Charles et moi avions à peine eu le temps de digérer la nouvelle que Leo avait quitté Jinx pour Meg que vous étiez déjà au bout du fil à nous injurier. Ces événements ont été un choc terrible pour nous tous.

– Des excuses ! Ce sont des excuses que je veux, à moins que vous soyez au-dessus de ça ? » Des larmes coulèrent de ses yeux bordés d'une épaisse couche de mascara. « Savez-vous ce qu'on raconte ? Que le mariage a été annulé parce que Sir Anthony Wallader refuse de laisser son fils épouser une Kingsley. Et pourquoi ça ? Parce que nous sommes des gens beaucoup trop ordinaires. Quel toupet ! » Elle avala ses larmes. « Sauf qu'il n'y a qu'une brebis galeuse dans l'histoire et que je ne vais pas me gêner pour le dire. À savoir que c'est votre Meg, qui n'hésite pas à baisser sa culotte quand ça peut lui rapporter. »

Les lèvres de Caroline Harris dessinèrent une sorte d'accent circonflexe assez déplaisant, mais le pasteur intervint avant qu'elle ait eu le temps de répondre. Il posa une main sur le bras de Betty et la força à se tourner vers lui.

« Est-ce vrai, Betty ? » Il eut un sourire contrit. « Nous savons si peu de chose, voyez-vous. Uniquement ce que Meg nous a dit au téléphone, et ce n'était pas beaucoup, je le reconnais. Juste que Leo l'avait préférée à Jinx et qu'ils allaient prendre des vacances en France. »

La bouche épaisse de son interlocutrice se tordit de façon hargneuse.

« Pourquoi est-ce que les garçons et moi devrions pâtir des galipettes de votre fille ? lança-t-elle d'une voix avinée. Adam prétend que nous avons gâché les chances de Jinx avec nos manières. Je me demande bien lesquelles. Leo a beau être une ordure comme son père, jamais on n'a essayé de leur casser la baraque. » Elle avala une nouvelle goulée d'air. « Non, ce n'est pas notre faute », reprit-elle au bout d'un moment. Meg est jalouse, elle l'a toujours été. Elle a couché avec tous les amis de Jinx. On ne demande pas à une vipère d'avoir du lait ! Et aussi avec Russell, si vous ne le saviez pas. »

Charles Harris, consterné, se tourna vers sa femme, mais celle-ci fixa les yeux au loin afin de ne pas croiser son regard.

« Je l'ignorais, murmura-t-il. Je suis navré. »

Vendredi 24 juin, Institut médico-légal du Hampshire, 11 h 30

Le docteur Robert Clarke, le médecin légiste, eut pitié des trois policiers et, tout en ôtant ses gants et son masque, les fit sortir de la salle du laboratoire pour les emmener dans son bureau.

« Pas folichon ! lança-t-il en ouvrant la fenêtre pour laisser entrer de l'air pur, ou presque pur compte tenu de la nationale pleine de voitures située juste en face. Malheureusement, pour tuer les asticots et avoir quelque chose d'à peu près présentable à examiner, il n'y a pas d'autre moyen que de coller tout le fourbi dans des sacs et d'arroser de formol. Café ? » proposa-t-il.

Les trois hommes déglutirent nerveusement, stupéfaits que l'autre puisse envisager d'avaler quoi que ce soit après ce qu'ils avaient aperçu dans les sacs en question. L'odeur de putréfaction continuait à leur emplir les narines et il en était ainsi depuis la veille, lorsque, debout près du fossé, la gorge serrée de dégoût, ils avaient découvert la masse blanchâtre et grouillante émergeant au milieu de vêtements en loques et de morceaux de chair pourrie éparpillés sur le sol. Ils secouèrent vigoureusement la tête.

«Non, merci, Bob», répondit le commissaire Frank Cheever en s'essuyant les lèvres avec un mouchoir. Mince, les cheveux gris, les yeux bleu pâle, des yeux qui vous fixaient avec un calme déconcertant, l'air studieux, il était plus âgé que ses deux collègues. Il avait quelque chose d'un dandy et ses adjoints s'amusaient de son fétichisme supposé pour la soie. Il portait des nœuds papillons en soie, une pochette en soie de couleur assortie et, aux pieds, de coûteuses chaussettes en soie bien tendues par des fixe-chaussettes. Le bruit courait que ses sous-vêtements étaient également en soie. «Mais ne vous gênez pas pour nous, murmura-t-il en considérant d'un air malheureux le gobelet vide sur le bureau, allez-y.

– C'est ce que je vais faire.» Le médecin légiste s'avança dans le couloir, agita le gobelet et pria sa secrétaire de lui apporter un café noir. «Cela fait passer le goût, expliqua-t-il d'un ton placide avant de s'installer derrière son bureau et de leur désigner des chaises. À présent, voyons ce que nous avons.» Il consulta les feuillets dactylographiés posés devant lui. «Je ne vous ennuierai pas avec les tribulations de la *Calliphora erythrocephalus*, autrement dit la mouche bleue, à laquelle nous avons affaire ici, mais disons en gros que, par temps chaud, il s'écoule de dix à onze jours entre la ponte des œufs et leur transformation en nymphes. Or nous n'avons trouvé aucune nymphe, juste des larves aux trois quarts de leur maturité, ce qui indiquerait que la ponte remontait à huit ou neuf jours.» Il donna une tape sur un calendrier. «Nous étions hier le 23 ; les œufs auraient donc été pondus le 14 ou le 15. Laissons un ou deux jours de plus à la *Calliphora erythrocephalus* pour dénicher les corps, cela nous donne le 12, le 13 ou le 14 comme date probable de la mort, avec, en ce qui me concerne, une préférence pour le lundi 13.» Il eut un grand sourire en voyant sa secrétaire lui apporter son café ainsi qu'une assiette de biscuits au chocolat. «Vous êtes sûrs que vous n'en voulez pas, messieurs ?»

Ses interlocuteurs devinrent visiblement plus pâles. L'inspecteur Maddocks, un grand et solide gaillard d'environ quarante-cinq ans, l'air perpétuellement renfrogné, songea que Bob Clarke le faisait certainement exprès. Une manière de défi : le dur à cuire de la médecine légale contre les durs à cuire de la police judiciaire. Il avait toujours soupçonné cette demi-portion, avec son ridicule 1,68 m, de chercher la bagarre. À présent il en était sûr. Du reste, ce petit toubib arrogant lui faisait étrangement penser au prof de math responsable de son troisième divorce, toujours en cours de procédure. Bon Dieu, ce qu'il pouvait détester ces avortons prétentiards !

« Parfait, Jenny. Merci. » Clarke plongea un biscuit dans le café et entreprit de le déguster avec une visible satisfaction. « Comme vous le savez, ils avaient les mains et les pieds attachés, si bien qu'ils étaient totalement incapables de se défendre. Ils sont morts après avoir été sauvagement frappés avec un instrument contondant. » D'une pichenette, il expédia des radios en direction du commissaire Cheever. « Nous les avons prises avant de leur donner un bain. Ainsi que vous pouvez le constater, les crânes sont fracturés en plusieurs endroits. Celle-ci, en particulier, montre nettement une dépression arrondie dans l'os pariétal de la femme. Je pencherais pour une massue ou un marteau à long manche, quelque chose d'assez volumineux. Remarquez la cassure de la clavicule droite de l'homme, ce qui laisse supposer qu'un des coups a manqué son but » – sa main fendit l'air –, « probablement en glissant sur le côté du crâne, puis a heurté l'épaule de ce malheureux avec la force d'un camion de deux tonnes. » Il secoua la tête. « Ce que nous avons devant nous, messieurs, ce sont deux personnes à genoux, les mains liées derrière le dos, servant de punching-ball à un maniaque armé d'un objet très lourd. Il est raisonnable de penser que les premiers coups ont été assenés par-derrière, dans la mesure où ils présentent une trajectoire orientée vers le bas, et que ceux ayant brisé les maxillaires ont été faits après que les corps sont tombés sur le côté. Imaginez notre maniaque tenant son marteau comme une canne de golf et frappant le visage des victimes allongées sur le sol. Vous aurez une assez bonne idée de ce qui a dû se produire. »

Cheever se tamponna à nouveau les lèvres tout en examinant les clichés.

« Où cela s'est-il passé, à votre avis ? Dans le fossé même ou sur le talus ?

– Pour moi, sur le talus. Le genre de coups auquel je pense aurait été impraticable dans un espace réduit. En fait, je le vois assez bien les tuer au sommet de la pente, puis les précipiter en bas. Désolé d'insister » – il plongea un autre biscuit dans son café –, « mais il est possible qu'il les ait frappés ainsi pour les faire rouler. Encore que cela n'aurait guère été facile, ajouta-t-il d'un ton méditatif. Pour y parvenir, il lui aurait fallu les allonger bien droits et les soulever légèrement par le milieu.

– Et les traces que nous avons relevées à cinq mètres de là ? »

Bob Clarke avança un autre cliché.

« Tout à fait intéressant. Il s'agit manifestement d'un talon fin et dur. Voyez ici à quel point les empreintes sont profondes, comme si la personne en question avait glissé sur le côté et s'était servie de son talon pour arrêter sa chute. Étant donné qu'il mesure dans les deux centimètres de large, je présume qu'il s'agit d'une chaussure de femme.

– La morte portait des chaussures de sport, dit Cheever.

– Oui. Elle n'aurait pas pu laisser de telles marques, et son compagnon non plus. Les talons de celui-ci mesurent dix bons centimètres. Par ailleurs, elles n'ont pas été faites récemment – comme vous le voyez, l'herbe a commencé à repousser à certains endroits –, ce qui tendrait à prouver ou bien qu'il y avait une deuxième femme au moment du meurtre ou bien qu'un individu qui n'en a rien dit a découvert les cadavres avant votre petite vieille.

– Dans ce cas, répondit lentement Cheever, peut-être s'agit-il de notre voleur de portefeuille. L'hypothèse la plus plausible est que l'assassin a fait disparaître tout ce qui aurait permis de les identifier, mais il n'est pas impossible que quelqu'un d'autre s'en soit chargé. » Il se tourna vers ses collègues. « Qu'en dites-vous ? »

Gareth Maddocks haussa les épaules d'un air évasif tout

en continuant à regarder avec dégoût le médecin légiste tremper ses biscuits dans le liquide noir.

« Vous venez d'évoquer la présence éventuelle d'une femme, lui dit-il. Cela signifie-t-il qu'une femme aurait pu assener de tels coups ou qu'elle a simplement vu l'assassin le faire ? »

Insensible à la répugnance de son interlocuteur, Clarke se frotta les doigts pour en faire tomber les miettes de biscuits et leva sa tasse.

« En supposant que les deux victimes étaient à genoux, réduites à l'impuissance, et que l'arme était une masse en fer ou un marteau muni d'un long manche, n'importe quelle femme ayant assez de force pour frapper plusieurs fois aurait pu infliger de telles blessures. Cependant, c'est un *modus operandi* assez improbable dans le cas d'une femme agissant seule.

– Mais pas impossible.

– Rien n'est impossible, mais, franchement, les statistiques et la psychologie ne sont pas de votre côté. C'est un genre de crime très physique ; exigeant de l'énergie et une certaine férocité, ce qui, en général, n'est pas le propre des meurtrières. Je ne veux pas dire par là qu'il n'existe pas de femmes extrêmement féroces et dangereuses, mais, d'après mon expérience, elles choisissent plutôt de perpétrer leur crime entre les quatre murs d'une maison, au moyen d'un oreiller, d'un poison, d'un pistolet ou même d'un couteau. À votre place, je tablerais sur un ou plusieurs hommes, et éventuellement une femme assistant à la scène. Quel dommage qu'il ait plu si peu ces dernières semaines ! Avec un sol légèrement détrempé, j'aurais pu vous indiquer leur nombre, leur poids et probablement leur taille. » Il s'interrompit un bref instant. « Comme vous vous en doutez, il devait y avoir pas mal de sang, ce qui est toujours un travail de forçat à nettoyer. Votre meurtrier aura certainement laissé des taches dans la voiture avec laquelle il est reparti. À mon avis, cela vaudrait la peine de voir de ce côté-là.

– Parlez-nous des victimes, demanda Frank Cheever. Nous connaissons la constitution, la taille, la couleur des cheveux. Avez-vous autre chose ? Que disent les vêtements ?

– Ma foi, Jerry s'en est donné à cœur joie, répondit Clarke en sortant une nouvelle liasse de notes. Il a besoin d'un peu de temps encore avant de pouvoir vous remettre un rapport complet, mais voilà ce qu'il a déniché pour le moment. Ce n'étaient pas des pauvres, plutôt le contraire, en fait, des gens ayant de solides revenus, selon Jerry. Commençons par la femme. Pas grand-chose au sujet du jean, un Levis 501, délavé, modèle masculin ; par contre le T-shirt est américain, fabriqué par une société nommée Arizona et importée par Interwear, une entreprise de Birmingham. D'après un premier contact avec celle-ci, il semble que ces T-shirts, vendus au détail cinquante-cinq livres, se trouvent dans une dizaine de magasins seulement, situés à Londres, Birmingham et Glasgow. On doit nous faxer la liste cet après-midi, et Jerry vous la fera parvenir aussitôt avec la mention de la taille, de la couleur et du style de celui qu'elle portait. » Il parcourut les notes du doigt. « Ses chaussures de sport, de la marque Nike, coûtent quatre-vingt-cinq livres, et ses sous-vêtements, qui ne nous ont pas beaucoup plus aidés, sont des articles haut de gamme de chez Marks & Spencer. L'important, c'est qu'aucun de ces vêtements, bien que de série, n'était ce que nous appellerions, vous et moi, bon marché.

« L'homme à présent. Des deux le plus intéressant, et de loin. Le pull, vert foncé, dans le style militaire avec des pièces en cuir aux coudes, confectionné par Capability Brown, se vend uniquement chez Harrods, au prix de cent trois livres. » Il sourit devant le grognement d'excitation poussé par Frank Cheever. « Ce n'est qu'un début, mon ami. La chemise de sport, à carreaux marron et verts, est vendue quatre-vingt-cinq livres chez Hilditch & Keys, dans Jermyn Street. Le pantalon, confectionné également par Capability Brown, cent pour cent coton, avec des plis devant et une fermeture à boutons, décrit comme de couleur “taupe”, vient aussi de chez Harrods, où il coûte deux cent cinquante livres. Chaussettes Marks & Spencer, chaussures probablement achetées en Italie, dans la mesure où Jerry n'a pas connaissance d'un importateur travaillant avec cette marque, mais il continue à s'en occuper. Son idée est que notre bonhomme possédait un compte chez Harrods et probablement aussi chez Hilditch & Keys. Il a trouvé sur les vêtements du couple des fibres intéressantes, qui proviendraient, selon lui, du même tapis, probablement un tapis chinois, épais, blanc cassé, ainsi que des poils qu'il suppose être des poils de chat, mais il affirme que, si vous lui laissez quelques jours de plus, il sera capable de vous décrire la pièce dans laquelle ont séjourné nos deux zigomars avant de se rendre à Ardingly Woods.

– Autre chose ? » demanda Cheever.

Clarke laissa échapper un gloussement.

« Cela ne vous suffit pas ? Bon sang, mon vieux, on les a depuis à peine vingt-quatre heures ! Qu'est-ce que vous espériez ?

– Rien que de très raisonnable : quelques bonnes empreintes digitales, répondit-il. Vous étiez assez dubitatif hier, peut-être avez-vous changé d'idée ? Si l'un ou l'autre avait un casier, ce serait encore le moyen le plus sûr de les identifier.

– Oui, eh bien, je serai mieux à même de vous le dire quand on les aura sortis du bain.

– Et cette corde verte en nylon qui a servi à leur lier les mains et les pieds ? Avez-vous pu en tirer quelque chose ?

– Pas vraiment. On en trouve dans la plupart des jardineries, des magasins de bricolage et des supermarchés. Incassable et pratiquement inusable. Les nœuds étaient des nœuds de vache tout ce qu'il y a de banal, répétés plusieurs fois pour les empêcher de glisser, et extrêmement serrés, probablement parce que les victimes se sont débattues pour se libérer. Encore une piste à explorer. Comment un homme seul peut-il arriver à ligoter deux adultes bien portants ? Et quand l'a-t-il fait ? Avant de les transporter à Ardingly Woods ou sur place ? Si c'était avant, comment les a-t-il amenés au beau milieu de la forêt ? Si c'était sur place, pourquoi l'un des deux ne s'est-il pas enfui pendant que le meurtrier attachait l'autre ? En réalité, je pense qu'il serait plus sage de tabler sur deux suspects ou plus. »

L'inspecteur Maddocks se frotta la joue d'un air songeur.

« Êtes-vous sûr qu'il s'agissait d'un marteau et pas d'une grosse branche ? Dans le cas d'une branche, il serait possible d'imaginer une agression à caractère beaucoup plus spontané. Notre maniaque – j'utilise le terme à dessein – tombe par hasard sur un couple endormi dans les bois, les assomme, les ligote, les bat à mort avant de les délester de leur argent. Est-il possible que les choses se soient passées ainsi ?

– Non, en tout cas pas avec une branche, répondit aimablement le docteur Clarke. Pour faire un trou aussi net, l'objet qui a perforé le crâne de la femme devait être extrêmement lourd et dur, et comporter une extrémité symétrique formant vraisemblablement un angle droit avec le manche, sans quoi il n'aurait pas pénétré si profondément. Je ne mettrais pas ma main au feu qu'il s'agit d'un marteau, mais je parierais volontiers mes économies. »

Le troisième policier, le sergent Sean Fraser, qui s'appuyait au mur près de la fenêtre ouverte, s'anima soudain. « Pardonnez-moi, dit-il à l'adresse de Maddocks, mais si l'agression avait été spontanée, nous aurions sûrement retrouvé une voiture quelque part. Un type qui s'habille chez Harrods n'irait pas faire du stop jusqu'à Ardingly Woods afin de piquer un roupillon avec sa dulcinée. » Il croisa les bras et se mit à tapoter les manches de sa veste en cuir. « La description donnée par le docteur quant à la manière dont les choses se sont passées ne manque pas d'intérêt. Dans quel film de guerre n'a-t-on pas vu cette séquence où des victimes agenouillées devant des tombes ouvertes sont abattues d'un coup de revolver dans la nuque et basculent dans la fosse ? Je dirais qu'il y a de fortes chances pour que ces deux-là aient été exécutés. »

Les autres restèrent un moment à digérer ces paroles.

« Quel genre d'exécution ? finit par interroger le commissaire. Dans le cas d'un contrat, les radios auraient révélé des traces de balles. Vous parlez vous-même de coups de revolver dans la nuque. Je vois mal des professionnels se servir d'un marteau.

– J'ai connu des bandes qui s'étripaient à coups de batte de base-ball, repartit Fraser, mais, comme il s'agit d'un homme et d'une femme ayant entre trente-cinq et quarante ans, je pencherais plutôt pour un mari jaloux. Une exécution passionnelle, voilà à quoi ça ressemble pour moi. »

Cheever réfléchit à cette idée.

« Je ne comprends toujours pas pourquoi leur disparition n'a pas été signalée. Des gens bien habillés ne disparaissent pas pendant deux semaines sans que quelqu'un s'en aperçoive.

– Sauf s'ils ont été supprimés par leurs proches, intervint Maddocks. Peut-être est-ce une affaire à la Menendez que nous avons sur les bras – des parents riches, tués par leurs enfants, soit pour du fric, soit pour se venger d'abus sexuels, selon que vous croyez l'un ou l'autre. Cela devient, hélas, de plus en plus fréquent. Il y a eu Jeremy Bamber, si vous vous en souvenez, lequel a trucidé tous les membres de sa famille pour récupérer la baraque et le pognon, et a accusé sa sœur morte. Avec ça, on se demande pourquoi on s'enquiquine à fabriquer de nouvelles générations. »

Le docteur Clarke consulta sa montre et se leva.

« Eh bien, contrairement à vous, messieurs, je n'ai pas un salaire tel que mes enfants pourraient être tentés d'en faire autant. Quelques compliments de temps à autre pour avoir vu juste, telle est ma seule récompense au regard du temps infini que je passe à travailler pour vous. Les taches de sang, pensez à cela. Le meurtrier, ou plus vraisemblablement les deux ou trois meurtriers devaient avoir le devant de leurs vêtements éclaboussé d'hémoglobine bien rouge. Quelqu'un, quelque part, les a sûrement aperçus et s'est dit : Tiens, c'est curieux !

– À supposer que les gens soient encore capables de s'intéresser à autre chose qu'à bouffer et à s'envoyer en l'air, fit remarquer Maddocks d'un ton aigre.

– Cela étant, continua Clarke, je devrais pouvoir vous fournir une indication plus précise de leur âge d'ici la fin de la journée, ainsi que des empreintes à peu près exploitables, et même vous dire si la femme a eu des enfants. » Il les fit sortir. « Mais avant, il faut que j'ouvre ces charmants sacs. Si l'un d'entre vous a envie de me donner un coup de main... » Il gloussait tout bas en se dirigeant vers le labo.

« Quel faux cul ! déclara aux autres le commissaire Cheever. Il gagne deux fois plus que moi en faisant deux fois moins d'heures. »

Une odeur de mort se répandit soudain tandis que le médecin légiste ouvrait la porte du labo et disparaissait à l'intérieur.

« Vous avez remarqué, je suppose, » dit Maddocks en souriant à son supérieur et en désignant d'un signe de tête le jeune sergent dont le visage sous la tignasse de cheveux blonds avait viré au gris, « que ce bon docteur ne se lave même pas les mains pour manger ses biscuits. »

Clinique des Rossignols, Salisbury, midi

Jinx se tenait debout près des portes-fenêtres, adossée à un fauteuil qui lui servait d'appui. Elle resta un long moment sans rien dire, tout en ayant conscience de la tête aux cheveux roux pointant par la porte ouverte.

« Pourquoi n'entrez-vous pas ? finit-elle par dire au panneau vitré en face d'elle.

– C'est à moi que vous parlez ?

– À qui d'autre ? »

Matthew glissa sa frêle carcasse par l'embrasure et rejoignit la jeune femme dans sa contemplation du jardin. Il était manifestement incapable de rester tranquille plus de quelques secondes et, du coin de l'œil, elle observa avec amusement les tics qui l'agitaient. *Dieu, qu'il était peu séduisant !*

« Vous êtes croyante ? lança-t-il tout à coup.

– Pourquoi me demandez-vous ça ?

– Vous étiez avec un prêtre hier. Je me suis dit que vous donniez peut-être dans ce genre de truc. »

Elle lui jeta un regard en biais, vit qu'il était occupé à tripoter les boutons de son menton et reprit son inspection de la pelouse ensoleillée ainsi que des gens qui s'y trouvaient.

« C'est le frère d'une amie. Il est venu voir comment j'allais. Rien de plus. »

Il lui indiqua un homme sur la droite.

« Vous voyez ce type avec la chemise à carreaux et le pantalon bleu ? Sa tête vous dit quelque chose ? C'est le chanteur du Black Night. Il avait l'habitude de se piquer à l'héro toutes les deux heures. Regardez-le à présent ! Et le type d'à côté. Il possède une société de transport et n'arrivait pas à bosser sans vider ses trois bouteilles de whisky par jour. Maintenant, il ne boit plus une goutte.

– Comment le savez-vous ?

– J'ai fait de la thérapie de groupe avec eux.

– C'est le docteur Protheroe qui vous a demandé de venir me voir ? interrogea-elle d'un ton méfiant. Une manière de thérapie de groupe déguisée…

– Laissez tomber. Le doc ne demande jamais rien à personne. Il se contente de se croiser les bras et d'encaisser le pognon. » Il racla du pied la moquette. « À mon avis, moins il en fait, plus on reste là et plus il est content. Tout ça, c'est de la frime.

– Pourtant, il fait sûrement quelque chose, rétorqua Jinx, sinon l'état de ses patients ne s'améliorerait pas. »

Matthew passa une main tremblante sur ses joues mal rasées.

« Il nous préserve de la tentation, voilà tout. Il n'y a ici ni alcool ni came, et je parierais que chacun ne rêve que de se défoncer un bon coup une fois dehors. En tout cas, je ne vais pas m'en priver, cet endroit est une vraie morgue ! Rien pour se distraire ou se remonter les bretelles, on est là à crever d'ennui. Bon Dieu, si seulement j'avais de quoi, je me shooterais bien tout de suite ! »

Elle en eut soudain assez de l'entendre.

« Qu'est-ce qui vous retient ?

– Je viens de vous le dire, il n'y a pas un gramme de came dans cette maudite crèche.

– Cela doit pouvoir s'arranger. On m'a proposé un cachet de somnifère hier soir. Vous pourriez en dissoudre quelques-uns et vous les injecter, suggéra-t-elle avec flegme. Cela ferait peut-être l'affaire.

– Merci, ce n'est pas le genre de truc que je recherche. D'ailleurs, où est-ce que je trouverais une seringue ? »

Elle le regarda de nouveau.

« Eh bien, sortez. Allez en ville. Ou est-ce que nous sommes prisonniers ?

– Non, murmura-t-il en se frictionnant les bras comme s'il

avait froid, mais je me ferais tout de suite repérer. Le coin est bourré de flics, au cas où les prolos voudraient se faire les baraques des rupins. Et avec quoi est-ce que je paierais ? Ils vous prennent votre fric dès que vous arrivez ici. »

Cela expliquait probablement qu'elle n'ait pas aperçu son sac à main. Il y avait bien quelques vêtements dans le placard, mais pas de sac. Elle pensait l'avoir perdu dans l'accident.

« Ma foi, si j'étais vous et que je sois aussi en manque que vous en avez l'air, dit-elle d'un ton sarcastique, j'assommerais une petite vieille pour lui faucher son porte-monnaie. Je ne vois vraiment pas ce qui vous arrête.

– Vous êtes comme les autres ! s'exclama-t-il, furieux. Assommer une petite vieille, braquer une banque, voler la tirelire d'un mouflet, bon sang, je ne suis pas un malfrat ! Tout ce que je veux, c'est un peu de came. Vous entendriez le docteur, parfois ! “Qu'est-ce que vous attendez, Matthew ? Vous avez plus de vingt et un ans, vous savez ce que vous faites, alors allez-y, appelez votre fournisseur et demandez-lui de vous apporter ce qu'il vous faut.” Je ne me suis pas gêné pour téléphoner à mon père et lui dire que le toubib n'essayait pas de me guérir mais de m'encourager et que c'est pour ça qu'il raquait.

– Que vous a répondu votre père ?

– “Personne ne t'en empêche, Matthew, alors si tu en as tellement envie, vas-y.” Je me demande ce qu'ils ont tous ! Et cette balade ? Ça vous dirait ?

– Je ne peux pas, répondit-elle d'un ton plutôt sec. Je n'ai pas encore les jambes assez solides.

– Ouais, j'avais oublié. Vous avez essayé de vous foutre en l'air. Dans ce cas, je peux vous trouver un fauteuil roulant.

– Le docteur Protheroe vous a sans doute dit que j'étais suicidaire, murmura-t-elle avec amertume.

– Jamais de la vie. Je vous le répète, il ne pense qu'à se la couler douce. Mais tout le monde est au courant. Les journaux ont parlé de vous. Une fille de millionnaire tente de se suicider !

– Je n'ai pas tenté de me suicider.

– Comment le savez-vous ? Il paraît que vous ne vous souvenez de rien. »

Elle se tourna brusquement vers lui.

« Et vous, comment le savez-vous, espèce de petit merdeux ? »

Il avança un doigt et, avec une douceur surprenante, toucha la joue baignée de larmes de la jeune femme.

« Moi aussi, je suis passé par là. »

Vingt minutes plus tard, elle était toujours debout face à la baie vitrée, appuyée à son fauteuil, lorsque le docteur Protheroe entra.

« J'ai un message pour vous de la part de Matthew, l'informa-t-il. Je vous le livre tel quel : "Dites à la poupée du 12 que j'ai récupéré un fauteuil roulant, mais qu'il est tellement crasseux qu'il faut que je le nettoie. Elle ne va tout de même pas refuser de déjeuner dans le jardin. J'ai donc tout préparé sous le hêtre." » Un sourire éclaira son visage. « Cette charmante invitation vous tente-t-elle, Jinx, ou dois-je lui répondre que je vous ai ordonné de réintégrer le lit ? Une fois de plus, il n'a tenu aucun compte de l'affichette sur votre porte et je serais tenté de dire qu'il n'a pas mérité que vous lui teniez compagnie, sans compter qu'il risque de vous casser les oreilles à gémir à propos de son besoin de drogue. Mais vous êtes entièrement libre. »

Elle lui sourit à son tour, non sans une certaine ironie.

« Je commence à comprendre comment vous procédez, docteur Protheroe.

– C'est vrai ?

– Oui. Vous vous fondez sur le principe que les gens font toujours le contraire de ce que leur commande le détenteur de l'autorité.

– Pas nécessairement, rectifia-t-il. J'essaie d'aider chacun à se créer ses propres normes et peu importe la manière dont il y parvient.

– C'est pourquoi vous nous obligez sans cesse à prendre des décisions.

– Je n'oblige personne à quoi que ce soit, Jinx. »

Elle fronça les sourcils.

« Alors que suis-je censée faire ? Déjeuner avec Matthew

ou lui dire d'aller se faire cuire un œuf? Après tout, c'est un patient lui aussi. Je ne tiens pas à commettre une maladresse.»

Il eut un haussement d'épaules.

«Ce n'est pas mon affaire. Il va astiquer ce fauteuil jusqu'à ce qu'il brille comme un sou neuf parce qu'il est convaincu que vous en valez la peine. Il a la cervelle un peu chamboulée en ce moment, dans la mesure où cela fait des années qu'il se drogue, mais son père est avocat, sa mère travaille dans la publicité et, voici dix ans, il a obtenu son diplôme de fin d'études avec mention, de sorte qu'il n'est sans doute pas totalement stupide. Vous êtes libre de choisir, Jinx.

– Je préférerais que vous cessiez ce refrain. Pour moi, il n'y a pas plus de libre choix que de déjeuner gratuit. À la fin, il faut toujours payer.» Elle lui laissa voir son irritation. «Puis-je savoir, puisque vous semblez si désireux de me parler de Matthew, ce que vous lui avez dit à mon sujet?»

Il haussa un sourcil amusé.

«Que la poupée du 12 était cent fois plus intelligente que lui, qu'elle avait étudié les classiques à Oxford, qu'elle pensait probablement qu'il n'était qu'un crétin mal lavé n'ayant même pas le cran d'estourbir une petite vieille sans défense pour se payer sa dose. Ce qui est assez près de la vérité, n'est-ce pas? Il m'a rapporté l'essentiel de votre conversation.

– Vous avez mis dans le mille, répondit-elle, pincée. Je ne me serais pas mieux exprimée.

– Eh bien, que dois-je lui répondre? Que vous seriez heureuse de déjeuner avec lui en fauteuil roulant?

– Vous savez très bien que je n'en ai aucune envie.»

Il pointa un doigt vers elle.

«Très bien. Alors, c'est ce que je vais lui dire.»

Et il s'éclipsa.

«Non! cria-t-elle. Revenez!» Folle de rage, elle traversa la chambre d'un pas chancelant et s'avança dans le couloir.

«Docteur Protheroe, lança-t-elle tandis qu'il s'éloignait, je vous interdis de lui dire quoi que ce soit, espèce de foutu salopard!»

Il se retourna et revint sur ses pas.

« Vous tenez donc à déjeuner avec Matthew ? »

Elle attendit qu'il l'ait rejointe.

« Pas spécialement, répondit-elle d'une voix calme, mais je le ferai quand même.

– Pourquoi ? demanda-t-il avec curiosité. Pourquoi vous forcer à faire ce que vous ne voulez pas ?

– Parce que vous ne prendriez pas la peine de le ménager. Vous lui diriez exactement ce que je vous ai dit et ça je le veux encore moins. Il s'est montré extrêmement gentil avec moi et vous risquez de le blesser.

– Vous avez tout à fait raison, Jinx. »

Elle poussa un soupir de lassitude. « Oh, doux Jésus ! Écoutez, je sais très bien ce que vous avez en tête. Vous êtes exactement comme Stephanie Followes. Vous voudriez que je sorte de cette chambre, que je cesse de me lamenter sur mon sort et que je me remette à voir des gens. Alors pourquoi ne pas dire tout simplement : faites-le, s'il vous plaît, car c'est bon pour vous ? Pourquoi mêler ce pauvre garçon à vos jeux stupides ? Il n'est pas responsable de ce qui m'arrive. »

Ne comprenait-elle pas que ce n'était pas aux cloisons de sa chambre qu'il voulait l'arracher, mais à celles de son crâne ? Qu'est-ce qui la retenait enfermée là ?

« Je suis d'accord avec vous, sauf que je ne lui ai rien demandé, c'est lui qui s'est adressé à moi. » Il donna une tape sur l'écriteau. « Vous ne trouvez pas cela un peu condescendant de l'appeler ce pauvre garçon. ? Il a vingt-huit ans et n'a nullement besoin de ma protection ni de la vôtre. » Il lui adressa un grand sourire. « Un dernier point : je n'ai pas pour habitude de donner des ordres à qui que ce soit. Ou bien vous faites les choses parce que vous le désirez ou bien vous ne les faites pas. C'est pour moi une question de crédibilité. Je ne peux pas me permettre de me retrouver avec des conflits sur les bras. Sans quoi je n'arriverais plus à rien.

– Alors dites à Matthew que je le remercie et que je serais ravie de déjeuner avec lui. » Elle s'empara de l'affichette, la déchira et en fit une boulette qu'elle jeta dans sa direction. « En bon existentialiste, docteur Protheroe, vous comprendrez, j'en suis sûre, la raison de ce geste. »

Son rire énorme retentit dans le couloir, tandis qu'il s'en allait en s'amusant à jeter la boulette en l'air et à la rattraper.

« Parce que ça vous plaît ! » lança-t-il par-dessus son épaule.

Elle dut effectuer le tour du jardin tel un cochon de prix qu'on mène en carriole, son grand escogriffe d'escorte l'exhibant avec fierté à tous ceux qui se montraient intéressés. Chaque seconde lui parut un supplice et elle n'arrêta pas de fumer cigarette sur cigarette tout en pestant intérieurement contre Protheroe qu'elle accusait d'avoir fomenté ce kidnapping. Elle se sentit soudain revivre lorsque, ayant bouclé leur périple, ils arrivèrent à la grille de l'entrée près de la baraque du gardien. Celui-ci leur jeta un bref coup d'œil par la vitre et se remit à lire son journal. Jinx indiqua d'un geste la sortie libre.

« Pourquoi ne pas continuer tout droit ? Vous pourriez avoir de la came et moi un taxi pour rentrer.

– D'accord, répondit Matthew. Alors à vous de faire ! »

Elle lui lança un regard en biais.

« Faire quoi ? »

Il décrivit des cercles avec les mains.

« Pousser. Si vous avez envie de filer, ne vous gênez pas pour moi. Je ne suis pas chargé de vous surveiller. » Il s'accroupit à côté d'elle. « Sauf que, si vous tenez à partir, pourquoi ne pas en informer le toubib et commander un taxi de votre chambre ?

– Probablement pour les mêmes raisons que vous, répondit-elle avec un haussement d'épaules.

– Ouais. M'est avis que le musico a raison. Quand on a fait le grand saut et qu'on se retrouve au fond avec tous ses abattis, ça vaut peut-être la peine de se demander comment on a atterri là. Alors, qu'est-ce que vous voulez ? Déjeuner ou vous barrer ?

– Les deux. Mais je crois que je vais opter pour le déjeuner. Au fond, vous n'avez rien d'un révolté. »

Matthew esquissa un sourire.

« Ça dépend.

– De quoi ?

– *Cui bono ?* Si c'est moi qui y gagne, alors ça m'intéresse. Quel est l'enjeu ?

– Je ne sais pas encore, répondit-elle d'une voix méditative, mais laissez-moi vous dire une chose gratis. Vous lâcheriez la came, vous pourriez gagner des millions. Vous êtes encore plus manipulateur que mon père.

– Vous en connaissez sûrement un rayon, répliqua-t-il en faisant pivoter le fauteuil roulant. Dans le genre, vous n'êtes pas mauvaise non plus. À présent cramponnez-vous. Voyons à quelle vitesse est capable de rouler ce machin. » Il se pencha pour lui appuyer les épaules contre le dossier et elle tourna la tête au même moment pour lui sourire.

L'impression de déjà vu fut si intense qu'elle lança instinctivement la main, le frappant au visage. *Meg et Russell… Meg et Leo… sang… putain… putain… PUTAIN…*

7

Au début, Bobby Franklyn fit preuve de prudence dans l'utilisation des quatre cartes de crédit volées, dont la signature élégante était facile à imiter. Il commença par des achats modestes, ne dépassant pas trente livres, afin de couper à l'inévitable vérification téléphonique, mais deux jours plus tard, il eut le coup de foudre pour une veste en cuir à cent cinquante livres, et la cupidité l'emporta sur le bon sens. Il se mit à transpirer à grosses gouttes quand le patron de la boutique décrocha son téléphone tout en le fixant avec des yeux de fouine et il ressentit une brusque allégresse en se voyant remettre la veste : il sut que le vol des cartes n'avait pas été signalé. Au cours des cinq jours suivants, en utilisant chaque carte tour à tour, il réalisa pour six milles livres d'achat, apparemment sans avoir atteint le plafond. Et il avait encore les cartes de la femme.

Comme de bien entendu, il prit de moins en moins de précautions. Se croyant à l'abri, il ne put résister à la tentation de faire étalage de sa nouvelle prospérité, car la prévoyance n'était pas dans sa nature, seulement le désir puéril de satisfaire ses appétits immédiats et de montrer qu'il était plus malin que les autres. Il se mit à parader avec de plus en plus d'arrogance, suscitant jalousie et rancune, et fut dénoncé par un vieux copain d'école, devenu mouchard pour un paquet de cigarettes et une bière.

Vendredi 24 juin, commissariat de Romsey Road, Winchester, Hampshire, 12 h 15

Tandis que Jinx songeait à jouer la fille de l'air, le sergent Sean Fraser frappait à la porte ouverte du bureau de l'inspecteur Maddocks.

« Vous vous souvenez que le patron a parlé de la possibilité qu'un quidam ait volé les papiers et l'argent de nos deux macchabées ? Eh bien, en jetant un coup d'œil aux derniers rapports, j'ai fait une trouvaille du tonnerre. Ça colle trop bien pour être une coïncidence. Des agents ont amené ce matin un certain Bobby Franklyn. Il habite une cité. Un seul parent avec cinq mômes qui font les quatre cents coups. C'est l'aîné. Il semble qu'il se soit servi de cartes volées pour acheter des appareils électriques et des vêtements. Il aurait dépensé de cette façon la modique somme de six mille livres en cinq jours ! On a déniché sous le plancher de sa chambre quatre cartes au nom de Mr Leo Wallader et deux au nom de Miss M. S. Harris. Il prétend les avoir trouvées dans un sac en plastique sur le trottoir, mais lorsque Ted Garrety a téléphoné pour savoir à quelle date la perte des cartes avait été signalée, la société de crédit lui a répondu qu'elles étaient nickel. Il a tenté de joindre les deux propriétaires. Wallader est domicilié 12, Glenavon Gardens, Richmond, et Harris 43a, Shoebury Terrace, Hammersmith. Aucun des téléphones ne répond. Qu'est-ce que vous en pensez ? »

La moue renfrognée plaquée en permanence sur le gros visage de Maddocks se changea en une expression de vif intérêt.

« Ce Franklyn est encore là ? »

Fraser hocha la tête.

« Ce n'est pas un client facile. Il a dix-sept ans et il connaît ses droits. On l'a déjà emballé à plusieurs reprises, mais il était trop jeune pour qu'on puisse engager des poursuites. D'après Garrety, il avait cinq télés ainsi qu'une demi-douzaine de chaînes stéréo toujours dans leur emballage à côté de son lit, et tout un tas de fringues branchées dans son placard.

– Est-ce qu'il a un pingouin avec lui ?

– Une jeune femme du cabinet Hicks & Hicks. Elle lui a dit de la boucler. »

La moue renfrognée reparut.

« Miranada Jones, je présume. Bon Dieu, si ces satanées bonnes femmes pouvaient rester chez elles à s'occuper de leur ménage au lieu de se mêler d'affaires d'hommes, le monde serait sûrement plus vivable ! » Il jeta un regard négligent au jeune sergent à l'air quelque peu pincé. « Vous êtes bien d'accord avec moi, Sean ? » fit-il, histoire d'enfoncer le clou, sachant que Fraser n'aurait pas le cran de contredire un supérieur.

Fraser observa une tache sur le mur, au-dessus de la tête de l'inspecteur, et caressa un instant l'idée de lui flanquer son poing dans la figure. Il ne pouvait vraiment pas l'encaisser. Il soupçonnait la misogynie de Maddocks d'avoir atteint des proportions pathologiques et en attribuait la cause au troisième divorce dans lequel celui-ci se débattait. Mais cela n'excusait rien, pas plus cela que son empressement apparent à abandonner les six lardons qu'il avait faits en cours de route.

« Elle vaut mieux que bien des hommes qu'on nous envoie.

– D'accord, allons voir ce loustic, prononça-t-il en repoussant sa chaise et en se levant. Il est peu probable, j'imagine, qu'il soit le meurtrier ? »

Fraser s'effaça pour le laisser passer.

« Pas à mon sens, chef. D'après Ted Garrety, il a la réputation d'aimer les petites filles. Une gamine l'a accusée voilà deux ans de l'avoir violée, mais l'histoire n'a pas eu de suite, la mère s'étant empressée de retirer sa plainte quand on a découvert le nombre de garçons que s'était farcis sa fille. Il a manifestement tout du pédophile et d'ici deux ou trois ans on l'aura épinglé pour violences sur mineur. Un type aussi déjeté est sûrement capable de détrousser sans problème des cadavres, mais je doute qu'il ait assez de coffre pour kidnapper deux adultes en vie. »

C'était un excellent résumé, se dit Maddocks en considérant le jeune homme d'une nullité déprimante assis dans la salle d'interrogatoire, incapable de prononcer une phrase sans lâcher une obscénité tout en se tripotant constamment l'entrejambe d'un geste machinal. Il avait un aspect à la fois maladif et crasseux, un visage maigre aux traits tirés, un regard fuyant et une bouche maussade. Dans ces moments-là, le fasciste qui sommeillait en Gareth Maddocks se demandait comment la société pouvait tolérer parmi elle de tels déchets humains.

« J'ai l'impression qu'il y a un problème », grogna-t-il après que Franklyn eut répondu par un « allez vous faire foutre » aux trois premières questions. « Alors autant régler ça tout de suite, Bobby, afin que les choses soient bien claires. Ensuite, je suis sûr que tu seras plus disposé à parler. Ton petit trafic de cartes de crédit ne m'intéresse pas. En ce qui me concerne, c'est une affaire à part. En revanche, je m'intéresse aux deux noms figurant sur ces cartes, à savoir Mr Leo Wallader et Miss M. S. Harris. Et cela pour la bonne raison qu'on a découvert deux cadavres à Ardingly Woods hier après-midi et que j'essaie de les identifier. Le sergent Fraser et moi-même avons le sentiment qu'il s'agit de Mr Wallader et de Miss Harris, et cela nous économiserait pas mal de temps et d'énergie si tu pouvais nous le confirmer, Bobby. Nous pensons que tu as aperçu par hasard les deux corps il y a environ une semaine et que, comme l'aurait fait n'importe quel type dégourdi dans un cas semblable, tu les as délestés de leurs portefeuilles. » Il lui adressa un sourire aimable. « Quel mal y avait-il ? Ils étaient morts, pas à cause de toi, cela ne fait aucun doute, et ils ne risquaient plus d'avoir besoin de leurs cartes, pas vrai ? Alors, pourquoi ne pas nous donner un petit coup de pouce ? Cela nous aiderait beaucoup de savoir qui ils sont.

– Allez vous faire foutre ! répliqua Bobby. Je n'ai rien à dire ! »

Maddocks se tourna vers la jeune avocate.

« Ne vaudrait-il pas mieux que le sergent et moi-même quittions la pièce pendant que vous discutez avec votre client ? Cela me paraîtrait assez indiqué, dans la mesure où, si les deux cadavres étaient reconnus comme étant ceux de

Wallader et de Harris, il se pourrait que de nouvelles charges soient retenues contre Mr Franklyn, parmi lesquelles, je ne vous le cache pas, l'obstruction à la justice serait sans doute la moins grave. »

Fraser regarda Bobby avec une répulsion marquée, tandis que celui-ci se livrait à une séance de masturbation inconsciente.

« De plus, si nous étions obligés d'aller faire du porte-à-porte, qui sait si nous ne découvririons pas autre chose, une jeune fille par exemple, qui aurait accompagné Bobby dans les bois ?

– Y avait personne d'autre, répliqua avec précipitation celui-ci, sans tenir compte de la main de son avocate posée sur son bras. » *Bon Dieu, s'ils s'aperçoivent que je me suis tapé une morveuse de douze ans par-dessus le marché !* « D'accord, c'est vrai, je les ai vus, vos macchabées, même que c'était pas ragoûtant. Ils avaient la gueule défoncée, avec du sang et des mouches partout, mais j'étais tout seul. Vous croyez peut-être que je leur aurais pris leurs cartes si j'avais été avec quelqu'un ? Merde alors, faites marcher vos méninges ! Après ça, il aurait fallu que je partage le magot. Non, ça s'est passé comme vous l'avez dit. Ils étaient clamsés et ils se foutaient bien de leurs saloperies de cartes. Je me suis dit que ça changerait pas grand-chose que je leur pique et que j'essaie de me faire un peu de ronds avec.

– Tu aurais dû nous avertir, Bobby », fit remarquer Maddocks d'un ton patelin, son agressivité habituelle dissimulée derrière un sourire rassurant qui semblait dire : « Ne t'inquiète pas, mon gars, nous connaissons assez la vie, toi et moi, pour savoir que les règles sont faites pour ne pas être appliquées. »

« Et merde ! C'était pas mes oignons. Sans compter que vous m'avez jamais fait de cadeau, alors pourquoi que je vous aurais rendu service ? Je vous le répète, ils étaient *mortibus*. Quelle différence ça faisait qu'on les trouve il y a une semaine ou hier ? Ils sont toujours morts, non ? »

Maddocks ne pouvait pas dire le contraire.

« Es-tu sûr qu'il n'y avait personne d'autre ? Si tu étais avec une fille, il vaudrait mieux nous le dire maintenant.

C'est important. » Il songea aux marques laissées sur le talus par des chaussures de femme.

« Évidemment que j'en suis sûr ! » Il réfléchit un instant. « Laissez-moi vous dire une bonne chose. Si j'avais eu une gonzesse avec moi qui ait vu ce que j'ai vu, elle serait encore en train de gerber. Moi-même, j'aime mieux pas trop y penser. » Sa peau prit une teinte encore plus malsaine. « J'ai dû me retenir de respirer. J'ai jamais rien vu d'aussi débectant. M'est avis qu'il y avait bien un million de mouches dans cette saloperie de fossé. Vous allez pas m'accuser ? J'y suis pour rien. Ces trucs-là, c'est pas mon genre. »

Maddocks lança un regard à Fraser, qui haussa les épaules. Ce petit crétin paraissait sincère.

« Non, répondit l'inspecteur en se levant. Pour l'instant, nous ne retiendrons rien d'autre contre toi, mais il est probable que nous aurons encore besoin de te parler, Bobby, aussi je te conseille fortement de ne pas disparaître de la circulation. Nous n'avons pas envie, le sergent Fraser et moi, d'avoir à te courir après. » Il s'arrêta près de la porte. « Un dernier point. As-tu eu l'impression qu'on avait tenté d'ensevelir les corps ?

– Dans une tombe que vous voulez dire ?

– Non, je veux dire, étaient-ils recouverts par quelque chose ?

– Juste des feuilles.

– Beaucoup ?

– Ouais, pas mal.

– Alors comment as-tu su qu'ils étaient là ? »

Les petits yeux perçants de Franklyn bougèrent nerveusement.

« Parce qu'une putain de bestiole s'en était prise au type, répondit-il. Un renard, peut-être bien. Toujours est-il que la tête et le buste étaient déterrés, du moins c'est ce que j'ai cru. J'ignorais qu'il y avait une bonne femme, jusqu'à ce que j'écarte les feuilles et que j'aperçoive sa tronche à côté de ses guibolles. Ma parole, j'aurais préféré pas voir ça ! » Il s'essuya les mains sur son pantalon. « J'ai tellement balisé que je suis pas sûr de m'être lavé à fond ce jour-là. Même que ça m'a turlupiné. »

Clinique des Rossignols, Salisbury, 18 h 30

Alan Protheroe passa voir Jinx un peu plus tard dans l'après-midi et la trouva en train d'arpenter sa chambre avec héroïsme.

« C'est la dernière fois que je sors en fauteuil roulant ! lança-t-elle d'un ton exaspéré. J'ai horreur qu'on me regarde comme si j'étais une bête curieuse. Je ne tiens pas à renouveler une expérience aussi humiliante. » Elle posa un doigt sur le pansement qui lui couvrait l'œil. « Quand va-t-on me retirer ce truc idiot ?

– Probablement demain matin », répondit-il tout en se demandant si l'humiliation était la seule cause de sa colère. Il faudrait du temps avant qu'elle se sente assez en confiance pour admettre qu'elle se souvenait de quoi que ce soit. « Vous avez rendez-vous à l'hôpital Odstock à 9 h 30. Si tout va bien, on vous l'enlèvera là-bas. »

Elle fit une halte près de la coiffeuse.

« Dieu merci ! J'ai l'impression d'être le monstre de Frankenstein. »

Il la gratifia d'un sourire.

« Vous ne lui ressemblez pas. »

Il y eut un bref silence.

« Êtes-vous marié, docteur Protheroe ?

– Je l'étais. Ma femme est morte d'un cancer du sein il y a quatre ans.

– Pardon.

– Pourquoi me demandez-vous cela ? »

Simple curiosité. D'une part, vous êtes trop sympathique pour ne pas avoir quelqu'un et, d'autre part, il manque des boutons à votre chemise. « Parce que je m'étonne que vous soyez encore là un vendredi de juin à 18 h 30. Habitez-vous à la clinique ? »

Il acquiesça.

« Dans un appartement en haut.

– Des enfants ?

– Une fille. Elle a dix-neuf ans, suit des cours à l'université et a beaucoup de caractère.

– Cela ne me surprend pas. Vous l'utilisez probablement comme cobaye depuis qu'elle est haute comme trois pommes pour éprouver vos théories sur la responsabilité individuelle…

– Quelque chose comme ça. »

Elle le regarda avec curiosité.

« Dites-moi, que se passe-t-il quand un de vos patients fait fausse route ? Autrement dit, quand il agit de manière déloyale ? Je n'arrive pas à croire que tous se rallient à la ligne existentialiste Protheroe. C'est statistiquement impossible. »

Il s'installa dans un fauteuil, étendit ses longues jambes et noua ses mains derrière sa nuque.

« C'est une question bien embarrassante, mais je vais essayer d'y répondre. Par “faire fausse route”, vous voulez dire, je suppose, qu'ils quittent la clinique avec les mêmes problèmes que ceux qu'ils avaient en entrant ? En d'autres termes, que leur séjour ici ne les a pas convaincus d'opter pour un autre *modus vivendi* ? »

Elle acquiesça.

« C'est une façon un peu simpliste de résumer les choses, mais peu importe. »

Il leva un sourcil amusé.

« Eh bien, la réponse, tout aussi simpliste, est que, mes méthodes ayant échoué avec eux, ou bien ils restent comme ils sont ou bien ils changent de thérapie. Mais, en général, ils préfèrent partir de la clinique dans les quarante-huit heures, parce qu'ils n'avaient dès le début aucun désir d'y être. »

Comme moi, pensa-t-elle. « Cependant, vous devez bien avoir votre contingent de récidivistes. Je n'imagine pas Matthew pratiquer l'abstinence une fois dehors. »

Il eut un geste vague.

« Je crois que vous le sous-estimez. Il n'est là que depuis deux semaines. Donnez-lui encore un mois et vous verrez. »

Elle parut consternée.

« Un mois ? Combien de temps suis-je censée rester ici ?

– Le temps que vous voudrez.

– Ce n'est pas une réponse. Combien de temps mon père pense-t-il que vous allez me garder ?

– Cet endroit n'est pas une prison, Jinx. Je ne retiens personne contre son gré.

– Je peux donc m'en aller demain, quand on m'aura ôté les pansements ?

– Naturellement, compte tenu de ce que je vous ai dit mercredi. Vous n'êtes pas encore entièrement rétablie sur le plan physique, aussi devrai-je informer votre père de votre décision de partir. »

Elle esquissa un sourire.

« Cela signifie-t-il que je suis rétablie sur le plan mental ?

– Pour ma part, je vous trouve plutôt coriace ! » Il se pencha et la regarda avec intensité. « Au point que j'ai du mal à concilier ce tempérament farouche avec l'image décrite par la police de la femme fragile au cœur brisé lançant sa voiture contre un mur. »

Elle pressa sa paupière pour empêcher les larmes de couler.

« Moi aussi, murmura-t-elle au bout d'un moment, sauf qu'après avoir lu et relu l'article de journal, je ne vois toujours pas d'autre explication. » Elle ôta sa main et le considéra. « J'ai téléphoné chez Meg aujourd'hui. Je me disais que, si seulement je réussissais à leur parler, à elle ou à Leo, ils pourraient confirmer que je n'étais pas désespérée quand il est parti.

– Vous vous en souvenez ?

– De quoi ? De ne pas avoir été désespérée ? »

Il acquiesça et elle secoua la tête.

« Non, mais j'en suis certaine.

– Pourquoi ?

Parce que c'était déjà comme ça la dernière fois !

« Parce que moi-même, répondit-elle, je ne voulais plus de lui. » Elle détourna la tête, peut-être par crainte de se heurter à son scepticisme. « Je sais que cela peut ressembler à du dépit, mais je suis soulagée de ne pas avoir à l'épouser. Je me souviens très bien que je traînais au studio pour éviter de passer la soirée avec lui et ce n'était pas seulement à cause de mon peu d'enthousiasme pour le mariage. En réalité, j'avais commencé à le prendre en grippe.» Elle laissa échapper un ricanement. «Autant pour ma farouche indépendance. Pourquoi épouser quelqu'un que je n'aimais pas? Cela n'avait aucun sens.» Elle s'interrompit. «Les choses n'iraient pas si mal, reprit-elle soudain, si je ne devais pas continuer à me battre.

– Contre quoi?»

Elle pressa à nouveau son œil valide comme pour mettre fin à la conversation.

«La peur», répondit-elle.

Il attendit un instant.

«De quoi avez-vous peur?

– Je ne sais pas, murmura-t-elle. Je n'arrive pas à m'en souvenir.»

Commissariat de Romsey Road, Winchester, Hampshire, 19 heures

Une fois les corps associés à des noms et à des adresses, les choses allèrent très vite. Un coup de téléphone à la police de Richmond révéla que le 12, Glenavon Gardens n'était pas totalement inconnu des services judiciaires du Hampshire, dans la mesure où une équipe s'y était rendue une dizaine de jours plus tôt, à la suite d'un accident de voiture survenu à Miss Jane Kingsley, propriétaire et occupante des lieux.

«Vous devriez appeler le sergent Halliwell à Fordingbridge, déclara à Fraser la voix au bout du fil. Il nous a demandé d'enquêter sur Kingsley parce que l'accident en question ressemblait à une tentative de suicide. Pour l'essentiel, elle était fiancée à Leo Wallader, lequel a vécu deux mois avec elle à Glenavon Gardens avant de se faire la malle le vendredi 10 juin, à trois semaines du mariage, pour se maquer avec sa meilleure amie. Nous avons parlé aux voisins, qui ont mentionné une autre tentative de suicide le dimanche 12, et par téléphone aux parents de Wallader. Il semble que sa nouvelle copine et lui aient fichu le camp en France, histoire de fuir le scandale.

– Connaissez-vous le nom de la fille ? demanda Fraser en retenant son souffle.

– Harris. Meg Harris. »

En plein dans le mille !

« Avez-vous l'adresse des parents de Wallader ?

– Un instant. Le père s'appelle Sir Anthony Wallader. Adresse : Downton Court, Ashwell, près de Guildford.

– Et concernant les parents de Meg Harris ?

– Désolé. Nous savons seulement que c'est sa nouvelle copine. Nous ne disposons que de son nom.

– Bon. Pouvez-vous me faxer le reste des renseignements ? » Il donna le numéro. « Dans les cinq minutes si possible.

– D'accord. Qu'est-ce que vous mijotez ?

– Nous avons deux cadavres sur les bras et nous pensons qu'il s'agit de Wallader et de Harris. Vous ferez bien de prévenir vos collègues qu'ils peuvent s'attendre à nous voir débarquer demain. Au revoir. »

Il raccrocha, consulta une liste et composa le numéro de Fordingbridge.

« Le sergent Halliwell est encore là ? Oui, je sais qu'il est tard. » Il pianota sur le bureau. « D'accord. Pouvez-vous lui demander de rappeler le sergent Fraser ou l'inspecteur Maddocks au commissariat de Winchester ? » Il débita à toute vitesse le numéro. « C'est urgent. »

Il rassembla ses papiers et remonta le couloir jusqu'au fax qui imprimait déjà la première des deux pages envoyées par Richmond. Il les prit et pénétra dans le bureau de Maddocks en les parcourant. « Je viens juste d'avoir les informations. Leo Wallader était fiancé à une certaine Jane Kingsley jusqu'à il y a deux semaines. Ils devaient se marier le 2 juillet, mais Wallader l'a laissée tomber pour sa meilleure amie, Meg Harris. » Il releva la tête. « Miss Kingsley est la fille d'Adam Kingsley, de Properties Holdings, et il était prévu que le mariage ait lieu à Hellingdon Hall, où habite celui-ci. C'est une propriété au nord de Fordingbridge. » Il tendit les feuilles à Maddocks. « Le sergent Halliwell de Fordingbridge doit nous rappeler. C'est lui qui a réclamé ces renseignements. Miss Kingsley a eu un accident de voiture le 13 juin et, quand les hommes de Halliwell l'ont trouvée, elle était évanouie et complètement biturée. Il s'agirait d'une tentative de suicide. Elle en avait déjà fait une le 12.» Il donna une tape sur la carte accrochée au mur. «D'après le type de Richmond auquel j'ai parlé, l'accident s'est produit à l'aérodrome de Stoney Bassett, autrement dit» – sa main se déplaça sur la carte – «aux deux tiers du trajet entre Ardingly Woods et Hellingdon Hall, soit à une vingtaine de kilomètres de la forêt et à une dizaine du domicile du père. Tout cela me semble prendre tournure, chef. En plus de la proximité des lieux, nous avons les marques de chaussures sur le remblai et l'affirmation du médecin légiste selon laquelle une femme pourrait avoir fait le coup.»

Maddocks était un vieux routier qui en avait vu bien d'autres.

«Attendons le coup de fil de Halliwell», dit-il.

Une demi-heure plus tard, dans le bureau du commissaire, Fraser et lui dressaient un bilan de ce qu'ils avaient appris.

«Bien sûr, il n'est pas totalement exclu que Wallader et Harris soient en train de se bronzer sur une plage, termina Maddocks. Franklyn a pu nous mentir ou bien nos deux macchabées avoir eux-mêmes dérobé les cartes volées, mais cette hypothèse paraît tellement improbable qu'il est inutile, à mon avis, de s'y attarder. D'autre part, cela expliquerait que ces cartes n'aient pas été frappées d'opposition. Les parents de Wallader ont dit à Halliwell qu'ils s'étaient barrés en France pour couper court aux commérages sur le mariage raté. Alors que faisons-nous? Nous informons Sir Anthony Wallader que son fils est probablement dans un bain de formol au labo et nous lui demandons de venir l'identifier? Ou bien nous attendons d'être sûrs avant de prévenir les familles? Nous pourrions relever des empreintes dans l'appartement de Harris à Hammersmith, mais en ce qui concerne Glenavon Gardens, les gars de Richmond prétendent qu'il leur est impossible d'y retourner sans risquer d'alerter Jane Kingsley. Ce qui ne serait pas très malin, si elle est dans le coup.»

Frank Cheever joignit ses doigts sur son bureau et regarda par la fenêtre d'un air rêveur.

« Est-ce que je vous ai déjà dit, finit-il par déclarer, que j'avais débuté à Londres comme îlotier dans Miles End ? »

Maddocks et Fraser restèrent silencieux. Il le leur avait déjà raconté plus de cent fois. Maddocks se prépara à s'ennuyer ferme. La vie de ce vieux radoteur ne présentait aucun intérêt, hormis qu'il était le fils d'une prostituée de l'East End. Et l'inspecteur devait bien admettre que faire carrière dans la police tout en restant marié à la même femme pendant trente-huit ans représentait une réussite indéniable pour un type sorti du ruisseau.

« J'avais à peine terminé l'école, continua-t-il, et l'un des premiers zigs que j'ai ramassés dans la rue était un Noir qui s'était fait tabasser. » Il réfléchit un instant. « Il se trouvait que le malheureux était fiancé à la sœur d'un chef de gang et que le futur beau-frère avait, selon toute probabilité, exécuté lui-même le boulot. Mon patron avait seulement besoin d'une confirmation d'identité, mais, une fois rétabli, le type a refusé de coopérer et nous avons dû laisser tomber. Il était noir comme du charbon, mais chaque fois qu'on prononçait le mot accusation, il devenait livide. » Il regarda tour à tour ses deux subordonnés. « Le fumier qui l'avait assaisonné s'appelait Adam Kingsley. Il ne supportait pas l'idée d'avoir un Noir dans la famille. » Ses yeux bleu pâle se fixèrent sur Maddocks. « Pourtant, il lui a bien fallu se faire une raison. Le Noir avait plus de cran qu'il le pensait. Il a épousé la sœur une semaine plus tard alors qu'il marchait encore avec des béquilles. »

Maddocks émit un sifflement.

« C'était le même ? Le père de la fille ? »

Cheever hocha la tête.

« Il a amassé une fortune en rachetant pour une bouchée de pain des appartements occupés dont il virait les locataires en leur expédiant ses gorilles, après quoi il les revendait au prix de logements vacants. Il s'est rangé dans les années 1960, probablement à l'époque de la naissance de sa fille. » Il scruta un instant les ténèbres du dehors. « Bon, je suggère de prendre cette affaire avec des pincettes. Vous et moi, Fraser, nous irons demain matin voir Sir Anthony Wallader. Nous partirons à huit heures tapantes, de manière à être chez lui entre neuf heures et neuf heures trente, et prévenez le docteur Clarke qu'il est possible que nous le ramenions avec nous. » Il se tourna vers Maddocks. « Pendant ce temps, je propose que vous divisiez votre équipe en deux. Un groupe s'occupera de Meg Harris et l'autre de Jane Kingsley. Je veux savoir où elles se rencontraient, depuis combien de temps elles se connaissaient et quelles étaient leurs habitudes. En particulier, tâchez d'avoir des détails sur la relation de Jane Kingsley avec son père. D'accord ? Nous verrons à mon retour ce que vous avez récupéré.

– Je suppose que nous n'essayons pas de contacter Kingsley ?

– Non.

– Et la fille ? D'après Halliwell, elle se trouve dans une clinique à Salisbury, où elle se remet d'une commotion cérébrale. Est-ce que nous la laissons tranquille aussi ? Elle risque une inculpation pour conduite en état d'ivresse. Nous pourrions l'interroger là-dessus sans que cela attire l'attention.

– Vous croyez ? rétorqua sèchement Cheever. Écoutez, nous n'avons pas affaire à des enfants de chœur et vous pouvez être certain que Kingsley va se douter aussitôt de quelque chose. Je ne veux aucune démarche auprès de cette famille jusqu'à ce que nous sachions exactement où nous en sommes et quelle est la ligne à suivre. Compris ? Si Jane ressemble un tant soit peu à son père, elle est aussi facile à manier qu'un serpent à sonnette. Évidemment que vous la laissez tranquille. Vous les laissez tous tranquilles ! »

Samedi 25 juin, Downton Court, Ashwell, Surrey, 9 h 30

Sir Anthony Wallader conduisit au salon les deux policiers à l'air sombre et, avec un froncement de sourcils perplexe, les invita à s'asseoir.

« Franchement, messieurs, j'en ai jusque-là de cette pauvre fille et de ses tentatives de suicide » – il leva la main en un geste éloquent –, « non pas que j'approuve l'attitude de mon fils, mais je m'insurge contre la manière dont on a tenté de nous entraîner, Philippa et moi, dans une histoire qui, à vrai dire, ne nous concerne en rien. Vous imaginez le nombre de coups de fil qu'il m'a fallu passer à vos collègues à travers tout le pays, sans parler de la conversation abominable que Philippa a eue avec la belle-mère de Jinx. Philippa tenait à faire les choses correctement et à lui présenter ses vœux pour la guérison de Jinx, mais Betty s'est montrée aussi désagréable et grossière qu'on pouvait s'y attendre de la part d'une femme de son milieu et de son éducation. » Il eut un frisson de dégoût. « C'est une créature parfaitement odieuse, qui ne vaut guère mieux que la dernière des grues de l'East End, pour dire les choses comme elles sont. Dieu merci, nous voilà débarrassés de cette horrible famille ! »

Fraser, qui connaissait lui aussi les origines de Cheever, frémit intérieurement. Le commissaire se contenta de hocher la tête.

« Ce n'est effectivement pas une situation facile.

– Comme vous dites ! On ne peut quand même pas nous tenir pour responsables de l'incapacité d'une adulte à maîtriser ses sentiments. Est-ce si important que votre affaire ne puisse pas attendre le retour de Leo ? » Il s'assit sur le canapé et croisa les jambes avec une élégance aristocratique. En d'autres circonstances, Fraser n'aurait pu résister à l'envie de lui secouer les puces. Les paroles de Sir Anthony Wallader lui paraissaient totalement dénuées de sincérité. « Philippa et moi la connaissions à peine. Leo l'amenait de temps en temps pour un week-end, mais nous ne nous sommes jamais sentis très à l'aise avec elle. Elle est très intelligente, je ne le nie pas, mais beaucoup trop moderne à notre goût.

– En fait, nous aimerions surtout parler à votre fils, déclara Cheever d'un ton neutre. Avez-vous une adresse ou un numéro de téléphone où nous pourrions le joindre ? »

Sir Anthony secoua la tête.

« Nous sommes sans nouvelles depuis son départ. À vrai dire, cela n'a rien d'étonnant. Ils se sentent gênés. » Il posa ses mains sur son genou. « Nous aussi. Nous sommes plutôt dans nos petits souliers, comme vous l'imaginez facilement.

Envoyer balader sa fiancée un mois avant le mariage, c'est une chose qui ne se fait pas, mais nous pouvons difficilement l'en blâmer. De l'embarras mêlé d'un certain soulagement, telle est probablement la meilleure description de ce que nous éprouvons en ce moment. Elle n'était absolument pas faite pour lui, prenait les choses beaucoup trop au sérieux, comme l'ont amplement prouvé ces tentatives de suicide. »

Fraser examinait une photo de famille posée sur la table à côté de lui.

« Est-ce votre fils ? » demanda-t-il en désignant du doigt un homme grand et blond appuyé à une Mercedes décapotable, les bras croisés, un sourire épanoui aux lèvres. La ressemblance était frappante. Il avait le même front large que Sir Anthony, la même chevelure abondante, la même façon distinguée d'incliner sa tête patricienne.

« Oui, c'est Leo.

– Où exactement Miss Harris et lui sont-ils allés ?

– Ma foi, je l'ignore. Ils ont seulement déclaré qu'ils allaient prendre la voiture et attendre de l'autre côté de la Manche la fin des hostilités.

– Vous leur avez parlé en personne ?

– Pas face à face. Leo a appelé le samedi en disant que le mariage était annulé et que la meilleure chose qu'ils puissent faire, Meg et lui, c'était de prendre le large.

– Le samedi 11 juin ?

– Exactement. Il y a de cela deux semaines.

– Et depuis, vous n'avez plus eu de nouvelles de lui ni de Meg ?

– Non. » Il passa la paume de sa main sur son pantalon. « Franchement, je ne vois pas très bien où est le problème. Que votre ex-fiancée tente de mettre fin à ses jours ne fait pas de vous un criminel. Où est-ce devenu le cas à présent ? Décidément, plus je vieillis, moins je comprends quelque chose à la loi. »

Frank Cheever tira de sa poche intérieure une feuille de papier pliée et la lissa sur ses genoux avant de la tendre à Sir Anthony. C'était un montage photocopié des cartes de crédit trouvées en possession de Bobby Franklyn.

« Reconnaissez-vous l'une de ces signatures ? »

Sir Anthony tint la feuille à bout de bras.

« Oui, répondit-il après un moment. Les quatre du haut sont de Leo. » Il ferma à demi les yeux. « Compte tenu du nom, M. S. Harris, les deux du bas appartiennent sans doute à Meg. » Il reporta son attention sur le commissaire. « Je ne comprends pas.

– J'en suis navré, Sir Anthony, mais nous avons des raisons d'être très inquiets pour votre fils et pour sa compagne. Nous espérions en venant vous voir que vous sauriez où ils se trouvent, ce qui nous aurait rassurés sur leur sort. » Il désigna d'un hochement de tête la feuille de papier. « Un adolescent de dix-sept ans a été arrêté pour escroquerie hier à Winchester. Ces six cartes étaient dissimulées à son domicile. Il nous a avoué qu'elles provenaient de deux corps qu'il avait découverts une semaine auparavant à Ardingly Woods, à trois kilomètres environ de Winchester. Il est malheureusement de mon devoir de vous dire que ces deux corps sont, selon toute vraisemblance, ceux de votre fils, Leo Wallader, et de son amie, Meg Harris. »

Peut-être cette information était-elle trop accablante pour ne pas susciter de résistance, ou peut-être paraissait-elle tout simplement absurde. Sir Anthony éclata d'un rire surpris.

« Ne soyez pas ridicule, mon cher monsieur. Je vous le répète. Ils sont quelque part sur le continent. Que veut dire tout cela ? Est-ce une plaisanterie ? » Il fronça les sourcils d'un air furibond. « C'est encore un coup de cet affreux Kingsley, je présume.

– Non, répondit doucement Cheever, il ne s'agit pas d'une plaisanterie, même si j'aimerais mieux cela pour vous. Nous avons effectivement deux corps non identifiés » – il jeta un coup d'œil au sourire radieux sur la photographie – « un homme ayant entre trente et quarante ans, 1,82 mètre, des cheveux blonds, et une femme à peu près du même âge, 1,65 mètre, les cheveux bruns coupés court. Il est possible que l'adolescent nous ait menti sur la manière dont il s'est procuré ces cartes, mais les chances sont assez minces, je préfère vous en avertir. La description de l'homme correspond assurément à celle de votre fils, bien qu'il nous reste à comparer celle de la femme avec Miss Harris. Nous n'avons pas encore son signalement. »

Sir Anthony secoua la tête en signe de dénégation.

« Il y a certainement une erreur, dit-il d'une voix ferme. Leo est en France.

– Peut-être pourriez-vous nous décrire Meg Harris ? suggéra Fraser.

– Elle n'est venue qu'une fois, répondit lentement le vieil homme, pour déjeuner, avant de rentrer à Londres, alors que Leo et Jinx passaient le week-end ici. Philippa l'a aussitôt prise en sympathie. Elle avait l'air très gentille, en pinçait manifestement pour Leo et lui convenait beaucoup mieux. Bonne éducation, excellente famille. Lorsque le fiston nous a dit qu'il allait épouser Meg au lieu de Jinx, nous en avons été enchantés. Les parents vivent dans le Wiltshire, je crois. Une jolie fille, brune, mince, souriante. » Il se tut.

« Quel âge à peu près... », commença Fraser, mais Cheever l'arrêta d'un regard.

Une profonde détresse se lisait à présent sur le visage de Sir Anthony.

« Ma femme n'y survivra pas. Leo était son seul enfant. Nous aurions aimé en avoir d'autres, mais cela n'a pas été possible. » Il posa deux doigts sur ses paupières pour retenir ses larmes. « Que s'est-il passé ? Un accident ? »

Cheever se racla la gorge.

« Non, nous ne le pensons pas. D'après le médecin légiste, ils ont été assassinés. » Il serra ses mains entre ses genoux. « Je suis vraiment navré, Sir Anthony. »

Celui-ci secoua à nouveau la tête, cette fois avec indignation.

« Mais c'est monstrueux ! »

Il y eut un long silence.

Il porta une main tremblante à son front.

« Qui aurait voulu les tuer ?

– Nous l'ignorons, répondit calmement Cheever. Cela faisait déjà un certain temps qu'ils étaient morts, peut-être deux semaines. Le 13 juin nous semble pour l'instant la date la plus probable.

– Le même jour où Jinx a tenté de se tuer, dit-il d'une voix blanche.

– Apparemment. »

Son interlocuteur remua les lèvres.

« Vous savez, je présume, que son mari a été assassiné ? » lança-t-il, durement.

Frank Cheever se pencha en fronçant les sourcils.

« Le mari de Miss Kingsley ? » C'était la première fois qu'il en entendait parler.

Sir Anthony acquiesça.

« Elle était à l'époque Mrs Landy. Cela doit remonter à neuf ou dix ans. Son mari s'appelait Russell Landy. Il tenait une galerie d'art à Chelsea. » Il fixa Cheever d'un regard perçant. « Il est mort, frappé avec un marteau, mais on n'a jamais retrouvé l'assassin. Il avait reçu de tels coups que son visage était méconnaissable. Les journaux ont parlé d'un meurtre d'une brutalité sans précédent. Comment mon fils a-t-il été tué, commissaire ? Est-ce que j'arriverais à le reconnaître ? » Il perçut une brève hésitation dans les yeux du policier, comme un voile qu'on chercherait à tendre sur une réalité insoutenable. « Mon fils a-t-il été battu, lui aussi ? »

Cheever passa sur son visage une main lasse. Mon Dieu, songea-t-il, pourquoi était-ce si facile et si difficile à la fois ?

« La mort n'est jamais belle à voir, Sir Anthony, surtout lorsque plusieurs jours se sont écoulés.

– Mais a-t-il été battu, comme Landy ? répéta Wallader, de la colère dans la voix.

– À ce stade, répondit prudemment Cheever, il n'y a rien d'établi. Le médecin légiste n'a pas encore terminé ses examens et, jusque-là, il serait hasardeux d'avancer des hypothèses, mais je vous promets de vous communiquer ses conclusions dès qu'elles nous seront parvenues. »

Quelle qu'ait été son origine, la colère de Sir Anthony disparut aussi vite qu'elle avait surgi. Il eut soudain l'air désemparé, comme si l'idée de la mort de son fils venait seulement de lui entrer dans l'esprit.

« Vous avez sans doute besoin que j'identifie le corps. » Il fit mine de se lever.

« Ce n'est pas urgent. J'aimerais que vous preniez le temps de parler à votre femme. Ne vous croyez surtout pas obligé de venir maintenant.

– Cela vaut mieux, répliqua-t-il d'un ton abrupt en s'arrachant lourdement du canapé. Philippa est sortie pour la journée, comme chaque fois qu'elle fait son service bénévole à l'hôpital, de sorte qu'elle ne saura même pas que je me suis absenté. Vous m'avez dit qu'il restait une toute petite chance, murmura-t-il, des larmes dans les yeux. Par égard pour elle, je prie le ciel que ce soit le cas. »

Institut médico-légal du Hampshire, 11 h 45

Immobile, les yeux secs, il contempla les restes de son fils, qui reposaient à présent sur une table immaculée, le torse pudiquement recouvert d'un drap de coton blanc. Les cheveux, aussi blonds et drus qu'ils l'avaient été dans la vie, étaient indéniablement ceux de Leo, et, malgré l'aspect abominable de la chose, il subsistait assez de fragments de la structure faciale pour permettre l'identification.

Son regard chercha celui du docteur Clarke.

« Que dois-je dire à ma femme ? demanda-t-il. Je ne sais même pas par où commencer. »

Le docteur Clarke abaissa les yeux vers le pauvre corps mutilé.

« Elle aura plus besoin de réconfort, Sir Anthony, que de la vérité. Dites-lui qu'il avait l'air de dormir paisiblement. »

ASSASSINAT D'UN MARCHAND DE TABLEAUX

Le corps affreusement meurtri de Russell Landy, 44 ans, a été découvert hier soir dans l'arrière-boutique de sa galerie de Chelsea par sa femme Jane Landy, 24 ans. Il respirait encore à l'arrivée de l'ambulance, mais est décédé pendant son transport à l'hôpital. Mrs Landy, qui est enceinte de quatre mois, semble avoir subi un choc important. Elle l'avait attendu plus d'une heure au Gavroche où ils devaient dîner ensemble, puis, ne le voyant toujours pas venir, elle avait pris un taxi pour aller le chercher à la galerie. Elle était seule lorsqu'elle l'a trouvé. D'après les médecins, il aurait été attaqué une à deux heures plus tôt et aurait probablement pu être sauvé s'il avait été secouru avant.

La galerie avait été saccagée et l'on avait emporté plusieurs tableaux parmi les plus cotés. La police pense que Mrs Landy a dérangé les voleurs. Un marteau avait été abandonné sur les lieux. Russell Landy était un nouveau venu sur le marché de l'art. Sa galerie, Impressions, avait ouvert il y a un peu moins de quatre ans et s'était spécialisée dans les œuvres de peintres minimalistes tels Michael Paggia et Janet Hopkins.

Daily Telegraph, 2 février 1984

LE MYSTÈRE DU MEURTRE LANDY

La police avoue son embarras dans l'affaire du meurtre du marchand de tableaux Russell Landy, 44 ans, dont le corps roué de coups a été découvert il y a deux jours par sa femme Jane. « On a pénétré par effraction dans la galerie et plusieurs tableaux ont été dérobés, affirme un représentant de la police, mais la sauvagerie avec laquelle Mr Landy a été agressé nous semble totalement incompréhensible. Ce genre de méfait s'accompagne rarement d'une telle violence. Les voleurs de tableaux sont généralement des professionnels qui se targuent de ne jamais employer de méthodes semblables. »

La police a demandé aux marchands de tableaux et collectionneurs de se montrer vigilants au cas où les œuvres disparues leur seraient proposées. « Si nous pouvions confirmer l'hypothèse du vol, cela nous aiderait considérablement dans notre enquête, déclare ce même responsable. Il est difficile de savoir si le marteau utilisé pour tuer Mr Landy se trouvait déjà sur les lieux ou s'il a été apporté par l'assassin. Il est clair que le meurtre a été prémédité. »

Jane Landy, 24 ans, est la fille unique du millionnaire Adam Kingsley, P-DG de la société Properties Holdings. La disparition de son gendre l'aurait beaucoup affecté, en dépit de ses propos peu amènes au lendemain des noces : il avait alors traité Russell Landy de vulgaire coureur de dot. Il a deux enfants d'un second mariage, Miles et Fergus, âgés de 16 et 14 ans.

Selon les amis du couple, Russell Landy avait excellente réputation et ne se connaissait aucun ennemi. « C'était un homme d'une grande culture, doué d'un merveilleux sens de l'humour, affirme un proche. Je ne comprends pas qu'on ait voulu le tuer. »

Les toiles volées sont estimées à 250 000 livres, mais la police pense qu'elles seront difficiles à écouler. En effet, même si Michael Paggia jouit d'une certaine notoriété dans les milieux minimalistes, les amateurs sont en nombre restreint. Son œuvre la plus célèbre, *Brun et Jaune*, deux immenses panneaux peints en brun enserrant un panneau plus petit peint en jaune, est exposée à la Tate Gallery. L'acquisition de cette pièce par le musée avait à l'époque soulevé une tempête de protestations. Un critique l'avait même qualifiée de « m...e pure et simple ».

« On ne voit pas très bien, déclare en conclusion le représentant de la police, pourquoi des voleurs auraient pris la peine de dérober de tels tableaux. Qui voudrait acheter ça ? »

Daily Telegraph, 3 février 1984

NOUVELLE TRAGÉDIE POUR JANE LANDY

Deux semaines après le meurtre de son mari, le marchand de tableaux Russell Landy, Jane Landy connaît une nouvelle tragédie. On a appris hier soir qu'elle avait perdu l'enfant qu'elle attendait. Elle serait, dit-on, totalement effondrée.

La police ne semble toujours pas près d'arrêter l'assassin de son mari.

Daily Telegraph, 18 février 1984

MÉMORANDUM

De : Commissaire principal Fisher
À : Commissaire Hendry
Date : 9 août 1984
Objet : Meurtre de Russell Landy, 01.02.1984

À la suite de notre conversation d'hier, j'ai demandé à Andrews et à Meredith de me faire un récapitulatif de cette affaire. Il en ressort les principaux points suivants :

• Aucun des tableaux volés n'a reparu sur le marché. L'opinion d'Andrews et de Meredith, que je partage entièrement, est que le vol n'a jamais été le mobile. Les recherches effectuées pour retrouver d'éventuels témoins du cambriolage n'ont rien donné. (NB : Mrs Landy a introduit une demande d'indemnisation auprès de sa compagnie d'assurances. Les tableaux étaient estimés à plus de 200 000 livres.)

• L'examen de l'emploi du temps de Landy au cours des trois mois ayant précédé le meurtre n'a rien révélé de suspect. Sa galerie était en assez bonne santé, de même que ses finances, et, hormis le fait qu'il lui arrivait de temps à autre de fumer du cannabis, il ne semble pas avoir été mêlé à des activités illégales. Ses amis et relations n'ont mentionné aucune aventure sentimentale, aussi est-il hautement improbable qu'il ait été tué par un rival jaloux.

• Il avait plusieurs amis pédérastes, mais l'enquête menée par Andrews et Meredith dans la communauté homosexuelle les a persuadés qu'il ne l'était pas lui-même et qu'il ne pouvait pas s'agir d'un crime « gay ».

• Il s'entendait bien avec sa femme. Au dire de certains, il avait tendance à se montrer possessif, mais rien n'indique qu'il se soit jamais livré à des brutalités ou à des sévices quelconques. Jane Landy possède pour l'après-midi et la soirée du 1er février un alibi solide. Elle ne s'est trouvée seule qu'une fois descendue du taxi qui l'avait amenée du restaurant à la galerie. Il n'y avait personne d'autre lorsqu'elle a découvert Landy. Andrews et Meredith ont soumis les résultats de l'autopsie à différents experts et tous s'accordent à dire que Landy a été attaqué une heure au minimum avant l'arrivée de sa femme à 21 h 05. Comme nous avons le témoignage du chauffeur de taxi sur l'heure où il l'a déposée et l'enregistrement du coup de fil qu'elle a passé pour réclamer une ambulance, il est exclu qu'elle ait pu commettre elle-même l'agression.

• Son emploi du temps au cours des trois mois avant le meurtre a aussi été examiné à la loupe. Andrews et Meredith n'ont rien trouvé qui puisse laisser penser qu'elle avait une liaison. Ni qu'elle se soit entendue avec un tiers pour éliminer son mari. Ni même, faut-il ajouter, qu'elle aurait eu des raisons de le faire disparaître. Plus d'une centaine d'amis et de confrères ont été interrogés, et tous considèrent qu'ils formaient un couple sans histoires. Landy était parfois sujet à des crises de jalousie, mais l'explication généralement avancée est qu'il avait vingt ans de plus qu'elle et non qu'elle le trompait.

• Une incertitude demeure quant au rôle joué par Adam Kingsley, le père de Jane Landy. Il nourrissait à l'évidence une violente animosité à l'égard de Russell Landy. Il semble qu'il se soit opposé dès le début à la relation de sa fille avec celui-ci et qu'il ait été furieux en apprenant qu'ils s'étaient mariés à son insu. Il refusait de parler à son gendre quand il téléphonait à sa fille ou qu'elle l'appelait. D'après les amis de Jane Landy, celle-ci souffrait de cette mésentente, mais évitait de se prêter aux récriminations de l'un ou de l'autre et a ainsi pu rester en bons termes avec les deux.

• Après avoir étudié l'emploi du temps de Kingsley avant et au moment du crime, Andrews et Meredith en sont arrivés à la conclusion que, même s'il avait la possibilité de le commettre (il était ce jour-là à Londres et aurait pu filer à Chelsea entre sa réunion à Knightsbridge, qui finissait à 16 h 30, et son autre réunion dans Edgware Road, qui commençait à 18 h 30), la chose est peu probable. Kingsley refuse de dire ce qu'il a fait dans ce laps de temps, mais une enquête sur ses faits et gestes durant les semaines précédentes a permis de mettre la main sur trois témoins, selon lesquels il se trouvait avec une prostituée de Shepherd's Market. C'est une habitude régulière, qui dure depuis des années.

• En l'absence de toute autre explication, Andrews et Meredith inclinent à penser que Kingsley a payé un tueur pour supprimer son gendre. Cependant, ils n'ont rien trouvé qui puisse étayer cette thèse et, sans des preuves solides, il est impossible d'aller plus avant. Leurs soupçons se fondent sur le caractère et le passé de Kingsley, dont on peut résumer ainsi les grandes lignes :

1) À en croire la rumeur, entretient depuis le début de sa carrière d'importants contacts avec le milieu londonien. Né en 1928 dans le quartier des docks où il a passé son enfance. A gagné des sommes considérables grâce au marché noir pendant et après la guerre. Se livre dans les années 1950 et 1960 à diverses magouilles immobilières, avant d'« anoblir » ses activités à travers Properties Holdings et d'ouvrir des agences un peu partout.

2) Commence à amasser une immense fortune dans les années 1970 avec l'explosion du marché de l'immobilier. A toujours eu la réputation (non attestée) d'utiliser des moyens malhonnêtes, mais a gagné par deux fois des procès contre des journaux qui avaient eu l'imprudence de l'écrire.

3) Depuis l'arrivée de Thatcher au pouvoir, s'est mis à racheter à vil prix des terrains dans les docks. Il se serait servi pour cela de ses amitiés dans le milieu.

4) A été marié deux fois. Sa première femme, la mère de Jane Landy, est décédée en 1962 d'une septicémie. Issue de la classe moyenne, elle était fille de médecin et avait été élevée dans une école privée. Kingsley en était, paraît-il, follement amoureux. Il s'est remarié en 1967. Son actuelle femme, Elizabeth Kingsley, originaire comme lui du milieu ouvrier, était une amie d'enfance de sa sœur. Il aurait, dit-on, rompu ses fiançailles avec Elizabeth pour épouser sa première femme en 1958. Ce second mariage ne semble pas avoir été un succès. Mrs Kingsley souffre d'alcoolisme et ses deux fils ont été arrêtés pour de menus larcins, actes de vandalisme et vols de voiture. Depuis leur renvoi de l'école Marlborough pour possession de drogue, ils suivent des cours particuliers à Hellingdon Hall. On prétend que Kingsley adore sa fille.

En conclusion, je suis d'accord avec l'analyse d'Andrews et de Meredith. Kingsley demeure le suspect numéro 1, même s'il n'est guère probable qu'il ait agi lui-même. Comme nous ne disposons d'aucun témoin ayant assisté au cambriolage ou au meurtre et que les tableaux volés n'ont toujours pas refait surface, il est impossible de pousser l'enquête plus loin. Quand bien même nous obtiendrions l'autorisation d'examiner les nombreux comptes bancaires de Kingsley, je doute fort que nous y trouvions la plus petite trace de paiement d'un contrat.

John.

8

Samedi 25 juin, commissariat de Romsey Road, Winchester, 12 h 30

Pendant le peu de temps dont ils disposaient, l'inspecteur Maddocks et son équipe avaient réuni une quantité substantielle d'informations sur Jane Kingsley, mais rien sur Meg Harris ou sa famille.

« Après l'accident de voiture, deux agents sont allés voir les parents de Jane Kingsley, déclara-t-il à Cheever. La belle-mère, Elizabeth Kingsley, avait picolé et elle a passé plus d'une heure à casser du sucre sur le dos de Leo et de Meg. C'était un fumier et elle une vipère qui n'avait pas arrêté de piquer les petits amis de sa fille depuis qu'elles s'étaient connues à Oxford. » Il leva la tête. « Nous n'avons rien pu tirer de l'annuaire. Le Wiltshire compte au bas mot cinq mille Harris. Si encore nous avions le prénom du père ou sa profession, mais vous dites que Sir Anthony ne sait même pas comment il s'appelle.

– Non, fit Frank Cheever, avec un air ironique qui ne lui était pas coutumier. Malgré son engouement pour sa future nouvelle belle-fille, il ignore à peu près tout d'elle, si curieux que cela puisse paraître. »

Maddocks lui jeta un regard intrigué. Voilà qui est nouveau ! se dit-il. « J'ai demandé à deux hommes de mettre la main sur son dossier universitaire ; cela étant, il est possible que Harris ne soit pas son nom de jeune fille. Je continue à penser que la solution la plus rapide est l'appartement de Hammersmith, aussi vais-je y aller cet après-midi avec Fraser.

– Bien. Et en ce qui concerne Jane Kingsley ?

– D'abord le meurtre de Landy. » Il indiqua des papiers sur le bureau du commissaire. « Voilà tout ce que nous avons obtenu sur l'affaire. Cela paraît assez complet, mais, au cas où vous voudriez d'autres renseignements, il y a un numéro de téléphone de marqué. Comme elle s'appelait à l'époque Jane Landy, vous n'avez probablement pas fait le rapprochement. Toujours est-il que, quelques semaines après être sortie de l'hôpital où on la soignait pour une dépression, elle a revendu à un excellent prix la galerie de son mari et investi le fric dans un atelier de photographie à Pimlico. Elle a tout repris : murs, équipement, enseigne... Jusque-là, elle faisait des remplacements à temps partiel pendant les périodes creuses. » Sa voix se chargea malgré lui d'une nuance d'admiration. « Il semble qu'elle ait plutôt bien réussi. Sous l'ancienne direction, c'était une boutique banale, tirant le portrait à des familles friquées, leurs amis, leurs chats et leurs chiens. Jane Kingsley en a fait une boîte haut de gamme, spécialisée dans la photo publicitaire : acteurs, stars pop, mannequins. Elle est désormais connue dans le métier.

– Qui s'occupe de l'atelier en ce moment ? »

Maddocks consulta ses notes.

« Un certain Dean Jarrett. Il est avec elle depuis le début. Elle l'a engagé en passant une annonce. Elle a eu plus de mille candidats, s'est entretenue avec cinquante et en a retenu un. Les professionnels le considèrent comme quelqu'un de brillant et de dévoué. J'ai fait appeler par Mandy Barry pour savoir si l'on continuait à honorer les commandes malgré l'absence de Miss Kingsley, et la réceptionniste, une certaine Angelica, a répondu d'un ton sec et ferme que le studio fonctionnait normalement. D'après Mandy, la patronne a tous les employés derrière elle, et ce n'est pas de la frime. »

Cheever hocha la tête.

« Quoi d'autre ?

– La maison de Richmond a été achetée par Landy en 1981 sous couvert d'une hypothèque de 30 000 livres liée à une assurance-vie. À sa mort, l'assurance a réglé l'hypothèque et la maison est allée à Jane Kingsley. Celle-ci n'a manifesté aucun désir de vendre. Elle est en très bons termes avec le colonel et Mrs Clancey, qui habitent à côté, et l'on ne pense que du bien d'elle dans le reste de la rue. Elle mène une vie paisible et n'attire nullement l'attention, sauf quand son père débarque dans son extravagante Rolls Royce. À noter qu'après l'accident de voiture, personne n'a fait la moindre allusion à Landy, alors qu'il devait être encore présent dans toutes les mémoires, et chacun s'est empressé de parler de Leo Wallader. Il semble qu'on ne l'aimait pas beaucoup et qu'on lui reprochait ses manières désagréables ; cependant, la police de Richmond a eu le sentiment que les voisins lui en voulaient davantage de les avoir privés d'un repas de noce à Hellingdon Hall que de son comportement.

– Des amants entre Landy et Wallader ?

– Seulement deux ou trois, à en croire les cancans. Mais cela n'a jamais duré plus de six mois. Comme avec Wallader, du reste. Elle l'a rencontré en février et il est mort en juin. Un fameux coup de foudre, si l'on considère que le mariage était prévu pour juillet !

– Qu'est-ce qu'elle lui trouvait de si attirant ? »

Maddocks eut un haussement d'épaules.

« Aucune idée, mais d'après le colonel Clancey, même si c'est Wallader qui a rompu, elle n'avait apparemment guère envie de l'épouser. Qu'elle ait voulu se suicider parce qu'il avait déguerpi lui semble totalement absurde.

– Vous avez une autre explication ?

– La seule logique : elle l'a tué, ou a assisté à son exécution, et ses nerfs ont lâché comme au moment de la mort de Landy. Le moins qu'on puisse dire, c'est qu'elle a des goûts bizarres. Si l'on en juge d'après les photos que nous avons glanées ici et là, ses sujets favoris sont les cimetières, les usines délabrées et les graffitis des couloirs du métro. » Il tira de sa poche une page repliée provenant d'un magazine. « Si cela vous intéresse, c'est une de ses plus connues : un top model noir pris devant un pan de carrelage crasseux couvert d'un tas d'inscriptions obscènes. »

Cheever étala la page sur son bureau et l'examina.

« Remarquable. C'est vraiment une artiste.

– Ou une dingue. Pourquoi mettre une beauté pareille devant un truc aussi dégueu ?

– Et où l'auriez-vous mise, Gareth ? demanda son interlocuteur d'un ton acidulé. Dans un lit ?

– Pourquoi pas ? En tout cas, dans un endroit un peu plus ragoûtant. »

Le commissaire fronça les sourcils.

« C'est un parti pris. Pour dire que la vraie beauté ne saurait se laisser corrompre par la vulgarité ou la laideur environnante. » Il se pinça le bout du nez. « Ce qui ne manque pas d'intérêt au regard de la manière horrible dont est mort Landy, ne pensez-vous pas ? Je me demande à partir de quand elle a commencé à utiliser ce genre de décor. Il y a quelque chose d'étrangement pathétique dans cette victoire de la perfection humaine si fragile sur l'écrasante abjection du monde. »

Maddocks décida que le vieux devenait gaga. Ce n'était qu'une photo de mode froissée, pas la *Mona Lisa* !

Hellingdon Hall, Fordingbridge, Hampshire, 12 h 30

Miles Kingsley secoua sa mère avec rage puis l'expédia sur le canapé.

« C'est pas possible ! Espèce de pauvre cloche ! Tu ne peux donc pas la boucler ! À qui d'autre en as-tu parlé ? » Il jeta un regard à son frère, réfugié à l'autre bout du salon et qui feignait de contempler les reliures en cuir que son père avait achetées au mètre en arrivant à Hellingdon Hall. « Tu es dans la même galère, petit crétin, aussi je te conseille d'arrêter de ricaner si tu ne veux pas que je t'en allonge une !

– Ferme-la, Miles ! riposta Fergus. Jamais je n'aurais dû t'écouter. » Il donna un coup de pied dans un fauteuil Chippendale. « Bon sang, c'est toi qui as eu cette idée ! Même que ça devait marcher comme sur des roulettes. Alors qu'est-ce qui déconne ?

– Tout va bien. Encore un peu de patience. Tu verras,

bientôt tu seras libre comme l'air avec du pognon plein les poches.

– Ouais, tu as déjà dit ça la dernière fois !

Commissariat de Romsey Road, Winchester, 12 h 45

Frank Cheever lut les documents concernant le meurtre de Landy, puis appela au numéro laissé par Maddocks. L'inspecteur Andrews avait participé tout du long à l'enquête.

« Le dossier a effectivement été classé à la fin de 1985, répondit-il d'un bureau de Scotland Yard, quand on a coffré Jason Phelps pour le meurtre des Docherty. Vous vous en souvenez ? Pour quelques milliers de livres, il avait trucidé toute la famille sur les instructions du neveu. Ils ont écopé tous les deux de la perpète. On a bien essayé de faire avouer à Phelps qu'il avait aussi rectifié Landy, vu que le meurtre ressemblait comme deux gouttes d'eau à celui des Docherty, mais il n'a rien voulu savoir. Néanmoins, sa culpabilité ne fait aucun doute et, s'il avait craché le morceau, cela nous aurait permis d'épingler Kingsley. En réalité, c'est lui que nous voulions.

– Et la fille ? s'empressa de demander Cheever. Comment était-elle ?

– À vrai dire, elle m'a plutôt donné l'impression d'une brave gosse. La mort de Landy l'avait bien sûr pas mal secouée et elle a eu ensuite une dépression nerveuse. Elle n'arrêtait pas de répéter que c'était sa faute, mais à aucun moment nous ne l'avons suspectée. Meredith lui a demandé si elle pensait que son père était responsable et elle a répondu que non. Elle a perdu son bébé un ou deux jours après.

– A-t-elle désigné un coupable éventuel ?

– Un mystérieux artiste dont les tableaux avaient été refusés par Landy. Elle disait que son mari pouvait avoir la dent dure et insistait sur le fait que, quelques jours avant le meurtre, il lui avait raconté qu'un type l'avait guetté devant la galerie. Sur le moment, elle n'y avait pas accordé d'importance, parce que lui-même avait pris ça à la blague, mais elle n'avait pas cessé d'y songer depuis. Nous avons exploré cette piste, sans le moindre résultat, et nous avons fini par conclure que, si le guetteur en question avait jamais existé, c'était plus probablement le tueur engagé par Kingsley qu'un artiste aigri. »

Cheever réfléchit un instant.

« Tout de même, quel sac d'embrouilles ! J'ai eu affaire une seule fois à Kingsley, voilà des années. Il avait réduit son futur beau-frère en compote pour le dissuader de se marier. Et vous me dites qu'il a fait la même chose avec son gendre, mais après coup. Pourquoi pas avant ?

– C'était aussi l'argument de sa fille. Elle a prétendu que, trois ans auparavant, il avait essayé de se débarrasser de Landy en le faisant virer de son boulot, mais qu'il avait depuis longtemps accepté sa défaite. Notre idée était que la grossesse avait complètement modifié le tableau. Elle reconnaissait qu'ils avaient traversé, Landy et elle, une période difficile, mais affirmait que l'enfant les avait rapprochés. Nous nous sommes dit que ce n'était pas un hasard si le malheureux avait été assassiné une semaine après qu'elle eut mis ses parents au courant de la grossesse. Kingsley espérait probablement que le mariage se casserait la figure et, quand il a eu la preuve du contraire, il a signé l'arrêt de mort de Landy. »

Cheever donna une tape sur une des liasses entassées devant lui.

« D'après le rapport qu'on m'a faxé, Meredith et vous pensiez que Kingsley adorait sa fille. Mais ne s'agit-il pas ici d'un sentiment beaucoup plus malsain que la simple adoration d'un père ? Landy aurait maltraité sa femme, je comprendrais que Kingsley ait voulu le punir, mais, d'après ce que vous suggérez, il aurait agi dans une crise de dépit. Pour provoquer une réaction de ce genre, il faut un motif sexuel puissant.

– C'est en gros la vision que nous avions de l'affaire. Le bonhomme avait une forte libido et rendait visite chaque semaine à une prostituée de Sheperd's Market. Par ailleurs, son second mariage était un désastre, la malheureuse créature sur laquelle il a jeté son dévolu n'arrivant pas à la cheville de la première et s'étant mise à picoler au bout de deux ans. Ses deux fils n'ont jamais pu égaler la fille qu'il a eue de son premier mariage, laquelle, pour comble de malchance, ressemble à s'y méprendre à sa défunte mère. Même si rien ne prouve que Kingsley ait abusé de la gamine, ils ont vécu seuls ensemble pendant cinq ans avant qu'il se remarie et il y a de fortes probabilités qu'il l'ait fait. À partir des éléments dont nous disposions, nous avons demandé qu'on dresse son portrait psychologique et le résultat a été des plus édifiant. Il apparaissait qu'il avait un besoin absolu de dominer gens et choses, y compris par la force, ce qui permettait de penser qu'elle n'avait pas dû s'en sortir indemne.

– Vous lui en avez parlé ?

– Oui » – il eut une brève hésitation –, « hélas. Nous lui avons donné le rapport à lire, après quoi nous avons appris qu'elle était soignée par un psychiatre pour une grave anorexie liée à un état suicidaire. Pour être honnête, cela nous a plutôt mis mal à l'aise.

– En réalité, commenta Cheever, c'est une attitude assez fréquente chez les enfants martyrs, lorsqu'ils se trouvent tout à coup confrontés à un passé qu'ils croyaient oublié. »

43a, Shoebury Terrace, Hammersmith, Londres, 15 h 30

Un peu plus tard dans l'après-midi, Maddocks et Fraser se rendirent à l'appartement de Meg Harris à Hammersmith. Deux agents de la police londonienne et un serrurier les attendaient devant la porte, mais ils purent se passer des services de ce dernier, dans la mesure où la voisine, une solide matrone entre deux âges qui les avait aperçus de sa fenêtre et était sortie pour savoir ce qu'ils fichaient là, possédait un double de la clé.

« Mais Meg est en France ! » répliqua-t-elle, comme ils l'informaient avec une mine de circonstance qu'ils avaient des raisons de croire que Miss Harris était morte. « Même que je l'ai vue s'en aller. » Sur ce, elle se tordit les mains de douleur. « C'est moi qui m'occupais du chat. »

Les quatre hommes hochèrent la tête d'un air grave.

« Vous souvenez-vous de la date de son départ ? demanda Maddocks.

– Doux Jésus, voilà que vous m'interrogez ! C'était il y a environ deux semaines. Peut-être bien le lundi. »

Fraser consulta son agenda.

« Le lundi 13 juin ? fit-il.

– Ça doit être ça, mais je n'en jurerais pas.

– Avez-vous eu de ses nouvelles depuis ?

– Non, admit-elle. Du reste, je n'en attendais pas. » Elle paraissait abasourdie. « Mon Dieu, c'est pas croyable ! Elle a eu un accident de voiture ? »

Maddocks préféra rester dans le vague.

« Nous avons très peu de détails pour le moment, Mrs... ?

– Helms, répondit la femme avec obligeance.

– Mrs Helms, connaissez-vous le petit ami de Miss Harris ?

– Vous parlez de Leo ? Ce n'est pas un petit ami, il est beaucoup trop vieux pour ça, du moins d'après Meg. Elle l'appelait son associé.

– Habitait-il ici ?

– Ici et ailleurs. À mon avis, il est marié et vient la voir seulement quand sa femme est absente. » Elle prit tout à coup conscience du temps employé par Maddocks. « Pourquoi "habitait" ? Leo est mort aussi ? »

Son interlocuteur acquiesça.

« J'en ai bien peur, Mrs Helms. Auriez-vous par hasard l'adresse ou le numéro de téléphone des parents de Miss Harris ? Nous souhaiterions leur parler. »

Elle secoua la tête.

« Elle m'a donné le numéro du vétérinaire, l'année passée, au cas où le chat tomberait malade, mais c'est tout. Si je me souviens bien, ses parents vivent quelque part dans le Wiltshire. Elle avait l'habitude d'y aller deux ou trois fois par an pour un week-end prolongé. Ah, mais c'est affreux ! » Elle parut soudain bouleversée. « Vous voulez dire qu'elle est morte et que sa famille n'en sait rien ?

– Nous trouverons sûrement à l'intérieur quelque chose qui nous renseignera. »

Après l'avoir remerciée pour la clé, Maddocks descendit

les quelques marches de pierre menant à l'appartement en sous-sol marqué 43a, au palier encombré de pots de fleurs débordant d'impatiens. Il glissa la clé dans la serrure tout en songeant à cette Meg Harris et à ses parents fantomatiques. Même Sir Anthony Wallader, qui prétendait les connaître un tant soit peu, n'avait aucune idée de l'endroit où ils habitaient ni de ce que fichait le père. « Vous devriez demander à Jinx Kingsley, avait-il déclaré à ses visiteurs. Elle est désormais seule à savoir. »

Mais, en l'occurrence, la police du Hampshire avait préféré, pour arriver dans le Wiltshire, emprunter une route moins directe, passant par Hammersmith.

Un chat tigré les accueillit avec une joie manifeste tandis qu'ils pénétraient dans l'étroit couloir, se frottant à leurs jambes et ronronnant de contentement à la perspective d'un repas supplémentaire. Fraser le repoussa doucement de la pointe de sa chaussure.

« Navré d'avoir à te l'apprendre, fiston, mais tu es orphelin. Maman a passé l'arme à gauche.

– Voyons, Fraser, lança Maddocks d'un ton irrité, ce n'est qu'un matou, bon Dieu ! »

Il ouvrit la porte de ce qui était manifestement le living-room et repéra aussitôt le tapis chinois blanc cassé orné d'un motif floral aux demi-teintes bleues et roses étalé sur le plancher verni juste devant la cheminée. « Un chat et un tapis blanc cassé, murmura-t-il. Pour le coup, le toubib va devenir carrément imbuvable ! » Il s'avança dans la pièce, tira un crayon de sa poche de veste et manipula les boutons du répondeur.

« Bonjour, ma chérie, fit une voix féminine fluette. *Je suppose que tu vas téléphoner pour écouter tes messages, aussi rappelle-moi dès que possible. Je viens de lire dans le journal que Jinx avait eu un accident de voiture. Je suis très embêtée. Est-ce que je dois lui passer un coup de fil ? Je serais tentée de le faire. Après tout, vous étiez si amies et ce ne serait pas très élégant d'avoir l'air de l'abandonner, tout ça parce que… bon, je n'en dis pas davantage… nous avons promis de ne plus nous disputer… Appelle-moi dès que tu auras reçu mon message pour que nous puissions en parler. Au revoir, ma chérie. »*

«Salut, Meg! enchaîna une voix d'homme quelque peu agressive. *Tu avais juré de passer au bureau avant ton départ. Bon sang, on est mercredi, il y a une flopée de messages pour toi et j'y comprends que couic! Qui est ce connard de Bill Riley? La plupart des messages sont de lui. Rappelle-moi en priorité. C'est urgent.»*

La même voix : *«Meg, rappelle-moi! Immédiatement! Bon sang, je ne sais pas ce que je te ferais! Est-ce que tu te rends compte que Jinx a essayé de se foutre en l'air? Tes malheureux parents me téléphonent tous les jours pour me demander des nouvelles. Ils sont au trente-sixième dessous, et moi aussi. Téléphone, nom d'un chien! On est vendredi 17 juin, 8h30, sans petit déj et après une nuit blanche. Je savais bien que ce Wallader n'amènerait que des emmerdements.»*

Suivie d'une autre voix d'homme, plus paisible. *«C'est Simon. Écoute, papa et maman sont à bout! Tu ne peux pas continuer à faire comme si de rien n'était. Tu sais sûrement que Jinx a essayé de se tuer. C'était dans tous les journaux. Maman prétend que tu refuses de répondre à ses messages, mais au moins rappelle-moi si tu ne la rappelles pas. Je pense aller voir Jinx pour prendre de ses nouvelles. Il faut bien que quelqu'un le fasse.»*

«Ma chérie, c'est à nouveau ta maman. Téléphone, je t'en prie. Je suis horriblement contrariée au sujet de Jinx. Il paraît qu'elle a tenté de se suicider. Je ne peux pas supporter l'idée qu'elle soit aussi malheureuse à cause de toi et de Leo. Il faut absolument que l'un de nous lui parle. Souviens-toi combien elle a été malade après la mort de Russell. Appelle-moi, je t'en supplie. J'espère que tu vas bien. D'habitude, tu téléphones si facilement.»

«Je tiens à t'informer que Bill Riley a décidé de nous faire un procès. Il prétend que nous n'avons pas respecté le contrat. Bonté divine, pourquoi as-tu accepté de travailler avec lui si tu n'étais pas prête à t'en occuper? Message laissé à 21h30, le jeudi 23 juin. Au cas où je n'entendrais pas le son de ta voix dans les vingt-quatre heures, tu peux tirer un trait sur notre association. J'en ai plein le dos, Meg, vraiment!»

Puis une voix de femme, grave : *«Bonjour, Meg. C'est Jinx. Je sais que ce coup de fil n'a rien de politiquement cor-*

rect – un rire rauque –, *je devrais être en train de déchirer tes éditions originales en mille morceaux ou un truc du même genre... mais j'aimerais réellement te parler. Les choses sont assez compliquées de mon côté... enfin, je suppose que tu es au courant...* » Une pause. « *On dit que j'ai jeté ma voiture contre un mur... exprès. Tu crois ça ? Par malheur, j'ai eu une crise d'amnésie, je ne me souviens d'absolument rien depuis le samedi 4, de sorte qu'ils en ont conclu que j'avais perdu les pédales à cause de toi et de Leo.* » Nouveau rire, celui-là nettement plus forcé. «*Je suis dans la mouscaille jusqu'au cou, ma vieille, c'est pourquoi j'ai besoin de vous parler à tous deux. Tu ne me croiras peut-être pas, mais je t'assure que je n'éprouve aucun ressentiment, alors, si tu veux bien faire cet effort, téléphone-moi à Salisbury au 22 14 20. C'est une maison de fous et j'ai la trouille de devenir braque moi aussi. Appelle, s'il te plaît !* »

Il n'y avait rien d'autre sur la bande.

Maddocks lança à Fraser un regard interrogateur.

« Sincère ? Ou destiné à être entendu par la police après la découverte des corps ?

– Vous parlez de son message à elle ? » Fraser eut un haussement d'épaules. « Je pencherais plutôt pour la première hypothèse. L'associé furax a donné son dernier coup de fil il y a deux jours. Elle a dû passer le sien tout récemment.

– En quoi cela le rend-il spontané ?

– Elle ignorait à quel moment seraient découverts les corps. Si elle avait voulu bluffer, elle aurait appelé avant, pour être sûre que nous ayons le message. »

Maddocks parut sceptique.

« À moins qu'elle ait suivi l'enquête dans les journaux. » Il se tourna vers la bibliothèque le long du mur et prit un livre au hasard sur une étagère. « En tout cas, pour ce qui est des éditions originales, elle n'a pas menti. Regardez. Un Graham Greene dédicacé. » Ses doigts effleurèrent le dos des volumes. « Daphne du Maurier, Dorothy Sayers, Ruth Rendell, Colin Dexter, P. D. James, John Le Carre. Elle a même un Ian Fleming. Je me demande à qui va aller tout ça.

– Probablement à sa copine Jane Kingsley », dit Fraser en ouvrant une porte à droite de la cheminée qui donnait sur une cuisine d'un blanc immaculé aux plans de travail anthracite et aux éléments gris perle. Il se tourna vers les deux agents qui les accompagnaient. « Cela vous ennuierait de fouiller là-dedans ? Il est possible que les tiroirs contiennent des papiers. Je vais m'occuper de la chambre. »

Il traversa le couloir, ouvrit la porte en face et parcourut la pièce des yeux. Comme tout le reste de l'appartement, elle était propre et bien rangée, si bien rangée, en fait, qu'il crut qu'il s'agissait de la chambre d'ami et se dirigea vers la dernière porte, laquelle abritait la salle de bains. Hormis une paire de serviettes blanches délicatement posées sur le porte-serviettes, rien n'indiquait que l'endroit ait jamais servi : il n'y avait ni savon, ni éponge, ni pâte dentifrice. Il tira sur le bouton de l'armoire de toilette fixée au-dessus du lavabo et examina d'un air perplexe les maigres objets qu'elle renfermait : une bouteille de désinfectant, une boîte d'aspirine et un verre à dents propre. Meg Harris était une créature irréelle, pensa-t-il. Personne ne pouvait être aussi ordonné, même avant un départ en vacances. Et Leo ? Même s'il ne venait que de temps en temps, il avait bien dû laisser des traces de sa présence. Fraser souleva le couvercle du panier à linge, mais il était vide.

Il revint sur ses pas, aperçut la corbeille du chat sous un radiateur du couloir et se demanda pourquoi Meg s'était chargée d'une telle compagnie si elle tenait à son intérieur au point de limiter de façon aussi draconienne les mouvements de l'animal à chacune de ses absences. L'ordre semblait être chez elle une véritable obsession. De retour dans la chambre, il ouvrit le placard et inspecta les quelques vêtements qui pendaient. Tous appartenaient à une femme. Même chose pour le contenu des tiroirs. Il se mit en quête d'un objet quelconque reflétant la personnalité de l'occupante des lieux, mais n'en trouva pas plus que s'il s'était agi d'une chambre d'hôtel ayant servi juste une nuit. Il y avait un peu de linge méticuleusement plié, quatre ou cinq bijoux fantaisie ainsi que des accessoires de maquillage alignés avec rigueur dans le tiroir de la coiffeuse et, sur la table de nuit, une coupe remplie de fleurs séchées qui dégageaient un léger parfum. Si la pièce avait contenu quoi que ce soit de personnel, Meg Harris était partie avec.

Maddocks feuilletait un carnet au moment où Fraser entra.

« C'est son agenda de l'année dernière, mais il n'y a ni adresses ni numéros de téléphone. Vous avez dégoté quelque chose ? »

Fraser secoua la tête.

« Non. Juste des vêtements. On dirait qu'elle a embarqué toutes les affaires auxquelles elle tenait, ce qui semble assez bizarre si elle comptait s'absenter seulement quinze jours. Je n'ai vu aucune valise. »

Maddocks posa l'agenda et contempla la pièce avec un froncement de sourcils.

« Je n'y comprends rien. Cet endroit est d'une austérité monacale. Avez-vous remarqué qu'il n'y avait aucune image aux murs ? J'ai cherché un album de photos, mais je n'en ai pas trouvé. On aurait pu s'attendre à ce qu'elle ait au moins une photographie de sa famille.

– Des papiers ? demanda Fraser. Assurance, contrat de prêt, testament ? »

Maddocks indiqua d'un signe de tête un secrétaire en pin à un bout de la pièce.

« Là-dedans. Mais il n'y a pas de testament, juste une chemise marquée "Assurance appartement". Et pas de lettres non plus, ni aucune indication concernant ses amis ou l'adresse de ses parents. Tout de même, c'est dingue ! Les gens ont toujours deux ou trois lettres qui traînent. »

Il alla jusqu'à la porte de la cuisine.

« Eh bien, vous avez trouvé quelque chose ? »

Le plus âgé des deux hommes secoua la tête.

« À vrai dire, on se croirait dans une location d'été. Il y a des couverts et des assiettes, tout propres, mais aucune trace de nourriture ; le réfrigérateur et le lave-vaisselle sont vides et la poubelle a un sac en plastique neuf. Ou bien elle a loué l'appart et s'apprêtait à le rendre, ou bien elle avait prévu de déménager et de le laisser à quelqu'un. D'après moi, elle a un autre domicile.

– C'est certainement ça, approuva Fraser. Sinon, cela

n'aurait aucun sens. Vous avez déjà vu un logement aussi vide ?

– Pourquoi n'a-t-elle pas emporté ses bouquins ?

– Probablement parce qu'ils sont couverts par l'assurance et qu'ils pouvaient donc rester là en attendant. Je suppose qu'elle a enlevé ses affaires personnelles avant son départ, demandé à la voisine de nourrir le chat et qu'elle avait l'intention de revenir prendre les livres, le reste de sa garde-robe ainsi que la bestiole à son retour. Elle comptait s'installer chez Leo… C'est le seul scénario logique.

– Bonté divine, fit Maddocks d'un ton hargneux, mais tout indique que c'est lui qui devait habiter chez elle ! S'il possédait son propre appartement, pourquoi créchait-il à Glenavon Gardens avec la Kingsley ? Cheever va piquer une crise en apprenant ça. À mon avis, Jane Kingsley est la seule qui puisse nous renseigner.

Clinique des Rossignols, Salisbury, 15 h 30

Débarrassée de ses pansements et vêtue d'un pull et d'un pantalon noirs, Jinx observait, d'un banc situé à l'ombre d'un saule pleureur, les allées et venues sur l'étendue de gravier devant la clinique. Ses lunettes fumées lui procuraient une agréable sensation d'anonymat et, pour la première fois depuis bien longtemps, elle permettait à son corps fourbu de se détendre.

La pensée qu'elle *avait su* au sujet de Leo et de Meg lui transperça le cerveau comme une aiguille. *Bon Dieu !* Leo lui-même le lui avait annoncé dans le salon de ses parents, en présence d'Anthony et de Philippa, muets, comme pétrifiés. Elle leur avait crié quelque chose – *pourquoi donc s'était-elle mise à crier ?* – et Leo avait répondu : je vais épouser Meg. *Cela avait été un tel choc, oui, un tel choc… Meg et Leo… Meg et Russell…* Mais quand ? Quand Leo le lui avait-il dit ?

Elle lutta avec sa mémoire, mais, tel un rêve, le souvenir se désagrégea, pâlit, et, sans même se rendre compte de ce qu'elle faisait, elle prit le bouquet de fleurs qu'on lui tendait, puis entendit Josh Hennessey demander : « Jinxy, ça ne va pas ? »

Elle avait oublié qu'il devait venir. Elle leva la tête, vit l'expression inquiète de son visiteur et lui sourit machinalement, tandis qu'elle refermait la porte de son subconscient, laissant s'enfuir la vision.

« Si, ça va, s'entendit-elle répondre. Pardon, j'étais à des kilomètres. Et toi ? » *Pourtant, bon Dieu, elle avait été tellement furieuse... de cela elle s'en souvenait fort bien...*

Il s'accroupit, les mains posées sur les genoux de Jinx, et la regarda avec intensité.

« À vrai dire, c'est plutôt la déprime. Comment ça se passe de ton côté ? »

Il sembla guetter une réaction et fut déçu – *surpris ?* – de ne pas en avoir.

Elle porta une main à sa poitrine, là où son cœur battait à tout rompre. *Il s'était passé autre chose...* Cette pensée était comme un poids immense qui l'écrasait. *Autre chose... quelque chose de si épouvantable qu'elle avait atrocement peur de s'en souvenir...*

« Ma foi, je vis dans une sorte de léthargie, répondit-elle d'une voix saccadée. J'existe, donc je suis, mais mon existence ne présente pas le moindre intérêt. » Elle s'étonna de la laideur de Josh, le front et les lèvres plissés par la peur et le souci. « Je suppose que si tu es déprimé c'est que tu n'as pas pu joindre Meg. »

Il secoua la tête et elle s'aperçut avec consternation qu'il avait les larmes aux yeux.

« Je suis navrée. » Elle manipula le bouquet, puis le posa à côté d'elle. « Merci pour les fleurs. »

Il retira ses mains et s'assit à même le sol.

« Ces histoires m'ont rendu malade. Pourquoi ne m'as-tu pas téléphoné pour me dire que tu avais des ennuis ? Tu sais bien que je serais venu.

– Voilà que tu te mets à parler comme Simon », lança-t-elle d'un ton enjoué.

Il s'ébouriffa les cheveux et détourna son regard de la figure maigre aux traits tuméfiés et au crâne rasé.

« Il a appelé presque chaque jour. Ses parents sont

effondrés. Ils n'arrêtent pas de se disputer, de blâmer Meg et de chercher des moyens de recoller les morceaux… Enfin, tu les connais. Simon a téléphoné à Hellingdon Hall pour savoir où tu étais et on l'a traité de tous les noms. Cela se comprend, bien sûr, mais ça ne facilite pas les choses.

– Navrée, répéta-t-elle, mais, si curieux que cela puisse paraître, cela ne me facilite pas les choses à moi non plus que tout le monde s'accuse mutuellement parce que je suis rentrée dans un mur. »

Il lui jeta un bref coup d'œil et resta muet.

« Involontairement, ajouta-t-elle entre ses dents. Cette voiture m'a coûté une petite fortune et je connais cent autres façons de se tuer qu'en bousillant une splendide Rover. »

Il détacha un brin d'herbe.

« J'ai parlé hier soir à Dean…, commença-t-il d'un air gêné. Le pauvre vieux était en pleurs. Il m'a chargé de te dire que tout marchait au boulot, qu'il aimerait seulement que tu lui téléphones dès que possible. Je lui ai donné le numéro d'ici, mais il a peur d'appeler au cas où tu ne te sentirais pas assez bien pour lui parler. »

C'était sans espoir ! « Je me sens très bien, dit-elle avec un sourire forcé. Même très très bien. Je suis impatiente de rentrer chez moi. » *Pourquoi la compassion des autres était-elle aussi intolérable ?* « Écoute, allons mettre ces fleurs dans ma chambre, ensuite nous irons nous promener. » *Pauvre idiote ! Tu n'auras pas fait cinquante mètres que tu seras sur les rotules.*

« Tu crois ? demanda-t-il en se levant.

– Mais oui, répondit-elle avec entrain. Je te le répète, je vais très bien. » Elle passa devant lui pour qu'il ne voie pas son visage. « Crois-moi, je n'ai aucun désir de m'attarder ici. Ils m'ont déjà dit que j'étais guérie sur le plan mental, il ne me reste plus qu'à leur montrer que je le suis aussi sur le plan physique. » *À qui espères-tu faire avaler ça ?* « Tiens, c'est là », fit-elle, franchissant d'un pas flageolant le seuil de la porte-fenêtre avant d'aller s'écrouler dans un fauteuil.

Les fleurs glissèrent de ses doigts et tombèrent sur le sol. Elle sentit les bras de Josh se refermer sur elle, tandis que des images brumeuses défilaient à toute vitesse devant ses yeux.

43, Shoebury Terrace, Hammersmith, Londres, 16 heures

Fraser pressa la sonnette du numéro 43 et demanda à Mrs Helms si Meg l'avait informée qu'elle avait l'intention de libérer l'appartement à son retour de vacances.

« Pas exactement, répondit la matrone d'un air absorbé, mais, maintenant que vous m'y faites penser, il y a eu un tas d'allées et venues peu avant leur départ. Même que j'ai dit à Henry qu'il fallait s'attendre à du changement. Puis elle m'a demandé de m'occuper de Marmaduke et ça m'est complètement sorti de la tête, à part qu'elle insistait pour que cette pauvre bête n'aille pas dans les pièces. Laissez-le dans le couloir, qu'elle m'a fait en me fourrant une boîte de pâté dans les mains. Qu'est-ce qu'il va devenir à présent ? Henry n'en veut pas dans les parages, mais il n'est pas bien portant, vous savez.

– Nous allons tâcher de trouver une solution. En attendant vous pourriez peut-être continuer à le nourrir ?

– Je ne comptais pas le laisser crever de faim, répliqua-t-elle d'un ton bourru, mais il ne faudrait pas trop tarder. Ce minuscule couloir, c'est pas un endroit pour garder un animal ! »

Il eut un signe d'assentiment.

« Savez-vous par hasard ce que faisait Miss Harris ?

– Vous n'avez pas l'air très renseigné, sergent. Êtes-vous sûr qu'il s'agit de la même personne ? »

Il acquiesça.

« Eh bien ?

– Elle disait comme ça qu'elle était chasseur de têtes. Elle travaillait pour un gros cabinet de consultants de la Cité avant de se mettre à son compte il y a environ cinq ans. » Elle agita la main de droite et de gauche. « Mais, à mon avis, ça ne devait pas marcher fort. Les gens ont peur de lâcher leur emploi à cause de la crise et, pour chasser des têtes, encore faut-il savoir où les mettre ensuite.

– Connaissez-vous le nom de la société ?

– Non. Nous parlions de temps à autre de Marmaduke et du laitier, mais autrement... » – elle eut un haussement d'épaules – « ... nous n'étions que des voisins. Rien de plus. Tout de même, elle va me manquer. C'était une fille sans histoires. »

Fraser ne put s'empêcher de songer à cette phrase en franchissant les quelques mètres qui le séparaient de la voiture de police. « Une fille sans histoires », c'était bien l'épitaphe la plus affligeante qu'il ait jamais entendue !

Clinique des Rossignols, Salisbury, 16 heures

« Que se passe-t-il ? » interrogea Alan Protheroe. Il prit le poignet de Jinx et lui tâta le pouls. En même temps, il se demanda qui était ce type et pourquoi il avait sursauté aussi violemment à son approche.

« Pour l'amour du ciel, faites quelque chose ! » dit Josh d'un ton suppliant. Il se baissa lentement pour déposer le corps inerte sur le lit. « On dirait qu'elle va rendre l'âme.

– Aucun risque. Elle est solide comme un roc. » Protheroe lâcha le poignet de Jinx. « Elle dort. » Il se tourna vers l'inconnu aux narines pincées, aux yeux remplis de terreur. « Vous m'avez l'air d'aller encore plus mal qu'elle.

– J'ai bien cru qu'elle y passait. » Josh s'appuya des deux mains sur le bord du lit. « À présent, j'ai le coup de barre. Bon sang, je n'en peux plus ! Ça fait plusieurs nuits d'affilée que je ne dors pas. Depuis que Simon a téléphoné en disant que Jinx était morte.

– Pourquoi a-t-il fait ça ?

– Parce que Betty Kingsley, complètement schlass, a appelé la mère de Meg et lui a balancé que sa fille était une meurtrière. »

Son interlocuteur eut un geste en direction de la terrasse. « Allons nous asseoir dehors. Je suis le docteur Protheroe. » Il prit le bras du jeune homme et le soutint.

« Josh Hennessey. » Il se laissa entraîner à l'extérieur. « Il y a une minute elle affirmait qu'elle se portait comme un charme et brusquement, pfuit !, voilà qu'elle tourne de l'œil. » Il se laissa tomber sur un banc et enfouit son visage dans ses mains. « J'aurais mieux aimé qu'elle me dise la vérité au lieu de me bourrer le mou. C'était déjà comme ça au moment de la mort de Russell. Elle n'arrêtait pas de répéter qu'elle n'avait pas de problèmes, résultat, elle s'est retrouvée à l'hosto.

– Vous la connaissez depuis longtemps ? »

Il hocha la tête.

« Douze ans. Comme Meg. Je suis l'associé de Meg Harris. Nous dirigeons un bureau de conseil en recrutement. » Il serra rageusement les poings. « Ou du moins c'était le cas, jusqu'à ce qu'elle décampe en me laissant avec un banquier qui exige du pognon et des plans prévisionnels, et un tas de zèbres dont je n'ai jamais entendu parler. »

Protheroe pouvait sentir la colère le submerger par vagues successives.

« Je vois.

– Vous croyez ? Ça m'étonnerait beaucoup ! Vous savez, je suppose, que Meg a piqué le fiancé de Jinx. Vous vous rendez compte un peu de l'effet sur ses parents ? D'abord ils reçoivent un coup de fil complètement inattendu les informant que Leo a largué Jinx pour elle, puis on leur apprend que Jinx s'est suicidée. Nom de Dieu ! Et pour couronner le tout, je me retrouve au milieu de ce cirque avec une boîte dont je dois m'occuper tout seul pendant que madame fait du tourisme en France en compagnie d'un fumier de première. » Sa voix se brisa. « J'ignore ce qui va se passer. » Il se frotta les yeux. « Mais je suis complètement vanné. »

Protheroe le considéra quelques instants avec sympathie.

« Si cela peut vous soulager, je pense que vous n'avez pas à vous tracasser au sujet de Jinx. L'un dans l'autre, elle va plutôt bien.

– Simon m'avait prévenu qu'elle paraissait mal en point, mais je ne m'attendais pas à ça. » Il indiqua la chambre d'un signe de tête. « C'est pire que ce que j'avais imaginé.

– Probablement pas. Écoutez, elle a pris un bon coup sur le crâne et a oublié deux semaines de sa vie, voilà tout. Elle possède une santé de fer. Laissez-lui encore dix ou quinze jours et elle sera de nouveau en pleine forme. C'est juste une question de temps. »

Josh se mit à regarder ses mains.

« Vous ne l'avez jamais vue avec ses cheveux. Une vraie pin up ! Le type italien. » Il porta une main à son épaule. « Une crinière jusque-là, aussi noire que ses yeux. Quel dommage qu'elle ait choisi d'être derrière l'objectif, alors que sa place aurait été devant. » Il se tut.

« Vous semblez avoir beaucoup d'affection pour elle.

– Oui, malheureusement j'ai raté le coche. Quand j'étais libre, elle était mariée. Et quand elle a été libre, c'est moi qui étais marié. » Il contempla les arbres bordant l'allée. « Puis j'ai divorcé et Leo a fait son entrée en scène. Vous pensez qu'elle l'aime toujours ?

– Elle prétend que non. »

Josh se tourna pour examiner le visage buriné de son interlocuteur.

« Vous la croyez ?

– Naturellement.

– Pourquoi ? »

Protheroe eut un haussement d'épaules.

« Elle n'est pas assez montée contre Meg. » Mais toi, si, ajouta-t-il mentalement.

Presbytère de Littleton Mary, Wiltshire, 16 heures

Charles Harris posa son crayon et joignit les mains au-dessus du sermon qu'il était en train d'écrire.

« Cela ne peut plus durer, Caroline ! Tu te rends malade pour rien. Meg téléphonera quand elle en aura envie. Autant se faire une raison, ses envies sont à peu près la seule chose qui compte pour elle. Du reste, si j'en juge par ses appels et ses visites passés, il aurait pu nous arriver n'importe quoi qu'elle ne l'aurait même pas su. Elle est bien plus intéressée par les hommes qui l'entourent que par ce qui peut se passer dans sa famille. »

Caroline lui jeta un regard venimeux.

« C'est ce que tu détestes, hein ? Les hommes.

– Ne sois pas ridicule ! » fit-il d'un ton sec. Il y avait des moments où il devait se retenir de la gifler. « Tu tiens vraiment à ce que ça recommence ? demanda-t-il en saisissant son crayon et en se replongeant dans son sermon. J'ai du travail. » Il griffonna quelques mots en marge.

« Cela te choque qu'elle ait été la maîtresse de Russell, n'est-ce pas ? lança-t-elle méchamment.

– Oui.

– Ta petite Meggy dans les bras d'un homme assez vieux pour être son père. Elle l'aimait, si tu veux le savoir. »

Il garda les yeux rivés sur la page, mais se rendit compte qu'il lui était impossible d'écrire tellement sa main tremblait.

« Qu'est-ce qui te dérange, que ta fille prenne du plaisir avec des hommes d'âge mûr alors qu'elle ne supporte pas de rester dans la maison avec toi ?

– Non, répondit-il calmement, ce qui me dérange, c'est qu'elle ait agi de façon aussi perfide avec sa meilleure amie. Entre nous, Caroline, je crois que nous avons engendré un monstre. »

9

Samedi 25 juin, clinique des Rossignols, Salisbury, 18 heures

Jinx avait repris sa position stratégique sous le saule pleureur, ses lunettes de soleil bien en place et son anonymat retrouvé. Ceux qui l'apercevaient s'étonnaient de cette jeune femme maigre, presque décharnée, assise seule et se servant de l'entrelacs de branches tombantes pour se dissimuler. Ainsi, elle avait presque l'air d'un oiseau en cage, songea Alan Protheroe en l'observant de la fenêtre de son bureau, car, plus que toute autre chose, c'était sa solitude qui le frappait. Il se demanda s'il était possible ou même souhaitable d'entamer la formidable cuirasse derrière laquelle elle abritait ses émotions, le bonheur n'étant probablement pas l'état auquel elle aspirait. Elle ne pouvait pas supporter d'être aussi vulnérable.

« Disons que je me sens soulagée, avait-elle répondu lorsqu'il lui avait demandé si elle était heureuse de ne plus avoir ses pansements. Seuls les enfants savent être heureux.

– Et avez-vous eu une enfance heureuse ?

– Sûrement. L'odeur de pain frais me met toujours de bonne humeur. » Elle eut un léger sourire en le voyant froncer les sourcils. « Mon père n'a pas toujours été riche. Je me rappelle avoir habité quand j'étais petite dans un minuscule trois-pièces quelque part à Londres. Ma mère préparait les repas. Elle confectionnait elle-même son pain et, chaque fois que je flaire du pain chaud, j'ai envie de faire des cabrioles.

– De qui parlez-vous ? De votre mère ou de votre belle-mère ? »

Elle parut soudain mal à l'aise.

« De ma belle-mère, je suppose. J'étais beaucoup trop jeune à l'époque pour avoir le souvenir des faits et gestes de ma mère.

– Pas nécessairement. Nous commençons très tôt à emmagasiner des impressions et il est fort possible que vous ayez gardé de votre petite enfance des images de moments heureux, surtout s'ils ont été suivis par une période difficile.

– Pourquoi dites-vous cela ?

– Votre mère est morte. Cela a dû être, j'imagine, une période difficile pour vous et votre père. »

Elle eut un haussement d'épaules.

« Je n'en ai pas la moindre idée. Ce qui est assez triste en soi. La mort devrait représenter un fait marquant. C'est affreux à quel point nous pouvons oublier facilement pour nous consacrer à des choses nouvelles.

– Mais très important, répliqua-t-il, autrement nous serions comme Miss Havisham dans *Les Grandes Espérances*, assis à jamais devant une table vide. »

Elle se mit à sourire.

« Si je me souviens bien de mon Dickens, cette pauvre Miss Havisham est abandonnée par son fiancé le jour même de ses noces et passe le restant de ses jours vêtue de sa robe de mariée au milieu des restes du banquet. Vous auriez pu choisir une autre comparaison. En l'occurrence, ce n'est pas un sujet sur lequel je tiens à m'attarder.

– Alors parlons de ce qui vous est agréable. Qu'est-ce qui vous enthousiasme dans la vie ? »

Elle secoua la tête.

« Rien. Je préfère ne rien éprouver et avoir la paix. L'espoir s'accompagne toujours de déception et j'ai horreur d'être déçue.

– Les relations sentimentales ne sont pas nécessairement une source de déception. Bon nombre d'entre nous y voient même un facteur indispensable d'épanouissement. Vous ne croyez pas que ce soit un but qui en vaille la peine ?

– À quoi faites-vous allusion, docteur Protheroe, au

mariage et aux enfants ? demanda-t-elle, soupçonneuse. Josh Hennessey vous a-t-il dit qu'il était amoureux de moi ? »

Il pouffa de rire.

« Pas exactement, mais il semble très attaché à vous.

– Il est encore plus attaché à Meg, répliqua-t-elle d'un ton tranchant. Beaucoup trop, en fait. Elle le traite comme un frère parce que travail et plaisir ne vont pas ensemble, alors qu'il ne pense qu'à coucher avec elle. Il était aussi très attaché à sa femme quand il l'a épousée, ajouta-t-elle avec une pointe d'aigreur, ce qui ne l'a pas empêché de la balancer au bout de quatre ans sous prétexte qu'il la trouvait insignifiante. Est-ce le genre d'épanouissement auquel vous voudriez que j'aspire ?

– Je doute qu'il vous trouve insignifiante, mais là n'est pas la question. Je voulais parler de ce qui vous procurait des satisfactions. »

Elle éclata d'un rire rauque.

« Eh bien, je suis une bonne photographe et cela me satisfait pleinement. Quand bien même on ne se souviendrait que d'une seule de mes photographies, j'aurais eu ma part de postérité. Je n'en demande pas plus. C'est comme un accouchement, vous savez. Vous voyez votre création émerger peu à peu des ténèbres de la chambre noire avec la même félicité que s'il s'agissait d'un enfant sortant de vos entrailles.

– Vraiment ? »

Elle eut un nouveau haussement d'épaules.

« Oui. Encore que mon seul point de comparaison en la matière se réduise à un sinistre micmac dans des toilettes, mais j'imagine qu'arriver à terme et donner naissance à un être vivant a quelque chose de nettement plus exaltant. Alors, la joie d'avoir créé doit être assez semblable. » Son visage était vide d'expression. « Tout comme, je suppose, la tristesse que l'on ressent en découvrant que le fruit de son labeur n'est pas à la hauteur de ses espérances. Aucune production humaine, qu'il s'agisse d'enfants ou de photographies, n'est parfaite. » Elle hésita un instant. « Avec un peu de chance, elle peut seulement se révéler intéressante. »

Sur ce, elle était partie en s'excusant, laissant à Protheroe le soin de deviner si elle parlait de ses propres espérances par rapport à l'enfant qu'elle avait perdu ou à celles de son père par rapport à elle-même. Ni l'un ni l'autre, peut-être. Il se mit à songer aux deux frères célibataires qui continuaient à vivre dans le giron familial et qui, à en croire la mine fermée de Jinx chaque fois qu'elle entendait prononcer leurs noms, ne devaient guère apprécier cette sœur intellectuellement surdouée.

Il était sur le point de se détourner de la fenêtre et de s'arracher à la contemplation de la silhouette solitaire assise sur son banc, quand il vit un homme traverser la pelouse dans cette direction. *Bon sang, d'où est-ce que sort encore celui-là ?* Sans raison apparente, sinon qu'il se sentait responsable de la sécurité de la jeune femme, laquelle ignorait manifestement la présence de l'inconnu, il eut soudain le pressentiment d'un danger imminent, tourna vivement la clé dans la serrure et ouvrit la fenêtre en grand. Conscient qu'il n'arriverait pas à rattraper l'autre, il lança d'une voix forte : « Ah, vous êtes là, Jinx ! Je vous cherchais ! »

Surprise, elle tourna la tête, aperçut d'abord son plus jeune frère, puis, derrière lui, Protheroe.

« Sapristi, vous m'avez fait peur ! s'exclama-t-elle d'une voix aigre tandis qu'ils approchaient. Bonjour, Fergus ! » Elle le salua d'un signe de tête. « Vous vous connaissez ? Fergus Kingsley, mon frère... le docteur Alan Protheroe, mon psy existentialiste. Vous mentez très mal, ajouta-t-elle à l'adresse de celui-ci. Cela fait dix minutes que vous m'observez. Pourquoi cette soudaine panique ? »

Alan serra la main de Fergus.

« Parce que j'ai l'habitude de prendre mes responsabilités au sérieux et que rien n'indiquait qu'il s'agissait de votre frère. » Il croisa les bras : « Puis-je vous demander comment vous êtes entré ? interrogea-t-il sans la moindre hostilité. Il est de règle dans cette clinique que les visiteurs sollicitent une autorisation au bureau d'accueil avant de se rendre auprès d'un patient. Ce n'est qu'une question de politesse, mais qui a son importance, vous en conviendrez avec moi, j'en suis sûr. »

Fergus rougit, intimidé par le regard qui pesait sur lui.

« Pardon. » Il paraissait très jeune. « Je ne m'étais pas

rendu compte. » Il indiqua l'extrémité de la pelouse. « Je me suis garé à l'entrée et j'ai suivi l'allée. » Il se tourna vers Jinx, la mine renfrognée. « En réalité, j'avais l'intention de passer d'abord au bureau quand je t'ai aperçue sous cet arbre. »

Jinx ôta ses lunettes de soleil et regarda Protheroe en clignant les yeux dans la lumière du soir.

« Je ne me rappelle pas qu'on m'ait jamais demandé mon avis. À vrai dire, il semble que cette règle dépende surtout des caprices de l'administration. »

Il lui adressa un sourire affable.

« Mais c'est une règle tout de même. Je veillerai à ce qu'elle soit mieux appliquée à l'avenir. » Il eut un hochement de tête. « Si vous désirez du thé, votre frère peut en commander à la réception, on vous l'apportera. » Il agita la main et regagna son bureau d'un pas pressé.

Jinx le regarda s'éloigner.

« Je crois qu'il est encore plus siphonné que ses patients. » Fergus suivit son regard.

« En tout cas, il a l'air de t'avoir à la bonne », déclara-t-il sans ambages.

Elle éclata de rire.

« Ne sois pas ridicule. Il n'est pas aveugle et l'on m'accorde le droit de me regarder de temps à autre dans une glace. » Elle ne put retenir un sanglot et ses prunelles se rétrécirent. « En fait, je déteste cette façon qu'il a de me surveiller sans arrêt. J'ai l'impression d'être prisonnière.

– Tu l'aimes bien ?

– Oui.

– Il est marié ?

– Veuf. » Elle fronça les sourcils. « Pourquoi ? Ça t'intéresse tant que ça ? »

Il eut un haussement d'épaules.

« Tu sais ce qu'on raconte sur les psychiatres et leurs patients. Je me demandais seulement s'il serait le prochain sur la liste.

– Je t'en prie, Fergus ! répliqua-t-elle d'un ton irrité. Je n'ai aucunement l'intention de moisir ici ni d'avoir avec ce type autre chose qu'une relation tout ce qu'il y a de plus banale. »

Il s'adossa au tronc d'arbre.

« Alors tu comptes rentrer à la maison ?

– Je compte rentrer chez moi, corrigea-t-elle. À Richmond et au studio. Pour ma part, je suis incapable de rester sans rien faire.

– Je dois me sentir visé ?

– Non, répondit-elle avec douceur. Au risque de te surprendre, je suis trop accaparée par mes propres problèmes en ce moment pour me préoccuper des tiens. » Elle considéra le visage maussade de Fergus, si semblable à celui de Miles, mais sans le charme dont pouvait jouer à volonté son frère aîné. « Pourquoi es-tu venu ? »

Il piétina quelques touffes d'herbe.

« Je me demandais comment tu allais, voilà tout. Miles m'a dit que tu n'avais pas la frite quand il t'a vue, que tu étais même tombée dans les pommes pendant la conversation.

– C'était juste de la fatigue. » Elle remit ses lunettes de soleil, si bien qu'il ne put lire dans ses yeux. « Miles m'a raconté qu'Adam t'avait fait pleurer. C'est vrai ? »

Il rougit de nouveau.

« Miles n'est qu'une ordure ! Il m'avait juré de la boucler. Des fois, je me demande lequel je déteste le plus, papa ou lui. Ils sont aussi faux jetons l'un que l'autre. Si seulement ils pouvaient crever, ce serait un bon débarras ! »

C'étaient les mêmes lamentations puériles qu'elle l'entendait ressasser depuis des années. Seul le son de sa voix avait changé.

« J'imagine qu'il t'a de nouveau flanqué une raclée. Qu'est-ce que tu avais encore inventé pour le rendre furieux ?

– Ce n'est pas après moi qu'il en avait. C'est après toi et le fait que tu sois là. » Il se laissa glisser le long du tronc d'arbre et s'accroupit sur le sol. « Il a commencé à se monter la tête, puis il s'est mis à tous nous engueuler. Miles a filé dans un coin, pour ne pas changer, et maman s'est effondrée sur une chaise en pleurant comme un veau. Bref, tu connais la routine. Inutile que je te fasse un dessin.

– Cependant, tu avais bien dû faire quelque chose, insista-t-elle. Je comprends qu'il ait été en colère à cause de moi et de tout ça » – elle désigna le bâtiment –, « mais il ne t'aurait pas battu sans raison. Alors ?

– J'avais emprunté vingt livres, murmura-t-il entre ses dents. À l'entendre, on aurait cru que j'avais tué quelqu'un. »

Elle poussa un soupir.

« Et à qui, cette fois ?

– Qu'est-ce que ça peut faire ? répondit-il d'une voix coléreuse. Tiens, tu ne vaux pas mieux que papa ! Je m'apprêtais à les rendre. » Sa bouche se plissa en une moue déplaisante. « Personne ne veut admettre que je n'aurais pas besoin d'emprunter d'argent s'il me traitait comme un être humain et pas comme un esclave. Tu crois que c'est marrant de dire qu'on est le fils d'Adam Kingsley et qu'on n'a pas un rond en poche ! Je n'arrête pas de lui répéter que, s'il me donnait un salaire correct, je ne serais pas forcé de taper les gens. Je suis le fils du patron. Cela devrait avoir des avantages. Pourquoi est-ce que nous devrions, Miles et moi, commencer au bas de l'échelle ?

– Écoute, dit-elle avec une soudaine impatience, si tu avais seulement le courage, de temps en temps, d'appeler les choses par leur nom, tu aurais déjà fait un net progrès dans l'estime d'Adam. Ce sont vos mensonges, à Miles et à toi, qui le rendent furieux. Est-ce que tu ne peux pas comprendre ça ? Tu es un voleur » – elle le fixa d'un regard méprisant –, « et tout le monde le sait, alors épargne-moi tes histoires d'emprunts. Qui as-tu volé, cette fois-ci ?

– Jenkins, maugréa-t-il. Mais j'allais le rembourser.

– Eh bien, cela ne m'étonne pas qu'Adam ait attrapé un coup de sang, commenta-t-elle d'une voix pesante. Je n'aimerais pas avoir à m'excuser auprès de mon jardinier parce que mon fils de vingt-quatre ans lui a barboté de l'argent. Tu pensais, je parie, qu'il n'oserait pas se plaindre et que tu t'en sortirais ni vu ni connu. C'est encore pire que de l'avoir volé.

– Oh, laisse tomber, Jinxy ! Papa m'a assez bassiné avec ça et, de toute façon, vous vous fourrez le doigt dans l'œil. Je comptais réellement le rembourser. S'il m'avait laissé m'expliquer, je le lui aurais dit, mais non, il a fallu qu'il se précipite chez le vieux et qu'il fasse une montagne d'une taupinière ! »

Tout à coup, il y eut en elle comme une cassure. La cassure de ce qui lui apparaîtrait par la suite comme le lien physique l'unissant à une famille qu'elle aurait, autrement, évitée comme la peste. Subitement, elle se sentit libre d'admettre qu'elle ne les aimait pas. Pire encore, qu'elle n'avait pour eux que du mépris. En fin de compte, elle était entièrement d'accord avec ce que, même si ce n'était un mystère pour personne, Adam pensait tout bas mais n'avait jamais exprimé à haute voix, à savoir que Miles et Fergus étaient bien les fils de leur mère et que, tout comme Betty, ils considéraient Adam Kingsley uniquement comme une vache à lait.

Elle eut un sourire féroce.

« Je vais t'avouer plusieurs choses que je n'ai dites à personne. Premièrement, j'ai toujours méprisé ta mère. Et cela, depuis la minute où elle a mis les pieds chez nous. Ce n'est qu'une grosse pocharde sans un gramme de cervelle. Deuxièmement, elle a épousé mon père parce qu'elle avait envie de jouer les grandes dames et elle a eu le culot de lui raconter que, même si elle n'avait pas la pointure de ma mère, elle serait pour lui aussi reposante qu'une paire de pantoufles après une rude journée de travail. Il était seul, il s'est laissé tenter, mais tout ce qu'il a eu, c'est une vulgaire pouffiasse ne songeant qu'à lui soutirer de l'oseille. » Elle leva trois doigts. « Troisièmement, tout cela n'aurait pas été trop grave si elle ne lui avait pas collé Miles et toi sur les bras. Même le choix de vos prénoms a fait un tas d'histoires. Adam voulait quelque chose de simple, comme David ou Michael, mais, bien sûr, Elizabeth estimait que cela ne convenait pas aux fils d'une riche lady. » Elle prit l'accent de sa belle-mère. « Il faut quelque chose de chic, papa. David, Michael, c'est beaucoup trop commun. » Elle aspira fébrilement une bouffée d'air. « Quatrièmement, Adam a écopé des deux rejetons les plus fainéants, les plus stupides et les plus malhonnêtes qu'un père ait jamais eus. Chaque gène que vous avez dans le corps vous vient tout droit de votre mère. Vous êtes, l'un et l'autre, incapables de la moindre attitude positive vis-à-vis de votre famille. Tout ce qui vous intéresse, en réalité, c'est de nous mêler, Adam et moi, à vos misérables combines. Cinquièmement, comment peux-tu trouver normal de voler un jardinier qui s'échine du matin au soir pour payer sa modeste maison et sa voiture tout aussi modeste, pendant que toi, espèce de vermine » – elle expédia un jet de salive dans sa direction –, « tu te balades en Porsche histoire d'épater la galerie et de ramasser n'importe quelle petite putain assez stupide pour penser que le nom de Kingsley signifie quoi que ce soit. Hein, tu veux me le dire ? Est-ce que tu peux au moins me le dire ? »

Il la regarda, stupéfait de retrouver un instant son père dans le mouvement du menton et la fureur de la voix. Mais depuis le temps qu'il jouait sur la conscience de sa sœur, il était, comme Miles, passé maître en la matière.

« Nous avons toujours su que tu n'étais qu'une sale snob, Jinx ! lança-t-il d'un ton nonchalant. Bon sang, tu crois que c'était drôle pour maman d'aller habiter avec l'enfant modèle, au milieu des photos de sa sacro-sainte mère ? D'après ce qu'elle raconte, tu étais tellement pimbêche que ça la démangeait de te foutre des claques. Dommage qu'elle se soit retenue. Si papa t'avait traitée comme il nous a traités, ça aurait peut-être été mieux pour tout le monde.

– Au début, il ne s'est pas conduit différemment avec vous, rétorqua-t-elle d'une voix glaciale. Je me souviens encore du jour où il s'est mis à te corriger : c'était la première fois qu'on lui disait que vous aviez volé, Miles et toi. Tu avais neuf ans et ton frère onze, et vous aviez barboté de l'argent dans le tiroir-caisse de l'épicerie du village. Adam a donné une centaine de livres à Mrs Davis pour la calmer, puis il vous a fouettés avec sa ceinture afin de vous montrer ce qu'il vous arriverait si vous recommenciez. » Elle secoua la tête. « Mais cela n'a pas suffi. Vous avez continué et il a continué aussi, et c'est moi qui devais l'arrêter parce que Betty ne dessoûlait pas. Tu t'imagines que c'était agréable ? »

Il eut un haussement d'épaules.

« Que ce soit vrai ou pas, ça m'est égal, et d'ailleurs tu exagères. La plupart du temps, tu étais à ton école ou à ton Oxford de merde en train de jouer les petits génies pendant que nous passions pour les derniers des crétins. Tu pourrais te mettre à notre place de temps en temps. Tu sais très bien qu'il nous a toujours détestés. Si nous avons piqué ce fric à l'épicerie, c'est avec l'espoir qu'il finirait peut-être par nous remarquer au lieu de songer uniquement à sa Jane chérie.» Sa bouche prit une expression amère. «Tu n'as pas idée de ce que c'était ! Chaque fois que tu débarquais à la maison pour les vacances, il ne s'intéressait qu'à toi et à ce que tu faisais et, dès que tu étais partie, il allait s'enfermer dans son bureau avec ces fichues photos de ta mère.»

Elle prit ces paroles pour ce qu'elles étaient : un simple chantage sentimental, la manœuvre d'un esprit vicieux et égoïste, mais si forte est l'emprise des habitudes qu'elle céda comme de coutume à l'argument de poids que constituaient les obsessions de son père au sujet de sa mère et d'elle.

«Alors pourquoi vous entêter ? Pourquoi continuer à faire le contraire de ce qu'il voudrait ? Pourquoi rester là-bas et lui fournir ainsi des occasions de vous humilier ? Je ne vous comprends pas.

– Parce que c'est chez nous autant que chez lui et que je ne vois pas pourquoi il nous forcerait à déguerpir. Toi, tu n'as pas de problème. Tu as récupéré le fric de Russell. Encore une chance !»

Elle eut l'étrange impression d'une porte se refermant soudain sur une ombre. Pendant une fraction de seconde, un souvenir avait jailli en elle, pour se dissiper ensuite, aussi fugace qu'un souffle de brise par un jour d'été. *Avaient-ils déjà eu cette discussion ?* «Tu es vraiment tordu, Fergus. Comment peux-tu prétendre que l'assassinat de Russell a été une chance ?» *Pourquoi Russell revenait-il dans chaque conversation ? Elle l'avait banni depuis si longtemps de son univers et voilà qu'elle n'arrêtait pas de penser à lui.*

«Arrête ton char, Jinx ! Tu ne l'aimais pas tant que ça et tu as tout de même empoché le magot.» Il avait dit cela sans grande conviction. Comme elle, il n'avait plus l'énergie de poursuivre un combat sans issue. Le doute avait disparu avec la confiance, et peu importait à présent que les choses soient dites ou non puisque chacun savait dans quel camp se trouvait l'autre. Même si... «Tu as tort de t'en prendre à cette pauvre maman, jeta-t-il dans un reste d'humeur belliqueuse. Elle s'est agitée dans tous les sens pour te défendre alors que papa n'a pas décollé de son fauteuil depuis que tu es ici. Elle a passé un savon aux Wallader et aux Harris à cause de la façon dont Leo et Meg s'étaient comportés avec toi. Elle a traité Sir Anthony de «furoncle au cul de la société» et Carole Harris de «vieille rosse constipée».

Jinx baissa brusquement la tête pour qu'il ne puisse pas voir la lueur de gaieté dans ses yeux.

«D'accord, elle était biturée, ajouta Fergus d'un ton boudeur, mais elle le pensait vraiment. Même qu'on s'est bien marrés, Miles et moi!»

C'est aussi ce qu'avait dit Jinx... Elle avait traité Anthony de parasite, mais les jugements de Betty étaient tellement plus incisifs...

Commissariat de Romsey Road, Winchester, 19h30

«Il va bien falloir que vous me laissiez parler à Miss Kingsley, déclara Gareth Maddocks en se laissant tomber lourdement sur une chaise. Franchement, à part attendre à côté du téléphone de Meg Harris que le maudit engin se mette à sonner, je ne vois guère d'autre moyen de savoir où vivent ses parents.

– Vous avez encore essayé auprès de Sir Anthony?»

Maddocks acquiesça.

«Il n'a pas cessé de nous répéter qu'ils habitaient dans le Wiltshire. Quant à son boniment comme quoi il était tellement soulagé que Leo ait choisi une chic fille comme Meg, ça ne vaut pas un clou! À mon avis, la seule et unique qualité qu'il lui reconnaissait, c'est de ne pas s'appeler Jane Kingsley. Je parie que si Leo avait ramassé n'importe quelle vieille pute au pub d'à côté et leur avait annoncé qu'il allait l'épouser, les Wallader auraient sauté de joie.

– Je les comprends, répliqua sèchement le commissaire. Pour ma part, je ne voudrais pas d'un Adam Kingsley dans la famille.

– En tout cas, la fille a l'air plutôt convenable. Elle a laissé un message sur le répondeur. Jolie voix, de l'humour. Elle disait qu'elle n'avait pas de rancune et demandait que Meg la rappelle. »

Cheever haussa un sourcil.

« Vous l'avez avec vous ? »

L'inspecteur fouilla dans sa poche et en tira une cassette.

« Nous en avons fait des copies au commissariat de Hammersmith avant de la remettre en place. » Il la posa sur le bureau. « Son message est le dernier. Je l'ai écouté plusieurs fois et je serais assez d'accord avec Fraser : elle ne sait pas que Leo et Meg sont morts. »

Cheever tripota un instant la cassette, puis se tourna et l'introduisit dans un lecteur posé sur une étagère. Il écouta, immobile, tête penchée, le contenu des messages et ne s'anima que lorsque celui de Jinx fut fini. Il pressa la commande de marche arrière, écouta une nouvelle fois les propos de la jeune femme, puis appuya sur le stop en se frottant la joue d'un air pensif.

« Elle prétend ne se souvenir de rien depuis le 4 juin, fit-il remarquer.

– Ça colle avec le rapport de Fordingbridge, répondit Maddocks. Il semble qu'elle souffre d'amnésie depuis l'accident.

– Certes, mais cela ne signifie pas pour autant qu'elle ne soit pas au courant des meurtres. Vous voyez ce que je veux dire ? Elle a pu en effacer le souvenir de sa mémoire. » Il tapa du doigt sur le bureau. « Il serait tout à fait absurde, à mon sens, d'affirmer quoi que ce soit à partir de ce seul enregistrement.

– Je suis bien d'accord, n'empêche que nous avons là un excellent prétexte pour l'interroger sans froisser personne, et surtout pas son père. » Il se pencha en avant. « Écoutez, nous essayons simplement de récolter des renseignements sur Meg Harris. Ses cartes de crédit ont été retrouvées à la suite de l'arrestation d'un voleur et les tentatives réitérées faites pour la contacter à son domicile de Londres n'ont rien donné. Inquiète sur son sort, la police de Hammersmith a pénétré chez elle dans l'espoir d'obtenir des indications sur sa famille ou ses amis, mais l'appartement a été vidé. La seule piste qu'elle ait pu dénicher est Miss Kingsley, parce que, de toutes les personnes qui ont téléphoné, c'est la seule à avoir laissé son numéro. En conséquence, la police de Hammersmith nous a chargés d'aller questionner Miss Kingsley afin de savoir ce qu'est devenue Meg Harris. » Il étendit les mains. « M'autorisez-vous, sur cette base, à tenter le coup ? C'est une démarche tout ce qu'il y a de banal. »

Le commissaire joignit ses doigts sur le bureau et fixa son interlocuteur dans le blanc des yeux.

« Mettez-vous bien ça dans le crâne : si vous en profitez pour foutre la pagaïe, j'aurai votre peau. »

Maddocks eut un sourire.

« Faites-moi confiance. »

Le regard du commissaire se durcit.

« Épargnez-moi ces salades ! Je vous conseille de demander l'autorisation du médecin avant de lui parler. En fait, je vous conseille même d'aller plus loin et de vous arranger pour qu'il soit présent pendant l'entretien. Je ne tiens pas à ce qu'on puisse nous accuser d'avoir brutalisé une malade.

– Vraiment, vous me vexez, fit Maddocks d'un ton de martyr. Je ne saurais même pas comment m'y prendre. J'adore les femmes. »

Cheever fronça les sourcils en une expression féroce. Tout le monde savait que Maddocks avait été accusé de harcèlement sexuel par trois femmes policiers différentes, même si, comme on pouvait s'y attendre, les plaintes n'avaient pas abouti. « Je vous aurai prévenu », se contenta-t-il de répondre.

Commissariat de Cunning Road, Salisbury, 20 heures

Son service terminé, l'agent Blake entra en agitant frénétiquement une photocopie qu'elle fourra sous le nez du sergent.

« Lisez ça, chef ! C'est la réplique exacte de l'histoire de Peggy Hale. Même tactique, même refus de parler, mêmes sévices. »

Il prit la feuille à deux mains et la posa sur son bureau.

« Si vous ne le savez pas, Blake, j'ai une vue de dix sur dix.

Je peux très bien déchiffrer votre papier sans l'avoir à deux centimètres de la rétine. » Puis il lut avec attention le document.

> *Rapport*
>
> *Fonctionnaires présents : agents Hughes et Anderson.*
>
> *23 mars 1994. Incident signalé à 23 h 10 au 54, Paradise Avenue.*
>
> *Tapage causé par une femme tambourinant contre la porte de son voisin.*
>
> *Renseignement pris, la femme avait un besoin urgent de soins médicaux. Importantes contusions au visage, lacérations du rectum.*
>
> *Nom : Samantha Garrison. Connue pour se livrer à la prostitution.*
>
> *Prétend avoir été frappée par son mari, mais ment probablement.*
>
> *A refusé d'en dire plus.*

« En avez-vous parlé avec Hughes et Anderson ? demanda-t-il.

– Pas encore.

– Alors faites-le dès demain. » Il plaqua une large paume sur la feuille de papier. « Puis vous aurez un petit entretien avec cette Samantha Garrison, à supposer que vous puissiez lui mettre la main dessus, et vous m'informerez du résultat. Bravo ! Il est possible que vous teniez quelque chose. Bon courage et tâchez d'épingler ce salaud. »

Les joues de Blake prirent une teinte vermeille. À vingt et un ans, elle n'était pas encore blasée et l'approbation des autres lui importait.

Clinique des Rossignols, Salisbury, 23 h 30

Le temps n'a aucune importance. Une heure de lecture passe comme une minute. Une minute d'angoisse dure autant qu'une heure. Seule la peur est éternelle, car la peur se nourrit d'elle-même. *La peur de qui ?* La leur, la sienne, la mienne, la nôtre ? *Celle de tout le monde.*

Même l'obscurité était effrayante.

Confusion... confusion... confusion...

Oublier... oublier... oublier...

Une brève clarté.

Pourquoi suis-je ici ? Qu'est-ce que je fabrique ?

MEG ÉTAIT UNE TRAÎNÉE ! tonitrua la voix puissante de la raison.

Mon père a fait de moi un démon...

10

Dimanche 26 juin, Wiltshire, 14 h 10

Pour toute une série de raisons, l'inspecteur Sean Fraser était on ne peut moins ravi d'aller avec Maddocks interroger Jane Kingsley et, assis côté passager, il remâchait en silence sa mauvaise humeur, tandis que la voiture roulait vers Salisbury. Il avait eu l'imprudence de promettre à sa femme et à ses deux filles de les emmener à la plage de Studland ce dimanche-là et les larmes et les récriminations qu'avait entraînées sa trahison lui pesaient lourdement sur la conscience. Pour ne rien arranger, Maddocks était d'une gaieté insupportable à l'idée d'une arrestation éventuelle et n'arrêtait pas de siffloter d'un ton de fausset.

« Assez ! finit-il par s'exclamer. C'est pire que de se faire arracher une dent.

– Vous n'êtes qu'un misérable rabat-joie, Fraser. Bon, qu'est-ce qui vous chiffonne ?

– C'est dimanche, chef, et nous sommes en train de perdre notre temps. Vous rendez-vous compte que toute la famille sera sans doute là, ce qui signifie que nous ne pourrons pas lui adresser la parole sans avoir Kingsley sur le dos ?

– Mais non. » Maddocks émit un grognement satisfait. « J'ai envoyé Mandy Barry, ce matin, faire un brin de causette avec les infirmières afin de savoir qui allait la voir et quand. Kingsley n'a jamais mis les pieds à la clinique depuis l'admission de sa fille, la belle-mère s'est pointée une fois, mais ne semblait pas près de recommencer, et les deux frères y sont allés chacun de leur côté et sont repartis plutôt mécontents. L'opinion générale est qu'ils s'entendent comme chien et chat, aussi le risque qu'ils sacrifient un dimanche pour avoir de ses nouvelles est quasiment nul.

– Vous êtes dingue ! » lâcha Fraser d'un ton exaspéré en se voyant déjà accusé d'être le complice des méthodes peu orthodoxes de son collègue. « Le chef tient à ce qu'on ne s'écarte pas du règlement. Il va piquer une crise s'il s'aperçoit que vous avez envoyé Mandy fureter en catimini.

– Bah, comment le saurait-il ? répondit avec insouciance Maddocks. Ce serait encore plus dingue de débarquer dans ce truc sans avoir balisé le terrain. » Il déboucha sur une nationale et accéléra en abordant une montée. « Écoutez, mon vieux, il faut bien se raccrocher à quelque chose. Vous n'arriverez à rien dans ce fichu métier si vous ne prenez pas de temps à autre des initiatives. » Il se remit à siffloter.

Fraser détourna la tête et reporta son attention sur le paysage. Le pire, c'est que cet enfoiré avait généralement raison. Dans le jargon de Maddocks, prendre des initiatives signifiait recourir à un certain nombre de procédés tordus, inadmissibles aux yeux de la hiérarchie comme du Code civil, mais il arrivait toujours à s'en tirer parce qu'il avait, selon son expression, « du pif pour flairer un coupable ». En son for intérieur, Fraser expliquait ce don par le fait que Maddocks n'était pas moins pourri que les individus qu'il arrêtait. (On racontait notamment qu'il avait touché des pots-de-vin.) Néanmoins, une telle attitude n'allait pas sans soulever la question de l'efficacité de la police et Fraser, en être de bon sens, n'était pas insensible à cet aspect des choses. Il ne pouvait s'empêcher de trouver absurde qu'on oblige ses hommes à agir en suivant la loi au pied de la lettre quand le comportement des malfaiteurs consistait précisément à la transgresser.

Clinique des Rossignols, Salisbury, 14 h 30

Alan Protheroe écouta les explications des deux inspecteurs, un pli barrant son visage affable.

« Sans doute n'est-ce pas la seule raison qui vous a fait vous déplacer, suggéra-t-il. Si la police de Hammersmith voulait seulement l'adresse des parents de Meg Harris, pourquoi n'a-t-elle pas téléphoné à Miss Kingsley pour la lui demander ?

– Parce que, dans le message qu'elle a laissé sur le répondeur de Meg Harris, elle parlait de cette clinique comme d'une maison de fous, répondit Maddocks d'un ton décontracté. Or, comme vous le savez sûrement, la police est soumise à certaines obligations en matière d'interrogatoire des malades mentaux. Avant de la contacter directement, le commissariat de Hammersmith nous a donc chargés de savoir ce qu'elle faisait ici et nous avons rapidement appris par nos collègues de Fordingbridge qu'elle avait été admise à la suite d'une tentative de suicide, son fiancé l'ayant abandonnée pour Meg Harris. Nous n'avons aucun désir de l'importuner. C'est même pour cela qu'on a choisi d'envoyer des policiers en civil s'entretenir avec elle. »

Protheroe se retint de protester contre l'emploi des expressions « maison de fous » et « malades mentaux ». De même qu'il ne laissa rien voir de sa répulsion vis-à-vis de son interlocuteur dont la présence étouffante dégageait comme une odeur viciée.

« Dans ce cas, pourquoi ne pas vous être adressés à moi ? demanda-t-il d'un ton soupçonneux. Je me serais fait un plaisir de vous répondre. »

Maddocks leva les mains en signe de capitulation.

« Très bien, je serai franc avec vous. Le problème n'est pas Miss Kingsley, mais le père de Miss Kingsley. Les ordres qui nous sont parvenus d'en haut sont très clairs : éviter à tout prix qu'Adam Kingsley puisse accuser la police du Hampshire de s'être comportée de façon inhumaine avec sa fille. Il nous est difficile de prévoir quelle sera la réaction de celle-ci lorsque nous lui parlerons de la femme qui a séduit son fiancé. Compte tenu de ce que nous savons déjà, il y a de fortes chances pour qu'elle grimpe aux rideaux rien qu'en entendant le nom de Meg Harris et nous avons déjà bien assez de mal à payer les salaires de nos fonctionnaires sans devoir financer en plus des batailles juridiques avec un millionnaire irascible inquiet pour la santé de sa progéniture. » Il tourna ses mains vers le sol. « À juste titre, semble-t-il. Elle prétend être tombée dans une maison de fous et avoir la trouille de devenir folle. Ce n'est pas moi qui le dis, c'est elle. »

Fraser ne put qu'admirer la manœuvre de Maddocks. Faute de pouvoir dissiper la méfiance de Protheroe quant au motif de leur venue, il l'avait mis dans l'obligation de défendre sa clinique et sa patiente.

« Je préférerais, inspecteur, que vous cessiez de qualifier cette clinique de "maison de fous", répliqua sèchement son interlocuteur. Miss Kingsley possède le goût de la dérision ainsi qu'un solide sens de l'humour. Elle plaisantait sans doute. Son équilibre mental ne me tracasse nullement. Ni elle non plus, j'en suis sûr. Son accident lui a occasionné une légère amnésie, mais, à part cela, elle a toutes ses facultés.

– Eh bien, c'est un soulagement, fit remarquer Maddocks. Alors nous pouvons lui parler ?

– Pourvu qu'elle soit d'accord, je n'y vois aucun inconvénient. »

Il se leva et leur montra le chemin, non sans noter au passage que le sergent Fraser semblait avoir aussi peu de sympathie que lui-même pour l'inspecteur Maddocks. Le langage du corps ne trompe pas et tout dans l'attitude du jeune homme trahissait son désir de se démarquer de son supérieur. Protheroe les précéda le long du couloir.

« Je pense qu'il vaudrait mieux que je reste pendant l'entretien, dit-il en frappant à la porte du 12.

– Ma foi, je n'y vois aucun inconvénient, pourvu que Miss Kingsley soit d'accord », répondit Maddocks avec une lourde ironie.

Jinx écouta à son tour l'inspecteur exposer la raison de

cette démarche. Elle était assise dans le fauteuil près de la porte-fenêtre et, après avoir salué les deux hommes à leur entrée dans la chambre, elle attendit en silence que Maddocks ait fini. Encore ne répondit-elle pas tout de suite, se contentant de l'observer quelques instants, pâle et le regard étrangement vide.

« Les parents de Meg vivent à Littleton Mary, un village près de Warminster, dit-elle enfin. Son père est pasteur. Je ne peux malheureusement pas vous donner le numéro de téléphone car je n'ai pas mon carnet, mais je suppose qu'il figure dans l'annuaire. Le prénom de son père est Charles. Il vit avec sa femme au presbytère. »

Elle voulut prendre le paquet de cigarettes posé sur la table, mais changea d'avis et le laissa où il était. Il lui paraissait inutile d'attirer l'attention sur le tremblement de ses mains, sans compter qu'elle n'était pas sûre de pouvoir tenir le briquet assez droit pour allumer sa cigarette.

« De toute façon, Meg ne se trouve pas là-bas, continua-t-elle de sa voix grave. Elle est en vacances en France pour le moment.

– Alors cela expliquerait que nous ayons des difficultés à la joindre », répondit Maddocks comme s'il ignorait tout de la chose. Il se tourna vers Protheroe. « En vérité, docteur, je ne crois pas qu'il soit nécessaire de vous retenir davantage, à moins, bien sûr, que Miss Kingsley craigne de rester seule avec nous. » Il lui adressa un grand sourire. « Qu'en pensez-vous ? »

Elle haussa les épaules d'un air indifférent.

« Pas le moins du monde.

– Alors merci beaucoup, docteur. Nous n'en avons pas pour longtemps. » L'inspecteur se tint près de la porte ouverte.

Protheroe lui jeta un regard mauvais, conscient d'être fichu dehors.

« J'aimerais mieux être là, Jinx. Je suis sûr que votre père l'aurait souhaité. »

Elle éclata d'un rire rauque.

« Vous avez sans doute raison, docteur Protheroe, mais, comme vous avez essayé de m'en convaincre, c'est moi qui décide et pas lui. Merci tout de même. S'agissant de répondre à quelques questions, je devrais pouvoir m'en tirer sans problème.

– Très bien. Si vous avez besoin de moi, vous savez où me trouver. »

Maddocks referma prestement la porte derrière lui, le laissant avec le regret de ne pas savoir ce qui allait se passer. À l'évidence, Jinx ne tenait pas plus que les deux policiers à ce qu'il entende la conversation.

À l'intérieur de la chambre, Maddocks gratifia Jinx d'un sourire encourageant.

« Dans quelle partie de la France ? Avez-vous une idée, Miss Kingsley ? »

Elle secoua la tête.

« Non. Mais c'est assez facile à deviner. Je connais l'homme qui l'accompagne. Il s'appelle Leo Wallader et possède une villa sur la côte sud de la Bretagne. L'adresse est Les Hirondelles, rue Saint-Jacques, La Trinité-sur-Mer. Il y a le téléphone, mais, là encore » – elle eut un nouveau haussement d'épaules – « le numéro se trouve dans mon carnet. »

Maddocks acquiesça.

« Puisque vous savez qu'elle est en France, pourquoi l'avoir appelée à Londres ? » demanda-t-il avec une moue perplexe.

Jinx le dévisagea un instant, puis saisit son paquet et en tira une cigarette. La nicotine était encore plus importante que l'amour-propre. Elle fit mine de prendre son briquet, mais Fraser avait déjà sorti le sien et maintint la flamme d'une main ferme sous le bout de la cigarette. Elle le remercia d'un sourire.

« Elle peut fort bien appeler son répondeur pour écouter les messages. C'est du moins ce que j'ai pensé.

– Qui vous a dit qu'elle était en France ?

– Josh Hennessey, son associé. » Elle le scruta à travers la fumée. « Il m'a téléphoné mercredi. »

Maddocks jeta un coup d'œil à Fraser pour s'assurer qu'il prenait des notes.

« Meg vous a-t-elle rappelée, Miss Kingsley ?

– Non, pas encore.

– Ce Hennessey est-il en contact avec elle ?

– Pas que je sache. Elle ne lui a laissé aucun numéro où la joindre. »

Il feignit de consulter son carnet.

« En fait, nous possédons quelques informations sur ce Leo Wallader. En rapport avec votre accident. Si je ne m'abuse, il était votre fiancé jusqu'à il y a deux semaines... »

Elle souffla une bouffée de fumée, qu'elle regarda monter vers le plafond.

« C'est exact, répondit-elle d'un ton égal.

– Mais il vous a quittée parce qu'il préférait votre amie Meg Harris. »

Elle esquissa un sourire.

« C'est encore exact, inspecteur. »

– Peut-être Miss Harris se sent-elle trop mal à l'aise pour vous téléphoner, suggéra-t-il, même si vous affirmez dans votre message que vous ne lui en voulez pas. »

Elle tapa sa cigarette contre le rebord du cendrier.

« Je vous avoue, répondit-elle d'une voix lente, que je ne me souviens plus très bien de ce que je disais. » Elle le fixa d'un regard interrogateur.

« Vous déclariez que votre coup de fil n'avait rien de politiquement correct, que vous auriez dû déchirer ses éditions originales en mille morceaux, que vous aviez perdu la mémoire après votre accident de voiture et que vous souhaitiez qu'elle fasse l'effort de vous rappeler. Est-ce que cela vous évoque quelque chose ?

– Oui, mais seulement quelque chose d'inquiétant. Vous avez été très précis dans votre petit laïus de tout à l'heure. Vous avez dit que la police de Hammersmith avait écouté les messages, relevé ce numéro de téléphone et vous avait chargé d'obtenir de moi l'adresse de ses parents. À aucun moment, vous n'avez mentionné que vous aviez vous-même écouté la bande. » Elle pressa une main contre sa tempe pour enrayer un début de mal de tête. « Ce qui signifie ou bien que vous étiez là pendant l'audition de la bande, ou bien que l'on vous en a fait une copie.

– Une transcription, envoyée par fax, répondit Maddocks. Qu'est-ce qui vous inquiète ?

– Puis-je la voir ? »

Il jeta un nouveau coup d'œil à Fraser.

« Vous l'avez apportée, sergent ? La dernière fois que je l'ai vue, elle était sur votre bureau. »

Le jeune homme secoua la tête.

« Désolé. Je ne pensais pas que nous en aurions besoin. »

Il se tourna pour appuyer son calepin contre le mur, dans l'espoir de dissimuler sa colère et sa gêne.

Jinx l'observa un moment. Il jouait bien mal la comédie, pensa-t-elle. Il est vrai que son teint ne l'aidait pas. Il était blond, comme Fergus, et rougissait trop facilement. Elle éprouva pour lui une soudaine sympathie. Il avait une brute pour patron et elle était bien placée pour savoir que résister à une brute exigeait un courage particulier.

« Puis-je vous demander, prononça-t-elle avec calme, pourquoi vous n'avez pas appelé le bureau de Meg afin de poser ces questions à Josh ?

– Parce que nos collègues n'ont pas trouvé le numéro, répondit Maddocks. Comme je vous l'ai expliqué, il semble qu'elle était sur le point de déménager. D'après ce qu'ils nous ont dit, il ne restait plus dans l'appartement que ses livres, quelques vêtements et le chat. »

Elle se tourna vers Fraser.

« Qui s'occupe de Marmaduke ?

– La voisine, Mrs Helms », répliqua obligeamment Fraser.

Il y eut un long silence.

« Qu'est-il arrivé exactement à Meg ? reprit Jinx d'un ton laconique. J'ai du mal à croire que les services de la police judiciaire de Winchester auraient pris la peine d'aller à Londres fouiller son appartement si on lui avait juste volé ses cartes de crédit. »

Maddocks réussit à se maîtriser suffisamment pour ne pas traiter Fraser de sombre abruti et s'assit au bord du lit de Jinx, le buste légèrement penché, les mains serrées entre les genoux.

« Ce ne sont pas seulement les siennes qui ont été volées, déclara-t-il d'un ton grave, mais aussi celles de Mr Wallader. Elles portaient l'adresse 12, Glenavon Gardens, Richmond, laquelle figurait déjà dans les dossiers de la police du

Hampshire à cause de votre accident. Nos collègues de Richmond nous ont fourni l'adresse et le numéro de téléphone des parents de Wallader, qu'ils s'étaient procurés en allant chez vous. Cependant, lorsque nous avons contacté Sir Anthony pour savoir où étaient passés Leo et Meg, il a été incapable de nous renseigner. Cela nous a paru d'autant plus bizarre que ni l'un ni l'autre n'avaient informé du vol de leurs cartes les sociétés de crédit. S'ils sont dans une villa en Bretagne, cela explique peut-être les choses, mais je ne comprends toujours pas pourquoi Sir Anthony n'a pas pu nous donner leur adresse. »

Elle se renfonça dans son fauteuil et s'efforça de lutter contre la panique qui faisait battre son cœur à toute allure. *Quelque chose d'autre s'était passé... quelque chose de si terrible qu'elle avait peur de s'en souvenir...* « Il ne la connaît pas », s'entendit-elle répondre à travers le bourdonnement qui lui emplissait les oreilles et le grondement étouffé de son sang dans ses veines. « Il ne sait presque rien sur son fils. De même que Philippa. »

Le visage lourd de Maddocks s'avança, ses petits yeux perçants braqués sur elle.

« Est-ce que vous vous sentez bien, Miss Kingsley ?

– Oui, merci. » *Quelque chose d'autre s'était passé... oublier. oublier... OUBLIER !* « En ce qui les concerne, continua-t-elle d'une voix plus ferme, il n'a pour capital qu'un portefeuille d'actions, alors qu'il possède aussi la villa en Bretagne, une maison à Londres, qu'il loue à des prix faramineux, ainsi qu'un appartement en Floride. Il est possible qu'il ait bien davantage. Ce sont en tout cas les trois endroits dont il m'a parlé.

– Connaissez-vous l'adresse de la maison de Londres ? »

Ils avaient eu une dispute... Anthony et Philippa étaient là... Je désire épouser Meg... Meg n'est qu'une traînée... Elle battit des paupières et regarda de nouveau Maddocks. « Non, je sais seulement qu'elle se trouve à Chelsea. » Elle se lécha nerveusement les lèvres. « Son notaire pourrait sans doute vous renseigner. Il s'appelle Maurice Bloom et a un cabinet du côté de Fleet Street. Il vous sera facile d'obtenir ses coordonnées par la chambre des notaires. »

Maddocks vérifia que Fraser avait bien pris le nom.

« A-t-il de bonnes raisons de ne pas vouloir que ses parents sachent ce qu'il possède ? » interrogea-t-il.

Elle réfléchit un instant.

« Tout dépend de ce que vous appelez de bonnes raisons. Pour ma part, je les trouve assez puantes, mais il a effectivement des raisons. » Elle s'interrompit. « Si j'en disais davantage, j'aurais l'air de me venger.

– Il est indispensable que nous le sachions », insista l'inspecteur.

Vraiment ? Elle n'arrivait pas à se concentrer. *J'ai quitté Leo après le petit déjeuner... nous devons nous marier le 2 juillet...* « Ce sont des gens à part, peut-être un peu moins Philippa, mais Anthony et Leo à coup sûr. » Sa voix sembla de nouveau singulièrement lointaine. « Ils ne paient jamais rien du moment qu'ils ont quelqu'un pour le faire à leur place, n'hésitent pas à se servir des autres pour satisfaire leurs ambitions et se plaignent sans cesse d'être pauvres tout en ironisant sur la richesse de ceux qui les entourent. Cela devient très vite fatigant pour la personne qui règle la note, surtout quand elle n'ignore pas que le parasite en question la prend pour une poire. » *Est-ce qu'elle devenait folle ? Ces gens étaient les derniers auxquels elle aurait dû faire cette confession. Parle au médecin... Il souhaite que ton séjour se passe le mieux possible... C'est à toi de choisir...*

Maddocks la vit écarquiller les yeux, des yeux que sa figure amincie par l'absence de cheveux faisait paraître immenses. Il ressentit leur attrait magnétique alors qu'il songeait : Je t'aurai, salope ! Tu le détestais, hein, ce fumier ? « C'est ainsi que Leo a agi avec vous ? demanda-t-il d'une voix douce.

– Pas tout de suite. Il n'est pas assez bête pour ça. En fait, il était même extrêmement généreux au début. C'est seulement lorsqu'il a emménagé à Glenavon Gardens que j'ai compris ce qui m'attendait. »

Elle respira à longs traits.

« Rien ne presse, Miss Kingsley. Vous avez tout votre temps. »

Des souvenirs de la mort de Russell lui revinrent tout à coup. *Vous avez tout votre temps... Rien ne presse... Nous savons que votre père le haïssait suffisamment pour le tuer... Votre père est un psychopathe...* « Il adhère au principe du tout ce qui est à toi est à moi, dit-elle précipitamment comme pour couvrir les voix qui résonnaient en elle, mais non à sa réciproque. Il était aussi dissimulé avec moi qu'avec ses parents. Il a fallu que Maurice Bloom téléphone un jour à la maison pour que j'apprenne qu'il possède un certain nombre de propriétés, et il ressortait clairement de la fin de la conversation qu'il en avait une en Floride. J'étais tellement en colère que je l'ai forcé à m'en parler, parce qu'il m'avait fait croire qu'il avait des difficultés financières. » *Il avait été jusqu'à lui prendre de l'argent dans son sac, comme Fergus ! Oui, elle s'en souvenait à présent. C'était cette mesquinerie qui avait fini par la dégoûter, ces petites combines pour couper aux impôts, ces cachotteries au sujet de ses relevés de banque et de cartes de crédit, ce moi-moi-moi qui gouvernait toute son existence.*

« Quel genre de profession exerçait-il ? »

Elle nota l'emploi du passé, mais ne broncha pas.

« Il se dit agent de change, mais comme je ne l'ai jamais entendu mentionner le nom d'un client, j'en ai conclu qu'il spéculait pour son propre compte.

– Est-ce qu'il partait travailler tous les matins ? »

Il se rendait sûrement chaque jour quelque part. « Il passe son temps à la Cité. » *J'ai l'intention d'épouser Meg...* « Il appelle ça prendre la température.

– Comment expliquait-il ses difficultés financières ?

– Il prétendait avoir tout perdu à la suite de mauvais placements, mais je pense qu'il mentait. Il ne cessait de se plaindre que j'avais plus d'argent que lui. Il faisait la même chose avec son père.

– Pourtant, vous dites que son père est exactement comme lui. »

Elle avait explosé parce qu'elle était bien décidée à en finir. Elle leur avait balancé leurs quatre vérités, qu'ils étaient d'abominables sangsues et que toute leur honorabilité, ils la devaient uniquement au fait que leurs ancêtres avaient eu assez de tripes et de cervelle pour décrocher un titre. « Anthony est un véritable rapiat. Il règle toutes ses factures en retard dans l'espoir que ses créanciers auront fait faillite avant qu'il soit obligé de sortir son carnet de chèques.

– Insinuez-vous, Miss Kingsley, que Leo tape son père ? »

Elle acquiesça, mais ne répondit pas. *Ils étaient absolument furieux. C'est alors que, d'un air triomphant, Leo lui avait annoncé qu'il avait une liaison avec Meg et qu'il avait l'intention de l'épouser. Et cela avait été un choc terrible. Elle revoyait toute la scène. Anthony lui lançant, plein de haine : « Vous n'êtes qu'une fille de marchand de quatre-saisons... Nous n'avons jamais voulu de vous dans cette famille... » Philippa, bouleversée, les implorant : « Assez, je vous en prie... assez... Ces mots-là font trop de mal... » Et Leo répétant d'un ton hargneux : « Je vais épouser Meg... Je vais épouser Meg... »*

« Sans doute est-ce pour cela qu'il ne lui a jamais parlé de ses propriétés ? suggéra Maddocks. Il ne tient pas à ce que son père connaisse sa situation réelle. »

Elle acquiesça de nouveau.

« Il était... est, se reprit-elle en hâte, obsédé par l'argent. Son père et lui. » Elle tâcha de s'arracher à sa vision. « Si on lui avait volé ses cartes de crédit, il aurait aussitôt fait opposition, je vous le garantis. Et jamais il ne serait parti en France sans les avoir.

– Et alors, qu'en pensez-vous ? »

Je pense que Leo est mort. Une image surgie du néant s'imposa soudain à son esprit harassé. Claire, d'une netteté parfaite, mais d'une durée si brève qu'elle n'eut pas le temps d'en déchiffrer le contenu. *Meg est une putain... Trop de secrets... La même chose... Encore une fois...* « Mon Dieu, murmura-t-elle en pressant une main meurtrie contre sa poitrine, il m'a semblé... un instant, j'ai cru... » Elle jeta sur Maddocks un regard inexpressif. « Vous m'avez posé une question ? »

La stupeur qui était apparue pendant une fraction de seconde sur son visage n'avait pas échappé au policier.

« Je me demandais quelle conclusion vous tiriez du fait que Leo n'avait pas mis opposition à ses cartes de crédit. »

Elle prit son front dans ses doigts tremblants.

« Je ne sais pas ce que j'ai, murmura-elle tout à coup. Je crois que je vais me trouver mal. »

Fraser se pencha vers elle.

« Je vais prévenir le docteur, déclara-t-il.

– Le nom de la société de Miss Harris, c'est la dernière chose dont nous ayons besoin, reprit Maddocks en sautant sur ses pieds. Nous pouvons nous débrouiller à partir de là. Vous dites que son associé s'appelle Josh Hennessey. Quelle est le nom de la société ?

– Fichez-lui la paix, chef, pour l'amour du ciel ! s'exclama Fraser d'un ton indigné tout en appuyant sur la sonnette à côté du lit. Vous ne voyez pas qu'elle n'est pas dans son assiette ?

– Harris & Hennessey, souffla-t-elle. Le numéro figure dans l'annuaire, juste au-dessous du numéro personnel de Meg. M. S. Harris, puis Harris & Hennessey. Pourquoi n'avez-vous pas appelé là-bas avant de venir ? »

« Bon sang, lança Maddocks à Fraser en déverrouillant la porte de la voiture, pourquoi ne pas avoir appelé ?

– Ce n'est pas à moi qu'il faut demander ça, chef. J'étais à Downton Court, je vous le rappelle. Tout ce que je sais, c'est que le patron vous a chargé de vous renseigner sur Meg Harris.

– C'est la faute de ces crétins à Hammersmith. Nom d'un chien, ils avaient le Bottin sous le nez ! » Il se glissa derrière le volant. « Eh bien, quel est votre avis ? »

Fraser s'installa sur le siège voisin et claqua la porte.

« Elle me faisait pitié. Elle avait vraiment l'air patraque.

– Ça ne l'a pas empêchée de vous rouler dans la farine, pas vrai ? » Il mit le moteur en marche.

« Vous aussi ! répliqua Fraser d'un ton sec. Du reste, c'était votre farine, pas la mienne. »

Mais Maddocks n'écoutait pas. Il passa la première, tourna le volant. « En tout cas, je peux vous dire une chose : elle ne pouvait pas plus blairer le Leo que les parents de celui-ci. Vous avez rencontré Sir Anthony. D'après vous, est-ce qu'il correspond au portrait qu'elle nous en a donné ?

– Il est toujours difficile de juger un homme dans ce genre de situation. Il a du fric, c'est certain. » Il réfléchit un instant. « À vrai dire, j'ai plutôt eu l'impression qu'il essayait de frimer, mais comme le pauvre vieux venait d'apprendre la mort de son fils, je n'ai pas été chercher plus loin.

– C'est tout de même bizarre, fit Maddocks pensivement. Si elle le méprisait à ce point, pourquoi avait-elle accepté de l'épouser ? Au bout du compte, c'est lui qui a rompu, pas elle. Et s'il était tellement obsédé par l'argent, pourquoi avait-il décidé de lâcher une Kingsley pour la fille d'un pasteur ? Pour moi, tout cela ne tient pas debout. » Il donna à Fraser une tape sur l'épaule. « Bravo, mon vieux ! C'est vous qui aviez raison. Notre coupable, c'est elle. Il ne nous reste plus qu'à coincer cette salope. »

Fraser n'était guère convaincu. Autant la chose lui avait semblé claire sur le papier, autant appliquée à la personne réelle elle lui paraissait à présent douteuse. Comment un être aussi frêle aurait-il pu commettre un crime aussi physique ? « Elle n'a pas assez de force. Ils étaient deux et Leo mesure plus d'un mètre quatre-vingts. »

Maddocks ralentit devant le portail de la clinique.

« Elle est dure comme de l'acier trempé ! Pour faire ça, elle s'est servie de ses méninges, pas de ses muscles. » Il s'engagea sur la route. « Et ne vous laissez pas abuser par son numéro de petite fille en détresse. Bon Dieu, je n'ai jamais vu une créature aussi calculatrice ! Elle a toujours eu une longueur d'avance sur nous et, si elle souffre d'amnésie, je veux bien avaler mon chapeau. »

La Vieille Chope, Salisbury, 18 h 30

Vêtue d'un jean et d'un T-shirt, alliance du confort et de la discrétion, l'agent Blake avait fini par retrouver Samantha Garrison dans un pub du centre ville. Elle était seule au bar, silhouette pathétique engoncée dans un fourreau noir ultra-serré et sans bretelles, qui soulignait les bourrelets de sa chair mûre et laissait les rotondités de ses aisselles reposer comme du lard frais au bord du tissu pailleté. Ses cheveux informes pendaient tel un rideau mouillé sur sa figure couverte d'un épais maquillage, tandis qu'un parfum bon marché exhalait de lourds effluves par chacun de ses pores.

« Samantha Garrison ? demanda Blake en se perchant sur le tabouret voisin.

– Doux Jésus, soupira la femme, ne me dites pas que vous êtes un flic et que cette vie est aussi pourrie qu'elle en a l'air. Vous croyez que je n'ai pas assez de pépins comme ça en ce moment ? Je bois un coup dans mon troquet habituel, d'accord ? Et si vous voyez un client, prévenez-moi, c'est que j'ai la berlue. Un peu d'animation ne serait pas de trop, un dimanche soir, dans ce trou à rats.

– Je ne suis pas venue vous faire des histoires, répondit Blake en adressant un signe au barman. Qu'est-ce que vous prenez ? »

Garrison contempla le demi de bière avec lequel elle avait réussi à tenir quarante minutes.

« Un double rhum avec du Coke. »

Blake commanda un gin-tonic, attendit l'arrivée des boissons et indiqua une table isolée près de la fenêtre.

« Pas d'histoires, vous vous souvenez ? lui rappela Garrison. Qu'est-ce que voulez me dire là-bas que vous ne pouvez pas me dire ici ?

– J'aimerais vous parler de ce qui s'est passé le 23 mars. Il me semble que nous serions plus tranquilles si nous allions nous asseoir dans un coin. »

Le visage fardé prit une expression lugubre.

« Je savais bien que je n'avais pas fini d'en baver avec cette connerie. Et si je refuse ?

– Alors je serai la seule à parler et cela risque de s'entendre. » Elle jeta un regard en direction du barman. « J'essaie de vous faciliter les choses, Samantha. Si vous préférez, nous pouvons aller chez vous.

– Merci bien. Je ne tiens pas à ce que les gosses soient au courant. » Elle se leva du tabouret. « Bon, amenez-vous, mais je ne vous promets rien. Ce truc continue à me donner des sueurs froides. Je suppose que c'est à cause de l'autre fille que vous m'avez mis le grappin dessus. »

Blake s'installa sur la chaise en face et se pencha, les coudes sur la table.

« Qui ça ?

– Paraît que la même histoire est arrivée à une collègue.

– Ça en a tout l'air.

– Est-ce qu'elle a parlé ?

– Pas jusqu'à présent. Elle a la frousse. »

Garrison avala une lampée de son rhum allongé de Coca-Cola.

« Bon Dieu, je la comprends ! »

Blake acquiesça.

« Écoutez, nous avons besoin de votre aide. Il se peut très bien, s'il remet ça, qu'il tue la prochaine fille. » Elle examina un instant le visage de son interlocutrice. « Fille » n'était pas vraiment le terme adéquat. Peggy avait déclaré avoir quarante-six ans et Samantha devait en avoir quarante bien tassés. Mais ce n'étaient pas leurs seuls points communs. Elles étaient toutes les deux blondes, rondelettes et ne lésinaient pas sur le fond de teint. « Comment l'avez-vous rencontré ? Est-ce qu'il vous a abordée dans la rue ou est-ce que vous travaillez par annonces ?

– Écoutez, mon chou, je vous ai rien promis et c'était pas de la blague.

– Peggy m'a appelée "mon chou". Et vous m'appelez "mon chou" aussi. Ne prenez pas ça mal, mais vous vous ressemblez énormément. Vous avez l'une et l'autre, comment dire, le genre "maternel". » Elle s'interrompit pour rassembler ses idées. « La seule indication qu'a fournie Peggy sur son assaillant était qu'il avait l'air d'un milord, ce qui porte à croire qu'il est beaucoup plus jeune que vous deux, probablement distingué et séduisant, et qu'il ne vous a pas choisies au hasard. Compte tenu du fait que vous avez à peu près le même âge et la même allure, il est clair qu'il recherchait un type bien précis de prostituée. Ce qui signifie qu'il a dû vous ramasser dans la rue, sans quoi il n'aurait pas su comment vous étiez. Est-ce que je me trompe ?

– Ça fait belle lurette que j'ai lâché le trottoir, mon chou, répondit Garrison avec un nouveau soupir. Allons, repassez la commande et je vous le dirai peut-être... je dis bien peut-être.

– Je ne tiens pas à flanquer l'argent par les fenêtres, prononça Blake d'un ton ferme. Comme vous le voyez, je ne suis pas en service et c'est moi qui paie l'addition.

– Vous êtes encore plus débile que je ne pensais, mon chou. De nos jours, les gens n'ont plus aucune reconnaissance.

– Combien vous a-t-il donné pour vous obliger à vous taire ?

– Quarante, répondit Garrison. Mais ce n'est pas à cause du pognon. C'est à cause de lui. Il a juré qu'il me retrouverait si j'ouvrais la bouche, et je l'ai cru. Même que je continue à le croire, si vous voulez le savoir. Il était complètement piqué.

– Quarante, répéta Blake, la mine ahurie. Eh bien ! Il avait du fric à perdre. Qu'est-ce que vous prenez d'habitude ? Dix ? » Pas de réponse. « Ainsi, il est riche, distingué, jeune et séduisant ? » Toujours pas de réponse. « Je vous en prie, Samantha, de quelle façon vous a-t-il contactée ? Dites-le-moi, au moins. Cela me permettra d'avertir les autres filles afin qu'elles fassent plus attention à l'avenir. »

Garrison poussa son verre en direction de Blake.

« Vous faites fausse route, mon chou. M'est avis qu'il s'attendait à une jeune poule bien roulée et qu'il est tombé sur une vieille peau. Ce qu'il y a de certain, c'est qu'il m'a appelée au numéro qui se trouve sur ma carte – et il y en a dans tellement de vitrines que je serais bien incapable de vous dire laquelle –, qu'il s'est pointé et qu'il avait à peine grimpé sur le plumard qu'il est devenu fou furieux. Il prétendait que j'étais assez vieille pour être sa mère et que je n'avais pas le droit de faire de la publicité mensongère. À présent, mon chou, soyez gentille, apportez-m'en un autre. »

Blake prit le verre et se leva.

« Ainsi, vous pensez qu'il fréquente régulièrement les prostituées, mais qu'il ne s'attaque qu'aux plus âgées ? »

Son interlocutrice haussa ses épaules grasses.

« Penser n'a jamais été mon point fort, mon chou. Sans quoi je ne ferais pas ce turbin. Peut-être que son père a l'habitude de tabasser sa mère. "Tu n'as qu'à raconter que c'est un coup de ton jules, qu'il m'a dit, tout le monde te croira." »

11

Dimanche 26 juin, clinique des Rossignols, Salisbury, 19 heures

Jinx était en proie à une sensation de vertige. Des bribes de conversation ne cessaient de l'assaillir. *Est-ce que vos frères vous en veulent?* Oui, oui, OUI! *Tu étais tellement pimbêche que ça la démangeait de te ficher des claques…* Elle avait sept ans. À peine une gamine… *L'enfant modèle au milieu des photos de sa sacro-sainte mère…* Était-ce sa faute si son père avait commencé à détester sa seconde femme quelques mois seulement après leur mariage? *Les relations sentimentales ne sont pas nécessairement une source de déception…* Elle n'en avait jamais connu une qui ne le fût pas. Elle avait épousé Russell parce qu'elle avait pitié de lui, pour découvrir, alors qu'il était déjà trop tard, que la pitié ne constitue pas un motif suffisant pour se marier. Cependant, à moins d'avoir le don de double vue, qui à sa place n'aurait pas commis la même bourde? *Qu'en pensez-vous?* Je ne sais pas, je ne sais pas, JE NE SAIS PAS! *Il est arrivé une chose affreuse… Russell est mort…*

Le docteur Protheroe passa la voir à sept heures du soir.

« Comment ça va ? »

Elle était adossée à ses oreillers.

« Je ne sais plus où j'en suis », déclara-t-elle sans détour, prise à nouveau de l'envie absurde qu'il la soulève du lit et la serre dans ses bras pour la réconforter. Mon Dieu, jamais elle n'avait éprouvé une telle impression de solitude.

Il se pencha. Ses mains dégageaient une légère odeur de savon.

« Vous m'avez dit, quand le sergent m'a appelé, que son collègue et lui n'y étaient pour rien, mais je penserais plutôt le contraire. De quoi désiraient-ils vous parler au juste ? »

Elle contempla la touffe de poils qui s'échappait par l'échancrure de sa chemise là où manquait un bouton, semblable à un faisceau de petites vrilles noirâtres pointées vers l'extérieur, dont le spectacle burlesque démentait son statut de directeur de clinique. Adam l'aurait viré depuis longtemps, pour l'exemple, mais Adam avait le culte des apparences et Adam était une brute. « Ils voulaient des détails sur Meg, murmura-t-elle. Et ils n'y sont strictement pour rien. Je suis simplement très fatiguée maintenant. »

Il approcha un siège et s'assit.

« Bien. Alors qu'est-ce qui cloche ? Le physique, le moral ? »

Une larme brilla au coin d'une paupière.

« Ma vie, murmura-t-elle. J'ai fait de ma vie un sac de nœuds et je n'arrive pas à la remettre en ordre. »

Quel singulier contraste, songea-t-il, entre son attitude de fier-à-bras de tout à l'heure, face aux deux policiers, et ses jérémiades de femme désespérée à présent qu'elle se trouvait seule avec lui. Il souhaita pouvoir croire davantage à la sincérité de la petite larme. Comme le lui avait confié le matin Veronica Gordon, la surveillante : « Pour ça, elle n'est pas banale ! À mon avis, c'est à cause de ses grands yeux. Ils disent une chose pendant que sa bouche en dit une autre.
– Et que disent ses yeux en ce moment ? avait-il demandé.
– Au secours, avait-elle répondu brièvement. Mais ça, elle ne l'avouera jamais. »

« Ou peut-être est-ce la vie qui a fait de vous un sac de nœuds, suggéra-t-il.

– Non, répliqua-t-elle tout net. Je n'ai pas cessé d'utiliser cette excuse, mais ce n'est pas vrai. Je laisse faire les choses au lieu de les dominer. Comme pour cet endroit, par exemple. Je n'ai aucune envie d'y être et j'y suis tout de même. Et si je reste, c'est uniquement parce que mon père irait me tarabuster à Londres pour que je retourne habiter chez lui et que j'ai encore moins envie de ça que du reste.» Elle s'essuya les yeux avec le drap. «Je commence seulement à me rendre compte à quel point je suis quelqu'un de passif.

– Pourquoi ? Parce que vous ne voulez pas vous disputer avec votre père ?

– Entre autres.» Elle se redressa et passa ses bras autour de ses genoux. «Savez-vous que la seule personne avec laquelle j'aie jamais pu parler librement est mon voisin de Richmond et qu'il a plus de quatre-vingts ans ? J'ai passé l'après-midi à chercher s'il y avait quelqu'un d'autre, sans résultat.

– Et les gens du studio ? Dean et Angelica. Vous ne leur parlez pas librement ? À propos, les avez-vous appelés depuis votre arrivée ?»

Il savait fort bien que non. Elle n'avait téléphoné que deux fois. Et dans les deux cas, il ne s'agissait pas du studio.

«Pour quoi faire ? Nos conversations se limitent strictement au travail et ils sont parfaitement capables de se débrouiller sans moi. De plus, j'ai horreur de discuter de ma vie privée.»

Il s'en était aperçu ! «Et Josh ? Vous ne parlez pas avec lui ?»

Elle fit la moue.

«Quand je le vois, ce qui n'arrive pas très souvent. Et en général, je finis par m'excuser de mon amitié pour Meg. Dieu sait ce qui lui a pris de s'associer avec elle. Il est parfois impossible de lui faire confiance.»

Il laissa Meg de côté pour le moment.

«Et Russell ?»

Son regard glissa vers la fenêtre.

«Il était comme mon père. Possessif, jaloux, et il me trouvait merveilleuse.» Elle se tut, plongée dans ses souvenirs. Il s'apprêtait à la tirer de son mutisme, mais elle reprit d'elle-même. «Ce qui s'appelle tomber de Charybde en Scylla. Curieusement, il a été parfait tant que nous n'étions pas mariés. C'est de m'avoir sous sa coupe qui l'a transformé. Il est devenu comme mon père.

– Vous pensez que vous êtes sous la coupe de votre père ?

– Moi, non. Mais Adam, oui. Il s'imagine que nous devons

tous lui obéir au doigt et à l'œil. » Elle le regarda de nouveau. « Y compris vous, docteur Protheroe. »

Il fronça les sourcils. « Parce qu'il paie cette clinique pour qu'on s'occupe de vous ? »

Elle esquissa un sourire.

« Dans le pire des cas, qu'est-ce que vous choisiriez ? Vos intérêts et ceux de votre fille ou les miens et ceux des autres patients ? »

Il sembla trouver l'idée cocasse et éclata de rire.

« C'est comme si vous me demandiez si je préfère être l'archevêque de Canterbury ou Jacques l'éventreur. Pourquoi aurais-je à faire un choix aussi dramatique ?

– Parce que, s'il vous arrivait de déplaire à mon père, vous vous retrouveriez probablement au chômage, répondit-elle carrément. Pourquoi croyez-vous que Russell a soudain abandonné, à l'âge de quarante ans, une situation confortable et bien payée à Oxford pour acheter une galerie miteuse à Londres ? Pas par choix, vous vous en doutez bien. » Elle eut un sourire sardonique. « Mon père lui a fait une offre impossible à refuser, si je puis dire. »

Il la regarda avec curiosité.

« De quel genre ?

– Partir de son plein gré ou bien couvert d'opprobre.

– J'ai peur de ne pas comprendre.

– Adam ne s'embarrasse d'aucun scrupule. Il se sert de certains renseignements pour briser ceux qui se mettent en travers de son chemin. » Elle eut un haussement d'épaules. « Il a payé cinquante mille livres les renseignements sur Russell, sans compter ce qu'il a dû donner à son équipe de détectives rien que pour découvrir qu'il en existait. Mais il n'hésite jamais. »

Il s'efforça de masquer son scepticisme.

« Puis-je savoir ce que contenaient ces renseignements ? »

Elle le dévisagea.

« Vous ne me croyez pas ? Vous avez tort, docteur Protheroe. Tout le monde sous-estime Adam. Il s'arrange pour avoir l'air d'un parfait gentleman, alors qu'il n'en est rien. Ce n'est pas comme avec Betty. Il ne suffit pas de le voir ou de l'entendre pour savoir à quoi s'en tenir. Il est bien trop malin pour ça. »

Protheroe sentit qu'elle essayait à nouveau de le forcer à choisir entre elle et son père et il préféra esquiver la difficulté.

« Je n'ai pas d'opinion. Je me demandais seulement ce que Russell pouvait avoir fait de si abominable. Même il y a dix ans, et surtout dans une université comme Oxford, réputée pour son libéralisme, qu'un professeur soit obligé de renoncer à ses fonctions pour éviter l'opprobre paraît quelque peu invraisemblable.

– Sauf s'il risque la prison. » Elle poussa un soupir. « Russell avait l'habitude de se rendre chaque été en Europe pour des conférences. Il revenait avec plusieurs kilos de cannabis cachés dans le châssis de sa voiture. Simple transaction. Il récupérait la marchandise en Italie et était payé en Angleterre à la livraison. L'argent lui servait à financer ses achats de tableaux. Il ne voyait aucun mal à ça. D'après lui, le cannabis était moins dangereux que le tabac ou l'alcool et il trouvait le gouvernement stupide de l'interdire. Il n'empêche que c'est un délit passible de la prison. Adam ne lui a pas laissé d'autre alternative que la démission ou les tribunaux. Russell a préféré la première solution.

– Étiez-vous au courant de ce trafic ? »

Elle secoua la tête.

« Pas à ce moment-là.

– Comment votre père l'a-t-il su ?

– D'après Russell, en repérant et en soudoyant son contact en Italie. Adam part du principe que chaque individu a son point faible et qu'avec de la patience, il finira par trouver lequel. Il est probable que ses acolytes ont calculé la valeur de la collection de Russell, pour s'apercevoir que son salaire ne suffisait pas, et qu'ils se sont alors intéressés à ses voyages à l'étranger.

– Je présume que c'est Russell qui vous en a parlé, pas votre père.

– Oui.

– Vous a-t-il dit pourquoi votre père voulait qu'il quitte Oxford ?

– Pour l'éloigner de moi.

– Dans ce cas, comment se fait-il qu'il vous ait épousée ? Sa démission ne changeait rien au chantage. Je suppose qu'il ne risquait pas moins d'aller en prison après qu'avant. »

Elle laissa échapper un petit rire.

« Vous pensez que j'invente.

– Pas du tout. J'essaie de comprendre. »

Elle ne le crut pas davantage cette fois.

« Je vous l'ai déjà dit, docteur Protheroe. Nous nous sommes mariés à l'insu de mon père. J'ai réussi à convaincre Russell qu'Adam renoncerait à ses menaces dès l'instant où je serais devenue Mrs Landy. Même s'il voulait la peau de Russell, jamais il n'aurait fait le moindre geste qui puisse me causer du tort. Et j'avais raison. Il n'a pas bougé. »

Protheroe médita un instant là-dessus. Pour quelqu'un de passif, elle semblait pratiquer l'intrigue avec un art consommé.

« Il ne vous était pas venu à l'esprit que votre père réagirait comme il l'a fait ? »

Elle fronça les sourcils, mais ne dit rien.

« Si je ne me trompe, Russell avait seulement douze ans de moins que lui. Vous ne vous attendiez tout de même pas à ce qu'il soit ravi de l'avoir pour gendre.

– Bien sûr que non, mais à l'époque où Adam a appris notre liaison, il n'était pas question que j'épouse Russell. C'était une simple amourette qui ne regardait strictement personne, sauf nous.

– Qui le lui a dit ?

– Mes frères.

– Et comment l'ont-ils appris ? »

Elle se mit à lisser le drap sur ses genoux.

« Russell m'écrivait pendant les vacances. Ils ont ouvert une de ses lettres et l'ont montrée à Adam. En fait, j'aurais dû le prévoir. Ils cherchaient sans cesse des occasions de me coincer. » Elle marqua un temps d'arrêt. « Le plus drôle, c'est que, depuis ce jour-là, Adam les déteste encore plus. Sans doute parce qu'il sait que rien ne serait arrivé s'ils ne lui avaient pas fourré cette histoire dans le crâne.

– Vous voulez dire que vous n'auriez pas épousé Russell

si vous ne vous étiez pas sentie coupable à cause de l'attitude de votre père ? »

Elle esquissa un sourire.

« Il était très malheureux, alors, oui, je l'ai épousé. À vrai dire, je n'avais pas tellement le moral non plus. J'avais encore une année à faire à Oxford après son départ et elle s'est résumée en une longue suite de coups de fil éplorés. Je me suis dit que nous serions l'un et l'autre plus heureux si nous rendions la chose officielle.

– Mais cela n'a pas été le cas ? »

Elle s'abstint de répondre.

« Combien de temps êtes-vous restés mariés ? » demanda Protheroe.

Elle le regarda.

« Trois ans.

– Et ça n'a pas été la joie ? insista-t-il.

– C'était étouffant. Il avait peur que je le quitte pour un homme plus jeune et il était jaloux de tout le monde. » Elle sembla soudain prise de remords. « Et puis non, au fond, ce n'était pas si désagréable. Dans ses bons moments, il pouvait être très drôle et, quand il m'arrive de songer à lui, c'est avec affection. En fin de compte, il y a eu plus de bonnes choses que de mauvaises. »

Sans le savoir, Protheroe fit écho aux pensées de Fraser la veille. Quelle terrible épitaphe à mettre sur la tombe d'un mari défunt ! « Quand il m'arrive de songer à lui, c'est avec affection. » Mais il était clair qu'elle s'efforçait de ne pas penser à lui du tout.

« Dites-moi, est-ce que vous approuviez son petit trafic ? »

Elle se mit à tripoter ses ongles.

« J'étais d'accord avec lui sur l'absurdité d'interdire le cannabis. Ou toute autre drogue, en fait. C'est le marché noir qui constitue le véritable danger pour l'ordre social. Mais je pensais qu'il s'était conduit comme un idiot. Il se serait fait fatalement pincer un jour ou l'autre.

– Quelle sorte d'amant était-il ? »

Elle partit d'un grand éclat de rire.

« Je me demandais quand vous alliez me poser cette question. Sigmund Freud est drôlement coupable. Pourquoi donc accordez-vous une telle foi aux idées fumeuses d'un type qui se bourrait de cocaïne ? Cela me dépasse. »

Il sourit.

« Je doute que ce soit toujours le cas, du moins au degré où vous le suggérez. Freud a sa place dans l'histoire. » Il se recula sur son siège et croisa les jambes, augmentant délibérément la distance entre eux. « Ne pensez-vous pas, néanmoins, que les rapports sexuels entre un homme et une femme font partie intégrante de leur relation ?

– Non. Je ne couche pas avec Eric Clancey et je m'entends avec lui mieux qu'avec quiconque.

– C'est votre voisin octogénaire ? » Elle acquiesça. « Je voulais parler d'une relation à caractère sexuel.

– Et je vous ai répondu. D'après mon expérience, les meilleures relations sont encore celles qui n'ont aucun caractère sexuel. » Elle s'empara de ses cigarettes. « En fait, Russell était un excellent amant. Il savait sur quels boutons appuyer et quand, et il était attentionné et pas seulement exigeant. Le lit était un des rares endroits où nous pouvions communiquer de façon ludique, parce que c'était le seul où il arrivait à oublier sa jalousie. » Elle alluma une cigarette. « Il n'y avait pas le téléphone dans la chambre, si bien qu'Adam ne pouvait pas m'appeler. »

Encore Adam ! « Avait-il des motifs d'être jaloux ? Étiez-vous attirée par d'autres hommes ?

– Naturellement, répondit-elle avec franchise. Vous auriez été pareil à ma place. L'herbe paraît toujours plus verte de l'autre côté de la barrière maritale, mais je n'ai jamais franchi le pas. » Elle tira longuement sur sa cigarette. « En réalité, c'est de mon père qu'il était jaloux. Il reconnaissait qu'Adam était aussi possessif que lui et cela l'effrayait. Il était certain qu'Adam finirait par l'emporter.

– Vous m'avez déclaré l'autre jour que vous aimiez votre père. Est-ce la vérité, ou seulement ce que vous pensiez que je désirais entendre ?

– C'est vrai, en partie. » Elle le regarda avec un soudain amusement. « Je ne sais jamais si j'ai envie de m'asseoir sur ses genoux pour qu'il me prenne dans ses bras ou de danser sur sa tombe une gigue de délivrance. Je pense que Freud m'aurait trouvée fascinante.

– Lui arrive-t-il de vous prendre dans ses bras ? »

Elle secoua la tête.

« Il a horreur des effusions. Quelquefois, je l'embrasse sur la joue, au moment où il ne s'y attend pas, mais la plupart du temps il ne veut même pas que je le touche.

– Se comporte-t-il différemment avec votre belle-mère ?

– Non.

– Vos frères ?

– Non.

– Et eux avec leur mère ?

– Non. Nous sommes des gens très peu démonstratifs.

– Enfin, y a-t-il la moindre affection dans cette famille ?

– De la passion ! Ils se battent tous comme des chiffonniers pour avoir la faveur d'Adam.

– Mais pas vous ?

– Je n'en ai pas besoin, répondit-elle avec dédain. Je l'ai déjà. Adam a payé ce qu'il fallait pour transformer le plus éveillé de ses enfants en un objet dont il puisse être fier. Que je sois incapable de prendre une décision sensée dans ma vie ne représente pour lui qu'un désagrément mineur. » L'air irrité, elle tourna la tête, posa une main sous son menton et fixa le miroir. « Il a fait de moi une dame et il n'en est pas encore revenu.

– Est-ce pour cela que vous l'appelez Adam ? Pour lui prouver que vous n'en êtes pas une ?

– Je ne saisis pas.

– Une sorte de déclaration d'égalité, je suppose : “Toi et moi, nous sommes pareils, Adam. Si tu ne peux pas te conduire en homme civilisé, comment veux-tu que je me conduise comme une dame ?” Quelque chose de ce genre. »

Elle continua à regarder dans le miroir.

« Vous supposez beaucoup trop, docteur Protheroe. En temps normal, je pense rarement à Adam, et jamais en des termes aussi analytiques.

– Vous m'avez dit tout à l'heure que les meilleures relations étaient celles qui n'avaient pas de caractère sexuel, lui rappela-t-il. Or il paraît évident que vous avez avec votre père une relation assez tendue. Dois-je en conclure que vous et lui avez eu des rapports sexuels ?

– Non, dit-elle d'une voix calme. Rien ne vous autorise à de telles conclusions. Pas plus qu'à me jeter à la figure je ne sais quelle théorie absurde sur les abus sexuels infantiles sous prétexte que c'est la mode en ce moment. D'ailleurs, qu'est-ce que vous y connaissez ? Je croyais que vous n'étiez pas psychiatre. »

Il la sentait bouillir de colère.

« Inutile de monter sur vos grands chevaux. Ou est-ce une façon de reconnaître qu'en dépit de la froideur de votre père, vous auriez pu en avoir ? Le désir n'était peut-être pas d'un seul côté. »

Elle ferma soudain les yeux.

« Je vous conseille vivement, docteur Protheroe, de ne pas oublier comment mon père traite les gens qui ont le malheur de lui déplaire. Vous seriez fou de vous en faire un ennemi. »

À cet instant, il eut tout à coup l'impression qu'elle s'était enfin mise à parler d'elle.

Grâce à un effort de concentration, elle réussit à se souvenir du numéro personnel de Dean Jarrett.

« Dean ? fit-elle en entendant décrocher. Je suis désolée de t'appeler chez toi.

– Qui est à l'appareil ?

– Jinx.

– Bonté divine ! » s'exclama la voix familière de son assistant.

Elle n'avait aucun mal à l'imaginer. Le téléphone se trouvait dans le salon, sorte d'excroissance art déco, parmi toutes les excroissances du même style qui meublaient son intérieur à l'atmosphère vibrante et colorée. Il était probablement assis sur la méridienne, sa tête aux cheveux argentés par la décoloration appuyée contre le montant torsadé, le combiné dans une main, un verre de champagne dans l'autre. Dean ne pouvait pas s'empêcher de se donner en spectacle, même quand il était seul, et elle l'en admirait parce qu'elle aurait été incapable d'en faire autant.

« Nous étions morts d'inquiétude, continua-t-il d'une voix

fébrile. J'ai dit à Angelica : Angelica ma chérie, et si on n'allait plus la revoir ? L'horreur complète ! Est-ce qu'il valait mieux appeler le croquemitaine qui te sert de paternel, au risque de s'attirer ses foudres, ou attendre en priant le ciel que tu veuilles bien réapparaître ? Tu sais qu'il a appelé et qu'il est tombé sur Angie. Il a été exécrable, il l'a pratiquement traitée de négresse et a refusé de lui dire l'endroit où tu te trouvais. Seulement que tu étais dans le cirage à l'hôpital et que nous n'avions qu'à faire le boulot pour lequel nous étions payés. Puis les flics ont débarqué et se sont mis à questionner tout le monde, à nous faire mourir de peur... » Il s'arrêta pour respirer. « Tout marche comme sur des roulettes, reprit-il d'un ton plus calme au bout d'un moment. Ne t'en fais pas pour le studio. Les gens ont trop confiance en ton dévoué serviteur pour nous lâcher. »

Elle sourit.

« Je sais, aussi je ne me suis pas inquiétée.

– Tu aurais dû téléphoner. Nous nous sommes fait un sang d'encre. Nous voulions t'envoyer des fleurs. Angelica n'arrêtait pas de sangloter en répétant qu'il fallait absolument que quelqu'un aille te voir.

– Je suis navrée. Le problème... » – elle marqua un temps d'arrêt – « ... à vrai dire, ça va plutôt cahin-caha en ce moment. Je me suis récolté un joli gnon sur le crâne, accompagné d'une amnésie. » Elle eut un rire forcé. « Je n'ai plus aucun souvenir de ces trois ou quatre dernières semaines. C'est idiot, n'est-ce pas ? Écoute, je vais te donner les coordonnées de l'endroit où je me trouve, de cette façon tu pourras m'appeler quand tu veux. » Elle lui donna l'adresse et le numéro de téléphone de la clinique. « Mais je n'ai pas l'intention de rester très longtemps, continua-t-elle. Dès que j'ai assez d'énergie, je saute dans le premier train pour Londres. »

Il gloussa comme une mère poule.

« Prends ton temps. Inutile de revenir si tu n'es pas entièrement rétablie. Ici, tout baigne, et ce sera encore plus vrai quand ils sauront que je t'ai parlé. En fait, ma chérie, tu m'as l'air en pleine forme, même si la mémoire est un peu défaillante. Ça t'ennuie tant que ça ?

– Oui. » Elle aspira une bouffée d'air. « Est-ce que j'ai parlé à l'un d'entre vous entre le 4 juin, le jour de mon départ pour le Hampshire, et maintenant ? Je veux dire, est-ce que je vous ai téléphoné de chez mes parents ou est-ce que je suis venue travailler le lundi à mon retour ? Ça devait être le 13.

– Non, répondit-il d'un ton penaud. Les poulets n'ont pas cessé de nous poser les mêmes questions quand ils sont venus au studio. Est-ce qu'on t'avait vue ? Est-ce qu'on t'avait parlé ? Savait-on pourquoi tu étais retournée dans le Hampshire le lundi ? On leur a dit la vérité. Qu'on était sans nouvelles de toi depuis le vendredi 3. Qu'Angelica n'avait pas arrêté de t'appeler le 13 en ne te voyant pas venir travailler et qu'elle avait seulement eu ton répondeur. Qu'on s'apprêtait à téléphoner à Hellingdon Hall le mardi matin, quand le grand manitou en personne avait passé un coup de fil pour dire que tu étais dans les vapes. Et que, depuis lors, on s'était rongé les sangs à qui mieux mieux. » Il resta un instant silencieux. « Tu ne te souviens vraiment de rien depuis le 4 ? »

Elle perçut une pointe d'angoisse dans sa voix.

« Non, mais peu importe, répondit-elle avec un léger rire. On m'a raconté l'essentiel, à savoir que le mariage est annulé, que Leo a fichu le camp avec Meg et que j'ai tenté de me tuer. Je n'en ai aucun souvenir.

– Si cela peut te réconforter, ma chérie, sache que nous n'avons pas cru une seconde que tu avais fait exprès d'avoir un accident. Juste avant ton départ à Hellingdon Hall, tu avais l'air bien décidée à tirer un trait sur toute cette histoire de mariage. Nous pensions, Angie et moi, que tu allais cracher le morceau au vieux Belzébuth. Ça nous a étonnés que tu ne lui aies rien dit. »

Elle examina son reflet dans la glace.

« Je vous ai dit que je ne me marierais pas ?

– Pas aussi clairement, mais tu paraissais à nouveau rayonnante et j'ai dit à Angie : Dieu soit loué, elle a enfin retrouvé son bon sens et balancé le Leo, et Angie était de mon avis. Comme tu sais, nous ne l'avons jamais beaucoup aimé. D'accord, il est plutôt mignon, mais il n'était pas fait pour toi. Beaucoup trop égoïste, et tu as besoin de quelqu'un qui s'occupe de toi, mon cœur. Comme nous tous, du reste. »

Elle éclata de rire.

« Comment va George ?

– Mieux vaut ne pas en parler. Il m'a quitté pour un serveur du Filipino.

– Je suis désolée. Et tu survis ?

– Bien sûr. Comme toujours. Maintenant, dis-moi ce qui me vaut cet appel. Je me doute bien que ce n'est pas seulement pour entendre la douceur de ma voix. »

Elle s'appuya contre ses genoux.

« Je voudrais que tu téléphones aux parents de Leo en leur disant que tu as besoin de le joindre de toute urgence, lui ou Meg Harris.

– Pour quelle raison ? »

Il est arrivé une chose affreuse... « Tu ne peux pas inventer un prétexte ? Raconter que tu es un vieux copain d'école, que tu es dans le coin pour une semaine seulement et que tu souhaiterais le rencontrer. Si on te le demande, il a fait ses études à Eton. Essaie de savoir où ils sont sans montrer que tu me connais. D'accord ? J'aimerais bien leur parler afin qu'ils sachent que je ne leur en veux pas. Tu peux faire ça pour moi ?

– Bien sûr. Quel est le numéro de ses parents ?

– Je l'ignore, mais tu l'auras par les renseignements, je l'ai déjà demandé une fois. A. Wallader, Downton Court, Ashwell, Guildford. Si tu tombes sur un homme, c'est Sir Anthony, une femme, c'est Lady Wallader. Et Dean, quelle que soit la réponse, rappelle-moi ce soir sans faute. Peu importe ce qu'ils te diront, je compte sur toi. OK ?

– Pas de problème », dit-il avec entrain.

Vingt minutes plus tard, le téléphone se mit à sonner. Elle saisit le combiné, les mains tremblantes, et le tint contre son oreille.

« Jinx Kingsley.

– C'est Dean, prononça-t-il d'une voix circonspecte.

– Ils sont morts, hein ? »

Il y eut un bref silence.

« Pourquoi m'as-tu demandé d'appeler si tu le savais déjà ?

– Je ne le savais pas, dit-elle d'une voix calme. Je m'en doutais, c'est tout. Oh, mon Dieu... j'aurais tellement voulu me tromper. Je suis navrée. Vraiment. Je n'avais personne d'autre à qui demander. Qui t'a répondu ?

– Son père. Il était plutôt retourné. »

Elle s'empressa de se justifier. « La police est venue cet après-midi et m'a posé un tas de questions sur eux, mais sans me donner de raison. J'ai pensé qu'ils étaient morts et qu'on voulait me le cacher. » Elle mordilla sa lèvre inférieure. « Est-ce qu'Anthony t'a dit ce qui s'était passé ? »

Il y eut un nouveau silence.

« Écoute, ma chérie, il y a une demi-heure à peine je croyais que tu étais dans le coma et je découvre soudain que ce n'est pas le cas. J'ai rappelé parce que je te l'ai promis, mais attends jusqu'à demain matin que j'aie parlé à ton toubib. Ça m'ôtera un sacré poids.

– Non ! lança-t-elle d'un ton sec. Dis-le-moi tout de suite. » Elle crut l'entendre tapoter le récepteur d'un doigt nerveux. « Et ne raccroche pas, Dean, sans quoi je te jure que tu te retrouveras sans boulot. » *Voilà qu'elle se mettait à parler comme son père... Elle avait beau s'en défendre, en définitive, elle était aussi impétueuse et tyrannique que lui...*

« Inutile de me menacer, protesta-t-il avec modération, j'essaie de faire au mieux.

– Je le sais et je te prie de m'excuser. Je deviens de plus en plus dingue à rester enfermée ici. Il faut absolument que je sache ce qui s'est passé. » Elle guetta une réaction. « Très bien, fit-elle brusquement, alors permets-moi de te rappeler que tu as une dette à mon égard. » Ses yeux se rétrécirent. « Si les gens acceptent de bosser avec toi pendant mon absence, c'est uniquement parce que je t'ai aidé à te faire une réputation. Et rien ne m'y obligeait. J'aurais très bien pu, comme cela se pratique dans la plupart des boîtes, mettre ton travail au nom du studio. Tu me dois au moins ça.

– Et un tas d'autres choses, Jinx, c'est pourquoi je suis salement enquiquiné, crois-moi. Je ne tiens pas à aggraver tes problèmes. » Il l'entendit soupirer. « D'accord, calme-toi, je vais te le dire, mais promets-moi de ne pas faire de bêtises…

– Comme de tenter de me tuer ?

– Oui.

– Je te le promets, répondit-t-elle d'un ton las. Mais si j'étais désespérée au point de vouloir en finir une fois pour toutes, ce n'est pas cela qui m'arrêterait. Je préfère t'avertir. »

Curieusement, cette mise en garde le rassura davantage que l'engagement qui l'avait précédée.

« Sir Anthony prétend que Leo et Meg ont été assassinés. Leurs corps ont été retrouvés jeudi dans un bois près de Winchester, mais la police pense qu'ils ont été tués la semaine dernière. »

Elle serra son poing contre sa poitrine.

« Quel jour de la semaine dernière ?

– Lundi, d'après Sir Anthony, mais je ne suis pas sûr qu'il le sache vraiment. Il avait l'air drôlement secoué. »

Elle sentit son sang se glacer.

« Qu'est-ce qu'il a dit d'autre ?

– Pas grand-chose.

– Est-ce qu'il t'a parlé de moi ? »

Il ne répondit pas.

« Je t'en prie, Dean !

– Il a dit que Leo était fiancé à une femme dont le mari était mort de la même façon. »

Elle considéra son reflet terrifiant dans le miroir.

« Tu es toujours là ?

– Oui, fit-elle. Je regrette de t'avoir obligé à donner ce coup de fil. Ce n'était pas très sympa de ma part.

– Ne t'inquiète pas. »

Mais elle avait raccroché et les mots de Dean tombèrent dans le silence.

Clinique des Rossignols, Laverstock,
Salisbury, Wiltshire

une page (manuscrite) envoyée par fax à :

Adam Kingsley
Hellingdon Hall,
Fordingbridge, HAMPSHIRE

Dimanche 26 juin 1994
20 heures 30

Cher Mr Kingsley,
Vous serait-il possible de passer demain à la clinique, dans la matinée ou l'après-midi, afin que nous ayons un entretien au sujet du rétablissement de votre fille ? Comme vous le savez sûrement, Jinx est une personne très discrète, qui a parfois du mal à parler d'elle, et cela m'aiderait énormément si je pouvais avoir une vision claire de ses antécédents et du milieu dans lequel elle vit. J'ai quelques difficultés à comprendre ce qui l'a poussée à attenter à sa vie, alors qu'elle manifeste par ailleurs un caractère indépendant et, au regard des circonstances tragiques de son veuvage, une personnalité tout à fait équilibrée. Votre point de vue à ce sujet me serait utile. J'aimerais également discuter de l'éventualité d'une rencontre à trois où, sous mes auspices, Jinx et vous seriez à même de dissiper d'éventuels malentendus survenus entre vous. Elle vous est visiblement très attachée, mais conserve quelques réticences liées à la mort de son mari. N'ayant pu vous joindre par téléphone, je vous serais très reconnaissant de bien vouloir m'appeler demain dès que vous le pourrez. Je sais combien votre temps est précieux et je n'aurais pas, soyez-en convaincu, pris le risque de vous déranger si la chose ne me semblait pas importante.
Je vous prie de croire, cher Monsieur, à l'assurance de mes sentiments dévoués.

Alan Protheroe.

HELLINGDON HALL
FORDINGBRIDGE
HAMPSHIRE

télécopie : 27.06.94 – 9 heures 45 – une page envoyée

Cher Docteur Protheroe,
Si la tâche qui vous a été confiée vous paraît excéder vos compétences, merci de m'en faire part immédiatement. J'avais retenu que ma fille aurait tout loisir de se rétablir tranquillement et à son propre rythme.

Sincèrement vôtre,

Adam Kingsley.

12

Lundi 27 juin, Institut médico-légal du Hampshire, 9h30

Le révérend Charles Harris et sa femme vinrent reconnaître les restes de leur fille, et la séance fut autrement plus pénible que l'identification de Leo, en raison de la présence de Mrs Harris. Franck Cheever avait insisté pour qu'elle demeure au presbytère en compagnie d'une femme policier, mais elle avait absolument tenu à voir Meg une dernière fois. Alors qu'elle avait réussi à masquer sa douleur sous un calme apparent tout le long du trajet en voiture, devant la dépouille de sa fille, elle perdit brusquement toute retenue.

« C'est Jinx Kingsley qui a fait ça ! J'avais pourtant prévenu Meg de ce qui l'attendait si elle lui prenait Leo.

– Allons, Caroline, murmura son mari en lui posant une main sur l'épaule, Jinx n'y est certainement pour rien. »

La réaction de sa femme fut instantanée et foudroyante.

« Espèce d'imbécile ! s'écria-t-elle en le repoussant brutalement. C'est ta fille qui est là, pas celle d'un de tes paroissiens. Regarde-la bien, Charles. Ton petit ange, ta petite Meg chérie, voilà ce qu'il en reste ! » Elle porta une main tremblante à ses lèvres. « Oh, Seigneur ! » Les mots avaient un accent de haine. « Comment peux-tu être aussi aveugle ? D'abord Russell. Et maintenant Leo et Meg. » Elle se tourna vers le commissaire. « Je le savais ! Dès l'instant où elle m'a dit que Leo avait quitté Jinx pour elle, je m'en suis doutée.

C'est elle, l'assassin. Elle et sa brute de père. Ce sont tous les deux des assassins. »

Avec calme, le docteur Clarke remonta le drap sur la tête de Meg, puis prit la main de Mrs Harris et la tint dans les siennes.

« Il nous faut partir à présent, Mrs Harris, prononça-t-il d'une voix douce. Voulez-vous dire au revoir à votre fille ? »

Elle le regarda, les yeux noyés de larmes.

« Meg est morte.

– Je sais. » Il considéra son visage affligé et sourit. « Mais ce n'est pas une si mauvaise place. Dieu est avec elle.

– Oui. Vous avez raison. » Elle se tourna et contempla la forme enveloppée d'un linceul. « Dieu te bénisse, ma chérie, murmura-t-elle à travers ses larmes. Dieu te bénisse. »

Frank Cheever regarda Bob Clarke raccompagner la pauvre femme vers la sortie tout en songeant qu'après tout, les médecins légistes méritaient peut-être leur salaire. Il fit gauchement signe au père de Meg. « Je n'ai pas la manière du docteur Clarke, souffla-t-il d'un ton d'excuse, mais si vous souhaitez rester un moment seul avec votre fille… » Il s'écarta.

« Non, répondit le révérend. Dieu et Meg savent ce qu'il y a au fond de mon cœur. Je ne vois rien à lui dire que je ne lui aie déjà dit. » Il se dirigea vers la porte, puis s'arrêta, hésitant. « Ne tenez aucun compte des paroles de Caroline, commissaire. Jamais Jinx n'aurait fait de mal à Meg.

– En êtes-vous sûr ?

– Oui, répondit-il simplement. C'est quelqu'un de bien. J'ai toujours admiré son courage. »

Clinique des Rossignols, Salisbury, 10 heures

Le téléphone retentit dans la chambre de Jinx, lui labourant les nerfs de sa sonnerie répétée. Elle se leva de son fauteuil et prit à contrecœur le combiné.

« Allô ?

– C'est ton père, Jane. J'envoie la voiture te chercher. »

La peur se rua en elle comme un acide brûlant. *Que*

savait-il exactement? Ni les journaux ni la télévision n'avaient parlé de Meg et de Leo. Ses doigts se serrèrent involontairement autour du combiné, le sang refluant des phalanges, mais sa voix resta calme.

« Très bien, envoie la voiture si ça te chante, ce n'est pas mon affaire. De toute façon, je n'ai jamais eu envie d'être ici. Mais je ne rentre pas à la maison, Adam. Je dirai au chauffeur de me ramener à Richmond et, s'il refuse, je prendrai un taxi jusqu'à la gare. C'est cela que tu voulais en m'appelant ? »

Il y eut un silence menaçant à l'autre bout du fil.

« Si tu fais quoi que ce soit, je te jure que je fiche le camp, reprit-elle d'une voix plus dure. Et cette fois-ci, tu me perdras pour de bon. Tu as compris, Adam ? Je m'arrangerai pour que tu ne puisses pas approcher de chez moi à moins d'un kilomètre. » Elle raccrocha avec une violence inutile et s'assit au bord du lit, les jambes flageolantes. Sentant venir le mal de tête, elle se mit à se frictionner les tempes de ses doigts tremblants.

Tout à coup, ce fut comme un trait de lumière aveuglant. *Meg à genoux, implorant... par pitié... par pitié... par pitié...* Elle contempla le visage terrorisé de son amie et fut envahie par une terreur identique, son cœur battant la chamade, puis, prise de nausée, elle gagna en titubant la salle de bains. Agitée de haut-le-cœur, elle s'affaissa sur le sol et là, étendue de tout son long, la joue contre le carrelage glacial, elle se cramponna désespérément à l'idée qu'elle avait aimé Meg Harris, en dépit de toutes les trahisons de celle-ci.

C'est seulement au bout d'une heure qu'elle cessa de trembler.

Hôtel du Cerf-Blanc, Winchester, 10 h 10

« Nous savons hélas très peu de chose sur votre fille, déclara Frank Cheever au révérend Harris et à sa femme. Comme je vous l'ai expliqué, nous avons eu du mal à vous trouver. Il ne reste pratiquement aucun objet personnel dans l'appartement de Meg, ce qui nous a amenés à la conclusion qu'elle était sur le point de déménager. »

Il avait hésité à les emmener au commissariat, dans le décor dénudé d'une salle d'interrogatoire, et avait préféré un petit salon au premier étage d'un hôtel situé près de la morgue, où, assis discrètement dans un coin, Fraser et une femme policier pouvaient prendre des notes. Il avait troqué son nœud papillon et sa pochette en soie au ton vif contre une tenue sombre qui le faisait paraître ce qu'il était en réalité : un homme tout ce qu'il y a d'ordinaire, à l'air paisible et même plutôt gentil. Mrs Harris était tassée dans un fauteuil près de la fenêtre entrouverte, une tasse de thé intacte posée sur la table en face d'elle. Son mari se tenait juste à côté sur une chaise, ne sachant visiblement pas s'il devait la réconforter ou la laisser à sa douleur et s'efforçant de contenir son propre chagrin afin de ne pas la traumatiser davantage. Même si Cheever éprouvait de la pitié pour les deux, sa sympathie allait surtout au père de Meg. De quel droit, songeait-il, exigeait-on des hommes qu'ils dissimulent leurs émotions ?

« Elle s'apprêtait à partir en vacances avec Leo, dit calmement Charles Harris, mais elle n'a pas parlé de quitter l'appartement. Du moins, pas à moi. »

Il jeta à sa femme un regard incertain.

« Elle ne te disait jamais rien, Charles, pour la simple raison qu'elle savait que tu lui aurais donné tort. » Caroline Harris essuya ses yeux rougis. « Elle a avorté il y a dix ans. Elle ne te l'a pas dit non plus, hein ? Et pourquoi ça ? Parce que tu lui aurais gâché la vie en prétendant faire son bien. » Elle roula son mouchoir entre ses paumes. « Elle est gâchée à présent, mais cela aurait peut-être été différent si elle avait pu parler à un père et pas uniquement à un prêtre. Il fallait tout te cacher par crainte de tes sermons. »

Son mari la regarda, le visage blême, consterné par ce qu'il venait d'apprendre.

« Je l'ignorais, murmura-t-il. Je suis désolé.

– Bien sûr que tu es désolé. Maintenant, ajouta-t-elle d'un ton aigre. Et moi aussi, je suis désolée. Pour elle, pour l'enfant et pour moi. J'aurais bien aimé être grand-mère. » Sa voix se brisa dans un sanglot. « Quel gâchis ! Tout cela est un tel gâchis ! » Elle se tourna vers le commissaire. « Nous avons un fils, mais il n'a jamais voulu se marier. Il voulait devenir prêtre, comme son père. » Ses yeux se remplirent à nouveau de larmes. « Oui, quel gâchis ! »

Cheever attendit tandis qu'elle faisait un effort pour se maîtriser.

« Est-ce à dire que vous saviez que Meg avait l'intention de déménager, Mrs Harris ? finit-il par demander. Pourriez-vous nous donner quelques précisions ? Où pensait-elle aller ?

– Chez Leo. Il a une maison. Elle estimait plus logique d'aller habiter chez lui.

– Savez-vous où se trouve cette maison ?

– Quelque part à Chelsea. Elle devait me donner l'adresse en rentrant de vacances. Les parents de Leo ne la connaissent pas ? »

Cheever éluda la question.

« Ils sont profondément bouleversés en ce moment. »

Il y eut un silence pesant.

« Avez-vous rencontré Sir Anthony et Lady Wallader ? » reprit-il.

Caroline Harris plissa les lèvres en une expression tragique.

« Nous n'avons même pas rencontré Leo. Comment aurions-nous pu rencontrer ses parents ? Tout cela s'est fait si vite. Nous avions une invitation au mariage de Jinx sur la tablette de la cheminée, puis voilà que Meg a téléphoné pour nous annoncer que c'était elle que Leo avait décidé d'épouser. » Elle secoua la tête d'un air incrédule.

Charles Harris bougea sa chaise.

« Elle a appelé le samedi matin, murmura-t-il, le 11, si je ne m'abuse, et cette nouvelle m'a beaucoup inquiété. Je me demandais quel genre d'homme pouvait être ce Leo pour abandonner sa fiancée à quelques jours des noces et partir avec la meilleure amie de celle-ci. » Il leva les mains en un geste de résignation. « Elle m'a expliqué qu'elle le connaissait depuis plus longtemps que Jinx, qu'ils s'étaient querellés bêtement et qu'il avait alors proposé à Jinx de l'épouser.

« “Pour me faire enrager” », a-t-elle dit. Il s’interrompit un instant. « J’oublie parfois qu’elle est… qu’elle était, corrigea-t-il, une adulte et je me rends compte à présent que j’avais un peu trop tendance à lui faire la leçon, mais, à l’évidence, cet homme était indigne de confiance et j’avoue que nous nous sommes disputés. Je lui ai dit que l’attitude de Leo était aussi irresponsable que malhonnête et que, s’il était capable de traiter Jinx avec autant de bassesse, elle ferait bien de rompre toute relation avec lui. » Il eut une brève hésitation. « Elle m’a raccroché au nez et nous ne nous sommes plus reparlé. Il me semble que ma femme a essayé de la joindre un peu plus tard dans la journée. N’est-ce pas, Caroline ? »

Celle-ci serra ses bras contre son corps mince.

« Tu le sais très bien. Tu étais là. » Elle poussa un soupir. « Elle n’a pas voulu m’écouter non plus, mais, au moins, nous ne nous sommes pas crié après. Je lui ai demandé pourquoi elle n’avait jamais parlé de Leo puisqu’elle le connaissait depuis si longtemps, et elle m’a répondu qu’il y avait des tonnes de choses dont elle n’avait jamais parlé. Et aussi que c’était sa vie et qu’aucune loi n’obligeait les enfants à tout dire à leurs parents. C’est la faute de son père, conclut-elle d’une voix blanche en tournant le dos à son mari en signe de mépris. Elle ne pensait qu’à quitter la maison pour lui échapper, de sorte qu’il y a forcément des choses que nous ne savions pas. »

Le commissaire digéra ces paroles en silence tout en s’efforçant de rester impassible.

« Quand vous a-t-elle dit qu’elle allait habiter avec Leo ? interrogea-t-il au bout d’un moment.

– Lors de son coup de téléphone. “Nous allons vivre ensemble jusqu’à ce que nous soyons mariés, a-t-elle déclaré. Leo a une maison à Chelsea et j’ai commencé à y transporter mes affaires, mais n’en parle surtout pas à papa, je ne supporte plus ses remontrances.” Puis elle a dit qu’ils allaient partir en France, le temps que les choses se calment, et qu’elle appellerait régulièrement son répondeur pour écouter les messages. » Elle se mit à triturer son mouchoir. « Elle a dit aussi que nous cesserions de nous inquiéter quand nous aurions vu Leo et elle a promis de l’amener à la maison à leur retour. Je lui ai demandé : “Et cette pauvre Jinx ?” À quoi elle a répondu que Jinx s’en remettrait, comme d’habitude. Puis nous nous sommes dit au revoir. » Elle porta son mouchoir à ses yeux.

Cheever trouva le portrait peu flatteur et se demanda si Mrs Harris avait conscience de l’image qu’elle donnait de sa fille.

« Parlez-moi de Meg, dit-il. Comment était-elle ? »

Le visage de Mrs Harris s’éclaira.

« Très belle. Gentille, prévenante, extrêmement affectueuse. “Ne t’en fais pas, maman, je serai toujours ici”, me répétait-elle sans arrêt. » Ses yeux s’emplirent à nouveau de larmes. « Et avec ça, si intelligente. Il lui suffisait de décider quelque chose pour y arriver. “Tu verras que je réussirai”, affirmait-elle. Tout le monde l’adorait. »

Cheever se tourna vers le pasteur.

« Est-ce aussi votre opinion ? »

Charles Harris regarda le dos rigide de sa femme.

« Elle avait ses défauts, commissaire, comme nous tous. Peut-être avait-elle tendance à s’intéresser un peu trop à elle et pas assez aux autres, mais c’est un fait, les gens l’aimaient beaucoup. » Il joignit ses mains sur ses genoux. « Notre fils Simon pourrait sûrement vous en dire plus. Il a travaillé pendant des années dans différentes paroisses de Londres, et il la voyait plus souvent que nous. Comme vous l’a dit Caroline, elle nous a quittés pour aller à l’université. Elle venait nous voir deux ou trois fois par an mais, à part cela, nous n’avions guère de contacts.

– Votre fils est toujours à Londres ?

– Non. On lui a confié une paroisse voilà deux ans. À Frampton, un village situé à une quinzaine de kilomètres de Southampton. » Il releva la manche de sa soutane pour consulter sa montre. « Il doit être arrivé à Littleton Mary à cette heure. Il m’a semblé que sa présence rendrait les choses moins pénibles pour nous.

– Tu veux dire, moins pénibles pour toi, lança Caroline Harris d’une voix ferme en pivotant pour lui faire face. Tu espères sans doute qu’il prendra ton parti. »

Son mari secoua la tête.

« Il ne s'agit pas de prendre le parti de qui que ce soit, Caroline. J'ai juste pensé que nous pourrions nous soutenir mutuellement. »

Les joues de sa femme s'empourprèrent soudain.

« En voilà assez de toute cette comédie ! J'en ai par-dessus la tête ! » Elle avança la main comme pour agripper la manche du commissaire. « Je me doutais que nous l'avions perdue, prononça-t-elle. Je priais le ciel qu'elle soit avec Leo, mais, en mon for intérieur, je savais qu'elle était morte. Je n'arrêtais pas de me demander pourquoi Jinx avait tenté de se tuer. » Elle roula les yeux de façon inquiétante et Cheever quêta du regard l'aide de la femme policier, mais Caroline Harris continua d'une voix frémissante. « Elle a fait la même chose après l'assassinat de Russell, mais cette fois en se laissant mourir de faim. Sans l'intervention de son père, elle aurait peut-être réussi. Jinx est comme ça, commissaire. Elle ne supporte pas qu'on lui prenne ses amants.

– Tu racontes n'importe quoi, Caroline, fit observer son mari avec sévérité.

– Moi, je raconte n'importe quoi ! répliqua-t-elle d'un ton cinglant. Eh bien, au moins, je ne suis pas hypocrite. Tu connais la vérité aussi bien que moi. Elle a toujours été jalouse de Meg, Charles, tu ne peux pas le nier. »

Il prit son visage dans ses mains et respira profondément durant quelques secondes.

« Il m'est impossible de continuer ainsi, déclara-t-il subitement. Pardonnez-moi. Je vous conseille de parler à Simon. C'est, à mon avis, la personne la plus susceptible de vous donner un point de vue objectif sur cette regrettable affaire. »

Fraser, qui se tenait à quelques mètres, leva la tête pour lire l'expression de Cheever. « Regrettable affaire » constituait pour le moins un euphémisme s'agissant d'un meurtre perpétré avec une telle sauvagerie, mais ni l'un ni l'autre n'étaient alors encore en mesure d'imaginer à quel point le révérend Harris avait détesté sa fille.

Clinique des Rossignols, Salisbury, 13 heures

« Êtes-vous occupé, docteur Protheroe ? »

Celui-ci leva les yeux de son bureau et aperçut Jinx figée sur le pas de la porte, une lueur d'indécision dans ses grands yeux noirs.

« Nous ne faisons guère de manières ici. Vous pouvez m'appeler Alan, si vous préférez. »

L'idée d'une telle familiarité l'effraya.

« J'aime mieux continuer à vous appeler docteur Protheroe, si cela ne vous ennuie pas.

– Comme vous voudrez, répondit-il avec indifférence. Entrez. »

Elle ne bougea pas.

« Ce n'est pas important. Je peux revenir plus tard. »

Il lui désigna un fauteuil.

« Allons, entrez, répéta-t-il. Cette paperasse attendra bien un peu. » Il se leva, contourna son bureau, la força à s'avancer et referma la porte derrière elle. « Qu'y a-t-il ? »

Dans l'impossibilité de faire marche arrière, Jinx jugea que les dés étaient jetés. Elle traversa la pièce, mais, au lieu de s'asseoir, elle alla se poster près de la fenêtre et se mit à contempler le jardin.

« Mon père m'a donné un coup de fil pour me dire qu'il envoyait une voiture me chercher. Je me demande bien pourquoi. Le savez-vous ?

– Non, répondit-il en regagnant sa place et en se tournant vers elle.

– Lui avez-vous téléphoné pour l'informer de la visite de la police ?

– Non. »

Elle pivota, le regarda avec attention, puis hocha la tête d'un air soulagé.

« Alors je ne comprends pas. Pourquoi désire-t-il que je m'en aille ?

– Peut-être est-ce à cause du fax que je lui ai envoyé. » Il ouvrit le tiroir supérieur de son bureau et en tira le fax en question ainsi que la réponse qu'il avait reçue le matin. « Tenez, fit-il. Ma lettre était parfaitement anodine et semblable à cent autres qui se trouvent dans ces dossiers, aussi je ne vois pas ce qui a pu l'effaroucher. »

Elle se percha sur le bord du fauteuil, lut les deux missives puis les lui rendit. « Qu'étiez-vous censé faire ? » Elle se mordit nerveusement le pouce.

« Ce qu'il dit. Vous aider à vous rétablir à votre rythme. Il tenait à ce qu'aucun psychiatre ne s'en mêle. »

Pour quelle raison ? *Qu'avait-il à craindre des psychiatres, cette fois ? Que redoutait-il qu'elle leur dise ? Et, d'ailleurs, qu'aurait-elle pu leur dire ?* « Sans doute est-ce votre allusion à une éventuelle discussion à propos de la mort de Russell. Pour rien au monde il n'accepterait d'en parler, à plus forte raison en ma présence.

– Qu'est-ce qui l'effraie ?

– Rien. »

Pourquoi n'arrêtait-elle pas de lui mentir ? Et pourquoi éprouvait-elle le besoin de protéger son père, alors qu'elle était manifestement convaincue qu'il avait tué son mari ? « Il doit bien y avoir quelque chose, ou il ne réagirait pas ainsi, fit-il remarquer avec bon sens.

– Non, s'obstina-t-elle. Simplement, aux yeux d'Adam, Russell n'existe plus. Il ne mentionne jamais son nom. Pour lui, c'est une histoire oubliée. »

Protheroe médita un instant là-dessus.

« Ainsi, d'après vous, votre père considère le drame que vous avez vécu comme une "histoire oubliée", énonça-t-il d'une voix songeuse. Est-ce aussi votre point de vue ? »

Elle ne répondit pas.

« Parlez-moi de lui, reprit-il. De quel milieu vient-il ? »

Elle se mit à parler par petites phrases brèves et hachées.

« Je ne sais que ce que Betty m'en a dit. Adam n'évoque jamais son passé. Il est né à Londres, dans l'East End. D'une famille de cinq enfants. Lui était le troisième. Son père et ses deux frères aînés travaillaient dans la marine marchande... et tous trois ont péri lors du torpillage dans l'Atlantique-Nord du navire à bord duquel ils se trouvaient. Son frère cadet et sa sœur ayant été expédiés dans le Devon, il est resté seul avec sa mère pour affronter les bombardements. Son éducation a été des plus sommaire. Il a plus appris de la pègre des docks adonnée au marché noir que de l'école. À la fin de la guerre, il possédait suffisamment de contacts extérieurs et d'argent pour pouvoir se lancer dans l'importation. Il a commencé par faire venir de la soie, du coton et des cosmétiques… et il paraît que la première cargaison est arrivée le jour même de ses dix-sept ans. Il a doublé la mise en écoulant le tout au marché noir et a continué sur sa lancée. C'est ainsi qu'il est devenu un escroc de haut vol… Il connaissait très bien les frères Kray. Voilà à peu près tout ce que je sais. »

Il la croyait. Si Adam Kingsley ressemblait un tant soit peu au portrait qu'elle avait fait de lui, c'était un homme capable de cloisonner chaque aspect de sa vie. *Un peu comme sa fille.* Lui arrivait-il également d'enfouir ce qui le tourmentait au fond de sa mémoire au point de ne plus s'en souvenir ? Il y avait de grandes chances. « Aux yeux d'Adam, Russell n'existe plus », avait-elle affirmé.

« Qu'est-il advenu de sa mère ? demanda Protheroe.

– Je l'ignore. Il ne devait plus beaucoup la voir après son premier mariage. J'imagine qu'aucune des deux familles ne voyait cette union d'un bon œil.

– Et le frère et la sœur ? Que sont-ils devenus ?

– Ils sont rentrés à Londres après la guerre, probablement pour vivre avec leur mère. La seule chose qu'Adam ait jamais dite à ce sujet est qu'il les avait toujours regardés comme des étrangers, du fait qu'eux et lui avaient grandi séparément.

– Encore maintenant ? »

Elle se renversa sur son siège, la tête posée sur le dossier.

« Il ne leur a pas parlé depuis plus de trente ans. Oncle Jo a émigré en Australie et n'a plus donné de nouvelles, et tante Lucy a épousé un Noir. Mon père a aussitôt coupé les ponts.

– Parce que le mari de sa sœur était noir ?

– Naturellement. C'est un raciste. Autrefois, Betty voyait très souvent Lucy. Elle m'a raconté un jour qu'Adam avait tenté d'empêcher le mariage.

– De quelle façon ? »

Elle alluma une cigarette, les doigts tremblants.

« Betty était ivre. Il se peut qu'elle l'ait inventé.

– Qu'a-t-elle dit ? »

Elle tira à petits coups sur sa cigarette tout en réfléchissant.

« Qu'Adam avait rossé le fiancé de Lucy pour l'intimider, répondit-elle précipitamment, mais que Lucy s'était entêtée et l'avait épousé quand même. C'est peut-être vrai. Il a une haine viscérale des Noirs. »

Protheroe l'observa un instant.

« Et qu'est-ce que cela vous fait ?

– Honte. »

Il attendit.

« Parce que votre père est une brute ? » suggéra-t-il.

Elle sentit de la bile tiède et douceâtre lui couler dans la bouche et aspira une bouffée de fumée pour chasser le goût.

« Oui… non. Surtout parce que j'aurais dû m'opposer à lui voilà bien des années en tentant de retrouver Lucy et sa famille… mais je n'en ai pas eu la force. »

Veronica Gordon avait raison au sujet des yeux de Jinx, se dit-il tout à coup. Quel mystérieux combat se livrait en elle qui mettait cette frayeur dans son regard et cette assurance dans sa voix ?

« Pourquoi ? »

Elle s'absorba dans la contemplation du plafond.

« Parce que j'avais peur qu'il cherche des boucs émissaires sur lesquels se venger.

– Vous pensez à vos frères ?

– Pas forcément. Il est capable de s'en prendre à n'importe qui, répliqua-t-elle d'un ton ferme. Si j'avais retrouvé ma tante, Betty aurait sûrement été la première à en pâtir parce qu'elle connaissait Lucy depuis son enfance et qu'il l'aurait aussitôt accusée. Mais, en général, ce sont effectivement mes frères qui dégustent.

– Vous parlez au sens propre ou au sens figuré ? Votre père bat vraiment vos frères ?

– Oui.

– Croyez-vous que Russell était un de ses boucs émissaires ? » demanda-t-il d'une voix douce.

Il l'avait prise au dépourvu et elle le regarda, interdite.

« Mon père ne l'a pas tué, dit-elle en élevant la voix. La police l'a très vite mis hors de cause.

– Je parlais au sens figuré, Jinx. »

Elle ne répondit pas tout de suite.

« J'en doute, murmura-t-elle en baissant les yeux, mais peu importe. Russell n'a jamais payé pour mes erreurs.

– Non, reconnut-il. Je dirais même que c'est vous qui avez payé pour les siennes. » Il se mit à jouer avec son stylo. « Que savez-vous de votre mère ? Pourquoi pensez-vous que les deux familles désapprouvaient cette union ?

– Ses parents à elle étaient des bourgeois et ceux de mon père des ouvriers. J'imagine que les premiers donnaient dans le snobisme pur et simple et les seconds dans un snobisme inversé, sans compter qu'il avait gagné son argent en faisant du marché noir. » Elle resta un instant silencieuse. « Il l'adorait.

– C'est lui qui vous l'a dit.

– Non. Il ne parle jamais d'elle.

– Alors comment le savez-vous ?

– Par Betty. Elle s'appelait Imogen Jane Nicholls, était la fille unique d'un médecin, avait fait ses études dans une école privée et possédait énormément de distinction, comme le prouvent les photographies qui tapissent les murs du bureau de mon père. »

Il se souvint du nom inscrit sur le dossier de Jinx : Jane Imogen Nicola Kingsley.

« Est-ce que vous lui ressemblez, en plus de ça ?

– Bien entendu, prononça-t-elle avec une sorte d'amertume. Adam n'a eu de cesse de la ressusciter. »

Il ne trouva rien à redire à cette amertume – elle était là dans sa voix –, encore qu'il doutât qu'elle eût le moindre rapport avec sa mère.

« Allons, même votre père ne saurait faire de miracles, Jinx, déclara-t-il non sans une pointe d'ironie, tout en regardant la cendre de la cigarette augmenter et s'incurver. Je croirais volontiers que ce petit scénario existe davantage dans l'esprit de votre belle-mère que dans le sien. Il n'est jamais facile d'accepter l'indifférence de ses proches. Nous avons tous notre fierté. » Du bout du pied, il poussa la corbeille à papiers vers elle. « Vous devriez le savoir. »

Presbytère de Littleton Mary, Wiltshire, 13 h 15

Fraser ne put se retenir d'éprouver pour Cheever et son attitude affable et compatissante face à cette famille dévastée plus d'admiration qu'il n'en avait eu pour Maddocks la veille. Tout comme lui, le commissaire avait conscience des forces obscures qui s'agitaient sous la surface, mais pas une seconde il ne fit pression sur les Harris pour savoir lesquelles.

Ils se rendirent en convoi à Littleton Mary, Mrs Harris et la femme policier dans la voiture de tête, Cheever, Charles Harris et lui-même suivant dans un second véhicule. Il n'y eut guère de paroles d'échangées. Le pasteur avait manifestement du mal à communiquer et le commissaire préféra le laisser à ses méditations. Si l'initiative était la devise de Maddocks, la patience était celle de Cheever.

Bien sûr, en y repensant, Fraser ne manquerait pas de se demander si la tactique quelque peu brutale de Maddocks n'aurait pas mieux valu, dans la mesure où les événements ultérieurs résultèrent du fait que Cheever avait pris son temps. Maddocks les aurait forcés à vider leur sac, sans le moindre égard pour la douleur qu'ils ressentaient, et Charles Harris n'aurait pas eu le loisir de s'entendre avec son fils pour leur cacher que Meg avait été la maîtresse de Russell. Mais la justice aurait-elle été mieux servie s'ils l'avaient su à ce moment-là et non plus tard ? Telle était la question que Fraser continuerait à se poser.

Tandis qu'ils remontaient, derrière l'autre voiture, l'allée du presbytère, Charles Harris toucha son faux col comme en quête d'un réconfort. « M'autorisez-vous à dire un mot à Simon ? demanda-t-il hâtivement. Pour lui expliquer la raison de votre venue. Après quoi, vous pourriez vous entretenir avec lui dans le jardin, hors de la présence de sa mère. Il est essentiel que vous vous fassiez une image claire de Meg, et j'ai bien peur que ce soit impossible si Caroline écoute. »

Le commissaire hocha la tête.

« Je vais demander à l'agent Graham de l'accompagner à l'intérieur. Le sergent Fraser et moi-même attendrons ici. »

Cinq minutes plus tard, Simon Harris apparut à la porte, son visage mince visiblement marqué. Ils contournèrent la maison jusqu'à des chaises groupées autour d'une table sur la pelouse.

« Papa m'a demandé de vous parler de Meg, dit-il en s'asseyant, mais je ne suis pas sûr… » Il retira brusquement ses lunettes et se pinça l'arête du nez. « Pardonnez-moi, murmura-t-il en s'efforçant de se maîtriser. Tout cela a été si éprouvant. » Il respira profondément pour refouler les sanglots qui lui montaient à la gorge. « Pardonnez-moi, répéta-t-il.

– Je vous en prie, répondit Cheever. Peut-être serait-ce plus facile si nous vous posions des questions ? »

Son interlocuteur hocha la tête.

« Votre père nous a déclaré que vous aviez travaillé plusieurs années à Londres, ce qui vous permettait de voir Meg assez souvent. Pourriez-vous nous parler de sa façon de vivre ? Avait-elle beaucoup d'amis ? Aimait-elle sortir ? Aller dans les discothèques, les pubs, ce genre d'endroits ?

– Oui, dit Simon, elle aimait tout cela. Elle adorait la vie, commissaire. » Il s'essuya les yeux avec sa manche de chemise, puis remit ses lunettes. « C'était quelqu'un de très gai. Les gens appréciaient sa compagnie. »

Cheever tourna sa chaise pour éviter l'éclat du soleil.

« C'est aussi ce que votre mère nous a dit, mais votre père semble plus réservé. À quoi est-ce dû, selon vous ? Meg et lui ne s'entendaient pas bien ? »

Le visage de Simon était indéchiffrable, le soleil se réfléchissant dans ses lunettes, et Cheever s'en voulut de ne pas avoir choisi une meilleure place.

« Si, ils s'entendaient très bien, répliqua-t-il d'un ton trop ferme qui manquait de conviction. » Il resta un moment silencieux. « Écoutez, peut-être serait-il plus simple, après tout, que je vous dise pourquoi papa voulait me parler. Il craint que vous suspectiez Jinx Kingsley à cause de ce qui est arrivé à Russell. » Il ôta de nouveau ses lunettes et chercha un mouchoir dans la poche de son pantalon. « Tout cela n'a vraiment rien de drôle, dit-il en manière d'excuse. Voilà deux semaines que je suis affreusement en colère contre Meg et maintenant... Il est vrai qu'on ne s'attend jamais à ce que les gens meurent. » Il aspira une bouffée d'air afin de se calmer. « L'ironie, c'est que ma fonction consiste précisément à réconforter les personnes placées dans une situation semblable, à leur dire que la constance de leur amour importe plus que deux malheureuses semaines de brouille. » Il souffla dans son mouchoir. « Il faut être soi-même passé par là pour comprendre que ce ne sont que de belles paroles.

– Allons, nous faisons de notre mieux, murmura Cheever en donnant une tape maladroite sur l'épaule du jeune homme. Dans ce métier, c'est une chose que l'on rencontre tous les jours. Tant de détresse partout et si peu de remèdes. »

Curieusement, Simon Harris trouva ces propos réconfortants, peut-être parce qu'ils le persuadèrent qu'il n'était pas seul à offrir des banalités en guise de consolation. Il posa ses mains sur la table et se mit à jouer avec ses lunettes.

« Si papa ne voulait pas que maman entende, c'est parce qu'elle connaissait très peu Meg, en réalité. Elle savait que Meg avait un tas de petits amis sans importance. » Il se reprit aussitôt. « Enfin, pas beaucoup d'importance, mais dans l'optique de Meg, pas dans celle de maman. On pourrait dire, je suppose, que Meg était facile, mais ce serait inexact, dans la mesure où ce terme, appliqué à une femme, a toujours un sens péjoratif. » Il eut un sourire incertain. « Je ne vois vraiment pas comment vous expliquer sans vous inspirer d'idées préconçues. Il aurait fallu que vous la connaissiez. Elle était très innocente, en un sens. Elle aimait s'amuser. »

Fraser leva la tête.

« Si je ne m'abuse, vous êtes en train de nous dire qu'elle se plaisait à avoir des rapports sexuels, mais refusait de s'engager dans une relation suivie. Est-ce donc si exceptionnel de nos jours ?

– Non, répondit Simon avec soulagement, mais vous pouvez imaginer ce qu'aurait pensé ma mère en l'apprenant. Elle est tellement collet monté. » Il se tut.

Fraser attendit un instant.

« En fait, dit-il devant le silence persistant de Simon et avec l'acquiescement du commissaire, votre mère semble croire que c'est votre père qui est collet monté. Elle prétend qu'il l'accablait de reproches et que Meg a quitté la maison à cause de lui. Qu'ils avaient sans cesse des disputes et qu'il la sermonnait même au téléphone. Elle savait que Meg avait eu un avortement, ce que à l'évidence votre père ignorait. Êtes-vous sûr qu'elle connaisse aussi peu de chose que vous le dites ? »

Simon hocha la tête d'un air malheureux.

« Oui, mais j'ai bien peur que vous soyez obligé de me croire sur parole. Maman aime à penser qu'elle sait tout de la vie de Meg, mais c'est faux. Meg n'arrêtait pas de lui mentir pour ne pas l'inquiéter.

– Ainsi, cet avortement était un mensonge ?

– Non, il a bien existé. Mais elle l'a toujours caché à maman, jusqu'à leur accrochage au sujet de Leo. C'est une des raisons pour lesquelles j'étais furieux contre elle. Si elle avait pris la peine de se déranger pour leur parler de vive voix au lieu de leur jeter à la tête que c'était sa vie et qu'elle avait le droit d'en faire ce qu'elle voulait, ils n'auraient peut-être pas réagi aussi mal. » Il enleva ses lunettes et se mit à les balancer de droite et de gauche en suivant leur oscillation avec une sorte de recueillement. « Elle leur a dit un tas de choses qu'elle a sûrement regrettées ensuite. »

Fraser jeta un coup d'œil au commissaire avant de continuer.

« Voulez-vous dire que l'annonce de sa liaison avec Leo a provoqué des frictions entre vos parents ? »

Simon pressa de nouveau l'arête de son nez.

« Un cauchemar, murmura-t-il au bout d'un moment. Meg savait pertinemment ce que sa conduite avait de blâmable, aussi s'est-elle acharnée à soutenir le contraire. Papa, bien sûr, l'a accusée d'avoir trahi Jinx, et maman d'avoir couché avec Leo. Si seulement elle s'était excusée sans chercher à tout prix à avoir raison. » Il regarda le sergent d'un air sombre. « Mais c'est impossible, n'est-ce pas ? Il est dans la nature humaine de vouloir se justifier.

– Qu'a-t-elle dit ?

– Je ne sais que ce qu'elle m'a raconté après coup. Elle m'a appelé vers midi. Maman m'avait déjà téléphoné, en larmes, de sorte que j'étais, moi aussi, assez mal disposé à son égard. » Il se tamponna les yeux. « Il nous arrive à tous d'avoir des paroles malheureuses et ensuite il est trop tard. » Il aspira une nouvelle goulée d'air. « Si je me souviens bien, elle a dit que papa n'était qu'un faux jeton qui louchait sur toutes les femmes, y compris Jinx et elle, mais n'avait pas le courage de passer à l'acte, et maman une bigote frigide qui ne supportait pas l'idée qu'on puisse s'envoyer en l'air. Elle a dit aussi qu'elle lui avait parlé de son avortement afin de lui prouver qu'il existait au moins une femme sur terre qui ne considérait pas les enfants comme l'unique motif d'avoir des rapports sexuels. » Il capta la lueur d'intérêt dans le regard de Fraser.

« Je vous rapporte ce qu'elle a dit, sergent, reprit-il d'un ton las. Je ne prétends pas que ce soit vrai. Elle essayait de se défendre, aussi a-t-elle exagéré leurs faiblesses. Ma mère est une bigote au sens où elle désapprouve les mœurs actuelles, mais elle n'est pas frigide. Mon père a beaucoup d'affection pour Jinx, dont il partage l'intérêt pour les classiques, mais il ne la convoite pas. Si Meg avait passé un coup de fil de France, ou si Jinx n'était pas rentrée dans un mur, la tourmente se serait apaisée en un jour ou deux. Au lieu de ça, mes parents se sont mis à s'accuser mutuellement de ce qu'ils considéraient comme leur propre faute, à savoir le vol par Meg du fiancé de sa meilleure amie et la tentative de suicide de celle-ci. Vous devez comprendre dans quelle situation impossible ils se trouvaient. La famille de Jinx voulait des coupables – non sans raison, vu les circonstances – et les seuls coupables disponibles étaient mes pauvres parents. Il est clair que Meg s'est conduite de façon inqualifiable, aussi est-il naturel qu'ils se sentent responsables. »

Fraser hocha la tête tout en feuilletant son calepin.

« Avez-vous eu connaissance de l'avortement de votre sœur avant votre mère ?

– Oui.

– Quand a-t-il eu lieu ?

– Après qu'elle a quitté Oxford. Ensuite, elle s'est montrée beaucoup plus prudente.

– Savez-vous qui était le père ?

– Non. Et elle non plus, je suppose.

– Vous a-t-elle mis au courant à ce moment-là ? »

Il acquiesça.

« Je l'ai conduite en voiture à l'hôpital.

– Vous étiez d'accord ? »

Pour la première fois, Simon Harris sourit.

« Que je le sois ou non n'aurait rien changé.

– Mais vous deviez bien avoir une opinion.

– Si bizarre que cela puisse paraître, non. En ce qui concerne Meg, je n'avais jamais d'opinion. Elle ne m'aurait pas écouté. »

Fraser trouva la page qu'il cherchait.

« Vous avez dit tout à l'heure : "Peut-être serait-il plus simple, après tout, que je vous dise pourquoi papa voulait me parler. Il craint que vous suspectiez Jinx Kingsley." Pourriez-vous nous donner quelques éclaircissements ? »

Simon hocha la tête.

« Apparemment, maman est convaincue que Jinx a tué Meg et Leo, et il a peur que vous la croyiez. » Il regarda le commissaire d'un air interrogateur, mais n'obtint aucune réaction. « Jamais Jinx n'aurait fait ça. Meg et elle étaient plus des sœurs que des amies.

– Raison de plus d'être indignée que Meg lui ait volé son fiancé, suggéra Fraser. Ou prétendez-vous que Miss Kingsley n'y aurait vu aucun inconvénient ?

– C'est en tout cas ce qu'elle affirme. Je suis allé la voir mercredi et elle était tout ce qu'il y a de plus sereine sur la question. Elle a insisté pour je dise à Meg qu'elle ne lui en voulait pas, ajoutant qu'elle souhaitait que chacun arrête de se tourmenter à cause de cette histoire.

– Miss Kingsley souffre d'amnésie. Comment pourrait-elle savoir quel était son état d'esprit à ce moment-là ?

– Je l'ignore, sergent, mais je la crois et mon père aussi. » Il se pencha en avant, comme pour donner plus de poids à ses paroles. « Nous la connaissons depuis des années et il nous est impossible d'imaginer qu'elle puisse être une meurtrière. Elle n'a pas tué Russell, c'est certain. Elle se trouvait avec Meg cet après-midi-là. Meg était son alibi. »

Le commissaire hocha la tête d'un air songeur.

« Vous avez dit que votre père avait reproché à Meg d'avoir trahi Miss Kingsley. Ai-je raison de penser que c'est aussi pour ce motif que vous étiez furieux contre elle ?

– Oui. Jinx ne méritait pas d'être traitée aussi honteusement. Elle a traversé des moments difficiles et jamais elle ne s'est conduite ainsi. Elle est très généreuse. » Il indiqua d'un signe de tête l'église de l'autre côté de la route. « Elle a aidé papa à réunir des fonds voilà cinq ans pour la réparer ; elle a même persuadé son père de verser de l'argent à une association en faveur des orphelins roumains dont je fais partie. C'est quelqu'un de très bien. »

Cheever eut un sourire approbateur.

« Vous avez une haute opinion d'elle.

– Tout à fait.

– Plus haute, peut-être, que celle que vous aviez de votre sœur ? Les gens qui aiment s'amuser ont tendance à se montrer désinvoltes et égocentriques. Ils font souvent office de brebis galeuse de la famille. »

Simon Harris le regarda.

« Oui, dit-il simplement. C'était certainement le cas de Meg. »

13

Lundi 27 juin, clinique des Rossignols, Salisbury, 13 h 15

Alan Protheroe sentit que Jinx regrettait de s'être dévoilée à ce point. Était-ce sa dernière chance d'en apprendre davantage sur elle ?

« Vous m'avez dit que votre père désirait que vous partiez, mais pas ce que vous comptiez faire. »

Elle posa son menton dans sa main et le regarda avec une expression inquiète. Cependant, il y avait dans ce geste quelque chose de calculé.

« Je lui ai déclaré que j'allais rentrer à Richmond et que, s'il ne me fichait pas la paix, je prendrais des mesures pour qu'il ne puisse plus se mêler de mes affaires. Maintenant, j'en suis malade. »

Il eut un rire étonné.

« Pourquoi ? Je n'aurais pas fait mieux. Il est normal que vous ayez votre liberté.

– J'espérais que vous auriez compris, prononça-t-elle d'un ton accablé. En l'occurrence, ce n'est pas de ma liberté qu'il s'agit, mais de la vôtre. Si Adam pense que l'idée vient de vous... » Elle s'interrompit avec un léger haussement d'épaules.

« Vous vous inquiétez inutilement, dit-il. Que pourrait-il me faire ?

– Il n'a pas bâti son empire sur le charme, docteur Protheroe. S'il doit agir, il le fera sur-le-champ. De manière que vous soyez désormais dans l'impossibilité de m'inspirer de nouvelles initiatives de ce genre.

– Encore une fois, répliqua-t-il en l'observant avec curiosité, que pourrait-il me faire ? »

– C'est aussi ce que disait Russell. » Elle se leva subitement. Elle aurait pu ajouter : *et Leo et Meg*, mais elle n'en fit rien.

Alan Protheroe appela le père de Matthew Cornell.

« Non, Matthew va très bien. En fait, je souhaitais avoir votre avis sur une question n'ayant aucun rapport.

– Je vous écoute.

– Que savez-vous d'Adam Kingsley, de Properties Holdings ?

– Je suis avocat, lui rappela Cornell. Pas agent de change.

– C'est pourquoi je m'adresse à vous, répondit Protheroe. On m'a dit qu'il avait débuté comme escroc dans l'East End et je me demandais ce qu'il y avait de vrai là-dedans.

– Je vois. » Il y eut une courte pause. « D'après la rumeur, il se serait acoquiné avec les Kray et les Richardson dans les années 1950 et 1960, après quoi il aurait adopté un profil bas et serait rentré dans le droit chemin, une fois sa fortune faite. Il n'a jamais eu de démêlés avec la justice, dans la mesure où, selon la bonne vieille méthode de la mafia, il s'est toujours arrangé pour établir des cloisons étanches entre lui et les exactions des gangsters à sa solde. Mais ce ne sont là que des on-dit, docteur, sur lesquels il vaut mieux rester discret. Il a gagné deux procès contre des journaux qui s'étaient risqués à l'écrire noir sur blanc. »

Protheroe se mit à griffonner sur le bloc-notes posé devant lui tout en réfléchissant à la manière de présenter la question suivante.

« Comment mène-t-il ses affaires à présent ?

– Pourquoi ? Vous songez à investir dans Properties Holdings ?

– Peut-être, mentit Protheroe.

– Le bruit revient de temps à autre qu'il aurait eu recours à des pratiques peu orthodoxes pour acquérir un certain nombre d'immeubles et de terrains dans les docks, mais c'est une pure supposition. Il n'est probablement pas plus véreux qu'un autre. Je vous avoue que j'ai moi-même acheté quelques actions de sa boîte.

– Et sur le plan personnel ? On m'a affirmé qu'il valait mieux se tenir à carreau avec lui. Est-ce aussi votre opinion ?

– Qu'est-ce que vous croyez ? Un gosse de l'East End devenu millionnaire ! » Cornell parut soudain intrigué. « Pour ma part, je n'aimerais pas avoir à me frotter à lui. Ce n'est pas pour rien qu'on le surnomme "le grand requin blanc". Dites-vous qu'il préfère se servir aujourd'hui d'avocats comme factotums plutôt que de ses malfrats habituels. Cela vous donnera une petite idée de son *modus operandi.*

– Qu'est-ce que cela signifie exactement ?

– Plus ça change, plus c'est la même chose.

– Vous voulez dire qu'il est resté un chef mafieux ? »

Un rire jovial courut le long de la ligne.

« Non, docteur, c'est vous qui le dites. Je ne tiens pas à me retrouver avec un procès en diffamation. »

« Josh ? C'est Jinx. Pouvons-nous parler une minute ?

– Qu'est-ce qu'il y a ? » Sa voix paraissait hostile.

« Meg est morte. »

Il y eut un silence.

« Je sais », fit-il.

Elle tremblait de froid et avait ce regard étrangement dénué d'expression que donne l'attente.

« Qui te l'a dit ?

– Simon a téléphoné, répondit-il, sur ses gardes. Ils sont morts tous les deux, Meg et Leo. Et toi, comment le sais-tu ? Les choses commencent à te revenir en mémoire ?

– Non, lança-t-elle d'un ton brusque, je m'en suis doutée. La police est venue poser des questions à leur sujet. Qu'est-ce que Simon a dit d'autre ?

– Pas grand-chose. Seulement que sa mère avait perdu les pédales. Elle veut savoir où habitent les parents de Leo, c'est pour ça qu'il m'a appelé.

– Tu le lui as dit ?

– Je lui ai répondu que je n'en savais rien. Il va demander à Dean Jarrett. »

Elle se tut à son tour. « Tu sais très bien où ils habitent, finit-elle par déclarer. Je me souviens de t'en avoir parlé au début de mes fiançailles avec Leo. Je t'ai dit que le mariage risquait d'être un véritable cauchemar, avec d'un côté la gentry du Surrey et de l'autre les parvenus du Hampshire, chaque camp s'évertuant à marquer des points. Tu m'as alors demandé dans quel coin du Surrey habitaient les Wallader et je t'ai répondu : Downton Court, à Ashwell, près de Guildford.

– Eh bien, j'ai oublié. »

Elle pensa qu'il mentait. « Pourquoi Simon ne m'a-t-il pas passé un coup de fil ? »

Nouveau silence.

« Je suis désolée, murmura-t-elle.

– De quoi ?

– De la mort de Meg. C'était ton amie autant que la mienne.

– C'est pour me dire ça que tu m'as appelé ? »

Elle serrait le combiné avec une telle force qu'elle en avait les doigts gourds.

« Je voulais savoir ce qu'on raconte, Josh. Est-ce que les parents de Meg me soupçonnent de l'avoir tuée ? Et aussi Simon ?

– Qu'est-ce qui te fait croire qu'ils ont été assassinés ? demanda-t-il.

– Je ne suis pas idiote.

– Personne n'en a parlé, murmura-t-il. En tout cas, pas à moi. »

Elle eut de nouveau l'impression qu'il mentait.

« Je te fais peur ? demanda-t-elle à cause de l'anxiété qu'elle sentait dans sa voix. Tu penses, toi aussi, que je l'ai tuée ?

– Bien sûr que non. Écoute, il faut que j'y aille. La police doit débarquer d'un instant à l'autre et je m'efforce de trouver des solutions pour continuer ce boulot avec une associée *ad patres*. Je te rappellerai quand ce sera plus calme. » Il raccrocha, l'abandonnant au silence. *Un de plus auquel elle ne pouvait pas faire confiance? Ou qui était aussi affolé qu'elle?*

Elle reposa lentement le combiné. Avait-il dit la vérité? Et, dans ce cas, pourquoi avait-il peur d'elle? Elle alla s'étendre sur le lit et se mit à contempler le plafond, persuadée que sa seule planche de salut résidait dans le fait de ne se souvenir de rien, mais aussi qu'elle finirait fatalement par se souvenir de quelque chose. Quand bien même son père aurait voulu que les secrets enfouis au plus profond d'elle-même y demeurent à jamais, c'était impossible. Si, par ses théories existentialistes, Alan Protheroe ne réussissait pas à les lui extirper, quelqu'un d'autre le ferait. Et sans doute avec beaucoup moins de douceur.

Des larmes lui brûlèrent les paupières. Son bon sens lui disait qu'il aurait été suicidaire – elle y réfléchit un long moment – de faire état de réminiscences auxquelles personne ne croirait. Cette fois, Meg n'était pas là pour lui fournir un alibi.

« Il y a un monsieur qui désire vous voir, docteur Protheroe, l'informa sa secrétaire, une femme d'un certain âge, en passant la tête par la porte du bureau. Un certain Mr Kennedy. Je lui ai dit que vous étiez très occupé, mais il affirme que vous trouverez sûrement le temps de le recevoir. Il est l'avocat de Mr Kingsley. » Elle fit la moue. « Il insiste beaucoup. »

Protheroe finit de rédiger des notes.

« Dans ce cas, il vaut mieux que vous me l'envoyiez, Hilda », répondit-il.

Quelques secondes plus tard, un petit homme mince à lunettes, au visage avenant, pénétra dans la pièce et serra vigoureusement la main de Protheroe. « Bonjour », dit-il en même temps qu'il produisait sa carte et s'asseyait dans le fauteuil de l'autre côté du bureau. « Merci d'avoir bien voulu m'accorder de votre temps, docteur Protheroe. Votre secrétaire vous a-t-elle expliqué que j'étais ici à titre de représentant de Mr Adam Kingsley?

– C'est ce que j'ai cru comprendre, en effet, répondit Protheroe tout en examinant le petit homme, mais je vois

mal quel besoin avait Mr Kingsley d'envoyer un avocat. »
Nom de Dieu !

Mr Kennedy sourit.

« Je suis chargé de vous rappeler les promesses que vous avez faites à mon client lorsque vous avez accepté de vous occuper de sa fille. »

Protheroe eut un froncement de sourcils.

« Redites-moi ça ! »

Le petit homme se carra dans le fauteuil et croisa les jambes.

« Mr Kingsley est très attaché à sa fille, docteur Protheroe, et soucieux de son bien-être. Il vous a demandé de la prendre en convalescence après s'être soigneusement renseigné, en début d'année, sur cette clinique en vue d'une éventuelle admission de son épouse, au terme de quoi il lui a semblé que Jane se plairait davantage ici que dans un environnement hospitalier. Il était, en particulier, désireux qu'elle ne se sente soumise à aucune pression visant à la persuader de suivre un traitement de type psychiatrique, ce qui lui aurait inévitablement rappelé ses malheureuses expériences passées. Aussi a-t-il fait appel à vous – comme médecin et non comme psychiatre – pour l'aider dans sa convalescence et la laisser se rétablir tranquillement et à son rythme. » Il le gratifia d'un nouveau sourire. « N'est-ce pas là un compte rendu exact de la lettre qu'il vous a faxée le 20 de ce mois ?

– Tout à fait.

– Et n'est-il pas tout aussi exact que, lors de la conversation téléphonique que vous avez eue avec mon client à la suite de la réception de sa lettre, vous lui avez déclaré : “Je peux vous assurer, Mr Kingsley, qu'il ne sera fait aucune pression sur votre fille et qu'il est hors de question d'entreprendre quelque thérapie que ce soit à moins qu'elle le souhaite.”

– Il est possible que j'aie dit quelque chose de ce genre, mais je ne garantis pas que ce soient les termes que j'ai employés.

– Mon client, si, docteur Protheroe. C'est un homme prudent et qui a l'habitude d'enregistrer toutes les conversations touchant à ses affaires. C'est mot pour mot ce que vous avez dit. »

Protheroe eut un haussement d'épaules.

« Que je sache, ces promesses ont été tenues. »

Kennedy tira de sa poche une feuille de papier pliée.

« Vous avez faxé hier soir à mon client une lettre dans laquelle vous dites : "J'aimerais également discuter de l'éventualité d'une rencontre à trois où, sous mes auspices, Jinx et vous seriez à même de dissiper d'éventuels malentendus survenus entre vous." Puis-je vous demander si Miss Kingsley vous a autorisé à faire cette proposition à son père ? Autrement dit, a-t-elle exprimé clairement le désir d'une telle rencontre ?

– Pas encore. Il m'a semblé préférable d'obtenir d'abord l'accord de celui-ci. Il n'aurait servi à rien que j'en parle à Miss Kingsley s'il était opposé à cette idée.

– Néanmoins, docteur Protheroe, en suggérant une forme de thérapie, vous avez enfreint les instructions expresses de mon client concernant la manière dont devait se dérouler la convalescence de sa fille. En outre, il est clair, d'après un certain nombre de déclarations figurant dans votre lettre, que vous avez encouragé Jane à parler de faits sur lesquels Mr Kingsley vous avait instamment demandé de garder le silence dans la mesure où ils risquaient de la perturber. » Il se mit à lire des passages de la lettre : «"Elle a parfois du mal à parler d'elle." "J'ai quelques difficultés à comprendre ce qui l'a poussée à attenter à sa vie." "Elle conserve quelques réticences liées à la mort de son mari." »

Protheroe eut un nouveau haussement d'épaules.

« Je ne me souviens pas que votre client m'ait demandé de mettre sa fille au régime cellulaire, Mr Kennedy. S'il l'avait fait, j'aurais à coup sûr refusé de m'occuper d'elle.

– J'ai peur de ne pas bien saisir.

– Jinx est une jeune femme intelligente et communicative. Elle est non seulement à même de participer aux conversations, mais paraît le souhaiter. La seule manière de l'empêcher de parler serait de l'isoler de toutes les personnes présentes dans cette clinique. Est-ce ce que désire son père ? » Il le dévisagea. « L'empêcher de *parler* ? »

Le petit homme laissa échapper un gloussement.

« De quoi ?

– Je l'ignore, Mr Kennedy. » Il se mit à jouer avec son stylo. « Ce n'est pas moi qui suis inquiet. C'est votre client. »

Qui diable tirait les ficelles ? Adam ou Jinx ?

« L'inquiétude de mon client concerne uniquement la santé de sa fille, docteur Protheroe. Il croit sincèrement que ressasser le passé ne pourrait que nuire à Jinx, et il en a eu la confirmation ce matin lorsqu'elle l'a menacé au téléphone. Il estime, à juste titre, que ce retour à de vieux antagonismes résulte de votre refus d'accéder à ses souhaits. »

Protheroe réfléchit un instant.

« Pourquoi ne pas aller à l'essentiel ? demanda-t-il soudain. Mr Kingsley entend-il contrôler chaque minute de la vie de sa fille ou cherche-t-il des excuses pour ne pas payer ?

– Je suis chargé de vous rappeler les promesses que vous avez faites à mon client en acceptant de vous charger de sa fille.

– Si vous faites allusion à des pressions ou à une thérapie forcée, alors nous sommes parfaitement d'accord. Jinx n'a rien subi de cette sorte.

– Néanmoins, vous affirmez dans votre fax : “Elle a parfois du mal à parler d'elle.” » Il leva la tête. « Ce qui signifie manifestement que vous l'avez poussée à le faire.

– C'est absurde ! répliqua Protheroe d'un ton irrité. J'ai écrit à Mr Kingsley parce que je pensais que la sérénité de sa fille lui tenait à cœur et que j'estimais, en tant que médecin traitant, profitable pour elle d'essayer de se rapprocher de son père. Cependant, si celui-ci n'a rien trouvé de mieux, en réponse, que de m'envoyer un avocat pour m'abreuver de ce charabia, alors je dois reconnaître qu'elle avait raison et que je me trompais. Son père ne se soucie que de la manipuler afin de la garder sous sa coupe et une rencontre n'aurait que peu d'intérêt. » Il mit de l'ordre dans ses papiers. « J'imagine que votre rappel à l'ordre cache quelque menace. Seriez-vous assez aimable pour me dire laquelle ?

– C'est vous qui êtes absurde, docteur Protheroe.

– Tout cela me dépasse, je le crains. » Protheroe examina l'avocat avec un froncement de sourcils perplexe. « Je n'ai aucun intérêt à jouer avec la santé de mes patients. Si Mr Kingsley cherche des raisons de ne pas payer, alors j'en discuterai avec Miss Kingsley. Je ne doute pas qu'elle soit prête à s'acquitter des obligations que son père a contractées pour son bien. Dites, je vous prie, à votre client que je suis extrêmement réservé quant à la vision qu'il se fait de la personnalité de sa fille. Elle semble beaucoup moins angoissée que lui-même par l'idée d'évoquer son passé. En outre, je ne partage pas les conclusions de la police selon lesquelles elle aurait tenté de se suicider. » Il se pencha en avant. « Vous pouvez également l'informer que, d'un point de vue professionnel, j'estime qu'il représente le principal danger pour la tranquillité d'esprit de sa fille. Elle témoigne d'une grande ambivalence à son égard, qui ne pourrait être résolue qu'en éclaircissant un certain nombre de choses entre eux, liées notamment à la mort de son mari et à ce qu'elle considère, de la part de Mr Kingsley, comme un besoin incessant et obsessionnel de s'ingérer dans sa vie. Quoi qu'il en soit, compte tenu de la répugnance manifestée par celui-ci à s'entretenir avec elle, une rupture claire et nette sous la forme d'une injonction à la laisser en paix semble être la seule solution. » Il posa les mains à plat sur son bureau et se leva. « Au revoir, Mr Kennedy. Je suis sûr que vous aurez soin de rapporter mes vues avec autant de minutie que vous en avez mis à me transmettre celles de votre client. »

L'avocat se fendit d'un grand sourire et se leva à son tour. « Pas la peine, docteur Protheroe, murmura-t-il en donnant une tape sur sa poche de poitrine. Tout est là. Comme je crois vous l'avoir dit, Mr Kingsley conserve un enregistrement de toutes les conversations relatives à ses affaires. Je sais qu'il sera très intéressé d'entendre ce que vous avez dit. Au revoir, docteur Protheroe. »

Dix minutes plus tard, le téléphone se mit à sonner sur le bureau de Protheroe et il décrocha avec mauvaise humeur.

« J'ai le révérend Simon Harris à l'appareil, annonça Hilda. Désirez-vous lui parler ?

– Pas particulièrement, grommela-t-il.

– Il dit que c'est important.

– Ben voyons ! lança Protheroe d'un ton sarcastique. Le jour où quelqu'un dira le contraire, les poules auront des dents.

– Vous avez l'air contrarié, fit remarquer Hilda.

– C'est parce que je le suis. » Il poussa un soupir. « D'accord, passez-le-moi.

– Docteur Protheroe ? demanda la voix de Simon Harris à l'autre bout du fil. Vous vous souvenez de moi ? Je suis un ami de Jinx Kingsley. Je suis venu la voir jeudi.

– Oui, je m'en souviens.

– Je me trouve dans une position quelque peu déplaisante », poursuivit le jeune homme d'une voix manifestement troublée. Il marqua un bref temps d'arrêt. « Jinx vous a-t-elle dit que Meg et Leo sont morts ? »

Protheroe se mit à se lisser la barbe d'un geste machinal. « Non.

– Ils ont été assassinés, probablement le jour même où elle a tenté de se tuer. »

Le regard de Protheroe balaya la pièce et s'arrêta sur la reproduction de la gravure d'Albrecht Dürer, *Le Chevalier, la Mort et le Diable*, accrochée au mur. On ne pouvait pas faire mieux en la circonstance.

« Je suis absolument navré, Mr Harris. Vous devez être bouleversé.

– Nous n'en avons guère eu le temps, murmura Simon Harris d'un ton d'excuse. La police était encore ici il y a une heure.

– Je suis navré, répéta Protheroe. Qu'est-ce qui vous fait penser que Jinx est au courant ?

– Son assistant me l'a dit.

– Dean Jarrett ?

– Oui.

– Comment le sait-il ? »

Simon poussa un soupir.

« Apparemment, elle a eu hier la visite de la police et s'est doutée que quelque chose n'allait pas. Elle a alors appelé Jarrett et lui a demandé de téléphoner aux Wallader. » Il s'interrompit de nouveau. « En fait, elle le savait avant nous. Mes parents n'ont eu la nouvelle que vers dix heures du soir et se sont rendus ce matin seulement à l'identification. Ma mère est extrêmement montée contre Jinx. Elle la tient pour responsable de la mort de Meg. »

Protheroe se demanda un instant ce que sa patiente lui avait caché d'autre.

« Pourquoi me parlez-vous de tout cela ? »

Nouvelle hésitation.

« Comme je vous l'ai déjà dit, je me trouve dans une position plutôt délicate. Mon père aussi. » Il se racla la gorge. « On a toujours du mal à garder les idées claires dans ce genre de situation... vous en conviendrez, j'en suis sûr. » Il s'arrêta brusquement. « Encouragé par ma mère, Sir Anthony a l'intention de s'adresser au *Times* pour dénoncer Jinx et son père. C'est compréhensible. Ils sont très affectés, naturellement... comme nous tous, ma foi. » Il se moucha. « J'ignore quelle sera la réaction de la presse, mais cela risque de faire du bruit, surtout si les journaux à scandale s'emparent de l'affaire. Ma mère n'est pas très bien... elle... enfin... mon père et moi avons songé aux conséquences que pourrait avoir pour Jinx un tel... procédé. Je pensais qu'elle vous avait dit... qu'ils étaient morts. » Sa voix se brisa. « Je suis désolé... désolé. »

Protheroe attendit qu'il se soit un peu calmé.

« Ne vous faites pas trop de souci, déclara-t-il avec un détachement qu'il était loin d'éprouver, Jinx est une personne extrêmement solide » *à un point qu'il n'avait pas lui-même imaginé* « et je suis persuadé que, d'ici quelques jours, elle aura entièrement retrouvé la mémoire et sera à même de calmer les esprits. » Il réfléchit un instant. « Il ne s'agit là, je présume, que de spéculations et non de faits. Si la police possédait des indices contre Miss Kingsley, elle l'aurait déjà soumise à un interrogatoire. N'est-ce pas ? »

Simon fit un effort sur lui-même.

« Probablement, mais on ne nous a pas dit grand-chose. Sir Anthony est au courant depuis samedi matin et il prétend que Leo a été battu à mort... Tout comme Russell Landy.

– Est-ce que le père de Jinx est prévenu ?

– Je ne crois pas. Ils vont s'en prendre à Jinx alors qu'elle est encore très fragile et nous estimons, mon père et moi, que ce serait injuste.

– C'est très généreux à vous, Mr Harris, répondit Protheroe, intrigué.

– Il ne s'agit pas de cela, répliqua Simon d'une voix tendue. Nous nous faisons du mauvais sang pour ma mère et nous n'avons pas envie d'avoir le suicide de Jinx sur la conscience. Une fois la nouvelle dans les journaux, elle se retrouvera en butte à tout un tas de pressions et peut très bien recommencer ce qu'elle a déjà fait.

– Sur ce plan, soyez sans crainte, répondit lentement Protheroe. Si j'avais encore quelques doutes quant à son équilibre mental, vous venez de les dissiper. Merci de votre sollicitude, Mr Harris. »

Il lui dit au revoir et reposa le combiné avec une expression perplexe. Que se passait-il ? Adam Kingsley était-il au courant ? Est-ce pour cela qu'il avait envoyé Kennedy ? *Bonté divine !* Essayait-on de les entraîner, lui et la clinique, dans quelque conspiration visant à égarer la justice ? « MERDE ! » lança-t-il en direction du *Chevalier, la Mort et le Diable* de Dürer. Pourquoi donc avait-il accepté de s'occuper de cette maudite bonne femme ?

Il se mit en quête de Veronica Gordon, la surveillante.

« J'en ai jusque-là, prononça-t-il en mettant la main à hauteur de sa gorge. Je m'absente pour quelques heures. S'il y avait une urgence, demandez à Nigel White de s'en occuper. » Il réfléchit un instant. « Sauf en ce qui concerne Miss Kingsley. Dans ce cas, appelez-moi sur mon téléphone mobile. Et puis non, corrigea-t-il, nous allons faire mieux que ça. Je veux que vous passiez la voir toutes les demi-heures. C'est compris ? Vous ou une des infirmières, mais que quelqu'un aille jeter un coup d'œil et, au moindre pépin, prévenez-moi. OK ? »

Veronica Gordon hocha la tête.

« Y a-t-il une raison particulière ?

– Non, grommela-t-il, simple précaution. Son père m'a expédié son satané avocat et cet animal a réussi à me coller les jetons. Je ne tiens pas à être accusé de négligence si elle se mettait en tête de faire une bêtise.

– De ce côté-là, vous n'avez rien à craindre, déclara avec assurance son interlocutrice.

– Comment pouvez-vous en être sûre ?

– Je l'ai observée. Tout le monde est à ses ordres, y compris vous, Alan. Elle n'est pas du genre à décrocher à la légère.

– Elle a déjà commis une tentative.

– Du bluff, répliqua Veronica Gordon avec un sourire. C'est peut-être ce qu'elle désirait faire croire à son père, mais si elle avait vraiment voulu se tuer, elle serait morte à l'heure qu'il est. À mon avis, elle avait de bonnes raisons pour sauter de la voiture, dont l'espoir d'un peu plus de compréhension paternelle. De toute évidence, ajouta-t-elle d'une voix pensive, elle ignore la science des objets mobiles heurtant une surface goudronnée. La commotion et l'amnésie ne faisaient probablement pas partie du programme. »

Protheroe eut un haussement d'épaules.

« À supposer qu'ils fassent partie du tableau final. Il n'y a pas besoin d'être Einstein pour simuler l'amnésie. »

Elle le regarda, surprise.

« Vous voulez dire que c'est une simulatrice ?

– Pas nécessairement, répondit-il en mentant. Je me borne à constater un fait.

– Pourquoi se serait-elle donné autant de mal, à moins d'avoir quelque chose à cacher ?

– Peut-être est-ce le cas. »

Fergus était appuyé à la Wolseley de Protheroe lorsque celui-ci sortit dans la chaleur de cette fin d'après-midi et remonta l'allée de gravier. Le jeune homme lui adressa un vague salut et indiqua le capot.

« Je me doutais que c'était la vôtre. Je l'avais remarquée quand je suis venu voir Jinx l'autre jour. Vous voulez la vendre ? »

Protheroe secoua la tête.

« J'ai bien peur que non. Nous sommes ensemble depuis trop longtemps pour avoir envie de nous séparer. » Il introduisit la clé dans la serrure. « Vous arrivez ou vous partez ?

– J'attends. Jinx se trouve quelque part dans le jardin. Miles est allé à sa recherche. Alors, Kennedy vous a sonné les cloches ?

– Est-ce pour cela qu'on l'emploie ?

– Ça dépend de l'humeur de papa. Je lui ai raconté que vous aviez été plutôt pète-sec avec moi samedi et j'ai pensé qu'il avait demandé à son cerbère de vous rappeler qui paie la note. Je lui ai dit aussi que vous aviez l'air d'en pincer pour Jinxy. » Il jeta un regard en biais à Protheroe pour voir sa réaction. « Il paraissait drôlement contrarié, de sorte que ça ne me surprend pas qu'il ait envoyé Kennedy. »

Protheroe eut un grognement amusé.

« Je doute que vous ayez le courage de dire quoi que ce soit à votre père, Fergus. » Il ouvrit la porte de la voiture. « À titre de curiosité, comment savez-vous que Kennedy était ici ?

– Je l'ai vu s'en aller. » Il bâilla. « Miles veut vous parler. Je lui ai promis de vous retenir jusqu'à son retour.

– Une autre fois peut-être.

– Non, maintenant. » Fergus lui saisit le bras. « Nous aimerions savoir ce qui se passe. Est-ce que Jinx se souvient de quelque chose ?

– Je vous suggère de le lui demander. » Protheroe considéra la main qui l'agrippait. « Je suis à votre disposition quand vous voudrez, à condition que vous ayez d'abord pris rendez-vous. Mais dans l'immédiat » – il posa une main sur celle du jeune homme et libéra son bras –, « j'ai d'autres chats à fouetter. » Il lui adressa un grand sourire et s'installa au volant. « J'ai été ravi de vous revoir, Fergus. Faites mes amitiés à votre mère et à votre frère. » Il ferma la porte et mit le contact avant de tourner le volant et de démarrer en trombe.

Lors de sa ronde à neuf heures du soir, Veronica Gordon trouva Jinx debout près de la fenêtre en contemplation devant le paysage embrasé par les dernières lueurs du jour.

« Comme c'est beau ! murmura sans se retourner la jeune femme, sachant d'instinct qui était sa visiteuse. Si je pouvais m'absorber pour toujours dans cette vision, ce serait le bonheur suprême. N'est-ce pas ainsi que vous vous représentez le paradis ?

– Tout dépend si vous en avez une conception statique. Je présume que vous avez suivi le coucher du soleil et que vous avez décidé d'arrêter les choses à un moment qui serait pour vous celui du bonheur suprême. En ce qui me concerne, j'aurais trop peur que le moment suivant soit plus beau que celui que j'avais choisi et ce serait alors la frustration suprême. »

Jinx se mit à rire doucement.

« Alors le bonheur n'existe pas.

– Pas pour moi. Seulement celui qui nous arrive par hasard. S'il devait durer éternellement, ce serait insupportable. » Elle sourit. « Tout va bien ? »

Jinx se détourna de la fenêtre.

« Aussi bien qu'il y a une demi-heure et que la demi-heure d'avant. Allez-vous enfin m'expliquer pourquoi on estime nécessaire de surveiller chacun de mes gestes ?

– Le docteur craint peut-être que vous vous soyez surmenée. Vous m'avez flanqué une peur bleue cet après-midi avec cette fichue promenade. C'était trop loin et trop long.

– Mais non, répondit négligemment Jinx. Je suis restée cachée presque tout le temps. » Elle sourit devant l'étonnement de son interlocutrice. « J'ai vu arriver mon frère et je me suis engouffrée dans une des remises. » Elle se tourna vers la fenêtre. « Le docteur Protheroe m'a dit qu'il attendait la visite de mon père, déclara-t-elle sans vergogne. Savez-vous si Adam est venu ? Je pensais le voir ensuite.

– Son avocat, je crois, répondit la surveillante en tapotant les oreillers, mais pas votre père. »

Jinx pressa son front contre la vitre.

« Pourquoi le docteur Protheroe n'est-il pas passé ?

– Il s'est absenté quelques heures. Pour se détendre. Le pauvre ! dit-elle avec attendrissement, regrettant soudain d'être encombrée d'un Mr Gordon, il a un tas de problèmes en tête et personne avec qui les partager. »

Jinx serra ses bras contre elle pour arrêter de trembler. *Leo et Meg faisaient-ils partie de ces problèmes ? Et est-ce Kennedy qui lui en avait parlé ?*

Veronica Gordon eut un froncement de sourcils.

« Vous êtes restée trop longtemps devant cette fenêtre, espèce de nigaude ! Maintenant, dépêchez-vous d'enfiler votre robe de chambre, et après ça au lit. Il ne manquerait plus que vous attrapiez une pneumonie par-dessus le marché. » Avec un claquement de langue, elle prit le vêtement et le posa sur les épaules de Jinx. « Vous avez eu de la chance que ce jeune couple vous trouve le soir de votre accident, ou c'est pour le coup que vous auriez fait une pneumonie.

– C'était certainement de la veine », répliqua Jinx, impassible.

Mardi 28 juin, clinique des Rossignols, Salisbury, 0h05

La Wolseley franchit les grilles de la clinique, ses phares projetant un cercle blanc sur la pelouse. Il était minuit passé et Protheroe ralentit au maximum pour éviter d'éveiller les patients en faisant crisser le gravier. Il n'éprouvait aucun soulagement à rentrer, ni aucune satisfaction après sa journée de travail, seulement un sentiment grandissant d'absurdité. L'euphorie due à une bouteille de rioja accompagnant un plat de langoustines sautées au beurre et à l'ail avait cédé la place pendant le trajet de retour à une profonde amertume. À quoi bon continuer à vivre ainsi ? Qu'avait-il à faire de cette bande de rupins dégénérés à l'ego comme une montagne ? Pourquoi Jinx ne lui avait-elle pas dit que Leo et Meg étaient morts ? Et pourquoi ne pouvait-il pas s'empêcher de penser à cette chipie ?

Il abattit sa main sur le volant en un geste d'irritation et braqua soudain en entrevoyant dans les phares, à quelques centimètres de l'aile gauche, l'ovale laiteux d'un visage se détachant sur la masse sombre des arbres bordant l'allée. *Bon Dieu de bon Dieu !* Son cœur se mit à battre à un rythme précipité tandis qu'il écrasait la pédale de frein, arrêtant presque instantanément le véhicule. Il avait demandé qu'on aille la voir toutes les demi-heures et voilà qu'il la retrouvait dehors, en train de jouer à cache-cache avec les voitures au milieu de la nuit !

« Jinx ! » appela-t-il en ouvrant la porte. Il descendit dans l'obscurité et se tint debout, une main appuyée sur le toit. « Vous n'avez pas de mal ? »

Silence.

« Allons, je vous ai vue ! » *Pourvu qu'il ne l'ait pas blessée !* Il inspecta le bas-côté herbeux à la lueur rougeâtre des feux arrière, mais ne distingua aucune forme recroquevillée sur le sol. « Je sais que vous m'entendez ! » continua-t-il en scrutant la rangée d'arbres. Il fit le tour de la voiture et s'adossa à la porte côté passager. Tôt ou tard elle serait bien forcée de bouger et il apercevrait de nouveau l'ovale blanc de son visage. « Vous avez menti d'un bout à l'autre, Jinx. Votre fameuse amnésie n'est que de la blague et je ne crois pas une seconde que vous ayez tenté de vous tuer. Vous avez monté toute cette comédie pour amadouer votre père et vous y avez parfaitement réussi, même si vous avez récolté au passage plus de bosses que vous ne pensiez. À présent, allez-vous me dire à quoi rime tout cela ? » Il attendit. « Je vous préviens que je suis de mauvais poil et que ce n'est pas en m'obligeant à faire le poireau dans le parc parce qu'une patiente a décidé de se payer ma tête que vous allez arranger les choses. Et ne comptez pas sur moi pour céder gentiment et vous laisser ici. Au premier geste, je vous tombe dessus. Alors, vous vous montrez ou nous restons là jusqu'à l'aube ? C'est comme vous voulez. »

Un vague mouvement se produisit, si rapide et si proche qu'il fut totalement pris au dépourvu. Il fit un pas de côté, mais ressentit dans l'épaule une douleur fulgurante tandis que la tête en fer d'un marteau lui disloquait le bras. Il s'écarta vivement, évitant un nouveau coup, contourna le capot de la voiture et se rua vers la porte du conducteur restée ouverte. Avec l'énergie du désespoir, il se jeta derrière le volant et claqua la porte. Mais, comme il se penchait pour passer la marche arrière, le marteau jaillit soudain du pare-brise en même temps que celui-ci volait en éclats.

Amy Staunton regarda sa montre.

« Pourquoi le docteur Protheroe tient-il absolument à ce qu'on passe toutes les demi-heures ? ronchonna-t-elle. Elle dort à poings fermés depuis belle lurette.

– Inutile de discuter, répondit Veronica Gordon. C'est comme ça et pas autrement. Finissez votre thé. Cinq minutes de plus ou de moins ne changeront pas grand-chose. »

Il n'aurait su dire si ce qui lui coulait le long de la figure était de la sueur ou du sang. Comme la voiture fonçait en arrière, il avait seulement conscience de souffrir le martyre. À travers un voile de brume, il vit une silhouette – celle d'un homme – disparaître dans les ténèbres avant que la Wolseley heurte brutalement un chêne. Bon sang, que signifiait tout ce micmac ?

La porte du numéro 12 s'ouvrit avec un grincement ténu tandis que l'infirmière noire passait la tête par l'embrasure. Elle crut entendre quelque chose et, légèrement inquiète, chercha l'interrupteur. Un flot de lumière inonda la chambre et elle vit Jinx s'agiter sous les draps, puis aperçut les rideaux qui ondulaient dans la brise. Avec une exclamation de mécontentement, elle traversa la pièce pour fermer les fenêtres, après quoi elle revint vers le lit et posa une main sur le front de la jeune femme.

Comme si elle avait reçu une décharge électrique, Jinx se dressa d'une détente, la bouche grande ouverte en un effort frénétique pour avaler de l'air. *Elle ne pouvait plus respirer... Seigneur, elle ne pouvait plus respirer...* Elle porta une main à sa gorge, cherchant vainement à en chasser ce qui l'obstruait. *Mais c'était de la terre, une terre âcre et putride... et qui allait l'étouffer... NON ! NON !* Elle sauta du lit, se précipita dans la salle de bains, tourna le robinet d'eau froide et plongea la tête sous le liquide glacé. Le choc la fit suffoquer et elle resta ainsi, laissant l'eau couler sur sa bouche pour en ôter le goût de mort.

« Bonté divine ! hurla l'infirmière. Qu'est-ce qui vous

prend ? Vous êtes malade ? Qu'avez-vous avalé ? Pourquoi êtes-vous habillée ? Vous étiez endormie la dernière fois que je suis venue. »

Jinx s'affaissa sur le sol et la regarda, les yeux rougis.

« Ce n'est rien, Amy, murmura-t-elle. J'ai seulement fait un cauchemar.

– Oh, vous n'êtes qu'une vilaine ! Jamais je n'ai eu aussi peur de ma vie. Attendez que j'en parle au docteur Protheroe. Je pensais que vous vous seriez tenue tranquille. » Elle se frappa la poitrine. « J'ai bien failli en avoir une attaque. Et pourquoi avez-vous ouvert les fenêtres ? Elles doivent être fermées après neuf heures, c'est le règlement. Qu'est-ce que vous vouliez faire ? »

Jinx se mit en boule sur le carrelage.

« Rien », dit-elle.

LES CADAVRES D'ARDINGLY WOODS IDENTIFIÉS

La police du Hampshire a révélé hier soir que les deux cadavres découverts jeudi dernier à Ardingly Woods étaient ceux de Leo Wallader, 35 ans, habitant Ashwell, près de Guildford, et de Meg Harris, 34 ans, domiciliée à Londres. Elle pense qu'ils ont été assassinés.

L'information concernant l'identité des deux victimes est venue du père de Leo Wallader, Sir Anthony Wallader, 69 ans, qui dénonce l'inaction de la police dans cette affaire. « Je suis allé reconnaître le corps de mon fils samedi matin, affirme-t-il, et n'ai eu depuis aucun contact avec les autorités du Hampshire. On me dit que Leo et son amie ont été tués il y a deux semaines et, malgré cela, personne ne semble très pressé d'agir. J'ai eu un coup de téléphone de la mère de Meg, qui vit dans le Wiltshire et est aussi scandalisée que moi par l'apathie de la police. Peut-être est-ce dû au fait que chacune des deux familles vit hors du comté. J'aurais été beaucoup plus confiant si la police du Surrey s'était occupée de l'enquête. »

Personne n'ignore que Leo Wallader était fiancé à Jane Kingsley, la fille d'Adam Kingsley, le P-DG de Properties Holdings, qui possède une propriété dans le Hampshire. Cependant, les fiançailles ont été brusquement rompues, Leo Wallader ayant annoncé qu'il désirait épouser l'une des amies de Jane, Meg Harris.

Peu après, Miss Kingsley était grièvement blessée dans un mystérieux accident de voiture sur un aérodrome désaffecté du Hampshire. Selon les policiers, il s'agirait d'une tentative de suicide avortée. Elle présentait, lorsqu'on l'a retirée du véhicule, un fort taux d'alcool dans le sang, mais aucune poursuite n'a été engagée contre elle à ce jour.

On se souvient que le premier mari de Jane Kingsley, Russell Landy, a été tué à coups de marteau il y a dix ans. Son assassin n'a jamais été arrêté. La police du Hampshire se refuse à tout commentaire sur la manière dont Leo Wallader et Meg Harris sont morts. Néanmoins, à en croire Sir Anthony, les deux victimes auraient été rouées de coups. « C'était horrible à voir, nous a-t-il confié. J'ose à peine imaginer ce qu'éprouve Mrs Harris. »

« Nous ne possédons à ce stade que très peu d'indices, déclare le commissaire Cheever de la police du Hampshire, mais nous explorons chaque piste. Je comprends l'état d'esprit de Sir Anthony et je puis l'assurer que nous mettrons tout en œuvre pour retrouver le meurtrier de son fils. »

Le commissaire Cheever n'a pas voulu confirmer qu'un marteau avait servi à tuer le couple. « Les corps ont séjourné dans les bois pendant une dizaine de jours et il est toujours difficile, dans ces conditions, d'ê:re précis quant à la date exacte et à l'origine du décès. »

The Times, 28 juin

14

Mardi 28 juin, clinique des Rossignols, Salisbury, 1 h

Les deux agents examinèrent le pare-brise en miettes et le coffre enfoncé de la Wolseley avec une indignation non feinte. Elle était garée à la diable devant la porte d'entrée, là où Protheroe avait terminé sa course en se disant qu'à moins de secours rapides, il lui faudrait se rendre au service des urgences le plus proche pour faire réduire sous anesthésie générale la luxation de son épaule. Il avait alors klaxonné avec la vigueur de tous les anges et archanges réunis sonnant le Jugement dernier et avait poussé un soupir de soulagement en voyant le gardien de nuit arriver à la rescousse, bientôt suivi par Veronica Gordon dont le sang-froid et les mains robustes avaient permis de remettre les os en place. Cependant, il s'en était fallu de peu. Au bout d'un quart d'heure, l'articulation avait déjà tellement enflé que la souffrance était insupportable.

« C'est vraiment criminel ! lâcha un des policiers, sa lampe torche éclairant les dégâts. Combien de coups a-t-il donnés, avez-vous dit ?

– Un seul », répondit Protheroe en se frottant doucement l'épaule avec la main droite, non sans un certain scepticisme quant à l'efficacité de l'écharpe qu'il portait. « J'ai embouti le coffre en voulant faire marche arrière. Mais ce qui me semble plus important, c'est qu'il ait essayé de me frapper deux fois de suite.

– N'empêche qu'il a surtout abîmé la voiture, fit remarquer lourdement le second policier.

– Quand je vous aurai montré des radios d'articulations déboîtées prises trente minutes après le choc, répliqua sèchement Protheroe, vous serez peut-être d'un autre avis. » Il les fit entrer et les mena jusqu'à son bureau, qu'il traversa d'un pas fourbu avant de se percher au bord de la table. « Vous avez envisagé, je présume, la possibilité qu'il se trouve encore dans les parages.

– C'est peu probable, pas avec tout le ramdam qu'il y a eu. »

La voiture de police était arrivée dix minutes après le coup de fil et, sur la base du récit des événements que leur avait fait Protheroe, à savoir qu'il avait aperçu un visage dans la lumière des phares et s'était arrêté pour se rendre compte, les deux agents avaient conclu qu'un inconnu s'était introduit pour commettre un cambriolage et que le médecin avait eu la malchance de se trouver sur son chemin. Cependant, une inspection minutieuse de toutes les portes et fenêtres n'avait révélé aucune trace d'effraction.

« Vu le dispositif de sécurité dont vous disposez, déclara avec un froncement de sourcils perplexe le plus corpulent des deux policiers, je doute que le type en question ait été bien renseigné. S'il projetait un cambriolage, il ne pouvait pas ignorer qu'il est difficile de s'introduire dans les lieux. Êtes-vous certain de ne pas l'avoir reconnu ? Autrement, je ne vois pas pour quelle raison il vous aurait attaqué. Il n'avait commis à ce stade aucune infraction, à moins qu'il ne soit entré et ressorti par la porte d'entrée, ce qui paraît impossible puisque votre gardien se trouvait à la réception depuis 22 heures.

– Oui, j'en suis certain. Je commençais même à me dire que j'avais rêvé et qu'il n'y avait personne, lorsque j'ai reçu le coup de marteau sur le bras. Je ne me doutais pas qu'il était si près. Je n'ai strictement rien entendu, mais comme j'avais laissé tourner le moteur, ce n'est guère surprenant.

– Et vous ne voyez aucun motif pour lequel il vous aurait attaqué ? »

Protheroe secoua la tête.

« Non, sauf s'il savait que j'étais médecin et pensait que je transportais des drogues dans la voiture. J'ai beau me creuser la cervelle, il ne me vient pas d'autre explication. » Il aurait tout le temps de décider ensuite, songea-t-il, s'il avait réellement aperçu le visage de Jinx dans les phares, ou si c'était seulement un effet de son imagination parce qu'il pensait à elle au même instant.

« Un ancien patient, peut-être, qui aurait reconnu la voiture ?

– Cela m'étonnerait. C'est une des premières choses dont je les informe à leur arrivée ici. Nous ne disposons que d'un stock limité de médicaments et il est enfermé dans ce coffre. » Il indiqua d'un signe de tête un coffre-fort à l'aspect imposant installé dans un coin. « Ils savent fort bien que je n'en ai pas dans la voiture. »

L'agent s'assit et tira un calepin de sa poche.

« Essayons d'être précis. Vous dites qu'il s'est enfui après avoir fracassé le pare-brise. Vous avez dû le voir distinctement à ce moment-là. »

Protheroe tira un Kleenex d'une boîte sur son bureau et se tamponna le visage, où des coupures provoquées par les éclats de verre continuaient à saigner.

« Pas vraiment. Je m'escrimais à passer la marche arrière avec l'autre main, de sorte que je n'ai pas fait attention.

– Pourriez-vous le décrire, s'il vous plaît ?

– Il était un peu plus petit que moi – disons entre 1,75 mètre et 1,80 mètre. De corpulence moyenne – plutôt mince – et habillé tout en noir. »

Le policier attendit, son crayon suspendu au-dessus du calepin posé sur ses genoux. Comme son interlocuteur restait muet, il leva la tête.

« Quelques informations supplémentaires ne seraient pas superflues. Par exemple, quelle était la couleur de ses cheveux ?

– Je l'ignore. Je suppose qu'il portait une cagoule. Tout ce que j'ai vu, c'est un type vêtu de noir de la tête aux pieds et brandissant un marteau.

– Très bien. Dans ce cas, peut-être pourriez-vous nous décrire ses vêtements. De quelle forme étaient-ils ? »

Protheroe secoua la tête.

« Je n'en sais rien. » Il sentit de l'impatience chez le policier. « Écoutez, lança-t-il avec une pointe de colère, il faisait sombre. Je suis descendu de voiture et brusquement ce salaud a essayé de me transformer en chair à pâté. Franchement, je me fichais bien de la manière dont il était habillé. »

Le policier marqua un temps d'arrêt.

« Mais entre le moment où vous êtes remonté en voiture et celui où il s'est enfui, vous avez bien dû remarquer des détails.

– Tout s'est passé très vite. La seule chose que je peux vous dire, c'est qu'il était habillé en noir.

– Cela ne nous avance guère.

– J'avais compris ! » répliqua Protheroe d'un ton irrité.

Il y eut un bref silence.

« Et, cependant, vous êtes certain qu'il s'agissait d'un homme. Pourquoi ? Il vous a dit quelque chose ?

– Non.

– Cela n'aurait pas pu être une femme ?

– Possible, mais j'en doute. La silhouette, la vigueur, la brutalité – tout fait penser à un homme.

– Vous seriez moins convaincu si vous voyiez quelques-unes des donzelles auxquelles nous avons affaire, répliqua le policier avec un gros humour. De nos jours, il n'y a plus de sexe faible. »

Protheroe respira à fond.

« Est-ce que cela vous ennuierait que nous reparlions de tout ça demain ? Je suis très fatigué et mon épaule me fait un mal de chien. »

Les deux agents se consultèrent du regard.

« Comme vous voudrez, répondit celui qui était resté debout. L'endroit semble assez bien protégé et, sans une bonne description, il n'y a pas grand-chose que nous puissions faire pour l'instant. Un inspecteur passera vous voir dans la journée. En attendant, il serait bon que vous dressiez une liste de vos allées et venues au cours de ces dernières vingt-quatre heures ainsi que des gens auxquels vous avez parlé. » Il eut un hochement de tête poli. « Il y avait de fortes chances pour que quelqu'un rentrant après minuit soit un médecin plutôt qu'un visiteur ou un patient. Aussi, je pense que vous avez raison : la drogue est l'explication la plus plausible. »

Protheroe s'arrêta dans la salle des infirmières avant d'aller se coucher.

« Tout va bien ? » demanda-t-il.

Veronica Gordon, qui était seule, leva la tête et considéra le visage balafré.

« Vous tenez à jouer les martyrs ? lança-t-elle. C'est pour ça que vous ne voulez pas que je soigne ces coupures ?

– Merci, vous risqueriez de m'éborgner, grommela-t-il. Je préfère m'en occuper moi-même, calmement et en douceur. Des problèmes ?

– Bien sûr que non, répondit-elle d'une voix aigre. Quels problèmes pourrait-il y avoir dans une maison bourrée d'ivrognes et de drogués réveillés au beau milieu de la nuit par une bande de pandores s'amusant à piétiner le gravier et à braquer leurs lampes torches sur chaque fenêtre ? Amy et moi n'avons pas cessé de courir partout. Elle est partie voir les trois qui ont appelé juste avant votre arrivée. » Une lumière se mit à clignoter sur le tableau au-dessus de son épaule. « Et allez donc ! Comme s'ils ne pouvaient pas s'occuper de leurs oignons. Ils veulent absolument savoir ce qui se passe.

– Et Jinx Kingsley ? Vous allez toujours la voir régulièrement ? »

Elle retourna le registre de nuit pour qu'il y jette un coup d'œil.

« Elle roupille, depuis dix heures. En fait, c'est même la seule à nous avoir fichu la paix. Amy est passée dans la chambre juste avant que vous vous mettiez à klaxonner, mais ce n'est pas marqué, parce que nous n'en avons pas eu le temps, avec tout ce remue-ménage. J'y suis allée une fois depuis et elle dormait comme un loir. Vous tenez à ce qu'on continue ?

– Oui, répondit-il d'une voix pensive. À tout hasard. Je me sentirai plus rassuré en sachant où elle est. »

C'est seulement lorsqu'il fut sorti que Veronica Gordon

fut frappée par la bizarrerie de cette réponse. Elle avait l'intention d'en parler à Amy, mais une nouvelle sonnerie la propulsa dans le couloir et elle n'y pensa plus. Si elle l'avait fait et si Amy lui avait dit avoir trouvé Jinx vêtue de pied en cap, le résultat aurait-il été différent ? se demanderait-elle fréquemment par la suite, à l'instar du sergent Fraser.

Bien que déjà pâle, Jinx perdit ses dernières couleurs en voyant Alan Protheroe entrer dans sa chambre le lendemain matin avant le petit déjeuner, le bras gauche en écharpe et le visage couvert d'estafilades.

« C'est Adam qui vous a fait ça ? »

Il en resta interdit. C'était bien la dernière réaction à laquelle il s'attendait.

« Pourquoi votre père aurait-il voulu casser mon pare-brise ?

– Excusez-moi, se reprit-elle vivement. Je n'ai rien dit. C'était idiot. Alors on a cassé votre pare-brise ? C'est pour ça qu'il y avait la police hier soir ? »

Il sourit.

« Ah tiens, on m'avait pourtant assuré que vous dormiez pendant tout ce temps-là.

– Oui, et alors ?

– Comment savez-vous que la police est venue ?

– Matthew me l'a raconté. Voilà une demi-heure. »

Satané Matthew ! À croire qu'il passait plus de temps dans cette chambre que dans la sienne.

« Vous a-t-il expliqué pourquoi ? »

Jinx secoua la tête.

« Non. Mais il fait le tour des pensionnaires pour essayer de le savoir. »

Ce qui lui valait son talent de menteuse, c'est qu'elle avait un parfait sens du vraisemblable.

« Je vois. » Il se percha au bord du lit. « Et vous n'avez pas pu le lui dire parce que vous l'ignorez. »

Elle soutint un instant son regard avant de détourner la tête.

« C'est exact.

– La police pense qu'il s'agissait d'un intrus en quête de drogue. » Il examina le visage fatigué de la jeune femme. « Pour quelqu'un qui a dormi toute la nuit, vous n'avez pas l'air très reposée. »

Elle se força à sourire.

« C'est mon côté skinhead. Cela ne m'avantage pas plus que la moyenne. Vous me direz que ce n'est pas fait pour ça. La chevelure est généralement considérée comme un accessoire de beauté normal.

– Vous avez froid ? demanda-t-il. Vous tremblez.

– Ce sont les nerfs.

– C'est moi qui vous rends nerveuse ?

– Non.

– Alors quoi ?

– Je ne sais pas. Je ne me rappelle plus. »

Il arbora un large sourire. « J'ai rêvé de vous la nuit dernière. J'étais étendu au bord d'une falaise, quand une main m'a saisi par la cheville et m'a tiré vers le bord. Au moment de tomber dans le vide, j'ai jeté un coup d'œil en bas et vous me regardiez avec une expression goguenarde. »

Elle eut un froncement de sourcils.

« C'est censé signifier quelque chose ?

– Oui, répondit-il en se levant. Que vous vous payez ma tête. »

L'inspecteur Hadden, de la police du Wiltshire, vint prendre la suite des deux agents de la veille. D'âge moyen, avec des manières directes, il semblait suivre la routine et n'avoir aucun désir de pousser les choses plus loin. Non sans un certain déplaisir, Protheroe le vit arriver avec le journal, lequel, temporairement du moins, anéantissait ses efforts pour justifier les propos tenus au téléphone par Simon Harris.

« Franchement, déclara l'inspecteur, après avoir casé son vaste arrière-train sur un bout du canapé en cuir, je serais assez d'accord avec l'hypothèse d'un drogué, à moins que des détails plus concrets vous soient revenus entre-temps. Vous comprenez notre embarras. Ratisser tout le pays pour trouver l'individu que vous nous avez décrit reviendrait à chercher une aiguille dans une meule de foin. Ce serait différent si vous pouviez nous fournir un nom ou si quelque chose avait été volé – nous aurions alors une petite chance de remonter jusqu'à lui –, mais dans l'état actuel... une aiguille dans une meule de foin. Vous en conviendrez, j'en suis sûr.

– Alors j'ai perdu mon temps en faisant cette liste des gens auxquels j'ai parlé hier, répondit sèchement Protheroe. J'aurais aussi bien pu dormir une heure de plus. Cela m'aurait servi davantage plutôt que d'essayer d'aider la police dans une enquête dont elle se fiche pas mal. » Il saisit la liste sur la table basse et fit mine de la chiffonner.

« Je n'ai pas dit cela, répliqua Hadden en tendant la main vers la feuille de papier. Nous allons bien sûr contrôler avec soin tous les renseignements que vous nous avez fournis ; néanmoins, le rapport insistait sur le fait que vous ne pensiez pas avoir été victime d'une agression personnelle. Peut-être avez-vous changé d'avis ? »

Protheroe secoua la tête.

« J'ai dit que je ne voyais pas qui avait pu commettre un tel acte, mais aussi que l'homme avait frappé une seconde fois alors que j'étais remonté dans la voiture. S'il cherchait de la drogue, pourquoi n'a-t-il pas déguerpi à ce moment-là ? »

Hadden consulta la liste tout en parlant.

« Parce que, comme vous le savez sûrement, ce genre de zèbre ne se comporte pas de façon logique. Il était persuadé qu'il y avait quelque chose dans la voiture et il a cassé le pare-brise pour s'en emparer. Les hôpitaux perdent chaque semaine pour plusieurs milliers de livres de médicaments. Tôt ou tard, il était inévitable qu'un quidam ait l'idée de venir jeter un coup d'œil par ici. » Il posa un doigt au coin de la page. « Mr Kennedy, avocat d'Adam Kingsley, lut-il lentement. Le Kingsley de Properties Holdings ? »

Protheroe acquiesça.

L'indifférence ennuyée de son interlocuteur fit soudain place à un vif intérêt.

« Puis-je vous demander pour quelle raison son avocat est venu vous voir ?

– La fille de Mr Kingsley est une de mes patientes.

– Je vois. » L'inspecteur eut un froncement de sourcils. « Pourquoi avoir envoyé son avocat ? Existe-t-il un conflit entre vous ?

– Pas à ma connaissance.

– Alors de quoi avez-vous parlé ? Était-ce une conversation cordiale ?

– Parfaitement cordiale. Nous avons discuté du rétablissement de Miss Kingsley.

– Cela vous arrive souvent ? De discuter de la santé d'une patiente avec l'avocat de son père ?

– Non, mais Mr Kingsley est un homme très occupé. Il a probablement une grande confiance dans la discrétion de son avocat. »

Le froncement de sourcils de l'inspecteur ne fit que s'accentuer. De toute évidence, l'épisode lui paraissait aussi inexplicable qu'à Protheroe.

« Avez-vous rencontré Mr Kingsley ?

– Non. Nous communiquons par fax et par téléphone.

– Vous ne savez donc pas quel genre d'homme c'est. » Protheroe secoua la tête. « Je vois sur votre liste un certain Fergus Kingsley. Est-ce un parent ?

– Son plus jeune fils. Le demi-frère de Miss Kingsley.

– Et votre conversation a-t-elle été cordiale également ? »

Il revit la main de Fergus sur son bras. Le geste l'avait agacé, mais il n'avait rien d'hostile.

« Oui. »

L'inspecteur Hadden plia la feuille et la glissa dans sa poche.

« Vous avez dit que le type portait un marteau. Il n'y a pas d'ambiguïté là-dessus ?

– Aucune.

– Très bien. » Il se leva. « Nous allons voir ce que nous pouvons faire. »

Protheroe haussa un sourcil interrogateur.

« Pourquoi ce brusque changement ? Il y a deux minutes, vous étiez prêt à laisser tomber toute l'affaire et voilà que vous avez l'air pressé de foncer. Qu'est-ce que Kingsley a à voir là-dedans ? »

Hadden eut un geste évasif.

« Je crains de vous avoir donné une fausse impression. La police du Wiltshire prend toutes les agressions au sérieux. Si nous avons besoin de vous, je présume que vous serez ici. Vous ne comptez pas vous absenter dans les jours qui viennent ?

– Non.

– Merci de votre aide, docteur. Je vous laisse à présent. »

Protheroe le regarda s'éloigner, puis s'empara du journal. L'article concernant Leo et Meg se trouvait en page intérieure. Il le lut et comprit pourquoi la mention d'un marteau associée au nom de Kingsley avait soudain galvanisé l'indolent inspecteur de police.

Commissariat de Romsey Road, Winchester, 10 heures

Une heure plus tard, à une trentaine de kilomètres de là, en écoutant au téléphone le récit de son collègue de Salisbury, Frank Cheever sourit pour la première fois depuis la veille. Il venait de passer une nuit abominable. Cela avait commencé par un coup de fil du *Times*, qui voulait une confirmation d'identité, pour continuer avec des appels incessants de journalistes désireux de savoir si les allégations du *Times* avaient le moindre fondement. Apparemment, Sir Anthony Wallader s'était montré particulièrement explicite dans ses accusations contre Kingsley et sa fille et, bien qu'aucun journal n'ait été assez stupide pour reproduire textuellement ses propos, tous avaient emboîté le pas au *Times* en mentionnant la mort de Landy et en faisant état du refus de Cheever de préciser si l'arme du crime était un marteau. De plus, ils s'étaient arrangés pour glisser quelques allusions selon lesquelles Kingsley se servait de son influence pour paralyser l'enquête dans son propre comté du Hampshire, laissant aux lecteurs le soin d'en tirer leurs conclusions.

Cheever avait encore les oreilles qui tintaient après le savon que lui avait passé son supérieur pour avoir négligé d'informer Sir Anthony et Mrs Harris des progrès de l'enquête. Il avait eu beau faire valoir que le corps de Meg n'était officiellement identifié que depuis quelques heures et que les plaintes de Sir Anthony auprès des journaux portaient sur un point bien précis, à savoir que la police du Hampshire n'avait pas arrêté sur-le-champ Adam Kingsley ou sa fille, le directeur s'était montré insensible à ces arguties. Cheever aurait dû informer dès le début les Wallader et les Harris et ne pas laisser s'installer un tel climat de suspicion.

« Il était évident que les deux familles allaient se contacter. Pourquoi n'êtes vous pas retournés voir les Wallader après le départ des Harris ? Si nous ne prenons pas la peine de les tenir au courant, il est fatal qu'ils soupçonnent le pire. Je tiendrai une conférence de presse cet après-midi, et j'espère que vous les aurez ramenés d'ici là à de meilleurs sentiments. Il ne doit faire de doute dans l'esprit de personne que la police du Hampshire mène cette enquête avec zèle et vigueur, quelles que soient les personnalités qui pourraient être impliquées dans l'affaire. »

Cheever consulta sa montre et reposa le combiné. Sir Anthony et Lady Wallader étaient attendus dans moins de dix minutes. Les Harris avaient décliné l'invitation, mais accepté de recevoir Cheever chez eux à midi. La conférence de presse était prévue pour 15 h 30. Il décrocha de nouveau le téléphone et demanda à l'inspecteur Maddocks de venir immédiatement dans son bureau.

Gareth Maddocks se présenta soixante secondes plus tard, aussi peu désireux de contrarier le commissaire que celui-ci avait envie de froisser le directeur de la police. Toute la hiérarchie était sur le pied de guerre depuis sept heures la veille au soir.

« J'ai eu un coup de fil de Salisbury. Le docteur Alan Protheroe de la clinique des Rossignols s'est fait agresser la nuit dernière par un individu armé d'un marteau. Il s'en est tiré à peu près indemne en donnant l'alarme et en obtenant du secours, mais, et c'est le plus intéressant, Salisbury affirme que Protheroe avait reçu hier après-midi la visite de l'avocat de Kingsley. Je veux que vous alliez là-bas. Prenez Fraser avec vous, demandez à voir le commissaire Mayhew ainsi que l'inspecteur Hadden, puis filez à la clinique interroger Protheroe. Il me faut un compte rendu complet de sa journée, avec les gens auxquels il a parlé et ce qu'il leur a dit. Cette visite de l'avocat ne peut pas être une coïncidence. »

Sir Anthony Wallader n'était pas d'humeur à se laisser amadouer. Il traita les Kingsley d'assassins, réitéra ses accusations concernant l'inertie des autorités, exigea de savoir pourquoi le meurtre de Russell Landy était resté impuni et décréta que si la police avait fait son travail dans cette affaire, Leo et Meg seraient encore en vie. Il semblait incapable de contenir ou même de masquer son chagrin et ces trois derniers jours l'avaient mis dans une fureur telle qu'il avait absolument besoin de se défouler sur quelqu'un. Pour sa part, Lady Wallader se tenait assise, la tête inclinée, et ne disait rien.

Cheever attendit lui aussi en silence que l'orage soit passé.

« Je vous prie de m'excuser, ainsi que mes hommes, pour notre manque de courtoisie à votre égard, Sir Anthony, ainsi qu'à l'égard de votre épouse, déclara-t-il d'un ton paisible. Nous avons eu du mal à retrouver les parents de Meg et c'est seulement hier matin, comme vous l'a certainement dit Mrs Harris, que nous avons été en mesure de procéder à l'identification officielle. J'aurais dû, je le reconnais, vous téléphoner aussitôt après pour vous tenir au courant et je regrette sincèrement de ne pas l'avoir fait.

– Au moins, vous auriez pu envoyer quelqu'un parler à mon épouse. Pourquoi vous en être dispensé ? Le révérend Harris m'a dit que vous aviez envoyé une femme policier réconforter la sienne.

– Nous vous avons proposé conseils et assistance, mais vous nous avez répondu, si vous vous en souvenez bien, que la présence d'inconnus dans la maison ne ferait qu'aggraver les choses.

– Sachez que je n'en resterai pas là. Je me plaindrai en haut lieu. J'estime que vous devriez être immédiatement dessaisi de cette affaire et remplacé par quelqu'un de plus compétent. » Ses yeux s'emplirent de larmes. « On vient d'assassiner mon fils et que faites-vous ? Rien. Rien de plus qu'après le meurtre de Russell Landy.

– Je vous assure que nous avons beaucoup avancé en l'espace de quelques jours. Ainsi, nous avons localisé la maison de votre fils à Londres, où nous retrouverons probablement la plupart de ses objets personnels ainsi que ceux de Miss Harris. » Il jeta un coup d'œil à sa montre. « Une équipe devait s'y rendre ce matin en compagnie de son notaire. De plus, nous avons demandé à la police française de perquisitionner sa villa en Bretagne, mais comme il semble clair que ni lui ni Meg n'ont quitté le pays avant leur décès, nous n'avons pas beaucoup d'espoirs de ce côté-là. Il y a aussi l'appartement en Floride, mais, là encore, je doute que cela donne grand-chose. » Il s'interrompit un instant, feignant d'ignorer l'expression stupéfaite du vieil homme. « Nous recherchons toujours ses deux voitures. Le notaire est convaincu que l'une d'entre elles se trouve dans le garage de la maison de Chelsea et il possède l'adresse d'un second garage à Camden que votre fils louait depuis plusieurs années. Mr Bloom a accepté d'y conduire nos inspecteurs dès qu'ils en auront fini avec la maison. Il faut ajouter à cela deux coffres-forts, que nous nous efforçons de dénicher, et divers comptes en banque, qui devraient nous fournir de précieux renseignements quand nous pourrons y avoir accès. Je regrette que ces démarches aient attendu jusqu'à aujourd'hui, mais on ne nous a communiqué le nom de Mr Bloom que dimanche matin.

– C'est un scandale ! bredouilla Wallader. Vous auriez dû nous avertir tout de suite.

– En fait, ces informations ne nous ont été confirmées que tard dans l'après-midi d'hier, par un fax en provenance de l'étude de Mr Bloom, répondit Cheever. Compte tenu de la complexité des affaires de votre fils, cela a nécessité un certain temps. » Il joignit les mains devant lui. « Croyez bien que Mr Bloom n'aurait pas manqué de m'accompagner à Guildford à l'issue des premières recherches afin de vous éclairer sur les biens de votre fils. Je pensais, peut-être à tort, que vous préféreriez entendre ces détails de la bouche d'un juriste. Il semble que votre fils possédait une fortune considérable. D'après le peu que vous nous avez dit samedi, je présume que votre femme et vous n'en saviez rien. »

Lady Wallader regarda Cheever.

« Il avait un appartement à Kensington, qu'il a été forcé de vendre en 1988 pour payer ses dettes, murmura-t-elle d'un ton las. Il a tout perdu lors de l'effondrement de la bourse et a vécu pendant cinq ans dans une location à Kew avant de rencontrer Jinx et de s'installer chez elle. »

Cheever consulta le fax de Bloom.

« Cet appartement était-il situé dans Kensington Garden Road ? »

Elle acquiesça.

« Il est toujours à lui, ainsi que trois autres à Kew et deux à Hampstead. Voici la liste de ses biens immobiliers : une maison de cinq pièces à Chelsea, louée jusqu'en avril dernier, date à laquelle il a demandé à Bloom et à son agent de la tenir à sa disposition ; l'appartement de Kensington, actuellement vide, mais en passe d'être loué ; les deux appartements de Hampstead, loués ; une maison de trois étages à Kew, transformée voilà quatre ans en trois appartements, tous loués ; une villa en Bretagne, qu'il loue durant l'été quand il ne l'occupe pas, et un appartement en Floride, loué toute l'année à des vacanciers. Au passage, vous souvenez-vous de l'endroit exact où il vous a dit avoir cette location ?

– The Avenue, à Kew, répondit-elle.

– Tremayne, The Avenue, à Kew ?

– Oui.

– Il a acheté tout l'immeuble il y a huit ans pour la somme de deux cent quatre-vingt mille livres, Lady Wallader. Peut-être vous êtes-vous mépris sur ce qu'il entendait par le mot location.

– Non, dit-elle. Il prétendait avoir du mal à boucler ses fins de mois, mais je savais qu'il n'en était rien. Sinon, j'aurais accepté de lui prêter de l'argent comme il le demandait. » Elle le fixa de ses yeux rougis. « Est-ce Jinx qui vous a donné le nom de Mr Bloom ?

– Oui.

– Cela signifie-t-il qu'elle va mieux ? J'ai parlé au téléphone avec sa belle-mère, qui m'a dit que Jinx avait perdu la mémoire. J'en étais désolée.

– D'après ce que j'ai compris, elle ne souffre que d'une amnésie partielle. Deux de mes inspecteurs lui ont parlé dimanche. Il semble qu'elle n'ait aucun souvenir des deux semaines ayant précédé son accident.

– C'est bien pratique ! lança d'un ton courroucé Sir Anthony. Vous vous rendez bien compte qu'elle ment. »

Cheever ignora cette remarque.

« Vous avez de la sympathie pour elle, Lady Wallader ?

– Oui. Elle était très en colère la dernière fois que nous l'avons vue. J'imagine que Leo avait recommencé à faire des siennes. Il est difficile de se montrer objectif s'agissant de ses propres enfants. On continue à les aimer malgré tous leurs défauts et, même si l'on souhaite qu'ils en aient moins, cela ne les rend pas plus parfaits. »

Son mari posa une main sur son bras et le serra avec force.

« Tu ne devrais pas parler ainsi », jeta-t-il, irrité.

Il y eut un court silence.

« Je le dis parce que c'est vrai, Anthony, répondit-elle calmement sans se préoccuper des doigts broyant sa chair. Ce n'est pas pour cela que j'ai moins d'affection pour Leo. Tu le sais très bien.

– Le seul fait qui importe pour l'instant, c'est que ton fils a été assassiné, grommela-t-il. Tu veux que son meurtrier puisse s'en tirer ? »

Elle leva la tête vers lui.

« Non, c'est pourquoi il me paraît important que le commissaire sache la vérité.

– Vous lui faites mal, Sir Anthony, dit posément Cheever. »

Le vieil homme se tourna vers lui, le visage blême, le regard dénué d'expression.

« Votre main. Vous devriez la retirer. »

Docilement, il relâcha son étreinte.

« Dites-moi pourquoi Jinx était en colère la dernière fois que vous l'avez vue.

– Oh, parce qu'elle en avait assez de ses mensonges et de ses cachotteries, répondit d'une voix neutre Lady Wallader. Comme toutes les femmes qu'il a connues. À la fin, elles s'aperçoivent que, sous le charme et la distinction, se dissimule un caractère extrêmement égocentrique. » Elle jeta un bref coup d'œil à son mari. « Il n'avait aucun sens du partage, même étant enfant. Il piquait des crises de rage chaque fois qu'un autre gosse lui empruntait un objet, si bien que nous avons fini par l'emmener chez une psychologue, laquelle a diagnostiqué un déséquilibre de la personnalité. Elle nous a dit qu'il n'y avait rien à faire et que, probablement, il apprendrait avec l'âge à contrôler son agressivité.

– Et c'est ce qu'il a fait ?

– Je suppose. En tout cas, il a cessé de jouer du coup de poing, mais je ne jurerais pas qu'il était moins en colère au fond de lui quand il devait partager ce qu'il avait. Il était très immature.

– Miss Kingsley le décrit comme un homme extrêmement secret. Est-ce ainsi qu'il a résolu le problème, d'après vous ? En refusant de divulguer ce qui lui appartenait ?

– Oui. » Elle désigna le fax. « Cela paraît assez clair. Nous n'avions pas idée qu'il possédait tout cela. Je le soupçonnais bien d'être plus à l'aise qu'il ne le prétendait, mais pas à ce point-là. Nous devons vous sembler bien naïfs, commissaire, mais la vie avec Leo était plus facile si l'on n'essayait pas d'en savoir trop. »

Cheever attendit un instant.

« Vous avez dit que Miss Kingsley en avait assez, Lady Wallader. Cela signifie-t-il que c'est elle qui a rompu le mariage ? »

Ce fut son mari qui répondit.

« Non, prononça-t-il avec fermeté. Elle nous a tous insultés. Dans quel but, cela reste un mystère. À aucun moment, elle n'a laissé entendre qu'elle ne voulait pas se marier. C'est Leo qui, lorsqu'elle a enfin cessé de crier, a dit qu'il n'y aurait pas de mariage.

– A-t-il expliqué pourquoi ?

– Il avait une liaison avec Meg Harris et avait l'intention de l'épouser.

– Et quelle a été la réaction de Miss Kingsley ?
– La surprise. C'était bien la dernière chose à laquelle elle s'attendait et elle l'a regardé, complètement ébahie.
– Êtes-vous d'accord avec cela, Lady Wallader ? »
Celle-ci leva la tête.
« Oui. Elle n'a pas dit un mot, mais il était évident qu'elle n'avait pas prévu une réponse de ce genre. J'ai eu l'impression qu'elle était très en colère, mais sans doute plus contre Meg que contre Leo. Je ne peux pas être affirmative. Nous étions tous bouleversés et, franchement, Anthony et moi avons été soulagés qu'ils s'en aillent.
– Quand cette scène a-t-elle eu lieu ?
– Lors du week-end férié de la fin mai. »
Cheever eut un froncement de sourcils.
« Pourtant, si j'en crois nos renseignements, la dernière chose dont Miss Kingsley se souvienne est d'avoir pris congé de Leo le matin du 4 juin pour se rendre chez ses parents. Comment se fait-il qu'il se trouvait encore chez elle une semaine après lui avoir déclaré qu'il comptait épouser sa meilleure amie ?
– Nous l'ignorons, répondit Sir Anthony. Ils ont quitté la maison en se regardant en chiens de faïence, puis Leo a téléphoné dans la soirée pour nous demander de n'en parler à personne avant qu'il nous ait donné le feu vert. Mais il n'a fourni aucune explication et n'a rappelé que deux semaines plus tard, le samedi 11 juin. Pour nous dire que Meg et lui allaient disparaître quelques jours, le temps que les choses se tassent. » Il plissa le front d'un air excédé. « Leo avait peut-être des défauts, mais c'était encore un sacré bon parti pour cette fille d'escroc. À mon avis, elle était résolue à ne pas le lâcher. Elle s'est emportée de façon stupide pendant ce week-end de mai, puis s'est ravisée. C'est du moins ainsi que je m'explique les choses. Elle l'a gardé avec elle jusqu'à son départ pour Fordingbridge, et il a profité de son absence pour rejoindre Meg. Si elle s'était vraiment fait une raison, pourquoi n'a-t-elle pas demandé à son père d'envoyer des lettres d'annulation alors qu'elle se trouvait là-bas ? C'était le moment ou jamais. Voyez-vous, tout cela ne tient pas debout.
– Oui, je vois très bien, répondit lentement Cheever.

15

Mardi 28 juin, clinique des Rossignols, Salisbury, 11 h 30

Alan Protheroe avait fait venir Jinx dans son bureau pour lui apprendre la nouvelle de la mort de Meg et de Leo, et elle était allée s'asseoir prudemment à une extrémité du vaste canapé en cuir, une expression distante sur son visage émacié. Écoutait-elle seulement, se demanda-t-il, ou avait-elle choisi de se boucher les oreilles, comme elle avait dû le faire si souvent dans son existence ? De son côté, elle refusait de se laisser attendrir par la voix douce et le regard compatissant, qu'elle estimait être de pure façade. Le docteur Protheroe était un individu auquel on ne pouvait pas se fier, avait-elle décidé.

« À part l'identité des victimes, je doute que cet article contienne la moindre parcelle de vérité, acheva-t-il d'un ton calme. J'ai l'impression que le père de Leo s'est laissé aller, dans un moment de douleur, à des déclarations fracassantes qu'il risque de regretter par la suite. Hélas, j'ai bien peur qu'il faille s'attendre à une nouvelle visite de la police et je ne tenais pas à ce que vous l'appreniez par elle. »

Elle le gratifia d'un petit sourire crispé.

« Je suis au courant depuis dimanche soir. Mais vous le saviez, n'est-ce pas ? »

Il acquiesça.

« Qui vous l'a dit ?

– Simon Harris. Il a téléphoné hier après-midi. Il voulait me prévenir que l'histoire serait publiée aujourd'hui. »

Son interlocutrice parut soulagée.

« Simon ? » Elle scruta le visage de Protheroe. « Pourquoi a-t-il pris cette peine ?

– Son père et lui trouvent ce genre de procédé » – il donna une tape sur le journal posé devant lui – « inique. Il a parlé d'une cabale montée par sa mère et Sir Anthony.

– Caroline me déteste cordialement, dit-elle avec une pointe de tristesse. Dieu sait pourquoi, elle m'a toujours rendue responsable de la conduite de Meg. D'après elle, j'étais une mauvaise fréquentation pour sa fille. Je suppose qu'il lui a suffi de voir Adam et de se dire : tel père, telle fille.

– C'est un cas fréquent. Nous avons tous tendance à accuser les autres des fautes de nos enfants. » Il marqua un temps d'arrêt. « Pourquoi ne pas m'avoir dit que la visite de ces inspecteurs vous avait tracassée ? »

Elle se frotta les yeux.

« Je déteste les flics. C'est une forme de paranoïa dont je ne suis pas particulièrement fière. Peut-être avais-je imaginé des choses. Il était inutile que je vous ennuie avec ça tant que je n'étais pas certaine.

– Vous auriez pu m'en parler hier.

– Hier, c'est Adam qui me rendait paranoïaque. »

Il leva les bras en un geste de désespoir.

« Comment voulez-vous que je vous aide si vous ne me dites rien ?

– Vous êtes bien présomptueux, répliqua-t-elle sans hostilité. Il ne vous est pas venu à l'esprit que je ne voulais peut-être pas de votre aide ?

– Évidemment, fit-il d'un ton sec. Cela ne signifie pas pour autant que je doive cesser de vous l'offrir. Croyez-vous que les autres patients veulent de mon aide ? Ils arrivent ici pleins de bonnes intentions et, au bout de quelques heures, ils ne songent plus qu'à filer en douce pour se procurer leur dose. Si présomption il y a, elle est de votre côté, Jinx.

– Pourquoi donc ?

– Vous vous croyez plus maligne que moi, la police et votre père réunis. »

Elle le regarda de nouveau.

« J'ai assurément le plus grand mépris pour les imbéciles qui préfèrent s'enfermer dans leur tour d'ivoire et fermer les yeux sur l'absurdité de ce monde, lança-t-elle. Russell a été assassiné. Pendant dix ans, j'ai évité tout engagement sérieux. Puis, pensant que la page était tournée, je me suis laissée aller à m'amouracher de Leo. Maintenant il est mort, lui aussi, ainsi que la seule véritable amie que j'ai jamais eue. En quoi croyez-vous pouvoir m'aider ? En me forçant à me souvenir de la mort de mon mari, de mon amant et de ma meilleure amie ? » Elle paraissait hors d'elle. « Je me trouve très bien comme ça. Je n'ai aucune envie de me *souvenir*. Aucune envie de *savoir*. Aucune envie de *ressentir* quoi que ce soit. Tout ce que je désire, c'est de pouvoir prendre mes photos surréalistes, où toutes mes peurs et mes pulsions refoulées s'expriment en un extraordinaire mélange de pureté et de corruption. » Elle eut un sourire féroce qui découvrit ses dents. « Cela pour citer un extrait d'un compte rendu du *Sunday Times*. Cela a beau être du bla-bla prétentieux, ça fait tout de même plaisir. »

Il secoua la tête d'un air exaspéré.

« Vous savez bien que ça n'en est pas. J'ai vu quelques-unes des photographies que vous avez publiées, et le même thème revient sans cesse. » Il se pencha en avant. « Vous semblez avoir du monde une vision plutôt tranchée. Le blanc et le noir. Le bien et le mal. À chaque geste de bonté, un geste de cruauté, à chaque élément positif, un élément négatif. Pourquoi n'y a-t-il pas de gris pour vous ?

– Parce que la perfection ne peut exister que dans un cadre imparfait. Dans un cadre parfait, elle deviendrait banale.

– Ainsi, c'est la perfection qui vous fascine ? »

Elle soutint un instant son regard, mais ne dit rien.

« Non, répondit-il pour elle, c'est l'imperfection. Vous êtes plus attirée par le noir que par le blanc. » Il la dévisagea. « Les décors que vous choisissez captivent davantage que les personnages eux-mêmes, sauf dans quelques cas où vous avez inversé l'idée en enlaidissant le modèle et en embellissant le décor. »

Elle haussa les épaules.

« Je suppose que vous avez raison. J'adore l'humour noir.

– Et rire du malheur d'autrui ?

– Aussi.

– C'est faux. Vous vous tourmentez pour les autres et la seule personne dont vous vous moquez, c'est de vous-même. » Il lui rappela ses propres paroles. « Mon éducation a été une perte de temps. Le compte rendu du *Sunday Times* n'est que du bla-bla prétentieux. Je ne me lèverais pas devant vous parce que vous en feriez une bonne blague à raconter à votre club de golf. » Il s'interrompit. « Est-ce que vous vous moquez de Leo à présent ? Vous devriez, si vous aimez rire du malheur d'autrui. En fait de plaisanterie macabre, quoi de plus divertissant que de s'apercevoir qu'un type qui vous a trompé a brusquement passé l'arme à gauche ?

– J'en connais d'autres du même genre, répondit-elle avec désinvolture. Comme de se réveiller un matin dans une cellule de commissariat en se souvenant d'avoir porté le coup fatal. Si cela se produisait, ce serait un excellent canular. Ah, ah, ah ! À se rouler par terre. »

Elle regarda en direction de la fenêtre, s'abstrayant ainsi de la conversation et augmentant symboliquement la distance entre eux.

« Il y a peu de chances que cela arrive.

– Quelqu'un les a tués. Alors pourquoi pas moi ?

– Je ne dis pas le contraire. Simplement, il y a peu de chances que vous vous réveilliez un matin dans la cellule d'un commissariat en vous souvenant que c'est vous. Pour la simple raison que l'amnésie ne disparaît pas du jour au lendemain et que vous saurez, bien avant que la police vienne vous arrêter, si elle a de bonnes raisons de le faire. » Il l'observa. « N'est-ce pas ? »

Elle continua à regarder par la fenêtre pendant quelques secondes avant de pousser un soupir et de se tourner vers lui.

« Je ne cesse pas de voir Meg à genoux, suppliant, murmura-t-elle, et, la nuit dernière, je me suis rappelé être allée à son appartement et avoir piqué une colère parce que Leo était là. Il m'arrive de rêver que je me noie ou que je suis brûlée vive et je me réveille, le souffle coupé. Je me souviens alors d'avoir ressenti des émotions violentes. » Elle se tut.

« Quelle sorte d'émotions ?

– De la peur. Cela arrive tout d'un coup et je me mets à trembler. Oui, de la peur. »

Il n'était pas préparé à de telles révélations et se sentit en proie à une profonde tristesse à l'idée de la formidable culpabilité qui semblait la ronger.

« Parlez-moi de Meg, demanda-t-il au bout d'un moment.

– Elle implorait, les mains tendues. Par pitié, par pitié, par pitié ! » Ses yeux s'emplirent de larmes trop longtemps réprimées.

« Est-ce vous qu'elle implorait ?

– Je ne sais pas. Je la revois seulement à genoux.

– Où était-ce ?

– Je ne sais pas.

– Y avait-il quelqu'un d'autre ?

– Je ne sais pas.

– Parlez-moi de la fois où vous êtes allée chez Meg et où il y avait Leo.

– Je n'ai que l'image de Leo ouvrant la porte et je suis sûre qu'il s'agissait de l'appartement de Meg parce qu'il tenait Marmaduke. C'est le chat, précisa-t-elle. Bizarrement, je l'entendais ronronner, mais le reste était complètement figé, comme dans une photographie.

– Cependant, vous vous souvenez que vous étiez en colère contre lui.

– J'avais envie de le frapper. » Elle serra les lèvres. « Moins à cause de la situation elle-même que de mon état d'esprit. J'ai soudain repensé que Leo m'avait rendue furieuse, puis je l'ai vu dans l'encadrement de la porte de Meg.

– Savez-vous quand cela se passait ? »

Elle réfléchit intensément.

« Probablement après le 4 juin, parce que la dernière chose dont je me souvienne, c'est de lui avoir dit au revoir. Il est venu dans l'entrée et m'a dit : "Sois bien sage, Jinxy, et amuse-toi bien..." » Elle se tut.

« Qu'avez-vous répondu ?

– Je ne sais pas. Je me rappelle seulement ce qu'il m'a dit. »

Il prit un bloc et un stylo.

« Faites-moi un résumé de la journée de la veille. Que s'est-il passé ?

– J'étais au studio, répondit-elle d'un ton assuré. Nous devions faire des photos publicitaires pour un nouveau groupe de teenagers. Cela n'a pas été facile d'arriver à quelque chose d'original, parce qu'ils étaient insipides et vaniteux au possible. Quatre morveux aux cheveux courts avec des dents d'un blanc éclatant et pas un poil au menton, qui se croyaient tellement irrésistibles qu'il aurait suffi de prendre deux ou trois instantanés et toutes les minettes du pays seraient tombées en pâmoison. » Elle éclata de rire. « Aussi j'ai demandé à Dean de les asticoter un peu et, au bout de trois heures, nous avons réussi à obtenir quelques jolis clichés de gamins furax prêts à bouffer l'objectif. »

Protheroe laissa échapper un gloussement.

« Comment Dean s'y est-il pris ?

– Il n'arrêtait pas de les appeler “ses petits puceaux”. Ils en ont eu vite marre, d'autant que nous les avions fait poireauter pendant deux heures, le temps d'arranger les lumières et de procéder aux réglages. À la fin, ils nous haïssaient carrément, mais le résultat n'était pas trop mal.

– Vous avez tout de suite développé les films ?

– Non. Nous avions un travail en extérieur dans l'après-midi et nous étions en retard, si bien que nous avons attrapé des sandwiches et filé aussitôt. » Elle s'interrompit, troublée. « Ensuite, je suis rentrée directement chez moi. » Elle le regarda. « À quel moment ai-je donc vu ces photos ?

– Laissons cela pour l'instant. Leo était-il là quand vous êtes arrivée ?

– Non, répondit-elle lentement, mais il n'était pas censé y être. » Son visage s'éclaira soudain. « Je me rappelle avoir fait le tour des pièces pour vérifier qu'il était bien parti et avoir ressenti une impression de totale liberté. J'avais de nouveau la maison pour moi seule. » Elle prit son visage entre ses joues. « Oui, il n'était plus là et j'étais ravie. »

Protheroe s'étonna qu'elle n'ait pas remarqué ce qu'un tel

récit avait d'incohérent. Ou peut-être cette incohérence faisait-elle partie du jeu. « Et vous avez fêté ça ? »

Une lueur amusée brilla dans ses yeux.

« J'ai bu deux chopes de bière, ouvert une boîte de haricots, grillé dix cigarettes en une demi-heure, regardé des feuilletons à la télé et me suis mijoté des œufs au bacon à dix heures et demie. »

Il la regarda en souriant.

« Quelle précision !

– C'était une manière d'affirmer mon indépendance.

– Parce que ce sont des choses que Leo désapprouvait ?

– En partie. Dans son idée, toutes les femmes auraient dû se conduire comme sa mère, laquelle n'arrête pas de se mettre en quatre pour satisfaire son chauvin de mari. »

Il haussa un sourcil intéressé, mais ne poursuivit pas dans cette voie.

« Qu'avez-vous vu à la télévision ?

– Un tas de séries. Les unes à la suite des autres. *East Enders. The Bill. Brookside.* » Elle sourit. « Puis, comme j'en avais ma dose, je me suis rabattue sur les actualités. Ces feuilletons sont encore plus assommants si l'on n'a aucune idée de l'histoire.

– Pourquoi ne pas avoir regardé *Coronation Street* ?

– Parce qu'on ne le donnait pas.

– Vous en êtes sûre ?

– Oui. J'ai consulté *Radio Times* et relevé tous les feuilletons. S'il avait été indiqué, je l'aurais vu. »

Il se lissa la barbe d'un air songeur.

« Je n'y connais pas grand-chose, je l'avoue, mais je suis presque certain que *Coronation Street* passe tous les vendredis et, d'après vos souvenirs, cela se passait le vendredi 3 juin. » Il se leva avec précaution de son fauteuil, des tiraillements dans l'épaule, et s'approcha de son bureau. « Hilda, fit-il dans l'interphone, pourriez-vous dénicher un numéro de *Radio Times* et me l'apporter ? J'aimerais savoir quel jour de la semaine il n'y a pas *Coronation Street*, mais *East Enders. The Bill* et *Brookside.* »

Hilda gloussa avec un bruit de crécelle à l'autre bout du fil.

« Et moi qui croyais que vous ne vous intéressiez qu'aux émissions intello.

– Très drôle. C'est important, Hilda.

– Pardon. Eh bien, je peux vous dire, sans l'aide de *Radio Times*, que *Coronation Street* passe le lundi, le mercredi et le vendredi, *East Enders* le lundi, le mardi et le jeudi, *The Bill* le mardi, le jeudi et le vendredi, et *Brookside* le mardi, le mercredi et le vendredi. De sorte que, si vous n'avez pas envie de voir *Coronation Street*, et seulement les trois autres, c'est le mardi.

– Grand Dieu ! s'exclama Protheroe. Parce que vous les regardez tous ?

– En général, répondit-elle gaiement. Vous désirez autre chose ?

– Non, c'est très bien, je vous remercie. » Il regagna son siège. « Vous avez entendu ? demanda-t-il à Jinx. Apparemment, la scène que vous venez de me raconter s'est passée le mardi et non le vendredi, et il est peu probable que Leo soit revenu prendre le petit déjeuner aussitôt après avoir fait ses paquets. »

Elle se mit à contempler ses mains d'un air mécontent.

« Je me demande s'il n'en va pas de même du lendemain. Vous prétendez avoir dit au revoir à Leo et vous êtes catégorique en ce qui concerne le jour et la date, mais sur quoi vous appuyez-vous ? Qu'avait donc de spécial ce samedi-là pour que vous vous en soyez souvenue ?

– Il était coché depuis une éternité dans mon carnet. Semaine à Hellingdon Hall à compter du 4 juin.

– Et vous alliez effectivement à Hellingdon Hall quand vous avez quitté Leo ?

– Oui.

– Combien de valises aviez-vous prises ? »

Elle le regarda, éberluée.

« En aviez-vous, au moins ?

– Je sais que je partais voir mon père », dit-elle lentement.

Il attendit.

« Et ? finit-il par interroger.

– Mon sac à main pendait au dossier d'une chaise. » Elle fit un effort de mémoire. « C'est une petite besace en cuir munie d'une longue courroie. Je l'ai passée à mon épaule et j'ai dit : Voilà, je pars. » Elle fronça les sourcils. « J'avais dû mettre les valises la veille dans la voiture.

– Vous le faites, d'habitude ?

– C'est la seule explication logique.

– Je me le demande. » Il tira un agenda de la poche de sa veste. « Revenons en arrière, suggéra-t-il, en commençant par ce dont vous êtes absolument certaine. Comment avez-vous rencontré Leo ? »

Presbytère de Littleton Mary, Wiltshire, 12 h 15

Simon Harris ouvrit la porte et regarda avec embarras Frank Cheever.

« Nous... c'est-à-dire, mon père et moi... » Il s'interrompit comme des éclats de voix s'échappaient par la fenêtre de droite. « Ma mère ne se sent pas très bien. Elle a du mal à se remettre de ce qui s'est passé. Nous aimerions qu'elle voie un médecin, mais elle ne veut pas en entendre parler. Elle ne cesse de se répandre en accusations et nous nous faisons beaucoup de souci. Pour tout dire, elle accuse papa de choses abominables et nous... je... » Il se tut, tandis que Mrs Harris s'écriait, de façon parfaitement distincte en raison de la fenêtre ouverte :

« Comment oses-tu le nier ? Tu crois que je n'avais pas remarqué ton manège ? Tu t'imaginais peut-être qu'elle ne m'aurait pas dit ce que tu lui faisais. Elle n'avait qu'une idée, c'était de ficher le camp d'ici, de ficher le camp loin de toi ! C'est toi qui l'as rendue comme ça et voilà que tu as le toupet de l'accuser de faiblesse ? Tu me dégoûtes ! Tu m'as toujours dégoûtée ! »

Charles Harris murmura des paroles inaudibles.

« Bien sûr que je vais le dire à la police. Pourquoi est-ce que je te protégerais alors que tu ne l'as jamais protégée ? Tu es un être abject. ESPÈCE DE VIOLEUR D'ENFANT ! » hurla-t-elle d'une voix suraiguë.

Une porte claqua, puis ce fut le silence.

Cheever considéra le visage bouleversé de Simon Harris.

« Rien de tout cela n'aurait de valeur devant un tribunal. Je serais bien en peine de certifier s'il s'agissait de votre mère ou d'une émission de radio. Vous n'avez donc pas à vous inquiéter. Comme vous le dites, elle est à bout et il nous arrive à tous de proférer, sous l'emprise de la colère, des paroles qui dépassent notre pensée.

– Mais vous avez entendu !

– Oui.

– C'est totalement faux. Mon père n'a jamais abusé de personne et certainement pas de Meg. C'est plutôt ma mère qui a un problème. » De l'angoisse envahit ses traits creusés par la fatigue. « C'est affreux. Pourquoi ? Voilà ce que je n'arrête pas de me demander. Qu'avons-nous donc fait pour mériter ça ? »

Cheever n'eut pas à répondre. Une porte s'ouvrit derrière Simon, puis son père entoura l'épaule du jeune homme et le tira en arrière.

« Venez, commissaire. Vous nous trouvez quelque peu en émoi, j'en ai peur. Le chagrin est souvent le plus égoïste des sentiments. »

Clinique des Rossignols, Salisbury, 12 h 30

Alan Protheroe adressa à Jinx un sourire encourageant comme elle montrait les premiers signes d'hésitation.

« Vous vous en tirez très bien. Nous pourrons vérifier tout cela auprès de Dean, mais vous avez déjà réussi à aller sans accroc jusqu'au vendredi 27 mai. » Il consulta son agenda. « Le lundi suivant, le 30, était férié. Est-ce que cela vous aide ? Peut-être avez-vous profité de ce long week-end pour partir quelque part ?

– Vendredi était le dernier jour des prises de vue pour *Cosmopolitan*, reprit-elle d'une voix lente. Dean avait des billets pour un concert rock à Wembley et il devait retrouver son petit ami au métro à cinq heures, si bien qu'il m'a laissée développer les films. Je tenais à ce que ce soit fait parce que... » Elle s'arrêta au même endroit que la fois précédente.

« Je suis sûre que c'était urgent, mais j'ai complètement oublié la raison.

– Il n'y avait que quatre jours ouvrables la semaine suivante, à cause du lundi, fit-il remarquer, et vous deviez passer la semaine d'après à Hellingdon Hall. Peut-être avez-vous craint d'être en retard. »

Elle fixa des yeux un point à mi-distance.

« Miles et Fergus sont venus, déclara-t-elle soudain. Angelica était déjà partie et ils ont tambouriné à la porte jusqu'à ce que je vienne ouvrir. Un chauffeur de taxi les accompagnait, qui réclamait de l'argent. Ils étaient ivres tous les deux. Ils m'ont raconté qu'ils avaient perdu au jeu tout ce qu'ils avaient en poche, qu'ils ne pouvaient pas rentrer à la maison et qu'ils avaient besoin que je les héberge pour la nuit. Je leur ai demandé pourquoi ils n'étaient pas allés m'attendre à Richmond et ils m'ont répondu que Leo avait refusé de régler le taxi et les avait envoyés au studio pour que je le paie moi-même. Ce que j'ai fait. » Elle prit une cigarette, l'alluma et observa quelques secondes le panache de fumée bleue avant de continuer.

« Maintenant cela me revient, prononça-t-elle d'une voix étrange. Je leur ai préparé du café et leur ai dit d'attendre à la réception que j'aie fini. Mais Miles était tellement soûl qu'il s'est étalé en poussant la porte de la chambre noire et a laissé entrer la lumière.

– Que s'est-il passé ensuite ?

– Le film était complètement fichu, aussi j'ai fait ce qu'aurait fait mon père, je lui ai flanqué une raclée. » Elle éclata d'un petit rire. « Je l'ai poursuivi en lui tapant dessus avec une chaise en plastique. J'étais très en colère. Puis Fergus s'est amené en titubant pour voir ce qui arrivait et je lui ai tapé dessus aussi. En réalité, j'en voulais surtout à Leo. C'était un comble, me les envoyer alors qu'il savait fort bien que j'avais du travail par-dessus la tête !

– Comment le savait-il ?

– Je l'avais appelé après le départ de Dean. Nous devions passer le week-end chez ses parents et il voulait partir le vendredi soir. Je lui ai dit qu'il n'avait qu'à y aller de son côté et que je le rejoindrais le samedi, mais il m'a répondu qu'il avait des choses à faire et que cela n'avait pas d'importance.

– Et c'est après ce coup de fil qu'il vous a expédié Miles et Fergus ? »

Elle acquiesça.

« Ensuite ?

– J'ai décidé d'annuler le mariage. C'était plus l'argent qu'autre chose, le fait qu'il ait refusé de payer le taxi. » Elle eut une moue de dépit. « Avec tout ce qu'il m'avait emprunté, il n'était même pas capable de régler une simple course de taxi ! Je me suis dit que j'étais folle. Que je n'allais pas m'enchaîner à un sale radin qui ne s'intéressait qu'à lui-même. » Elle regarda Protheroe. « J'ai rangé mes affaires, mis les deux loustics dans la voiture et suis rentrée afin de m'expliquer avec lui. Mais il n'était pas là. » Elle haussa les épaules. « J'ai commandé une pizza, fait manger les garçons, puis je les ai envoyés se coucher. »

Il y eut un bref silence.

« Miles et Fergus n'étaient pas furieux que vous les ayez frappés ?

– Ils étaient trop abasourdis. L'autre jour, j'ai piqué une crise contre Fergus en croyant que c'était la première fois, mais ce n'était rien à côté de ce soir-là. Je leur ai tellement crié après que j'en avais la voix cassée le lendemain. » Elle esquissa un sourire. « Je n'ai pas frappé très fort. Ils étaient surtout surpris de ma réaction. Miles s'est mis à pleurnicher en disant que j'étais comme Adam, et j'ai enfin compris pourquoi Adam agissait ainsi.

– Pourquoi ? »

Elle le regarda.

« Parce que vous en avez marre, que vous avez bossé toute la journée, que vous êtes maqué à un parasite et que deux espèces de soûlards immatures s'amusent à bousiller ce que vous avez fait. Je les aurais étranglés, l'un après l'autre. J'étais dans un tel état d'énervement que je n'ai pas fermé l'œil de la nuit. Je n'arrêtais pas de penser au temps qu'il me faudrait pour rattraper ce gâchis, à la pellicule voilée, qui était peut-être la seule bonne, et à la manière dont je pourrais expliquer à *Cosmopolitan* que les prises de vue étaient à recommencer.

– Leo est rentré cette nuit-là ?

– En tout cas, je ne l'ai pas entendu. J'avais verrouillé de l'intérieur la porte d'entrée et celle de derrière. » Elle ôta de sa manche une poussière imaginaire. « Il est arrivé le lendemain, à l'heure du déjeuner.

– Miles et Fergus étaient encore là ? »

Elle hocha la tête.

« Nous étions tous dans la cuisine quand il est entré par la porte de derrière. Miles et Fergus ne pouvaient pas repartir à moins que je leur prête de l'argent pour aller en métro reprendre la Porsche de Miles qui était garée devant un casino je ne sais où, mais je n'ai pas voulu. Je leur ai dit qu'ils n'avaient qu'à y aller à pied ou appeler Adam pour lui expliquer ce qui s'était passé. Il les avait prévenus que, s'ils continuaient à jouer, il les déshériterait. » Elle ferma les yeux et pressa ses paupières comme si elle avait mal. « Leo a proposé de les accompagner et ils sont tous partis. »

Il y eut un nouveau silence.

« Et ensuite, qu'avez-vous fait ? demanda Protheroe.

– Je ne sais pas. Je ne me souviens plus de rien. J'ai dû aller me coucher. » Elle baissa la main et le regarda avec une sorte de désespoir.

Presbytère de Littleton Mary, Wiltshire, 12 h 30

Ils se tenaient dans le salon, extrêmement mal à l'aise. Caroline Harris recroquevillée sur le canapé, la souffrance se lisant dans chacun de ses traits. Charles assis le plus loin possible d'elle et Simon perché sur un tabouret, la mine abattue. Cheever s'était vu offrir un fauteuil en cuir qui lui faisait mal au dos. De plus, il était fatigué et avait trop chaud.

« Nous avons retrouvé la maison de Leo à Chelsea, déclara-t-il, laquelle, selon les informations qui m'ont été transmises avant mon départ, contient plusieurs sacs et valises appartenant vraisemblablement à votre fille. Les premières recherches ont permis de découvrir un album avec des photographies de Meg et de Leo prises en juillet 1983.» Il se tourna vers Mrs Harris. «Saviez-vous qu'ils se connaissaient depuis au moins onze ans?»

Celle-ci pinça les lèvres.

«Non.

– Était-elle secrète?»

Mrs Harris lança à son mari un regard venimeux.

«Pas avec moi. Elle me disait tout. C'était de son père qu'elle se cachait.

– C'est faux», intervint Simon.

Cheever le regarda.

«D'après vous, c'était quelqu'un de secret.

– Oui. Elle ne voulait pas que les gens soient au courant de sa vie, papa et maman moins que les autres. Surtout celle-ci, en réalité. Elle savait que maman avait horreur de tout ce qui concerne le sexe et elle ne lui a jamais dit avec combien d'hommes elle avait couché, sauf récemment, encore ne l'a-t-elle fait que parce qu'elle était en colère.» Il ferma les yeux pour ne pas voir la douleur de sa mère. «Elle aimait faire l'amour, y voyait un signe d'affection, un hommage rendu à la vie et à la beauté, et n'admettait pas qu'on considère cela comme un acte sale et dégradant.

– Toi aussi, tu la désirais, Simon, lâcha dans un souffle Caroline Harris. Comme ton père. Peu importait que ce soit ta sœur. Tu crois que je n'avais pas remarqué? J'ai bien vu comment tu la regardais.»

Les joues de Simon Harris s'empourprèrent.

«Ce n'est pas papa qui l'a rendue comme ça, c'est toi, répondit-il avec calme. Son existence a été exactement le contraire de la tienne. Elle a suivi des études, rejeté la religion, pris des amants, habité seule et s'est plongée avec ivresse dans les plaisirs de la capitale pour échapper à l'atmosphère étouffante de ce village. Elle a plus vécu de choses en trente-quatre ans que toi dans toute ton existence.» Ses yeux se mouillèrent. «Elle ne refusait pas les joies de la vie, elle savourait chaque minute comme si c'était la dernière. Je souhaiterais que nous puissions tous en faire autant.»

Un silence terrible s'ensuivit.

Cheever se racla la gorge.

« Une des photographies portait une mention quelque peu énigmatique. » Il consulta un carnet. « "Bonheur AA". D'après ce qu'on m'a dit, elle montre Meg assise sur les genoux de Leo au bord d'une plage. » Il releva la tête. « Savez-vous ce que signifie les lettres AA ? Probablement pas l'Association Automobile ni les Alcooliques Anonymes. »

Simon jeta un coup d'œil à sa mère, mais elle s'était retirée dans quelque univers intérieur et se balançait mollement sur le canapé.

« Après Avortement, répondit Simon d'une voix paisible. On parle fréquemment de la vie avec un grand A. Après son avortement, Meg disait que la sienne en méritait deux. Elle affirmait ne s'être jamais rendu compte jusque-là du fardeau que représentaient des enfants et remerciait le ciel d'avoir compris à temps qu'elle n'était pas faite pour en avoir.

– Était-il de Leo ?

– Je l'ignore. Elle ne m'a pas dit le nom du père et je ne le lui ai pas demandé.

– Saviez-vous avant vos parents qu'elle avait une liaison avec Leo ?

– Pas exactement. Je savais qu'elle avait un amant qu'elle voyait régulièrement entre deux aventures. Elle semblait tenir beaucoup à lui, l'appelait sa bouée de sauvetage. Je présume qu'il s'agissait de Leo, si elle le connaissait depuis onze ans.

– Vous a-t-elle dit pourquoi elle ne s'était pas mariée avec lui ? »

Simon haussa les épaules.

« Elle m'a raconté une fois qu'il était toujours fauché, mais je crois plutôt qu'elle n'avait aucun désir de se marier. Encore moins d'élever une famille. » Il lança un regard à son père. « Elle prétendait que j'avais plus d'affinités qu'elle avec nos parents et qu'elle ne voulait pas mettre au monde un enfant dans un milieu où il n'aurait pas sa place. Elle trouvait que ce serait injuste.

– Cela ne peut pas être Leo, intervint son père. Elle

n'aurait pas qualifié de fauché un homme ayant une maison à Chelsea. »

Frank Cheever remit son carnet dans sa poche.

« En fait, il possédait plusieurs propriétés, ici et à l'étranger, mais tout le monde l'ignorait, y compris ses proches. D'après son notaire, il faisait croire qu'il était sans le sou, alors qu'il possédait une fortune considérable. Miss Kingsley en parle comme d'un profiteur, qui cachait jalousement ce qu'il avait. Sa mère comme d'un individu déséquilibré, incapable de partager quoi que ce soit. Le moins qu'on puisse dire, c'est qu'il ne brillait pas par sa franchise et il a probablement donné à votre fille l'impression qu'il n'avait pas d'argent.

– Mon Dieu ! s'exclama Charles Harris avec une expression affligée. On s'imagine que cela n'existe plus, en tout cas parmi la jeunesse. Sans doute faut-il blâmer Dickens d'avoir créé des spécimens si extrêmes que le reste passe inaperçu. » Il vit la perplexité du commissaire. « Des Scrooge, expliqua-t-il. Des rapiats. Des individus qui ne songent qu'à amasser de l'argent et ne peuvent se résoudre à le dépenser. Parfois, on entend parler par les journaux de vieillards morts dans des conditions épouvantables en laissant un magot derrière eux. » Il joignit les mains sur ses genoux. « Oui, on ne soupçonnerait pas cela chez des jeunes, mais je suppose que l'avarice n'est pas une question d'âge. Pauvre Leo. Tout cela est bien triste. »

C'est alors que sa femme se mit à crier. Des cris perçants, qui à la fois écorchaient les nerfs et suscitaient la pitié.

Clinique des Rossignols, Salisbury, 12 h 45

« Essayons par un autre biais, suggéra Protheroe. Vous dites que vous deviez, Leo et vous, passer le week-end chez ses parents. Avez-vous le souvenir de l'avoir fait ou avez-vous renoncé à cette idée en prenant la décision de ne pas vous marier ? »

Le visage de Jinx s'éclaira.

« Non, dit-elle, nous y sommes allés. Je me suis disputée

avec ses parents. Comme, apparemment, avec tout le monde ce week-end-là.

– Cela n'a rien de surprenant. Vous étiez sous pression. Le mariage devait avoir lieu dans quelques semaines et vous aviez de sérieux doutes à ce sujet.

– Alors pourquoi y suis-je allée si je n'avais plus l'intention de me marier ? » C'était une énigme, mais pas une de celles qu'elle croyait Protheroe capable de résoudre.

Il se rappela qu'elle avait accepté de déjeuner avec Matthew Cornell.

« Ils vous attendaient probablement et vous vous êtes dit que ce serait plus poli d'y aller.

– Oui, fit-elle, surprise. Je ne voulais pas faire de peine à Philippa.

– Parlez-moi de cette dispute.

– Je m'en souviens très bien. Cela se passait le lundi après le déjeuner. J'ai explosé en entendant Leo demander de l'argent à son père. Anthony lui a répondu qu'il était un peu à court pour le moment parce qu'il avait dû payer des réparations. » Elle secoua la tête. « Les travaux étaient terminés depuis six mois, mais il était furieux parce que l'entrepreneur était allé trouver un avocat. » Elle prit un air penaud. « Cela faisait vingt-quatre heures que je me retenais et je n'en pouvais plus. Je l'ai gratifié de tous les synonymes du mot radin que je connaissais, puis je me suis tourné vers Leo et je l'ai engueulé à son tour. La pauvre Philippa avait affreusement honte et j'en étais désolée parce qu'elle a toujours été très gentille avec moi. » Elle poussa un soupir. « J'aurais dû avoir le bon sens de ne pas y aller du tout. Ce n'était pas une attitude très digne. Je n'arrêtais pas de postillonner tellement je parlais vite.

– Et vous avez dit à Leo que tout était fini.

– Non, répondit-elle avec une mine furibonde. Il ne m'en a pas laissé la possibilité. Je me suis contentée de tempêter, de crier, de vociférer et de les traiter de tous les noms. Je ne savais plus très bien ce que je faisais, à part cracher tout le venin que j'avais en moi. C'est Leo qui a dit que c'était fini. » Elle ricana. « Il a ajouté qu'il avait une liaison avec Meg et qu'il allait l'épouser. » Elle le regarda. « Je vous le répète, jamais je n'aurais tenté de me suicider à cause de Leo et de Meg. Vous me croyez à présent ? En l'entendant, je me souviens que j'ai été soulagée. Je me suis dit : Dieu merci, me voilà enfin débarrassée.

– Malgré tout, cela a dû être un choc.

– Je suppose. Jamais je n'aurais pensé qu'elle recommencerait, pas après la mort de Russell. »

Il avait l'air perdu.

« Qu'elle recommencerait quoi ? »

Elle le regarda étonnée.

« La même chose que la première fois, répondit-elle avec impatience comme s'il était nécessairement au courant. Au moment de son assassinat, Meg était la maîtresse de Russell. »

LE MYSTÈRE PLANE SUR LA RELATION DU COUPLE ASSASSINÉ

La police du Hampshire a révélé cet après-midi que l'homme et la femme assassinés, à savoir Leo Wallader, 35 ans, et Meg Harris, 34 ans, cachaient à leur entourage qu'ils se connaissaient depuis onze ans. « Il est encore difficile à ce stade, déclare le commissaire Cheever, qui dirige l'enquête, d'avancer des hypothèses quant à la raison d'une telle discrétion, mais nous espérons, en publiant leur photographie, pouvoir obtenir des témoignages de gens qui auraient été en relation avec le couple. »

Autre mystère, celui qui entoure la fortune de Leo Wallader, laquelle est estimée à plus d'un million de livres. Selon le commissaire Cheever, « il racontait à ses amis et relations qu'il avait des difficultés financières et tous ont été absolument stupéfaits en apprenant qu'il n'en était rien ».

Sir Anthony Wallader, le père de Leo, qui accusait hier d'inertie la police du Hampshire, se refuse à tout commentaire en ce qui concerne les affaires de celui-ci. « Ma femme et moi, a-t-il affirmé, sommes trop affectés pour parler à qui que ce soit. » Vu l'absence de testament, Sir Anthony et Lady Wallader devraient, en tant que plus proches parents, hériter des biens de leur fils. Il semble que Sir Anthony possède de son côté une importante fortune.

Le commissaire Cheever ne semble guère satisfait des critiques formulées à l'encontre de la police du Hampshire. « Nous faisons le maximum pour essayer de retrouver l'assassin, mais les cas de ce genre ne sont jamais faciles à résoudre. L'ancienneté du lien unissant le couple jette un jour nouveau sur les circonstances du drame, et il nous faut à présent déterminer pour quelle raison il éprouvait le besoin de tenir ce lien secret. »

Il comprend la douleur et l'inquiétude des deux familles et regrette que ses services aient pu donner une impression de nonchalance. « Nous avons peut-être trop tendance à penser, admet-il, que les familles des victimes savent l'ampleur des efforts que nous déployons pour servir leurs intérêts. Manifestement, il n'en est pas ainsi et nous veillerons à ce que, à l'avenir, de tels malentendus ne se reproduisent pas. »

Southern Evening Echo, 28 juin

16

Mardi 28 juin, clinique des Rossignols, Salisbury, 12 h 50

Alan Protheroe passa une main lasse sur son visage, puis s'extirpa de son fauteuil et marcha nerveusement vers la fenêtre. Pouvait-il dire, la main sur le cœur, qu'il la croyait même en partie ? Ne fallait-il pas attribuer l'extravagance de son récit au fait qu'il ne restait plus personne pour la contredire ? Trois personnes étaient mortes, qui entretenaient toutes des rapports étroits avec la même femme. La logique voulait qu'elle sache quelque chose sur leur mort. Et son père également, sinon pourquoi aurait-il donné des instructions d'une telle minutie quant à la manière dont elle devait être soignée ? Adam Kingsley paraissait aussi inquiet que sa fille à l'idée qu'elle puisse retrouver la mémoire.

« J'avoue que j'ai quelque mal à vous croire, dit-il, le dos tourné. Il y a deux jours, vous prétendiez que Russell était un être possessif et jaloux. Que vous étouffiez. Et vous me racontez à présent qu'il fricotait avec votre meilleure amie. Cela ne va pas très bien ensemble, ne trouvez-vous pas ?

– Russell n'était pas un modèle de loyauté, répondit-elle. S'il pouvait tricher avec la loi, pourquoi pas avec sa femme ?

– Ce n'est pas une réponse, vous le savez bien. En général, quand on est jaloux d'une femme, on ne va pas papillonner avec d'autres.

– Tout dépend de la nature de cette jalousie. Russell s'intéressait bien plus à lui-même qu'à moi. À ses yeux, je n'étais qu'un trophée qu'il se plaisait à exhiber pour épater ses amis. Meg aussi, dans un autre genre : elle était pour lui la preuve qu'à quarante ans passés il n'avait rien perdu de sa virilité ni de ses dons de séducteur. À part cela, il ne lui accordait pas plus d'importance qu'à un de ses tableaux. Il avait le goût de la possession. »

Il se retourna.

« Le problème est que je dois vous croire sur parole. Malheureusement pour Russell, les morts ne peuvent pas parler.

– Parce que ma parole ne vous suffit pas ? lança-t-elle d'une voix calme, mais avec une lueur de colère dans les yeux. Tout à coup, voilà que vous vous transformez en inquisiteur, alors qu'il y a dix minutes, vous ne demandiez qu'à m'aider. » Elle fit mine de se lever. « Pour vous, tout cela n'est sans doute qu'un simple exercice professionnel et, de toute façon, j'ai faim. Je vais déjeuner. »

Il refusa de se laisser intimider.

« Ne soyez pas puérile, répliqua-t-il sèchement. Le scepticisme n'exclut pas la bienveillance. Je dirais même qu'ils se complètent. Un sceptique convaincu devient le plus sûr des alliés. De ce point de vue, peut-être qu'en changeant d'état d'esprit vis-à-vis de la police, vous arriveriez à oublier votre paranoïa et à contribuer de façon positive à l'arrestation de l'assassin de Leo et de Meg. Ou en avez-vous aussi peu le désir que dans le cas de Russell ? »

Elle le regarda avec animosité.

« Je téléphonerai au colonel Clancey pour qu'il vous envoie les carnets et les lettres de Russell. Ils sont chez moi, dans la bibliothèque. Si cela vous intéresse, le jour de notre mariage, il avait écrit quelque chose comme : "Très grande forme sur tous les plans. Costume de velours noir et chemise de satin blanc. Mon petit discours, un prodige d'esprit et d'érudition. Dommage qu'il n'y ait pas eu plus de monde pour l'apprécier." En ce qui me concerne, j'appelle ça du narcissisme mais il est vrai que, vu ma prétention, j'ai été vexée qu'il ne souffle mot de la jeune mariée.

– Néanmoins, je m'étonne que vous n'ayez pas parlé de cette histoire plus tôt. Cela paraît tout de même bizarre que

Meg ait couché avec Russell et avec Leo. Était-il dans ses habitudes de vous voler vos amants ?

– À vrai dire, c'est plutôt moi qui les lui volais. Elle avait eu une aventure pendant six mois avec Russell, s'était lassée de lui et me l'avait présenté. Même chose avec Leo. D'après elle, c'était une relation de travail et nous étions faits pour nous entendre. J'ai compris seulement bien plus tard de quel genre de relation il s'agissait.

– Et cela ne vous dérangeait pas de récupérer ses ex ?

– Nous sommes tous l'ex de quelqu'un. En un sens, connaître celle qui vous a précédée serait même assez rassurant. Au moins, vous savez que vous n'avez pas à rivaliser avec Superwoman. »

Il revint s'asseoir.

« Vous esquivez la question. Est-ce que cela vous dérangeait ?

– Seulement d'un point de vue rétrospectif. Meg était beaucoup plus jolie que moi et se fichait bien des sentiments qu'elle pouvait susciter, chez les hommes surtout. Elle n'avait aucun scrupule à prendre un amant et à le balancer au bout de deux ou trois mois pour en prendre un autre. Hélas, c'est un sport dans lequel je ne me suis jamais sentie très à l'aise et elle faisait en sorte de me refiler le malheureux quand cela l'arrangeait.

– Manifestement, elle le reprenait aussi de la même façon. » Il secoua la tête d'un air perplexe. « Si c'est vrai, je ne vois pas comment vous pouvez l'appeler votre meilleure amie.

– Je crois que je ne m'exprime pas bien », remarqua-t-elle avec un surprenant optimisme sur ses chances de convaincre Protheroe. « Meg vous aurait plu. » Elle s'efforça de mettre de l'ordre dans ses pensées. « Quand je dis qu'elle faisait en sorte de me le refiler, cela ne signifie pas que je la tienne pour responsable de ce qui se passait ensuite. Elle me répétait tout le temps que je ne devais pas épouser Russell, que j'étais folle de me lier ainsi à vingt et un ans, mais il était déjà trop tard. Je ne pouvais pas l'abandonner après ce qu'avait fait Adam, et cela, ce n'était pas la faute de Meg. »

Qu'une femme comme Meg Harris lui aurait plu,

Protheroe en doutait fortement. S'il y avait bien une vérité dans tout ce qu'avait dit Jinx, c'est qu'elle était incapable de discernement dans sa vie personnelle, surtout en ce qui concernait le choix de ses amis. Elle semblait n'avoir aucune lucidité à leur sujet, tout en témoignant d'une nette attirance pour les natures égocentriques. Était-ce parce qu'elle avait tendance à confondre égoïsme et confiance en soi ? Vu l'ambivalence des rapports qu'elle entretenait avec son tyran de père, il n'était guère étonnant que les autres fussent pour elle une énigme. « Et d'avoir une liaison avec Russell alors qu'il vous avait épousée, ce n'était pas sa faute non plus, je présume ? »

Elle le considéra un instant.

« Non, pas entièrement. J'imagine que Russell y était aussi pour quelque chose. » Elle eut un haussement d'épaules. « Quoi qu'il en soit, ils se sont montrés très discrets. Je ne m'en suis aperçue qu'après sa mort et de l'eau avait coulé sous les ponts.

– Qui vous l'a dit ?

– Personne. Elle lui avait adressé des lettres, qu'il avait dissimulées parmi un vieux paquet de copies d'examen dans le grenier à Richmond. Des lettres plutôt tendres, précisa-t-elle. Le plus triste, c'est que, à mon avis, elle ne l'aimait pas vraiment. En fait, elle ne supportait pas l'idée d'appartenir à une seule personne. Finir comme sa mère dans un coin paumé à jouer les épouses vertueuses l'épouvantait.

– Vous est-il arrivé de discuter de Russell avec elle ?

– Non.

– Pour quelle raison ?

– Je n'en voyais pas l'utilité.

– La police était-elle au courant ?

– En tout cas, elle ne l'a pas mentionné.

– Pourquoi ne pas l'avoir fait vous-même ?

– Parce que j'ai découvert les lettres seulement un an après et que le dossier était déjà clos. » Elle tira sur sa lèvre inférieure. « Je suppose que vous n'avez jamais été mêlé à une enquête pour homicide. Croyez-moi, cela n'a rien d'une partie de plaisir. Il m'aurait fallu plus que quelques lettres jaunies pour remettre la machine en marche. »

Il se pencha en avant.

« Ainsi, pendant neuf ans, vous avez fait comme si de rien n'était, puis, comprenant ce qu'il y avait entre Leo et Meg, vous avez soudain eu peur que l'histoire se répète ? »

Elle ne dit rien. Peut-être se rendait-elle compte de tout ce que son récit avait d'invraisemblable et sa conduite d'étrange étant donné les circonstances.

« Eh bien ?

– J'ai pensé qu'il valait mieux que personne ne le sache, si bien qu'en rentrant à Londres, j'ai demandé à Leo de téléphoner à ses parents pour leur dire de garder le silence, du moins dans l'immédiat. Je voulais d'abord parler à mon père. » Elle prit son menton dans ses mains et se mit à contempler le sol d'un air accablé. « Sauf que je ne me rappelle pas si je lui ai parlé ou non, et que j'ignore... » Elle s'interrompit brusquement.

« Si vous lui avez donné une raison de les tuer. »

53, Lansing Road, Salisbury, Wiltshire, 1 h 15

L'agent Blake inséra sa chaussure dans la fente de la porte et refusa de l'en retirer.

« Je m'en irai pas avant de vous avoir parlé, déclara-t-elle avec fermeté. Vous feriez mieux de me laisser entrer. »

La pression contre son pied diminua et la porte s'ouvrit. Peggy Hale la considéra sans enthousiasme, le visage couvert d'ecchymoses aux couleurs d'arc-en-ciel. Un avant-bras dans le plâtre, elle serrait une vieille robe de chambre molletonnée sur son opulente poitrine et paraissait bien vingt ans de plus que les quarante-six de son état civil.

« Que voulez-vous ?

– Bavarder un instant. Alors, ça va mieux ?

– Comme ci, comme ça ! » Elle laissa échapper un petit rire asthmatique. « J'ai encore un peu de mal à me poser, mais je me débrouille. » Elle la conduisit jusqu'à un minuscule living-room encombré de meubles volumineux. « Autant vous asseoir, fit-elle à regret en appuyant ses bras dodus sur un poste de télévision avant de s'y adosser. Normalement, je devrais être au plumard, mais je peux pas dire que ça m'enchante en ce moment. Je voulais que l'hôpital me garde encore un peu et ils m'ont virée pour prendre un vieux bourré de fric. » Elle lança un regard sombre à la jeune femme. « Bah, je suppose que la vie est dure pour tout le monde ces temps-ci. »

Blake hocha la tête.

« On dirait. Je n'entends parler que de gens auxquels il arrive des pépins.

– Si encore je payais pas mes impôts ! Mais avec tout ce qu'on leur balance, on serait en droit d'espérer quelque chose. »

Il était hautement improbable, remarqua en son for intérieur l'agent Blake, que Peggy ait jamais rédigé une déclaration de revenus. Elle n'en acquiesça pas moins avec compréhension.

« Je suis bien d'accord avec vous et c'est la raison pour laquelle je suis là. Parmi tout ce que vous seriez en droit d'espérer d'une société civilisée, figurent notamment la sécurité et la tranquillité d'esprit et, jusqu'à ce que nous ayons arrêté l'homme qui vous a agressée, j'ai bien peur que vous n'ayez ni l'une ni l'autre. » Elle ignora l'expression butée qui était apparue sur le visage de Peggy et tira un carnet de son sac à main. « Vous n'êtes pas la seule prostituée à avoir subi des sévices. La même mésaventure est survenue à une autre voilà trois mois et l'homme n'a pas fait preuve de moins de cruauté avec elle qu'avec vous. Elle nous a déclaré avoir reçu quarante livres. C'est aussi ce qu'il vous a donné ?

– P't-être bien, répondit Peggy avec mauvaise grâce.

– Elle nous a dit également qu'il s'attendait à une femme plus jeune et plus jolie et avait piqué une colère en constatant qu'elle était assez âgée pour être sa mère. A-t-il fait la même chose avec vous ?

– P't-être bien, répéta-t-elle.

– Elle laissait ses coordonnées dans les cabines téléphoniques et les vitrines des commerçants. C'est ainsi que vous contactez vos clients, je présume ?

– Possible.

– Bon. Depuis deux semaines que je cavale partout, j'ai

rencontré pas mal de filles qui travaillent de la même façon et, même si aucune ne semble avoir été réellement brutalisée, trois d'entre elles m'ont parlé d'un jeune homme séduisant et distingué qui était brusquement devenu agressif au moment de la jouissance.» Elle consulta son carnet. «L'une m'a raconté qu'il l'avait tirée par les cheveux avec une telle force qu'elle avait cru qu'il allait les lui arracher. Une autre qu'il l'avait frappée au visage avec sa brosse à cheveux. Et la troisième qu'il lui avait ôté sa perruque et, pris de rage, la lui avait fourré dans la bouche. Il s'était excusé ensuite et lui avait donné dix livres de plus.» Elle releva la tête. «Toutes les trois ont une vingtaine d'années et prétendent qu'il avait un problème avec les cheveux et les brosses à cheveux. Cela vous rappelle quelque chose, Peggy?»

Elle poussa un soupir.

«On dirait que vous avez drôlement bossé, mon chou. Allez-y pour la description.»

Blake se mit à lire à haute voix.

«Environ 1,80 mètre. Mince, mais robuste, le torse velu. Plutôt séduisant, avec un visage enfantin, des cheveux d'un blond pâle, légèrement bouclés, peut-être un peu plus clairs sur les côtés, et des yeux bleu-gris. Le visage imberbe. Une des filles pense qu'il s'épilait les sourcils, parce qu'ils étaient très fins. Les vêtements vont du costume sombre et chemise blanche au Levi's et T-shirt. Toutes les trois affirment qu'il était soigné de sa personne, apparemment bien éduqué et donnait l'impression de sortir d'une école privée. Cela vous semble exact?

– Sûr qu'on lui aurait donné le bon Dieu sans confession, mais c'était qu'une petite brute vicieuse.» Elle toucha son visage tuméfié. «M'est avis qu'il était incapable de se maîtriser. Tous ces cris, ce raffut et ces coups, c'était seulement un truc pour donner le change. Sur le moment, je m'en suis pas rendu compte… quand on est depuis aussi longtemps dans ce boulot, on finit par plus faire attention. Mais après, je me suis dit qu'il avait dû lâcher la sauce trop tôt, vu qu'il est même pas venu en moi. Et il s'est salement vengé, je vous prie de croire! Moins parce que j'aurais pu être sa mère, même si ça avait sans doute un rapport, que parce que c'était une chiffe molle.

– Voyez-vous quelque chose à ajouter à cette description ? »

Elle secoua la tête.

« Non, je regrette. Il était vraiment pas mal, ouais, un beau gosse. Il m'a rappelé Paul Newman dans *L'Arnaqueur*. Mais ça vous dit sans doute rien. Vous êtes trop jeune pour connaître ça. » Elle marqua un temps d'arrêt. « Il avait des réflexions bizarres. Du genre : "C'est la faute de mon père si je suis comme ça." Et au moment de partir : "Je n'avais jamais eu à buter une femme avant."

– Avant quoi ? »

Peggy la regarda d'un air morose.

« Il voulait dire, je suppose, qu'il avait battu un tas de filles, mais qu'aucune n'en était morte. » Elle frissonna subitement. « Bon Dieu, il était dingo ! Encore un de ces types à la double personnalité. Il avait l'air d'un petit ange en arrivant et il s'était à peine mis à bander qu'on aurait dit un zombi, avec des yeux comme des soucoupes. À mon avis, c'est un vrai miracle qu'il ait tué personne. »

Blake acquiesça.

« Vous avez une idée de la manière dont il est venu ? En voiture ? À pied ?

– Je l'ignore. J'ai entendu le coup de sonnette et je lui ai ouvert. » Elle eut un froncement de sourcils. « Maintenant que vous m'y faites penser, il avait effectivement des clés de bagnole. Je me rappelle qu'il les a sorties de sa poche avant de s'en aller. Il avait une jolie veste, bien coupée, avec des épaules rembourrées, et il en a tiré les clés et les a gardées à la main tout en m'ordonnant de la boucler. » Elle réfléchit intensément. « Elles étaient accrochées à un porte-clés noir. Le porte-clés pendait entre ses doigts et je me souviens de l'avoir examiné pour pas lui donner l'impression que je le regardais sous le nez. » Une lueur brilla soudain dans ses yeux. « Même qu'il y avait un P et un H en lettres dorées. Ça m'a frappée, parce que ce sont mes initiales. Vous savez quoi ? Je parierais que PH sont les initiales de ce petit salaud ! »

Clinique des Rossignols, Salisbury, 13 h 30

On frappa à la porte et Hilda passa la tête dans l'entrebâillement.

« Excusez-moi de vous déranger, docteur Protheroe, mais l'inspecteur Maddocks et le sergent Fraser sont là. Je les ai prévenus que vous étiez occupé, mais ils disent qu'ils sont pressés et qu'ils ne peuvent pas attendre.

– Juste cinq minutes », fit Protheroe.

Avant que Hilda ait eu le temps de répondre, la porte s'ouvrit en grand et Maddocks se faufila dans la pièce.

« C'est important, sinon je n'aurais pas insisté. » Il s'immobilisa en apercevant Jinx. « Tiens, Miss Kingsley ! »

Protheroe s'emporta.

« Depuis quand la loi vous autorise-t-elle à pénétrer sans y être invité dans un bureau de consultation médical ?

– Je m'excuse, docteur, répondit Maddocks, mais cela fait déjà un quart d'heure que nous poireautons et nous avons absolument besoin de vous parler. »

Jinx se leva.

« Parfait. Je repasserai plus tard. »

Protheroe lui lança un regard appuyé.

« Je préférerais que vous restiez là. Il me semble que ce serait plus judicieux.

– Vis-à-vis de qui ? interrogea-t-elle, une étincelle malicieuse dans les yeux. *Illus intus aut illi extra ?* »

Il chercha fébrilement dans ses souvenirs de thème latin. Ceux qui sont à l'intérieur ou ceux qui sont dehors ? décida-t-il. « Oh, *illi extra*, naturellement », répondit-il avec un signe presque imperceptible en direction de Maddocks. Ajoutant aussitôt : *« Caput odiosus iam maximus est. »* Seule traduction qu'il ait trouvé pour dire que ce satané flic avait la grosse tête.

Elle le gratifia d'un sourire.

« Eh bien, si vous avez remarqué ça, docteur Protheroe, vous n'avez pas à vous en faire. Cela signifie que vous avez l'avantage. Dans tous les cas, je meurs de faim. Navrée de vous abandonner, mais je crois que je vais aller manger quelque chose. » Elle lui adressa un bref salut et contourna Fraser et Hilda qui se tenaient près de la porte dans une attitude indécise.

« Très bien, Hilda, je vous remercie. » Il désigna le canapé aux deux hommes. « Asseyez-vous, messieurs.

– Puis-je vous demander ce que Miss Kingsley vous a raconté ? s'enquit Maddocks en s'asseyant.

– Hélas, je n'en ai pas la moindre idée. C'était de l'hébreu pour moi.

– Pourtant, vous lui avez répondu.

– Je pourrais vous en sortir des dizaines du même acabit : "*Vos mensa puellarum dixerunt habebat nunc nemo conduxit.*" Je n'ai aucune idée de ce que cela veut dire, mais cela impressionne toujours. Que puis-je pour vous ? »

Maddocks reconnut en silence sa défaite, puis aperçut le *Times*, soigneusement plié sur la table basse.

« Je suppose que vous l'avez lu ?

– Effectivement.

– Vous savez donc que Leo Wallader et Meg Harris sont morts.

– Oui. »

Maddocks le regarda avec attention.

« Miss Kingsley est-elle au courant ? »

Protheroe acquiesça.

« Je l'ai informée aussitôt après.

– Comment a-t-elle réagi ? »

Il toisa l'inspecteur.

« Elle semblait très affectée.

– Lui avez-vous dit que l'homme qui vous a agressé la nuit dernière s'est servi d'un marteau ? »

Protheroe réfléchit un instant.

« Je ne m'en souviens pas, répondit-il avec sincérité. J'en ai parlé à mes patients ce matin, mais je ne sais plus si je leur ai donné des détails. » Il regarda Maddocks avec curiosité. « Pourquoi ? Vous voyez un rapport entre l'attaque dont j'ai été victime et la mort de Mr Wallader et de Miss Harris ? »

Maddocks eut un haussement d'épaules.

« Il nous paraît à coup sûr intéressant que Miss Kingsley

et un marteau soient le dénominateur commun de trois meurtres et d'une agression sauvage.

– Le troisième meurtre étant celui du premier mari de Miss Kingsley.

– Oui.

– Ma foi, j'avoue que votre logique m'échappe. Je veux bien admettre, pour aller dans votre sens, qu'il existe une similitude entre le meurtre de Russell Landy et celui de Leo Wallader, à savoir que Miss Kingsley était intimement liée aux deux hommes. Mariage dans un cas, projet de mariage dans l'autre. J'irai même jusqu'à dire, afin d'alimenter la conversation, qu'il n'est pas impossible que, Mr Wallader ayant changé d'avis et choisi en fin de compte d'épouser Miss Harris, quelqu'un ait décidé qu'elle devait mourir également. Mais comment casez-vous ce qui m'est arrivé hier soir dans cette construction hypothétique ? Je connais Miss Kingsley depuis une semaine. Nous entretenons une relation aussi normale que peuvent en avoir un médecin et son patient. Je ne suis ni son mari ni son fiancé. Je n'ai pas couché avec elle et n'ai aucunement l'intention de le faire. Je ne connais aucun de ses amis et elle ne connaît pas les miens. Elle est ici sous mon toit à titre d'hôte payante et libre d'en partir quand elle le désire. » Son regard se fit plus intense. « Ai-je oublié quelque chose qui donnerait à ce pseudo-dénominateur commun ne serait-ce qu'un tant soit peu de crédibilité ?

– Oui, répondit Maddocks d'un ton flegmatique. Le hasard. C'est un facteur que nous autres policiers ne pouvons pas ignorer. Et comme l'expérience nous l'enseigne, il n'y a pas de fumée sans feu. » Il eut un léger sourire. « Ou, pour dire les choses autrement, de Miss Kingsley sans marteau.

– Prétendez-vous qu'elle m'ait frappé avec ce maudit engin ?

– Je ne prétends rien à ce stade. Je me contente d'attirer votre attention sur une telle coïncidence. Il serait ridicule de votre part de la nier.

– Ce n'est assurément pas Jinx qui m'a assené ce coup hier soir. Elle n'est ni assez grande ni assez forte. À en juger par la taille et la carrure de mon assaillant, il ne peut s'agir que d'un homme.

– J'ai cru comprendre que vous aviez eu la visite de l'avocat de son père dans la journée.

– Ce n'est pas lui non plus, inspecteur. C'est une espèce de demi-portion avec de toutes petites mains. Je l'aurais reconnu immédiatement, masqué ou pas. »

Maddocks sourit de nouveau.

« Je pensais à Mr Kingsley lui-même. Peut-être avez-vous dit à l'avocat quelque chose qui n'a pas plu à son patron ?

– Je l'ignore. Je n'ai jamais rencontré Mr Kingsley, je ne sais donc pas à quoi il ressemble. » Il réfléchit un instant. « Quoi qu'il en soit, je suis sûr que c'était un homme jeune, et Mr Kingsley a soixante-six ans.

– Et Fergus Kingsley ? Son nom figure sur votre liste. »

Protheroe acquiesça.

« Oui, il a à peu près la bonne taille. Tout comme le serveur du restaurant dans lequel j'ai dîné, mais je n'ai échangé avec eux que des propos banals et je ne vois pas pourquoi ils auraient pris la peine de faire le pied de grue à la clinique pour me tomber dessus. » *Était-ce bien certain ? Cela faisait déjà deux fois qu'il croisait Fergus et jamais il ne s'était senti très à l'aise.*

Maddocks devina le soudain flottement de Protheroe.

« Que vous êtes-vous dit, Fergus Kingsley et vous ? insista-t-il.

– Pas grand-chose. Il attendait près de ma voiture quand je suis sorti. Pour autant que je m'en souvienne, il a manifesté le désir de l'acheter et m'a demandé ensuite de parler à son frère. J'ai répondu que j'étais pressé et lui ai proposé de remettre ça à un autre jour. Puis je suis parti. »

Fraser leva la tête, un pli barrant son front.

« Pourtant, vous n'étiez nullement pressé. D'après le rapport qu'on nous a transmis, vous aviez décidé d'aller faire un tour et de vous offrir un bon dîner parce que cela faisait longtemps que vous n'aviez pas passé une soirée dehors. »

Protheroe émit un gloussement.

« Aussi me suis-je éclipsé en douceur. Qu'est-ce que cela a de si étrange ? J'étais resté une partie de la matinée à discuter avec l'avocat de son père, j'avais faim et je rêvais d'un gueuleton. Au risque de vous paraître grossier, j'avoue que je n'avais aucune envie de perdre encore une demi-heure à palabrer avec un total inconnu.

– Ainsi, vous n'avez jamais vu Miles Kingsley ?

– Non.

– Mais les deux frères ont rendu visite à leur sœur ? »

C'était une affirmation plus qu'une question et Protheroe se demanda comment Maddocks le savait.

« À ma connaissance, Miles est venu mercredi dernier vers neuf heures du soir alors que j'avais fini mon service. Pour sa part, Fergus est venu samedi.

– Ils connaissaient donc parfaitement les lieux ? » *Autre affirmation.*

Protheroe fit la grimace : « Fergus a parlé à Jinx sur un banc dans le jardin, de sorte qu'il aurait probablement été capable de retrouver le banc en question, et Miles lui a parlé dans sa chambre, ce qui lui aurait sans doute permis d'y retourner. Vous appelez ça connaître parfaitement les lieux ? Pas moi.

– Je pensais plutôt au tracé de l'allée.

– Bonté divine ! s'exclama Protheroe à bout de patience. N'importe quel idiot peut attendre caché dans des buissons à côté d'une grille l'arrivée de quelqu'un. Il n'y a nul besoin de connaître parfaitement les lieux pour suivre une voiture avançant à dix à l'heure, ce qui est la vitesse maximum à laquelle je devais rouler parce que je ne voulais pas réveiller toute la clinique en passant sur le gravier. » Il poussa un long soupir. « Écoutez, à moins que vous ayez des éléments plus concrets à me soumettre, je ne vois pas l'intérêt de poursuivre cette conversation. Je vous suggère de faire part de vos soupçons directement à Miss Kingsley, à son père et à ses frères. » Il eut un hochement de tête en direction du *Times*. « À vrai dire, s'il existe, comme vous en êtes apparemment persuadé, un rapport aussi évident entre ces trois meurtres, je m'étonne, à l'instar de Sir Anthony et de Mrs Harris, que vous n'ayez encore rien fait.

– Vous semblez décidé à défendre à tout prix cette famille. Y a-t-il à cela une raison particulière ?

– Telle que ?

– Il se pourrait que vous soyez moins objectif à l'égard de Miss Kingsley que vous le prétendez et qu'à cause de cela, on ait cru bon de vous aplatir à coups de marteau. »

Protheroe se frotta la joue d'un air pensif.

« N'aurait-il pas fallu, pour m'attirer une telle réaction, que je fasse état de ce que vous appelez mon manque d'objectivité ?

– Pas nécessairement. Vous m'avez paru très copains tout à l'heure, lorsque vous vous baragouiniez de l'hébreu. Peut-être a-t-on deviné que votre attitude n'était pas aussi réservée que vous vouliez bien le dire. »

Protheroe éclata d'un rire sonore, qui étira les lèvres de Fraser.

« En disant que c'était de l'hébreu, je plaisantais, inspecteur. » Il se leva. « Je doute, *ipso facto*, que vos conclusions aient la moindre valeur. Maintenant, si vous voulez bien m'excuser, j'ai des patients à voir. »

La mine renfrognée, Maddocks rejoignit la voiture et décrocha d'un geste rageur le combiné de la radio.

« Passez-moi le commissaire Cheever, grommela-t-il. Dites-lui que c'est urgent. Inspecteur Maddocks. Je suis à la clinique des Rossignols à Salisbury. » Il se mit à pianoter nerveusement sur le toit. « Oui. Non, écoutez, nous avons quelques problèmes. Le toubib se paie notre tête et toute cette histoire ressemble fort à un coup monté. Lui et la fille taillaient tranquillement une bavette quand nous sommes arrivés et, manifestement, il en sait bien plus long qu'il le prétend. Oui, Fraser est du même avis. » Il lança au sergent un regard noir exigeant une approbation. « Non, je pense que nous devrions aller lui parler maintenant. De toute façon, nous sommes grillés. Elle nous a vus et sait que Wallader et Harris sont morts. Si nous attendons, elle aura le temps d'appeler un avocat. En fait, je suis étonné que son paternel ne soit pas déjà là, à moins qu'il se serve du toubib comme de chien de garde. » Une lueur de triomphe brilla dans ses yeux. « Très bien. » Il écouta un instant. « Oui, j'ai compris.

Des lettres de Landy… un avortement en 84… Wallader ou Landy pourrait être le père… »

Il reposa le combiné et adressa un sourire à Fraser.

« On nous donne l'occasion de faire preuve d'initiative, mon vieux, aussi profitons-en. Quoi qu'il arrive, je ne veux pas de ce connard de toubib dans le coin. Et inutile de prendre des gants. » Il indiqua d'un signe de tête le sentier qui menait à la terrasse en contournant le bâtiment. « Passons par là. »

Assise dans son fauteuil, occupée à regarder les actualités régionales à la télévision, Jinx n'entendit pas les deux hommes approcher. Elle sentit leur ombre intercepter le flot tiède des rayons du soleil qui baignait sa nuque au moment où ils se glissaient silencieusement par les portes-fenêtres ouvertes et devina aussitôt de qui il s'agissait. Sans se presser, elle éteignit la télévision et se retourna pour leur faire face.

« D'après le règlement, les visiteurs doivent demander l'autorisation avant de se rendre chez des patients. Je ne pense pas que vous l'ayez fait, n'est-ce pas, inspecteur ? »

Maddocks s'avança dans la chambre et alla se percher sur le bord du lit comme la fois précédente.

« Non, répondit-il sans vergogne. Dois-je en déduire que vous avez des raisons personnelles de ne pas vouloir coopérer avec la police ?

– Plusieurs, mais je doute que cela fasse la moindre différence. » Elle eut un sourire glacial. « Du moins, pour vous. » Elle lança un regard interrogateur à Fraser. « Peut-être pour votre collègue. » Elle examina le visage nettement plus aimable du jeune homme. « Non plus ? Bien, je suppose qu'il n'est pas donné à tout le monde d'avoir des principes. Ou ce monde serait trop monotone.

– Vous me semblez avoir l'esprit bien aiguisé pour quelqu'un qui a perdu la mémoire, reprit Maddocks.

– Vraiment ?

– Bien sûr, et vous le savez.

– Non. À part moi, je ne connais personne qui souffre

d'amnésie et ne dispose donc pas de critère de comparaison. Néanmoins, si cela vous intéresse, sachez que le fait d'avoir oublié quelques jours de son existence ne vous transforme pas pour autant en ectoplasme. » Elle lui adressa un sourire amusé. « J'imagine, inspecteur, que vous ne vous souvenez pas de toutes les femmes avec lesquelles vous avez couché, surtout si vous aviez pris une cuite, et que cela ne vous a jamais beaucoup traumatisé ? » Elle étendit le bras pour prendre une cigarette. « Ou peut-être que si, ce qui expliquerait que vous m'accusiez d'avoir l'esprit aiguisé.

– Touché ! » fit-il avec affabilité.

Elle alluma sa cigarette et le considéra à travers la fumée. « Freud aurait sûrement apprécié, lança-t-elle d'un ton désinvolte.

– Pardon ? » fit-il avec un froncement de sourcils.

Elle eut un rire étouffé.

« C'est à cause de votre malheureuse réflexion juste après mon allusion à vos pratiques amoureuses. À croire que vos partenaires vous font la même au moment critique. » Elle entendit le grognement réjoui de Fraser. « Aucune importance, inspecteur. » Elle se tut.

Maddocks n'eut pas l'air de trouver ça drôle.

« Nous avons quelques questions à vous poser, Miss Kingsley. »

Elle le regarda sans rien dire.

« Concernant Leo et Meg. » Il attendit. « Il semble que le docteur Protheroe vous ait informée de leur mort. »

Elle acquiesça.

« Cela a dû être un choc. »

Elle acquiesça de nouveau.

« Pardonnez-moi, Miss Kingsley, mais j'ai l'impression qu'il n'a pas duré longtemps. Votre fiancé et votre meilleure amie ont été tués à coups de marteau, la figure réduite en compote, et vous êtes là, assise tranquillement, à fumer des cigarettes et à faire de l'esprit. J'ai rarement vu douleur aussi peu crédible.

– Navrée, inspecteur. Vous préféreriez peut-être me voir pleurer comme une Madeleine ? »

Il ignora cette repartie.

« Aussi peu crédible, à vrai dire, que cette histoire fumeuse d'amnésie.

– Excusez-moi. » Elle serra les lèvres en une moue féroce. « Je crois que j'ai complètement oublié de quoi nous parlions. »

Maddocks jeta un coup d'œil à Fraser, qui riait sous cape. « Nous parlons de la mort de trois personnes, Miss Kingsley, lesquelles vous étaient toutes très proches et ont été sauvagement assassinées : Russell Landy, Leo Wallader et Meg Harris. À quoi il faut ajouter la brutale agression dont a été victime le docteur Protheroe la nuit dernière et qui, s'il n'avait pas fait preuve de sang-froid, aurait abouti au même résultat que dans le cas de votre époux, de votre fiancé et de votre meilleure amie. Il vous a probablement dit qu'on l'avait frappé avec un marteau ? »

Il guetta une réaction.

« Non, répondit-elle d'un ton paisible.

– Et qu'est-ce que cela vous inspire ?

– Rien. Le docteur Protheroe n'a pas pour habitude de me faire ses confidences.

– Cela ne vous ennuie pas un tout petit peu qu'on ait utilisé un marteau ?

– Si.

– Maintenant, dites-moi que vous trouvez la situation cocasse, parce que ce n'est assurément pas mon avis, ni celui des deux mères éplorées dont les enfants rongés par la vermine ont été retirés d'un fossé jeudi dernier. »

Elle tira une bouffée de sa cigarette et détourna la tête.

« Je vous dirai ce que vous voudrez, inspecteur, prononça-t-elle avec une étrange inflexion dans la voix. De toute façon, cela ne changera rien. » Elle le regarda de nouveau. « Vous continuerez à déformer chacune de mes paroles.

– Des sottises, Miss Kingsley !

– *Experto credito*. Rien ne vaut l'expérience. » Elle lui adressa un léger sourire. « Vous n'êtes pas différent des flics que j'ai connus. Eux aussi voulaient à tout prix démontrer que mon père est un meurtrier. »

17

Mardi 28 juin, clinique des Rossignols, Salisbury, 14 h 30

Fraser s'encadra dans le champ de vision de Jinx. Il tira le second fauteuil et s'assit, les mains serrées entre les genoux, son visage à moins d'un mètre du sien. Prendre des initiatives, avait dit l'inspecteur. Et Fraser avait assez de bon sens pour se rendre compte que l'intimidation n'avait aucune chance de réussir. De plus, contrairement à Maddocks, il n'avait rien à prouver, en tout cas pas à une femme.

« Nous nous efforçons d'envisager toutes les hypothèses, l'assura-t-il, mais il nous paraît difficile d'ignorer que l'on s'est servi de la même méthode et que les trois victimes, bien qu'à dix ans d'intervalle, faisaient toutes partie de votre entourage. Il ne s'agit pas ici de simples relations, Miss Kingsley, mais des deux hommes qui ont probablement le plus compté dans votre vie et de la femme dont les parents déclaraient au moment de votre accident qu'elle était votre meilleure amie. » Il sourit d'un air triste. « Comprenez-vous le problème ? Même l'observateur le plus impartial ne pourrait qu'être frappé par les liens qui vous unissaient à ces trois personnes. »

Elle hocha la tête. *Doux Jésus ! Est-ce qu'il la prenait pour une débile mentale ?*

« Je comprends. Cela m'a frappée, moi aussi, mais je serais bien incapable de fournir une explication. Je n'arrête pas d'y penser et j'en reviens toujours au mystère du meurtre de

Russell. » Elle écrasa sa cigarette pour éviter de lui envoyer de la fumée dans la figure. « Si la police londonienne ne l'a pas éclairci, c'est qu'elle s'est focalisée sur mon père et moi. Notre responsabilité directe a été écartée parce que nous possédions tous deux des alibis. Quant à une responsabilité indirecte, je n'avais pour ma part aucune raison de souhaiter la mort de Russell. En revanche, mon père le détestait et ne s'en était jamais caché, de sorte que les enquêteurs en ont déduit qu'il avait passé un contrat pour le supprimer et ont abandonné toute autre piste. Mais supposons qu'ils se soient trompés. Supposons que mon père n'y ait été pour rien, que vaudrait alors le fait que je connaissais les trois victimes ? » Elle le regarda intensément, l'air grave. « Vous voyez ce que je veux dire ?

– Je pense. Vous prétendez que si quelqu'un de tout à fait différent a tué Russell, c'est qu'il existe un lien secret entre les trois meurtres.

– Oui, et si vous commettez la même erreur que la police londonienne, le meurtrier vous échappera aussi.

– C'est un peu difficile à avaler, Miss Kingsley. On nous a adressé un compte rendu détaillé de l'affaire Landy et il ne contenait aucune allusion à un personnage mystérieux susceptible d'avoir joué un rôle quelconque. »

Elle secoua vigoureusement la tête.

« Il en existe pourtant un. Je n'ai pas cessé d'attirer l'attention des inspecteurs sur cet artiste que Russell avait envoyé paître. Par deux fois, il m'a dit l'avoir vu rôder près de la galerie, ajoutant que, s'il le revoyait de nouveau, il préviendrait la police. Puis il a été assassiné. » Elle ouvrit les mains en un geste suppliant. « Je suis sûr que c'est l'homme que vous devriez rechercher.

– Il est bien mentionné dans le rapport, mais on a apparemment conclu que, pour autant qu'il ait réellement existé, il s'agissait plus vraisemblablement du tueur engagé par votre père que d'un artiste aigri. Il en aurait été tout autrement si vous aviez été en mesure de fournir aux policiers un signalement ou un nom ; or, si je ne me trompe, vous avez été incapable de leur donner le moindre renseignement.

– Parce que je ne savais rien. Je n'ai pu que leur répéter

ce que Russell m'avait dit. Un peintre est venu à la galerie avec des tableaux, Russell lui a déclaré qu'ils étaient très mauvais, l'homme s'est mis à l'injurier et Russell l'a flanqué dehors. Il n'en a pas parlé sur le moment, mais il m'a raconté à deux reprises qu'il avait aperçu un individu en train de surveiller la galerie et il pensait que c'était le peintre en question. » Elle poussa un soupir. « Je sais que ce n'est pas grand-chose, cependant, personne n'a jugé utile de chercher de ce côté. Tout ce qui les intéressait, c'était mon père.

– À juste titre, ne croyez-vous pas ? »

Elle s'abstint de répondre.

« Il n'a jamais fait mystère de ses sentiments vis-à-vis de votre mari.

– Oh, je sais, je connais tous les arguments par cœur ! On me les a assez rabâchés. Mon père avait suffisamment de relations dans le milieu pour passer un contrat. C'est un homme dur, cruel, qui a débuté en faisant du marché noir et a gagné des millions par des procédés douteux, ce que personne n'a jamais pu prouver, mais qu'importe. Il a à peu près tout d'un chef mafieux, y compris le culte de la famille, si bien que la mort d'un gendre honni aurait été pour lui une façon parfaitement naturelle de régler le problème. » Elle eut un sourire morose. « On m'a même montré un rapport psychiatrique, établi à partir des éléments connus de la police, qui le décrivait comme un psychopathe doué d'un formidable appétit sexuel. De là son penchant pour les prostituées, compte tenu du fait que j'étais le véritable objet de son désir et qu'il était incapable de satisfaire autrement ses pulsions bestiales. »

Fraser attendit un instant.

« Et, selon vous, il n'y a rien de vrai dans tout cela ? finit-il par demander.

– Je l'ignore, répondit-elle avec franchise, mais ça n'a pas grande importance. La police a tenu à commander ce rapport, sans parvenir pour autant à apporter la preuve de l'implication d'Adam dans la mort de Russell. Est-ce que cela ne signifie pas qu'Adam n'y est pour rien ? »

Fraser secoua la tête à regret.

« Cela pourrait signifier également qu'il a payé cher pour

mettre le maximum de distance entre le meurtrier et lui. » Mais il céda lui aussi à l'attrait des grands yeux noirs dans le visage blême et s'efforça d'atténuer ses propos. « Non que j'aie une opinion arrêtée sur la question, Miss Kingsley. En fait de contrat, on peut dire que c'était du travail bâclé. Landy vivait encore quand vous l'avez découvert, de sorte que son meurtrier a eu de la chance de s'en tirer à si bon compte, de même que celui qui l'avait engagé. »

Elle s'humecta les lèvres avant de se renverser tout à coup sur son siège et de plaquer ses deux mains sur sa bouche.

« J'aurais dû y penser depuis longtemps, prononça-t-elle d'une voix étouffée. Bon sang, quelle imbécile j'ai été ! » Elle ôta ses mains. « Mon père est un perfectionniste, déclara-t-elle, de même que les gens qu'il emploie. Aucun d'eux n'aurait osé saboter un travail. Adam l'aurait écorché vif. »

Fraser l'observa avec curiosité.

« Autrement dit, vous pensez que votre père aurait très bien pu ordonner le meurtre de Landy, mais qu'en réalité il ne l'a pas fait.

– Oui. » Elle se pencha en avant. « Mon père se trouvait à Londres ce jour-là et il y a toujours eu des trous dans son emploi du temps. Il n'aurait pas payé pour se tenir à l'écart et risquer d'être finalement compromis. De plus, comme vous l'avez dit vous-même, Russell vivait encore quand je l'ai découvert et peut-être même aurait-il survécu si j'étais arrivée plus tôt. Or jamais Adam n'aurait engagé un type incompétent au point que sa victime respire encore une heure après qu'il aurait fait le coup.

– Peut-être le tueur a-t-il été dérangé ?

– Non, répliqua-t-elle, tout excitée. Vous ne comprenez donc pas ? Si Adam avait ordonné le crime, il se serait arrangé pour que Russell soit exécuté n'importe où sauf à la galerie. Il savait que je possédais la seconde clé et que j'étais par conséquent la personne la plus susceptible de découvrir le corps, à moins que quelqu'un, en passant un jour par l'arrière, se soit aperçu que la vitre de la réserve était cassée. » Elle vit l'expression incrédule de son interlocuteur. « Oh, je vous en prie, sergent, supplia-t-elle, écoutez-moi. D'après la police, Adam m'adore à tel point qu'il est devenu d'une jalousie maladive vis-à-vis de Russell. Si c'était le cas, il l'aurait fait tuer le plus loin possible de moi et ne l'aurait pas laissé à moitié mort et se vidant de son sang là où il y avait de fortes chances pour que je le trouve. La dernière chose qu'il aurait souhaitée, c'est que je sombre dans la dépression et m'enferme dans ma coquille. Vous ne croyez pas ? »

L'argument sembla impressionner Fraser.

« En avez-vous parlé aux enquêteurs ?

– Comment aurais-je pu ? Je viens juste d'y penser. Écoutez, répéta-t-elle, je sais que cela peut paraître étrange, mais quand une chose aussi horrible vous arrive, ou vous la mettez dans un coin ou vous devenez dingue. Avant ma dépression, je n'ai pas vraiment eu le temps d'y penser. Il y a eu la police, l'enterrement, la fausse couche… » Elle eut une légère hésitation. « Quand je suis sortie de l'hôpital, j'ai décidé que c'était une histoire finie, que je ne voulais plus en entendre parler. C'est seulement depuis mon accident que tout cela a commencé à me revenir. Les cauchemars, Russell gisant sur le sol, le sang… » Elle hésita encore, mais ne continua pas.

Maddocks avait suivi cet échange avec un scepticisme croissant, mais il prit un ton modéré.

« Les enquêteurs n'étaient pas polarisés sur cette idée d'un tueur, Miss Kingsley. Ils ont toujours admis que votre père aurait pu se servir lui-même du marteau. À supposer qu'il soit allé à la galerie et ait eu une altercation avec Landy, croyez-vous qu'il se serait inquiété de savoir si vous risquiez de trouver le corps ? Il aurait essayé de sauver sa peau en filant le plus vite possible. »

Jinx se tourna vers lui.

« Il faut choisir, inspecteur. Si Adam était réellement un gangster comme on le prétend, il aurait fait en sorte d'effacer toute trace du carnage. Et il n'aurait certainement pas laissé Russell en vie. » Elle porta une main à sa tempe. « Il ne commet pas de telles erreurs, inspecteur.

– Il a bien amoché un négro qui était sur le point de devenir votre oncle, répliqua avec flegme Maddocks. Peut-être était-ce une autre erreur. Peut-être avait-il aussi l'intention de le tuer. »

Jinx abaissa la main et la serra contre l'autre sur ses

genoux. Elle se sentait extrêmement mal, mais savait que Maddocks ne manquerait pas d'en tirer profit si elle le disait. Elle reporta son attention sur Fraser dans l'espoir qu'il réagisse.

« Admettons que vous ayez raison, Miss Kingsley, déclara le sergent au bout d'un moment, et qu'il existe un autre lien entre les trois meurtres. Avez-vous une idée de quoi ou de qui ?

– Je ne vois que Meg, répondit-elle d'un ton grave. Elle était aussi proche de Russell et de Leo que moi. »

Maddocks bougea.

« Sinon plus, ajouta-t-il sans ménagement. D'après divers lettres et carnets que nous avons retrouvés dans la maison de Leo, votre amie Meg Harris avait une liaison avec votre mari à l'époque de sa mort, sans compter une foule d'amants, dont votre fiancé. L'un d'entre eux – sans qu'elle sache manifestement lequel – étant le père de l'enfant dont elle a avorté peu après le meurtre de Landy. »

Il s'écoula un bref instant avant que Jinx ait retrouvé une partie de ses couleurs.

« Je comprends qu'elle ait été si émue quand j'ai perdu mon bébé », prononça-t-elle lentement.

Maddocks eut un froncement de sourcils.

« Cette liaison n'a pas l'air de beaucoup vous surprendre.

– J'étais au courant, mais j'ignorais qu'elle avait avorté. Pauvre Meg. Elle devait se sentir affreusement coupable, si elle pensait que Russell était aussi le père du sien.

– Et je suppose que vous n'en avez pas parlé non plus à la police londonienne ? »

Elle soutint son regard quelques secondes.

« Comment aurais-je pu leur dire ce que je ne savais pas moi-même ? Je n'ai découvert cette liaison que bien après la mort de Russell.

– Ah ! fit-il, j'aurais dû m'en douter. Est-ce Miss Harris qui vous l'a apprise ?

– Non. » Elle lui répéta ce qu'elle avait dit à Protheroe au sujet des lettres cachées dans le grenier et de son désir de ne pas rouvrir de vieilles blessures. « Peut-être que, si j'en avais parlé, Meg et Leo seraient encore en vie, conclut-elle d'un air sombre. Enfin, il est toujours facile de décider après coup de ce qu'il aurait fallu faire.

– Oui, répondit Maddocks avec une expression méditative. Il semble que vous mettiez beaucoup de temps à comprendre, pas vrai ? Qui d'autre était au courant de cette liaison ?

– Personne, à ma connaissance. Comme je vous l'ai dit, ils étaient très discrets.

– En avez-vous parlé à votre père ?

– Quand je m'en suis aperçue ? » Il acquiesça. « Je n'en voyais pas l'utilité.

– À quelqu'un d'autre ? »

Elle secoua la tête.

« Juste au docteur Protheroe. Ce matin. »

Maddocks hocha la tête.

« Vous est-il arrivé de parler du meurtre de Landy avec Miss Harris ?

– Une ou deux fois, avant que j'entre à l'hôpital, répondit-elle d'une voix saccadée. Nous en avons discuté avant, mais jamais après.

– Vous a-t-elle dit qui, selon elle, aurait pu être le meurtrier ? »

Elle posa sa joue dans sa main et s'efforça de revoir des scènes du passé.

« Cela fait si longtemps, et ni elle ni moi n'avions très envie d'aborder ce sujet. Je suppose qu'elle partageait l'idée première de la police, parce que c'est la seule qu'aient évoquée les journaux. Un cambriolage qui avait mal tourné. À ma connaissance, c'est encore ce que croient la plupart des gens.

– Elle ne savait donc pas que vous étiez soupçonnés, votre père et vous ? »

Elle fit semblant de réfléchir. *Tout le monde le savait, espèce d'enfoiré… le moindre de mes amis… sinon, pourquoi aurais-je vécu en recluse tout au long de ces dix dernières années !*

« J'ai dû fournir à la police une liste de nos amis, qui étaient en majorité ceux de Russell, mais Meg y figurait également et elle m'a raconté qu'on l'avait interrogée sur la nature des rapports entre Russell et Adam. » Elle fronça soudain les sourcils. « Oui, je me souviens. Elle a eu une réflexion étrange. Elle a dit : “Ils vont continuer à poser des questions, mais, à mon avis, il vaut mieux ne pas réveiller le chat qui dort. Il y a déjà eu bien assez de souffrances comme ça.”

– Qu’entendait-elle par là ?

– Sur le moment, j’ai sans doute pensé qu’elle parlait de ce qui s’était passé entre Russell et Adam et qu’elle ne voyait pas l’intérêt de donner davantage de détails. Mais maintenant que j’y songe, il est possible qu’elle ait fait allusion à sa liaison avec Russell. La police s’est beaucoup démenée pour essayer de dénicher des indices de ce genre, sur la base de l’hypothèse qu’il aurait pu être tué par un mari jaloux. » Elle marqua un temps d’arrêt. « Dans la mesure où Meg savait que je n’étais pas au courant de cette liaison, peut-être a-t-elle préféré ne pas en faire état auprès des enquêteurs afin de ne pas me blesser inutilement.

– Vous avez dû être bouleversée en découvrant la chose. »

Elle se tourna vers lui, visiblement soulagée.

« Au risque de vous paraître insensible, je vous avoue que cela m’a plutôt ôté un poids. Pendant les derniers mois qui ont précédé sa mort, Russell et moi nous disputions fréquemment et je m’en suis toujours voulu. Voir quelqu’un mourir dans ses bras en ayant le sentiment de l’avoir rendu malheureux est une chose terrible. Je n’arrêtais pas de me répéter, si seulement j’avais fait ceci, si seulement j’avais fait cela » – elle lui lança un regard inquiet –, « puis ces quelques billets doux me sont tombés par hasard entre les mains et je me suis sentie libérée. »

Maddocks avait écouté la jeune femme avec une froideur mêlée d’ironie. Tout ce récit avait quelque chose de trop habile, de trop bien ficelé et il soupçonnait le docteur Protheroe de ne pas y être étranger.

« Permettez-moi de faire le point, Miss Kingsley, lança-t-il d’un ton acide. Premièrement : à l’époque de la mort de Russell Landy, lui et vous ne vous entendiez pas très bien et, cependant, vous avez déclaré le contraire à la police. Deuxièmement : vous pensiez que votre père aurait pu assassiner votre mari, mais vous l'avez défendu tout de même. Troisièmement : Landy et votre meilleure amie avaient une liaison dont vous ignoriez l'existence et dont elle n'a rien dit à la police. Quatrièmement : elle a avorté d'un enfant conçu soit avec l'homme qui était alors votre époux soit avec celui qui allait devenir votre fiancé et cela sans que ni vous ni la police londonienne n'en ayez jamais entendu parler. Cinquièmement : lorsque vous avez découvert l'infidélité de votre mari, vous avez préféré garder l'information pour vous. Sixièmement : votre meilleure amie, qui avait été la maîtresse de votre mari et savait qu'il avait été assassiné, n'a pas hésité à renouer une vieille aventure avec votre fiancé et à le persuader de vous abandonner pour elle. Septièmement : elle et lui ont été ensuite assassinés d'une manière identique, bien que dans un lieu différent, à celle qui a servi à tuer votre mari. » Il arqua les sourcils. « Est-ce bien ce que vous nous avez dit ?

– Oui, répondit Jinx avec honnêteté. À ma connaissance, c'est parfaitement exact. Pour autant que l'avortement et la manière dont Meg et Leo ont été tués le soient aussi. Ce sont les deux seuls faits sur lesquels je ne sache rien. »

Il hocha la tête.

« Très bien. J'aimerais vous poser une dernière question au sujet du meurtre de Landy, avant de passer à Wallader et à Harris. D'après les rapports que nous possédons, vous avez été mise hors de cause parce que vous aviez un excellent alibi. Qui vous a fourni cet alibi ?

– Meg. Nous avons passé ensemble l'après-midi et le début de soirée et elle m'a conduite au restaurant à 19 h 30. J'ai attendu là environ une heure, puis, comme Russell n'arrivait pas, je suis allée en taxi à la galerie. Ce n'est pas mentionné dans le rapport ? »

Maddocks ignora la question.

« N'aurait-il pas été plus simple de téléphoner ?

– C'est ce que j'ai fait, mais cela ne répondait pas. J'ai ensuite appelé à la maison, mais cela ne répondait pas non plus.

– Dans ce cas, pourquoi avoir pensé qu'il se trouvait à la galerie ? Pourquoi vous être donné le mal de prendre un taxi ?

– Parce que c'était sur le chemin du retour.

– Pourtant, vous avez réglé le taxi avant d'entrer dans la galerie.

– Il était neuf heures du soir et le chauffeur a insisté pour que je le paie avant de descendre. Il avait probablement peur que je file par la ruelle la plus proche. Il m'a dit qu'il patienterait cinq minutes et que, si je n'étais pas revenue d'ici là, il s'en irait. Au bout d'à peine deux minutes, je suis sortie en criant à tue-tête. Il a appelé police secours pendant que je retournais auprès de Russell, puis a attendu dehors l'arrivée de l'ambulance. C'est la raison pour laquelle la police n'a eu aucun mal à le retrouver par la suite pour contrôler mes dires. »

Maddocks laissa échapper un ricanement.

« Vous avez réponse à tout, n'est-ce pas ? »

Elle l'observa avec le plus grand calme.

« Je dis la vérité, inspecteur.

– Bien sûr. Et le fait est, ma fille, que vous avez eu dix ans pour y songer. »

Ayant appris l'agression contre le docteur Protheroe, Harry Elphick, un des gardiens de la clinique, décida de faire un crochet au moment de partir afin de jeter un coup d'œil aux remises situées près du parking du personnel. Il avait vaguement le souvenir d'avoir aperçu, quelques semaines plus tôt, un marteau dans l'une d'elles et pensait que cela valait peut-être la peine de vérifier. Il lui semblait, en toute logique, que la personne la plus susceptible d'avoir attaqué Protheroe était un de ces drogués hystériques dont celui-ci s'occupait et que, la clinique n'étant pas une prison, n'importe quel patient avait pu, tout comme lui, remarquer la présence du marteau. Il aurait trouvé d'une naïveté parfaitement ridicule de prétendre qu'aucun d'eux ne se serait donné le mal d'estourbir Protheroe dans la mesure où tout le monde savait qu'il ne transportait jamais de drogue dans sa voiture. Ancien militaire, Harry avait dépassé la cinquantaine et ne se sentait aucune sympathie pour ces fils à papa tarés. Aussi est-ce avec une certaine satisfaction qu'ouvrant la porte d'une des remises, il aperçut, après une brève inspection, un marteau à long manche dont la tête portait encore des traces de la peinture rouge de la Wolseley.

« Quand avez-vous découvert que Leo et Meg avaient une liaison ? »

Jinx regarda un instant ses mains avant d'ouvrir son paquet de cigarettes.

« Quand j'ai repris conscience, il y a quelques jours. C'est ma belle-mère qui me l'a dit. »

Maddocks fronça les sourcils.

« Vous ne vous en doutiez pas jusque-là ? »

Elle se renversa en arrière, alluma une cigarette.

« Je l'ignore. Je ne me souviens pas de grand-chose avant l'accident.

– De quoi vous souvenez-vous au juste ? »

Elle leva les yeux au plafond.

« D'avoir dit au revoir à Leo au petit déjeuner le matin du 4 juin. Je devais aller passer quelques jours chez mes parents dans le Hampshire.

– C'est un souvenir très précis.

– Oui.

– Quand avez-vous su qu'ils étaient morts, Miss Kingsley ? »

Elle faillit mentir, puis se ravisa. Elle était trop attachée à Dean pour le jeter en pâture à ce fumier.

« Dimanche. J'étais certaine que vous m'aviez raconté des histoires et j'ai demandé à un ami de téléphoner aux Wallader. Anthony a répondu à cet ami que Leo et Meg étaient morts et il m'a rappelé.

– Quel ami ?

– C'est important ?

– Tout dépend si vous voulez que je vous croie. Cette personne pourrait confirmer que vous avez été réellement affectée par la nouvelle. Autrement, j'aurais du mal à comprendre comment une femme dont la meilleure amie et le fiancé viennent d'être assassinés peut faire montre d'une telle maîtrise.

– Dean Jarrett, mon assistant au studio.

– Merci. Cela vous a attristée que votre belle-mère vous dise que Leo vous avait quittée pour Meg ? »

Elle secoua la tête.

« Pas vraiment. J'étais plutôt soulagée. Je vous ai déjà expliqué dimanche que mes sentiments vis-à-vis de Leo avaient changé. Je suis sûre qu'au fond de moi, je n'avais plus envie de l'épouser, qu'il ait ou non une liaison avec Meg.

– Dans ce cas, pourquoi avoir essayé de vous tuer ?

– J'aimerais bien le savoir ! » Elle sourit subitement. « C'est assez invraisemblable de la part de quelqu'un possédant une telle maîtrise. » Elle fit tomber de la cendre de sa cigarette. « Si invraisemblable que je doute fort de l'avoir fait.

– Vous aviez bu et vous avez foncé contre le seul obstacle de taille qui se dressait encore sur un aérodrome désaffecté. Quelle autre explication voyez-vous ?

– Mais je ne me suis pas tuée, rétorqua-t-elle.

– Parce que vous avez eu de la chance. Vous avez été éjectée.

– Peut-être que je me suis éjectée moi-même. Peut-être que je ne voulais pas mourir.

– Ce qui signifie, en clair ? »

Ses yeux se mouillèrent, mais elle retint ses larmes.

« Je ne sais pas, mais j'ai eu davantage le temps d'y réfléchir qu'à Leo et à Meg et, si je n'ai pas essayé de me tuer, il ne reste, me semble-t-il, qu'une solution, c'est que quelqu'un d'autre s'en est chargé. » Renonçant à convaincre Maddocks, elle se tourna vers Fraser. « Cela aurait été très facile. Ma voiture est un modèle automatique. Il suffisait de tourner le volant dans la bonne direction, de passer la marche avant, de bloquer l'accélérateur à fond, puis d'ôter le frein à main. Si j'étais inconsciente et attachée par la ceinture, j'aurais été forcément écrabouillée. Cela a très bien pu se passer ainsi, vous ne croyez pas ? C'est une possibilité, non ?

– Si vous aviez votre ceinture, comment auriez-vous pu être éjectée ?

– Alors je ne l'avais sans doute pas, répliqua-t-elle aussitôt. On voulait peut-être que je passe à travers le pare-brise. Ou peut-être ai-je repris connaissance à temps et sauté de la voiture. »

Il aurait bien aimé la croire, mais c'était impossible.

« Dans ce cas, votre hypothétique meurtrier s'en serait aperçu et vous aurait achevée. S'il avait réellement essayé de vous tuer, il ne pouvait pas se permettre de vous laisser en vie. »

Elle tira de sa poche la coupure de presse apportée par Betty et la lui fourra dans les mains.

« D'après cet article, c'est un jeune couple qui m'a trouvée. En le voyant arriver, il a peut-être préféré s'enfuir.

– Écoutez, Miss Kingsley, intervint Maddocks, je ne veux pas avoir l'air cruel, mais les faits sont les faits. À en croire vos voisins à Richmond, ce n'était pas la première fois. Vous aviez déjà commis une tentative le dimanche. Que vous le vouliez ou non et, en réalité, que vous en ayez le souvenir ou pas – puisque vous admettez vous-même que vous avez l'habitude de mettre de côté les choses qui vous dérangent –, il s'est produit un événement d'une telle gravité que vous vous êtes enivrée pour vous donner du courage, bien décidée à en finir une fois pour toutes. »

Il est arrivé une chose affreuse... « Je ne me suis jamais enivrée de ma vie, répondit-elle d'un ton buté. Je n'en ai jamais eu envie.

– Il faut bien commencer un jour. »

Elle haussa les épaules.

« Pas en ce qui me concerne, inspecteur.

– Au moment de votre accident, vous aviez avalé l'équivalent de deux bouteilles de vin, Miss Kingsley. Les bouteilles ont été retrouvées sur le plancher de votre voiture. Ne me dites pas que vous êtes capable d'absorber une telle quantité d'alcool sans avoir ce qu'il est convenu d'appeler un coup dans le nez.

– Non. Je veux seulement dire que jamais je n'aurais bu autant.

– Même si vous aviez fait une chose dont vous aviez honte ? »

Elle le fixa de son regard franc.

« Comme quoi ?

– Participer à un meurtre, par exemple ? »

Elle secoua la tête.

« Ne voyez-vous pas combien cet argument est absurde ? Si j'ai bien compris, les corps de Meg et de Leo ont été retrouvés près de Westminster, ce qui signifie que le meurtrier a suivi un plan extrêmement compliqué. Les journaux ne disent pas s'ils ont été tués dans les bois ou déposés là après coup, toujours est-il que le meurtrier s'est donné beaucoup de mal pour les amener jusqu'à cet endroit. Comment imaginer que quelqu'un d'aussi minutieux ait ensuite éprouvé des remords au point de vouloir se tuer ? Cela ne colle pas. D'un côté, vous décrivez un personnage machiavélique se livrant à de savants calculs pour se débarrasser de deux personnes ; de l'autre, un être faible ayant agi sous l'emprise de la colère et si effrayé par les conséquences de son acte qu'il se sent le besoin de se supprimer pour expier son crime.

– Vous y avez vraiment beaucoup réfléchi. »

Les grands yeux noirs se mouillèrent de nouveau.

« Vous en auriez fait autant si vous étiez à ma place. Je ne suis pas idiote, inspecteur. »

Elle fut surprise de voir Maddocks hocher la tête. Il avait failli dire : « Touché », mais il se retint à temps.

« Commettre un assassinat n'est jamais un acte logique, Miss Kingsley, du moins si j'en crois mon expérience. Le plus souvent, le coupable est la dernière personne que vous auriez suspectée. Certains ont des remords dès le début, d'autres lorsqu'ils sont condamnés et d'autres encore n'en ont jamais. Croyez-moi, il n'est pas rare qu'un individu rusé projette un meurtre, le mette à exécution, maquille les indices, puis soit soudain pris d'une crise de conscience. Nous voyons cela tous les jours. Il n'y a pas de raison que cette affaire soit différente.

– Alors vous pouvez aussi bien me passer tout de suite les menottes, déclara-t-elle, car je n'ai aucun moyen de me défendre. »

Rien ne me ferait plus plaisir, mon cœur !

« Il ne s'agit pas de cela, répondit-il d'un ton affable. Comme vient de vous le dire le sergent Fraser, nous suivons plusieurs pistes et ce n'en est qu'une parmi d'autres. Vous comprenez, j'en suis sûr, combien il est important que vous nous fournissiez des informations sur ce qui s'est passé au cours des deux semaines ayant précédé votre accident et la mort de Leo et de Meg. Malheureusement, vous êtes, semble-t-il, la seule personne qui soit encore en mesure de nous éclairer. »

Elle tira une bouffée de sa cigarette avec une expression maussade.

« Et les amis de Meg ? Vous leur avez posé la question ? Ils savent certainement quelque chose.

– À partir des indications que vous nous avez données, nous avons parlé hier à Josh Hennessey. Il nous a dit qu'il avait été informé de la situation par un coup de téléphone de Meg le samedi 11 juin. Elle lui a déclaré que votre mariage était annulé, que Leo et elle partaient en France et qu'elle passerait au bureau pour le mettre au courant de ses dossiers. Elle ne l'a pas fait et il n'a plus eu de ses nouvelles. Il nous a, en outre, communiqué les noms de plusieurs bons amis de Meg. Nous avons parlé à deux d'entre eux, Fay Avonalli et Marian Harding, qui nous ont servi la même histoire.

– Pourquoi ne pas avoir interrogé Josh sur la relation qu'elle avait avec Leo avant ça ? Cela faisait des années qu'ils travaillaient ensemble, il connaissait tout de sa vie et donc, je présume, l'existence de cette liaison. »

Ce fut Fraser qui répondit.

« Il a cité le nom d'un homme qui avait été sur les rangs pendant deux ou trois mois au début de l'année, tout en précisant que Meg parlait rarement de Leo et qu'il avait été surpris d'apprendre qu'ils avaient l'intention de se marier. D'après lui, c'était un ancien amant qu'elle revoyait de temps à autre, quand elle n'avait rien de mieux à se mettre sous la dent. À sa connaissance, ils n'étaient jamais restés ensemble plus de quelques semaines, dans la mesure où Meg ne supportait pas » – il chercha le mot juste – « l'égoïsme de Leo. Il lui a dit au téléphone qu'elle était folle de penser que ce serait différent cette fois-ci et a prédit que cela ne durerait pas plus d'un mois. Il l'a aussi traitée de chameau, ajoutant que la seule raison pour laquelle elle voulait Leo était qu'il allait vous épouser. » Il sourit d'un air compatissant. « À l'en croire, Meg était jalouse de vous. Apparemment, elle vous en voulait d'avoir hérité de l'argent de Landy en plus de celui que vous aurez de votre père. Elle prétendait que vous retombiez toujours sur vos pieds et elle dans la mélasse.

– Ce qui est vrai, de façon assez comique. Meg consacrait tout son argent à se payer du bon temps. Elle trouvait injuste d'être la fille d'un pasteur alors que l'indigence était ce qu'elle détestait le plus. Elle ne comprenait pas pourquoi je ne tapais pas Adam à chaque occasion.

– Je m'étonne que vous ayez eu de l'affection pour elle, fit remarquer Fraser, à l'instar de Protheroe peu auparavant.

– Je n'ai pas énormément d'amis. Et, dans tous les cas, c'était quelqu'un de très amusant. Appelons ça l'attirance des contraires. Je prends la vie trop au sérieux. Elle la dévorait à belles dents. Je n'ai jamais rencontré personne vivant à ce point dans le présent. » Une larme lui coula le long de la joue. « J'étais bien plus jalouse d'elle qu'elle de moi.

– Au point de vous mettre en rogne parce qu'elle vous volait vos amants ? » demanda Maddocks.

Jinx écrasa le mégot de sa cigarette.

« Non, répondit-elle d'une voix lasse, certainement pas. Je regrette, inspecteur, mais je ne vois pas ce que je pourrais vous dire de plus. »

En tournant le coin du bâtiment, ils aperçurent Alan Protheroe qui les attendait près de leur voiture.

« J'ose espérer, messieurs, que vous avez fait preuve de plus de courtoisie avec Miss Kingsley qu'avec moi en forçant la porte de mon bureau. » Son regard se durcit. « Je suis tout à fait indigné par ces procédés de voyous.

– Nous avons fait un brin de causette, déclara Maddocks, auquel vous auriez fort bien pu vous joindre si vous l'aviez souhaité, vous ou Miss Kingsley. »

Protheroe secoua la tête d'un air irrité.

« Vous avez de drôles de manières, inspecteur, des manières pour lesquelles je n'ai aucune estime et dont je ne crois pas qu'elles aient leur place dans la police. Dois-je vous rappeler que Miss Kingsley était dans le coma il y a encore une semaine ? Et que, d'après vos collègues de Fordingbridge, elle a tenté par deux fois de se suicider ?

– Bizarre, cette histoire de suicide, fit Maddocks avec un hochement de tête vers Fraser. Elle a raconté au sergent qu'on avait voulu la tuer. Qu'en pensez-vous, docteur ? Tentative de suicide ou tentative de meurtre ? Miss Kingsley vous semble-t-elle être du genre à se suicider ? J'avoue que je n'arrive pas à y croire.

– Et à la tentative de meurtre ?

– Je serais d'avis qu'elle essaie tout bonnement de rejeter la faute sur quelqu'un d'autre.

– Alors que reste-t-il ?

– Une jolie petite mise en scène. C'est une excellente comédienne que votre patiente, mais je suis sûr que vous le saviez déjà. »

Protheroe tendit soudain le bras vers la porte d'entrée.

« Un des gardiens a quelque chose à vous montrer. Mon intention était de le remettre à la police de Salisbury, dont je pensais qu'elle s'occupait de ma propre affaire, mais il semble qu'on vous ait passé le relais. » Il les conduisit à l'intérieur et leur indiqua le marteau, la tête enveloppée dans un sac en plastique, posé sur le bureau d'accueil. « Harry Elphick, dit-il en se tournant vers le gardien. Il l'a découvert dans une des dépendances. Les traces de peinture rouge pourraient provenir de ma Wolseley. »

Maddocks adressa à l'homme un sourire de gratitude.

« Bravo, Mr Elphick. Comment avez-vous fait ?

– Une idée qui m'est venue. N'en déplaise au docteur, j'ai moins confiance que lui dans tous ces jeunots qui sont ici. » Il se lança dans un récit interminable de ses supputations, pour conclure : « Comme je dis toujours, quand on a un problème, il faut aller au plus simple et le plus simple, c'était qu'il s'en trouverait un pour tenter le coup. »

Maddocks jeta à Protheroe un regard malicieux.

« Ou *une*. Je ne m'étais jamais rendu compte, jusqu'à ce que je la voie debout dans votre bureau, que Miss Kingsley était si grande. Elle doit mesurer un bon mètre soixante-quinze. »

Clinique des Rossignols, Salisbury, 22 heures

Veronica Gordon sirotait une tasse de thé dans la salle de garde lorsqu'elle entendit des éclats de voix provenant du hall d'entrée. Elle sortit et fronça les sourcils avec une expression de colère en voyant Betty Kingsley essayer d'échapper à Amy Staunton.

« Espèce de sale négresse ! criait Betty. Lâchez-moi ! Je veux voir ma fille !

– Qu'est-ce qui se passe ? demanda Veronica Gordon d'une voix glaciale, tout en saisissant la visiteuse au collet et en la faisant pivoter avec une force surprenante. Comment osez-vous parler ainsi à une de mes infirmières ? Je ne le tolérerai de personne et encore moins d'une ivrogne. » Elle paraissait réellement furieuse. « Quel comportement indécent ! Pour qui vous prenez-vous ? »

Betty fit une mine renfrognée tout en s'efforçant de se libérer.

« Comme si vous ne le saviez pas ! répondit-elle d'un ton mordant. Je suis Mrs Adam Kingsley et je viens voir ma fille. » Mais le calme et l'autorité de son interlocutrice lui avaient visiblement fait de l'effet.

« C'est hors de question. Il est dix heures du soir et vous n'êtes pas en état de parler à qui que ce soit. Je vous conseille de rentrer cuver chez vous et de revenir demain matin lorsque vous serez dans un état un peu plus présentable. »

Les yeux de Betty s'agrandirent dans son visage poudré.

« Je le dirai à mon mari. Vous n'avez pas le droit de me parler sur ce ton.

– Voilà une excellente idée. Allons téléphoner à Mr Kingsley. Je suis sûre qu'il sera ravi d'apprendre que sa femme s'est bagarrée comme une pocharde avec une infirmière de la clinique. »

Des larmes roulèrent sur la figure grotesque.

« Il faut que je voie Jinx, gémit-elle. Je vous en prie, laissez-moi voir ma fille. » Voyant que les larmes ne lui seraient d'aucune utilité, elle avala une goulée d'air, rectifia sa coiffure et tira sur son manteau. « Bon. Voilà qui est déjà mieux, n'est-ce pas ? Je ne ferai pas d'histoires, je vous le promets, pourvu que vous me laissiez la voir. » Elle se tamponna les yeux et s'efforça de prendre l'air espiègle. « Je plaisantais. Ne faites pas attention à ce que j'ai dit tout à l'heure. » Elle gratifia Amy d'une tape sur le bras. « Je n'en pensais pas un traître mot. Il m'arrive quelquefois de m'emporter. Allez-vous me laisser voir Jinx ? Je vous en prie, c'est important. »

Veronica Gordon parut s'adoucir.

« Qu'avez-vous à lui dire de si urgent que cela ne puisse pas attendre demain matin, Mrs Kingsley ?

– C'est à propos de Leo et de Meg. Les garçons et moi, on a lu dans le journal qu'ils avaient été assassinés et son père refuse de faire quoi que ce soit. Je me suis dit qu'il fallait que quelqu'un aille lui remonter le moral, à cette pauvre gamine, même si ça ne devait être que moi. »

Veronica Gordon était bien de cet avis et, si elle trouva étrange que Betty Kingsley ait attendu douze heures et pris une bonne cuite pour mettre son idée en application, elle le garda pour elle. Elle envoya Amy vérifier que Jinx ne dormait pas et escorta Betty jusqu'au numéro 12, puis laissa les deux femmes ensemble, la porte grande ouverte.

« Je serai dans le couloir, les informa-t-elle. Vous avez quinze minutes, Mrs Kingsley, et je ne veux pas entendre crier. C'est compris ? »

Betty attendit qu'elle soit sortie, puis fit une grimace désobligeante.

« Quelle peau de vache, celle-là ! » Elle prit un fauteuil, s'y laissa tomber et regarda d'un œil morose sa belle-fille qui était déjà couchée. « On t'a dit, je suppose, que Meg et Leo sont morts. »

Jinx dissimula son désarroi.

« Qui t'a amenée ici, Betty ?

– Jenkins. » Elle agita la main en direction de la porte. « Il attend dehors.

– Adam sait que tu es venue ?

– Bien sûr que non. » Elle secoua la tête. « Il est à Londres. Les actions ont dégringolé toute la journée. Il essaie de réparer les dégâts.

– J'ai vu ça à la télé.

– Eh bien, ça n'a pas l'air de te faire grand-chose. Comme d'habitude. » Elle se moucha. « Et sais-tu pourquoi elles dégringolent ? Parce que Leo est mort, que Russell est mort et que les rumeurs vont bon train. »

Jinx l'observa un instant.

« Vous n'avez rien à craindre, ni toi ni les garçons, prononça-t-elle calmement. La société est en bonne santé et Adam ne laissera pas la baisse continuer indéfiniment. Tes actions remonteront et tu n'y perdras rien.

– Ah oui ! Et comment ton cher Adam va-t-il s'y prendre pour arrêter la baisse ? lança-t-elle d'une voix sifflante, des éclairs dans les yeux. Hein, dis-moi ? Nous sommes malades d'inquiétude, les garçons et moi, et, pendant ce temps-là, ton père et toi faites comme si de rien n'était.

– Si nécessaire, il donnera sa démission. » Elle fronça légèrement les sourcils. « Tu le sais aussi bien que moi. C'est ce qu'il a toujours dit qu'il ferait en cas de crise.

– Et cela nous avancera à quoi ?

– Vous aurez les actions qu'il vous a données il y a dix ans. »

Betty tira une boîte de maquillage et entreprit de remettre de la poudre sur son visage ravagé.

« Non, répliqua-t-elle d'un ton crispé, nous nous retrouverons à la rue. La villa n'est pas à nous, souviens-toi, elle appartient à la société. Un actif. C'est comme ça que ça s'appelle, non ? Tu y as pensé avant de provoquer toutes ces histoires ? Si ton père démissionne, nous perdrons la maison. Les garçons se retrouveront au chômage et nous n'aurons nulle part où aller. Qu'est-ce que tu as à répondre à ça ?

– Que vous avez vendu vos parts et que vous avez peur qu'Adam se débarrasse de vous. » Jinx appuya sa tête contre les oreillers. « Et ce ne serait pas trop tôt. Il mérite mieux que trois poids morts qui s'acharnent à l'enfoncer. Vous devriez être tous à ses côtés au lieu de vous lamenter sur votre sort. » Elle sourit en elle-même. « Tu sais quoi ? Quand je t'ai vue arriver, j'ai pensé, il y en a au moins un qui est venu me dire : nous savons combien tu as souffert, Jinxy. Quoi qu'il arrive, tu peux compter sur nous. Quelle gourde, hein ? Comment ai-je pu imaginer une seconde que toi ou tes bons à rien de bâtards étaient capables de changer du tout au tout ?

– Ne traite pas mes fils de bâtards !

– Et pourquoi ? demanda Jinx en pressant la sonnette à côté de son lit. C'est exactement ce qu'ils sont. Tu n'as jamais été une épouse pour mon père. »

Les yeux de Betty s'emplirent de nouveau de larmes.

« Je t'ai détestée dès que je t'ai vue.

– Je sais. Tu ne t'en es jamais cachée.

– Et toi aussi, tu me détestais.

– Parce que tu es tellement stupide. » Elle se tourna vers Veronica Gordon, qui était apparue sur le seuil. « Ma belle-mère s'en va.

– J'ai fait de mon mieux, poursuivit Betty. Je ne demandais qu'à t'aimer.

– Non. Tu ne demandais qu'à me supplanter. Tu savais fort bien qu'Adam m'aimait plus qu'il ne t'aimerait jamais. »

Elle eut un sourire glacé, qui incita Veronica Gordon à reconsidérer ses jugements sur la jeune femme. Jinx Kingsley n'avait vraiment rien d'une victime aux grands yeux innocents, se dit-elle.

MÉMORANDUM

De : Commissaire Cheever
À : Direction générale
Date : Mercredi 29 juin 1994
Objet : Affaire Wallader/Harris

Vous trouverez ci-dessous tous les détails pertinents en notre possession à ce jour.

• Malgré l'importance des moyens mis en œuvre, il a été impossible de dénicher un témoin ayant vu un homme aux vêtements tachés de sang dans les environs d'Ardingly Woods les 12/13/14 juin. Pas trace d'arme non plus. Plusieurs voitures ont été signalées dans la zone, sans qu'aucune ait donné lieu à une piste sérieuse. (NB : l'examen par le labo de la voiture de Jane Kingsley n'a pas révélé de taches de sang.)

• Les affaires personnelles de Wallader et de Harris ont été retrouvées au 35, Eagleton Street, Chelsea.

• Les deux voitures de Wallader ont été retrouvées également. L'une à Eagleton Street et l'autre dans un garage loué à Camden. La voiture de Harris était garée dans la rue devant le 35. Les trois véhicules sont en cours d'examen, mais une fouille préliminaire n'a rien apporté de significatif.

• La lecture des carnets de Harris ainsi que les témoignages de divers amis et relations laissent supposer que Harris et Wallader avaient une liaison suivie, bien qu'épisodique, depuis onze ans. De plus, il est désormais établi qu'elle était la maîtresse de Russell Landy avant et pendant le mariage de celui-ci avec Jane Kingsley.

• Il semble que Harris ait eu un avortement en février 1984, soit cinq jours environ après le meurtre de Landy. Elle ignorait apparemment l'identité du père et il est possible qu'il ne s'agisse ni de Wallader ni de Landy. Les carnets révèlent une personne aux mœurs légères, aspect souligné par le frère lui-même.

• Un certain nombre d'interrogations subsistent en ce qui concerne la famille Harris. Simon et le révérend Harris n'avaient qu'une estime modérée pour Meg, chacun d'eux exprimant sa préférence pour Jane Kingsley (fait assez curieux en la circonstance) ; Mrs Harris, en revanche, était très attachée à sa fille et manifeste de la rancune/jalousie (?) à l'égard de Miss Kingsley.

• Selon le rapport d'une psychologue ayant examiné Wallader il y a vingt-cinq ans à la demande de sa mère, celui-ci souffrait, déjà enfant, de troubles de la personnalité.

• Les Wallader ont fait état d'une dispute survenue le lundi 30 mai, au cours de laquelle Leo a annoncé qu'il avait l'intention d'épouser Meg Harris. Il leur a téléphoné un peu plus tard dans la soirée pour leur demander de n'en rien dire jusqu'à ce qu'il les avertisse. En l'occurrence, il ne les a rappelés que le samedi 11 juin. Sir Anthony et Lady Wallader n'ont pu fournir aucune explication quant à la raison de ce délai.

• La fortune de Wallader, qu'il s'agisse des biens immobiliers, des actions ou de l'argent qu'il possédait, est estimée aux alentours de 1,1 million de livres. D'après son notaire, il a toujours refusé de faire un testament, de sorte qu'il n'en existe pas.

• Harris a mis ses parents au courant de la situation le samedi 11 juin. Ce même jour, elle a téléphoné à son associé et à deux de ses amis pour les informer également. Nous n'avons découvert personne qui ait eu connaissance des faits avant cette date. Elle a en outre déclaré à son associé qu'elle viendrait au bureau le lundi 13 juin. (NB : le journal de Harris est assez fantaisiste. Il y a des semaines sans rien, puis un ou plusieurs jours totalement remplis. Il s'arrête au lundi 18 mai et le nom de Leo Wallader n'est plus cité après décembre 1993, date à laquelle elle indique qu'après tant d'années, elle l'a enfin présenté à Jane Kingsley.)

• Selon son associé, elle n'est pas passée au bureau le lundi 13 juin.

• NB : Harris écrit dans son agenda, après le mariage de Kingsley et de Landy : « Depuis qu'il est devenu inaccessible, Russell est tellement plus attirant. » Mention à laquelle fait écho celle d'avril 1994 : « Jinx me dit qu'elle envisage de se mettre la corde au cou. Je savais que je finirais par regretter de les avoir présentés l'un à l'autre. »

• Mr et Mrs Kingsley ont déclaré le mardi 14 juin (à la suite de l'accident de Jane Kingsley) qu'ils avaient été informés le samedi 11 juin, par téléphone, de l'annulation du mariage de leur fille. Ce que semblent confirmer les propos du colonel Clancey, également interrogé au moment de l'accident, selon lesquels Jinx lui aurait parlé le 11 juin des changements intervenus dans ses projets de mariage.

• D'après le témoignage (recueilli après l'accident) de Mr et Mrs Kingsley, Jane a passé la semaine du samedi 4 juin au vendredi 10 juin à Hellingdon Hall. Elle paraissait de bonne humeur, n'a fait aucune allusion à sa dispute avec Leo et a discuté des préparatifs du mariage comme s'il devait avoir lieu.

• Interrogée le 28 juin, Jane Kingsley a déclaré ne se souvenir de rien depuis le 4 juin. Elle reconnaît qu'elle était au courant de la liaison entre Harris et Landy, mais affirme n'en avoir eu connaissance qu'après la mort de Landy. Elle ne se rappelle pas qu'on lui ait dit quoi que ce soit en ce qui concerne Wallader et Harris, ce que démentent les parents de Wallader. D'après eux, Leo l'a prévenue l'après-midi du lundi 30 mai (et donc avant qu'elle perde la mémoire). L'inspecteur Maddocks est persuadé qu'elle se souvient de plus de choses qu'elle ne veut bien le dire, ce qui ne serait guère étonnant compte tenu de ce qui précède.

• Miss Kingsley admet que son père aurait pu commanditer l'assassinat de Landy, mais ne pense pas qu'il l'ait fait. Elle est incapable d'avancer la moindre preuve, sinon sa propre conviction qu'il n'aurait pas permis qu'elle découvre le corps. Argument qui ne semble pas totalement absurde, vu l'attachement de Kingsley pour sa fille.

• Un incident, qui n'est peut-être pas sans rapport avec l'affaire, est survenu à la clinique des Rossignols durant la nuit du lundi 27 juin. Le docteur Protheroe, directeur de la clinique, a été agressé par un individu qui l'a frappé avec un marteau. Miss Kingsley se trouvait depuis une dizaine de jours dans l'établissement. En outre, le docteur Protheroe avait eu la visite de l'avocat de Kingsley dans l'après-midi.

• Protheroe s'en est tiré relativement indemne. L'arme a été retrouvée un peu plus tard dans une remise par un gardien qui affirme qu'elle appartient à la clinique. Les premiers examens effectués sur l'objet n'ont révélé ni sang, ni cheveux, ni parcelle de tissu, mais des traces de peinture provenant de la voiture de Protheroe, laquelle a été gravement endommagée dans la bagarre. On peut donc supposer que l'agresseur connaissait bien les lieux, ce qui indiquerait un patient, ancien ou actuel, ou un éventuel visiteur. D'après Protheroe, l'individu était un homme mesurant entre 1, 75 m et 1,80 m, de corpulence moyenne. Il était vêtu en noir et portait une cagoule ou un accessoire du même genre.

• Miss Kingsley mesure 1,77 m et est plutôt mince. Cependant 1) l'attaque a eu lieu de nuit, 2) l'inspecteur Maddocks pense que Protheroe, pour une raison inconnue, s'efforce de protéger au maximum sa patiente, 3) Miss Kingsley aurait pu passer plusieurs vêtements l'un sur l'autre. Il n'est pas inintéressant de noter, dans l'hypothèse d'un lien entre cet incident et les meurtres de Landy, Wallader et Harris, que Miss Kingsley se trouve dans un état de fragilité indéniable depuis son accident et que Protheroe n'a eu aucun mal à échapper à son assaillant. Le docteur Clarke n'exclut pas qu'une femme ait pu tuer Wallader et Harris. De plus, les empreintes de pas relevées sur le talus près de l'endroit où les corps ont été découverts laissent supposer qu'une femme a assisté à la scène.

• Concernant le meurtre de Landy : l'alibi de Miss Kingsley pour l'après-midi et le début de soirée du 1er février 1984 lui a été fourni par Miss Harris. Comme nous savons aujourd'hui que Harris et Landy avaient une liaison et que Miss Kingsley pouvait fort bien être au courant, cet alibi n'est plus aussi solide qu'il le paraissait à l'époque. Mériterait un nouvel examen. (NB : dans son journal, Harris ne dit rien à ce sujet, pas plus qu'elle ne mentionne le meurtre de Landy.)

EN CONCLUSION

1. Meg Harris a clairement tenté de regagner les deux hommes après qu'ils eurent pris des engagements à l'égard de Jane Kingsley. Nous n'avons que la parole de celle-ci pour supposer qu'elle n'était pas au courant ou s'en moquait.

2. Apparemment, Wallader et Harris n'ont dévoilé leurs projets

de mariage que très peu de temps avant leur départ pour leurs pseudo-vacances en France.

3. Jane Kingsley a elle aussi jugé préférable de se taire.

4. L'assassin les a vraisemblablement conduits à Ardingly Woods dans sa propre voiture.

5. À la date probable de la mort de Wallader et Harris, Kingsley a jeté sa voiture contre un pilier en béton à une trentaine de kilomètres seulement d'Ardingly Woods.

6. Peu après l'admission de Kingsley à la clinique des Rossignols, le docteur Protheroe a été victime d'une agression commise avec une arme semblable à celle utilisée contre Landy/Wallader/Harris.

L'équipe de recherches concentre actuellement ses efforts sur les faits et gestes de Wallader/Kingsley/Harris entre le 30 mai et le 13 juin. Tous les témoins importants seront de nouveau interrogés en vue d'établir une chronologie précise des événements.

Bien à vous,

Frank.

PROPERTIES HOLDINGS INQUIÈTE LA BOURSE

Les actions de la société Properties Holdings ont brutalement chuté hier, après qu'un des corps découverts jeudi dernier à Ardingly Woods eut été identifié comme étant celui de Leo Wallader. Jusqu'à une date récente, cet agent de change de 35 ans était fiancé à Jane Kingsley, la fille d'Adam Kingsley, et le marché n'a pas manqué de réagir au rapprochement fait par la presse entre ce meurtre et celui du gendre de Kingsley, Russell Landy, il y a dix ans.

Depuis quelque temps, on s'interroge sur le futur successeur d'Adam Kingsley à la tête de l'entreprise et c'est cette incertitude qui alimente la crise actuelle. Adam Kingsley s'est taillé une réputation de dirigeant énergique n'hésitant pas à mettre la main à la pâte et son retrait laisse planer des doutes sur l'avenir de Properties Holdings.

Un représentant de la firme a déclaré cet après-midi que le comportement irresponsable de la presse avait semé la panique parmi les investisseurs. « Il n'est pas question qu'Adam Kingsley quitte le navire, a-t-il affirmé. Nos actionnaires ont toujours été satisfaits de nous et ils le seront encore pendant bien des années. »

Cependant, les experts sont moins optimistes. « Properties Holdings repose entièrement sur un homme-orchestre, déclare l'un d'entre eux. Que Kingsley s'en aille et il s'ensuivra une perte de confiance dont les effets risquent d'être catastrophiques. Franchement, je vois mal comment il pourrait résister à la tempête. D'aucuns craignent que d'éventuelles investigations dans ses activités ne mettent au jour des irrégularités financières. Les opérations qui ont permis certaines acquisitions récentes demeurent de fait assez floues. La situation serait différente s'il avait un successeur nommément désigné. »

Les fils de Kingsley, Miles, 26 ans, et Fergus, 24 ans, ont été renvoyés de l'école privée où ils faisaient leurs études pour possession de drogue et la police les a plusieurs fois interpellés pour des actes de vol et de vandalisme. Ils fréquentent régulièrement les casinos et les champs de course.

La fille d'Adam Kingsley, Jane, 34 ans, qui possède et dirige avec succès un atelier de photographie dans le sud de Londres, a été mariée pendant trois ans à Russell Landy avant le meurtre de celui-ci. La police a rouvert le dossier depuis la mort de son fiancé.

Daily Mail, 29 juin

18

Mercredi 29 juin, commissariat de Canning Road, Salisbury, 9 heures

L'agent Blake nota l'expression particulièrement sombre de l'inspecteur Hadden comme il passait à côté d'elle et poussait la double porte d'un coup d'épaule.

« Qu'est-ce qu'il lui arrive ? demanda-t-elle au sergent en s'accoudant au bureau de réception.

– Cuisine interne ! murmura-t-il entre ses dents, car il était occupé à rédiger un rapport. Paraît que le patron a fait cadeau de la plus grosse affaire qu'il ait jamais eue.

– À qui ?

– À la police du Hampshire. Il leur a refilé hier soir une pièce capitale dans l'affaire des meurtres d'Ardingly Woods et Hadden est furieux. Il prétend que c'est lui qui a déniché l'affaire et que personne ne lui en sera reconnaissant.

– Quel genre de preuve ?

– Le marteau qui a servi à attaquer le docteur à la clinique lundi soir », répondit le sergent.

Blake resta un moment à le regarder écrire.

« Quel lien avec Ardingly Woods ? Des marteaux, il en traîne partout. Qu'est-ce que celui-là a de spécial ?

– La fiancée du type assassiné est soignée à la clinique et il semble que ses maris et amants se fassent régulièrement ratatiner à coups de marteau. » Il leva la tête de son rapport.

« Jane Kingsley, la fille d'Adam Kingsley. Les canards ne parlent que de ça depuis deux jours.

– J'étais occupée. »

Il poussa un journal vers elle et lui indiqua de la pointe de son stylo un article sur deux colonnes.

« Le chef de la police du Hampshire a donné une conférence de presse hier. Tout est là-dedans. »

Blake prit le journal et lut rapidement l'article.

« Je comprends que Hadden soit fumasse, commenta-t-elle en reposant le journal sur le bureau. À votre avis, qui a fait ça ? »

Il haussa les épaules en même temps qu'il signait au bas de la page.

« Tout ce que je sais, c'est que je n'aimerais pas bosser pour Properties Holdings si Adam Kingsley est arrêté. D'après les pages économiques, les actions ont piqué du nez parce qu'on *craint* qu'il soit dans le coup. » Il rangea ses papiers. « Comment est-ce que vous vous en sortez avec Peggy Hale ?

– Pas trop mal. » Elle lui fit un compte rendu de ce qu'elle avait découvert. « Il avait un porte-clés avec un rond noir marqué P H en lettres dorées. Peggy pense qu'il s'agit des initiales du type, mais je n'ai pas très envie d'en faire état des fois qu'elle se tromperait. Qu'est-ce que vous en pensez ? »

Il la considéra un instant d'un air songeur, saisit le journal et tourna fébrilement les pages à la recherche de la rubrique économique. En tête de l'article consacré à Properties Holdings, était reproduit le logo de la société : des initiales entrelacées sur un fond noir. Il le lui montra. « Un truc de ce genre ?

– Sapristi, sergent, s'exclama-t-elle, ahurie, vous ne seriez pas un peu sorcier par hasard ? »

Clinique des Rossignols, Salisbury, 9h30

Des journaux s'entassaient aux pieds de Jinx. Protheroe frappa à la porte.

« Je me suis fait apporter la panoplie, fit-elle avec un faible sourire. Vous avez vu ce qui se passe ? »

Il hocha la tête.

« J'ai pris les informations ce matin. Les actions se sont remises à baisser dès l'ouverture de la Bourse.

– Pauvre Adam, c'est injuste, murmura-t-elle avec amertume. Cela fait des années qu'ils essaient de le discréditer et ils ont enfin trouvé l'occasion qu'ils guettaient. » Elle serra les poings. « Ce qui me révolte le plus, c'est tout ce boniment au sujet de son successeur. Un simple prétexte pour étaler les problèmes de la famille. Trois au moins des membres de l'actuel conseil d'administration sont parfaitement capables de prendre la suite au cas où il arriverait quelque chose à Adam et les milieux boursiers le savent fort bien. Il n'a jamais été question que Miles, Fergus ou moi lui succédions. Adam n'aurait jamais voulu. Il s'est donné beaucoup trop de mal pour accepter de voir ses enfants gâcher le fruit de ses efforts. » Elle poussa un soupir. « À vrai dire, nous l'avons gâché tout de même. Encore que ce que j'ai fait n'aurait guère eu d'importance si Miles et Fergus ne s'étaient pas mis de la partie.

– Qu'avez-vous fait, Jinx ?

– Vous voulez un échantillon ? fit-elle d'un ton sarcastique. Je me suis arrangée pour prendre trois futures victimes de meurtre comme mari, fiancé et amie intime. Quand on se retrouve avec autant de cadavres à sa porte, n'est-ce pas le signe qu'il y a quelque chose de pourri dans le royaume de Danemark ?

– Oui. »

Il y eut un bref silence.

« Savez-vous pourquoi je détestais tellement Stephanie Fellowes et pourquoi je ne voulais pas entendre parler de ses thérapies à la noix ? demanda Jinx d'une voix glaciale. Parce qu'elle n'arrivait pas à croire que je n'aie rien à voir avec la mort de Russell. Est-ce qu'elle en parle dans ses notes ?

– Non.

– Et vous, est-ce que vous en parlez dans vos notes, de votre scepticisme ? » *Se serait-elle sentie moins blessée si elle n'avait eu aucune sympathie pour lui ?*

« Non.

– Mais vous rédigez bien des notes ? » Il acquiesça. « Alors qu'écrivez-vous sur moi, docteur Protheroe ?

– Ce sont juste des réflexions personnelles. » *Les fantasmes sexuels d'un homme rongé par le célibat... Ainsi, Russell savait s'y prendre, mais est-ce que cela marchait ?.. Comment êtes-vous au lit, Miss Kingsley ?...* « Hier, par exemple, j'ai écrit : "Dommage qu'elle ne sourie pas plus. Cela lui va très bien." »

Elle se rembrunit.

« Au lieu de répondre oui tout à l'heure, vous n'auriez pas pu dire : les chances que vous vous en tiriez, votre famille et vous, ne sont pas grandes, mais elles existent ? Croyez-vous que je sois en bois au point de ne pas avoir besoin de réconfort, même de la part d'un faux jeton comme vous ? »

Il éclata de rire.

« Je crois surtout que vous m'auriez passé un savon si j'avais eu l'air de m'apitoyer. Vous n'êtes pas stupide et vous savez comme moi que vous êtes dans de sales draps. Tout ce que je peux faire, à défaut d'autre chose, c'est de vous signaler quelques pièges à éviter. À vous de vous débrouiller ensuite.

– Parce que, quand vous prétendez que cela me va bien de sourire, ce n'est pas de l'apitoiement ?

– Pas dans mon esprit, mais si vous le prenez ainsi, tant pis pour vous.

– Je déteste l'existentialisme !

– Sûrement. C'est pour cela que vous êtes une championne en ce domaine. » Il toucha du bout du pied la pile de journaux. « Que va-t-il se passer pour Properties Holdings ?

– S'ils ne peuvent pas arrêter la dégringolade, Adam démissionnera, répondit-elle prosaïquement. Il ne va sûrement pas attendre qu'on lui envoie des syndics de faillite. En fait, si vous avez un peu d'argent de côté, c'est le moment d'investir. Il y a une bonne affaire en perspective. Je vous garantis que les actions vont remonter en flèche dès que la panique se sera calmée.

– Et ces prétendues irrégularités financières ?

– Je parie qu'il n'y en a pas, ou qu'elles sont impossibles à prouver. Je me souviens d'avoir entendu Adam dire un jour : si même un des cerveaux de Scotland Yard n'a pas pu m'épingler, jamais personne ne réussira.

– Vous comptez acheter des actions ? »

Elle prit un air malicieux.

« C'est déjà fait. J'ai téléphoné ce matin à mon agent de change. Il a liquidé tout ce que j'avais en portefeuille pour acheter des Properties Holdings.

– Et si vous vous trompez et que vous perdiez tout ?

– Ce sera pour la bonne cause. Au moins, j'aurai la satisfaction de me dire que je suis montée au créneau quand il le fallait.

– Quelle bravoure ! »

Elle lui lança un regard suspicieux.

« Pardon ?

– Veronica Gordon m'a informé que votre belle-mère vous avait rendu visite hier soir. Je me demandais si cet altruisme était entièrement dénué de calcul. » La surveillante avait été encore plus impressionnée par la dureté de Jinx que par l'état d'ébriété de Betty : « Je l'avais sous-estimée. À mon avis, elle est aussi abominable que son père.

– À quoi pensez-vous ?

– Au genre de petite perfidie qui fait dire en passant : Tu vois, Adam, je fais tout ce que je peux pour t'aider. Tandis qu'elle... »

Jinx alluma une cigarette.

« Ce serait vraiment inespéré. En aurai-je jamais l'occasion ? Je ne me souviens pas que mon père soit venu une seule fois, mais peut-être est-ce encore un oubli de ma part.

– Lui avez-vous demandé ? »

Elle esquissa un sourire.

« Je n'ai pas demandé à Simon Harris et il est venu tout de même. Pas plus que je n'ai demandé à Miles ou à Fergus et ils sont venus eux aussi. Pourquoi Adam aurait-il besoin d'une invitation, docteur Protheroe ? Que je sache, quand un père affectueux a une fille malade, on pourrait s'attendre à ce qu'il aille la voir.

– Peut-être a-t-il peur que vous le repoussiez ?

– J'en doute. Dans ce cas, il serait moins empressé à

repousser les autres. » Elle s'interrompit. « Quoi qu'il en soit, toute perfidie est superflue en ce qui concerne Betty. Elle a brûlé ses vaisseaux et est en train de couler. Et ce n'est pas moi qui lèverai le petit doigt pour l'aider. »

Alors pourquoi avez-vous l'air si triste ? se demanda-t-il.

14, Glenavon Gardens, Richmond, Surrey, 10 h 30

Il avait été prévu de procéder tout au long de la journée à un nouvel interrogatoire de chaque témoin ayant été en rapport avec Jane Kingsley, Leo Wallader et Meg Harris, et cela grâce à une série de questions visant à établir avec le maximum de clarté leur emploi du temps jour par jour entre le lundi férié de la fin mai et le lundi 13 juin.

Le sergent Fraser avait été chargé des Clancey, de Josh Hennessey, de Dean Jarrett et de Mrs Helms, la voisine de Meg. Il commença par les Clancey, qu'il questionna, après leur avoir expliqué le motif de sa démarche, sur le lundi 30 mai.

« Les parents de Leo Wallader nous ont déclaré que Jinx et lui étaient rentrés à Londres en fin d'après-midi ou en début de soirée. Pouvez-vous me le confirmer ? » Tout en parlant, il chatouillait les oreilles de Goebbels. Le minuscule animal lui avait sauté sur les genoux et s'y était étalé, le menton posé tout au bord, à la grande joie de Fraser qui s'était félicité que Maddocks ne soit pas là pour ironiser sur la simplicité d'une telle affection.

Le colonel Clancey pinça ses lèvres ridées.

« Je me souviens d'avoir vu Jinx le samedi matin, mais pas le lundi, prononça-t-il enfin. Je me trouvais dans le jardin et elle est sortie me parler. Si je ne me trompe, elle était plutôt en rogne. Ses deux frères dormaient au premier avec la gueule de bois et Leo n'était pas rentré de la nuit. Elle m'a demandé si je savais où il était parti, parce qu'ils devaient aller ensemble à Guildford, et je lui ai répondu que je ne l'avais pas vu depuis deux jours. » Il jeta un bref coup d'œil à sa femme. « J'ai même ajouté, continua-t-il d'une voix ferme, qu'elle faisait fausse route en ce qui concerne Leo et elle a répliqué : “Rassurez-vous, colonel, je m’en suis déjà aperçue.” Puis elle est rentrée et Leo est arrivé peu après.

– Tu ne m’avais pas dit ça, fit remarquer Mrs Clancey.

– Pour ne pas te contrarier, grommela-t-il. Tu étais si contente qu’elle se remarie.

– Pas du tout ! C’est toi qui n’arrêtais pas de lui rabâcher qu’il fallait qu’elle fasse des enfants pour le bien de la société. Qu’une femme comme elle, avec ses capacités et sa force de caractère, se devait de transmettre ses gènes. Que tous ces crétins de jeunes avaient des gosses à qui mieux mieux, tandis que les gens intelligents n’en avaient pas. Et que cette planète finirait peuplée d’idiots. »

Fraser s’empressa de couper court à cette polémique.

« Quand les avez-vous revus ?

– Je les ai aperçus qui s’en allaient le dimanche matin, répondit avec obligeance Mrs Clancey. Jinx portait une casquette de base-ball parce que Leo insistait pour prendre sa décapotable et je me suis dit qu’elle serait tellement plus jolie avec un chapeau de paille.

– Pourquoi l’accompagner si elle avait déjà décidé de rompre ? demanda Fraser avec une expression soucieuse.

– C’est quelqu’un de très bien élevé, assura Mrs Clancey.

– Le mercredi suivant, enchaîna le colonel qui avait réfléchi intensément, nous étions dans le jardin vers six heures, en tout cas l’heure du gin-tonic, quand Jinx est redescendue du garage » – il eut un geste vers la fenêtre –, « l’allée longe la clôture, voyez-vous. Elle paraissait gaie comme un pinson et chantonnait. Je lui ai lancé : “Alors, on a gagné le gros lot ?” Elle a passé la tête par-dessus le mur et a fait : “Comment va ?”

– Oui, approuva sa femme, même que je lui ai dit : “On voit que vous avez hâte de partir une semaine dans le Hampshire” et elle a répondu : “Exact, Mrs Clancey. Rien ne vaut un changement d’air.” »

Fraser attendit tandis que Goebbels roulait sur lui-même, offrant son ventre aux caresses du visiteur.

« C’est tout ? » interrogea-t-il en promenant ses doigts sur le pelage doré.

Ils hochèrent la tête simultanément.

« Vous ne lui avez pas demandé si son week-end avec Leo s'était bien passé ?

– Grands dieux, non ! s'exclama le colonel d'un ton indigné. Cela ne nous regardait pas. Du reste, je doute qu'elle nous l'aurait dit. Jinx est une personne très discrète. » Il jeta un regard mauvais à Goebbels dont le pénis rosâtre saillait au milieu du poil. « Saleté de bestiole ! Chassez-le s'il vous embête. »

Fraser, qui ne s'était aperçu de rien, sourit légèrement et retira sa main.

« Avez-vous vu Leo ce jour-là ?

– Non. En fait » – le colonel réfléchit un instant –, « je ne crois pas, pour ma part, l'avoir revu après le samedi matin. À vrai dire, je n'y avais pas pensé, mais maintenant que vous me posez la question... » Il lança à sa femme un regard interrogateur. « Tu te souviens de l'avoir vu ?

– Le dimanche, c'est tout, répondit-elle.

– Après ça ! après ça ! fit le colonel d'un ton agacé.

– Ma foi, je ne m'attendais guère à le voir, en règle générale, déclara-t-elle à l'adresse de Fraser. On ne peut pas dire qu'il faisait beaucoup d'efforts pour se montrer agréable. Un petit bonjour de temps en temps, c'est tout ce qu'on pouvait espérer. À mon avis, il nous en voulait parce que nous avions connu Russell et qu'il craignait que nous fassions des comparaisons, mais nous n'aimions pas beaucoup Russell non plus, et cela nous a un peu déçus de la part de Jinx qu'elle ramène un type du même genre. »

Son mari la fixa avec des yeux de basilic.

« La question était, espèce de vieille buse : l'as-tu vu après dimanche ?

– Il me semble que non, prononça-t-elle d'une voix distraite.

– Pas même pendant la semaine où Jinx était absente ? enchaîna Fraser.

– Non, absolument pas, aboya le colonel en lissant sa moustache. Du reste, il ne devait pas se trouver là. Jinx est passée le vendredi soir – soit le 3 juin – pour nous informer qu'*elle* partait le lendemain matin dans le Hampshire et que *lui*, de son côté, serait dans le Surrey. Que les plantes à l'intérieur n'avaient pas besoin d'eau, mais que, si cela ne m'ennuyait pas, je pourrais peut-être arroser un peu le jardin quand je me servirais du jet. Elle a précisé qu'elle serait de retour le dimanche suivant. »

Fraser fronça les sourcils et se pencha pour feuilleter les papiers qu'il avait posés par terre.

« J'étais persuadé qu'elle était rentrée le vendredi 10 juin.

– Oui, c'est exact. Mais nous ne l'avons appris que le lendemain matin. Elle est venue me voir le samedi – c'est-à-dire le 11 – et m'a dit : “Vous savez, colonel, il n'y aura pas de mariage. Ce salaud m'a laissée tomber et la seule chose qui m'enquiquine dans l'histoire, c'est qu'il l'a fait avant moi.” Croyez-moi, sergent, elle avait l'air aux anges, comme si cela lui ôtait un sacré poids. Et puis elle est rentrée téléphoner à son père et m'a dit de prier pour qu'il ne lui demande pas de rembourser les frais de la cérémonie.

– D'après ses parents, elle est partie plus tôt que prévu, après avoir reçu un coup de fil le vendredi après-midi. En arrivant ici, elle a trouvé Leo en train de faire ses valises. Il lui a dit qu'il allait épouser sa meilleure amie, puis il a filé. Ce qui laisserait supposer qu'il était encore là.

– Non, fit le colonel d'un ton sans réplique. Et je suis certain qu'il n'était pas là le vendredi non plus. J'ai passé tout l'après-midi dans le jardin de devant, de sorte que j'aurais vu sa voiture.

– Vous en êtes sûr ?

– Tout à fait. Nous avons une vie extrêmement réglée. Le mardi et le mercredi, le jardin de devant ; le lundi et le vendredi, celui de derrière ; les courses le jeudi. C'est toujours ainsi. »

Fraser lança un regard à Daphne Clancey, qui acquiesça.

« Toujours. C'est la faute de l'armée. » Un léger sourire se dessina sur ses lèvres. « Pour cela et pour un tas d'autres choses. »

Fraser mâchonna sa lèvre inférieure tout en réfléchissant.

« Pourquoi n'en avez-vous pas parlé aux policiers de Richmond quand ils sont venus vous interroger après l'accident de Jinx ? demanda-t-il.

– Parce que tout ce qui les intéressait, c'était de savoir

pourquoi Jinx avait voulu se tuer, fit-il remarquer. Du coup, Daphne leur a dit que Leo avait rompu avec Jinx et, avant que j'aie eu le temps d'expliquer que cela n'avait pas l'air de la déranger beaucoup, Daphne s'est mise à pleurnicher et à leur raconter l'incident du dimanche. Si vous voulez mon opinion, on a tiré de tout ça de fausses conclusions.

– Et comment interprétez-vous cet incident ?

– Un pur hasard. La porte s'est refermée toute seule. Goebbels s'est précipité. Et moi aussi, par la même occasion. Je l'ai traînée hors du garage et elle s'est relevée en moins de deux.

– Ce vieil imbécile a bien failli y rester, commenta Mrs Clancey d'un ton attendri. C'est que Jinx n'est pas précisément un poids plume. »

Fraser hocha la tête.

« Elle vous a fourni une explication ?

– Seulement qu'elle pensait elle aussi que c'était un accident, répondit le colonel. Elle a dit à Daphne de ne pas s'inquiéter, qu'elle n'avait pas de mal. »

En arrivant, Fraser était allé jeter un coup d'œil au garage. Comme celui des Clancey, dont il était séparé par une allée étroite courant le long du mur d'environ un mètre vingt délimitant les deux propriétés, il faisait partie d'une petite construction d'un étage accolée à l'arrière de la maison et comportait un accès intérieur. Les deux portes d'entrée à auvent situées au milieu de la façade étaient disposées en vis-à-vis et laissaient une parcelle non négligeable de terrain jusqu'au portail. Celle de Jinx était plantée de buissons et d'arbustes qui masquaient de la rue le rez-de-chaussée de la maison ; celle des Clancey était nettement plus soignée, avec des massifs de rosiers entourant une petite étendue de gazon. Après tout, songea Fraser, il n'était guère surprenant que le mardi et le vendredi fussent consacrés aux travaux de jardinage. La fenêtre du salon donnait sur un second jardin aux dimensions équivalentes.

« Miss Kingsley a-t-elle pris sa voiture après cet incident ? demanda-t-il au colonel Clancey.

– Pas tout de suite.

– Mais elle est effectivement sortie ? »

Il acquiesça.

« Elle a d'abord donné un coup de fil, puis nous a mis gentiment à la porte en disant que tout allait bien.

– Qui a-t-elle appelé ?

– Aucune idée. Elle a téléphoné de sa chambre. Probablement les gens chez qui elle devait se rendre, pour s'excuser de son retard.

– Était-il bien prudent de la laisser conduire dans de telles circonstances ?

– Non, en effet, mais nous pouvions difficilement l'en empêcher.

– Est-elle rentrée peu après ? »

Le colonel regarda sa femme.

« Franchement, je l'ignore, mais je suppose que oui. Elle n'est pas du genre à traîner dehors. »

Fraser tirailla une des oreilles de Goebbels.

« Dites-moi, les portes du garage étaient-elles verrouillées ou déverrouillées quand vous êtes allé voir pourquoi Goebbels aboyait ?

– Déverrouillées, répondit le colonel.

– Oh, Eric ! s'écria sa femme avec réprobation. À quoi bon mentir ? Ce n'est pas cela qui aidera Jinx. Elles étaient verrouillées, sergent, dit-elle à Fraser. En jetant un coup d'œil par la fenêtre du garage il a compris ce qui se passait et il est revenu me demander le double de la clé. Heureusement que nous en avions une, sinon je ne sais pas comment il aurait fait. »

Le vieil homme se leva de son fauteuil, s'approcha de la fenêtre et se mit à contempler le jardin.

« Je connais Jinx depuis le premier jour où elle s'est installée ici avec Russell, déclara-t-il d'un ton laconique. Treize, quatorze ans, un peu plus ou un peu moins. C'est une femme bien, un peu distante peut-être, trop indépendante parfois, qui s'imagine pouvoir faire aussi bien qu'un homme et découvre ensuite qu'elle est moins forte qu'elle le croyait... Une fois, je l'ai même retirée de sous un énorme sac de ciment qui pesait je ne sais combien. » Il s'interrompit et laissa échapper un gloussement. « Elle était coincée là-dessous et gesticulait comme un gros crabe... Je n'ai jamais autant ri. » Il s'interrompit de nouveau. « Après ça, il y a eu la mort de Russell et toutes ces choses terribles qu'elle a subies et auxquelles j'ai assisté. Et je l'ai vue recoller sa vie peu à peu et réussir avec ses photographies. Et j'ajouterai : sans l'aide de son père. Elle n'en voulait pas. “J'y arriverai moi-même, colonel, ou pas du tout”, disait-elle. Il se retourna, ses épais sourcils blancs froncés en une expression farouche. « Une femme comme ça ne se suicide pas, n'y pense même pas. Ou alors, elle l'aurait fait comme il faut. Par exemple, en fixant un tuyau au pot d'échappement et en le coinçant avec la vitre après avoir bouché les interstices. Elle ne se serait pas contentée d'enfumer le garage.

– Elle avait peut-être envie d'être sauvée », suggéra Fraser.

Le colonel eut un grognement moqueur.

« Dans ce cas, elle se serait effondrée en larmes en nous racontant qu'elle était affreusement malheureuse, objecta-t-il. À mon avis, la question cruciale, c'est pourquoi. Personne ne savait encore que Leo et Meg avaient été assassinés, que la police était convaincue qu'elle ne supportait pas l'idée de perdre Leo. Deux tentatives de suicide quand on est déprimé, cela peut paraître logique. » Ses pupilles se rétrécirent. « Mais maintenant que vous savez que Leo est mort ? Prétendez-vous qu'elle était au courant des meurtres et qu'elle a essayé de se tuer ensuite ? »

Fraser réfléchit un instant tout en dévisageant le vieil homme. Il lui fallait bien admettre qu'il n'avait pas tout à fait tort. Il y avait là un paradoxe, si le premier suicide s'était produit avant l'assassinat de Meg et de Leo. Parce que, à moins d'avoir l'esprit particulièrement tordu, comment pouvait-on passer du désespoir du suicide à la rage du meurtre, et du meurtre de nouveau au suicide ?

Il prit le petit chien, le retourna, le posa par terre, puis ramassa ses notes et se mit à les feuilleter.

« Je lui ai parlé hier, leur dit-il. En ce qui concerne son accident de voiture, elle ne croit pas qu'elle ait voulu se suicider. » Il isola une page. « Elle nous a déclaré : “Cela paraît assez invraisemblable.” Et un peu plus tard : “Si je n'ai pas essayé de me tuer, il ne reste qu'une solution, c'est que quelqu'un d'autre s'en est chargé." » Il releva la tête. « Avez-vous vu quelqu'un entrer chez elle ce dimanche-là ? Ou entendu des voix ? Ou remarqué quelque chose en ouvrant la porte ? »

Le colonel Clancey secoua la tête à regret.

« Non », reconnut-il.

Fraser se sentit étrangement déçu.

« Bon, Venons-en au lundi 13 juin.

– *Moi*, oui », fit Mrs Clancey, les yeux perdus dans le vague. Elle abandonna la vision intérieure qu'elle suivait et regarda fixement le sergent. « *Moi*, oui, répéta-t-elle. Comme c'est curieux, j'avais totalement oublié. J'avais tellement peur qu'Eric ait un malaise en tirant Jinx hors de la voiture que cela m'était sorti de l'esprit. » Elle se pencha en avant, une expression fébrile sur son visage. « Goebbels est allé dans la maison avec Eric. Je l'entendais qui ne cessait d'aboyer. Naturellement, je pensais qu'il était avec mon mari. Et soudain, je l'ai vu débouler par le sentier du jardin de derrière en jappant et en grondant comme s'il en avait après quelqu'un. Vous savez, le genre de tintamarre que font les chiens quand ils ont flairé un intrus. Il avait dû sauter par la fenêtre du salon, ce qui signifie, dit-elle avec assurance, qu'on avait sauté avant lui, probablement quand Goebbels a donné l'alarme. Du reste, la fenêtre du salon était ouverte quand nous avons emmené Jinx à l'intérieur. Je l'ai moi-même fermée pendant qu'elle donnait son coup de téléphone.

– Bien vu, vieille branche, approuva le colonel. C'est sûrement ce qui s'est passé. Un salaud a essayé de lui régler son compte. Autrement, ça n'aurait pas de sens.

– Dans ce cas, pourquoi Jinx ne vous en a-t-elle pas parlé ? répondit Fraser sans grand enthousiasme. Elle n'était pas encore amnésique.

– Quand je lui ai dit que c'est Goebbels qui nous avait alertés, elle s'est mise à lui faire plein de caresses. Elle a bien failli l'étouffer, le pauvre.

– Néanmoins… » Tout cela était parfaitement ridicule, songea Fraser, mais il se sentait tenu d'aller jusqu'au bout. « Allons, on ne fourre pas quelqu'un dans sa voiture avec le moteur allumé en pensant qu'il sera assez bête pour rester là gentiment jusqu'à ce qu'il s'asphyxie. Il aurait fallu qu'elle ait perdu connaissance.

– Elle affirmait avoir mal à la tête.

– On l'aurait assommée avant. Mais pourquoi diable n'en a-t-elle pas parlé à la police ? »

Il y eut un nouveau silence.

« Parce qu'elle connaissait très bien l'individu en question, risqua Mrs Clancey, et qu'elle ne pouvait pas croire qu'il ait voulu lui faire du mal. Après tout, elle s'en était tirée indemne et Eric n'arrêtait pas de répéter que c'était un accident stupide. Nous avons tous tendance à nous accrocher à nos illusions, voyez-vous.

– *Ou bien*, déclara le colonel d'un ton rêveur, elle avait des choses plus importantes à faire que de répondre aux questions de la police. Comme je vous l'ai indiqué, Jinx est une personne indépendante. Elle pensait peut-être qu'elle avait la situation bien en main. Je veux dire, à qui a-t-elle téléphoné ? Sur le moment, cela m'a paru naturel, mais maintenant… À mon avis, cela vaudrait la peine d'y regarder de plus près. »

Fraser griffonna quelques mots.

« Quand l'avez-vous revue ? »

Le vieil homme regarda sa femme.

« Ma foi, je ne me souviens pas de l'avoir revue. Le mardi, la police a tambouriné à la porte et nous a appris qu'elle était à l'hôpital. »

Fraser les observa tour à tour d'un air songeur.

« Votre voisine tente de se suicider et vous ne cherchez même pas à savoir comment elle va ?

– Il n'a jamais été question de suicide avant le mardi, répliqua vivement le colonel. Pour nous, c'était un simple accident. Bien sûr, nous avons continué à ouvrir l'œil, mais rien de bizarre ne s'est passé. Nous n'allions pas embêter cette pauvre fille alors qu'elle devait l'être bien assez comme ça. »

Harris & Hennessey, Soho, Londres, 12h30

Josh Hennessey, qui, en dépit des menaces de tout plaquer dont il avait abreuvé le répondeur de Meg, se démenait pour maintenir la société sur les rails, accueillit plutôt fraîchement le sergent Fraser.

« Je vous ai déjà dit tout ce que je savais », lança-t-il en passant une main dans sa tignasse et en regardant avec aigreur le policier.

Fraser lui expliqua le motif de sa visite.

« Si vous aviez un agenda, suggéra-t-il, cela irait plus vite. J'ai besoin de reconstituer aussi précisément que possible l'emploi du temps de Miss Harris. »

Avec mauvaise grâce, Hennessey ouvrit le tiroir de son bureau, en sortit un carnet et se mit à le feuilleter rapidement. Meg y inscrivait ses rendez-vous. Lundi 30 mai : rien. C'était un jour férié. Mardi 31 mai : rien. Mais elle a tracé un grand trait au stylo bleu, ce qui signifie qu'elle était occupée au bureau.

« Vous souvenez-vous de l'avoir vue ?

– Non, répondit sèchement son interlocuteur. Cela fait des années que je travaille avec Meg. Comment voulez-vous que je me souvienne d'une journée parmi des milliers ? De toute façon, si j'étais à l'extérieur, je ne pouvais pas la voir.

– Étiez-vous à l'extérieur ? »

Il consulta l'agenda.

« D'après ce qui est marqué ici, je me trouvais à Windsor, pour du recrutement.

– Peut-on se fier à ces traits bleus ? Aurait-elle rayé une page, même si elle n'était pas là ?

– Oui, si cela lui chantait.

– Continuez.

– Mercredi 1er juin : dix heures, Bill Riley, 12, Connaught Street. Réunion toute la journée. Jeudi…

– Un instant, intervint Fraser. Est-elle allée à ce rendez-vous ?

– Il est rayé, ce qui voudrait dire que oui. » Il eut un haussement d'épaules. « D'accord, elle y est allée. Et, vu le temps que j'ai moi-même passé avec ce client, elle a dû y rester jusqu'à minuit à l'écouter déblatérer sur ses problèmes personnels. Mais remarquez, admit-il, c'est ce qui nous garde la tête hors de l'eau. On n'a pas grand-chose d'autre.

– Évidemment. Jeudi ?

– Jeudi 2 juin : rien le matin, rendez-vous à trois heures trente avec le banquier. Les deux cases sont rayées.

– Le banquier de la société, ou le sien ?

– Probablement celui de la société. En raison de la crise, nous avons traversé une mauvaise passe, et elle voit régulièrement l'enfoiré qui gère les comptes. Ou du moins, elle le *voyait*, corrigea-t-il d'un air sombre. J'oublie toujours qu'elle est morte. Vendredi 3 juin : rien, mais il y a un trait. Lundi…

– Pardonnez-moi de vous interrompre sans cesse, mais avez-vous une idée de ce qu'elle a fait pendant le week-end ?

– Comme je vous l'ai déjà expliqué la dernière fois, sergent, nos rapports se limitaient au plan professionnel et j'ignore totalement à quoi elle employait ses week-ends, sauf s'il était prévu une séance de travail. Lundi 6 juin : dix heures, Bill Riley de nouveau. Rayé. Mardi…

– Peut-être vaudrait-il mieux que j'en prenne une photocopie, déclara Fraser. J'ai bien peur que nous perdions tous les deux notre temps, si vous n'avez rien à ajouter à ce qui est écrit. »

Hennessey repoussa l'agenda.

« Rien. J'ai vérifié après votre visite et celle de vos collègues et, à part deux autres rendez-vous avec Riley et une entrevue avec le banquier qui voulait un compte d'exploitation pour le 10, j'ai l'impression qu'elle a passé l'essentiel de la semaine à tirer au flanc. Franchement, vous vous fourrez le doigt dans l'œil si vous croyez que je sais quelque chose.

– Vous n'êtes guère coopératif, répondit Fraser d'une voix douce. Vous ne voulez donc pas que nous retrouvions le meurtrier de votre associée ? »

Josh Hennessey s'empara d'un paquet de cigarettes posé à une extrémité de son bureau.

« Avant que se produisent tous ces événements, je pensais bien en avoir terminé avec cette saloperie. Et voilà que j'ai repiqué de plus belle. » Il alluma une cigarette, expédia l'allumette dans un cendrier et regarda la fumée s'élever du bout incandescent. « Je ne sais pas ce que je veux, sergent. Meg était une excellente amie. Jinx est une excellente amie. Dans tous les cas, je suis perdant.

– Pourquoi dites-vous ça ?

– Je sais encore lire, répondit-il d'une voix cassante. C'est dans tous les journaux. À moins qu'ils se plantent complètement, vous avez l'intention d'arrêter Jinx ou son père à cause de la manière dont Russell a été tué.

– Vous connaissiez Russell Landy ?

– Pas très bien. Jinx l'a amené une ou deux fois au bureau quand Meg et moi étions encore chez Wellman & Hobbs.

– Lui est-il arrivé de venir voir Meg sans Jinx ? »

Hennessey secoua la tête.

« Pas que je me souvienne.

– Saviez-vous qu'elle était sa maîtresse ? »

Il tira une longue bouffée de sa cigarette.

« Pas à l'époque. Je l'ai appris plus tard.

– Qui vous l'a dit ? »

Il eut une brève hésitation.

« Je ne m'en souviens pas. Meg ou Simon, je présume. » Il sembla réfléchir. « Meg. Après la mort de Russell, elle avait le moral à zéro, n'arrêtait pas de pleurer sans raison apparente, si bien que je lui ai demandé ce qui n'allait pas et c'est alors qu'elle me l'a dit. »

Fraser ne le crut pas.

« Je pense que c'est Miss Kingsley qui vous l'a dit. »

Hennessey le considéra un instant.

« Je ne m'en souviens pas, répéta-t-il. Cela fait si longtemps. »

Fraser lui sourit avec amabilité.

« Non que ce soit très important. Simplement, nous essayons de mettre les choses bout à bout. Vous rappelez-vous combien de temps après la mort de Russell elle vous en a parlé ?

– Écoutez, je ne vous ai pas dit que c'était Jinx, d'accord ? »

Fraser était fasciné par les mains de Hennessey qui

semblaient animées d'une vie propre, s'ouvraient, se contractaient et s'agitaient sans cesse.

« Compris. Vous rappelez-vous à quel moment vous l'avez appris ?

– Il n'y avait pas longtemps qu'elle avait perdu l'enfant, me semble-t-il.

– Merci, dit tranquillement Fraser. J'ai presque fini. J'aimerais que nous passions à votre dernière conversation avec Meg, celle que vous avez eue, je crois, par téléphone, le samedi 11 juin, alors que vous vous trouviez chez vous. D'après ce que vous avez déclaré précédemment, elle vous a dit que le mariage de Miss Kingsley avec Leo était annulé, qu'elle allait épouser celui-ci, qu'ils partaient le mardi pour la France et qu'elle passerait au bureau avant son départ pour vous mettre au courant des dossiers en cours.

– C'est exact. »

Fraser consulta l'agenda.

« Pourtant, je vois qu'elle est revenue au bureau le vendredi après-midi après un rendez-vous avec le banquier. Pourquoi ne vous en a-t-elle pas parlé à ce moment-là ? C'est bizarre, vous ne trouvez pas ?

– Pour ça, vous avez bigrement raison, grommela-t-il. Je ne me doutais de rien et voilà qu'elle me téléphone pour m'annoncer qu'elle fiche le camp et me laisse tout le bazar sur les bras jusqu'à son retour. Je l'ai engueulée en menaçant de l'étriper si elle ne venait pas mettre ses affaires en ordre.

– C'était donc votre idée et non la sienne, qu'elle vienne le lundi ? »

Hennessey réfléchit.

« Probablement. J'étais salement en rogne qu'elle me laisse tomber comme ça, sans même m'avoir prévenu. Si vous croyez que ça donne confiance de travailler avec une associée qui joue les courants d'air. J'ai mis tout mon fric dans cette histoire. » Il secoua la tête. « Pourquoi, ça change quelque chose ?

– C'est possible, répondit Fraser. » Il marqua un temps d'arrêt. « Peut-être l'avez-vous culpabilisée à tel point qu'ils sont restés là plus longtemps que prévu.

– Je ne vous suis pas.

– Meg a passé tous ses coups de téléphone le samedi matin, prononça lentement Fraser. Il se peut qu'elle ait eu en tête de s'éclipser aussitôt après. Il faut avouer qu'elle était bien placée pour savoir ce qui était arrivé à Russell Landy.

– Voulez-vous dire qu'ils seraient encore en vie si je ne lui avais pas sonné les cloches ? demanda Hennessey d'un ton rude.

– Je l'ignore. Avant d'avancer la moindre hypothèse, encore faudrait-il que nous ayons une idée de l'endroit où ils se trouvaient le lundi. D'après ce que je comprends, c'est vous qui avez fait pression pour qu'ils retardent leur départ. » Fraser regarda son interlocuteur dans le blanc des yeux. « Et, hormis votre témoignage, rien ne prouve qu'ils ne soient pas venus ici comme convenu. »

19

Mercredi 29 juin, 53, Lansing Road, Salisbury, Wiltshire, midi

Peggy Hale examina la coupure de journal avec le logo de Properties Holdings.

« Oui ! s'exclama-t-elle, y a pas à dire, c'est bien ça. » Puis elle considéra la photographie grisâtre, expédiée par fax, représentant Miles et Fergus Kingsley sur le champ de courses d'Ascot et posa le doigt sur un des visages. « Ça lui ressemblerait assez, mais la photo est plutôt moche, hein, mon chou ? J'ai pas l'impression qu'il avait les cheveux aussi foncés. Par contre, la veste est à peu près identique.

– Et le jeune homme à côté de lui ? »

Elle écarta la feuille et ferma à demi les yeux comme s'il s'agissait d'un tableau impressionniste.

« Le problème, c'est que, quand ils vous balancent des gnons, vous n'avez guère envie de les reluquer. Vous avez bien trop les foies. Oui, lança-t-elle avec une soudaine détermination en indiquant de nouveau Miles, pas d'erreur, c'est lui. Le petit salaud ! Je vous l'avais bien dit qu'on lui donnerait le bon Dieu sans confession. Eh bien, qui est-ce ?

– Un certain Miles Kingsley. »

L'agent Blake reprit la photographie et la fourra dans son sac. Samantha Garrison aussi avait reconnu Miles. Il est vrai qu'aucune des deux femmes n'avait été réellement catégorique, mais cela tenait sans doute à la mauvaise qualité de la reproduction. Quant à savoir si une telle preuve pourrait tenir devant une cour, mieux valait ne pas y penser. Si Peggy Hale avait été plus conciliante au départ, si elle avait accepté qu'ils aillent relever les empreintes ou qu'on lui fasse des prélèvements, les choses auraient été différentes.

« Je ne comprends pas, déclarait au même moment son interlocutrice, comment vous avez pu, à partir de ce que je vous ai dit, en arriver à cette photo dégueulasse d'un type portant les initiales MK ?

– Question de chance. Ce fumier est plutôt beau garçon. Si cela vous intéresse, la photo nous été transmise par *The Tatler*. Vous vous êtes fait tabasser par un fils de la meilleure société. Son père est multimillionnaire. »

Peggy Hale secoua la tête.

« On se demande si ce monde n'est pas devenu dingo. Qu'est-ce qu'il avait besoin de ratisser Salisbury pour lever une vieille pute comme moi alors qu'il peut se payer le nec plus ultra à Londres ? »

Blake n'aurait su le dire.

Le Studio, Pimlico, Londres, 13 heures

Pour sa part, Dean Jarrett se montra d'une serviabilité exemplaire. « Mais comment donc, mon cher monsieur », déclara-t-il, tout miel, à Fraser en observant le policier du coin de l'œil. Celui-ci lui parut moins homophobe que la moyenne et même, à en juger par son sourire amical, plutôt bien disposé à l'égard de Jinx et de son personnel d'un genre assez peu ordinaire. Il est vrai que Fraser n'avait pas bronché en apercevant les cheveux roses d'Angelica, pas plus qu'il ne semblait particulièrement incommodé par les manières suaves de Jarrett. « Je puis vous faire un compte rendu minute par minute de l'emploi du temps de Jinx du mardi 31 jusqu'au vendredi 3. Mais, hélas, c'est à peu près tout. Elle a passé la semaine suivante à Hellingdon Hall et là, motus et bouche cousue – encore que nous ne comptions pas avoir de ses nouvelles vu qu'elle était en congé –, après quoi elle nous a joué les filles de l'air. Angelica lui a téléphoné sans arrêt le lundi, dans la mesure où on l'attendait ici, et elle n'a eu que le répondeur.

– C'était le 13 juin ?

– En effet. Puis le mardi, nous avons appris l'affreuse nouvelle, à savoir que la pauvre petite se trouvait sans connaissance dans un hôpital. Je suppose que vous l'avez vue ? Est-ce qu'elle va bien ? »

Son visage se tordit en une moue inquiète, qui parut à Fraser on ne peut moins sincère mais à laquelle il répondit néanmoins par un hochement de tête rassurant.

« Apparemment. Elle ne se souvient pas de ce qui s'est passé, mais, à part ça, eile est parfaitement lucide et calme.

– Quelle fille *époustouflante*, pas vrai ? commenta Jarrett. Je l'adore.

– Et pourtant, vous n'êtes pas allé la voir, que je sache, répliqua Fraser d'une voix neutre. Y a-t-il une raison ? »

La moue disparut subitement

« En fait, oui. Contrairement aux Josh Hennessey et Simon Harris, qui m'ont dit ne pas avoir hésité à lui imposer leur présence, je préfère attendre qu'elle me le demande. C'est déjà assez pénible d'être au trente-sixième dessous sans avoir en plus à supporter les amis bien intentionnés. Jinx est quelqu'un de si pudique. La moitié du temps, je me dis qu'elle ignore combien nous l'aimons tous et, l'autre moitié, que nous la rasons à cent sous de l'heure. » Il poussa un soupir. « De toute façon, je suis resté un bon moment sans savoir où elle était. Sa brute de père ne voulait pas me le dire.

– Malgré tout, je suis surpris qu'elle ne se soit pas préoccupée du studio. »

Jarrett émit un glapissement de désespoir.

« Vous êtes vexant, sergent. Vous ne croyez pas que la pauvre chérie a d'autres chats à fouetter en ce moment alors que sa boîte se trouve entre les mains du deuxième meilleur photographe de Londres ? »

Fraser contracta les lèvres.

« Que pensez-vous de Leo ?

– Un type parfaitement *horrible*. Une vraie sangsue, mais comment Jinx s'en serait-elle rendu compte ? Son problème, c'est qu'il suffit que les gens aient une bonne bouille pour qu'elle leur fasse confiance. Elle se fie à l'extérieur en oubliant que l'intérieur est plus important. C'est la faute de son père. Il ressemble à un vieux vautour et a toujours été si distant avec elle qu'elle s'imagine qu'un joli plumage est le signe d'une nature généreuse. » Il leva les yeux au ciel. « Je regrette d'avoir à le dire, parce que lui c'est la dernière des horreurs, mais je pense au fond qu'Adam Kingsley vaut bien dix Leo Wallader. À en juger par la flopée de coups de fil qu'il a passés pour savoir ce que nous fabriquions, Angelica et moi, il se tracasse bien plus pour Jinx qu'elle n'a l'air de le croire. *Doux Jésus*, si nous avions eu le malheur de laisser les choses aller à vau-l'eau – ce que nous nous sommes bien gardés de faire –, il aurait débarqué sur-le-champ pour nous étriper. »

Fraser ne put s'empêcher de sourire.

« Vous l'avez donc rencontré ?

– Je lui ai été présenté, de même qu'Angie, la première fois qu'il a fait une de ses apparitions terrifiantes, répondit Jarrett avec un frisson. Mais, comme je suis pédé et qu'elle est noire, ça n'a pas été l'événement du siècle. Il est allé se laver les mains ensuite, de peur d'avoir attrapé quelque chose. Et chaque fois qu'il s'est repointé, il se contentait de nous adresser un grognement et de filer comme une flèche pour aller parler à Jinx.

– Qu'est-ce que ses visites ont de si terrifiant ?

– Il a la manie de s'amener avec une espèce de gorille. » Dean leva les yeux au ciel. « Son chauffeur, à ce qu'il paraît, un chauffeur bâti comme une armoire à glace ! Je crois surtout qu'il est là pour réduire en bouillie le premier qui oserait faire la nique à son patron.

– C'est de plus en plus courant ces temps-ci, vous savez. Un chauffeur-garde du corps. La plupart des millionnaires en ont. Vous dites que c'est quelqu'un de distant. Pensez-vous néanmoins qu'il ait de l'affection pour Jinx ?

– Oui, d'une façon assez bizarre. Jamais il ne la touche, il s'assoit et se met à la contempler comme si elle était un vase en porcelaine. J'ai l'impression qu'il en est baba. Il est vrai que, pour un porc comme lui, avoir une fille aussi distinguée, sans compter que les deux autres rejetons sont des abrutis de première. » Il réfléchit un instant. « Affection n'est pas vraiment le terme. Je parlerais plutôt d'idolâtrie.

– Comment réagit-elle ?

– Par le mépris. Vous comprenez, ce n'est pas Jinx qu'il idolâtre, c'est une Jinx telle qu'il l'imagine. Je veux dire qu'à moins d'être gâteux, il est difficile de la prendre pour un vase en porcelaine. Un solide pot en faïence, qui rebondit quand on le laisse tomber et résiste à tous les lavages, voilà qui me paraît une meilleure comparaison.

– Pourquoi n'a-t-elle pas mis les points sur les i ?

– Elle a bien essayé, mon cher monsieur, mais il n'y a pas plus aveugle que celui qui ne veut pas voir. Elle s'apprêtait à épouser Leo Wallader, bonté divine ! Quelle meilleure preuve de sottise et de mauvais goût pouvait-elle lui donner ? Mais, bien entendu, son paternel n'y a vu que du feu. Le Leo avait du sang bleu dans les veines, ce qui devait le mettre à cent coudées au-dessus des pauvres minables que nous sommes. »

Fraser sourit.

« Parlez-moi du mardi 31 mai, demanda-t-il.

– Ça a été une sacrée journée. Toute la matinée, nous avons eu un groupe de morveux qui se croyaient sortis de la cuisse de Jupiter. Leur boîte de disques voulait des photos de pub et, à part minauder devant l'objectif, ils n'étaient bons à rien. » Il marqua un temps d'arrêt. « Dans l'après-midi, nous avons fait des prises de vue à Charing Cross pour une société de télévision. Des trucs d'ambiance destinés à un documentaire sur les sans-abri. Nous avons remballé à six heures parce que Jinx voulait être rentrée chez elle pas trop tard.

– A-t-elle dit pourquoi ? »

Il secoua sa tête argentée.

« Non, mais elle était d'excellente humeur et, quand je lui ai demandé si c'était à Leo que nous devions ce miracle, elle a fait : "En un sens, je suppose." J'ai répliqué : "Ne me dis pas, mon chou, qu'il est devenu un crack de la baise." Et elle a répondu : "Ne sois pas stupide, Dean, pour ça, il lui faudrait se mettre au-dessus d'un miroir." J'ai pensé : Dieu merci, elle a commencé à entrevoir la lumière, mais, pour une fois, j'ai eu la délicatesse de ne pas le lui dire. »

Fraser sourit de nouveau.

« Mercredi 1er juin, enchaîna-t-il.

– Laissez-moi réfléchir. Ah oui ! J'ai passé la matinée à développer et à tirer des planches contacts. Il y avait une pellicule de la semaine précédente qui restait et les clichés de la veille. Jinx s'est occupée d'un tas de paperasses qu'elle voulait expédier avant de partir en vacances. Le mercredi après-midi est généralement réservé aux portraits et nous avons probablement eu cinq ou six familles. Puis nous avons dîné rapidement à six heures et demie avant de retourner à Charing Cross finir les prises de vue. Ils voulaient aussi des éclairages au crépuscule et de nuit, si bien que nous n'avons pas dû décrocher avant dix heures trente.

– Et comment était-elle ce jour-là ?

– Pareille. Gaie, radieuse, resplendissante. Nous étions persuadés, Angie et moi, qu'elle avait flanqué Leo à la porte, mais, comme elle n'en parlait pas, nous avons fini par penser qu'elle attendait pour ça d'avoir parlé au vieux pendant les vacances. Cela faisait je ne sais combien de temps que nous marchions sur des œufs. Dès qu'on prononçait le nom de Leo, elle nous jetait un regard noir et changeait aussitôt de conversation. Et voilà que soudain, comme par enchantement, elle était redevenue elle-même.

– Et vous avez attribué cela au fait qu'elle avait décidé de ne pas l'épouser ? »

Dean hocha la tête.

« Bien mieux, mon joli. J'ai attribué cela au fait qu'il avait *dégagé*, en tout cas de son lit. Pour la première fois depuis des semaines, elle avait vraiment envie de rentrer chez elle. Prenez le jeudi. Elle m'avait fait travailler toute la matinée comme un forçat et, arrivé l'après-midi, voilà qu'elle regarde tout à coup sa montre et me dit : “Rends-moi service, Dean, occupe-toi de la boutique. J'ai un certain nombre de choses à faire chez moi et, demain, nous serons dehors toute la journée.” J'en suis resté baba. Tout le temps que Leo s'était mis les pieds sous la table, elle avait fui la bicoque comme la peste.

– Pourquoi ? »

Jarrett poussa une exclamation d'impatience.

« Parce qu'elle avait compris qu'elle ne pouvait pas le sentir, mais qu'elle ne savait pas comment s'y prendre. C'est la faute de son père, encore une fois. Il avait dépensé sans compter pour les préparatifs du mariage, invité la moitié du Surrey et du Hampshire, et Jinx était trop gênée pour dire quoi que ce soit. Il y avait même deux ministres dans le lot et l'on n'envoie pas des gens comme ça aux pelotes sans quelques hésitations, pas vrai ? »

Fraser laissa échapper un gloussement.

« Je n'en sais rien, je n'ai jamais eu cette chance. Mais ça pourrait être amusant. » Il marqua une pause. « S'il n'était plus là, l'histoire paraît logique. Ils avaient eu un sérieux accrochage, elle et lui, le lundi férié, et il aurait été normal qu'il décampe aussitôt. » Il tira sur sa lèvre d'un air pensif. « Elle prétend qu'il était encore là le samedi 4 juin. Ils se seraient même dit au revoir le plus gentiment du monde. »

Jarrett eut un haussement d'épaules.

« Eh bien, c'est qu'il avait subi une transplantation entre-temps. Je vous garantis que, si je n'avais pas horreur du sang, je lui aurais bien cassé la gueule à plusieurs reprises. C'était une ordure de première.

– Quel est votre avis ?

– Que Jinx raconte des salades.

– Vous pensez qu'ils se sont disputés ?

– Non. Je présume qu'elle ne voulait pas qu'on sache qu'il était parti, de sorte qu'elle a inventé de toutes pièces ces au revoir à la gomme. S'il fallait toujours dire la vérité sur l'état de ses relations, on n'aurait pas l'air fin. Je n'arrête pas de mentir sur les miennes… J'ai même gardé des petits copains qui ont fichu le camp depuis belle lurette.

– Quel dommage que vous n'ayez pas parlé de tout cela aux enquêteurs au moment de son accident, dit Fraser avec une pointe de reproche.

– Ma foi, je l'aurais fait, s'ils avaient manifesté le moindre intérêt pour ce qui s'est passé avant le 10 juin, mais la seule chose qu'ils voulaient savoir, c'est si on l'avait vue ou si elle avait donné signe de vie depuis son retour du Hampshire. J'ai eu beau leur dire que nous étions un tantinet surpris d'apprendre qu'ellc n'avait annulé le mariage que le samedi après être rentrée de Hellingdon Hall, alors que nous étions certains qu'elle avait pris sa décision deux semaines plus tôt, ils m'ont rétorqué que c'est Leo et pas elle qui avait rompu et, comme je pouvais difficilement leur prouver le contraire, il n'y avait rien à ajouter.

– Bon, alors il ne reste plus que le vendredi 3 et nous en aurons fini. Il s'est passé quelque chose de particulier ce jour-là ?

– Juste des prises de vue dans les docks pour des photos de mode. Nous avons démarré à 8 h 30 et bossé sans interruption jusqu'à 7 h du soir. Jinx m'a laissé au studio avec tous les appareils et l'équipement vers 7 h 30 en me disant : "La boîte t'appartient pour une semaine, alors sois bien sage." Je ne l'ai pas revue depuis.

– Lui avez-vous parlé ? demanda négligemment Fraser.

– Une fois, au téléphone.

– Quand ça ?

– Dimanche soir.

– Qui a appelé ?

– C'est elle.

– Chez vous ? »

Jarrett acquiesça.

« Cela devait être très important, suggéra Fraser.

– Et comment ! C'était le jour de mes trente ans et elle savait que j'aurais souffert mille morts si je ne lui avais pas parlé, qu'elle soit ou non clouée dans un hosto avec une amnésie galopante. » Il eut un sourire engageant. « Je vous le répète, je l'adore. »

Fraser tourna quelques pages de son calepin.

« C'est curieux, murmura-t-il. Elle prétend vous avoir demandé de téléphoner aux Wallader afin de savoir si Leo et Meg étaient morts. Elle n'a fait aucune allusion à votre anniversaire. Se peut-il qu'il y ait *quoi que ce soit* de vrai dans tout ce que vous m'avez dit ? »

Commissariat de Romsey Road, Winchester, 13 heures

L'appel en provenance de Salisbury fut transmis à la salle d'opérations où le commissaire Cheever donnait des instructions à l'équipe qu'il avait choisie pour mener les interrogatoires à Hellingdon Hall dans l'après-midi. Il écouta cinq minutes sans broncher, avec seulement une interjection de temps à autre pour marquer son intérêt, puis demanda :

« Et la prostituée l'a reconnu, c'est sûr ? » Une pause assez longue. « Vous en avez deux qui jurent que c'est lui. Oui, nous avons prévu d'interroger toute la famille cet après-midi. Non, nous ne l'avons jamais considéré comme suspect. » Nouvelle pause, assez longue également. « Parce qu'il n'avait que seize ans quand Landy a été tué, voilà pourquoi. D'accord, d'accord. Nous savons tous que même les gamins de dix ans s'y mettent, à présent. » Il serra les lèvres en une moue agacée. « Bon, dans combien de temps peut-elle être là ? Une demi-heure. Oui, c'est parfait, nous l'attendons. Oui, oui, oui. Nous avons des voitures stationnées en face depuis hier après-midi. Toute la famille est là-bas, y compris Kingsley. Il est rentré de Londres ce matin. » Il écouta de nouveau. « Mais non, nous ne lui couperons pas l'herbe sous le pied. »

Il raccrocha brutalement et considéra les inspecteurs qui l'entouraient.

« Sacrebleu !

– Que se passe-t-il ? demanda Maddocks.

– Miles Kingsley a tabassé plusieurs prostituées à Salisbury. L'inspecteur principal, là-bas, prétend qu'il a tout du psychopathe classique.

– Et ça nous mène où ? »

D'un air irrité, Cheever se mit à tripoter son nœud papillon.

« Sur le sable pour l'instant. On nous envoie une femme policier avec ce qu'elle a dégoté sur lui. J'ai accepté de ne rien faire jusqu'à son arrivée. » Il joignit ses mains devant son visage. « C'est ce qui s'appelle se faire court-circuiter. Pourquoi diable Miles Kingsley aurait-il zigouillé le mari, le fiancé et l'amie de sa sœur ? Dites-moi un peu ?

– Vous allez trop vite, protesta Maddocks. Quand bien même cette petite ordure aurait tabassé des prostituées, cela ne fait pas de lui un assassin.

– Vous pensez toujours que c'est Jane Kingsley qui a fait le coup ?

– Bien sûr. Elle seule avait un mobile pour les trois meurtres.

– Et son père l'aurait protégée tout en le sachant ?

– C'est à peu près ça. Après la mort de Landy, elle est allée se planquer dans un service psychiatrique pendant que papa essuyait les tirs de mortier, certain que la police ne pouvait rien contre lui. Cette fois, elle a trouvé refuge à la clinique des Rossignols, après un faux suicide, et on nous dit “pas touche” parce qu'elle a perdu la mémoire. Pendant ce temps, l'avocat du papa s'emploie à rappeler à l'ordre le directeur de la clinique. Elle est archicoupable, ça crève les yeux. Son père le sait et le docteur Protheroe aussi.

– Vous parlez d'un complot ! De toute façon, trop de choses ne tiennent pas debout. Si le docteur est de mèche, pourquoi l'aurait-elle agressé lundi soir ?

– Parce qu'elle est complètement givrée.

– Autrement dit, c'est une psychopathe.

– Vous pouvez en être sûr. »

Cheever baissa les mains et sourit d'un air sarcastique.

« Les experts prétendent que son père est psychopathe. Salisbury que son frère est psychopathe. Et vous qu'elle est psychopathe. Cela commence à ressembler à une épidémie, et c'est un peu difficile à avaler, Gareth. »

Maddocks haussa les épaules.

« Qu'est-ce que vous trouveriez moins difficile à avaler ?

– Un psychopathe, à la rigueur, mais pas trois. Je suggère que deux d'entre eux ont été contaminés par le premier. »

La démission d'Adam Kingsley en faveur de son bras droit, John Normans, fut annoncée à midi par le siège à Londres de Properties Holdings. À 13 h, la BBC passa dans son journal télévisé un flash montrant en arrière-plan les grilles de Hellingdon Hall. « Adam Kingsley a pris sa décision ce matin, dans la paix et la tranquillité de sa somptueuse demeure datant du XVIIIe siècle, située à la lisière de la New Forest, même s'il est peu probable qu'il l'occupe encore très longtemps. Hellingdon Hall figure en effet sur la liste des actifs de la société et, au dire de certains, la propriété pourrait être vendue pour combler une partie des pertes subies ces derniers jours. »

Salle d'opérations du commissariat de Romsey Road, Winchester, 13 h 45

La voix dans la radio paraissait tout excitée.

« Écoutez, une Porsche immatriculée MIL 1 vient juste de quitter Hellingdon Hall par l'entrée de service et elle file à au moins cent quarante. Nous l'avons prise en chasse, mais, à l'évidence, il ne s'agit pas du vieux Kingsley. Faut-il retourner à la villa ou continuer ?

– Qui vous relaie ?

– Fredericks est posté à l'entrée de service et il y a une demi-douzaine d'agents du coin alignés devant le portail pour refouler les paparazzi.

– Très bien, continuez, répondit Cheever, et ne vous laissez pas semer. C'est probablement Miles Kingsley et je veux savoir où il va. Fredericks, vous m'entendez ? Restez en alerte et, si quelqu'un d'autre essaie de sortir, prévenez-moi immédiatement. Compris ?

– Bien, patron. »

La première radio se remit à crépiter.

« Il prend la A 338. On dirait qu'il se dirige vers Salisbury. »

43, Shoebury Terrace, Hammersmith, Londres, 14 heures

Il ne restait plus à Fraser qu'un témoin à interroger, la voisine de Meg à Hammersmith, Mrs Helms. Celle-ci le reçut avec une amabilité surprenante, presque comme s'il était un vieil ami, et l'introduisit dans la pièce de devant.

« Mon mari », fit-elle en agitant la main vers la silhouette pitoyable d'un homme assis, une couverture sur les genoux, observant d'un œil morne la rue tranquille. « Sclérose en plaques », ajouta-t-elle tout bas, avant de lancer d'une voix forte : « Le sergent Fraser est venu au sujet de cette pauvre Meg, Henry. » Elle se remit à chuchoter. « Ne faites pas attention à lui. Il ne vous dira rien. Il parle de moins en moins ces derniers temps. Quelle tristesse ! Lui qui était plein de vigueur autrefois. »

Fraser prit place dans le fauteuil que lui désignait Mrs Helms et, pour la quatrième fois de la journée, expliqua le motif de ses questions.

« Avez-vous une idée de ce que Meg a fait pendant le week-end férié ? » demanda-t-il.

Elle poussa un petit cri aigu d'écolière.

« Aucune, grands dieux, je ne me souviens même pas de ce que nous avons fait nous-mêmes ! »

Fraser jeta un coup d'œil au mari tout en se disant que, si celui-ci était aussi handicapé qu'il le paraissait, il y avait de fortes chances pour qu'ils soient restés là.

« Peut-être avez-vous eu la visite de parents ? suggéra-t-il. Ça ne vous dit rien ? Meg ne travaillait pas ce lundi-là. »

Elle secoua la tête.

« Tous les jours se ressemblent. Que ce soit la semaine, le week-end ou les fêtes. Ça ne varie jamais. Par contre, si vous pouviez me dire ce qu'il y avait à la télé, cela m'aiderait sûrement. »

Fraser essaya une autre tactique.

« Il y a gros à parier que Leo a passé ici la nuit du vendredi 27 mai, éventuellement celle du lundi 30 et très probablement celle du mardi 31. Il est même possible qu'il soit resté là toute la semaine ainsi que la semaine suivante. Cela vous rappelle quelque chose ? Autrement dit, l'avez-vous vu plus souvent que de coutume ? Quand je vous ai parlé la dernière fois, vous m'avez déclaré qu'il y avait eu un tas d'allées et venues peu de temps avant qu'ils partent pour la France.

– Ma foi, j'ai bien remarqué qu'il était plus souvent dans les parages que d'habitude quant à savoir s'il habitait là… » Elle secoua la tête. « Je n'ai aucune mémoire des dates, sergent. Et comment voulez-vous que je sache s'il est resté là telle ou telle nuit ? Franchement, la vie sentimentale de Meg ne nous intéressait ni l'un ni l'autre. À quoi est-ce que ça nous aurait servis ? Nous avons déjà bien assez à faire avec nos problèmes. »

Fraser acquiesça d'un air compréhensif.

« Leo possédait deux Mercedes extrêmement reconnaissables, l'une noire avec une garniture en cuir beige, l'autre blanche avec des sièges bordeaux. Il y en avait probablement une garée dehors quand il était là. Vous souvenez-vous d'avoir aperçu l'une ou l'autre au cours des deux semaines qui ont précédé leur départ pour la France ? »

Elle poussa de nouveau son petit cri aigu.

« Je ne reconnaîtrais même pas une Mercedes d'une Jaguar. Et, d'abord, je ne remarque jamais une voiture, sauf quand elle me barre le chemin. Maudite invention ! »

Fraser laissa échapper un léger soupir. L'épitaphe utilisée quelques jours plus tôt par Mrs Helms — *une fille sans histoires* — lui revint soudain à l'esprit. Dommage, songea-t-il, qu'elle ait été aussi discrète, car alors Mrs Helms lui aurait accordé davantage d'attention. Il regarda d'un air navré le mari de celle-ci.

« Peut-être Mr Helms a-t-il remarqué quelque chose ? » suggéra-t-il.

Elle secoua vigoureusement la tête.

« Il ne remarquerait pas un autobus garé sur ses genoux, répondit-elle tout bas. Vraiment, il vaut mieux ne pas le déranger. Après ça, il devient nerveux. »

Mais Fraser s'obstina, comme pour se prouver qu'il n'avait rien laissé au hasard.

« Pouvez-vous m'aider, Mr Helms ? C'est très important, sinon je n'insisterais pas. Nous avons deux meurtres sur les bras et il nous faut établir quand ils se sont produits et pourquoi. »

Le visage mince se tourna vers lui et le fixa un instant avec un regard sans expression.

« C'était quel jour, le 2 ?

– Juin ? »

L'autre opina.

Fraser consulta son carnet.

« Un jeudi.

– J'avais un rendez-vous à l'hôpital le 2. Je suis rentré en ambulance et le chauffeur a aperçu la Mercedes. “C’est nouveau, je ne l’avais jamais vue.” Je lui ai expliqué qu’elle appartenait aux gens du dessous et qu’elle était là depuis deux ou trois jours. »

Fraser se pencha en avant.

« Par intermittence ou tout le temps ?

– Elle y était la nuit, réussit-il à dire, mais pas toujours dans la journée.

– Vous souvenez-vous quand elle a disparu pour de bon ? »

Il était évident qu’il avait du mal à parler et Fraser attendit patiemment la réponse.

« Suis pas sûr. Quand ils sont partis en France, peut-être bien. »

Fraser lui adressa un sourire encourageant.

« Savez-vous quel jour c’était, Mr Helms ?

L’homme hocha la tête.

« Le jour des draps. Lundi.

– Saperlipopette, s’écria Mrs Helms, vous savez qu’il a raison ! Je venais de faire les lits quand Meg est arrivée avec la nourriture du chat. J’ai posé les draps sur les genoux de Henry avant d’aller ouvrir. Tiens, j’avais complètement oublié !

– Splendide, dit Fraser. Nous avançons. Étaient-ils tous les deux dans la Mercedes ? »

Mr Helms secoua la tête.

« Je n’ai pas vu. Anthea m’a poussé avec les draps dans la cuisine. » Une lueur irritée passa dans son regard et Fraser pensa : mon pauvre vieux, je parie qu’elle les a même triés sur tes genoux comme si tu étais un panier à linge ambulant.

« Avez-vous remarqué quand la voiture de Meg est partie ? C’est une Ford Sierra vert foncé. Nous l’avons retrouvée dans une rue de Chelsea.

– Le vendredi soir. Elles étaient parties toutes les deux. Seule la décapotable est revenue.

– Avec Leo et Meg ?

– Oui.

– Cela paraît logique. Ils voulaient avoir tout débarrassé avant de partir en vacances. » Il pianota sur son genou et s'adressa à Mrs Helms. « Meg vous a-t-elle laissé entendre, le lundi, qu'ils avaient dû retarder leur départ pour une raison quelconque ? »

Son interlocutrice fit la moue.

« Pas vraiment. Elle a sonné, m'a remis la clé et la nourriture et m'a expliqué qu'ils allaient en France. Je me suis dit : Tiens, c'est bizarre.

– Avez-vous noté autre chose de bizarre ?

– Pas vraiment, répéta-t-elle. Elle n'était pas coiffée et avait les yeux rouges. J'en ai déduit qu'elle avait pleuré et j'ai mis ça sur le compte d'une dispute d'amoureux.

– Quoi d'autre ?

– Ben, me dire que Marmaduke devait rester dans le couloir était aussi un peu bizarre. Jamais elle n'avait agi ainsi. Pauvre petite bête, ce n'est pas une manière de traiter un chat ! »

Fraser fronça les sourcils et se mit à feuilleter ses papiers.

« La dernière fois, murmura-t-il en isolant une feuille, vous m'avez dit qu'elle avait insisté pour que Marmaduke ne rentre pas dans les pièces.

– Tout à fait.

– Maintenant, vous me dites qu'elle voulait qu'il reste dans le couloir.

– Et alors ? C'est du pareil au même !

– Pouvez-vous me répéter exactement ses paroles, Mrs Helms ?

– Oh, Seigneur ! Il y a près de trois semaines de ça. » Son visage se plissa dans un effort de concentration. « Laissez-moi réfléchir. Ça n'a pas duré trente secondes. "Vous vous souvenez que je vous ai dit que j'allais en France ?" C'est comme ça qu'elle a commencé. Naturellement, elle ne m'avait rien dit du tout, mais je n'ai pas tiqué, par politesse. "Et vous m'aviez promis de vous occuper du chat", qu'elle a dit ensuite. Ce qui m'embêtait, parce que je n'avais rien promis non plus. J'ai failli lui en faire la remarque, mais elle m'a fourré la clé et la boîte de nourriture dans les mains avant que j'aie eu le temps de répondre. "Le chat est enfermé et va vouloir sortir. Je vous en prie, faites attention en ouvrant les portes. Je ne tiens pas à avoir de nouveaux dégâts." Et voilà tout. J'ai fait comme elle me l'avait demandé, même si je n'en voyais pas la raison. Jusque-là, les dégâts ne l'avaient jamais beaucoup dérangée.

– Elle a dit “le chat” et pas Marmaduke ? » La femme acquiesça. « Et vous étiez dehors, sur le pas de la porte ?

– Oui. Elle n'a pas voulu entrer. »

Il imagina le palier étroit au bas des marches du sous-sol. Quelqu'un devait se tenir là, à écouter, songea-t-il. Il tapa son crayon contre ses dents. Leo, autrement dit le lion, autrement dit le chat. “Leo est enfermé. Je vous en prie, faites attention. Je ne tiens pas à avoir de nouveaux dégâts.” Bon sang ! Quelle angoisse avait dû éprouver Meg à l'idée que sa seule chance reposait sur cette créature d'une bêtise désespérante. Mais qui, il est vrai, aurait pu comprendre un message aussi énigmatique ?

« Très bien. » Il se tourna vers Mr Helms. « Savez-vous ce qu'ils ont fait le samedi et le dimanche ? Est-ce que quelqu'un est venu ? »

Ses lèvres remuèrent.

« Son amie, lâcha-t-il. La grande. Samedi soir. » Il leva légèrement la main et la laissa retomber sur sa cuisse. « Je l'ai entendue donner des coups dans la porte. Elle criait : “Vous êtes dingues ! Qu'est-ce que vous fichez ?”

– Une femme, vous êtes sûr ?

– Oui.

– Jinx Kingsley ?

– Grande, brune. Elle conduit une Rover. JIN 1X.

– Quand est-elle partie ? »

Mr Helms secoua la tête.

«Anthea aime bien regarder la télévision. Elle ne veut pas que je sois là tout le temps.

– Ça vaut mieux, intervint sa femme d'un ton acerbe. Qu'est-ce que penseraient les voisins ? Ils croiraient que je te néglige. »

Fraser lança à l'homme un regard compatissant.

« Aucune importance. Avez-vous remarqué d'autres visiteurs ? »

Mais l'homme lui avait dit tout ce qu'il savait.

« Nous y allons, dit le commissaire Cheever à son collègue du Wiltshire. J'ai l'impression qu'il se rend à la clinique. Compris. Vous envoyez des hommes là-bas ? D'accord. Nous ne lui parlerons des meurtres qu'après que vous l'aurez inculpé de coups et blessures. Non, Adam Kingsley attendra bien un peu. Je suis plus curieux d'entendre ce que Miles a à dire. »

Clinique des Rossignols, Salisbury, Wiltshire, 14 h 30

Miles s'engouffra par la porte-fenêtre ouverte et se jeta dans le seul fauteuil libre avec la mine bourrue d'un gamin contrarié.

« Tu as entendu ce qu'il a fait, je suppose ?

– Tu veux parler de sa démission ?

– Évidemment ! répliqua-t-il d'un ton sarcastique. De quoi d'autre voudrais-tu que je parle ? » Il tapa du pied sur le sol. « Je suis fou de rage. Je me demande lequel de vous deux j'ai le plus envie d'étrangler. Tu te rends compte que vous avez tout bousillé ?

– Non, répondit-elle avec calme en allumant une cigarette. Pas très bien. Qu'est-ce qu'il y a de bousillé, Miles ?

– NOM DE DIEU ! s'écria-t-il, les paupières mi-closes, le regard mauvais. Nous avons tout perdu, la baraque, tout ! »

Elle l'observa à travers le nuage de fumée.

« Qui ça, nous ? Moi, je n'ai rien perdu. Les actions ont grimpé de dix points depuis la démission d'Adam, ce qui signifie que j'ai même réalisé un joli petit profit rien qu'avec mes investissements de ce matin. Ne me dis pas que tu as vendu les tiennes, Miles. Quand Adam te les a données, il t'a bien dit de céder tout le reste sauf ça. Tu aurais dû lui faire davantage confiance.

– J'étais coincé, grommela-t-il entre ses dents. Et Fergus aussi. Avec tous ces foutus machins, nous avons emprunté de l'argent à un salaud qui nous a forcés à les vendre pour couvrir les dettes. »

Elle haussa les épaules.

« Tu avais qu'à ne pas faire l'idiot ! »

Il paraissait aussi tendu qu'une corde de violon.

« Bon sang, si tu savais ce que je te déteste... C'est ta faute ce qui est arrivé. » L'angoisse faisait trembler sa voix.

Elle haussa les sourcils en une expression sardonique.

« Que veux-tu dire par là ?

– Russell, Leo, c'étaient de sales petits connards tous les deux !

– Quel rapport ?

– Si tu avais choisi un type un peu mieux, nous n'en serions pas là. »

Elle le vit serrer les bras du fauteuil avec une telle force que ses phalanges devinrent livides. *En fin de compte, que savait-elle de son frère ?* « Tu n'avais que seize ans quand Russell a été tué, dit-elle lentement. Betty a certifié que vous aviez passé la journée à la maison, Fergus et toi. »

Il la regarda, les yeux brillants de colère.

« Qu'est-ce que tu racontes ?

– Je me disais... peu importe !

– Tu te disais que c'est moi qui l'ai buté ? compléta-t-il avec un ricanement. Eh bien, parfois, je regrette de ne pas en avoir eu le courage. Après ça, le vieux aurait été à mes pieds. Et je l'aurais fait gratis, rien que pour le plaisir. Il était presque aussi arrogant et méprisant que toi. » D'un geste brusque, il empoigna les bras du fauteuil de Jinx et se pencha vers elle, la retenant prisonnière. « Ça a coûté à papa un sacré paquet pour se débarrasser de lui, espèce de garce, et un autre pour Leo et Meg. Et maintenant, nous sommes dans le pétrin, Fergus et moi. Il y a des flics tout autour de Hellingdon Hall, qui n'attendent que le moment de l'alpaguer, et, dès qu'ils l'auront fait, nous serons tous les trois à la rue, maman, Fergus et moi. Nous sommes lessivés, tu ne comprends donc pas ? Maman aussi... elle a vendu ses parts il y a des mois. Nous n'avons plus rien.

– Il vous restera vos emplois », dit-elle en le regardant bien en face pour ne pas lui montrer sa peur.

Il se rassit subitement, après avoir vidé sa colère.

« Ce que tu peux être naïve ! John Normans ne nous gardera pas. Si nous sommes là, c'est uniquement à cause de papa. Tu le sais bien. Tout le monde le sait. Ce n'est pas comme si on avait besoin de nous. Je dois veiller à ce que les contrats de sécurité soient à jour. C'est à la portée de n'importe quel abruti. » Il abattit son poing sur le bras du fauteuil. « C'est même pour ça que j'ai un salaire d'abruti. Tu sais ce que je fais ? J'engage les veilleurs de nuit et je signe au bas des formulaires tout préparés qui sortent de cette saleté d'ordinateur.

– Alors, pourquoi n'es-tu pas là-bas ? C'est le moment ou jamais de leur montrer que tu sers à quelque chose. »

Sa colère le reprit.

« Bon Dieu, tu es donc complètement bouchée ! hurla-t-il. C'EST FOUTU ! Papa s'est décarcassé pour toi parce que tu es son chouchou et il nous a tous collés dans la merde. Est-ce que tu vas te mettre ça dans la caboche ? »

Elle souffla un nuage de fumée en direction du plafond et le regarda se déformer au gré du courant d'air venant des fenêtres.

« Comment sais-tu qu'Adam a tué Russell ? demanda-t-elle tranquillement.

– Qui d'autre aurait pu le faire ?

– Moi », suggéra-t-elle.

Miles prit un air amusé.

« La petite fille modèle. Allons, Jinxy, tu n'as pas assez de cran.

– Et tu crois que c'est Adam ? »

Il haussa les épaules.

« J'en suis sûr.

– Pourquoi ?

– Parce que c'est une brute épaisse, voilà pourquoi. Regarde comme il nous traite, Fergus et moi. »

Elle esquissa un semblant de sourire.

« Je veux des faits, Miles, pas des impressions. Peux-tu prouver qu'Adam a tué Russell ?

– Je peux prouver qu'il désirait sa mort. Après, il a dit que Russell n'avait eu que ce qu'il méritait. Ton cher mari baisait avec ta meilleure amie. Il le détestait à cause de ça.

– Qu'a-t-il dit quand il a appris la nouvelle au sujet de Leo et de Meg ? » Même à elle, sa voix paraissait étrangement lointaine.

Miles haussa de nouveau les épaules.

« Qu'il espérait que tu continuerais à ne te souvenir de rien, puis il s'est enfermé dans son bureau et a appelé son avocat. Il a les foies que tu puisses retrouver la mémoire, de sorte qu'on a pensé que tu avais vu quelque chose qu'il ne fallait pas. »

Elle se mit à contempler le mur opposé.

« Tu as dit que cela lui avait coûté un paquet. Combien exactement ?

– Pas mal.

– Combien, Miles ?

– Je ne sais pas, répondit-il d'un ton maussade. Mais ça faisait une tapée. »

Elle tourna lentement la tête vers lui.

« Tu ne sais rien du tout, n'est-ce pas ? Tu parles de ce que tu aurais souhaité qu'Adam fasse et non de ce qu'il a vraiment fait. Je suppose que ça t'arrange d'imaginer que ton père est un assassin. » Elle éclata de rire. « Sincèrement, je te plains. Je présume que tu as passé ces dix dernières années à te justifier de tous tes petits méfaits en te disant qu'Adam était coupable et je me demande bien comment tu vas faire quand on s'apercevra qu'il est blanc comme neige. » Elle eut soudain conscience d'un mouvement du côté des fenêtres et, comme elle regardait d'un air interrogateur les deux policiers en uniforme masquant la lumière, on frappa à la porte avec autorité. Elle fronça les sourcils en voyant l'agent Blake entrer sans attendre la réponse. « Que puis-je pour vous ? » demanda-t-elle poliment en apercevant, à quelques pas derrière, le commissaire Cheever, Maddocks et Alan Protheroe qui se tenaient sur le seuil.

Blake lui jeta un bref coup d'œil, avant de reporter son attention sur le frère.

« Miles Kingsley ? » interrogea-t-elle.

Il acquiesça.

Elle sortit sa carte.

« Agent Blake de la police du Wiltshire. Miles Kingsley, j'ai des raisons de penser que vous êtes en mesure de nous aider dans notre enquête concernant les coups et blessures ainsi que l'attentat à la pudeur dont a été victime Mrs Peggy

Hale au cours de la soirée du 22 juin dernier, au 53, Lansing Road, Salisbury…

– Qu'est-ce que vous racontez ? lança-t-il furieux. Qui est cette fichue Peggy Hale ? Je n'ai jamais entendu parler de cette connasse ! »

20

Mercredi 29 juin, clinique des Rossignols, Salisbury, 14 h 45

Un petit milord, songea Blake, oui, c'était une assez bonne description de Miles Kingsley, avec son air clean et ses grands yeux bleus. Non qu'elle ait une attirance pour ce genre-là – elle préférait les hommes plus durs et plus rustiques –, mais elle comprenait que Peggy l'ait trouvé à son goût.

« C'est une prostituée, Mr Kingsley. Elle a été sauvagement battue dans la soirée du 22. Elle vous a identifié comme étant son agresseur, ainsi que Mrs Samantha Garrison, autre prostituée, qui a subi le même traitement le 23 mars. »

Il eut un froncement de sourcils irrité.

« Elles mentent ! Je ne suis jamais allé avec une prostituée de ma vie. » Il se tourna vers Jinx. « Qu'est-ce que ça veut dire ? C'est encore un truc inventé par papa ?

– Ne sois pas stupide », répliqua-t-elle. Elle se tourna vers la femme policier. « Comment ont-elles pu l'identifier ? Est-ce que l'agresseur a donné un nom ? »

Blake l'ignora.

« Je pense qu'il serait préférable que nous discutions de tout cela au commissariat, Mr Kingsley. Je vous prie de bien vouloir m'accompagner...

– Écoutez, espèce de pétasse, s'écria Miles en bondissant sur ses pieds d'un air agressif, je ne sais pas à quel jeu vous jouez...

– Assieds-toi, Miles, lança Jinx d'une voix sifflante tout en lui saisissant le bras et en le forçant à se rasseoir, et boucle-la ! » Elle avala une goulée d'air. « Vous dites que vous avez des raisons de penser que mon frère peut vous aider. Pourriez-vous m'expliquer quelles sont ces raisons, s'il vous plaît ? En particulier, comment ces deux femmes sont parvenues à identifier mon frère comme étant leur agresseur. »

Blake fronça les sourcils.

« Je n'ai rien à vous expliquer, sinon qu'elles ont formellement reconnu en lui l'homme qui les a frappées. Nous aimerions lui poser quelques questions, aussi je lui demande de venir avec nous au commissariat. Avez-vous une objection, Miss Kingsley, compte tenu du fait que les coups ont été donnés avec suffisamment de brutalité pour expédier ces deux femmes à l'hôpital ?

– Oui, répondit-elle d'un ton cassant. Je pense que Miles n'a pas à vous suivre. Vous ne disposez d'aucun élément hormis cette mystérieuse identification, sans quoi vous seriez venue avec un mandat d'arrêt. » Elle lança un regard à Maddocks. « Je croirais volontiers que vous essayez de nous embarquer un par un pour nous cuisiner au sujet des meurtres de Meg et de Leo. Je me demande même si ces prostituées existent réellement. »

Miles sourit d'un air dédaigneux.

« C'est ça, Jinxy. Dis-leur d'aller se faire voir. »

La jeune femme policier l'observa un instant avec curiosité, avant de s'adresser à sa sœur.

« J'appartiens à la police du Wiltshire, Miss Kingsley, et j'ai passé toute la semaine dernière à enquêter sur l'agression dont a été victime Peggy Hale. Elle a quarante-six ans. Elle a reçu des coups violents à la tête, au visage et aux bras et, si elle n'avait pas trouvé la force de se rendre elle-même à l'hôpital, elle serait morte à l'heure qu'il est. Elle a identifié votre frère comme étant l'homme qui l'avait battue. J'admets que la publicité faite autour de la mort de votre fiancé et de votre meilleure amie a pu l'amener de façon indirecte à le reconnaître, mais sans plus. Je ne m'intéresse nullement à vous ni à vos démêlés avec la police du Hampshire. Tout ce que je désire, c'est empêcher que d'autres femmes subissent le même sort.

– Très bien, fit Miles d'un ton suffisant en se carrant dans son fauteuil et en étendant les jambes devant lui. Alors arrêtez-moi. Vous n'avez pas d'autre solution. Mais je vous préviens que mon père va faire un raffut de tous les diables. Une fois son avocat sur le coup, vous pouvez vous attendre à être virés et ce ne sera qu'un début. »

Jinx porta une main à sa tempe, qui battait douloureusement.

« Tais-toi, Miles.

– Non, je ne me tairai pas ! riposta-t-il en se tournant vers elle. J'en ai vraiment ras le bol, Jinx. Toi, bien sûr, tu peux dire ce que tu veux, tu es si intelligente, tandis qu'un débile comme moi a seulement le droit de la fermer. » Il frappa sa paume de son poing. « Bon Dieu, je n'étais même pas à Salisbury le 22 et je peux le prouver.

– Vous êtes allé voir votre sœur à neuf heures du soir mercredi dernier, Mr Kingsley, intervint Maddocks d'une voix dure. Or mercredi dernier était le 22 et la clinique des Rossignols est à Salisbury. Votre sœur ainsi que le personnel confirmeront la date et l'heure de votre visite. Mrs Hale a été rouée de coups à huit heures trente, ce qui vous donnait largement le temps de vous présenter ensuite ici. »

Il parut embarrassé.

« D'accord, j'avais oublié. Mais ça n'a pas grande importance. Je suis venu directement de Fordingbridge. Ma mère et mon frère attesteront que j'étais à Hellingdon Hall jusqu'à huit heures trente. »

Blake regarda Jinx.

« C'est ce qu'il vous a déclaré en arrivant ? »

Elle ne répondit pas.

Miles lui jeta un regard apeuré.

« Dis-le-lui, Jinx !

– Comment veux-tu ? Je ne m'en souviens pas.

– L'infirmière te l'a précisé en me faisant entrer dans ta chambre. Votre frère est venu de Fordingbridge pour vous voir. Tu dois bien te rappeler.

– Non. » Elle avait seulement le souvenir qu'il lui avait dit avoir joué ce soir-là. *Mais était-ce vrai ?*

« Oh, merde, Jinxy, fit-il d'un ton implorant. Il faut que tu m'aides. Je te jure que je n'ai fait de mal à personne. » Il avança une main et lui agrippa le bras. « Je t'en prie, Jinx, aide-moi. »

Meg est une putain... je t'en prie... je t'en prie... par pitié, aide-moi, Jinx... j'ai si peur... mon Dieu, si peur... « Je vais appeler Adam et lui demander d'envoyer Kennedy, murmura-t-elle d'une voix tremblante. Contente-toi de ne rien dire jusqu'à ce qu'il soit ici. Est-ce que tu es capable de faire ça, Miles ? »

Il hocha la tête et se leva.

« Oui, si tu ne me laisses pas tomber. »

Blake le saisit fermement par le bras et l'entraîna vers les portes-fenêtres.

« Par ici, Mr Kingsley. Une voiture nous attend.

– Et ma Porsche ? »

Elle tendit la main.

« Si vous voulez bien me remettre vos clés, un des agents la conduira. » Elle adressa un signe de tête à l'un des deux policiers de Salisbury. « Il va nous suivre. »

Miles tira son trousseau de sa poche et le posa avec mauvaise grâce dans la paume de la jeune femme. Celle-ci examina un instant le rond noir orné de lettres dorées, avant d'emmener le jeune homme.

Les mains tremblantes, Jinx prit son paquet de cigarettes sur le bras du fauteuil et alla se jucher sur le rebord de la coiffeuse. Elle regarda brièvement Alan Protheroe, appuyé au mur près de la porte, puis se tourna vers Frank Cheever.

« Je vous ai vu à la télévision, dit-elle en allumant avec difficulté une cigarette. Vous avez donné une conférence de presse, mais j'ai malheureusement oublié votre nom.

– Commissaire Cheever », dit-il.

Elle jeta un coup d'œil à Maddocks.

« Je suppose que, si vous êtes là, c'est à cause de Leo et de Meg ? »

Cheever acquiesça.

« Et vous pensez que Miles pourrait être le coupable, compte tenu de ce qui est arrivé à ces pauvres femmes ?

– C'est une possibilité. »

Elle acquiesça à son tour.

« À votre place, je me dirais sans doute la même chose.

– Et si les rôles étaient inversés et que *je* sois à votre place, qu'est-ce que je me dirais ? »

Elle le regarda un moment d'un air étrange.

« Vous seriez trop occupé à étouffer les cris dans votre tête pour dire quoi que ce soit. »

Cheever l'observa.

« Êtes-vous en état de répondre à nos questions, Miss Kingsley ?

– Oui.

– Vous n'y êtes pas obligée, intervint vivement Protheroe. Je suis sûr que le commissaire acceptera de vous laisser un peu de temps pour vous remettre. »

Elle esquissa un sourire amusé.

« C'est ce qu'ils n'arrêtaient pas de me répéter après la mort de Russell. Cela voulait dire que je disposais de dix minutes de répit avant qu'ils recommencent. » Elle tira une bouffée de sa cigarette. « L'ennui, c'est qu'on ne se remet jamais de ce genre d'histoire, si bien que ce serait dix minutes de perdues et, comme j'ai besoin d'appeler mon père, je préférerais en avoir fini le plus vite possible.

– Allez-y, dit Cheever en indiquant le téléphone. Nous resterons dans le couloir pendant ce temps-là. »

Elle secoua la tête.

« Je préfère attendre que vous soyez partis.

– Pourquoi ? demanda Maddocks. Plus vite votre frère aura un avocat avec lui, mieux ce sera, ne croyez-vous pas ?

– Curieusement, inspecteur, j'ai besoin de réfléchir à la manière de présenter les choses. Mon père sera effondré en apprenant que son fils est accusé de violences sexuelles. Le vôtre ne le serait-il pas aussi ? Ou est-il habitué à ce que vous commettiez des actes semblables ? » Elle se retourna vers le commissaire. « Miles n'a pas tué Russell, de sorte que, si le meurtrier a aussi tué Leo et Meg, Miles n'y est pour rien.

– Cela ne vous dérange pas que nous nous asseyions ? demanda-t-il.

– Je vous en prie. »

Les deux policiers prirent des sièges, tandis que le docteur Protheroe restait à la même place.

« Pourquoi êtes-vous aussi certaine qu'il n'a pas tué Russell ? »

Elle réfléchit profondément un bon moment, puis déclara, de façon quelque peu sibylline :

« Cela peut sembler paradoxal, dans la mesure où je lui ai conseillé de se taire jusqu'à ce qu'il ait un avocat. Voyez-vous, je ne suis pas persuadée que les avocats soient toujours de bon conseil. J'en ai consulté un, après le meurtre de Russell, quand il m'est apparu clairement que je figurais en tête de la liste des suspects. Il m'a recommandé de me montrer très prudente dans mes déclarations. De ne fournir de moi-même aucune information, de limiter mes réponses au strict minimum, d'éviter les suppositions et de ne faire état que de ce que je savais être vrai. » Elle poussa un soupir. « Aujourd'hui, je pense qu'il aurait mieux valu que je dise tout ce que j'avais en tête, parce que j'ai seulement réussi à renforcer les soupçons à l'égard de mon père. » Elle se tut.

« Vous n'avez pas répondu à ma question, Miss Kingsley. »

Elle se mit à regarder par terre tout en tirant à petits coups nerveux sur sa cigarette.

« Avant votre arrivée, nous parlions de la mort de Russell, expliqua-t-elle soudain. Miles me disait qu'il avait toujours cru mon père coupable, ce qui signifie que Fergus et lui se servaient de ce prétexte pour se justifier en eux-mêmes de leurs menus larcins. Chiper vingt livres au jardinier ou imiter la signature de ma mère sur un chèque ne sont en effet qu'une bagatelle comparés à la monstruosité d'un assassinat. » Elle leva la tête. « L'opinion de Miles – comme celle de chacun de nous – est conditionnée par ses préjugés et, en l'occurrence, vous devez comprendre que Miles a toujours voulu se sentir supérieur à son père.

– A-t-il une preuve de l'implication de votre père dans le meurtre de Russell Landy ?

– Aucune, naturellement, puisque mon père n'y est pour rien.

– Je présume que vous n'êtes pas plus à même de le prouver que votre frère de prouver le contraire. » Il sourit sans la moindre hostilité. « La vérité est un phénomène d'une inquiétante évanescence. Tout ce qu'il m'est possible de faire, en tant que policier, c'est de rassembler les éléments dont je dispose et de les peser dans la balance. En priant pour qu'elle finisse par pencher du bon côté.

– Dans ce cas, pourquoi tant de policiers n'entendent-ils que ce qu'ils veulent bien ?

– Parce que nous sommes des êtres humains et que, comme vous venez de le dire, il n'y a pas d'opinion sans préjugés. » Il fit un geste en direction de Maddocks. « Mais je pense que nous possédons tous deux assez d'expérience pour rester objectifs par rapport à vos déclarations, ce qui, je l'espère, suffira à vous rassurer. »

Elle aspira une bouffée de sa cigarette et regarda longuement Maddocks.

« Êtes-vous d'accord, inspecteur ?

– Certainement, mais ne nous demandez pas pour autant de vous croire sur parole chaque fois que vous ouvrez la bouche. Par exemple, expliquez-moi une chose. Comment se fait-il que vous n'ayez jamais eu recours à de menus larcins pour rendre à votre père la monnaie de sa pièce ? Car je ne crois pas me tromper en disant que vous aussi, vous l'avez toujours cru coupable du meurtre de Landy. De quelle manière vous êtes-vous vengée, Miss Kingsley ?

– C'est trop subtil pour vous, vous ne comprendriez pas », répondit-elle d'un ton cassant, avant de revenir à son idée première. « Si vous êtes tellement désireux d'objectivité, pourquoi avoir montré un tel mépris à l'égard de ce que je vous ai dit hier ? »

Maddocks sourit, mais ses yeux ne souriaient pas.

« Je n'ai pas le souvenir d'avoir été méprisant. En revanche, je me souviens d'avoir contesté certaines de vos affirmations. Je vous rappelle que vous êtes également suspecte dans cette affaire, ce qui signifie que tous vos propos seront soumis à examen. Est-ce si déraisonnable ?

– Non, mais cela m'intéresserait de savoir quelle suite vous avez donnée à mes suggestions. Avez-vous cherché un autre lien entre les trois meurtres ? Avez-vous étudié la possibilité qu'on ait voulu me tuer le jour de mon accident ?

– Ce sont des choses qui prennent du temps. Nous ne sommes pas des faiseurs de miracles, Miss Kingsley.

– Avez-vous seulement essayé, inspecteur ? » Elle se tourna vers Cheever. « Vous ou quelqu'un d'autre ? »

Le commissaire, qui ignorait de quoi il s'agissait parce que personne ne lui en avait parlé, répondit en toute franchise :

« Non, pas à ma connaissance, mais si vous pouvez me convaincre que cela en vaut la peine, je vous promets de m'en occuper. Qu'est-ce qui vous fait croire qu'on a voulu vous tuer ? »

Elle se tourna vers Protheroe comme pour obtenir son soutien, mais il avait les yeux fixés sur le plancher.

« Toute une série de propositions négatives, répondit-elle d'une voix ferme. Je ne suis pas du genre à me suicider. Je n'avais pas envie d'épouser Leo. Je ne me suis jamais enivrée. Je n'ai pas tué Russell, de sorte que je n'ai pas tué Leo et Meg non plus, j'imagine. Et cet accident de voiture n'en était manifestement pas un. Je ne vois pas quelle autre explication donner à ce qui m'est arrivé, hormis une tentative de meurtre. En outre, je n'arrête pas de me dire : et si j'étais morte ? Auriez-vous continué à enquêter sur l'assassinat de Leo et de Meg ? N'en auriez-vous pas plutôt conclu : c'est clair, elle avait sûrement tué Landy aussi ?

– Avez-vous le moindre souvenir de cet accident, Miss Kingsley ? »

Elle détourna la tête.

« Non », répondit-elle, le visage sans expression.

Il l'examina un instant, ne sachant pas s'il devait la croire.

« Je ne demande pas mieux que de reprendre toutes les pièces du dossier afin de m'assurer que nous ne sommes pas passés à côté de quelque chose, mais je ne suis guère optimiste. Quand bien même vous auriez raison, je ne vois pas comment nous pourrions le prouver.

– Je sais, mais l'important, c'est que vous n'écartiez pas cette éventualité. Cela change absolument tout, vous comprenez ? Chaque fois que j'y pense, j'en reviens à la même idée. Si quelqu'un a tenté de me tuer, cela signifie forcément que je sais qui a assassiné Leo et Meg, même si je ne m'en souviens pas. Et cela signifie aussi que ce quelqu'un représente le chaînon manquant, qu'il est probablement l'auteur des trois meurtres. » Elle le regarda avec anxiété. « Vous me suivez ?

– Oh, je vous suis parfaitement. C'est une hypothèse intéressante, mais qui, hélas, ne nous aide pas beaucoup, à moins que vous ayez un nom à nous suggérer. »

Et si je vous en donnais un, que se passerait-il ensuite ? Sur quoi s'appuient vos accusations, Miss Kingsley ? « À quoi est-ce que cela servirait si je ne peux rien prouver ? »

Le commissaire haussa les épaules.

« Ce serait déjà un point de départ. »

Mais c'était le point d'arrivée qui l'intéressait et elle doutait fort que la police obtienne le moindre résultat. *La vérité est un phénomène d'une inquiétante évanescence... Je présume que vous n'êtes pas en mesure de le prouver... Tout ce que peut faire un policier, c'est de rassembler les éléments dont il dispose et de les peser dans la balance... De quelle manière vous êtes-vous vengée, Miss Kingsley ?*

« Hier, lui rappela Maddocks, vous prétendiez que Meg était le lien entre les trois meurtres.

– Et je continue à le croire, répondit-elle, quittant le labyrinthe où errait son esprit. Écoutez, j'y ai réfléchi toute la nuit. » Elle tira une dernière bouffée de sa cigarette avant de l'écraser dans le cendrier. « Je ne dors pas très bien en ce moment, expliqua-t-elle. Je ne vous en veux pas de penser que mes rapports avec Russell et Leo sont au centre de ce qui s'est passé, mais ceux de Meg n'étaient pas moins étroits. Hier soir, je ne pouvais pas m'empêcher de songer à ce que l'on disait à l'époque du meurtre de Russell, à savoir que mon père l'avait tué parce qu'il ne l'aimait pas. Je me souviens de cette remarque d'un des policiers : "Pour l'avoir frappé avec une telle sauvagerie, celui qui l'a tué devait vraiment le haïr." Je me suis alors demandé si cette rage était due à la jalousie. » Elle eut un sourire troublé. « Pas vis-à-vis de moi. Vis-à-vis de Meg. »

Il y eut un court silence.

« Nous avons lu ses carnets, reprit Frank Cheever. Selon un calcul approximatif, elle a couché avec une cinquantaine d'hommes différents au cours de ces dix dernières années. Même d'après les critères actuels, elle avait une vie pour le moins dissolue.

– Parce qu'elle avait de la sexualité une vision hédoniste. Si le désir est partagé, pourquoi pas ? En un sens, elle avait une conception extrêmement masculine de la vie. Elle était capable d'aimer un homme et de le quitter ensuite avec une totale insouciance.

– Dès lors, vous vous rendez compte, j'en suis sûr, de la faiblesse de votre argument. Si quelqu'un était jaloux au point de ne pas hésiter à supprimer ses amants, ce n'est pas un cadavre que nous aurions sur les bras, mais cinquante. »

Ce fut Protheroe qui répondit. Les yeux baissés, il avait écouté avec attention le raisonnement de Jinx et il leva la tête à ce moment.

« Sauf que Russell et Leo étaient les seuls amants auxquels elle tenait, fit-il remarquer. Manifestement, les autres n'avaient aucune importance. Miss Kingsley m'a confié que les lettres de Meg à Landy étaient assez émouvantes, et les journaux ont rapporté que sa liaison avec Leo durait depuis onze ans. Si quelqu'un était amoureux d'elle, alors seuls ces deux hommes représentaient une menace, et non la kyrielle d'amants qui défilaient à intervalles réguliers dans son lit.

– Pourquoi avoir aussi tué Meg ?

– Pour le même motif que des maris jaloux tuent leur femme quand ils les surprennent en flagrant délit d'adultère. Il est vrai que cela peut paraître illogique. Si l'on aime une femme à en être jaloux, comment peut-on trouver en soi assez de haine pour la tuer ? Mais les émotions ne sont jamais logiques.

– Dans ce cas, pourquoi ne pas l'avoir tuée en même temps que Landy ? Pourquoi avoir attendu de tuer Leo ? »

Protheroe eut un haussement d'épaules.

« Pour n'importe quelle raison parmi une bonne vingtaine, je dirais. Le désir de lui donner une seconde chance. L'idée que Landy était une sorte de gourou qui avait réussi à la séduire malgré elle. Ou une question purement matérielle : elle ne se trouvait pas avec lui le jour du meurtre. En ce qui me concerne, je pencherais volontiers pour l'hypothèse du gourou, dans la mesure où cela expliquerait pourquoi il fallait qu'elle meure cette fois-ci. Si elle était depuis onze ans la maîtresse de Leo, il ne devait faire aucun doute aux yeux de ses proches qu'elle était pour moitié responsable de la chose. Ce qu'il vous faut découvrir, c'est qui d'autre était au courant de sa liaison avec Landy. N'est-ce pas la clé de toute l'affaire ? »

L'inspecteur Maddocks se racla la gorge.

« Je serais presque d'accord avec cette théorie, s'il ne subsistait un petit détail. Comme le commissaire Cheever l'a déclaré tout à l'heure, nous avons lu ses carnets, ou du moins ce que nous en avons retrouvé, et nulle part il n'est fait mention d'un amant avec qui elle serait restée plus de trois ou quatre mois. Qui est donc ce mystérieux adorateur ? Vous la connaissiez mieux que quiconque, Miss Kingsley. Voyez-vous de qui il pourrait s'agir ?

– Non. Je n'en ai aucune idée. »

Maddocks l'observait avec attention.

« Eh bien, donnez-nous quelques noms de candidats éventuels, nous nous débrouillerons avec.

– Demandez à Josh Hennessey, répliqua-t-elle, éludant la question. Il en savait bien plus que moi sur les hommes qu'elle fréquentait.

– Nous n'y manquerons pas. Connaissait-il aussi les femmes qu'elle fréquentait ?

– Je suppose.

– Y en avait-il beaucoup ? »

Jinx fronça les sourcils, incapable de deviner où il voulait en venir.

« Quelques amies intimes, comme moi.

– C'est bien ce que je pensais. »

Elle le regarda avec étonnement.

« Qu'est-ce que cela a d'important ? »

Il lui cita ses propres paroles.

« Si le désir est partagé, pourquoi pas ? Elle avait une conception extrêmement masculine de la vie. » Il soutint son regard. « Je me demande si cet amant jaloux n'était pas en réalité une femme, Miss Kingsley. »

Commissariat de Canning Road, Salisbury, 15 h 30

Blake conduisit Miles dans une salle d'interrogatoire. « Vous pouvez rester ici jusqu'à l'arrivée de votre avocat, sauf si quelqu'un a besoin de la place, auquel cas je serai forcée de vous mettre ailleurs.

– Combien de temps comptez-vous me garder ?

– Le temps qu'il faudra. D'abord, nous devons attendre votre avocat, ensuite nous vous poserons des questions. Cela peut prendre plusieurs heures.

– Je n'ai pas plusieurs heures devant moi, marmonna-t-il en jetant un coup d'œil à sa montre. Il faut absolument que je sois parti à cinq heures au plus tard.

– Est-ce à dire que vous ne souhaitez pas attendre votre avocat, Mr Kingsley ? »

Il réfléchit quelques secondes.

« Oui. Exactement. Réglons ça tout de suite. »

Clinique des Rossignols, Salisbury, 15 h 30

« Quelle direction ? demanda Maddocks en sortant de la clinique. La PJ de Salisbury ou retour à Winchester ?

– L'aérodrome de Stoney Bassett, grommela le commissaire. La jeune Blake nous tiendra Miles au frais. De toute façon, il n'est pas pressé. »

Hellingdon Hall, Fordingbridge, Hampshire, 15 h 30

Betty reposa le téléphone qui se trouvait dans sa chambre et gagna d'un pas mal assuré le tabouret de sa coiffeuse, le dos de son corset mouillé par la transpiration lui coulant des aisselles. Elle examina son visage gras dans le miroir et s'efforça de camoufler avec de la poudre les injures laissées par le temps et l'indifférence de son mari. Elle l'entendit grimper l'escalier, consciente que tout était fini. Cette fois, il n'y aurait pas de sursis pour elle ni pour les garçons. Comme de coutume, elle reporta son ressentiment sur la première Mrs Kingsley, dont le fantôme avait résisté à toutes ses tentatives d'exorcisme. Ce n'était pas juste, se disait-elle. Certes, personne ne lui avait promis qu'elle coucherait sur un lit de roses, mais personne non plus ne l'avait avertie que son mariage avec Adam serait une couronne d'épines.

« Bonjour, papa ! lança-t-elle en s'efforçant de paraître gaie. Pour ça, on peut dire que ça a été une fichue journée, pas vrai ? »

Aérodrome de Stoney Bassett, New Forest, Hampshire, 16h15

Ils se tenaient sur la plaine morne, parsemée de touffes de bruyère, où des restes de pistes goudronnées constituaient les derniers vestiges d'un aérodrome datant de la guerre.

« Que cherchons-nous ? » demanda Maddocks en s'efforçant de garder une voix neutre.

Il aurait volontiers envoyé son patron au diable. Tout comme Fraser la veille, il en était arrivé, à cause de quelques répliques judicieuses et d'un sourire troublé, à douter de la culpabilité de la fille, même s'il était bien incapable de dire comment elle était parvenue à ce résultat.

Cheever indiqua du doigt le montant en béton qui se dressait, solitaire, telle une dent brisée, à quelques mètres devant eux.

« Partons de là. Je présume que c'est dans ce mur qu'elle est rentrée. Combien mesure-t-il à votre avis ?

– Dans les trois mètres sur trois, suggéra Maddocks.

– Intéressant, n'est-ce pas ?

– Pourquoi ?

– Je l'aurais cru plus étroit. Vous avez vu les photos. On aurait dit que la voiture était repliée autour. » Il inclina la tête de droite et de gauche, considérant le pilier sous divers angles. « Elle a sans doute heurté une des extrémités, mais, avec les projecteurs, le reste était noyé dans l'ombre. » Il s'approcha et commença à en faire le tour.

« Qu'est-ce que cela change, ce qu'il mesure ? » demanda Maddocks en le suivant. »

Le commissaire se baissa et examina un des coins ébréchés.

« Si vous fonciez dans un mur de trois mètres de large dans l'intention de vous flanquer en l'air, est-ce que vous ne choisiriez pas le milieu ? Pourquoi viser une extrémité ? »

Des éclats de verre provenant du pare-brise jonchaient encore le sol et des traces de pneus apparaissaient par intermittence, de l'endroit, à une cinquantaine de mètres, où la voiture avait manifestement stationné, avant qu'on ôte le frein et qu'on la lance à toute vitesse contre la structure en béton. Pendant une dizaine de minutes, Cheever arpenta une vaste bande autour du montant, puis revint observer les marques de caoutchouc brûlé, là où les roues avaient patiné avant de mordre la surface goudronnée. Il se baissa et suivit le trajet de la voiture.

« Quand elle a démarré, elle était juste en face du milieu du mur, murmura-t-il. Comment se fait-il qu'elle ait heurté le coin droit ?

– Elle est passée sur un nid-de-poule et a perdu le contrôle du véhicule, risqua Maddocks.

– Sauf qu'il n'y en a pas d'assez gros sur ce parcours. Je viens de vérifier. Elle aurait pu se jeter contre n'importe lequel des trois côtés situés dans l'axe de la piste, mais elle a choisi celui offrant la meilleure approche. Si elle avait décidé de se tuer, rien ne l'empêchait de continuer tout droit.

– Elle a changé d'avis à la dernière minute, répondit Maddocks. Elle a eu les jetons en voyant le mur se rapprocher à tout berzingue et a tenté de l'éviter.

– Oui, c'est une possibilité. »

Il pivota et inspecta la portion de terrain qui devait se trouver derrière la voiture.

« Pourquoi n'est-elle pas partie de plus loin en se servant de la distance pour prendre de la vitesse ? Pourquoi a-t-elle stationné là et poussé le moteur à fond ?

– Parce qu'il faisait noir et qu'elle avait besoin de voir le mur.

– Il était dix heures, un des jours les plus longs de l'année. Elle l'aurait vu également à deux ou trois cents mètres.

– Bon, très bien, alors elle s'est garée là, a regardé le mur en se cuitant, puis s'est brusquement décidée. Écoutez, je sais très bien ce que vous pensez. Vous vous dites qu'une tentative de meurtre n'est pas exclue. Que quelqu'un a très bien pu la faire boire – encore que cela constitue déjà un mystère en soi –, repérer la partie du terrain la plus propice à une trajectoire en ligne droite, amener la voiture assez près du pilier pour qu'elle ne risque pas de dévier, assommer la fille sur le siège avant, mettre en prise, coincer l'accélérateur avec une des bouteilles vides et enlever le frein. C'est alors que cette brave petite Miss Kingsley est sortie de sa torpeur éthylique, s'est rendu compte de ce qui se passait, a tenté d'éviter l'obstacle, puis, comprenant qu'elle n'y arriverait pas, a sauté par la porte ouverte. » Il eut un sourire acide. « Mis à part le fait qu'en se penchant pour ôter le frein à main d'une voiture accélérant à pleins gaz, on risque d'en prendre soi-même un bon coup, pourquoi ne l'a-t-il pas achevée quand elle s'est éjectée de la voiture ?

– Pas besoin du frein à main, répondit Cheever. Il suffit de bloquer la pédale de frein avec un instrument quelconque... un morceau de bois ou même un marteau par exemple... » – il haussa un sourcil espiègle – « autour duquel on passe une corde et qu'on appuie contre l'armature du siège. Après quoi, on n'a plus qu'à tirer sur la corde pour libérer la pédale. L'autre solution serait de bloquer les roues et de ne pas utiliser du tout les freins. » Il indiqua le sol. « Mais dans ce cas, les cales auraient laissé des traces.

– Et qu'il n'ait pas pris la peine de l'achever ? grommela Maddocks d'un ton sarcastique.

– Il a peut-être estimé que c'était inutile, répondit Cheever d'une voix légère, ou peut-être n'en a-t-il pas eu le temps. » Il resta un instant silencieux. « Pouvez-vous me dire pourquoi ce petit exercice vous met d'aussi mauvaise humeur ?

– Parce qu'elle est on ne peut plus coupable. Tout ce

micmac n'était qu'une comédie destinée à attendrir son père. Peu importe qu'elle ait adopté telle ou telle trajectoire, démarré de tel ou tel endroit, utilisé ou non des cales et qu'on l'ait découverte à une heure plutôt qu'à une autre. Elle était parfaitement maître de son véhicule. »

Cheever effleura du pied les plaques de goudron.

« En se jetant d'une voiture roulant à toute vitesse, elle aurait pu être défigurée. Pourquoi ne pas avoir cherché un moyen moins désagréable ?

– Parce qu'elle aime le drame ! répliqua Maddocks avec mépris. De toute façon, elle n'a pas été défigurée. Quand ses cheveux auront repoussé et que les égratignures auront disparu, il ne lui restera plus aucune trace. En définitive, elle s'en est plutôt bien tirée. Trop bien pour une tentative de meurtre ou un suicide, vous ne trouvez pas ? »

Commissariat de Canning Road, Salisbury, 16 h 45

« Combien de fois faut-il que je vous le répète ? lança Miles d'un ton exaspéré aux deux policiers assis en face de lui. Je n'ai jamais été avec une prostituée de ma vie. Merde alors, qu'est-ce que j'en avais à faire ? J'avais quinze ans quand je me suis farci ma première nana ! » Il tapa du poing sur la table. « Je ne connais pas plus de Peggy Hale que de Samantha Garrison et, si j'avais voulu m'envoyer une rombière de quarante berges – ce qui n'est pas le cas –, j'aurais pu avoir la bonne de papa pour pas un rond. C'est même elle qui m'aurait filé du pognon. Ça fait des années qu'elle en pince pour moi.

– Vous avez une très haute opinion de vous-même, Mr Kingsley, déclara le sergent.

– Et après ?

– Il est fréquent que les hommes qui se vantent ainsi soient meilleurs en théorie qu'en pratique.

– Qu'est-ce que vous espérez ? Que j'éclate en sanglots et que je vous dise que je suis tellement coincé que j'ai besoin de payer des vieilles putes pour tirer un coup ? Arrêtez votre baratin !

– C'est ce que vous feriez, si vous étiez coincé ? » demanda Blake.

Miles haussa les épaules et alluma une cigarette.

Blake se tourna vers le magnétophone posé sur la table. « Mr Kingsley répond par un haussement d'épaules.

– Un petit peu ! lança-t-il, furibond. Mr Kingsley répond qu'il n'est foutrement pas coincé et donc qu'il ne sait foutrement pas ce qu'il foutrait s'il l'était ! » Il se mit à hurler dans le micro. « Est-ce que vous pouvez vous foutre ça dans le crâne ?

– Calmez-vous, Miles, fit le sergent d'un ton las. Vous allez casser cet engin à force de crier. Pourquoi ne pas nous dire tout simplement où vous étiez et ce que vous faisiez le soir du 22 ?

– Ça fait cent fois que vous me posez cette question à la con et cent fois que je vous fais la même réponse. Je suis resté chez moi jusqu'à huit heures et demie, puis je suis allé voir Jinx.

– Malheureusement, nous ne vous croyons pas. Dites-moi, est-ce que cette bonne en chaleur est prête à mentir pour vous protéger, tout comme votre mère et votre frère ?

– Je n'ai jamais dit qu'ils étaient prêts à mentir. » Il regarda sa montre. « Oh, bon Dieu ! Écoutez, il faut que je parte d'ici. Est-ce que vous avez l'intention de m'inculper ? Parce que, dans le cas contraire, je m'en vais.

– Pourquoi ? Que se passe-t-il de si important à cinq heures ?

– J'ai emprunté du fric, espèce d'abruti, lâcha Miles du bout des dents, et j'ai besoin d'un délai supplémentaire ! Voilà ce qu'il y a de si important. Pourquoi croyez-vous que je sois allé voir Jinx ? D'accord, on s'est un peu accrochés, mais jusqu'à présent, elle m'a toujours aidé. »

On frappa et un agent passa la tête par l'entrebâillement de la porte.

« Il y a là un dénommé Kennedy. Il affirme être l'avocat de Mr Kingsley.

– Faites-le entrer. Enregistrement interrompu à 16 h 45. »

Kennedy jeta à Miles un regard peu amène, refusa la chaise qu'on lui offrait et posa deux photographies sur la table. La première représentait Miles pénétrant dans un hall d'hôtel, la seconde montant dans sa Porsche. « La sœur de mon client m'a informé que vous enquêtiez sur une prostituée habitant Lansing Road à Salisbury qui aurait été brutalisée vers huit heures du soir le mercredi 22 juin. Est-ce exact ?

– Oui », répondit Blake.

Kennedy indiqua le jour et l'heure inscrits en bas à droite de chacune des photographies.

« Mon client, Miles Kingsley, est entré au Regal Hotel de Salisbury à cinq heures trente ce même mercredi. Il a regagné sa voiture à huit heures quarante-cinq pour rendre visite à sa sœur à la clinique des Rossignols. À l'hôtel, il a passé trois heures et quart dans la chambre 431. Il ne l'a quittée qu'une fois, pour parler à un homme dans le couloir. » Il posa sur la table une troisième photographie où l'on voyait Miles, la tête inclinée, s'entretenant avec un individu de dos. « Il était sept heures. Il a passé trois minutes avec l'homme en question, puis s'est rendu aux toilettes à l'extrémité du couloir. Il a réintégré la chambre 431 à sept heures quinze. Il a été suivi, photographié et surveillé de midi à minuit le 22 juin par un certain Paul Deacon, dont voici le numéro de téléphone et l'adresse. » Il plaça une carte à côté des photos. « Je présume que cela dissipe tout soupçon pesant sur mon client au sujet de cette agression à Lansing Road. »

Le regard de Blake alla des photographies au visage fatigué et livide de Miles.

« On dirait », admit-elle.

Kennedy sourit avec froideur à son client.

« Votre père vous attend dehors, Miles. Il vaudrait mieux ne pas le faire attendre inutilement. »

Miles se recroquevilla sur sa chaise.

« Je n'irai pas. Il va me tuer.

– Votre mère et Fergus l'accompagnent. Je suis sûr qu'ils seront tous deux ravis de vous voir. » Il fit un geste vers la porte. « Votre père est très affecté par tout ceci et vous savez combien il peut être de mauvais poil dans ces cas-là. Vous ne voudriez pas qu'il passe sa mauvaise humeur sur votre mère et votre frère, n'est-ce pas ? »

Miles paraissait terrifié.

« Non, dit-il en bondissant sur ses pieds. C'était mon idée. Maman et Fergus n'ont fait que l'approuver. Je pensais qu'en donnant les actions en garantie, nous serions tirés d'affaire une fois pour toutes. »

Blake regarda le jeune homme rassembler son courage et lui trouva plus de cran qu'elle l'aurait supposé. Quel genre de type était donc cet Adam Kingsley pour inspirer une telle frayeur à son fils de vingt-six ans ?

21

Mercredi 29 juin, clinique des Rossignols, Salisbury, 17 heures

Le docteur Protheroe resta un instant sur le pas de la porte à observer Jinx. Elle parlait au téléphone, le corps tendu, les doigts serrant avec force le combiné, les épaules anormalement raides. Sans doute à son père, se dit-il, ne voyant pas qui d'autre aurait pu la mettre dans un tel état de nervosité. Il se souvenait d'une autre femme, figée dans une position semblable, écoutant elle aussi une voix au bout du fil. Une voix qui lui signifiait son arrêt de mort. *Navrée, Mrs Protheroe. Combien de temps ? C'est difficile à dire. Un an… dix-huit mois si vous avez de la chance.*

Jinx l'aperçut.

« Qu'y a-t-il ? » demanda-t-elle en raccrochant.

Il secoua la tête.

« Rien. Je pensais à autre chose. Mauvaises nouvelles ?

– Non, bonnes, répondit-elle d'une voix quelque peu abattue. Ils ont relâché Miles.

– Avec ou sans inculpation ?

– Sans. » Elle grimpa sur le lit et s'assit, jambes croisées. « Kennedy a pu prouver qu'il se trouvait ailleurs.

– Ça n'a pas l'air de vous enchanter.

– Adam avait son téléphone mobile. J'entendais Betty qui pleurait. L'épée a fini par leur tomber dessus.

– De Damoclès ? »

Elle acquiesça.

« Cela faisait des années qu'Adam la tenait au-dessus de leurs têtes. Malheureusement... » Elle s'interrompit, sombrant dans un de ses silences habituels.

« Ils étaient trop bêtes pour s'en rendre compte », risqua-t-il.

Elle ne dit rien.

« Qu'est-ce que faisait Miles ce soir-là ? »

Elle posa ses mains à plat sur le couvre-lit, puis les retira, apparemment intriguée par les creux qu'elles y avaient laissés.

« La coke, déclara-t-elle subitement. Entre deux parties où ils gaspillaient la fortune qu'ils n'avaient pas. Fergus et lui sont criblés de dettes. » Elle s'interrompit pour lisser le couvre-lit. « Adam a réglé une ardoise de cinquante mille livres en mars et les a prévenus que, s'ils recommençaient à jouer, il les flanquerait dehors et les déshériterait. Il les a fait surveiller pendant les quatre dernières semaines. »

Protheroe alla se jucher à son tour sur le rebord de la coiffeuse.

« Pourquoi ?

– Parce que Betty a vendu ses dernières actions à la mi-mai et qu'il a pensé que c'était pour couvrir leurs dépenses.

– Dans ce cas, pourquoi n'a-t-il pas mis sa menace à exécution ? »

Elle eut un sourire maussade.

« Pour savoir, je suppose, à qui il aurait affaire quand les garçons ne pourraient plus payer.

– Ils ont plus de vingt et un ans, fit remarquer prosaïquement Protheroe. Il n'est pas responsable de leurs dettes.

– Voilà que vous rentrez de nouveau dans votre tour d'ivoire, répliqua-t-elle avec agacement, les joues légèrement colorées. Croyez-vous vraiment que quelqu'un irait s'embêter à engager une action contre les fils d'Adam Kingsley s'il était certain de ne pas récupérer son argent ? Vous avez entendu Miles. Imaginez un peu ce que Fergus et lui ont pu raconter sur Adam et Properties Holdings sous l'effet de la cocaïne. Il existe sans doute quelque part une vidéo bourrée d'anecdotes et d'insinuations malveillantes. »

Protheroe croisa les bras.

« Il lui serait difficile d'avoir plus mauvaise presse que ces deux derniers jours, alors qu'importe les bavardages de vos frères !

– Ce n'était pas ainsi il y a quatre semaines, répliqua-t-elle sans desserrer les dents. Il s'apprêtait à célébrer avec faste les noces de sa précieuse Jinx et ne pouvait pas se permettre un scandale. Miles a raison. C'est ma faute. Si seulement j'avais eu le courage de leur dire que je n'avais aucune envie de me marier... » Elle se tut.

Il l'observa un instant.

« Entre parenthèses, pourquoi ne les a-t-il pas virés à vingt et un ans en leur conseillant de se débrouiller tout seuls ? »

Elle ne répondit pas tout de suite.

« Parce qu'ils auraient fait exactement la même chose, déclara-t-elle enfin. Et qu'il aurait tout de même dû payer leurs dettes. En les gardant près de lui, il espérait sans doute éviter le pire. » Elle inclina la tête, de sorte qu'il ne pouvait plus voir son visage. « Ils ont toujours rêvé de faire comme moi et de lui jeter son argent à la figure, sauf qu'ils se complaisaient dans des projets fumeux qui les rendraient riches du jour au lendemain. »

Était-ce là cette subtile vengeance ? se demanda-t-il. Cracher ouvertement sur ce qui faisait par-dessus tout la fierté de son père : la fortune qu'il s'était bâtie ?

« Sauf que, maintenant, il ne plaisante plus. Il va les laisser sans un sou et divorcer de Betty.

– Vous lui en voulez ?

– Non.

– Que vont-ils devenir ?

– Je n'en sais rien. Il est peu probable que Betty se retrouve sur la paille, les tribunaux ne le permettront pas. » Elle se prit la tête dans les mains. « Quant à Miles et à Fergus, j'avoue que je n'en ai aucune idée. Adam prétend que ça lui est complètement égal. »

Elle paraissait plus affectée qu'il ne l'aurait cru. Si elle avait la moindre tendresse pour sa belle-mère et ses deux frères, elle l'avait bien cachée.

« Il y a tout de même une chose rassurante. Si votre père les fait surveiller depuis un mois, au moins, vous êtes sûre qu'ils n'ont pas tué Leo et Meg et qu'ils ne sont pour rien dans l'agression dont j'ai été victime.

– Je n'en ai jamais douté, murmura-t-elle.

– Vraiment ? fit-il d'un ton légèrement surpris. En ce qui me concerne, ils m'ont donné l'impression de candidats tout à fait plausibles. Ils sont égocentriques, pas très intelligents et habitués à avoir tout ce qu'ils veulent, généralement en se servant de vous ou de leur mère. J'imagine assez bien qu'ils puissent considérer le meurtre comme une solution.

– Cela ne m'a jamais effleurée », répliqua-t-elle d'une voix têtue.

Naturellement, puisque vous avez toujours su qui était l'assassin. « J'aimerais savoir pourquoi vous n'avez pas confiance en moi, interrogea-t-il en s'efforçant de rester imperturbable. Qu'ai-je dit ou fait qui vous en empêche ? »

Elle posa son menton dans sa main et fixa sur lui un regard tout aussi imperturbable.

« Comment savez-vous que ce n'est pas moi qui vous ai attaqué ? »

Il n'eut pas un tressaillement.

« Cela ne vous ressemblait pas.

– D'après Matthew, il faisait sombre, la personne en question était vêtue de noir et les seules indications que vous avez pu fournir étaient qu'elle était de corpulence moyenne et mesurait environ un mètre soixante-quinze.

– Comment Matthew le sait-il ? demanda Protheroe.

– Tout le monde le sait.

– Veronica Gordon, grommela-t-il. À force de jacasser, cette femme va finir un jour par se retrouver sans boulot. » Il la regarda un instant avec curiosité. « Écoutez, il y a une foule d'excellentes raisons pour lesquelles cela ne pouvait pas être vous. Vous êtes beaucoup trop faible pour m'avoir frappé. Vous n'aviez aucun motif de le faire. Vous ignoriez à quelle heure j'allais rentrer et j'avais donné ordre avant de partir qu'on passe vous voir toutes les demi-heures. Si vous n'aviez pas été dans votre chambre, Amy ou Veronica s'en seraient aperçues.

– À part que je n'étais effectivement pas dans ma chambre. »

Il n'essaya pas d'avoir l'air étonné.

« Veronica Gordon est passée à neuf heures, poursuivit-elle, puis Amy a pris le relais. Le première fois, j'étais dans le lit, la lumière éteinte. La seconde fois, dans la salle de bains, dans le noir, et elle n'a pas pris la peine de vérifier, sans quoi elle aurait vu que j'avais glissé un traversin sous les couvertures. Ensuite, je me suis habillée et je suis sortie. Je portais un jean et un pull noirs. Je mesure 1,77 mètre et, avant l'accident, je pesais cinquante-sept kilos, de sorte que mes vêtements flottaient sans doute un peu.

– Continuez.

– Je voulais savoir pourquoi Adam avait envoyé Kennedy et je comptais vous le demander. J'ai attendu sous le hêtre jusqu'à ce que je n'en puisse plus, après quoi je suis rentrée me coucher et me suis endormie tout habillée. Quand Amy m'a trouvée, je faisais un cauchemar. C'est bizarre qu'elle n'en ait pas parlé. Elle avait terriblement peur que j'aie fait quelque chose de mal et qu'on la tienne pour responsable. » Elle le regarda avec attention. « Ou peut-être l'a-t-elle mentionné et ne me l'avez-vous pas dit. »

Il secoua la tête.

« Non.

– Alors, cela prouve qu'elle a plus confiance en moi qu'en vous, docteur Protheroe. »

Il haussa un sourcil.

« Ce n'était que cela ? Une petite leçon sur qui est digne de confiance et qui ne l'est pas ?

– Plus ou moins, répondit-elle en évitant de le regarder. Vous saviez que j'étais dehors – Matthew vous a entendu m'appeler –, mais vous n'en avez pas parlé, en tout cas pas à moi.

Satané Matthew ! Dès qu'il le verrait, il flanquerait une bonne correction à ce petit crétin.

« Parce que je me suis rendu compte que je m'étais trompé. Je croyais vous avoir aperçue sur le bas-côté en rentrant mais, comme ce n'était pas vous qui m'aviez attaqué, je n'ai pas jugé utile d'en faire état. Est-ce que cela vous satisfait ?

– Non, répondit-elle sans détour. Vous avez l'air de croire

que la confiance s'obtient rien qu'en la réclamant. Eh bien, cela ne marche pas ainsi, pas quand on est dans le pétrin jusqu'au cou. Tout ce que je sais, c'est que mon père vous paye pour vous occuper de moi, que, pour je ne sais quelle raison, il a envoyé Kennedy vous parler lundi après-midi et que, un peu plus tard, vous avez demandé qu'on passe toutes les demi-heures dans ma chambre avant de disparaître. » Une lueur – d'ironie ? – brilla dans ses yeux. « Puis, quand vous vous décidez à refaire surface, voilà qu'on vous agresse en vous frappant à coups de marteau et que les flics débarquent pour me tomber dessus. »

Il se gratta la barbe d'un air songeur.

« Vous présentez ces faits comme s'il existait un rapport entre eux, alors qu'à mon avis, il n'y en a pas.

– Pourquoi Kennedy est-il venu vous voir ?

– Pour s'assurer qu'il ne se tramait rien en coulisse et me rappeler que j'avais promis de ne pas vous soumettre à une thérapie contre votre gré. Kennedy a enregistré la conversation et, comme je n'ai pas de nouvelles depuis, j'en déduis que j'ai répondu ce qu'il fallait.

– Que lui avez-vous dit ?

– Je lui ai laissé entendre que c'était votre père qui ne désirait pas que la mémoire vous revienne, et non vous. » Il vit son expression inquiète. « Je lui ai dit aussi qu'il se trompait totalement sur votre compte et qu'il n'avait pas à craindre que vous vous mettiez à ressasser la mort de Russell dans la mesure où vous ne partagiez pas son anxiété à ce sujet. Il est vrai que j'ignorais alors que Meg et Leo étaient morts, et que vous le saviez. » L'inquiétude de son interlocutrice parut augmenter. « Si j'en avais été informé, j'aurais été encore plus affirmatif quant à l'image erronée qu'il se fait de vous, car je n'avais encore jamais rencontré quelqu'un – homme ou femme – d'aussi coriace. »

Elle se mit à tirer le dessus-de-lit.

« C'est une chose qui s'apprend très vite, quand on a la malchance de se trouver du mauvais côté dans une affaire de meurtre. On passe son temps à essayer de se prémunir.

– Pourtant, vous avez l'air très douée pour faire faire le

boulot par les autres. Comme avec Amy, ou Matthew, par exemple. »

Elle ne put se retenir de sourire.

« Cette pauvre Amy a bien assez de soucis pour l'instant. Elle a une peur bleue de perdre sa place, mais vous ne pouvez pas vous servir de ce que j'ai dit. Vous êtes mon médecin et mes propos sont couverts par le secret médical. » Elle changea de sujet. « Selon Matthew, la police pense que le marteau utilisé par votre agresseur appartient à la clinique. Est-ce vrai ?

– Décidément, ce jeune homme est une mine de renseignements. »

Elle ignora la remarque.

« A-t-il raison ?

– Oui.

– Cela ne fait aucun doute ?

– Je pense. Un des gardiens, qui savait qu'il y en avait un, l'a cherché. Il était dans une remise et portait des traces de peinture provenant de ma Wolseley. »

Elle réfléchit un instant.

« Le gardien a-t-il pu se tromper ? demanda-t-elle soudain. Cela paraît tellement étrange que l'agresseur se soit fié au hasard. Rien ne lui garantissait qu'il trouverait un marteau sur place ? » Elle le regarda intensément. « Il a dû l'apporter avec lui. Autrement, ce serait absurde. »

Il se sentit troublé par l'éclat de ces yeux magnifiques posés sur lui. Matthew et Amy avaient-ils eux aussi cédé à leur pouvoir magnétique ?

« Ce qui signifie qu'il y en a un autre quelque part ? »

Elle acquiesça.

« Bon, j'essaierai de le retrouver, mais ne croyez-vous pas que ce serait plus simple de me dire qui c'est ? »

Elle prit une expression butée.

« Celui qui vous a frappé ? »

Il se redressa en poussant un soupir.

« Non, Jinx, celui qui a tenté de me tuer ! » *Il n'y a pas que vous à vouloir se prémunir en ce moment.* « Réfléchissez-y ! »

Matthew Cornell se promenait près de l'entrée en fumant

une cigarette lorsque Protheroe sortit. Celui-ci caressa un instant l'idée de l'étrangler purement et simplement, mais y renonça en songeant que ce ne serait pas une bonne tactique. Du reste, il avait plutôt des raisons d'être fier de la conversion du rouquin.

« Comment ça va, Matthew ?

– Pas mal, doc. Et votre épaule ?

– Couci-couça. » Il fit jouer prudemment ses muscles. « Cela aurait pu être pire.

– Ouais. Vous pourriez être mort. »

Protheroe l'observa du coin de l'œil.

« Vous avez une idée de qui a pu faire ça ? On suppose qu'il s'agit d'un camé en quête de drogue.

– Ce n'est pas ce qu'il m'a semblé.

– Ah oui ?

– Je me suis laissé dire qu'il n'y avait qu'une personne dans le tableau et que la came n'était pas son genre.

– Vous parlez de Miss Kingsley ?

– Elle est la seule à avoir déjà eu des histoires avec des marteaux. »

Il écrasa sa cigarette d'un coup de talon.

« Sauf qu'elle ne remplit pas les conditions. C'est un homme que j'ai vu dans mes phares.

– Vous en êtes sûr, doc ? Vous avez la voix plutôt forte et j'étais assis à ma fenêtre, lundi soir, en train de fumer tranquillement. Vous ne m'avez pas donné l'impression de penser que c'était un homme.

– Et naturellement, vous vous êtes empressé de le lui raconter le lendemain matin. »

Matthew grimaça un sourire.

« Ça m'aurait paru injuste de ne pas le faire. Nous vivons dans un monde pourri, doc, et comment est-ce que j'aurais deviné que vous ne le diriez pas à la police ? Je savais qu'elle était dehors. Chaque fois qu'elle allumait une clope, la lueur éclairait son visage. Je l'ai observée pendant environ une heure avant que vous rentriez et qu'on vous tabasse. N'oubliez pas que ma chambre occupe l'angle en haut et que les fenêtres donnent sur les deux côtés.

– Voulez-vous dire que vous avez vu tout ce qui s'est passé ?

– Pas tout. J'ai regardé Jinx un moment et, un peu plus tard, je vous ai entendu appeler et j'ai changé de fenêtre. Votre voiture était arrêtée et, soudain, bang !, le pare-brise a explosé et j'ai aperçu une silhouette dans les phares, tandis que vous passiez en marche arrière et que vous rentriez dans l'arbre. » Il alluma une nouvelle cigarette. « Je me suis dit, merde, à quoi rime tout ce bastringue et qu'est-ce que je dois faire ? Mais, avant que j'aie pris une décision, c'était fini. Vous rouliez vers la porte d'entrée, puis vous vous êtes mis à jouer du klaxon et toutes les lumières se sont allumées. Si bien que j'ai préféré m'abstenir en attendant de voir comment les choses allaient tourner.

– Merci bien ! fit Protheroe avec aigreur. Le temps que vous vous décidiez, j'aurais pu me faire tuer. Vous êtes censé vous conduire avec loyauté et non vous enfouir la tête dans le tas de sable le plus proche. »

Il sourit de nouveau.

« Ouais, eh bien, je pensais que c'était votre pare-brise qu'on avait cassé, pas votre épaule, et l'on ne meurt pas d'un pare-brise cassé. »

Protheroe lui lança un regard courroucé.

« Ainsi, vous avez seulement aperçu une silhouette, grommela-t-il, de sorte que vous n'en savez pas plus que moi sur le coupable.

– À peu près.

– Avez-vous l'intention de m'en dire davantage ou n'y a-t-il rien d'autre à espérer ? Si vous ne vous en êtes pas rendu compte, on a tenté de me zigouiller, gratuitement, il y a deux jours et je n'ai aucune envie de répéter l'expérience. »

Matthew souffla une bouffée de fumée.

« Ce n'était pas si gratuit que ça, doc. Si je me souviens bien, vous menaciez de rester là toute la nuit si Jinx ne se montrait pas. Vous êtes trop convaincant, voilà le problème. Ce salaud vous a cru. »

Protheroe avait oublié l'épisode.

« Qu'est-ce qu'il fichait là ?

– Il attendait. » Matthew lui jeta un regard en biais.

« Pour quoi faire ? »

Son interlocuteur haussa les épaules.

« Ce pourquoi il était venu. » Il vit des nuages sombres s'accumuler sur le front du médecin. « Écoutez, doc, j'essaie de réfléchir, tout comme vous, ce qui ne veut pas dire que l'un de nous deux ait raison. Personnellement, je n'arrive pas à croire que l'épouvantail du 12 ait pu tuer qui que ce soit, ce qui signifie qu'il y a un maniaque dans le coin qui cherche à lui faire porter le chapeau. M'est avis qu'il doit avoir la pétoche qu'elle crache le morceau, de sorte qu'il attendait probablement pour lui régler son compte à elle aussi. »

Protheroe soupesa un instant cette hypothèse.

« Non, sûrement pas. Vous prétendez qu'elle est restée sortie une heure et que, chaque fois qu'elle allumait une cigarette, vous aperceviez son visage. Si vous avez pu la voir, lui aussi. Alors pourquoi ne l'a-t-il pas liquidée ? »

Matthew considéra l'allée où Protheroe avait arrêté sa voiture le mardi soir.

« Parce qu'il ne pensait pas la trouver dehors. S'il avait essayé de s'approcher de l'arbre où elle se tenait, elle se serait mise à hurler.

– Pas s'il l'avait frappée par-derrière. Elle n'en aurait pas eu le temps. Moi-même, je n'en ai pas eu le temps.

– Bon sang, doc, répliqua Matthew avec sévérité, vous n'avez aucune imagination ou quoi ? Il n'allait pas laisser croire à un meurtre après tout le mal qu'il s'était donné pour simuler un suicide la dernière fois. Il l'aurait coincée dans sa chambre, lui aurait tranché les veines ou l'aurait pendue à la porte de la salle de bains et vous vous seriez retrouvé avec une suicidée sur les bras le lendemain matin, et les flics se seraient frotté les mains et auraient refermé leurs dossiers. À mon avis, il y avait déjà plusieurs jours qu'il guettait le moment de se glisser à l'intérieur pour faire son coup, sauf qu'ici, c'est plutôt coton. Il ne s'attendait sans doute pas qu'il reste autant de monde la nuit. Vous avez une bonne petite sécurité, doc. Il est vrai que vous pouvez, vu le prix du séjour. » Il esquissa un sourire. « Sans parler des connards pleins de pognon qui ne manqueraient pas de piquer une crise si des inconnus pouvaient entrer là-dedans comme dans un moulin.

– Pourquoi avait-il un marteau s'il n'avait pas l'intention de s'en servir pour la tuer ? »

Matthew secoua la tête, exaspéré.

« Vous n'êtes pas très psychologue, hein ? Parce qu'il en a besoin pour bosser, doc, et qu'il vaut toujours mieux avoir ses outils au cas où. Prenez l'éventreur du Yorkshire, il trimbalait son marteau et son burin partout. Vous devriez lire de temps en temps. Ce type est un dingue organisé et, comme tout dingue de son espèce, il ne se laisse pas prendre au dépourvu.

– Sauf qu'en l'occurrence, il ne s'agit pas de meurtres en série.

– Vous trouvez ? Trois meurtres, ça me paraît faire une série.

– Voyons, Matthew, dix ans se sont écoulés entre eux et les victimes sont deux hommes et une femme, tous trois liés à Jinx Kingsley. Ce n'est pas vraiment typique de meurtres en série.

– Possible, répondit Matthew, mais j'ai l'impression qu'il est en train de se rattraper, pas vous ? Neuf ans se sont écoulés entre le premier et le deuxième meurtre de Jeffrey Dahmer, puis il en a commis quinze autres au cours des quatre années suivantes. Vous ne direz peut-être pas la même chose quand quelqu'un d'autre se fera ratatiner. » Il vit le scepticisme de Protheroe. « Quoi qu'il en soit, comment savoir ce qu'il a fabriqué entre la dernière fois et maintenant ? Je parie qu'il a trouvé une autre manière de se défouler. Vous devriez en toucher un mot à mon père. Il lui est arrivé de défendre quelques fumiers de ce genre à des procès. Ils sont drôlement intelligents et drôlement retors, et laissez-moi vous dire ceci : à la place de Jinx, j'aurais moi aussi perdu la mémoire.

– Il lui suffit de me donner un nom.

– Ce qui signifie que ce sera sa parole contre la sienne. Soyez réaliste, doc ! Elle passe pour le suspect numéro un, il est logique qu'elle essaie de détourner les soupçons. C'est le jeu, avec les poulets. Elle a besoin de preuves, sauf qu'à mon avis, il n'y en a pas. Je croirais volontiers qu'elle s'efforce de gagner du temps, dans l'espoir de se souvenir d'un détail qui permettrait d'épingler ce salaud.

– Cela ne pourrait pas aller plus mal pour elle qu'en ce moment. »

Matthew jeta son mégot dans l'allée.

« Vous oubliez qu'elle a déjà connu ça avec Russell. Elle sait bien ce qui se produit lorsque l'auteur d'un meurtre n'est pas arrêté. Les proches de la victime ne peuvent pas s'empêcher de se sentir coupables et n'arrêtent pas de se bigorner. Le soupçon est une chose diabolique, doc. Je le sais. Je suis passé par là. Il est arrivé à mon vieux de m'accuser de choses terribles, non parce qu'il savait que je les avais commises, mais simplement parce qu'il avait peur que ce soit le cas.

– Et alors, est-ce qu'elle vous a dit de qui il s'agissait ?

– Ça n'aurait servi à rien. Je ne suis qu'un camé, pas vrai ? C'est à son père qu'elle devrait le dire. C'est le seul à avoir le bras assez long pour en finir une fois pour toutes avec ce fumier. »

Protheroe fronça les sourcils.

« Vous ne le lui avez pas suggéré ?

– Bon Dieu ! Arrêtez votre char !

– Se conduire avec loyauté, Matthew, suppose en général de ne rien faire qui aille contre la loi. »

Matthew sourit du bout des lèvres.

« Je sais ce que c'est que la loyauté, doc. »

Mais le savait-il vraiment ?

La clinique employait deux jardiniers, qui rangeaient leurs affaires le soir et reconnurent qu'il y avait bien un marteau dans une des remises avant l'agression contre le docteur.

« Je l'ai utilisé il y a une semaine ou deux, expliqua l'un des jardiniers. Pour remplacer des piquets dans la clôture, près des grilles du fond.

– Vous rappelez-vous ce que vous en avez fait après avoir fini ? » questionna Protheroe.

L'homme désigna d'un hochement de tête son compagnon, plus jeune.

« Tom l'a mis dans la remorque, comme d'habitude. »

Protheroe se tourna vers lui.

« Dans quelle remise l'avez-vous posé, vous vous en souvenez ? »

Il y eut un long silence.

« Je l'ai posé nulle part, déclara enfin Tom en traînant les pieds, des pieds énormes qui paraissaient trop grands pour lui. Je l'ai prêté à mon père pour faire des travaux à la maison. C'était pas bien gênant. Ici on s'en sert une fois tous les six mois et je savais que papa en prendrait soin autant que si ça lui appartenait.

Commissariat de Romsey Road, Winchester, 19 h 15

Frank Cheever trouva une note de sa secrétaire en rentrant à son bureau, après un détour inutile par Salisbury, l'oiseau s'étant envolé.

« Nous ne pouvions pas le garder, lui avait déclaré Blake. À propos, son avocat nous a remis une autre photo au moment de partir, avait-elle ajouté en lui tendant la photographie en question. Je pense qu'elle vous intéresse plus que nous. Il a précisé, à tout hasard, qu'il faut au minimum cinq heures pour aller d'ici à Redcar et autant pour revenir. »

Le cliché montrait Miles et Fergus prenant des paris sur un champ de courses. Au dos, une inscription indiquait : 13 juin, 15 h 10, Redcar, Cleveland.

« Comment Adam Kingsley sait-il que Meg et Leo ont été tués le 13 juin ? avait grommelé le commissaire. Le médecin légiste n'en est même pas certain. »

Et Maddocks avait répondu d'un ton agacé :

« Parce que c'est le jour où sa fille a fait son suicide bidon. »

« Le docteur Protheroe a téléphoné, disait la note. Le marteau trouvé mardi à la clinique des Rossignols n'est pas celui que Harry Elphick affirme avoir vu avant l'agression. Le docteur Protheroe a questionné les jardiniers et établi que l'outil de la clinique avait été prêté quinze jours auparavant à un certain Mr G. Stack, lequel l'a toujours chez lui. Adresse :

43, Clonmore Avenue, Salisbury. D'après lui, cela met Miss Kingsley hors de cause en ce qui concerne cette affaire. Il suggère que vous fassiez examiner le marteau en votre possession dans la perspective d'éventuelles traces de sang appartenant à Leo et à Meg. Si l'examen se révélait positif, Miss Kingsley serait ainsi innocentée des meurtres. Il est impossible (il m'a demandé de souligner !) qu'elle ait emporté l'arme du crime à la clinique, dans la mesure où elle est arrivée en ambulance, à moitié inconsciente, et qu'elle n'a pas quitté l'établissement depuis. (Le docteur Protheroe a tenu à ajouter le PS suivant.) Suis-je censé faire le travail de l'inspecteur Maddocks à sa place ? Je ne peux pas m'empêcher de penser que, si l'affaire avait été laissée à la police de Salisbury, elle aurait découvert tout cela hier après-midi. »

Cheever lança la note à Maddocks.

« Eh bien ? »

Maddocks la lut, le front plissé.

« Ce n'est pas ma faute. Je ne peux pas courir deux lièvres à la fois.

– Ce qui signifie, en clair ?

– Que vous ne m'avez pas laissé le temps de m'en occuper. L'arme nous a été transmise hier après-midi et j'ai passé la journée à vous servir de chauffeur. Toujours est-il que Bob Clarke a déjà jeté un coup d'œil. Pas de sang, uniquement de la peinture.

– Dommage que vous n'ayez pas établi, hier, l'origine de cet objet, fit remarquer sèchement Cheever. Cela nous aurait évité la petite séance d'aujourd'hui.

– J'en doute, répliqua Maddocks en choisissant ses mots. Vous auriez été encore plus enclin à talonner Miss Kingsley, sachant que le marteau venait de l'extérieur. » Il regarda de nouveau la note. « Je me demande ce qui a bien pu inciter le docteur Protheroe à questionner les jardiniers. Il était là quand Elphick m'a dit qu'il connaissait le marteau, et je n'ai pas pensé une seconde, ni Fraser non plus, qu'il pouvait se tromper. » Il posa le morceau de papier sur le bureau. « Je parie que c'est la fille qui a balancé cette idée au toubib après notre départ.

– Qu'êtes-vous encore en train d'insinuer ? Qu'ils sont de mèche ?

– Je constate seulement que les renseignements nous arrivent au compte-gouttes et que ça a l'air d'en arranger certains. »

Cheever s'assit au bureau et décrocha le téléphone.

« Allez voir si le sergent Fraser est rentré et demandez-lui de venir. » Il se renversa sur son siège pour regarder Maddocks. « Continuez. »

L'inspecteur haussa les épaules.

« J'en ai la conviction. C'est elle, notre assassin. Voyez-vous, je me suis souvent demandé comment je m'y prendrais si je voulais me débarrasser de quelqu'un. L'opinion la plus répandue est qu'il vaut mieux faire dans la simplicité, se goupiller un bon petit alibi et tout nier en bloc. Sauf qu'elle en a été empêchée à cause du meurtre de Russell. Il était inévitable que la police fasse des rapprochements, quelle que soit la technique utilisée pour trucider Meg et Leo, si bien qu'elle ne pouvait que se retrouver dans la ligne de mire. » Il se caressa la joue. « Elle a donc fait ce que j'aurais fait à sa place. Elle s'est arrangée pour devenir le principal suspect en liant le meurtre de Leo et de Meg à celui de Russell dix ans plus tôt et je mettrais ma main au feu qu'elle guette le moment de nous démontrer de manière irréfutable que l'alibi que lui a fourni autrefois Meg Harris est solide comme du roc. De cette façon, nous nous retrouverions dans le brouillard complet, puisque nous avons fondé toute l'enquête sur le fait que les trois meurtres étaient liés.

– Voulez-vous dire qu'elle a tué Meg et Leo mais pas Russell ? »

Maddocks hocha la tête.

« Oui. Vous avez lu les rapports de la police métropolitaine. Landy a été exécuté par un certain Jason Phelps sur l'ordre d'Adam Kingsley. Il n'y avait personne d'autre dans le coup. Toutes ces salades comme quoi Kingsley n'aurait pas voulu que sa petite Jane découvre le corps viennent uniquement d'elle et Dieu sait qu'elle a eu le temps de se concocter des alibis. Elle prétend que ses frères ont toujours été convaincus de la culpabilité de Kingsley, ce qui, franchement, n'est pas difficile à deviner, vu la manière dont ils se comportent. Il aurait plutôt été étonnant qu'ils deviennent normaux en sachant que leur père est un assassin sanguinaire. Et la mère : soûle comme une bourrique dès dix heures du matin d'après Fordingbridge. En réalité, cette famille est complètement dingue, et croire que la fille est immunisée est aussi dingue que le reste. » Il s'interrompit pour rassembler ses pensées, tout en adressant un bref salut à Fraser qui venait d'entrer dans le bureau. « Je suis persuadé qu'elle dit la vérité au sujet de Landy. Au moment de la mort de celui-ci, elle ignorait vraisemblablement qu'il avait une liaison avec Meg. Je pense aussi qu'elle ne savait rien du meurtre et que cela a été un choc réel. Sauf que de se répéter pendant dix ans que son père a commandité le truc et qu'il a réussi à tirer son épingle du jeu lui a probablement produit le même effet que celui dont elle parle à propos de ses frères. »

Clinique des Rossignols, Salisbury, 19 h 15

Veronica Gordon n'en démordait pas.

« Ce sont les ordres du docteur. Il veut que vous vous installiez dans une chambre en haut.

– Pourquoi ?

– Doux Jésus ! s'exclama-t-elle, manifestement exaspérée. Vous ne pouvez donc pas cesser de discuter chaque fois qu'on vous dit quelque chose ? Comment le saurais-je ? On ne m'a pas donné d'explication, comme d'habitude. »

Jinx regarda en direction des portes-fenêtres.

« J'aimerais mieux une chambre d'où je puisse sortir si nécessaire.

– Oui, eh bien, justement, c'est peut-être ce qui inquiète le docteur », répliqua d'une voix aigre la surveillante, qui avait mis bout à bout les rumeurs qui circulaient, les propos étranges de Protheroe le lundi soir et sa brusque décision d'expédier Jinx à l'étage. « Je suppose que cela le rassurerait de savoir que vous n'avez qu'une issue. »

Commissariat de Romsey Road, Winchester, 19 h 25

« Il est possible aussi qu'elle ait été au courant de la liaison de Meg avec Russell au moment du meurtre, prononça lentement Fraser. D'après Hennessey, elle lui en a parlé peu de temps après avoir perdu son bébé, alors que, si je ne m'abuse, elle nous a déclaré ne l'avoir appris qu'un an plus tard en trouvant des lettres d'amour dans le grenier. »

Maddocks posa les mains sur le bureau du commissaire et se pencha en avant d'un air belliqueux.

« Elle n'est pas à un mensonge près. Ma parole, elle nous mène tous par le bout du nez.

– Pourquoi Meg Harris lui aurait-elle fourni un alibi ?

– Parce qu'elle a réussi à la convaincre de son innocence. Nom d'un chien, elle vous a presque convaincu, alors que vous la connaissez à peine !

– Voilà cinq minutes, vous affirmiez qu'elle n'avait pas tué Landy.

– Voilà cinq minutes, rien ne prouvait qu'elle était au courant de leur liaison, mais on ne peut pas rêver mieux comme mobile d'un crime que la jalousie pure et simple. Bon sang, tout le reste de ce que j'ai dit tient debout ! Si c'est la chère Jane qui s'en est sortie comme une fleur dans l'affaire Landy, elle avait encore plus intérêt à rattacher ce meurtre aux deux autres, histoire de pouvoir dire ensuite : "Mais la police de Londres sait bien que je n'y suis pour rien et que c'est mon père qui a fait le coup."

– Il n'est pas encore certain qu'elle connaissait l'existence de cette liaison avant le meurtre, fit remarquer Fraser. Si Hennessey dit la vérité, cela signifie tout au plus qu'elle était au courant au moment de sa fausse couche, c'est-à-dire deux semaines après.

– Y a-t-il des raisons de supposer qu'il ne dit pas la vérité ? » demanda le commissaire.

Fraser secoua la tête.

« Non, mais j'aime mieux ne pas penser à l'effet qu'il ferait sur des jurés. Il est complètement surexcité en ce moment, passant de la colère parce que Meg l'a laissé tomber à l'angoisse quand il se souvient qu'elle est morte et prenant une sorte de ton aigre-doux pour défendre Miss Kingsley chaque fois qu'il est question d'elle. À mon avis, il pense que Jane est coupable, mais aussi que Meg a tout fait pour ça. Il était très attaché aux deux et ne sait probablement pas laquelle blâmer. »

Cheever griffonnait distraitement sur son bloc-notes.

« Attaché de quelle façon ?

– Il les connaissait toutes les deux depuis longtemps. » Il consulta son calepin. « Il travaillait avec Meg dans une société nommée Wellman & Hobbes quand Jane était déjà mariée à Russell.

– Je veux dire, est-ce qu'il couchait avec l'une ou l'autre ? »

Clinique des Rossignols, Salisbury, 19 h 30

Fergus se fraya un chemin jusqu'à la nouvelle chambre de Jinx et s'approcha, l'air menaçant, de Matthew.

« Je désire parler à ma sœur », lança-t-il en indiquant la porte d'un signe de tête.

Matthew se pencha pour écraser sa cigarette dans le cendrier posé sur la table basse.

« Je présume que, si on l'a mise ailleurs, c'est avant tout pour la soustraire aux visites intempestives d'énergumènes mal embouchés. Je parie que c'est ce crétin d'Elphick qui vous a renseigné.

– Vous m'avez entendu, rétorqua Fergus. Du balai ! »

Matthew l'ignora.

« Est-il dangereux ou est-ce que cela ne vous ennuie pas de rester seule avec lui ?

– Je devrais pouvoir me débrouiller.

– Je serai dans le couloir. Au premier cri, j'arrive. » Il leva du lit son corps maigre et se campa devant Fergus. « J'espère que vous allez vous conduire comme un gentleman, Mr Kingsley.

– Fais pas chier ! » lança Fergus.

Matthew sourit gentiment avant d'expédier à la vitesse de l'éclair son genou dans l'entrejambe de son interlocuteur et de le pousser contre le mur. « Il ne faut jamais se fier aux apparences », murmura-t-il. Il pointa un doigt vers Jinx. « Navré, mais votre frère est un petit voyou. Je vous verrai plus tard. »

Elle attendit qu'il soit sorti, puis considéra la forme courbée aux épaules basses de vaincu de son plus jeune frère.

« Où est Miles ? demanda-t-elle.

– Dehors, dans la voiture, répondit-il, les yeux pleins de larmes. Papa lui en a mis pour son grade, puis il nous a virés.

– Et Betty ?

– Elle est dans la voiture aussi, prononça-t-il d'un ton penaud. Écoute, je sais que c'est beaucoup te demander, mais nous avons besoin d'un endroit pour dormir. Nous avons mis toute l'essence que nous avions dans une seule bagnole et nous avons juste de quoi aller à Richmond. Miles et maman pensaient que tu ne voudrais jamais, mais... » Il rougit. « Je leur ai dit que ce n'était pas certain et que ça valait tout de même la peine d'essayer. »

Elle le laissa mariner quelques instants.

« Je vous arrache les yeux à tous les trois si vous faites la moindre connerie chez moi, finit-elle par déclarer d'un ton revêche. Ce qui signifie pas de pagaille, pas de poker, pas de drogue et pas de beuverie, et tâchez d'être polis avec les Clancey. C'est compris ? »

Il hocha la tête.

« Il nous faut la clé.

– Essaie de dire : Merci, Jinx, c'est vraiment sympa de ta part. On te revaudra ça.

– Merci, Jinx, c'est vraiment sympa de ta part. On te revaudra ça. » Il sourit humblement. « Il nous faut quand même la clé.

– Les Clancey en ont une. Je vais leur passer un coup de fil. Ils vous la remettront à votre arrivée. Avec ce qu'il y a au congélateur, vous devez pouvoir tenir jusqu'à mon retour. » Elle le regarda dans le blanc des yeux. « Et ne me laissez pas une note de téléphone longue comme le bras. Et ne dites pas à Adam où vous êtes. Je n'ai pas envie que ma maison soit décrétée zone de combat. Vu ?

– D'accord. » Il se leva. « Je pensais bien que tu nous aiderais.

– C'est la dernière fois, Fergus.

– Je le sais. Nous ferons attention, je te le promets. J'aurai l'œil sur Miles et maman. Et pas de coups de téléphone. Nous nous tiendrons pénards jusqu'à ce que tu rentres. »

Elle acquiesça.

Il s'arrêta près de la porte.

« Pour être franc, je n'étais pas sûr que tu dirais oui. Quelquefois, tu ressembles tellement à papa. Je crois que tu avais raison l'autre jour. Tu as récupéré les bons côtés et nous les mauvais. » Il s'arrêta, craignant de la voir changer d'avis. « Bon, eh bien, je te remercie. Tu ne le regretteras pas, parole. »

Elle sourit brusquement.

« J'en suis certaine. J'aurais surtout regretté que tu ne me le demandes pas, Fergus. J'ai réellement eu peur cet après-midi de ne plus vous revoir. »

Il parut surpris.

« Pourquoi ?

– Je pensais que, si Adam vous fichait à la porte, vous ne voudriez plus entendre parler de moi.

– On s'est dit la même chose à ton sujet, murmura-t-il. J'ai l'impression qu'on n'a jamais appris à se faire confiance. Et c'est bien triste. Parce que, si on ne peut même pas faire confiance à sa famille, alors bon Dieu, à qui, Jinx ? »

22

Mercredi 29 juin, commissariat de Romsey Road, Winchester, 22 heures

Le commissaire Cheever reposa le combiné avec un léger hochement de tête.

« Ils ont suivi la Porsche de Fergus, avec Fergus, Mrs Kingsley et Miles à bord, de la clinique jusqu'au domicile de Jane à Richmond, annonça-t-il à Maddocks et à Fraser. Le vieux d'à côté leur a ouvert la porte, a allumé la lumière et est rentré chez lui. Ils avaient plusieurs valises et autant de cartons pleins de bric-à-brac que la voiture pouvait en contenir. D'après l'équipe qui les a filés, ils ont l'air de s'installer pour un moment. » Il tapa son crayon contre ses dents d'un air rêveur. « Intéressant, n'est-ce pas ? »

Maddocks s'approcha de la fenêtre, l'air bougon.

« Tous les journaux en ont parlé, Kingsley est sur le point de perdre Hellingdon Hall. Je suppose qu'il les a envoyés balader tous les trois. Elle a accepté de leur fournir un toit. Qu'est-ce que cela a de bizarre ? C'est leur sœur.

– J'ai dit intéressant, pas bizarre », rétorqua Cheever en retirant son nœud papillon et en le posant sur le bureau. Il ouvrit son col de chemise et se passa une main sur la nuque. « Apparemment, sa famille ne partage pas vos préjugés. Vous iriez habiter chez elle en sachant ce que vous savez ?

– Miles et Fergus ont vécu des années avec leur père,

persuadés que c'était un assassin. C'est la même chose, vous ne croyez pas ?

– Non, répondit avec agacement Cheever en agitant un doigt. Il n'y a aucune comparaison. Si Kingsley est coupable, il a eu soin de rester à l'écart. Si la fille est coupable, elle a fait le boulot elle-même et il y a gros à parier qu'elle est à moitié dingue. Aussi, je vous repose la question : est-ce que vous iriez habiter chez elle si vous la soupçonniez ? »

Fraser se racla la gorge.

« Écoutez, chef, même avec la meilleure volonté du monde, nous n'aboutirons à rien dans l'état actuel. La vérité, c'est que nous avons besoin de davantage de preuves, sans quoi l'enquête finira en queue de poisson, comme celle sur le meurtre de Rachel Nickell, ou, en l'occurrence, de Russell Landy.

– Sapristi, Fraser, intervint Maddocks en se tournant vers lui d'un air furieux, comment avez-vous fait pour décrocher votre diplôme ? Davantage de preuves ! Et où voulez-vous qu'on aille les chercher, nom d'une pipe ? Nous avons tout passé au peigne fin : Ardingly Woods, les biens de Leo, la maison de Leo, ses bagnoles, son garage, les affaires de Meg, l'appartement de celle-ci, sa voiture, celle de Jane Kingsley. Des clous, rien, zéro ! Nous disposons d'une empreinte sur un talus, laissée, peut-être ou peut-être pas, par une chaussure de femme, et nous pouvons toujours prétendre que, les vêtements de Miss Kingsley ayant été jetés par l'hôpital après l'accident, une partie du sang dont ils étaient maculés provenait de Leo et de Meg. » Il s'interrompit pour reprendre haleine. « Je reconnais que ce n'est pas grand-chose, mais nous possédons à côté de ça une foule d'indices qui tous convergent dans une seule et même direction : la femme qui avait à la fois le mobile et le moyen. Je propose que nous nous en servions pour l'obliger à parler.

– Expliquez-moi pourquoi, alors qu'elle avait du sang sur ses vêtements, il n'y en a pas dans la voiture, demanda Cheever. Clarke et son équipe ont planché spécialement là-dessus, et ils n'ont relevé aucune trace de sang, pas même de son sang à elle.

– Elle portait une veste quand on l'a découverte. Elle l'a

passée par-dessus ses autres vêtements avant de monter dans la voiture.

– Ce n'est qu'une supposition, pas une preuve. Expliquez-moi maintenant comment ce marteau est arrivé à la clinique le lundi soir.

– Une mise en scène obligeamment montée par le père. Tire-moi du pétrin, papa, et papa a donné un coup de main. On a utilisé un marteau flambant neuf pour simuler une agression contre le docteur Protheroe et désigner ainsi quelqu'un de l'extérieur. »

Cheever eut un mouvement du menton en direction de Fraser.

« À vous », fit-il sèchement.

Cela faisait plus de cent fois qu'ils tournaient ainsi en rond comme des chevaux de cirque et Fraser ne put retenir un soupir.

« Très bien. L'inspecteur pense qu'elle trafique les faits parce qu'elle est coupable. Et moi, qu'elle les trafique parce qu'elle est innocente et qu'elle a peur. Ce que je crois, c'est que Leo l'a laissée tomber le lundi 30 mai pour se mettre avec Meg, et qu'elle s'en fichait comme de l'an quarante. La seule chose qui la préoccupait, c'était la manière dont réagirait son père. Elle était terrifiée, parce que, tout comme ses frères, elle croit qu'il a tué Landy. Mais, personne n'ayant pu le prouver, elle s'était efforcée de prendre ses distances et de le tenir à l'écart de sa vie. Ce qui, probablement, n'avait fait que renforcer les obsessions de Kingsley à son égard. Dean Jarrett raconte que, chaque fois qu'il venait au studio, il la contemplait en silence comme s'il n'en revenait pas qu'elle soit sa fille. À mon avis, elle devait avoir une telle frousse qu'elle a persuadé Leo et Meg de filer en France pour un temps indéterminé, au cas où son père serait furieux du lâchage de Leo. »

Cheever avait dessiné un Cupidon sur son bloc-notes et il lui transperça le cœur d'une flèche.

« Sauf que le moment idéal pour prendre le large aurait été le 4 juin, jour où elle avait prévu d'aller à Hellingdon Hall. Pourquoi ont-ils attendu le week-end suivant ?

– Parce qu'ils ne partageaient pas son inquiétude.

Écoutez, à leur connaissance, Landy avait été tué par un voleur.» Il jeta un coup d'œil à Maddocks et vit son sourire sarcastique. «De l'aveu même de leur famille, c'étaient deux égocentriques. Des adeptes du moi-moi-moi. Leo raisonnait essentiellement en termes d'argent et de valeurs mobilières. Et elle d'argent et de satisfactions sexuelles. Croyez-vous vraiment que la mort du mari de Miss Kingsley les ait beaucoup tourmentés ? Meg en a probablement été affectée sur le coup, mais, d'après ses carnets, moins d'un mois plus tard elle couchait avec un total inconnu, et rien ne prouve que Leo connaissait Landy. S'il leur arrivait de penser à ce meurtre, c'est comme à un cambriolage ayant mal tourné.

«La seule personne que la mort du malheureux ait turlupinée, poursuivit-il, c'est sa veuve, même si elle s'en est plutôt bien sortie. Il est vrai qu'elle possède une faculté d'oubli supérieure à la moyenne et elle s'est refait une vie, dotée d'une situation, a refusé toute aide de son père qu'elle soupçonne d'être un assassin, et a même réussi dans sa branche. Puis voilà que le cauchemar recommence. Elle s'embarque de nouveau dans un projet de mariage, pour s'apercevoir que Leo n'est pas différent de Russell et qu'elle s'est encore trompée.» Ce fut à son tour d'adresser un sourire malicieux à Maddocks, marié trois fois. «Ce qui, en réalité, n'a rien de surprenant. Les gens ont souvent tendance à choisir toujours le même genre de partenaire. Ce qui est plus étonnant, c'est que son premier mariage se soit terminé par un meurtre au lieu d'un divorce et que Meg ait été la maîtresse des deux hommes.

– De sorte qu'elle s'est fichue en boule et a tué pour la seconde fois, intervint Maddocks.

– Vous ne m'avez toujours pas expliqué pourquoi ils n'étaient pas partis le 4, fit remarquer Cheever d'un ton las.

– Parce qu'ils ne le pouvaient pas avant le 11. Meg avait des affaires à régler et lui des investissements à surveiller. Aussi étaient-ils obligés de rester jusque-là.

– Encore des suppositions.

– Oui, mais cela paraît logique. Écoutez, Jane est intimement convaincue que son père a tué son mari, probablement à cause du portrait psychologique établi par la police. Peut-être même le soupçonne-t-elle d'être au courant de la liaison avec Meg, ce qui lui aurait fourni un motif. Mais, lorsqu'elle essaie de persuader Meg et Leo, ils se montrent extrêmement sceptiques. Néanmoins, ils se sentent suffisamment coupables à son égard pour ne pas la contrarier. Ils acceptent de garder le silence jusqu'à leur départ pour la France... ce qui, de toute façon, les arrange parce qu'ils savent qu'on ne manquera pas de leur casser du sucre sur le dos aussitôt la nouvelle connue. Pendant ce temps, Jane est confrontée à la perspective de passer une semaine chez ses parents dans le Hampshire. Si elle n'y va pas, on lui posera des questions. Et, si elle y va, elle sera forcée de jouer les futures mariées. Solution qu'elle choisit. Elle rentre à Londres le vendredi pour la fameuse dispute au cours de laquelle Leo lui annonce qu'il a décidé d'épouser Meg. Tous les trois passent des coups de téléphone le samedi matin. Après quoi Meg et Leo disparaissent. » Il fit une pause. « Ou du moins, c'est ce qui était prévu.

– Puis Josh Hennessey convainc Meg qu'elle est une garce de première et ils retardent leur départ jusqu'au lundi, compléta Cheever en traçant une nouvelle flèche dans le cœur du Cupidon. Aussi Jane se pointe-t-elle le samedi soir pour leur demander ce qu'ils fichent là.

– C'est un scénario tout aussi plausible que celui de l'inspecteur.

– Et la tentative de suicide dans le garage le dimanche ? interrogea Maddocks. Qu'est-ce que vous en faites ?

– Et vous ? riposta Fraser.

– De la comédie, comme la seconde fois. Plus elle commettait de tentatives, plus elle avait de chances d'apitoyer son père.

– Je vous demande pardon, mais c'est de la foutaise, lança Fraser. Comme l'a déclaré le colonel Clancey, si elle avait voulu faire croire qu'elle avait essayé de se suicider, elle se serait répandue en lamentations auprès de lui et de sa femme. De plus, elle n'a pas cessé de nous répéter qu'elle n'était pas du genre à se suicider. Ça ne colle pas. Autre chose. Vous vous accrochez à cette prétendue protection que son père lui aurait apportée. Quelle protection ? Il n'a même pas pris la peine d'aller la voir. Il est bien trop intéressé par la survie de sa précieuse entreprise.

– Il paie quatre cents livres par jour un médecin véreux pour donner l'impression qu'elle est amnésique. Croyez-moi, si nous pouvions l'amener ici pour l'interroger, elle cracherait le morceau en moins de temps qu'il n'en faut pour le dire. »

Cheever avait écouté cet échange houleux avec mauvaise humeur.

« Je rentre chez moi, annonça-t-il brusquement. Laissons cela pour ce soir, nous y verrons plus clair ensuite. » Il était sur le point d'ôter sa veste du dossier de sa chaise quand il s'immobilisa. « Pourquoi a-t-elle raconté à Fordingbridge que la dernière chose dont elle se souvenait était d'avoir pris congé de Leo le matin du 4 juin s'il ne se trouvait pas chez elle ? demanda-t-il à Fraser. Et ne me dites pas qu'elle trafiquait les faits en étant à moitié dans les vapes, parce que je vous flanque mon pied aux fesses !

– Non, bien sûr. » Fraser jeta un regard furibard à Maddocks, qui ricanait. « Il n'y a aucun doute qu'elle a subi un choc et qu'elle croyait sincèrement que l'accident avait eu lieu le 4. À ce stade, son amnésie était bien réelle. Il est même possible que ce soit toujours le cas. Mais je me suis renseigné et, selon moi, cette histoire n'est qu'une pure affabulation. Autrement dit, elle l'a totalement inventée. C'est ce qu'elle avait l'intention de raconter à son père le 4 et elle se l'est répété tout le long du trajet afin d'avoir l'air plus convaincante. Leo va bien. Je l'ai quittée après le déjeuner. Il vous fait ses amitiés. Que ce soit faux n'y change rien. Elle a gravé cette version dans sa mémoire comme quelque chose s'étant réellement passé parce que c'est ce qu'il lui fallait dire à son père en le voyant.

– Et donc son père serait notre assassin.

– C'est probable. »

Cheever se leva et enfila sa veste.

« Vous avez au moins raison sur un point, sergent, déclara-t-il d'une voix acide. Cette affaire est la copie conforme de l'affaire Landy. Les deux suspects sont les mêmes et, à moins d'obtenir des preuves irréfutables, nous n'avons aucune chance d'arriver à une inculpation. »

Jeudi 30 juin, résidence des Aubépines, Winchester, 3 h 30

La gosse emplit soudain l'air de ses hurlements, comme cela se produisait chaque nuit depuis maintenant deux semaines. Dans la cuisine, Rex se mit à aboyer. « Cindy ! » cria sa mère en enfilant sa robe de chambre avant de se ruer sur le palier et dans la chambre de sa fille. « Ça suffit ! » Elle saisit la petite et la secoua avec fureur. « Ou tu me dis ce qu'il y a ou je t'emmène chez le médecin. Tu m'entends ? TU M'ENTENDS ? J'en ai par-dessus la tête ! »

Clinique des Rossignols, Salisbury, 6 h 30

Alan Protheroe dormit mal. À six heures, il finit par renoncer, se leva avec un grognement et s'habilla pour aller faire du jogging dans le parc. Il avait plu durant la nuit et l'herbe était détrempée. L'humidité pénétrait les semelles de ses chaussures de sport, les meurtrissures causées par les éclats de verre lui cuisaient la joue et la douleur dans son épaule le taraudait à chaque pas. Qu'est-ce qu'il fichait là ? Le jogging était fait pour les masochistes et non pour les médecins d'âge mûr qui savent depuis longtemps que la mort est un phénomène aussi aveugle et arbitraire que les restrictions gouvernementales sur les dépenses de santé.

Avec le soulagement d'un homme qui a pris sa décision, il se dirigea en clopinant vers un banc de la terrasse et s'assit pour observer le paysage noyé de brume. Au loin, par-delà les murs de la clinique, un pâle soleil d'été colorait en rose les collines basses. Plus près, le majestueux clocher de la cathédrale de Salisbury se dressait au-dessus de la cime des arbres aux multiples nuances de vert. Il contempla ce spectacle avec, comme toujours, un pessimisme empreint de lassitude. Tout cela pouvait-il résister aux terribles atteintes de l'homme et de ses inventions ? Il en doutait.

« Vous avez l'air songeur », murmura Jinx en s'asseyant à côté de lui.

Elle était vêtue de noir et avait un bonnet de laine noire rabattu sur le front. Il examina un instant les chaussures mouillées de la jeune femme avant d'indiquer d'un signe de tête le clocher.

« Je réfléchissais à l'anéantissement de l'homme et je me demandais si, quand l'heure aura sonné, ce qui paraît inéluctable, il se détruira d'abord ou commencera par ses œuvres.

– Je doute que cela ait beaucoup d'importance, répondit-elle en suivant son regard. Tout ce que nous laissons derrière nous sera englouti par la nature, de sorte que nos œuvres cesseront d'exister, que nous les détruisions ou pas.

– Plutôt déprimant, non ? »

Elle se mit à rire.

« Ce serait différent si l'homme apprenait à vivre dans ses limites, mais, comme il en est incapable, il ne mérite pas sa place sur cette planète. Je n'ai aucune sympathie particulière pour l'espèce humaine. De manière générale, je dirais que c'est un des produits les plus pervers de la sélection naturelle. » Elle montra les arbres bordant le mur d'enceinte. « Ils ne sont que source de bienfaits. Nous ne sommes que source de nuisances.

– Ils n'ont guère le choix, fit remarquer Protheroe.

– Oui, dit-elle d'une voix traînante. La liberté est une foutaise. »

Ils restèrent silencieux.

« Joli bonnet, remarqua Protheroe au bout d'un moment.

– C'est Matthew qui me l'a prêté, pour que je n'attrape pas froid. »

Il se retint de lui demander si elle l'avait déjà le lundi soir.

« D'où venez-vous ? questionna-t-il à la place.

– Je me suis promenée.

– Vous avez du courage. D'après Matthew, le coin est bourré de tueurs à l'affût. Je ne peux pas croire qu'il ne vous ait pas mise en garde, vu le mal qu'il s'est donné pour m'en convaincre. »

Elle hocha la tête.

« Vous a-t-il aussi parlé du renard pris au piège qui se mordait la patte pour se libérer ?

– Non.

– Il est mort de peur. Je n'ai pas envie de mourir de peur.

– De sorte que vous êtes sortie pour vous prouver que vous n'aviez pas peur.

– Oui. » Elle lui jeta un bref coup d'œil, puis se remit à observer le clocher de la cathédrale. « De toute façon, je n'arrivais pas à dormir. La baignoire de Matthew n'est pas très confortable.

– C'est rarement le cas, murmura-t-il. Aviez-vous une raison particulière de vouloir dormir dans la baignoire de Matthew ?

– Évidemment. Je n'ai pas l'habitude de faire les choses sans raison.

– Allez-vous me dire de quoi il s'agit ?

– La porte de sa salle de bains possède un verrou.

– Je vois. »

Nouveau silence.

« Et où se trouvait Matthew ?

– Probablement dans ma salle de bains, à moins qu'il ait été assez brave pour coucher dans mon lit. »

Il attendit.

« Cela ne vous dérangerait pas de m'expliquer, afin que je n'aie pas besoin de me triturer la cervelle, ou du moins le peu qu'il en reste ?

– Je joue le rôle du renard. Il est devenu extrêmement tyrannique depuis deux jours et cela ne m'étonnerait pas que ce soit la faute de l'existentialisme. Il croit qu'assumer des responsabilités signifie faire acte d'autorité. » Elle se tourna vers lui et, tandis qu'elle riait en silence, il sentit comme une brise légère agiter ses cheveux sur sa joue.

Allons, du calme, Protheroe. C'est une patiente, nom de Dieu !

Aérodrome de Stoney Bassett, New Forest, Hampshire, 7h30

La voiture, qui avait stationné à la même place depuis l'aube, démarra soudain dans un rugissement, fonça sur la piste et alla s'écraser à toute allure contre le pilier en béton déjà ébréché. Il n'y eut pas de survivant. Pas plus que de couple qui se serait trouvé là au bon moment pour aller chercher du secours. La voiture s'embrasa presque instantanément, sans doute parce qu'elle était pleine de bidons d'essence ouverts, et, lorsqu'un automobiliste, apercevant la fumée, prévint les pompiers, le seul occupant – le conducteur – était déjà mort.

Commissariat de Romsey Road, Winchester, 9 heures

« Vous feriez bien de lire ceci, déclara Cheever en poussant du bout de son crayon la déposition posée sur son bureau. Une certaine Mrs Hanscombe est passée à quatre heures du matin avec sa fille Cindy pour que celle-ci nous dise ce qui la tracasse. Apparemment, cela fait quinze jours qu'elle a des cauchemars et sa mère pensait que, plus vite elle se soulagerait la conscience, plus vite la famille retrouverait le sommeil. »

C'était le mardi 14 juin. Bobby Franklyn et moi, on a trouvé les corps après avoir fait ça dans les bois. Je courais pour échapper à Bobby quand j'ai dégringolé un talus. J'avais très peur. Mon chien Rex a gratté le sol et j'ai aperçu cette personne morte. Je pense que c'était un homme. Bobby a dit que j'irais le rejoindre si j'ouvrais la bouche, mais je n'en peux plus. Je n'arrête pas de rêver que l'homme me poursuit. Non, je ne savais pas que le fossé était là. J'ai freiné ma chute avec les talons. Je craignais que Bobby me tombe dessus au moment où j'arriverais en bas. Je déteste Bobby

Franklyn. C'est un sale tocard. J'ai douze ans. Oui, il le sait.
Signé : Cindy Hanscombe.
Signature des parents : P. Hanscombe.

Maddocks lut lentement.

« Et qu'est-ce qu'on fait maintenant ?

– On reprend tout depuis le début, répondit le commissaire. Je veux qu'on fouille de nouveau Ardingly Woods et qu'on drague tous les points d'eau dans un rayon d'un kilomètre. Je veux aussi qu'on réexamine les témoignages des quidams qui se trouvaient dans les parages le 13 juin. Si cela ne suffit pas, nous referons du porte-à-porte, histoire de rafraîchir les mémoires. Il y a quelque part un marteau et des vêtements tachés de sang et je tiens à mettre la main dessus.

– Et les Kingsley ? »

Cheever eut un hochement de tête en direction de la porte.

« Vous m'avez entendu, inspecteur. On recommence depuis le début et, cette fois-ci, en employant la manière forte. »

Commissariat de Canning Road, Salisbury, 10 h 30

« Peggy est catégorique : le porte-clés portait le sigle de Properties Holdings, protesta Blake. Elle affirme qu'il était pareil à celui de Miles.

– Elle affirmait aussi que Miles était l'homme qui l'avait agressée, lui rappela le sergent. Comme témoin digne de foi, il y a mieux, vous ne croyez pas ?

– D'accord, mais elle maintient que les deux hommes se ressemblent, ce qui est probablement vrai, sans quoi Samantha et elle m'auraient envoyé balader quand je leur ai montré la photographie.

– Où voulez-vous en venir, Blake ?

– Il doit bien y avoir un rapport avec Properties Holdings, sinon pourquoi aurait-il eu ce porte-clés ?

– Pardi ! Ce salaud a épousé une employée. Ou il a reçu

ce machin à l'occasion d'une promotion. Ou même il l'a trouvé dans la rue. C'est une énorme organisation, Blake. Vous en avez pour jusqu'en l'an 2000 à interroger tout le monde.

– Pas nécessairement. Je pensais faire un essai et laisser tomber si cela ne donne rien. »

Il lui lança un regard suspicieux.

« Jane Kingsley, je suppose.

– Nous l'avons sous le coude. Ce serait dommage de ne pas en profiter. »

Clinique des Rossignols, Salisbury, 11 h 30

Jinx se tenait devant la fenêtre quand Blake frappa à la porte et entra.

« Je vous ai vue arriver, dit-elle sans se retourner. Je croyais que Miles était tiré d'affaire.

– En ce qui me concerne, oui. Mais je ne peux pas répondre pour mes collègues, répondit-elle avec honnêteté. Il risque d'être poursuivi pour jeu illégal et usage de drogue à la suite des renseignements fournis par son père. »

Jinx fit volte-face.

« Ce qui signifie, je suppose, que l'on vous a donné les noms et adresses de tous ceux avec lesquels Miles s'est trouvé en contact au cours des quatre dernières semaines ? »

Blake acquiesça.

« Je le crains. Un certain Paul Deacon s'est présenté ce matin à notre demande et nous a remis ce qu'il avait, y compris des photographies.

– De sorte que Fergus est impliqué également ? »

Blake acquiesça de nouveau.

Jinx eut un sourire maussade.

« J'aurais dû m'en douter. Mon père n'aurait pas raté une telle occasion de se débarrasser de toute cette bande de parasites. » Elle se laissa tomber dans un fauteuil, alluma une cigarette et tendit le paquet à son interlocutrice. « Vous fumez ?

– Non, merci. » Blake prit l'autre fauteuil. « Cela ne me

regarde pas, Miss Kingsley, mais qu'ils soient inculpés n'est pas forcément un mal. Ils ont peut-être besoin d'une bonne leçon pour leur remettre les idées en place. »

Jinx poussa un soupir.

« Si vous êtes venue me parler de Miles et de Fergus, vous perdez votre temps. J'ignore totalement ce qu'ils ont fabriqué et je ne veux pas le savoir. Pour moi, c'est un sujet tabou. » *Tu ressembles tellement à papa... Pour Adam, Russell n'a jamais existé... C'est un sujet tabou...*

«Non. Désormais, c'est une autre affaire et je n'y peux plus rien. » Elle tira de son sac le porte-clés de Properties Holdings et le montra à Jinx. « Vous connaissez cet objet ?

– Oui.

– Pouvez-vous me dire ce que c'est ?

– Comme si vous ne le saviez pas. C'est le porte-clés de Miles. Vous le lui avez pris hier.

– Comment savez-vous qu'il lui appartient ? »

Jinx indiqua un point sur le disque accroché à l'anneau.

« Les diamants se trouvent à des emplacements différents. Cela permet de les reconnaître. C'était une idée de ma belle-mère. Imaginez le cadran d'une montre, avec le logo de Properties Holdings juste en haut. Le diamant d'Adam est à deux heures, le mien à quatre, celui de Betty à six, celui de Miles à huit et celui de Fergus à dix. C'est celui que vous avez pris hier à Miles. »

Blake ne put dissimuler sa surprise.

« Je croyais que c'était un simple bout de verre. Il doit y en avoir pour de l'argent ! »

Jinx sourit.

« Chacun d'eux vaut dans les trois mille livres. Le disque est en jais, les lettres et la monture en or. Betty les a commandés voilà deux ans à un bijoutier de Londres pour son vingt-cinquième anniversaire de mariage, à elle et à Adam. Elle disait que nous devions tous fêter ça. » Le sourire devint maussade. « C'était une belle idée, jusqu'au moment où Adam a reçu l'addition. Il a fait une scène terrifiante.

– Je présume qu'il existe un modèle en plastique dont se servent les employés de votre père.

– C'est possible. Mais je ne l'ai jamais vu. Betty m'a toujours dit qu'elle l'avait conçu elle-même. Elle voulait quelque chose d'unique pour nous cinq. » Elle fronça soudain les sourcils. « Pourquoi me demandez-vous ça ? »

Blake hésita quelques secondes.

« Oh, et puis après tout…, commença-t-elle. Je suppose que Peggy s'est encore fichue dedans. » Elle poussa un soupir non moins accablé que celui de Jinx. « Une des raisons pour lesquelles nous pensions que votre frère était responsable des violences subies par Peggy Hale, c'est qu'elle a déclaré que son agresseur possédait un porte-clés identique. Elle s'en souvenait parce que les initiales étaient les mêmes que les siennes et, quand je lui ai montré le logo de Properties Holdings, elle l'a immédiatement reconnu. Puis, quand je lui ai fait voir une photo de vos deux frères, elle a identifié Miles. Je veux bien qu'elle se soit trompée d'individu, mais, ce matin encore, elle jurait ses grands dieux que l'homme possédait un porte-clés en tous points semblable à celui-ci. » Elle haussa les épaules. « Navrée. On dirait que je vous ai dérangée pour rien.

– En avez-vous fait état ? demanda Jinx avec détachement comme si la réponse lui était indifférente.

– Du porte-clés ? Non. Dans la mesure où les prostituées refusaient de parler, l'enquête ne constituait pas une priorité.

– Croyez-vous que l'homme ait toujours le porte-clés avec lui ?

– À mon avis, il y a de fortes chances. »

Jinx ferma subitement les yeux et Blake crut voir des larmes briller dans les cils de la jeune femme.

« Je me suis débarrassée du mien, murmura-t-elle d'une voix mal assurée. Je ne voyais pas ce que j'aurais eu à fêter, pas après la scène faite par mon père. Du reste, c'est lui qui avait payé et je m'étais promis il y a longtemps de ne plus rien accepter de lui. » Elle pressa ses paupières, puis ouvrit les yeux et regarda son interlocutrice. « Le plus drôle, c'est qu'en le donnant, j'ai dit : j'espère qu'il te portera bonheur. » Elle passa sa langue sur ses lèvres sèches. « Manifestement, ça n'a pas été le cas.

– À qui l'avez-vous donné, Miss Kingsley ?

– À un pasteur. Un pasteur anglican. Il a dit que le P irait très bien. Le père Harris. Il dirige une paroisse dans un village nommé Frampton. Il a bien meilleure allure que Miles, ajouta-t-elle d'une voix tendue, même s'ils se ressemblent effectivement. Simon est plus mince avec des cheveux moins foncés. Sa sœur les confondait jadis, si bien que vous ne pouvez pas en vouloir à ces prostituées de s'être trompées. »

Blake nota qu'elle avait la voix qui tremblait.

« La sœur est-elle Meg Harris ? Votre amie qui a été assassinée ?

– Oui.

– Ce Simon a-t-il quelque chose à voir là-dedans ? »

Les yeux de Jinx s'agrandirent.

« Je crois que je vais me trouver mal, souffla-t-elle. Pardon. »

Blake retira prestement ses pieds, tandis qu'un jet de vomissure éclaboussait la moquette.

Presbytère de Frampton, Hampshire, 12 h 25

Blake se rangea le long de l'autre voiture et coupa le contact.

« Que se passe-t-il ? demanda-t-elle à un flic en uniforme qui se tenait devant la porte d'entrée. Le pasteur est là ?

– Je ne pense pas.

– Vous savez où il est ?

– Aux dernières nouvelles, il puait le cochon grillé sur l'aérodrome de Stoney Bassett. »

À qui de droit :

Je ne crois pas en Dieu et pourtant j'ai tenu l'hostie chaque dimanche et enseigné la foi aux autres. Il m'arrive de me demander si, dans le cas contraire, les choses auraient été différentes, mais j'en doute. Quand bien même Dieu existerait, Il n'est pas en son pouvoir de changer ce qu'Il a ordonné, à savoir que je devais être le frère de Meg. Il n'existe pas de plus grand tourment que celui d'aimer une femme qu'on ne peut pas avoir.

Les gens diront que je suis fou. Peut-être est-ce vrai. Encore qu'il s'agisse d'une étrange folie, qui donne sens aux actions que les hommes réprouvent et obscurcit celles qu'ils absolvent. On prétend que je suis un bon prêtre, quand je trébuche dans la nuit noire devant l'autel de la chair et du sang de Dieu et ne vois clair que lorsque je sens dans mes mains la tiédeur de la chair et du sang humains. Alors je comprends que le sacrifice est nécessaire pour que soient nettoyées les sombres cavernes de l'esprit, car la lumière réapparaît et ce que je fais devient inéluctable. Je vis. Je vois la vérité.

Cela recommence CONFUSION

Meg est devenue une PUTAIN, mais je sais pourquoi et je lui ai pardonné. Elle disait, mieux vaut une putain généreuse qu'une épouse vindicative. Elle était ouverte et honnête et ne me cachait rien. Il n'y avait aucun amour, *seulement l'ivresse et la satisfaction physiques, jusqu'au*

SECRET

terrible incertitude où est dieu dieu sommeille mais non Russell. Russell rit et son rire explose dans mon crâne, fait voler ma cervelle en éclats éclats éclats Meg aime

russell simon hait dieu

Se souvenir est douloureux. Je comprends pourquoi Jinx préfère oublier. J'ai toujours haï Jinx. Meg la jalousait. Qu'étaient Leo et Russell pour ma sœur avant que Jinx les rende désirables ? Rien. Des hommes de peu de valeur, juste bons pour Jinx. Elle les a changés en dieux et les a renvoyés à Meg. Avec Jinx il y a toujours

secret et DÉPIT *Meg est une honnête putain*

confusion *encore. Danger terrible, affreux danger danger* ***danger*** *oublier, oublier putains jeunes putains vieilles putains tu es méchant où est ma brosse à cheveux vilain garçon clac clac j'espère que ça fait mal ne regarde plus jamais ta sœur ainsi méchant*

méchant méchant

DIEU le père a fait de simon une créature de SATAN

Où sont ils ? Pas à Hammersmith. Les oiseaux se sont envolés à cause de Jinx c'était un SECRET *mais simon a forcé Jinx à le lui dire*

tuer tuer ***tuer*** *aucune ARME*

dieu aime Jinx miracles pour elle mais non pour simon

elle est SAUVÉE

elle suit simon chez Leo que la volonté de dieu soit faite amen

Mais pourquoi dieu protège-t-il Jinx ? Trois fois simon a tenté de la tuer et trois fois dieu l'a sauvée. Il n'a pas sauvé Meg ou Leo. Ils ont essayé de se sauver eux-mêmes par des

mensonges

tu ne veux pas que le chat meure, Simon, tu aimes le chat laisse-moi aller à hammersmith nourrir le chat laisse vivre le chat le chat est enfermé

elle veut dire leo leo est enfermé déjà mort dans le coffre de simon
comme jinx emprisonnée dans une caisse à chelsea, enterrée vivante dans son cercueil, morte si Meg désobéit
personne ne voit personne n'entend elle supplie pour avoir la vie sauve
trop tard trop tard

je t'en prie SIMON par pitié simon NON dit simon

oublier oublier oublier oublier oublier oublier oublier oublier oublier

Navré dit simon

ÉPILOGUE

Vendredi 1er juillet, clinique des Rossignols, Salisbury, 11 heures

Le commissaire Cheever et le sergent Fraser attendirent en silence que Jinx ait lu la lettre que Simon Harris avait laissée sur sa table avant de se donner la mort. C'était un document à donner froid dans le dos, notamment parce que son caractère pathologique ne se retrouvait nulle part ailleurs dans la maison, à l'exception peut-être d'une soutane qu'on avait lavée avec soin, mais dont le devant avait été, à l'évidence, éclaboussé de sang. En dépit de cette pièce à conviction et de la lettre, un mystère épais continuait à entourer le suicide de Simon, en particulier à cause des bidons d'essence ouverts qui avaient transformé sa voiture en brasier, vouant du même coup à l'échec toute tentative d'examen, et de son existence extrêmement réglée, laquelle contrastait de façon saisissante avec le désordre de son esprit.

La police n'avait pas trouvé un seul paroissien dans tout Frampton pour lequel les tendances homicides du curé soient même à moitié crédibles. « Il était toujours disponible. » « C'était un homme très doux. » « Il ne se plaignait jamais. » « Le père Harris n'aurait pas fait de mal à une mouche. » « De tous les prêtres que nous avons eus, c'était le plus zélé. »

D'après certains recoupements, il semblait avoir quitté le presbytère du dimanche 12 juin vers midi au mardi 14 au matin, mais on n'avait pas pu l'établir formellement. « J'ai remarqué que sa voiture n'était pas dehors le dimanche et le lundi soir, avait déclaré le voisin d'à côté, mais comme il lui arrivait de la ranger dans le garage, elle se trouvait peut-être à l'intérieur. Je ne me rappelle pas l'avoir vu après l'office du matin, encore que cela n'ait rien d'anormal. Chacun a ses soucis et l'on n'a guère le temps de s'occuper de ce que font les autres. La voiture était bien là le mardi matin. Je suis passé devant en allant le voir pour lui faire signer un papier. Non, je n'ai rien remarqué de bizarre. Il était de bonne humeur, comme d'habitude.»

Terrassée par la série de catastrophes qui avaient dévasté sa famille, Caroline Harris certifia que Simon avait passé le dimanche et le lundi soir avec Charles et elle. Et qu'il se trouvait avec eux le lundi 27 juin, date de l'agression dont avait été victime Protheroe. Mais lorsqu'on demanda à son mari de confirmer ces propos, il secoua la tête. «Non, répondit-il d'un ton calme, rien de tout cela n'est vrai, malheureusement.» Ayant lu, sans émotion apparente, la lettre de son fils, il la rendit à Cheever en le priant de ne la montrer sous aucun prétexte à sa femme. «C'est ma faute, murmura-t-il. J'aurais dû me douter que grandir dans une atmosphère où l'acte sexuel était considéré comme obscène et dégradant ne pouvait avoir que des conséquences désastreuses. Je me disais que j'étais le seul à en souffrir, mais, manifestement, Meg l'a confondu avec l'amour et Simon avec la haine…»

Dans un premier temps, Peggy Hale et Samantha Garrison nièrent que Simon Harris ait été leur agresseur. «Il ne portait pas de lunettes, déclara Peggy en examinant la photographie du jeune pasteur au visage austère, et il était plus beau.» Mais, en voyant l'instantané montrant un Simon encore plus jeune, sans lunettes et en costume de ville, elles ne tardèrent pas à changer d'avis. «Le petit milord! s'exclama Peggy d'un ton triomphal. Ouais, c'est fou ce que ça lui ressemble! Le même regard. Et cet air si plein d'innocence. Nom d'un chien, c'est bien la dernière fois que je me laisse entortiller par de jolis yeux bleus!»

L'inspecteur Maddocks avait contacté la police métropolitaine afin de savoir si des agressions comparables à celles subies par Hale et Garrison avaient été commises contre des prostituées au cours des cinq années où Simon avait travaillé dans la capitale. Pour peu qu'on puisse établir que ce comportement durait depuis longtemps, cela donnerait plus de poids aux indices, en l'occurrence assez maigres, tendant à prouver son implication dans les meurtres de Landy, de Wallader et de Harris. Après avoir lu la lettre de Simon, Maddocks n'avait-il pas fait remarquer à Cheever : « Quelqu'un lui a tapé dessus pour le forcer à écrire ça. Il y a des traces de sang sur la feuille » ?

Cheever observait Jinx, qui finit par poser la lettre sur ses genoux.

« Comme vous le voyez, Miss Kingsley, murmura-t-il, il reste une ou deux questions sans réponse. Nous continuons à chercher l'arme du crime, mais il semble qu'une soutane trouvée dans le presbytère était tachée de sang. Naturellement, cela prendra un peu de temps pour savoir de manière certaine si c'est celui de Meg et de Leo. Le scénario le plus plausible est qu'il a retiré sa soutane juste après avoir tué vos deux amis, ce qui expliquerait qu'on ne nous ait pas signalé d'individu aux vêtements maculés. Nous pensons qu'il a utilisé la même méthode pour tuer votre mari, autrement dit qu'il portait sa soutane pour protéger ses vêtements. » Il ne l'avait jamais vue aussi pâle ni aussi crispée, et la main tenant la lettre tremblait violemment. « Je ne veux pas vous tourmenter davantage, mais si vous pouviez me fournir quelques précisions, je vous en serais reconnaissant. »

Elle se tourna vers Alan Protheroe comme pour réclamer son aide, puis hocha la tête.

« Nous pourrions peut-être commencer par le samedi 11 juin, le jour où vous avez téléphoné à votre père pour lui dire que le mariage était annulé. Vous vous souvenez de cette journée, Miss Kingsley ?

– À peu près, oui.

– Vous vous rappelez d'être allée le soir à l'appartement de Meg et de vous être mise en colère quand elle ou Leo vous a ouvert la porte ? »

Jinx acquiesça.

« Pouvez-vous m'en parler ? Ils auraient dû être partis.

Qu'est-ce qui vous a fait penser que ce n'était pas le cas ? Pourquoi êtes-vous allée là-bas ?

– Pour prendre Marmaduke et le ramener chez moi, répondit-elle simplement. Quand j'ai vu la voiture de Leo garée le long du trottoir, j'en ai été sidérée. » Ses yeux s'humectèrent. « Après tout le mal que je m'étais donné, il m'avait prise pour une paranoïaque.

– Vous aviez donc une clé de l'appartement ? »

Elle secoua la tête.

« Je devais la demander à la voisine. Mais j'ai aperçu Leo dans la salle de séjour, alors j'ai tambouriné contre la porte et je leur ai passé un sacré savon. » Elle se tamponna les yeux d'un air pitoyable. « J'aurais mieux fait de m'abstenir. C'est la dernière fois que je leur ai parlé et j'étais absolument hors de moi. Je savais qu'ils étaient en danger, comprenez-vous. J'avais le pressentiment que quelque chose de terrible allait se produire. »

Cheever attendit qu'elle ait recouvré son calme.

« Que s'est-il passé ensuite ?

– Elle m'a fait tout un baratin à propos de Josh et combien elle se sentait gênée vis-à-vis de lui. Elle prétendait que c'était ma faute, que je me servais de la mort de Russell pour les terroriser, Leo et elle, parce que j'étais décidée à leur empoisonner l'existence. Ça a été une dispute abominable. » Elle regarda ses mains. « Enfin, peu importe à présent. Je les ai tannés pour qu'ils aillent s'installer chez Leo à Chelsea jusqu'au lundi. Je me disais qu'ils y seraient plus en sécurité qu'à Hammersmith, dans la mesure où personne ne connaissait l'adresse à part moi.

– Ils l'ont fait ?

– Oui.

– Quelle heure était-il ?

– Pas loin de minuit, je pense. Meg insistait pour finir de vider l'appartement afin que des acquéreurs éventuels puissent le visiter au plus vite.

– Elle voulait donc le vendre ?

– Oui, répéta Jinx. Je devais contacter une agence immobilière dès qu'ils auraient filé en France. Cela faisait partie du marché. La société de Meg avait besoin d'une injection d'argent et j'avais promis de m'en charger grâce à la vente de l'appartement s'ils acceptaient de disparaître quelque temps. Je devais aussi informer Josh après leur départ... » Sa voix se brisa. « Sauf que Meg a eu le trac en lui téléphonant le samedi et a préféré reporter son voyage pour le mettre elle-même au courant. » Elle lécha ses lèvres mouillées de larmes. « Josh avait menacé de rompre leur association si elle ne lui donnait pas des gages de bonne volonté et, comme ils venaient de traverser une période difficile, elle pensait qu'il n'hésiterait pas à le faire pour se calmer. »

Cheever observa avec curiosité la tête inclinée de son interlocutrice.

« J'avoue que je comprends mal qu'ils aient consenti à tous ces mystères, surtout s'ils vous soupçonnaient, comme vous le prétendez, de paranoïa. »

Elle le regarda un instant d'un air sombre.

« C'était le deuxième coup fourré de Meg à mon égard. Elle n'était pas vraiment en mesure de discuter. Et, de toute façon, Leo était d'accord moi. Il se frottait les mains à l'idée d'être en France quand la nouvelle éclaterait. Il n'avait aucune envie d'affronter les réactions à l'annonce de l'annulation du mariage. Il serait parti immédiatement si Meg avait été libre.

– Qu'est-ce qui la retenait ?

– Elle avait un client qu'elle ne voulait pas perdre et deux réunions avec son banquier. Elle affirmait que, si elle faisait mine de se défiler, il lui couperait tout crédit. Le plus tôt qu'elle pouvait partir était le 11. » Elle se tut.

« Et elle s'est rétractée à la dernière minute ? »

Jinx hocha la tête.

« Elle avait seulement accepté à cause de Leo et, dès que Josh lui est tombé dessus, elle s'est mise à me traiter d'idiote et de névrosée. » Des larmes lui coulèrent de nouveau le long des joues. « J'ai eu l'impression par la suite qu'elle voulait s'excuser, mais elle avait bien trop peur de Simon pour oser me regarder. C'était si atroce !

– Je comprends. » Il attendit. « Ils sont donc allés à Chelsea le samedi vers minuit. Vous êtes sûre de cela ?

– Oh oui ! Je les ai suivis. Leo a mis sa voiture dans le

garage et je les ai vus pénétrer dans la maison. Puis je suis rentrée chez moi.

– Et le chat ? Qu'en est-il advenu ?

– Nous avons gardé le plan original en le remettant simplement au lundi. Nous avons laissé ce pauvre Marmaduke dans le couloir avec sa corbeille et de la nourriture, mais il ne devait rester là que trente-six heures au plus. Je serais allée le récupérer avec la clé de la voisine en avertissant celle-ci que l'appartement allait être mis en vente. Meg était censée l'appeler dès son arrivée en France pour lui dire que c'était d'accord et qu'elle pouvait me donner la clé.

– Pourquoi était-il absolument nécessaire que Mr et Mrs Helms ne sachent rien ? demanda Fraser. Vous ne les suspectiez tout de même pas d'avoir trempé dans le meurtre de Landy ?

– Bien sûr que non. » Il y eut un long silence. « Je pensais que c'était de mon père qu'il fallait se méfier, murmura-t-elle enfin, et j'ignorais s'il était au courant de la liaison de Meg avec Leo. Je savais qu'il connaissait celle de Meg avec Russell, parce que Miles m'en avait parlé après coup. C'est même une des raisons pour lesquelles je me disais qu'il avait pu tuer Russell. » Elle se frotta la tête. « Leo m'a juré que ses parents ne diraient pas un mot » – elle leva légèrement les mains en un geste d'impuissance –, « mais Adam a plus d'un tour dans son sac. Si Mr et Mrs Helms s'étaient doutés de quelque chose, ils l'auraient dit à la première personne qui leur aurait posé la question. À en croire Meg, Mrs Helms n'aurait même pas attendu pour le claironner sur les toits.

– Cela ne vous inquiétait pas que Leo gare sa voiture à Shoebury Terrace, si vous suspectiez votre père de les faire surveiller, Meg et lui ? » demanda le commissaire.

Elle releva la tête pour le regarder, et il eut soudain le pressentiment d'une partie de ce qu'elle avait dû endurer.

« Si. J'ai essayé de le convaincre de la laisser à Richmond, mais il n'a pas voulu. Il trouvait que toute cette histoire devenait grotesque. Sauf que, voyez-vous, je savais ce qui était arrivé à Russell et pas eux. J'ai passé une semaine affreuse à Hellingdon Hall à me ronger les sangs. J'avais fait promettre à Leo de me téléphoner tous les jours pour me donner de ses nouvelles et laisser croire à ma famille que tout était normal. Puis, le vendredi après-midi, il a appelé en disant qu'ils partaient le lendemain à la première heure, que je pouvais rentrer et qu'il n'y avait plus besoin de mentir. Et j'ai pensé : Dieu merci, c'est terminé. Je me suis rendue totalement ridicule, mais tant pis. » Elle porta un mouchoir à ses yeux. « Comment vous expliquer ? Je ne crois pas aux prémonitions ni au don de double vue, mais, à l'instant où Leo m'a dit qu'il voulait épouser Meg, j'ai su qu'ils allaient mourir. C'est comme si j'avais reçu un seau d'eau glacée. » Elle se tourna, l'air misérable, vers Protheroe. « De sorte que j'ai fait le rapprochement avec ce qui s'était passé et j'ai pensé à Adam. Sans cela, qui sait, peut-être ne seraient-ils pas morts ?

– Non, répliqua-t-il. Cela n'aurait rien changé. Au moins, l'image d'Adam leur a fait suffisamment peur pour les forcer à vous écouter. Autrement, ils seraient morts une semaine plus tôt. »

Elle lui tendit la lettre de Simon.

« Sauf que je les ai obligés à garder le silence, murmura-t-elle, c'est pourquoi il les a tués. C'est ce silence qui l'a poussé à agir.

– Non, répliqua de nouveau Protheroe, qui avait lu la lettre avant de mener les policiers à la chambre de Jinx. Il souffrait d'un grave déséquilibre. C'est cela qui est à l'origine de son geste et vous auriez eu beau faire, vous ne l'auriez pas empêché.

– Le docteur a raison, Miss Kingsley, intervint le commissaire. La seule personne qui aurait pu deviner que Simon avait assassiné Landy, c'était Meg. Elle était assurément la personne le plus proche de lui. Si elle-même n'a jamais soupçonné qu'il pouvait lui faire du mal, comment cette idée vous serait-elle venue ? » Il marqua un temps d'arrêt. « Vous a-t-elle jamais donné l'impression d'avoir peur de lui ?

– Pas dans le sens où vous l'entendez. Mais depuis que je la connais, elle a toujours eu peur pour lui. Il lui arrivait souvent de dire : “S'il me ressemblait davantage, cela vaudrait mieux.” Elle craignait qu'il devienne une sorte de solitaire. Il semblait n'avoir aucun ami. Je me souviens qu'un jour, elle a eu cette réflexion : “Il ne joue jamais à rien, sauf au prêtre.”

– A-t-elle songé qu'il pouvait être malade ? »

Le visage de son interlocutrice s'assombrit.

« Une fois, elle m'a demandé si je ne trouvais pas qu'il avait quelque chose de bizarre. Je lui ai répondu : “De quel genre ? – On dirait qu'il fait semblant, a-t-elle dit. Je suis sûre qu'il déteste nos parents. Maman surtout, mais il ne dit jamais rien de désagréable ni à elle ni sur elle. Je suis exactement le contraire. Je la rudoie sans cesse parce qu'elle est complètement à côté de la plaque et ne fait aucun effort, mais, au fond, je l'aime bien, cette vieille bique. Quant à papa, d'accord, c'est un emmerdeur fini, mais pour rien au monde je ne souhaiterais le voir changer.” Elle voulait savoir si j'avais moi aussi l'impression qu'il les détestait, mais, comme je n'avais rien remarqué, elle n'a pas insisté. Elle pensait, de toute évidence, qu'il était beaucoup trop renfermé et attribuait sans doute cela à son fanatisme religieux. Elle n'a certainement jamais songé qu'il pouvait avoir le moindre rapport avec la mort de Russell. » Elle noua nerveusement ses doigts. « Pas plus que qui ce soit d'autre, d'ailleurs.

– Je vous remercie, c'est très clair. Passons à un autre épisode. Cet incident dans votre garage. De quoi s'agit-il ? Je présume que l'allusion dans sa lettre aux oiseaux qui se sont envolés et la phrase “c'était un secret, mais Simon a forcé Jinx à le lui dire” ont quelque chose à y voir. »

Les mains de Jinx se remirent à trembler, si violemment qu'elle les pressa sur ses genoux, faisant blanchir les articulations.

« C'est vrai. Je lui ai dit où ils étaient. Il se doutait qu'ils avaient quitté Hammersmith, parce que le téléphone de Meg ne répondait pas. » Elle regarda Cheever avec une expression de désespoir. « Il pensait qu'ils étaient partis pour la France… mais il m'a obligée… j'étais seule à savoir. » Elle fit un effort sur elle-même. « Il est arrivé après le déjeuner pour s'excuser de la conduite de Meg, réussit-elle à articuler. Il avait prié pour moi à l'office du matin, prétendait-il, mais s'était rendu compte que les prières ne suffisaient pas et qu'il se devait de venir en personne me témoigner sa sympathie. Je me suis mise à rire » – sa voix se brisa de nouveau – « et je lui ai répondu qu'il n'y avait aucune raison. Que c'était plutôt cette pauvre Meg qui aurait besoin de sympathie dans quelques mois, quand elle s'apercevrait avec quel type égoïste et mesquin elle s'était fourrée. » Elle avala péniblement sa salive. « Je n'aurais pas dû rire. Il a sans doute deviné que j'étais au courant depuis un certain temps. Il était absolument furieux... ne cessait de parler de secrets... de traiter Meg de putain... » Elle sombra dans le silence.

« Qu'a-t-il fait ensuite ? » demanda Cheever d'une voix douce.

Elle secoua la tête.

« Il vaudrait peut-être mieux que je vous le dise moi-même, intervint Protheroe. Quand, hier, la nouvelle nous est parvenue que Simon Harris était mort, Jinx m'a raconté tout ce dont elle se souvenait. » Il se pencha et posa une main sur la nuque de la jeune femme en un geste affectueux et protecteur. « Qu'en pensez-vous, Jinx ? »

Elle le dévisagea un moment, puis détourna la tête. Était-il inconscient à ce point ? Comment aurait-elle pu, dans l'état de désarroi où elle se trouvait, résister à un Alan Protheroe ? Elle aurait voulu qu'il ôte sa main. Elle aurait voulu qu'il soit à l'autre bout de la pièce. Mon Dieu, elle aurait voulu... « Si on vous y autorise », répondit-elle sèchement.

Le commissaire hocha la tête.

« Je n'ai aucune objection, docteur. »

Protheroe se redressa.

« Avant tout, il est important que vous compreniez ce qu'il peut y avoir de terrifiant à se trouver devant un individu que l'on connaît depuis des années comme un être doux, effacé et qui se transforme tout à coup, sans crier gare, en un dangereux psychopathe. C'est ce qu'a vécu Jinx ce dimanche après-midi. Il est difficile de dire quel aurait été le diagnostic si des médecins avaient examiné Simon, mais il paraît clair qu'il souffrait de paranoïa aiguë, probablement d'origine sexuelle, focalisée sur sa mère ou sa sœur, voire les deux. Je serais tenté de croire que sa haine de Dieu provenait d'une haine plus générale à l'égard de toute figure masculine dominatrice, dans la mesure où il semble avoir considéré l'acte sexuel comme une déchéance. Seules les prostituées y prenant du plaisir, un homme n'a pas d'autre choix que de le pratiquer avec des prostituées ou de faire de femmes respectables des créatures avilies.» Il lança au commissaire un regard interrogateur. «Vision peut-être inspirée par sa mère. Si elle l'a persuadé que, pour une honnête femme, la sexualité est une chose répugnante, cela a pu provoquer chez lui une attitude ambivalente à l'âge adulte, surtout si sa sœur n'hésitait pas à afficher sa libido tandis qu'il s'efforçait de juguler la sienne dans le célibat au sein de l'Église anglicane.

– Sa mère a visiblement un problème de ce côté-là, mais je doute qu'elle ait délibérément tenté de détruire son fils.

– J'en suis persuadé, tout comme je suis persuadé que d'autres facteurs ont joué. Ainsi, il avait horreur qu'on se moque de lui. Cela paraît être un des déclencheurs de sa paranoïa. Peut-être est-ce la raison pour laquelle il a choisi la religion, parce qu'il y avait plus de chances pour qu'on le prenne au sérieux là qu'ailleurs. Autre déclencheur : le secret. Tant qu'il savait ce qui se passait, ou croyait le savoir, il arrivait à se contrôler, mais, dès qu'il se découvrait de bonnes raisons d'être paranoïaque, il perdait toute maîtrise. Il est, du reste, intéressant de noter qu'il avait l'œil sur tout. Jinx raconte qu'il avait l'habitude de l'appeler régulièrement, ainsi que Josh. Il m'a sans doute téléphoné pour essayer de savoir de quels renseignements je disposais.» Il se frotta l'épaule d'un air méditatif.

«Une des complexités de la paranoïa, continua-t-il, c'est que, tout en influençant le comportement dans certains domaines, notamment celui des relations affectives, elle n'empêche pas de raisonner clairement et logiquement, et l'on peut très bien se conduire de manière tout à fait normale dans son travail ou son environnement social. Aussi est-il important, comme je vous l'ai dit, de comprendre ce à quoi Jinx s'est trouvée confrontée ce dimanche-là, et important également qu'elle-même le comprenne.» Son regard se fixa sur la tête inclinée. «Simon la terrifie depuis que les événements ont commencé à lui revenir en mémoire, mais en même temps, elle se reproche sans doute de ne pas avoir fait davantage pour protéger Meg et Leo. N'est-ce pas, Jinx ? »

Elle ne répondit pas et, pour une fois, Fraser trouva le médecin d'une surprenante dureté.

« Elle est allée dans la cuisine préparer du café et elle suppose qu'il en a profité pour l'assommer, bien qu'elle ne se souvienne pas d'avoir reçu un coup. Ce dont elle se souvient, en revanche, c'est que, lorsqu'elle a repris conscience, elle était allongée sur le sol, les mains et les pieds liés dans le dos. Simon lui a enfoncé un sac en plastique sur la tête en menaçant de l'étouffer si elle ne lui disait pas où étaient Meg et Leo. Elle n'arrivait plus à respirer et elle l'a cru. Aussi, quand il a retiré le sac, elle lui a donné l'adresse de Chelsea. Ensuite, elle se rappelle seulement que son voisin l'a sortie de sa voiture. Elle est incapable de dire depuis combien de temps elle s'y trouvait, ni s'il lui a fallu longtemps pour reprendre ses esprits et dénicher le numéro de téléphone de Leo à Chelsea. Quoi qu'il en soit, lorsqu'elle a appelé pour prévenir Meg que Simon avait tenté de la tuer, celui-ci était déjà là-bas. Est-ce exact, Jinx ? »

Pas de réponse.

« Elle n'a pas eu à réfléchir. Il lui a déclaré : "Leo est dans la même situation. Ce qui signifie que, dans deux minutes, il n'aura plus d'air pour respirer. Meg est attachée, mais elle peut parler au téléphone si j'approche l'appareil. Ou bien tu fais ce que je te dis et ils vivront, ou bien tu refuses et ils mourront." Elle a choisi la première solution. Elle s'est fiée, comme nous l'aurions tous fait, au Simon qu'elle connaissait le mieux. Le prêtre, l'homme qui adorait sa sœur, celui à qui elle avait offert son luxueux porte-clés en souhaitant qu'il lui porte chance. Cela a été son drame, et celui de Meg, que de se laisser aveugler par le faux moi de Simon, alors que le vrai moi, le moi souffrant, demeurait invisible. Nous éprouvons tous le besoin – un besoin parfaitement normal – d'occulter certaines parties de nous-mêmes, mais chez la plupart d'entre nous, ce moi caché n'a rien de dangereux. »

Jinx essuya ses larmes.

« J'aurais dû en parler au colonel Clancey. Il a toujours été un véritable ami. Je sais bien que les gens le prennent pour un vieil original ridicule et stupide et qu'ils se moquent de lui derrière son dos, mais il aurait agi au mieux. » Ses lèvres remuèrent tandis qu'elle cherchait ses mots. « Je me suis complètement trompée. J'ai raconté aux Clancey que tout allait bien alors que c'était faux. Je pensais que, si je m'en tenais strictement à ce que Simon avait dit... un peu comme dans ce jeu de Jacques-a-dit auquel s'amusent les enfants. Mais en réalité, c'était uniquement de l'orgueil... Je croyais savoir ce qu'il fallait faire. »

Fraser lança un regard à Protheroe comme pour solliciter une permission dont il n'avait pas besoin.

« Ce n'est pas de l'orgueil, Miss Kingsley, que de prendre une menace au sérieux, surtout si vous aviez compris de quoi Simon était capable. Je ne suis pas un expert, je l'admets, mais il me semble que vous avez agi par dévouement et que c'est tout à votre honneur. »

Protheroe hocha la tête.

« Il a déclaré ensuite qu'il y avait très peu de circulation dans la mesure où c'était dimanche et qu'elle avait vingt minutes pour venir chez Leo à Chelsea. Si elle n'était pas là dans les vingt minutes, cela signifierait qu'elle avait prévenu la police et il tuerait Meg et Leo. Puis il a passé le téléphone à Meg.

– Et elle vous a dit de faire ce qu'il demandait ? »

Jinx acquiesça.

« Que s'est-il passé une fois là-bas ? »

Comme elle se taisait, Protheroe reprit la parole.

« Elle a aperçu brièvement Leo par une porte ouverte. Il était étendu sur le sol et, à la façon dont elle le décrit, il était probablement mort asphyxié avant qu'elle arrive, de sorte que le traitement qu'il a subi par la suite n'avait d'autre but que de maquiller la chose. En se dépêchant de venir, elle avait au moins donné à Meg une chance de vivre. Simon a promis de ne pas leur faire de mal, parce qu'il n'avait jamais tué une femme. Tout ce qu'il voulait, c'était parler. Il les a assises contre le mur, pieds et mains attachés devant elles, et s'est mis à parler. Cela a duré si longtemps que Jinx a cru qu'il commençait à se calmer.

– Et ? demanda Cheever comme chacun d'eux gardait le silence.

– Meg a proposé de faire l'amour avec lui, dit Protheroe. Elle pensait que c'était cela qu'il voulait. Ce qui est assez probable, à part qu'il n'avait aucune envie qu'on le lui rappelle. » Il secoua la tête. « Franchement, je crois que rien de ce qu'elle aurait pu dire n'avait d'importance. Quel que soit le rôle qu'elle aurait choisi – sœur, mère, amante, amie –, il serait tout de même allé jusqu'au bout. » Il regarda les mains de Jinx, agitées de soubresauts. « Hélas, Jinx n'a pas la moindre idée de ce qui est arrivé ensuite à Meg et à Leo, continua-t-il. Simon est devenu fou furieux ; il l'a empoignée par les chevilles et l'a tirée loin de Meg, puis lui a emprisonné la tête dans un sac en plastique enfoncé jusqu'au cou. Tout ce dont elle se souvient, avant qu'elle perde connaissance, c'est de Meg hurlant et tapant des pieds. »

Il eut un nouveau silence.

« Au moins, pouvez-vous nous dire ce qu'il vous est arrivé, Miss Kingsley, demanda Cheever, ou préférez-vous que le docteur Protheroe le fasse à votre place ? »

Ses yeux immenses scrutèrent le visage du commissaire, en quête d'un signe de compréhension.

« En réalité, je ne me souviens pas de grand-chose, répondit-elle d'une voix frémissante, si ce n'est que je suis revenue à moi au bout d'un moment. Il y avait un trou dans le sac à hauteur de ma bouche et, comme j'avais les mains coincées sous le menton, j'ai pu agrandir le trou. Mais rien d'autre. J'étais serrée dans une sorte de boîte. Chaque fois que j'essayais de bouger, cela me faisait tellement mal que j'ai fini par renoncer. » Elle tira doucement sur sa lèvre. « Je croyais qu'il m'avait enterrée vivante et j'avais seulement envie de mourir. » Elle s'interrompit, comme perdue dans ses pensées. « Puis le moteur s'est mis en marche et j'ai compris que je me trouvais dans le coffre de ma voiture. Le plus drôle, c'est que cela m'a rassurée de le savoir. Cette idée me paraissait moins effrayante. » Elle émit un petit rire étrange. « Il était hors de lui et n'arrêtait pas de me donner des coups de pied en criant : debout ! debout ! Il n'en revenait pas que je sois encore en vie. “Tu devrais être morte. Tu aurais dû crever dans ton garage, crever dans ton coffre. Pourquoi Dieu tient-il autant à toi ?”

– Où était-ce ? » demanda Cheever.

Elle le regarda avec des yeux sans expression.

« Je ne sais pas. Quelque part, dehors. Je me suis soudain réveillée allongée par terre. Je ne pouvais pas bouger tellement j'étais engourdie. J'étais enveloppée dans un sac poubelle noir qui empestait parce que... » – elle jeta un coup d'œil à Protheroe – « je devais être là-dedans depuis pas mal de temps.

– Savez-vous quelle heure il était ?

– Non, mais la nuit commençait à tomber.

– Vous a-t-il donné à boire ?

– Je crois. Il parlait de sacrifices, dit-elle de manière énigmatique, et de Jésus.

– C'est probablement à ce moment-là que vous avez bu du vin, encore que, même si vous étiez déshydratée après tout ce temps, je doute que vous en ayez absorbé une quantité aussi importante que le laisse supposer votre analyse de sang. Que s'est-il passé ensuite ? »

Elle considéra la lettre, qu'elle avait abandonnée sur ses genoux.

« Je ne sais pas. » Elle froissa la photocopie jusqu'à en faire une boulette. « Je ne me rappelle plus, dit-elle, une note de panique dans la voix. Il me semble qu'il m'a assise sur le siège de la voiture... Je ne me souviens de rien d'autre.

– Très bien, déclara Cheever avec un sourire encourageant. Il nous est facile de deviner la suite. Vous avez à l'évidence une volonté de vivre extrêmement forte, Miss Kingsley. J'envie votre courage, et votre bonne étoile, car personne ne me fera croire que ce couple d'amoureux soit arrivé là par hasard. » Il l'observa un instant. « Le docteur Protheroe m'a dit que Simon était venu vous voir le lendemain du jour où vous avez repris conscience. Saviez-vous alors qu'il était le meurtrier ?

– Non.

– À quel moment l'avez-vous compris ? »

Elle garda la tête baissée.

« Hier matin, quand la femme policier m'a questionnée au sujet du porte-clés.

– Pas avant ? »

Elle ne répondit pas.

« Avez-vous dit à votre père que Simon avait tué Meg et Leo, Miss Kingsley ? »

Elle releva vivement la tête, les yeux agrandis par la surprise.

« Bien sûr que non. Pourquoi l'aurais-je fait ? »

Cheever opina.

« À vos frères ? À votre belle-mère ?

– Non. »

Protheroe eut un froncement de sourcils.

« Pourquoi demandez-vous ça, commissaire ? »

Cheever haussa légèrement les épaules.

« Pour mettre les choses au net, docteur. Je ne tiens pas à ce que des doutes subsistent sur le suicide... » – il chercha ses mots – « providentiel de Simon Harris. D'aucuns pourraient trouver cette fin édifiante quelque peu romanesque. Malheureusement, cette lettre et les taches de sang sur la soutane sont les seuls indices dont nous disposons suggérant un lien entre lui et les meurtres et, comme la soutane a été récemment nettoyée, il se peut qu'elle ne nous apporte pas la preuve attendue. Nous pensons qu'il a transporté Meg et Leo jusqu'à Ardingly Woods dans sa propre voiture, mais, celle-ci ayant entièrement brûlé hier, il y a peu de chances que les analyses du labo révèlent quoi que ce soit. Nous avons également examiné votre voiture, Miss Kingsley, et nous n'avons rien trouvé, je dois dire, qui montre que vous ayez passé entre douze et dix-huit heures dans le coffre.

– Naturellement, lança Protheroe. Puisqu'il avait pris soin de l'envelopper dans un sac poubelle avant de la déposer à l'intérieur !

– Je vous l'accorde, mais cela reste néanmoins un problème. Cela nous aurait sûrement aidés si vous aviez pu l'identifier comme étant votre agresseur. »

Protheroe indiqua d'un signe de tête la feuille chiffonnée tenue par Jinx.

« Cependant, vous possédez une confession écrite. Est-ce

que cela ne compte pas ? Vous avez vérifié, j'imagine, qu'elle est bien de la main de Simon ?

– Certainement, mais l'original est actuellement examiné, à cause des traces de sang et de mucosités qui s'y trouvent. Il est vraisemblable que Simon saignait du nez lorsqu'il a rédigé la lettre. Ce qui signifie peut-être que quelqu'un l'a forcé à l'écrire.

– Qui ?

– Je l'ignore, aussi nous serait-il utile de savoir quand Miss Kingsley a commencé à retrouver la mémoire et si elle en a parlé à des tiers. » Il regarda Jinx. « Il serait regrettable que la culpabilité de Simon puisse prêter à des rumeurs. »

Protheroe se frotta vigoureusement la joue à travers sa barbe épaisse.

« Qu'insinuez-vous, commissaire ? demanda-t-il d'un ton hargneux. Que Jinx ment au sujet des événements ? Parce que, alors, je commence à comprendre pourquoi elle a une aussi piètre opinion de la police britannique. Bon sang, qu'est-ce que ce serait si ce petit salaud vivait encore et qu'elle vous dise qu'il est coupable ? Elle n'aurait pas l'ombre d'une chance. Vous seriez là à nous débiter d'un air suffisant vos salades sur le manque de preuves. Encore heureux qu'elle n'ait pas retrouvé la mémoire plus tôt, sans quoi elle aurait signé son propre arrêt de mort en le dénonçant. C'était manifestement un déséquilibré atteint de paranoïa, mais il aurait été parfaitement capable de vous convaincre de son innocence, tout en continuant à trucider les bonnes femmes qu'il tenait pour responsables de ses plaisirs meurtriers. »

Cheever haussa les épaules.

« Vous avez fort bien résumé notre dilemme. Pour ma part, je n'ai aucun doute quant à la véracité des déclarations de Miss Kingsley. J'espère même que nous arriverons à dénicher à Londres d'autres prostituées auxquelles Simon Harris aurait infligé des mauvais traitements, ce qui permettrait de conclure à un comportement de maniaque. Mais en attendant, nous devons nous contenter d'un suicide pour le moins opportun, au regard de cette intelligence indéniable de Harris à laquelle vous faisiez allusion et de sa volonté opiniâtre de rejeter les soupçons sur Miss Kingsley, suicide qui présente trop d'incertitudes pour ne pas être troublant. Je suis sûr que, pas plus que nous-mêmes, Miss Kingsley n'a envie que cette affaire s'éternise» – il se tourna vers Jinx et plongea son regard dans le sien –, «de sorte que, tous les renseignements qu'elle pourrait nous fournir dès à présent, en vue d'établir qu'il s'agit bien d'un suicide, seraient les bienvenus.»

Jinx hocha la tête.

«Je comprends, dit-elle non sans un bref coup d'œil au carnet ouvert sur les genoux de Fraser.» Elle réfléchit un instant. «Je ne me souvenais de rien, puis, hier, cette femme policier m'a parlé du porte-clés et les choses me sont revenues d'un seul coup, au point que je me suis sentie affreusement mal, comme elle vous le confirmera. Il paraît que Simon était mort depuis plusieurs heures quand j'ai cité son nom. Comme je ne me rappelais pas qui avait tenté de me tuer, je ne pouvais pas dire qui était le meurtrier. Le docteur Protheroe, auquel je fais totalement confiance et à qui je l'aurais dit si je l'avais su, peut témoigner qu'à aucun moment je ne lui ai donné ou suggéré de nom. M'en serais-je souvenue que j'aurais, bien sûr, averti aussitôt la police du Hampshire. Dès le début, on m'avait clairement signifié que, même si j'étais considérée comme suspecte, les spéculations des médias ne pouvaient avoir la moindre influence sur le déroulement de l'enquête. Je m'en suis donc remise au commissaire Cheever et à son équipe en leur accordant tout le temps et l'assistance possibles.»

Elle lança un regard interrogateur à Cheever, qui haussa imperceptiblement les sourcils pour l'engager à continuer.

«En téléphonant à mes amis, mon médecin et mes relations, Simon a vraisemblablement compris que la police du Hampshire ne s'était pas laissé abuser et qu'il serait arrêté dès l'instant où j'aurais retrouvé la mémoire. Je le connais depuis assez longtemps pour savoir qu'il était très attaché à ses parents. Je suis certaine qu'il n'aurait pas voulu leur imposer l'épreuve d'un procès et, si son suicide m'attriste, il ne me surprend pas.

– Ni imposer ce genre d'épreuve à ses collègues et à ses paroissiens, je suppose ? ajouta Cheever.

– À ma connaissance, c'était un prêtre extrêmement dévoué, confirma-t-elle, et il s'est sans doute rendu compte en recouvrant sa lucidité que le poids de sa faute retomberait fatalement sur les gens qui l'estimaient. C'était un malade et non un monstre. »

Cheever se leva et lui tendit la main.

« Eh bien, si curieux que cela puisse paraître, j'ai été heureux de croiser le fer avec vous, Miss Kingsley. Je regrette seulement que nous nous soyons rencontrés en des circonstances aussi tragiques. Il est possible que vous soyez appelée à témoigner, mais, si vous vous montrez aussi claire que vous venez de l'être avec nous, il ne devrait y avoir aucun problème. D'après mon expérience, un peu de générosité ne nuit pas. Un suicide est toujours plus acceptable s'il a une bonne raison.

– Je sais, dit-elle en lui serrant la main. Simon aurait maquillé la collision de ma voiture en simple accident, que cela m'aurait bien plus troublée. Peut-être aurais-je fini par accepter l'idée que j'avais pu tuer Meg et Leo. Ils s'étaient conduits avec moi de manière réellement odieuse. Mais que j'aie tenté de me suicider me paraissait impensable. »

Une flamme pétilla dans les yeux de Cheever.

« Vous n'étiez donc pas aussi indifférente que vous vouliez nous le faire croire ?

– J'ai ma fierté, commissaire. » Elle sourit subitement. « Après tout, je suis la fille d'Adam Kingsley. »

Fraser tourna pour reprendre la grand-route.

« Alors, quel est le verdict ? demanda-t-il. Vous pensez toujours qu'elle s'est servie de son paternel pour liquider Harris ?

– Oui, laissa tomber le commissaire. Elle a eu peur que ce soit sa parole contre celle de Simon et, persuadée que nous ne la croirions pas, elle a demandé à son père d'y mettre bon ordre.

– Je n'en suis pas aussi sûr, patron. Elle m'a paru tout ce qu'il y a de sincère.

– Sauf que, comme elle le dit elle-même, sergent, elle est la fille d'Adam Kingsley.

– Pardonnez-moi, mais je ne vois pas ce que cela change.

– On voit bien que vous ne les connaissez pas. » Cheever regardait par la vitre le paysage ensoleillé. « Ce sont des gens efficaces. Qui parviennent toujours à leurs fins.

– Ils n'ont pas été très efficaces dans l'histoire du meurtre de Landy.

– C'est souvent ainsi avec les malentendus.

– Que voulez-vous dire ?

– Qu'il a probablement cru qu'elle avait tué Landy et elle que c'était lui. À supposer qu'ils aient appris la chose après coup, ils savaient tous deux que l'autre avait des motifs de l'avoir fait. L'union fait la force et ils se sont trouvés divisés.

– Tout de même, c'est bizarre que Jane Kingsley n'en ait pas parlé à la police. On aurait pu s'attendre à ce qu'elle veuille que le meurtrier de son mari soit puni et, manifestement, elle n'a pas pour son père une affection débordante.

– C'est votre avis ?

– En tout cas, on ne le croirait pas, à l'entendre. »

Cheever esquissa un sourire, mais garda ses pensées pour lui.

« Avez-vous l'intention d'inculper Adam Kingsley du meurtre de Simon ? »

Le commissaire ferma les yeux, savourant la chaude caresse du soleil.

« Je crains de ne pas avoir bien entendu, sergent. Vous avez parlé de meurtre ?

– N'avez-vous pas dit… », Fraser s'interrompit.

« Quoi ?

– Rien. »

Clinique des Rossignols, Salisbury, 12 h 45

Allongé sur un banc du jardin, Matthew Cornell ouvrit soudain les yeux et aperçut la silhouette d'Alan Protheroe penchée au-dessus de lui. « Salut, doc ! » Il leva une main pour se protéger de la lumière éblouissante, pivota, s'assit, puis alluma une cigarette. Protheroe se laissa tomber sur le banc à côté de lui.

« Les flics ont bâti toute une théorie fumeuse au sujet du suicide de Simon Harris, dit-il sur le ton de la conversation. Ils ont l'air de penser que Jinx a refilé le nom de celui-ci à son père afin d'en finir une bonne fois pour toutes. » Il lui jeta un coup d'œil en biais. « Néanmoins, elle les a convaincus qu'elle ne se souvenait de rien jusqu'à hier matin, ce qui signifie que ni elle ni personne dans son entourage n'a pu passer l'information à Adam Kingsley. »

Matthew regarda fixement un point devant lui.

« Pourquoi me dites-vous ça ?

– Parce que je sais que vous aimez être informé. »

Le jeune homme se tourna vers lui, une moue aux lèvres.

« Et, d'un point de vue existentialiste, cela vous rassurerait de savoir que je continuerai à me conduire avec loyauté ?

– Vous m'enlevez les mots de la bouche, Matthew.

– Il est vrai que la loyauté est une condition indispensable à l'exercice de la justice. » Il tourna sa cigarette entre ses doigts. « Vous êtes-vous demandé ce que réclameraient les victimes de meurtres si on ne les avait pas réduites au silence ? Le minimum serait qu'on leur accorde la même attention qu'à leur bourreau, vous ne pensez pas ?

– La justice n'est pas la vengeance, Matthew.

– Vous croyez ? La seule différence que je vois, c'est que la justice coûte sacrément cher. Autrement, mon père ne pourrait pas me garder ici. »

Une demi-heure plus tard, comme il se tenait en compagnie de Jinx devant la fenêtre de celle-ci, Protheroe vit un homme grand et robuste, vêtu d'un costume impeccable, émerger de l'arrière d'une Rolls Royce.

« Votre père ?

– Oui.

– Vous ne m'avez jamais expliqué pourquoi vous l'appeliez Adam.

– Qu'est-ce qui vous fait croire qu'il y a une explication ? »

Il sourit.

« L'expression de votre visage chaque fois que vous en parliez. »

Elle vit la silhouette imposante disparaître dans le bâtiment.

« Je voulais le punir, de sorte que je l'ai maudit comme Dieu a maudit Adam pour s'être laissé tromper par sa femme. » Elle se tourna vers Protheroe. « J'avais sept ans et, depuis, je n'ai pas cessé de l'appeler ainsi.

– Vous étiez jalouse de Betty ?

– Bien entendu. Je ne voulais partager mon père avec personne. Je l'adorais. »

Protheroe hocha la tête.

« Et je vous soupçonne de continuer, en dépit de tout.

– Non, répliqua-t-elle. Il y a belle lurette que cela m'a passé. Mais je l'admire. Je l'ai toujours admiré. Il réussit tout ce qu'il entreprend alors que le reste d'entre nous essaie de s'en tirer comme il peut.

– Eh bien, reconnaissez qu'il a le mérite de faire le premier pas. J'espère que vous lui en saurez gré.

– Dans le cas contraire, la clinique ne recevrait pas un sou. » Elle répondit à son expression par un léger sourire. « Ne vous faites pas d'illusion, docteur Protheroe. S'il y a bien une chose certaine, c'est que mon père ne changera jamais. Il vous traînerait en justice s'il pensait que vous avez tenté de me monter contre lui.

– Et maintenant, que va-t-il se passer ?

– Je pars. Je ne suis plus votre patiente. C'est le moment de nous dire au revoir.

– Où allez-vous ?

– Je rentre à Richmond.

– Est-ce que votre père sait que Miles et Fergus sont là-bas ?

– Non, sauf s'ils le lui ont dit.

– Au cas où ils auraient besoin d'un bon avocat, pensez au père de Matthew. Il paraît que c'est un des meilleurs. »

Jinx sourit et donna une tape sur sa poche.

« J'ai pris sa carte. J'ai déjà prévu d'utiliser mes bénéfices sur les actions de Properties Holdings pour payer ses honoraires. Matthew m'a dit qu'ils étaient exorbitants.» Elle eut un haussement d'épaules. «En fin de compte, peut-être qu'avec un peu de chance et de chantage affectif, j'arriverai à persuader Adam de leur pardonner encore une fois quand les choses seront terminées.

– Vous ne croyez pas qu'il vaudrait mieux laisser Miles et Fergus affronter seuls cette bataille ?

– Probablement.

– Alors, pourquoi vous en mêler ?

– Parce que ce sont mes frères et que leur mère est la seule que j'ai jamais connue. Cela mérite bien une nouvelle tentative, non ?

– Tout dépend si vous croyez que l'espoir fait plus que l'expérience.

– Naturellement. Regardez-moi. Regardez Matthew. »

Il acquiesça.

«Matthew a beaucoup de sympathie pour vous, Jinx.

– Oui.» Elle tendit l'oreille comme des pas résonnaient dans le couloir. «Mais c'est uniquement parce que j'ai les mêmes yeux noirs que son renard à l'agonie. Il a décidé de commencer des études de vétérinaire en sortant d'ici. Il vous l'a dit ? »

Protheroe secoua la tête.

«Il ne peut pas résister à la vue d'un animal blessé. En revanche, les êtres humains ne l'intéressent pas.

– Alors il n'est guère différent de vous.»

Elle sursauta en entendant les pas d'Adam atteindre le sommet de l'escalier.

«De manière générale, se hâta-t-elle de dire, ils auraient plutôt tendance à m'intéresser davantage que par le passé. Peut-être que mon jugement s'améliore.

– C'est très bien.» Il la gratifia d'un sourire. «La clinique vous aura au moins aidée à quelque chose.

– Excepté qu'à mon avis, ce n'est pas à cause de la clinique.» Elle marcha jusqu'à la porte et s'y adossa. «Je ne ressemble pas toujours à un vieux rogaton, vous savez. Vous seriez étonné de voir combien quelques mèches de cheveux peuvent me changer.» Elle hésita. «Je... euh... je suppose que vous n'aimeriez pas venir me voir dans un mois ou deux, quand je serai présentable ? »

Il secoua la tête.

« Pas vraiment. »

Elle rougit de confusion.

« C'était juste une idée en l'air, docteur Protheroe. Assez stupide, à vrai dire. Pardonnez-moi. »

On frappa un coup sonore à la porte.

« Jane, es-tu là ? C'est ton père. »

Protheroe baissa la voix.

« Je m'appelle Alan, Jinx. À quoi serviraient des cheveux ? Je ne fantasme que sur les femmes chauves. »

Nouveau coup à la porte.

« Jane ? C'est ton père. »

Une lueur brilla dans les yeux de la jeune femme.

« Je suis à toi dans dix minutes, Adam, lança-t-elle. Je dois d'abord régler quelque chose. Est-ce que tu ne peux pas m'attendre dans le hall ?

– Pourquoi pas à l'intérieur ? »

Le directeur de la clinique des Rossignols haussa un sourcil.

« Dans deux mois, je serai devenu psychopathe, souffla-t-il. Il est toujours dangereux d'avoir à refouler autant ses sentiments. Je souffre le martyre. »

Jane, secouée de rire, poussa doucement le verrou.

« Parce que c'est une affaire de femme, Adam, clama-t-elle d'une voix tremblante. Cela ne ferait que te mettre mal à l'aise.

– Oh, je vois. Eh bien, prends ton temps, répliqua son père d'un ton rogue. Je vais faire un crochet par le bureau du toubib. Je lui dirai un mot en t'attendant.

– Parfait, répondit-elle en essuyant ses yeux embués de larmes. Je suis sûr qu'il te plaira, Adam. C'est tout à fait ton style. Franc comme l'or et plus vrai que nature.

www.pocket.fr
Le site qui se lit comme
un bon livre
Informer
Toute l'actualité de Pocket,
les dernières parutions
collection par collection,
les auteurs, des articles,
des interviews,
des exclusivités.
Découvrir
Des 1ers chapitres
et extraits à lire.
Choisissez vos livres
selon vos envies :
thriller, policier,
roman, terroir,
science-fiction...
POCKET
Il y a toujours un Pocket à découvrir
sur www.pocket.fr

Achevé d'imprimer sur les presses de

BUSSIÈRE

GROUPE CPI

à Saint-Amand-Montrond (Cher)
en janvier 2005

POCKET - 12, avenue d'Italie - 75627 Paris Cedex 13
Tél. : 01-44-16-05-00

— N° d'imp. : 45764. —
Dépôt légal : novembre 1997.
Suite du premier tirage : janvier 2005.

Imprimé en France